《古本小説集成》編委會 編

古本小説集成

提要

上海古籍出版社

全國高等院校古籍整理研究工作委員會規劃重點項目

《古本小説集成》編輯委員會

顧問

周林　鮑正鵠　顧廷龍

編委

安平秋　李田意　李致忠
柳存仁　侯忠義　馬幼垣
袁世碩　徐朔方　章培恒
楊牧之　魏同賢

出版説明

本社初版於上世紀九十年代、重版於二〇一七年的《古本小説集成》(以下簡稱《集成》),收輯宋、元、明、清具有代表性的白話小説兼及重要的文言小説四百二十八種。並於每書前附專家學者所撰之「前言」,於作者生平、成書過程、版本流傳等多有考證。然皆著於每書前,查檢多有不便。

現將此四百二十八種提要彙爲《古本小説集成提要》(以下簡稱《提要》)。書末另附書名與作者筆畫索引,除標註各篇提要於《提要》中頁碼外,亦附此提要在《集成》中所居之輯號與册號。因古代小説或不署名,或托他名,難於考訂,作者索引均據各篇提要之考訂,無法考訂作者或其朝代者從缺。

《提要》所收各篇提要,除少數篇目據原作者來稿予以替换外,僅對初版中明顯錯誤予以修訂,餘者一仍其舊。

希望《提要》的單獨出版,便於讀者使用《集成》的同時,亦能爲讀者的研究工作提供些許便利。

我們真誠地希望，能與我們的讀者一道，早日推出一部能代表當代學術研究水準的《中國古代小説提要》。

上海古籍出版社

二〇一八年十月

目録

第二輯……一四二

第三輯……二八三

第五輯

第一輯

三分事略

《三分事略》三卷，叙漢末魏、蜀、吴三國紛争故事。此書與元至治建安虞氏刊《三國志平話》，無論情節、文字、版式、圖像，都幾乎完全一致，僅缺少八頁，圖像較拙樸，文字有少量不同。兩者是同一部書的兩家刻本。

此書扉頁，上欄横刻「建安書堂」，下欄題「新全相三國志□□」，左右各四字竪刻，行間題「甲午新刊」。上、中兩卷首題「至元新刊全相三分事略」，尾題「照元新刊全相三分事略」；下卷首亦題「照元新刊全相三分事略」。建安書堂爲元代建安李氏書坊名。有元一代，兩逢甲午：一爲元世祖至元（前至元）三十一年（一二九四），一爲順帝至正十四年（一三五四）。此刊本明白題作「至元新刊」，而非「至正」，前至元確有甲午，當可斷爲前至元三十一年刊。「照元」二字，劉世德先生以元世祖忽必烈死於是年正月，次年改元，以及此書多别字或同音代字爲據，認爲實即「肇元」，意思是新起年號（《談〈三分事略〉》，《文學遺産》一九八四年第四期）。此刊本即便是後來的覆刻本，原本亦當早於《三國志平話》。

三國故事流傳已久，稱三國爲「三分」，是宋元人的習俗語。王沂《伊濱集》卷五《虎牢關》云：「君不見三分書裏説虎牢，曾使戰骨如山高。」卷七《虎牢關》又云：「回首三分書裏事，區區縛虎笑劉郎。」爲咏劉、關、張戰呂布於虎牢關，此事並不見於《三國志》及裴松之注，係講史説話敷演而成。王沂詩所説「三分書」，自非史書，而是講史話本。王沂曾於元延祐四年（一三一七）官嵩州同知，兩首《虎牢關》詩當作於他在嵩州任職期間。前此可能已有「説三分」話本刊行。《三分事略》扉頁書題殘缺後兩字，上一字尚存半字，可斷爲「故」字，下一字當作「事」字。内題「三分事略」，無疑是沿用宋以來的舊稱名。這也可作爲它早於《三國志平話》的佐證。

與《三國志平話》對照，它缺八個整葉：卷上「張飛三出小沛」「張飛見曹操」「水浸下邳擒呂布」；卷中「孔明班師入荆州」「吴夫人欲殺玄德」；卷下「孔明斬馬謖」「孔明百箭射張郃」「孔明出師」。

此刊本現爲日本天理大學天理圖書館珍藏，曾影印收入《天理圖書館善本叢書漢籍之部》第十卷。（袁世碩）

三國志平話

元代建安虞氏書坊刊行的講史話本，今存《全相平話五種》。此五種平話的版式、行款、插圖、字體相同。演「呂后斬韓信」的一種，内題《前漢書續集》；演「樂毅圖齊」的一種，内題《七國春秋後集》，是則原爲一系列之講史話本，當時虞氏所刊行的不止此五種。魯迅《中國小説史略》中説：「觀其簡率之處，頗足疑爲説話人所用之話本，由此推演，大加波瀾，即可以愉悦聽者，然頁必有圖，則仍亦供人閲覽之書也。」它們無疑是話本向書面文學轉化的産物，爲研究中國小説史之珍貴文獻。

《三國志平話》爲其中之一種。扉頁下半左右雙行豎題「新全相三國志平話」，夾縫中刻「至治新刊」。書分三卷，各卷首尾題名均有「至治新刊」四字。至治爲元英宗年號，凡三年，相當公元一三二一——一三二三年。其他四種也當是這個期間刊行的。

北宋就有瓦舍藝人講説三國故事。此平話略本史傳，傳説成分較重。開頭有「司馬仲相斷陰獄」爲入話，結末以劉淵滅晉興漢爲尾聲。前者怪誕，後者是隨意捏合史實。正傳偏重寫劉蜀方面，自「桃園結義」始，至諸葛亮病卒五丈原終，見得宋元人之偏愛心理。其中有許多情節，如張飛毆打常侍段珪讓、鞭死督郵，劉備三人去太行山落草，董成勸漢帝殺十常侍，以其頭顱招安劉備等，離開史實太遠；若干細節、稱名，如張飛稱無姓大王，年號快活年，他還曾持劍殺龐統，殺的却是一條狗等，有濃厚的民間文學的情趣。這也足見它保存了宋元時期講史藝人説三國故事的稚拙本色。

此書行文粗率，又多錯訛字，人名、地名、官職也多非本字，如諸葛作朱葛、李傕作李壳、楊修作楊宿、新野作辛冶等。商務印書館涵芬樓影印本附姜殿揚的校勘記，足資參考。

《全相平話五種》都是上圖下文，圖中有題目。《三國志平話》與《七國春秋續集》二種，本文中又有陰文小題目，標明本段所叙情節内容。這無疑是後來章回小説回有回目之肇端。

此書原本藏於日本内閣文庫，有鹽谷温影印本、商務印書館涵芬樓翻印本、文學古籍刊行社重印《全相平話五種》本、海寧陳氏排印《古佚小説叢刊》本。今據日本内閣文庫藏本影印。（袁世碩）

清平山堂話本

《清平山堂話本》包括短篇話本小説二十七篇（含五個殘篇），是近代關於話本小説兩次重要發現的合集。第一次發現是在一九二九年，日本著名漢學家鹽谷温教授在内閣文庫的藏書中發現了《柳耆卿詩酒翫江樓記》《簡帖和尚》等十五篇小説，原書板框高一六〇毫米，寬一一二毫米，不著序目及刊刻年月；第二次發現是在一九三三年，北京大學馬廉教授在寧波買到一包殘書，從中整理出《花燈轎蓮女成佛記》《曹伯明錯勘贓記》等十二篇小説。原書板框高一七六毫米，寬一二八毫米。分訂三册，書根有題字：「雨窗集上」（話本五篇）、「欹枕集上」（話本二篇）、「欹枕集下」（話本五篇），當爲分册書名。

日本内閣文庫所藏部分因其板心有「清平山堂」字樣，在影印時即定名爲《清平山堂》，馬廉教授又因其均爲話本，在影印時定名爲《清平山堂話本》，遂成慣稱。另據田汝成《西湖遊覽志》

所載，實則爲散佚多年的《六十家小説》，分爲六集：《雨窗集》《長燈集》《隨航集》《欹枕集》《解閒集》《醒夢集》，各集均析爲上、下册，每册收作品五篇。

清平山堂爲明朝嘉靖時錢塘人洪楩的齋名。洪楩字子美，以其祖父洪鍾蔭官，仕至詹事府主簿。家藏書籍甚富，取以覆刻，有《夷堅志》《唐詩紀事》《六臣注文選》《（羅泌）路史》《繪事指蒙》等傳世。本書據日本内閣文庫藏本影印。（魏同賢）

新編紅白蜘蛛小説

《新編紅白蜘蛛小説》殘存的末頁第十頁，是一九七九年上半年在西安發現的。當時西安市文物管理委員會清理所藏古籍善本，殘册殘頁也清出一大疊，我在審定時找出了這頁小説。它用黄紙印，半頁十一行、行二十字，單邊，細黑口，雙魚尾，字畫作圓勁的顔體，一看便知是元代福建建陽書坊所刊刻。標題「新編紅白蜘蛛小説」八字之大書占雙行地位，需醒目處如「但見」「正是」之作黑塊白字，也是元建陽坊刻的特有風格。研究過話本文學的都知道，臨安説話四家中説經、説參請、講史書三家各有一種或多種話本保存下來，唯獨影響最大的小説一家久付闕如。如今《新編紅白蜘蛛小説》殘頁的發現填補了這個空闕，其意義之重大自無待言。

錢南揚《宋元戲文輯佚》據《寒山譜》著録的《鄭將軍紅白蜘蛛記》，《續録鬼簿》著録的元明間楊景賢所撰《紅白蜘蛛》雜劇，其情節當據此元刻《新編紅白蜘蛛小説》。明嘉靖時晁瑮《寶文堂書目》卷中子雜類著録《紅白蜘蛛記》，當據此元刻小説重刊。惜均已失傳。紅白蜘蛛的完整故事，祇保存在明天啓時馮夢龍編撰的《醒世恒言》裏，標題已改爲《鄭節使立功神臂弓》，作爲《恒言》的第三十一卷。與此元刻小説殘頁比較，《恒言》在情節上、文字上都作了大幅度的增飾，不再像元刻《小説》那麽簡陋質樸。但在保存故事本來面目上元刻《小説》仍有其優越性。如《恒言》祇説故事主角鄭信身後被「敕封明靈昭惠王」，元刻小説則作「敕封官至皮場明靈昭惠大王」。按，南宋灊説友修《咸淳臨安志》卷七三：「惠應廟，即皮場廟，在城中者四。……按《國朝會要》，東京顯仁坊皮場土地神祠，建中靖國元年（一一〇一）六月封靈貺侯，崇寧元年（一一〇二）三月封公，四年閏二月封靈惠王，七月加封靈惠顯通王，十月封其配靈婉夫人，十一月改封靈淑夫人，大觀元年（一一〇七）十一月改封明靈昭惠王。」則「皮場明靈昭惠大王」自是北宋末年至南宋時之習用語，元代或尚通行，明人則已難於理解，故《恒言》删去「皮場」二字。即此一端，已足見此殘頁之可貴。而《恒言》之《鄭節使立功神臂弓》既已對此作過大幅度增飾，則收入「三言」之宋元舊話本必已非本來面目，亦可據以推知。

由此殘頁，更可考知宋元話本在形式上的若干特點，如標題上冠以「小説」二字，結束時説明「話本説徹，權做散場」之類，對於檢驗傳世小説話本中哪些保存了宋元時本來面目，也頗有助益。今據西安文管會所藏殘頁影印。（黄永年）

盤古至唐虞傳

《盤古至唐虞傳》，全名爲《按鑑演義帝王御世盤古至唐虞傳》，二卷七則，無則序。上圖下文，圖各有八字標題。卷首題「景陵鍾惺伯敬父編輯，古吴馮夢龍猶龍父鑑定」。書前有鍾惺序，自稱：「以今而見古，繇此而知來，千古之前，萬世之後，無以異也。則予是編，不幾與廬陵（指宋羅泌撰《路史》）而竝誌不朽乎！」明中葉後，公安、竟陵派作家重視提倡小説、戲曲，故書坊所出此類書籍，往往僞托他們名字，以廣號召，此書當亦如此。但本書的編寫宗旨，有足述者，除見於鍾序，書末所載書林余季岳的識語，亦值得注意：「自盤古以迄我朝，悉遵鑑史通紀，爲之演義，一代編爲一傳，以通俗諭人，總名之曰《帝王御世誌傳》，不比世之紀傳小説，無補世道人心者也。四方君子以是傳而置之座右，誠古今來一大帳簿也哉。」這説明這位書坊主人，雖然借光名人，爲自己的出版物做宣傳，但用意還是可取的：第一，他打算編寫出版一部自上古至當代的系列化全史演義，很有點氣魄，可説是有抱負的出版家；第二，他懂得利用通俗化的形式，向群衆普及歷史知識，起到歷史教科書的作用。以本書而言，叙述簡明有序，文字亦潔淨生動；書前所附《歷代統系圖》，即是一張紀年表；《歷代帝王歌》和《曆數歌》，更是爲了便於讀者記誦而編。可見本書的編寫，態度還是相當認真的，並不祇是爲了寫小説。書中多神怪荒誕，古史傳説，不足爲病。應該看到，我國歷代許多群衆的歷史知識，很大一部分就是通過這些通俗歷史演義而獲得的。

這部規模宏大的全史演義，其編寫和出版可能未曾全部完成。今存的以鍾惺、馮夢龍名義編輯、鑑定的古史演義，除本書外，尚有《有夏誌傳》四卷十九則；《有商誌傳》四卷。又有《大隋志傳》四卷四十六回，亦題「竟陵鍾惺伯敬編次」，但鑑定者題「温陵李贄卓吾參訂」，卷首載林瀚序，實即割裂褚人穫《隋唐演義》前半部而成，純係書坊托名牟利之書，與余季岳出版的這部全史演義無關。

本書以日本内閣文庫藏明書林余季岳刊本影印。（錢伯城）

有商誌傳

《有商誌傳》，全稱《按鑑演義帝王御世有商誌傳》，四卷十二則。卷首署「景陵鍾惺伯敬父編輯」「古吴馮夢龍猶龍父鑑定」。

明代自《三國志通俗演義》刊刻盛行後，小説家及書坊紛紛仿其體制編印歷史演義，使上自開天闢地，下至宋代之歷史，連續貫穿。它們各自獨立，又互成體系。到明末，出現了《盤古至唐虞傳》《有夏誌傳》《有商誌傳》三種。三書書名前都冠有「按鑑演義帝王御世」八字，作者署名相同，知出同一人之手；所署「鍾惺」「馮夢龍」名，當是僞托。三書前兩種現均存有明刻本，上圖下文，惟《有商誌傳》初刊本已不見。現存《有商誌傳》最早刻本是清嘉慶甲戌（十九年，一八一四）稽古堂梓本，該本將《有夏誌傳》與《有商誌傳》合爲一書而各自起訖，書名署《夏商合傳》。將稽古堂本中「有夏」部分與現存明刻本《有夏誌傳》比勘，兩本文字相同，可徵知「有商」部分亦不異於明刻本，惟文上缺圖而已。

全書所敘故事，衹第一卷爲商代事，也夾有周王朝起家的情節；其餘三卷都是商周易代時期的傳聞。書名雖稱《有商誌傳》，但敘周事多於敘商事；且於古史見於載籍者極少，大部分内容都取自民間傳説的神異故事，略如元人《武王伐紂平話》和明神魔小説《封神演義》的情節而增減之，其實稱不上「按鑑」，而且這段歷史實在也無鑑可按。

此據復旦大學圖書館所藏稽古堂刻本影印。原本書前「識語」及有關插圖，也一併照印。

（何滿子）

有夏誌傳

《有夏誌傳》全稱《按鑑演義帝王御世有夏誌傳》，四卷十九則，題「景陵鍾惺伯敬父編輯」「古吳馮夢龍猶龍父鑑定」。初刊於明末。清嘉慶年間稽古堂將此書與《有商誌傳》合刻，題《夏商合傳》。明刊本國家圖書館、天津圖書館及日本内閣文庫均有收藏。

《有夏誌傳》爲講史小説中的名作，書上圖下文，是明中葉後小説常用款式。講史的定義雖説是「講説《通鑑》漢唐歷代書史文傳興廢戰争之事」(宋吴自牧《夢粱録》)，但藝人或書會先生所編撰的話本以及臨場發揮之時，都渲染以民間流傳的附會史事的故事，以及藝人自運匠心的藝術虛構，並不完全符合史實。本書所題「按鑑」，也衹是標目而已，其實並没有《通鑑》可按，也没有依照史書撰寫小説。

明代的講史小説，以《三國志通俗演義》成就最高。明代一些小説家，鑑於《三國志通俗演義》的成功，並適應民間渴求歷史知識的需要，紛紛創作歷史演義，有的書坊甚至定出了創作全部歷史小説的規劃。於是，自開天闢地起聯接各朝歷史的演義系列應運而生，除周游編有《開闢衍繹通俗志傳》以外，最有名的是《盤古至唐虞傳》《有夏誌傳》《有商誌傳》三種。這三種書，書名前均冠有「按鑑演義帝王御世」八字，撰者也都題「鍾惺編輯」「馮夢龍鑑定」，是三種獨立成書而又以成套形式刊印的小説。明季小説，常托名鍾惺及馮夢龍編輯鑑定，這三種書也是如此。

本書據日本内閣文庫藏明刊本影印，原書板匡高一九三毫米，寬一〇七毫米。原本卷三有殘闕，據稽古堂本相應内容輯補於後。(何滿子)

鬼谷四友志

《鬼谷四友志》，又名《孫龐演義七國志全傳》。凡三卷，每卷又分上下，實爲六回。題「東泖楊景淐澹游父評輯」，「東泖三爻主人評點」。楊景淐生平無考。孫楷第先生《中國通俗小説書目》疑楊景淐爲華亭人，且謂評輯、評點者爲一人。

《鬼谷四友志》成書於乾隆六十年（一七九五）。有嘉慶八年（一八〇三）博雅堂藏板本，卷首有《鬼谷四友志序》，署「時乾隆六十年歲次旃蒙單閼授衣之上浣日書於樂志軒中東泖楊澹游筆」。本書即據北京大學圖書館藏本影印。

以孫臏、龐涓事入小説，最早當推元至治年間（一三二一——一三二三）建安虞氏新刊《樂毅圖齊平話》，明嘉隆間余邵魚編集《列國志傳》，其卷十、卷十一於此亦有突出的記述。明崇禎九年（一六三六）吴門嘯客編述《孫龐鬭志演義》二十卷，變全史性演義爲人物紀傳式演義，流傳甚廣。楊景淐病坊刻《孫龐鬭志》之俚，參考《列國志傳》，增飾作爲《鬼谷四友志》。按《孫龐鬭志演義》頗多神異怪誕之事，如鬼谷子授孫臏呼風唤雨之術、孫臏剪草爲馬撒豆成兵以勝龐涓之類。又叙孫臏因娶蘇代之妹與鄒忌結怨，亦皆於史無徵，宜乎楊景淐以其爲俚俗耳。

楊景淐既盡删《孫龐鬭志演義》之奇幻荒誕之成分，勢必使其書内容單薄，爲此，他將蘇秦、張儀之事增飾其中。蓋相傳蘇、張亦師事鬼谷子，而蘇、張行事，《列國志傳》卷十一亦有生

動描述，捏合聯綴，謂是「鬼谷四友」，孫、龐學兵法，蘇、張學游說，然終覺一書實爲二截耳。（歐陽健）

雙鳳奇緣

《雙鳳奇緣》，原署《繡像雙鳳奇緣》，又名《昭君傳》，二十卷八十回。作者不詳。現知本書最早版本爲嘉慶十四年（一八〇九）序刻本，卷首之序署「雪樵主人梓定」。有些研究者認爲雪樵主人即爲本書作者。書中所叙爲漢代昭君出塞故事，核以史實，頗多乖誤。如衛律、蘇武、李廣、李陵、毛延壽等均確有其人，但前四人與毛延壽的時代不相接，且李陵無爲漢朝盡忠事，毛延壽雖與昭君同時，但爲畫師，並非太師。於此可知作者歷史知識的貧乏，并可推知作者大概是一爲書坊寫作以謀生的下層文人。

小說雖寫漢代事，但大量運用了明清制度及官職。如卷三第十回寫到科舉大比之年，皇帝親筆欽點主考人，其銜爲「太子太保內閣大學士軍機房行走兼吏部尚書事務」「左春坊庶吉中允兼國子監祭酒代理內務府校書處」等。「軍機房」「內務府」皆清代新設之官署。據《清史稿・職官志》載：「雍正十年，用兵西北，慮儤直者洩其密，始設軍機房，後改軍機處。」則此書之創作，至早當在雍正十年（一七三二）之後。又，此書第一回寫漢元帝夜得一夢，夢見一個美人，醒來後便命人去「選取應夢美人」，而接受此一任務的爲奸相毛延壽，以致這位「應夢美人」遭到很多不幸。考《説唐後傳》曾寫及唐太宗夜得一夢，夢見自己遇到危難，有一白袍小將（即薛仁貴）前來救駕，醒來後便命人去尋求「應夢賢臣」，而接受此一任務的爲奸臣張士貴，使這位「應夢賢臣」歷盡艱辛。這兩個故事的構思極爲近似，「應夢美人」「應夢賢臣」的名稱亦甚接近，二者當有淵源關係。薛仁貴故事來源甚古，《説唐後傳》則刊於乾隆時，《雙鳳奇緣》的這種寫法當是受《説唐後傳》的影響。由此可知，此書的創作當在《説唐後傳》之後；雪樵主人爲之作序的嘉慶十四年（一八〇九）很可能即是此書撰成之年。

此書版本，據柳存仁《倫敦所見中國小説書目提要》著録，英國博物院藏有嘉慶十四年忠恕堂刊殘本；大塚秀高氏《增補中國通俗小説書目》又著録首都圖書館、北京大學圖書館等藏有嘉慶二十四年玉茗堂本。今據復旦大學圖書館所藏道光二十三年卧雲書閣本影印。（黄　毅）

二刻英雄譜

《二刻英雄譜》，全稱《精鎸合刻三國水滸全傳》，明雄飛館刊本，封面題「英雄譜」，欄外横題「二刻重訂無誤」。首《弁言》，尾署「熊飛赤玉甫書於雄飛館」，又有《叙》，尾署「晉江楊明琅穆生甫題」。前有圖百頁，相當精緻。《三國》圖自第一頁至六十二頁止，《水滸》圖自六十三頁至百頁止。圖後半頁爲題詠，句旁有圈點及評，皆用朱墨，署名有張聖瑞、張采等。孫楷第據此斷爲「崇禎時刻」（《日本東京所見中國小説書目》）。

《弁言》及《叙》都是講述合《三國》《水滸》二書而題曰「英雄譜」之旨意，隱約涉及時事。《弁言》云：「更東望而三經略之魄尚震，西望而兩開府之魂未招。飛鳥尚自知時，嫠婦猶勤國恤。」《叙》云：「經略掌勤王之師，馬部主犁庭之役，又不可以不讀此譜，一讀此譜，則干城腹心盡屬英雄，而沙漠鬼哭之慘，玉門冤號之聲，各不復聞於耳矣。」並讀兩文，可見所説「三經略」指的是明天啓、崇禎間經略遼東抗後金（清）失利受誅或戰死之楊鎬、熊廷弼、袁應泰，「兩開府」指的是在圍剿農民起義軍戰爭中自殺和被殺之楊嗣昌、孫傳庭。是則此書刻於崇禎末年。

此書二十卷。每頁上層爲《水滸》，下層爲《三國》。《水滸》題「錢塘施耐庵編輯」，目録爲一百零六回，實則一百十回。它是以容與堂及鍾伯敬評百回本爲底本（回目略有改動），於「雙林渡燕青射雁」後，基本依《水滸志傳評林》本，增入征田虎、王慶故事，是爲與萬曆間袁無涯刻一百二十回之《水滸全傳》不同之另一種綜合本。《三國》題「晉平陽陳壽史傳」，「元東原羅貫中演義」，「明温陵李載贄批點」，二百四十回，係據未併二則爲一回的李卓吾評本所刻。

本書據日本内閣文庫藏本影印。（袁世碩）

梁武帝西來演義

《梁武帝西來演義》，又名《梁武帝傳》《梁武帝演義》，十卷四十回。有清康熙癸丑（一六七三）永慶堂余郁生刊本，卷首題「天花藏主人新編」，有天花藏主人序，並插圖八十幅。後有嘉慶己卯（一八一九）抱青閣本、咸豐元年（一八五一）裕國堂本，均屬同一系統。今據康熙本影印。

天花藏主人，生平不詳，清初著名小説家。直署他著述、編次的小説四種（《人間樂》《梁武帝西來演義》《濟顛大師醉菩提全傳》《玉支璣小傳》），署他人名號編次，有天花藏主人序的七種（《錦疑團》《玉嬌梨》《平山冷燕》《兩交婚》《金雲翹傳》《幻中真》《後水滸傳》），不署任何人編次，僅有天花藏主人序者五種（《飛花詠》《麟兒報》《畫圖緣》《定情人》《賽紅絲》），總計十六種。一般認爲，《玉嬌梨》《平山冷燕》《兩交婚》《畫圖緣》爲天花藏主人的作品。天花藏主人是寫才子佳人小説的專家，但本書却是利用歷史題材宣揚佛法與因果報應的小説。

紹裕堂主人《識語》中説，本傳「據史立言」「引經作傳」，天花藏主人序又云「按鑑編年，彙成演義」，其實本書雖叙梁武帝蕭衍一生事迹，但不能算做真正的歷史演義小説，情節遠離事實，多荒誕不經之言，類似僧釋傳道在小説中的變種，言其「不出因緣果報」（《識語》），却是事實。

小説謂梁武帝蕭衍、皇后郗徽乃是上天菖蒲、水仙兩種皈依佛祖的有德名花，蒲羅尊者轉生爲蕭衍，水大明王轉生爲郗氏女。後因梁主、郗后迷失本性，惡生好殺，如來譴阿修羅、昆伽那下凡點化。郗后作惡多端，最終被罰作蟒蛇之身，梁武帝勤於佛事，三次舍身，最終「端坐而逝」，身亡歸西，了却了身前身後事。全書旨在借史實而闡述佛法，不注重故事情節和人物性格，結構松散，文字平平，比作者其他作品如《玉嬌梨》《平山冷燕》那樣清雋的小説，相距甚遠，故有人懷疑此書非天花藏主人的作品。（侯忠義）

隋唐演義（徐文長批評本）

本書扉頁題爲《徐文長先生批評增補繡像隋唐演義》，署「本衙藏版」。

書凡十卷一百十四節。每卷前都標明史事起訖，如卷一起端云：「自隋文帝仁壽四年乙丑歲改元大業元年，至煬帝大業十三年丁丑歲秋七月，凡十三年實事。」書末有木記云：「是集自隋公楊堅於陳高宗（當作宣帝）大（當作太）建十三年辛丑歲受周王禪，即帝位起，歷四世，禪位於唐高祖，以迄僖宗乾符五年戊戌歲唐將曾元裕勦戮王仙芝止，凡二百九十五（當作八）年。繼此以後則有《殘唐五代志傳》詳而載焉，讀者不可不并爲涉獵，以睹全書云。」下署「武林書坊繡梓」。以上木記與日本尊經閣藏《隋唐兩朝志傳》同，唯將末署「萬曆己未歲季秋既望金閶書林龔紹山繡梓」竄改爲「武林書坊繡梓」，周王原作周主，曾元裕爲原本高元裕之誤。高元裕勦戮王仙芝云云，缺乏史實根據。

本書第十四節「胡氏曰」一段襲用鍾谷熊大木編集《新刊參采史鑑唐書志傳通俗演義》第六節，本書第二十節「《綱目》斷曰」一段襲用熊氏演義第十二節，如同卷首襲用《鍾谷子述古風一篇單揭唐創立之有由》一樣。

以上事實表明本書第九節至第九十八節襲用熊氏《唐書志傳》。熊氏叙事至本書第九十八節止。第九十九節起則襲用舊題「東原貫中羅本編輯」，林瀚據羅氏原本所編之《隋唐兩朝志傳》十二卷。

明清之間流行的唐代歷史小説有兩個系統，一是世代累積型集體創作，如《隋煬帝艷史》《隋史遺文》《大唐秦王詞話》等，它們的成書類似《三國志演義》。演義者，借史事而鋪叙和虚構。真實性的程度各書不等。一拘泥於史實，如本書與《唐書志傳通俗演義》，演義即鋪叙，虚構的成分很少，可説是歷史的通俗讀本。《通鑑綱目》既是《資治通鑑》的簡編，又加强了封建正統思想，本書是這個簡編的通俗讀物。

卷首《點校隋唐演義叙》，署名「山陰徐渭文長撰」，有「天池」及「徐渭之印」各一，而中國社會科學院文學研究所藏本此叙署名同，而印文爲「山陰徐渭」「文長之印」。徐渭卒於萬曆二十一年（一五九三），而本書及同一系統的版本都不署出版年代，最早標明《新刊徐文長先生評唐傳演義》，又題《隋唐演義》的武林藏珠館刊本則刻於萬曆四十八年，該書錢塘黄士京二馮序亦同年作。很難認爲徐渭此叙不是出於書販僞托。

本書藏首都圖書館，有插圖七十九幅，較中國社會科學院文學研究所藏書名及内容相同、批評人相同的武林書坊刊本增加三十九幅，兩本文字有個别出入，此本插圖前後次序與書前目録對按，間有顛倒，如十五、十六圖，爲原書第廿七、廿八節，十七、十八圖爲原書第廿五、廿六節，顯然誤倒。以此視之，此本當刊於中國社會科學院藏本之後。原書高一九二毫米，寬一二九毫米，現據以縮印。（徐朔方）

説呼全傳

《説呼全傳》十二卷四十回，作者不詳。各卷題署多不同。卷一至六題「半閑居士、學圃主人共閲」，此後各卷分别題「培杏居士閲」「愛蓮居士編」「半痴道人戲編」等等，這些名號皆不詳爲何人。卷首有乾隆四十四年（一七七九）滋林老人序，可知此書係於是年付梓；序後鎸有印章兩方，可知滋林老人即張溶，字默虞，而張溶身世亦無考。

此書似據平話底本刊印。因全書叙述角度常從第三人稱的客觀介紹突然轉變爲作品中人物第一人稱的自述，其間並無任何交代；且人物對話也往往没有「××道」之類的説明，而直接連在一起。這顯然爲説平話藝人在演説時以一人而扮演幾個角色所致。同時，書中前後矛盾、錯訛遺誤頗多。如小説開頭交代龐集祇有一子，名唤黑虎，在第一回中便已死去。其四個侄兒合稱「龐四虎」，第三十七回後忽成了龐集之子。又如祝太公之女，在第二十五回中叫祝順姣，到第三十回後却成了祝素娟。即使三十回後係另一人所續，當亦不致訛誤至此。但一個平話處在流傳過程中而未最後寫定時，不同藝人的演説常會相互有些不同，上述歧異當即由此造成。換言之，此書不僅係據平話底本刊印，且是用幾個底本拼湊而成，未經加工整理便即付梓。

此書所述，爲宋呼家將的故事。明本《南北兩宋志傳》述楊家將事時已寫到呼延廷、呼延贊父子。至其獨立成書則當在薛家將故事流行之後，因其總體構架頗有與《反唐演義》相似之處，如偷祭鐵丘墳、新唐國借兵招駙馬等。然《反唐演義》寫新唐國寓有驅逐僞周、重建唐朝之意，此書顯係照搬《反唐演義》。又，書中所寫奸相龐集及其女多花，又顯然受到狄青故事的影響。演述狄青故事的《萬花樓》《五虎平西》中有奸相龐洪陷害狄青，此龐洪係以龐籍爲原型。據《宋史》本傳，龐籍官至同中書門下平章事、觀文殿大學士。皇祐五年（一〇五三）曾反對宋仁宗任狄青爲樞密使、同平章事，未果。後世小説中作爲狄青對立面的龐洪，顯係由龐籍變化而來。此書之龐集，亦顯指龐籍（「集」與「籍」同音）。且龐集之女多花入宫爲妃，與龐集狼狽爲奸，陷害忠良，也與狄青小説中龐洪父女故事相同。然龐籍「曉律令，長於吏事。持法深峭……治民頗有惠愛」（《宋史》），實非奸相。此書對龐集父女痛加指斥，顯然源於狄青的故事。薛家將中薛剛反唐故事和狄青故事都形成較晚，呼家將故事之獨立成書既在其後，似當不致早於乾隆時，則此書當即刊於呼家將故事流行的初期，也即爲呼家將故事之最早刊本。

此書之乾隆四十四年刊本有金閶書業堂本及寶仁堂本兩種，雖書坊之名不同，然實係同板。現據復旦大學圖書館藏寶仁堂刊本影印，原書板心高一七〇毫米，寬一〇五毫米。原缺卷十第二十五葉下半葉及卷十二第二十八葉下半葉，現據鄭州大學圖書館藏本補配。（黄　毅）

五虎平南後傳

《五虎平南後傳》，回前題《新鎸後續繡像五虎平南狄青演傳》，書前牌記署「狄青演義」，並有「楊文廣掛帥」字樣。六卷四十二回。不題撰人。首序末署「小瑯環主人題」，可能便是著者。此書稱「後傳」，是因先有《五虎平西珍珠旗演義狄青前傳》。兩書既分刻單行，又多合刻並行。此書第一回開頭便從「却説前書五虎將征服西域邊夷，奏凱歌班師回朝見主」説起，見得兩書是同一作者作成。《五虎平西狄青前傳》初刊於清嘉慶六年（一八〇一），此後傳聚錦堂刊巾箱本刊於嘉慶十二年，其書之作成當在此期間。

書演狄青平定廣南儂智高故事。狄青是北宋名將，《宋史》卷二百九十本傳載其征西夏、平儂智高事。《醉翁談録》「小説開闢」條有「《收西夏》説狄青大略」之語，可見南宋時已有演述其故事之話本。元雜劇也有《狄青復奪衣襖車》《狄青撲馬》二劇。晚明的《楊家府演義》從第六卷後半《邕州儂智高叛宋》回起共十八回演平儂智高故事，但却改篡史實，將本來祇是「從狄青南征」的楊文廣，寫成爲主將，狄青被説成是陰謀小人。此書恢復了狄青、楊文廣本來的位置，但也祇是略本史傳，在此歷史的基本框架裏，却是按民間傳説和已流行的通俗小説的路子編造的情節，其中也因襲了《楊家府演義》中的人物、情節。書中還雜有較爲濃重的離奇怪異的成分，兩軍交戰各有異能，各施法術，占據了小説的重要地位的是曾得異人傳授的蠻女段紅玉，狄青的勇武反倒隱而不彰了。至此，歷史演義小説已離開其本性甚遠。

此書問世後，流行甚廣，書坊不斷刊印。早期的版本有聚錦堂刊本、啓元堂刊本、同文堂刊本、大文堂刊本、寶華順刊本、三讓協藏版本等，刊刻先後無法斷定，板式則大致相同。今據啓元堂本影印。（袁世碩）

雲合奇蹤

在以明朝開國爲題材的歷史小説中，《英烈傳》最著稱於世。它有三種傳本：一、《新鐫龍興名世録皇明開運英武傳》，簡稱《皇明英武傳》，八卷六十回。卷一題「原版南京齊府刊行」，「書林明峰楊氏重梓」。萬曆十九年（一五九一）刊本，藏日本内閣文庫。書中有數處註明出自舊本。所謂「南京齊府」云云，乃假托之辭，不足信。齊王榑是朱元璋的庶七子，洪武三至十五年，永樂一至四年在南京。宣德三年暴卒，國除。二、《新刻皇明開運輯略武功名世英烈傳》，六卷。封面題「官板皇明全像英烈志傳」,「書林余君台梓行」。藏國家圖書館、日本内閣文庫。

三、《雲合奇蹤》,二十卷八十則,每則標題爲四言對句,藏上海圖書館、大連圖書館等。卷端署「稽山徐渭文長甫編,玉茗堂評點」。後又有清懷德堂本和英德堂本,每回以七言單句爲題。以上三種實出於同一系統。

本書叙事起自元順帝末年,迄於明太祖洪武十六年(一三八三)正月,即統一大業完成後的次年。朱元璋立太子在洪武元年,分封諸王始於洪武三年,爲了加强最後一則的氣氛,都移到這一年。

《雲合奇蹤》書前有徐如翰序,認爲小説出於徐渭之手。徐渭是著名的詩人,而此書每則前都有一首七律,平庸乏味,不可能是他的作品。所謂湯顯祖評點也同樣難以置信。

徐序叙述刊刻緣起説:「武林朱生孔嘉、李生房陵以闕皇明政績不小,因發所秘而廣之。寧宇問序於余。」這三人大約是杭州的書販。序署「萬曆歲在柔兆執徐(丙辰)陽月穀旦,賜進士朝列大夫邊關備兵觀察使者古虞徐如翰伯鷹甫謹撰」。據《上虞縣志》卷四十八劉宗周《徐檀燕公傳》,徐如翰(一五六八——一六三八),萬曆二十九年進士。萬曆四十四年作此序,他正從晉北分巡道備兵大同罷官家居。

《野獲編》卷五《武定侯進公》以爲此書出自武定侯郭勛之手。説他「謀進爵上公,乃出奇計,自撰開國通俗紀傳名《英烈傳》者。内稱其始祖郭英戰功幾埒開平(常遇春)、中山(徐達)」。指本書第三十九則鄱陽湖之戰，郭英射殺陳友諒。其實明初帝王將相在書中都有誇大的描寫，甚至説是天上星宿下凡，郭英倒還不到這樣的程度。此説難以令人置信。

此書叙事都有史料及筆記爲依據，它是文人的個人創作，同《三國演義》的成書不同。第十七則以劉基爲元代太保劉秉忠之孫，第六十則以修造明孝陵的傳説誤作初建南京宮殿的典故，可能是有意穿鑿附會。第二十六、七則關於浙江杭州、金華（婺州）、諸暨、衢州等地方位的描述，可説是書中不多見的明顯失誤。

本書據大連圖書館藏本影印，原版高二〇〇毫米，寬一二八毫米。原本殘缺之處，以别本配補，附於書後。（徐朔方）

三教偶拈

《三教偶拈》，不見各家著録，僅日本著名漢學家長澤規矩也氏雙紅堂文庫庋藏一部，現歸東京大學東洋文化研究所。本書三卷，第一卷爲《皇明大儒王陽明先生出身靖亂録》，題下署「墨憨齋新編」，第二卷爲《濟顛羅漢净慈寺顯聖記》，卷三爲《許真君旌陽宮斬蛟傳》。無目，有序。序已不全，署「東吴畸人七樂生」。據朱彝尊《静志居詩話》，知馮夢龍有詩集《七樂齋稿》，「七樂生」想即馮氏又一别號，「七樂齋」即馮氏又一齋名，與「墨憨齋」等同。馮夢龍爲晚明著名的通俗文學家，早年治《春秋》，屢試不中，晚年以歲貢授壽寧知縣，著述甚豐，其最著稱於世者爲「三言」。至於本書的編纂，序中說：「是三教者，互相譏而莫能相廢，吾謂得其意皆可以治世……余於三教概未有得，然終不敢有所去取。其間，於釋教吾取其慈悲，於道教吾取其清浄，於儒教吾取其平實，所謂得其意皆可以治世者，此也……因思向有濟顛、旌陽小説，合之而三教備焉。」

序文又稱：「偶閲《王文成公年譜》，竊嘆謂文事武備，儒家第一流人物，暇日演爲小傳，使天下之學儒者，知學問必如文成，方爲有用。」可見其對王陽明的尊崇，亦可見《皇明大儒王陽明先生出身靖亂録》確係馮氏自著的王陽明傳記小説。而《濟顛羅漢浄慈寺顯聖記》則據無名氏《錢塘湖隱濟顛禪師語録》，《許真君旌陽宫斬蛟傳》則據鄧志謨《新鐫晉代許旌陽擒蛟鐵樹記》輯録，僅更動了標題，改動了少量文字。

《皇明大儒王陽明先生出身靖亂録》一篇另有日本慶應紀元乙丑（一八六五）晚夏弘毅館刊本傳世，可資參考。全書雖僅存一部，但故宫藏有此書滿文譯本，由此可見此書在清代頗受人重視。現據雙紅堂藏本影印，原書板心高二一三毫米，寬一三三毫米。（魏同賢）

近報叢譚平虜傳

《近報叢譚平虜傳》，二卷，每卷各有十個回目，即全書爲二十回，但回目之上不標第幾回。

在兩卷首頁之該卷總回目後，各附有插圖三幅。在回目後用小字注明「近報」或「叢譚」。作者吟嘯主人於序中說：「近報者，邸報；叢譚者，傳聞語也。」這是作者「坐南都燕子磯上閱邸報」，並詢之於南來之「燕客」，録其傳聞，而撮合成此傳。

傳中所記，有「不意二年秋間，李永芳謀主李伯龍，復唆奴主入寇，又懼遼東一帶把守嚴密，於是渡河西來」（《奴酋率虜入寇》），「奴賊犯我天朝，督師袁崇焕亦帥兵萬餘，前來征剿，奉旨屯紮薊州城内」（《奴酋陷順義良鄉縣》），袁兵「進京入衛，十七日屯紮城外于公祠内，城中百姓聞袁督師兵到，民心始定」（《袁督師帥兵入衛》）。其所記史事，當爲明崇禎二年（一六二九）秋冬，清太宗大舉入關，破喜峰口，陷遵化，過薊州，圍京城，明督師袁崇焕千里赴援，總兵尤世、滿桂、祖大壽力戰，至崇禎三年正月而暫退清兵。這段史事，短僅數月，作者敷衍成傳，其中有引述大段奏章，有記其民間傳聞，真假互參，作者認爲：「苟有補於人心世道者，即微訛何妨？」（作者《序》）其體裁介乎野史與演義之間。

作者吟嘯主人，不知真實名姓。從傳中所記爲崇禎二、三年的史事並稱「近報」看，作者當爲明崇禎年間人。自稱「予坐南都燕子磯上閱邸報，奴因越遼犯薊，連陷數城，抱杞憂甚矣」。或者崇禎初年曾在南京爲官，並有條件及時閱讀邸報。從作者自序中説「連陷數城，抱杞憂甚矣」和傳末稱暫退清兵之後爲「自是狼煙不起，太平萬年矣」推斷，作者當即在崇禎三年完成此傳。

作者自稱作此傳在於使閲者「見上之仁明智勇」,「識虜酋之無能」。稱頌崇禎皇帝「天恩真上暢九垓,下圻八埏矣,兵卒雖微亦不杜其身喪沙場,死有餘馨」,「今日天恩通天徹地,真堯舜之君至今在」(《馬都督炮擊奴賊兵》);説「聖朝福分齊天,凡屬神明皆在擁護,則我蒼赤又何必驚詫於小丑之未凈,惶惶自危不並力堵剿之」(《奴賊攻郡縣驀陵》)?可見作者維護明王朝的鮮明立場與感情色彩。傳中録有大段奏章,又記其當時明清交戰氣氛,於了解崇禎二年冬這場戰事有參考價值。(安平秋)

魏忠賢小説斥奸書

《魏忠賢小説斥奸書》八卷四十回,演明末閹黨魏忠賢事。明崇禎元年刻本。據全國善本書編目所見,海内僅此一種版本,藏北京大學圖書館、天津人民圖書館,惟均缺第十三至二十一回,第三十五至四十回,計十五回,僅存二十五回。今據北京大學藏本影印出版。

原書題吴越草莽臣撰。正文卷端題「峥霄館評定出像通俗演義魏忠賢小説斥奸書」,板心魚尾處鎸「斥奸書」。首有崇禎元年(一六二八)鹽官木强人叙、崇禎元年午月午日吴越草莽臣自叙、戊辰仲秋朔日羅刹狂人叙。又有潁水赤憨《斥奸書説》、峥霄主人《斥奸書凡例》五條。原刻本有圖與旁批、眉批、回評,文字清晰,刻印精美,屬明版小説中的上品。

作者吴越草莽臣，孫楷第《中國通俗小説書目》云：「疑陸雲龍。」或以其爲馮夢龍。據今人蕭相愷考證，《斥奸書》的作者係陸雲龍，陸雲龍即崢霄館主人。崢霄館曾刊《袁小修先生小品》二卷，内封除刻有「崢霄館版」外，尚鎸有「翻刻必究」四字。陸雲龍於崇禎癸酉（六年）刊行《翠娛閣評選十六名家小品》中，就包括了《袁小修先生小品》一書，用的就是「崢霄館版」，由此可見，崢霄館主人即陸雲龍無疑。陸雲龍，字雨侯，浙江錢塘諸生，其自稱「草莽臣」，亦與其身份相符。

《魏忠賢小説斥奸書》刊於崇禎元年，在《警世陰陽夢》之後，《皇明中興聖烈傳》《檮杌閑評》之前，且對後二書産生了一定影響。魏忠賢僨事不到一年，此書即刊刻出版，説明它是一部反映現實頗爲及時的「時事小説」。關於此書的創作過程，崢霄館主人（也就是作者）在書前《凡例》中言之甚詳：「是書自春徂秋，歷三時而始成。閲過邸報，自萬曆四十八年至崇禎元年，不下丈許。且朝野之史，如正續《清朝聖政》兩集、《太平洪業》、《三朝要典》、《欽頌爰書》、《玉鏡新談（譚）》，凡數十種，一本之見聞，非敢妄意點綴，以墜於綺語之戒。」這段話表明，《斥奸書》的寫作是以歷史事實爲據，因此在書的内容上，每回均標出事件的發生時間，從萬曆十六七年起，到崇禎元年止，重點是寫天啓年間魏忠賢結黨營私、擅專朝政、誣陷忠良、荼毒生民，縱慾揮霍的罪惡，與《警世陰陽夢》基本相同，但事實較爲豐富詳盡。（侯忠義）

警世陰陽夢

《警世陰陽夢》十卷四十回。分《陽夢》三十回，寫明末閹黨魏忠賢由困厄、發迹到滅亡的經過；《陰夢》十回，叙魏忠賢死後在陰司所受的報應。回目之間不相連屬。此書僅有明崇禎元年（一六二八）刊本，至今未發現其他傳本。原刻本板框高一九五毫米，寬一二一毫米，藏大連圖書館，其中卷十第九頁原缺，今據以影印。

原書題「長安道人國清編次」。卷首有序，題名「醒言」，序署「崇禎戊辰（一六二八）硯山樵元題於獨醒軒」。作者、序者皆不知爲何人，但同屬明人無疑。

封面有題識，曰：長安道人與魏監微時莫逆，忠賢既貴，曾規勸之，不從。六年受用，轉頭萬事皆空，是云《陽夢》。及既服天刑，道人復夢遊陰司，見諸黨受地獄之苦，是云《陰夢》。作者與魏監相識的話是可信的。《醒言》序中也説：「長安道人知忠賢顛末，詳志其可羞、可卑、可畏、可恨、可痛、可憐情事，演作陰陽二夢。」意思相同。作者以强烈的忠孝節義思想，憤怒地揭露了魏忠賢、崔呈秀、客氏等人淩虐縉紳、荼毒忠良、廣植惡黨、專擅朝政等不赦罪行，表現了作者的正義感。

以魏忠賢爲題材的小説，除本書外，尚有《魏忠賢小説斥奸書》《皇明中興聖烈傳》《檮杌閑評》，但以此書爲最早。書成於明崇禎元年六月，距魏忠賢之死僅半年。魏忠賢事，皆爲當世時事，識者必多，因此過分夸大失實，定遭譏抨，因此本書保存了不少史實，有一定的史料價值。

（侯忠義）

遼海丹忠録

《遼海丹忠録》全稱《新鎸出像通俗演義遼海丹忠録》，八卷四十回。題「平原孤憤生戲草」「鐵崖熱腸人偶評」。首有序，署「時崇禎之重午，翠娱閣主人題」。今存明崇禎間翠娱閣刊本。

關於本書之作者孤憤生，顯係與「熱腸人」爲同一人，即陸雲龍之弟。清乾隆間歸安姚氏所刊之《禁書總目》中，列有《遼海丹忠録》，題陸雲龍作。雲龍，即翠娱閣主人，字雨侯，明末浙江錢塘人，曾作小説《魏忠賢小説斥奸書》。但書序明言「此予弟《丹忠》所繇録也」。知作者非雲龍而爲其弟，名不詳。從所作小説看，其弟當是關心國家政事，時有「孤憤」的「熱腸人」。書無刊刻年月，序末所署「崇禎之重午」，或爲庚午（崇禎三年，一六三〇）之誤，或兼庚午年端午日。書中叙事止於袁崇焕就逮，事在三年三月，而未涉及其八月被殺，故不會是崇禎十五年之壬午。

本書是明朝人寫的反映遼東戰事的時事小説，記事起於萬曆十七年（一五八九），迄於崇禎三年春，叙寫後金的興起，薩爾滸之戰，廣寧失守，寧錦保衛戰等重大戰役，再現了遼東軍民與後金軍浴血奮戰的場面，反映了明末軍政的腐敗和明清之際的風雲變幻。小説重點是寫毛文龍一生，寫他棄儒從戎，受命於危難之時，用計收復失地，經營海上，抗擊並牽制後金兵馬，成爲遼東戰場上一支重要的軍事力量，後被袁崇煥誘殺。對於毛文龍的功過，自明末便聚訟紛紜，本書是爲其辯誣之作。正如序中說：「顧鑠金之口，能死豪傑於舌端；而如椽之筆，亦能生忠貞於毫下。」作者之「孤憤」，實針對明末現實。作品取材於現實，依據塘報奏議等史料，采取史書紀年的體例而創作的，故從文學角度衡量，本書重於叙述，而輕於描寫。但「其詞之寧雅而不俚，事之寧核而不誕，不剿襲於陳言，不借吻於俗輩，議論發抒其經緯，好惡一本於大公」，也自有其特色。

本書據日本内閣文庫藏本影印。（苗　壯）

新世鴻勳

《新世鴻勳》凡二十二回，題「蓬蒿子編」。蓬蒿子約生活於明末清初，姓字里居不詳。書前小引末署「順治辛卯天中令節蓬蒿子書於耨雲齋中」，順治辛卯爲順治八年（一六五一）；江左樵子《樵史通俗演義》曾多次提及此書，計六奇《明季北略》謂順治十一年已見過《樵史》；以此推之，本書即作於順治八年。

《新世鴻勳》的創作是以稍前西吴懶道人《剿闖通俗小説》爲藍本，祇是首尾有所增易，在篇章的結構上也進行了一些合理的更换，小説氣氛較前者更爲濃鬱。

寫李自成起義、清兵入關的小説，除《剿闖通俗小説》《新世鴻勳》外，尚有《樵史通俗演義》《末明忠烈傳》等，戲曲有《鐵冠圖》《表忠記》等，可見此段歷史很爲當時通俗文學作家所注目。《新世鴻勳》的版本，最早的有兩種。一爲「慶雲樓藏版」，書扉題「定鼎奇聞」，横署「盛世鴻勳」，有插圖五幅。一爲載道堂梓行本《新世弘勳》，横署「鐵冠圖全傳」，無插圖。二本前均有蓬蒿子所作「小引」，正文中不避康熙諱，版式及字體完全一樣，當用的是同一板，衹是更易書名而已。如慶雲樓所題書名中「鴻」字爲避乾隆帝諱，則印刷年代當遲至乾隆年。二本比較，載道堂本紙質墨色及刷印質量均遜於慶雲樓本。

據歸安姚氏《違礙書目》及《禁書總目》，此書在乾隆年間被列爲禁書，但實禁而不止。嘉慶後坊刻特多，或題《新史奇觀》，或題《大明傳定鼎奇文》等。

本書據大連圖書館藏慶雲樓本縮印，原板高二〇一毫米，寬一一五毫米。原書有缺頁，據載道堂本輯補於後。（蕭相愷）

鐵冠圖

本書全名《繡像鐵冠圖忠烈全傳》，五十回，扉頁有「内附李闖攻打岱（代）州」字樣。前有

《忠烈奇書序》，不標作者姓名。卷首署松排山人編，龍岩子校閲。

第一回開頭「歌曰：『東也流，西也流，流到天南有盡頭。張也敗，李也敗，敗出一個好世界。』此歌係明初鐵冠道人所作。道人即張子華名冲，好戴鐵冠，極有道術。太祖嘗名（召）他入宮，問其國祚長短。道人答道，陛下國祚長久，傳至萬子萬孫才盡……。」雙關明亡於萬曆的子孫。

第四十八回《洩天機鐵冠圖開》，叙三幅圖畫，第一幅「十八個孩兒你搶我奪，好似要生食一般」，寓言李闖起事；第二幅「一個大人披髮懸樑」，暗示崇禎帝自縊於煤山；第三幅「天下萬萬年五個大字」，歌頌新朝。

書頁中縫有《末明忠烈傳》字樣。《末明忠烈傳》是另一小説，題材相同。有道光四年嘯月樓刊本，六卷四十回，又名《繡像三軸圖忠烈全傳》，「内附活捉假李闖，生擒李洪基」。洪基爲自成之子。

是書第十九回《邊大綬披雲刖墓》，邊大綬發掘李自成父親的墳墓以破壞風水，使他不能做皇帝。《末明忠烈傳》掘墳人是知縣汪喬年。

阿英舊藏道光十六年丙申（一八三六）四宜齋抄本《鐵冠圖分龍會》四册二十一回。據云書前有康熙三年（一六六四）餘生子序，六年遺民外史序。有鐵冠圖、分龍大會情節，第十回爲《邊知縣怒掘闖冢》。分龍會見《鐵冠圖》第十五回《宋炯計設分龍會；李闖伙（火）併老曹操》。這是見於著録的最早的同題材小説。

書販就同一題材的小説輾轉翻刻，一分爲二，合二爲一，無所不有，《鐵冠圖》《末明忠烈傳》《鐵冠圖分龍會》可能衹是現在所知的其中一部分而已。

本書用胡士瑩藏本（今歸浙江大學中文系資料室）影印，此本扉頁有「光緒十年新鎸」字樣。該書另有光緒四年宏文堂刊本，雖早出幾年，然兩者並無多大差異，皆粗劣的坊刻本，且刊誤多於光緒十年本。胡本卷六第二十頁殘破，今據宏文堂本輯補於後。（徐朔方）

萬年清奇才新傳

《萬年清奇才新傳》，内封署「繡像萬年清奇才新傳」，「内附方世玉打擂臺」，五集十八卷二十七回，不題撰人。原爲傅惜華先生所藏，現歸中國藝術研究院戲曲研究所，此即據以影印。

清咸豐、同治年間，有關乾隆帝遊江南的傳説在民間廣泛流傳，同時方世玉、胡惠乾等武俠人物的事迹也爲人津津樂道，書賈窺出其中有利可圖，於是將二事捏合在一起，創爲小説。此書的創作、刊刻當即始於該時。

此書隨撰隨刻隨賣，可視作清末民初報端連載小説的濫觴。書中分集、卷、回的體例極不統一，且總目與正文的卷次也不一致。前三集卷次、回目相連，後二集卷次另起，回次則仍接續前三集；而分卷甚至有割裂一回文字者。在款式上，各集字體、刀法均不同，行格、版匡高廣、邊欄、版口也不劃一，行數、字數也不一致。可能由於此書在當時很暢銷，書的規模也日益龐大，至光緒中葉才結撰殺青。

此書現存刻本均非全帙，除傅惜華原藏本外，大連圖書館所藏亦爲五集本，國家圖書館藏本僅二集十三回。孫楷第《中國通俗小説書目》云曾見廣州坊刊本，僅四卷七回。至光緒十九年（一八九三），上洋海左書局將全書集次、回次稍加整理，予以石印，書名改題《聖朝鼎盛萬年清》，共八集七十六回。此外，上海英商五彩公司、上海書局、上海廣益書局、錦章書局均有石印本，或全或不全，書名也改作《聖朝鼎盛》《乾隆巡幸江南記》《乾隆遊江南》等。也許是因爲存世刊本均非足本，書中所寫多爲廣東事，而足本又遲至光緒十九年在上海石印，故孫楷第《中國通俗小説書目》認爲「始作者爲廣東人，上海書賈續成之」。

此書問世後，影響很大，續作、改編者代不乏人。但書中所述乾隆帝南巡事，與正史所記事實完全無關。（顧鳴塘）

呂祖全傳

《呂祖全傳》一卷，不分回，題「唐弘仁普濟孚佑帝君純陽呂仙撰，奉道弟子憺漪汪象旭重訂，同道何應春、費欽、鍾山、吳道隆、鄭汝承、查宗起同校」。呂純陽撰云云，純係僞托，作者殆即汪象旭。

象旭原名淇，字右子，一字憺漪（或作瞻漪），號殘夢道人，錢塘人。又嘗自署「西陵汪象旭憺漪子」，則又似係浙江蕭山縣人，以蕭山縣西三十里有西陵湖也。所著《呂祖全傳》外，尚有《濟陰綱目箋釋》《保生碎事》《尺牘新語》等。又曾評《西游記》，稱《西游證道書》。又《西游證道書》載《玄奘取經事迹》，玄作「伭」，當係避康熙諱，而乾隆初，則已有由蔡元放據《西游證道書》增評的文盛堂本《增評證道奇書》出現。汪象旭評本《西游證道書》當出康熙間無疑，而且似應出康熙中期以前。《呂祖全傳》卷首葉序，尾署「壬寅夏日同學弟葉生頓拜」。凡此種種據以推斷，壬寅應是康熙元年（一六六二）。孫楷第《中國通俗小説書目》謂此書有康熙元年刊本，當可信。而汪象旭，當也是明末清初間人。

《呂祖全傳》叙呂洞賓出身、求道、度世、成仙事，是一部純爲宣揚道教而作的宗教小説，但却與道家的經典無涉，重點在闡釋求道須徹底脱却紅塵、志堅心誠。其叙呂洞賓看破紅塵一節，完全脱胎於《枕中記》《南柯太守傳》一類唐傳奇；而叙其求道時經受的種種考驗，則頗類《達摩出身傳燈傳》中的慧可拜達摩爲師，也很像《薩真人咒棗記》中薩真人的經歷。

這部《呂祖全傳》同時是中國通俗小説史上第一部以第一人稱叙事的作品。單這一點，它在小説史上就值得寫上一筆。

本書康熙原刊已不得見，今據北京大學圖書館藏咸豐九年（一八五九）寶賢堂本影印。正傳之外，尚有《正陽真人贈呂祖丹訣歌》《證道碎事》等。（蕭相愷）

編者按：孫楷第《中國通俗小説書目》著録之康熙元年刊本《呂祖全傳》，現藏於美國哈佛大學哈佛燕京圖書館。内封題《呂純陽祖師全傳》，正傳前有《純陽呂仙傳叙》《憺漪子自紀小引》《正陽真人贈呂祖丹訣歌》《贊》《校辨俚説》《附載目録》及數頁繡像，正傳部分殘缺不完。書後有齊如山先生批語「此係原刊初印本，實不多見，惜已殘缺。余收此則專爲書前幾頁圖畫」。現將正傳前内容及齊如山批語頁輯補於後，供讀者參考。

壺中天

《壺中天》小説，向不見人著録與收藏。一九六〇年秋，胡士瑩先生於杭州冷攤偶得一鈔本。書僅一册，騎縫中有「壺中天」三字，半頁八行，行二十二字，僅存第六、第七、第八回。全書不明幾回，亦不詳作者姓名。

小説命名，蓋取古仙人施存「常懸一壺，如五升器大，變化爲天地，中有日月，如世間。夜宿其内，自號壺天」之意（詳《雲笈七籤》）。從文體風格看，正文前有頭回，與「三言」「二拍」寫法相類，蓋爲明末清初之擬話本。

胡氏藏書一度失散，但此書收回後，已有損壞，除第七回尚完好外，第六回僅存二頁，第八回止剩上半。

今據胡氏藏本影印。原書高二五〇毫米，寬一六〇毫米。（蕭欣橋）

覺世雅言

《覺世雅言》八卷，明末無名氏輯。法國巴黎國家圖書館收藏有明刊本。今殘存五卷，除卷三《誇妙術丹客提金》十一葉下半葉、十二葉上半葉闕失外，其餘文字均完整，後三卷全闕。現據巴黎國家圖書館藏本影印。

書首有「緑天館主人題」叙一篇，殘存三葉。《中國通俗小説總目提要》謂其「序似即《古今小説》緑天館主人序改寫而成」，似有誤。按此叙之前兩葉文字、行款板式乃至行間圈點，全同明兼善堂刻本《警世通言》叙之三四葉，可見其淵源所在，並可推知其所闕内容當爲《警世通言》叙之前兩葉。惟末葉内容與《古今小説》叙尾雷同，篇末署名即改《警世通言》叙之「天啓甲子臘月豫章無礙居士題」爲《古今小説》叙之「緑天館主人題」。移花接木，委曲如此。

《覺世雅言》書名明顯模倣「三言」，書實爲「三言」之微型選本。其卷一《張淑兒巧智脱楊生》，見《醒世恒言》第二十一卷；卷二《陳御史巧勘金釵鈿》，見《古今小説》第二卷；卷三《誇妙術丹客提金》，見《拍案驚奇》第十八卷《丹客半黍九還，富翁千金一笑》，又見《今古奇觀》第三十九卷，篇名同《雅言》；卷四《楊八老越國奇逢》，見《古今小説》第十八卷；卷五《白玉孃忍苦成夫》，見《醒世恒言》第十九卷；卷六《旌陽宫鐵樹鎮妖》，見《警世通言》第四十卷；卷七《吕洞賓飛劍斬黄龍》，見《醒世恒言》第二十一卷；卷八《黄秀才徼靈玉馬墜》，見《警世恒言》第三十二卷。就現存前五卷而言，《雅言》出自「三言」之各篇文字字體、板式、行間圈點，全同明天啓間天許齋刻本《古今小説》與明天啓甲子兼善堂刻本《警世通言》。胡士瑩《話本小説概論》推測成書原因爲「其時當明季兵燹之餘，『三言』版片，零落殆盡」，坊賈「即將『三言』原有的殘片來印刷，僅將卷數剜改而已」，是可信的。惟各篇眉批何以普遍少於原版片，實是一疑。其卷三《誇妙術丹客提金》，内容雖全同《拍案驚奇》，而行款則與明尚友堂原刊本《拍案驚奇》不甚吻合，篇名亦異，故孫楷第《中國通俗小説書目》斷爲「實據《今古奇觀》録入」，當可從。（曹光甫）

西湖拾遺

《西湖拾遺》四十八卷，題「錢塘陳梅溪搜輯」。乾隆五十六年（一七九一）自愧軒刻本。封面有「杭城十五奎巷内玄妙觀間壁青牆門内本衙發兑」雙行牌記。首有乾隆辛亥（一七九一）「錢塘梅溪陳樹基撰」自序。藏大連圖書館。另有嘉慶辛未（一八一一）覆刻本、道光二十七年（一八四七)年書業堂刊本、光緒上海申報館重排本。

此書爲有關西湖人物故事的擬話本選集。其訂輯緣由及宗旨,陳序云「方今運際昌期,聖天子念切民瘼,翠華六幸,駐蹕湖上行宫。凡名勝之區,無不親灑宸翰,用志表彰」,「第其間之人物,所見異辭,所聞異辭,所傳聞又異辭。顯者或僅得大概,微者或昧厥從來」,「(余)因摭舊時耳目所及,訂輯成帙,目之曰《拾遺》,並繪圖卷首。睹斯集者上下數千年,彙古人之忠孝節義,政事文章,以至仙佛鬼神,幽僻怪幻,相與晤對於一室」。此集首三卷爲圖像,末卷爲《止於至善》,實爲四十四卷、四十四篇故事。其中卷六、卷七、卷八、卷九、卷十二、卷十三、卷十四、卷十五、卷十八、卷十九、卷二十二、卷二十三、卷二十四、卷二十五、卷三十八計十五篇取自《西湖佳話》,卷三十六取自《醒世恒言》,其餘二十八篇均取自《西湖二集》。但對原文都作了不同程度的改動。

今據大連圖書館藏自愧軒刻本影印。原缺卷三十二至三十四,以上海圖書館藏本(原書前缺,刊刻年代不詳)補輯。(蕭欣橋)

三刻拍案驚奇

《三刻拍案驚奇》又題《型世奇觀》,署明夢覺道人、西湖浪子輯。鄭振鐸藏有殘本《幻影》一書(今歸國家圖書館),存前七回,内容與《三刻拍案驚奇》前七回同,所題著者和字體、行款並同,但《幻影》無序,《三刻拍案驚奇》書首有「驚奇序」,序末署「□□□未仲夏孤山夢覺道人漫書」。鄭振鐸稱「此書(《幻影》)全目凡十卷,每卷四回,共四十回」(《中國文學論集》)。現存各本《三刻拍案驚奇》皆爲三十回,分八卷,前七卷每卷各四回,第八卷爲二回,似非全本。

此書的創作年代,從書中所叙已涉及崇禎初年事,推知當在明朝末年。「驚奇序」後所題「□□□未」是考定作年的重要綫索。鄭振鐸根據序中「方今四海多故,非苦旱潦,即罹干戈」等語,推斷爲崇禎十六年癸未(一六四三)(《中國文學論集》)。但細按小説中「就是上年逆璫用事時」(十二回)、「就如目下魏忠賢,把一個『三案』一網打盡賢良」(十九回)和「就是目今,巧竊權是閹宦魏忠賢,祇落得身磔家藉,子侄死徙」(二十七回)等語氣,當成書於魏忠賢事敗不久,似以崇禎四年辛未近是。

此書作者署「西湖浪子」「孤山夢覺道人」,書中又有「就如我杭一大家」(十一回)云云,其爲杭州人無疑。張榮起在北京大學出版社排印本前言中,據别本《二刻拍案驚奇》第十一至三十四卷中,有十五卷内容與《三刻拍案驚奇》相同,且各回回末多有「雨侯」評語,疑「雨侯」即《三刻拍案驚奇》作者。雨侯爲陸雲龍字,號翠娱閣主人,浙江錢塘人,一生主要活動於天啓、崇禎年間,是一位較活躍的出版家、作家和選家。作有小説《魏忠賢小説斥奸書》;曾爲小説《遼海丹忠録》《禪真後史》作序,編印過許多種詩文選本,尤重晚明小品。

上世紀末，陳慶浩於韓國首爾大學奎章閣圖書館，發現國内久已失傳的小説集《型世言》十卷，卷各四回，回各一篇，凡四十篇，題錢塘陸人龍君翼演義（或述、撰、編），是即作者。《幻影》殘存七篇，《三刻拍案驚奇》三十篇，及其若干篇後「雨侯」評語，盡在此書中。是知《幻影》和《三刻拍案驚奇》都是明清鼎革後，坊間爲避清諱時忌，經挖改舊版而印行的《型世言》的覆刻本。又據此書若干回回前翠娱閣主人陸雲龍題辭，及其爲《遼海丹忠録》小説所作序，知此書作者陸人龍爲其弟，原署名「平原孤憤生」之《遼海丹忠録》，亦爲陸人龍所作。

現存《三刻拍案驚奇》的主要版本有：北京大學圖書館藏本、北京市文物部門藏本及國家圖書館《幻影》殘本。北京文物部門藏本殘存二十一回。北大藏本八卷三十回，存二十七回，第十三至十五回殘失，其中，第四回缺首葉，第二、三、四、五、九、十一、十六、十八、二十二、二十四、二十七、二十八、三十回回末均有殘缺。此次影印即以北京大學圖書館藏本爲底本。（樓含松）

醉醒石

《醉醒石》十五回，題東魯古狂生編輯。《唐餘録》載唐宰相李德裕平泉別墅内有石能使醉人清醒，即本書書名所本。由此可見，這部擬話本集著作立意與明末清初大多數擬話本集一樣，旨在寓勸懲，垂訓誡。

東魯古狂生姓名無考，衹是從「東魯」二字可以推定他是山東人。戴不凡《小説見聞録》據書中第九回「恰見弄盡頭掀開蘆簾」句中稱「弄」而不稱「胡同」，爲南方人口氣；第四回「常在衢、處等府採判木植」之「判」字，第八回「他倒老虎頭上來揉癢」之「揉」字，均爲浙江衢、嚴二州一帶特有的方言；因而推測：「宋朝南渡時，孔子後人有抱木主南渡一直定居在衢州的，號爲『南宗』。《醉醒石》的編者或許是孔氏南宗的後人吧？所以他既自號『東魯古狂生』，筆下又多衢州一帶方音。」此可備一説。東魯古狂生曾在江南逗留過，書中不少故事發生在江南，可作佐證。

東魯古狂生的生活年代，從第十三回説「浙西婦人，當萬曆丁亥、戊子之交，水旱變至，其夫不能自活，暗裏得厚錢，將妻賣與水户」，可見他生活於萬曆十六年戊子(一五八八)以後。書中第九回有「這正是太祖高皇帝六論中所禁」，第十二回有「我朝太祖高皇帝」語，均爲明代人口氣。但書中第一、二、七、十一、十二回等有十餘處稱明爲「明朝」；尤其是第十四回有「在先朝時也有一個」句，第十五回有「先朝嘉靖間」句，顯非明人口吻。最明顯的是第十二回説：「如今流寇之後，又有白兵，總衹是尚氣不曉道理之故。没些因籍得天下，是明朝太祖皇帝。」又寫黑山、楊道仙欺哄人謀叛説：「當今持世救苦，拔災好生止殺佛王如來，衹待申酉之年，更易天下，撫治萬民。」可見東魯古狂生在甲申、乙酉國變後仍在世，《醉醒石》結集付梓當在清代初年。

《醉醒石》所述大抵爲作者耳聞目見，也有據他人作品敷演而成的，如第四回取材於屠隆《由拳集》卷十九《程列女傳》；也有取材前代的，如第六回采自《太平廣記》卷四百二十七引《宣室志·李徵傳》。

《醉醒石》今存初刊及覆刻二種，一向被視作明刊，蓋清初刻書，版式字體還是崇禎時規模，容易使人誤爲明刻。初刊本十五回，序下接圖十五幅，今存世本漫漶不清，圖缺第七、第八兩幅。覆刻本版式字體完全與初刻相同，顯用原板，但僅十四回，缺第五回，而將原第十五回移充第五回，板口挖去「十」字。此外，又有清末誦芬室刊本。這次影印，係用中國藝術研究院所藏原傅惜華藏覆刻本爲底本，將初刻本第五回附録書後。原書板匡高二〇〇毫米，寬一二六毫米。

（李夢生）

鼓掌絶塵

《鼓掌絶塵》，全稱《新鐫出像批評通俗演義鼓掌絶塵》，共四十回，分風、花、雪、月四集，每集十回演一個故事，爲短篇白話小説的合集。前三集題「古吴金木散人編」，唯第四集題「古吴金木散人撰」；各本評閲者題名不一，分别爲「永興清心居士校」「錢塘百拙生評」「錢塘猗猗主人閲」「錢塘伯益居士校」。書前有《鼓掌絶塵題辭》，末署「崇禎辛未歲之元旦閉户先生書於㤅園之烹天館」，有「㤅園」「烹天館」「閉户先生」印三方；《鼓掌絶塵叙》，末署「赤城臨海逸叟題」，有「王宇印章」「歛華氏」印二方；《佳會絶句》四首，末署「臨海逸叟醉筆」；又有《鼓掌絶塵》風集、花集、雪集、月集序各一篇，末均署「閉户先生題」。四集四十回目録後有插圖，每回一葉兩幅。

書中四個故事涉及的地域頗廣，有巴陵、長沙、京城、汴京、荆州、姑蘇、臨安、洛陽、金陵、袁州（屬江西）、桃園驛（屬山東）等處，但從具體描寫看，作者最爲熟悉的顯然還是蘇、杭一帶；月集第三十七回寫江南秀才李八八托其表兄陳百十六老薦館，兩人對話純用吴語。作者金木散人的真實姓名無考，臨海逸叟《鼓掌絶塵叙》云：「余主人龔君，延選經文詩畫，嗣後房稿行世，因海内共賞選叙，索《鼓掌絶塵》小引一篇。」「兹吴君纂其篇，開帙則滿幅香浮，掩卷而餘香鈎引，入手不能釋者什九，遂名之《鼓掌絶塵》云。」據此，龔某應爲刻書的書坊主人，而吴某或即爲書的編撰者金木散人，亦即閉户先生，孫楷第推測其「當亦選家者流」（《日本東京所見小説書目》卷二明清部一）。又，書中月集第三十六回明寫「崇禎聖上即位」以及魏忠賢勢敗後畏罪自殺事；《鼓掌絶塵題辭》寫於崇禎四年辛未（一六三一），當即爲小説編撰刊行之年，今據日本内閣文庫藏本影印。（邵海清）

鍾情麗集

《鍾情麗集》被收入《風流十種》《萬錦情林》《花陣綺言》《國色天香》《繡谷春容》等明代通俗

小説選本中，今以大連圖書館藏抄本影印。

「邱瓊山（濬）之《鍾情麗集》」，在《金瓶梅詞話》欣欣子序中同《鶯鶯傳》《水滸傳》相提並論，而受人注目。這是一個艷情故事，以其中的情詩而命名。

呂天成《曲品》、沈德符《野獲編》都認爲邱濬寫作宣揚封建綱常的《五倫全備記》傳奇，是爲掩蓋少年時編撰小説《鍾情麗集》而改過自新。邱濬（一四二一——一四九五），海南瓊山人。景泰五年（一四五四）進士，官至輔相，他由窮書生而官至内閣大臣的經歷，使得上述説法容易爲人接受。

一九八四年美國普林斯頓大學東亞系朱鴻林的博士論文《邱濬和他的〈大學衍義補〉：十五世紀中國的治國思想》，對此提出異議。

最早坐實邱濬寫作《鍾情麗集》的記載是張志淳的《南園漫録》卷三《著書》：「觀邱所著《鍾情麗集》，雖以所私擬元稹，而淫猥鄙俚，尤倍於稹。」張志淳是王恕一派的人，是邱濬的政敵。此書有正德十年（一五一五）自序，在邱氏身後二十年。

孫氏《日本東京所見小説書目》卷六附有明弘治十六年（一五〇三）刊《新刻鍾情麗集》四卷本簡庵居士序，作於成化二十三年（一四八七）。序云：「余友玉峰生……暇日所作《鍾情麗集》以示余……噫，髦俊之中，弱冠之士，有如是之才華，有如是之筆力，其可量乎。」據序，小説作者玉峰生在一四八七年是「弱冠之士」，而邱濬已近七十高齡，不會是同一人。

《繡谷春容》卷十二在這篇小説結尾記云：「玉峰主人與兄（指小説主角）交契甚篤，一旦以所經事迹、舊作詩詞備録付予，命爲之作傳焉。」似乎玉峰主人又不是小説作者。小説家言本來不一定是事實。何况當時小説戲曲的署名很隨便，書販可以隨心所欲地加以翻印，甚至更改作者名姓。

邱濬可能曾以玉峰爲號，因此他的政敵利用此書作爲政治鬭争的工具。清初褚人穫《堅瓠丁集》卷二《孫汝權》條引明人《聽雨增記》的記載説：「明邱文莊公之少也，其父爲求配於土官黎氏。黎誚之曰：是兒豈吾快婿耶，不許。公作《鍾情麗集》，言黎女失身辜輅（辜輅，廣人呼狗音）。他日，黎得之，以百金屬書坊毁刻，而其本遍傳矣。」按，邱濬六歲喪父，顯然不是事實。

（徐朔方）

鴛鴦鍼

大連圖書館藏拾珥樓新鐫小説三種：一爲《鴛鴦鍼》，僅存第一卷，題「華陽散人編輯」，「蚓天居士批閲」，卷首有序，署「獨醒道人漫識於蚓天齋」，有圖八幅。一爲《一枕奇》，二卷，署題、版式全同《鴛鴦鍼》，無圖無序，其第一卷即爲《鴛鴦鍼》第一卷。一爲《雙劍雪》，二卷，署題、版式亦全同《鴛鴦鍼》，唯封面鐫「芸香閣編著」，「東吴赤緑山房梓」。對照《鴛鴦鍼》的八幅圖像：

圖一：「白日鬼飛災生婢子」，即爲《鴛鴦鍼》和《一枕奇》第一卷第一回回目。
圖二：「艷婢説風情文章有用」，即爲《鴛鴦鍼》和《一枕奇》第一卷第三回回目。
圖三：「認年家杯酒呈身」，即爲《雙劍雪》第一卷第一回回目。
圖四：「成進士債主冤家齊證罪」，即爲《鴛鴦鍼》第一卷第四回回目。
圖五：「出獄重生故舊災」，即爲《一枕奇》第二卷第二回回目。
圖六：「舉罪廢雙俠報恩知」，即爲《一枕奇》第二卷第四回回目。
圖七：「煞風情野猪還原」，即爲《雙劍雪》第二卷第二回回目。
圖八：「不逆詐得財又得官」，即爲《雙劍雪》第二卷第四回回目。

可斷三書實爲一書，原名《鴛鴦鍼》，書凡四卷，卷各四回，演一故事。後書肆析之爲二，分別易名爲《一枕奇》《雙劍雪》。據日本天明間（清乾隆四十九年，一七八四）秋水園主人《小説字彙》所附「援引書目」，有《鴛鴦鍼》《雙劍雪》，此書離析二卷單行，亦當在乾隆前期或更早一些年。

卷首獨醒道人序云：「世人黑海狂瀾，滔天障日，總泛濫名利二關。智者盗名盗利，愚者死名死利，甚有盗之而死，甚有盗之而生，甚有盗之出生入死，甚有盗之轉死回生。搏挖空輪，撑持色界，突奥於玄扃絳府，而曰『膏之下，肓之上』，是扁鵲之望而却走者也。古德拈一語云：『鴛鴦繡出從君看，不把金鍼度於人。』道人不惜和盤托出，痛下頂門毒棒。此鍼非彼鍼，其救度一也。」是即此書命名的緣由，見得序者、批閲者，也就作者華陽散人。

查陳乃乾《室名别號索引》，號華陽散人者爲清丹徒吴拱宸。王汝梅先生據卓爾堪《明遺民詩》卷十四詩人小傳及所收吴拱宸兩詩，及《丹徒縣志》載吴拱宸爲明末崇禎九年（一六三六）舉人，斷此書作者即爲吴拱宸。（《〈鴛鴦鍼〉及其作者初探》，《明清小説論叢》第一輯）可備一説。

本書據大連圖書館藏本影印，原書板心高一九五毫米，寬一一三毫米。（袁世碩）

無聲戲

《無聲戲》，十二回，擬話本小説集。題「覺世稗官編次」「睡鄉祭酒批評」。書首有插圖十二幅並僞齋主人序。清順治寫刻本。藏日本尊經閣文庫。

覺世稗官即李漁，睡鄉祭酒即杜濬，僞齋主人不詳。李漁（一六一一——一六八〇），號笠翁、笠鴻，别署覺世稗官、隨庵主人、笠道人、湖上笠翁等。清初著名的戲劇理論家、戲劇家和小説家。浙江蘭谿人。長期流寓杭州、南京，靠賣文、刻書和四出打抽豐過活。一生著述甚富，有《笠翁一家言全集》《閒情偶寄》《笠翁傳奇十種》《無聲戲》《十二樓》《合錦迴文傳》《肉蒲團》等。

據北京大學圖書館藏《無聲戲合集》殘本杜濬序「予於前後二集皆爲評次，茲復合兩者而一之」，乾隆敕編《貳臣傳》卷十二「張縉彦」「（張）官浙江時，編刊《無聲戲二集》」等材料，知《無聲戲》原有一集、二集(或前集、後集)之刊。經專家考定,尊經閣藏本《無聲戲》十二回,即爲《無聲戲一集》,二集已佚,散見於後出的合刻本或選刻本之中。

作者李漁以曲家名世。他以爲戲劇與小説是相通的,戲劇即有聲之小説,小説即無聲之戲劇,因此他把自己第一部小説集命名爲《無聲戲》。在創作實踐上,又把戲劇創作的一套手法用於小説創作之中,致使他的小説跟他的戲劇一樣,一般具有故事新鮮奇特、情節跌宕多姿、結構巧妙嚴密、語言淺顯詼諧等特點。缺點是重故事輕人物、斧鑿痕迹重、語言有時稍嫌輕佻。但在清初白話短篇小説中,李漁小説終不失爲佼佼者。

今據日本尊經閣文庫藏本《無聲戲》影印。(蕭欣橋)

連城璧

《連城璧》,封面題《覺世名言連城璧》,日本抄本,八册。存十六卷(全集十二卷,外編六卷,缺三、四兩卷)。清李漁撰。書首有睡鄉祭酒即杜濬序,正文卷首署「覺世稗官編次」「睡鄉祭酒批評」,藏大連圖書館。又,日本佐伯市立圖書館藏有康熙年間寫刻本,全集十二集,外編六卷。

《連城璧》由《無聲戲》脱胎而來。中間尚有一過渡版本,即北京大學圖書館藏本《無聲戲合集》(殘)。「合集」已打亂原刻一集、二集次序,收一集七篇、二集五篇共十二篇小説。從「合集」

殘存二回及書首十二幅插圖得知,《連城璧全集》即《無聲戲合集》之翻版。《連城璧》外編六篇,其中五篇見於尊經閣本《無聲戲》(題目亦由單句改爲雙句),另外一篇《説鬼話計賺生人,顯神通智恢舊業》,據篇末交代,當係《連城璧》雕板前不久寫出的。《連城璧》與《無聲戲》相較,内容文字每有出入,眉評、回末評此有彼無者亦時有所見。因此,謂二書實爲一書,《連城璧》是《無聲戲》之别名亦可,謂二書並非一書,《連城璧》是《無聲戲》之增訂别刻亦無不可。

此書據大連圖書館藏抄本影印,原書板框高一九五毫米,寬一二八毫米。抄本所缺外編第三、四卷,據佐伯圖書館藏本輯補於後。(蕭欣橋)

珍珠舶

《珍珠舶》,刻本未見。大連圖書館藏日本抄本,題《新鐫繡像珍珠舶》,「鴛湖煙水散人著」,凡六卷十八回,卷演一故事。孫楷第《中國通俗小説書目》、大塚秀高《增補中國通俗小説書目》,均祇著録此一部抄本,見得爲傳世孤本,今據以影印。

卷首自序,末署「鴛湖煙水散人自題於虎丘精舍」。此序首先叙述此書命名緣由:「客有遠方來者,其舶中所載,凡珊瑚玳瑁夜光木難之珍,璀璨陸離,靡不畢備。……至於小説家,搜羅閭巷異聞,一切可驚可愕、可欣可怖之事,罔不曲描細叙,點綴成帙。俾觀者娱目,聞者快心,則與遠客販賣何異。」中間概述六卷之故事，純用駢體：「故夫翻雲覆雨，年老寂寥，則訂交烏可不慎；十載埋頭，一朝釋褐，則際遇各自有時。他如鬼附人船，生諧死偶，實鬼神之變幻；夜晤洞庭，詩傳燕翼，乃伉儷之奇緣。至若遇魅影於花前，則端己者豈不生疑？敲木魚於月下，則佞僧者可以爲鑑。」與署名相同的《女才子書叙》《賽花鈴題辭》，風格一致，當爲同一作者。

鴛湖煙水散人爲徐震，字秋濤，號煙水散人，浙江秀水（今嘉興市）人。他生於明末，卒於清康熙間。一生落拓，編著小説有《女才子書》《合浦珠》《賽花鈴》《燈月緣》《夢月樓》《鴛鴦配》等。考見本《集成》《女才子書·前言》。（袁世碩）

人中畫

《人中畫》爲清初擬話本總集。原本不署撰人及編輯者，從書中所收故事來看，當係採擇當時流行的擬話本編撰而成。

本書的版本共有三種：一爲乾隆十年（一七四五）植桂堂刊本，一爲乾隆四十五年泉州尚志堂刊本，一爲嘯花軒刊本。植桂堂本凡三卷，分别爲《唐季龍傳奇》《李天造傳奇》《柳春蔭傳奇》。尚志堂本凡四卷，書前目録爲聯句，而正文不署卷次，直標爲「唐季龍」「柳春蔭」「李天造」「女秀才」，回前目或出全聯，或出單句。而「唐季龍」等字下又分别有「丑下」「酉上」「未下」「戍上」字，可知原書應依地支編集，或收二十四則故事；其編次順序亦與今所見不同。尚志堂本較植桂堂本多「女秀才」一則，聯目爲「杜子中識破雌雄，女秀才移花接木」，實採自凌濛初《二刻拍案驚奇》卷十七《同窗友認假作真，女秀才移花接木》。嘯花軒刊本較常見，刊刻年代不詳。該本分十六卷，即《風流配》四卷，《自作孽》二卷，《狹路逢》三卷，《終有報》四卷，《寒徹骨》三卷。《終有報》《狹路逢》《寒徹骨》即分演「唐季龍」「李天造」「柳春蔭」三事。嘯花軒本雖較植桂堂本多二事，然從標目來看，頗疑即增補離析植桂堂本而成。

因植桂堂本及尚志堂本今皆極爲罕見，而尚志堂本内容又較植桂堂本多出一事，故這次影印，即以尚志堂本爲底本。（蕭相愷）

雨花香

《雨花香》，原題《新刻揚州近事雨花香》，四十種，清石成金撰。成金字天基，號惺齋、覺道人、良覺居士。揚州人。「學宗陽明王先生良知心法」（唐紹祖《石天基七十壽序》），雖未出仕，但與官場交往甚密，爲當地鄉宦。自云「著書九十二部，不啻數十萬言，流傳天下」（本書第二十七種《乩仙偈》附《往生奇逝傳》）。其刊刻印行者，除本書及《通天樂》兩種小説外，尚有雜著《傳家寶》六集，然通常所見者僅爲前四集。

其《重刻傳家寶俚言自叙》署「乾隆四年(一七三九)仲春望日八十一歲天基老人石成金撰寫」。據此,石氏當生於順治十六年(一六五九)。然《傳家寶》卷首又有唐紹祖撰《石天基七十壽序》云:「大清雍正七年(一七二九)歲在己酉十月二十四日,迺天基石年翁七十大壽,諸同人登堂稱祝,請余一言以爲壽。」《傳家寶》卷首陳元所畫作者小像,右上方亦有題辭,云:「天基石先生小像,時年三十一歲,康熙庚午(一六九〇)四月。」據此兩條推其生年,則爲順治十七年,與《重刻傳家寶俚言自叙》所題相差一年,不知何故。至其卒年,當在乾隆四年作《俚言自叙》之後。

《雨花香》傳本甚罕,該本卷首有袁載錫於雍正四年丙午所撰序,序中有「兹觀《雨花香》一編,並不談往昔舊典,是將揚州近事,取其切實而明驗者彙集四十種」之語,研究者均以該本爲雍正四年刊本。然書中頗有挖改,當係後印本。而該本第一種《今覺樓》後附《惺齋十樂》,作者自云「年老七十餘歲」,即以石氏生年爲順治十六年計,七十歲時已是雍正六年,若《惺齋十樂》並非重印時增入,則此書刊行至早在雍正七年,不可能刊行於雍正四年。又該本第二十七種《乩仙偈》附《往生奇逝傳》云,作者之妻周氏「於雍正十年五月四日……閉目坐逝……今年五十九歲」。則此篇當作於雍正十年。但此篇共兩頁,其頁碼爲十六、十七,其前一頁(《乩仙偈》的末一頁)頁碼本爲十六,現被改爲「又十五」,其後一頁(《亦佛歌》的第一頁)的頁碼本爲十七,現被改爲「又十七」,很顯然,《往生奇逝傳》是在此書已經刻完之後再插進去的,因此改動了頁碼。

由此可知，刻本刊刻時間至遲當在雍正十年之前。現據上海圖書館藏本影印。原無自序，據石成金《重刻添補傳家寶俚言新本》四集卷八所載補入。原書板心高一七九毫米，寬一〇九毫米。

（黄　毅）

通天樂

《通天樂》，原題《新刻揚州近事通天樂》，十二種，清石成金撰。傳本甚罕。成金另撰有《新刻揚州近事雨花香》四十種，此書即附刻於《雨花香》之後。上海圖書館所藏雍正刊《雨花香》卷首目録，先列該書四十種細目，後又有「新添通天樂十二」一行（參見本叢書所收《雨花香》影印本及拙撰《前言》），但不列《通天樂》細目；其細目見於《通天樂》册卷首。

上海圖書館藏本無序，成金所撰《傳家寶》之第四集卷八則收有《通天樂自叙》，署「雍正七年（一七二九）二月花朝石成金撰寫」。案，同館所藏雍正刊《雨花香》亦無自序，其自序亦見於《傳家寶》四集卷八。然上海圖書館所藏此二書，不僅目録、正文皆無缺葉，且《雨花香》之袁載錫序亦完好無損，而獨於二書卷首皆無成金自序（因《通天樂》細目載於該册卷首，若有自序，亦當收入該册），似不甚符合常情。疑此二序實成金事後補撰，故其較早印本均未及收入。而上海圖書館藏本《雨花香》已補入雍正十年所撰《往生奇逝傳》（參見本叢書所收《雨花香》拙撰《前言》），故其補撰此二序當更在其後，否則即可收入該本；《通天樂自叙》所署雍正七年（一七二九），當係倒填年月。其填作雍正七年，當因《通天樂》即爲此年所編定。

此本頁碼多經挖改，在一般刊本爲甚少見之事。考成金著書甚多，大抵爲其家刻本（如此書及《雨花香》均有「男宰年、嵩年校刻」字樣，《傳家寶》亦標明爲其子孫所校刻），又常將同一篇章收入不同著作（如《雨花香》所收四十篇中，即有多篇見於《傳家寶》），故《通天樂》中挖改頁碼諸篇，當已見於他書，收入《通天樂》時係利用原有版片。換言之，其於雍正七年編定《通天樂》時，極大多數篇章已於此前寫成，僅個别篇章爲該本所新撰。

此書與《雨花香》雖皆編定於雍正年間，但所收各篇的寫作時間則遲早不一。如收入此書的《念佛功》，其主人公懶和尚已見於《雨花香》第一種《今覺樓》，該篇寫陳畫師事，明言「其契友李萊傭、懶和尚，壽高俱至九十以外，總因與陳師薰陶染習而致也」。而《念佛功》却絶口不提懶和尚受陳畫師熏陶之事，却言其所以能享高壽，「總因他自有功夫，外人怎的知曉」，至其年歲，則説「他自己不知多少年紀」，「聽見人猜説，大約有百餘歲」，顯與《今覺樓》相違異。當因《今覺樓》寫作較早，其寫《念佛功》時已與之相距頗遠，於前所述印象模糊，遂致自相矛盾。現據上海圖書館藏本影印。原無自序，據石成金《重刻添補傳家寶俚言新本》四集卷八所載補入。原書板心高一七九毫米，寬一〇九毫米。（黄　毅）

生綃剪

《生綃剪》，清代擬話本集。全稱《花幔樓批評寫圖小説生綃剪》，十九回十八篇。書名取喻於生綃「不麗不奇不樸，亦麗亦奇亦樸」，剪以爲衣，「將習服勿忍遺。且剪有聲韵，尤瑣瑣可聽」（《弁語》）。今存清初花幔樓活字刊本。

此書是彙集衆作而成。目録題「集芙主人批評」「井天居士校點」，《弁語》署「谷口生漫題於花幔樓中」，回次下録谷口生、籬隱君、鐵舫、浮萍居士、白迂、舊劍堂、歗園、一漁翁、不解道人、鈍庵、瓮庵子、有硯齋、卷石草庵、無無室、抱龍居士等作者十五人。谷口生題《弁語》，語氣似自序，又是第一、第二回的作者，疑即本書的編者。集芙主人即花幔樓主人，國家圖書館藏本扉頁題「花幔樓主人評點繡像生綃剪」可證。井天居士即定書名者，書内評語與《弁語》觀點一致，可能谷口生、集芙主人、井天居士實爲一人。谷口生與另十四位作者的真實姓名與生平不詳，從作品内容推測，當均爲明末清初江浙人。

是書未鐫刊印時間，從所寫故事背景看，多寫明代，且較集中於萬曆、崇禎間。有三篇背景爲清代，十七回《一篇霹靂引，半字不虚誣》涉及三藩之亂、浙江用兵，可斷定寫於康熙十三年；十一回《曹十三草鼠金章，李十萬恩山義海》寫及朝廷召山林隱逸、宏詞博學之才纂修史書，事在康熙十八年（一六七九），此篇當寫於是年或稍後。據此推斷，書當編刊於康熙十八年後。書中避「玄」字而不嚴，亦與康熙初年情況相符。書前插圖記刻工爲「徽州黄子和」，《清夜鐘》部分插圖亦出其手。路工先生論定《清夜鐘》爲弘光間杭州刻本，此書亦可能刊於杭州。弘光距康熙二十年近四十載，從刻工推斷，此書之編刊，亦當不晚於康熙二十年（一六八一）。

本書四回、九回、十四回、十八回係據舊作敷演，其他則多取材於現實。各篇思想藝術水平、文字風格不一，但從不同角度反映了明末清初的社會現實，在明末清初擬話本中自有其特色。

本書據大連圖書館藏本影印。原書板匡高一八三毫米，寬一一五毫米。（苗　壯）

十二笑

《十二笑》全稱《墨憨齋主人新編十二笑》。全書十二回，每回回目先出次第目，下有七八字不等的標題。書前有「墨憨齋主人」的「笑引」、目次和題解。正文每回前署「亦卧廬生評」，「天許閒人校」。每回之後有評。

《十二笑》的作者，雖題「墨憨齋主人新編」，但它並非明代文學家馮夢龍之作。一是據查所有關於馮夢龍著作目録均未列《十二笑》；二是作品《第二笑》中第二個故事，開頭即寫：「説在明末時」，這顯然是清朝人的語氣；三是作品的内容滲透着濃厚的超世脱俗的消極思想，儼然以大徹大悟的佛家眼光看待世態人情，這與馮夢龍在《情史》、《三言》等作品中推崇的「性情」

説，是背道而馳的；四是在卷首《笑引》末尾「墨憨主人題」後鈐有「子猶後人」之印。據此，此書當爲馮夢龍後人創作、編輯。其成書時間應在清朝初年。

《十二笑》版本，據孫楷第《中國通俗小説書目》著録：「曾見馬隅卿氏所藏殘本，存第一回至第六回。半葉九行，行二十字。」馬氏藏書今歸北京大學，僅存一、二、五、六回；復旦大學圖書館藏《十二笑》殘本第一回至第六回。兩校所藏版本相同，皆爲清初寫刻本。但復旦的本子是從正文第一回第二頁下半頁開始的，而且僅上半截有文字，下半截已破損空缺；第三回缺第十二頁及最末一頁；第四回亦有殘頁；第六回缺半回文字。現以北大藏本爲主，以復旦藏本配補；凡遇北大藏本字迹不清者，則换用復旦本，個别地方雖仍有佚文，但已形成了較完整的《十二笑》前六回。原書板心高二〇〇毫米，寬一一九毫米。（曹亦冰）

醒夢駢言

《醒夢駢言》别署《醒世奇言》，是一部稀見的清代擬話本小説集。首都圖書館藏稼史軒刻本，一函四册，不分卷，十二回，每回演一故事，前有閑情老人序，綉像十二幅。

全書十二篇故事均可在《聊齋志異》中找到對應篇目，第一回演鑄雪齋本《聊齋》卷十一《陳雲棲》，第二回演卷二《張誠》，第三回演卷二《阿寶》，第四回演卷十一《大男》，第五回演卷十一

《曾友于》，第六回演卷四《姊妹易嫁》，第七回演卷十《珊瑚》，第八回演卷十《仇大娘》，第九回演卷三《連城》，第十回演卷三《小二》，第十一回演卷三《庚娘》，第十二回演卷三《宫夢弼》；惟改換了人物姓名，情節也略有差異。

關於本書作者，稼史軒本題「守樸翁編次」，目録下又標「蒲崖主人偶輯」，序中又謂：「菊畦子……因集逸事如干卷，顔曰《醒夢駢言》。」那麽守樸翁、蒲崖主人、菊畦子或菊畦主人，當爲一人。生平未詳。

作爲一部較早的「白話聊齋」，它語言通俗流暢，且時有雋語，清新可讀。

本書據首都圖書館藏稼史軒刊本縮印，原書板框高一九二毫米，寬一一〇毫米，第十二回原缺第十七、十八兩頁，因不見其他刊本，無從配補。（朱世滋）

西湖二集

《西湖二集》，三十四卷，題「武林濟川子清原甫纂」「抱膝人訏謨甫評」。明崇禎雲林聚錦堂刊本。首有湖海子序。該書除傅惜華藏本（今歸中國藝術研究院戲曲研究所）外，國家圖書館、北京大學圖書館及日本内閣文庫均有收藏。據書首湖海子序，知本書作者爲周清原，「其人曠世逸才，胸懷慷慨，朗朗如百間屋」，但家境極貧，「敗壁頹垣，星月穿漏，雪霰紛飛，几案爲濕」，且常遭權貴和小人的慢侮，是一位「懷材不遇，蹭蹬厄窮」的知識分子。另據談遷《北遊録・紀郵》順治十一年（一六五四）七月壬辰條記：「觀西河堰書肆，值杭人周清源，云虞德園先生門人也，嘗撰西湖小說。噫！施耐庵豈足法哉。」知周清原入清之後仍在世。

本書卷十七「劉伯温薦賢平浙中」云：「《西湖一集》中『占慶雲劉誠意佐命』大概已曾說過，如今這一回補前說未盡之事。」似周清原尚有《西湖一集》之作，但未見傳本。後世《西湖文言》《西湖拾遺》《西湖遺事》均部分取自此書。

《西湖二集》爲明末擬話本小說集。共收小說三十四篇。其中多取材於田汝成《西湖遊覽誌》《西湖遊覽誌餘》、沈國元《皇明從信録》等書，但都是「借他人之酒杯，澆自己之磊魄」（湖海子序），其内容「廣泛的反映了明代的社會，政治的窳敗，官吏的貪污作惡，民衆的不聊生，以至於當時的風俗習慣，和一部分知識階級對當前的現狀抱着怎樣的態度」（阿英《〈西湖二集〉所反映的明代社會》）。在藝術上，「諷刺的辛辣得體，文章的流利，自也是此書最大的特長」（同上）。缺點是「好頌帝德，垂教訓，又多憤言」（魯迅《中國小說史略》），感情過於直露。

今以原傳惜華藏本影印。所缺卷一第一、第二、第十三、第十四葉，卷十六第十九葉，卷二十第五、第六葉，以日本内閣文庫本補配於後。原書板心高二〇〇毫米，寬一三三毫米。（蕭欣橋）

西湖佳話

《西湖佳話》，十六卷，題「古吴墨浪子搜輯」。清康熙金陵王衙精刊本。首有西湖全圖及西湖佳景十圖，用五色板套印製，極精美可觀。又有作者康熙十二年（一六七三）自序。目録及正文卷端書題作「西湖佳話古今遺迹」。藏北京大學圖書館、中國藝術研究院戲曲研究所等地。又清乾隆十六年（一七五一）會敬堂刻本，封面有「杭城清河坊下首文翰樓書坊發兑」字樣，首有乾隆十五年東谷老人序。藏大連圖書館。另有金閶緑蔭堂袖珍本，上海文選書局石印本等。

作者「古吴墨浪子」未詳，《濟顛大師醉菩提全傳》亦有題「西湖墨浪子偶拈」，未知是否同是一人。

此書爲擬話本小説集，共收小説十六篇，分别記述葛洪（卷一「葛嶺仙迹」）、白居易（卷二「白堤政迹」）、蘇東坡（卷三「六橋才迹」）、駱賓王（卷四「靈隱詩迹」）、林和靖（卷五「孤山隱迹」）、蘇小小（卷六「西泠韻迹」）、岳飛（卷七「岳墳忠迹」）、于謙（卷八「三台夢迹」）、濟顛（卷九「南屏醉迹」）、辨才（卷十「虎溪笑迹」）、文世高（卷十一「斷橋情迹」）、錢鏐（卷十二「錢塘霸迹」）、圓澤（卷十三「三生石迹」）、馮小青（卷十四「梅嶼恨迹」）、白娘子（卷十五「雷峰怪迹」）、蓮池（卷十六「放生善迹」）等十六個與西湖有關的人物故事。這些人物故事都以西湖爲背景，而且大都與西湖名勝聯繫在一起，讀來饒有興味。

今以康熙金陵王衙本影印，原書板心高一七八毫米，寬一一五毫米。（蕭欣橋）

歡喜冤家

《歡喜冤家》異名有《艷鏡》《歡喜奇觀》等，不題撰人。卷首有叙，末署「重九日西湖漁隱題於山水鄰」，知其編撰者爲西湖漁隱。正集十二回，續集題名《貪歡報》，亦十二回。正續集前各有插圖三葉，圖分上下兩欄，每回一幅，共二十四幅。目録葉回目與正文回目字句略有出入，如正集第一回目録「花二娘轉智認情郎」，「轉智」，正文回目作「巧智」；第六回目録「伴花樓一時癡取笑」，「取笑」，正文回目作「笑耍」；第十一回目録「蔡玉奴避雨遇淫僧」，「遇」，正文回目作「撞」；續集第續五回目録「孔長宗負義薄東翁」，「長宗」，正文回目作「良宗」。

《歡喜冤家》二十四回演述二十四個完整的故事，爲短篇白話小説的合集。各個故事之間互不連續，但回與回之間偶有照應。如第六回「伴花樓一時癡笑耍」開場詩有句云：「樽前有酒休辭醉，心上無憂慢賞花。」接着説：「爲何道『慢賞花』三個字，祇因前一回，因賞花惹起天樣大的愁煩來，這一回也有些不妙，故此説此三個字。」而奇偶回目的整飭對仗，顯然是有意爲之。

作者西湖漁隱真實姓名與生平無考，但其受馮夢龍影響至爲明顯。如第續五回「孔良宗負義薄東翁」中提到「吹打送席，做一本新戲，名爲《萬事足》」。《萬事足》即爲《墨憨齋定本傳奇》之一種；第續七回「木知日真托妻寄子」中説：「看將起來，分明是一部顛倒姻緣小説，又説道還像王三巧珍珠衫樣子一般。」説明其故事結構、人物結局與《古今小説·蔣興哥重會珍珠衫》相類。又，第十二回「汪監生貪財娶寡婦」，寫汪雲生「上岸閑行，步到曹王廟前，衹見臺上演戲，雲生近前一看，演的是《四大癡》傳奇。」《四大癡》傳奇有明崇禎間山水鄰刊本，《歡喜冤家》亦爲山水鄰原刊，則其作當與前者同時而稍後。按《歡喜冤家》叙中謂「庚辰春王遇閏」，而崇禎十三年（一六四〇）正是閏正月，至是年「重九」，小説已編纂就緒。

本書即據山水鄰原刊本影印。續集第三回末及續集第六回第二頁係原本所缺。（邵海清）

皇明諸司公案

《皇明諸司公案》，六卷五十九則。内封題《全像續廉明公案》，正文卷端題《新刻皇明諸司公案傳》，下署「山人仰止余象斗編述」「書林文台余氏梓行」。明萬曆三台館刊本。上圖下文。

此書體制同《廉明奇判公案傳》，即卷下分類，類下分則，一則記一判案故事。全書四卷六類，其類目爲：「人命類」「姦情類」「盜賊類」「詐僞類」「争占類」「雪冤類」，每類九、十、十一則不等，共收五十九則判案故事。每則均詳細交代辦案過程，包括狀語和判詞、案後多有編者按語。嚴格地説，它們還算不上公案小説，衹能算是公案小説的雛形。

此書既題《續廉明公案》《皇明諸司公案傳》，可見它與《皇明諸司廉明公案》即《廉明奇判公案傳》的關係。但此書又與《廉明公案》不同，《廉明公案》爲「余象斗集」，重在蒐集現成案例，所以有不少與他書重複；此書爲「余象斗編述」，經余象斗編輯加工。

三台館原刻本，中國藝術研究院戲曲研究所、日本國立國會圖書館均有庋藏。今據三台館本影印，原板高二二五毫米，寬一一二毫米。原書卷五第四十四葉各本均缺，無從配補。（蕭欣橋）

廉明奇判公案傳

《廉明奇判公案傳》，四卷一百零五則。正文卷端題「皇明諸司廉明奇判公案傳」，下題「建邑書林鄭氏萃英堂刊」。上圖下文。藏日本内閣文庫。

按孫楷第《中國通俗小説書目》云：「日本内閣文庫本有朱筆批註『他本有余象斗自序』云云，疑此象斗第一次所編者。然日本内閣此書，尚非原本。」又，國家圖書館藏有《新刻皇明諸司廉明公案》，建邑書林余氏建泉堂刊本。上圖下文，半葉十行，行十七字。題「三台山人仰止余象斗集」，書首有余象斗寫於萬曆二十六年（一五九八）的自序。二書卷、類、則内容完全相同。

本書編者余象斗，字仰止，自號三台山人。明建安（今福建建甌）人。萬曆年間通俗小説編著者和刊行者，曾編刊通俗小説《四遊記》《列國志傳》《全漢志傳》《三國志傳評林》《東西晉演義》《大宋中興岳王傳》等。

此書體制是卷下分類，類下分則，一則記一判案故事。全書四卷十六類，其類目爲：「人命類」「姦情類」「盗賊類」「争占類」「騙害類」「威逼類」「拐帶類」「墳山類」「婚姻類」「債負類」「户役類」「鬭毆類」「繼立類」「脱罪類」「執照類」「旌表類」，每類二至二十則不等，共收一百零五則判案故事。其中二十五則與《龍圖公案》《法林灼見》重複；六十則只有狀語、判詞，而無案情故事；其餘十六則亦只是交代作案和破案過程，多叙述而少描寫。嚴格地説，它們都還算不上公案小説，只能算是公案小説的雛形。（蕭欣橋）

國朝名公神斷詳刑公案

《新鐫國朝名公神斷詳刑公案》，四册八卷，明刊本。上圖下文。原書板框高二〇五毫米，寬一二〇毫米，書末牌記「南閩潭邑秋林劉太華刊行」。現藏大連圖書館，今據以縮印。

大連藏本卷一首頁原缺，卷二末頁缺半。據孫楷第《大連圖書館所見中國小説書目》「附子部小説一種」稱：「馬隅卿先生曾於書賈手中見此書，録其目還之。題『京南歸正寧静子輯』、『吴中匡直淡薄子訂』。」

此書與《新刻皇明諸司廉明公案》《續廉明公案》《律條公案》等體制完全相同。卷下分類，類下分則，一則即一斷案故事。此書因卷一首頁原缺，故首類首則名目不詳，但從開頭幾則内容看，首類似應爲「人命類」或「謀害類」。其下各類，依次爲：「姦情類」「婚姻類」「姦拐類」「威逼類」「除精類」「除害類」「竊盗類」「搶劫類」「强盗類」「妬殺類」「謀占類」「節婦類」「烈女類」「雙孝類」「孝子類」。全書每類一至九則不等，共收四十則斷案故事。此類故事旨在顯示「國朝名公」理訟之明察神斷，但亦反映明代之民情世風。各則故事叙事方法大致相同，即交代案情的來龍去脈，包括狀語判詞，直至案結發落。多數案後還有輯者按語。語言簡樸，也很少想像虚構。嚴格説來，它們還不能算作公案小説，衹能説是公案小説的雛形。（蕭欣橋）

七十二朝人物演義

《七十二朝人物演義》又稱《七十二朝四書人物演義》，計四十卷，每卷一篇，演繹一古人的故事。作者未詳。明刊本每卷有總評、又評、眉批。書前有磊道人叙一篇，署庚辰仲秋。據李致忠先生考證，此庚辰爲崇禎十三年（一六四〇）（《七十二朝人物演義》校點説明），因知本書的形成時間當在明崇禎年間。

書名「七十二朝」，即列朝之意。我國古代以「七十二」作爲天地陰陽五行之成數，往往以「七十二」表示多數的意思。所謂「四書人物」，即指各卷標目均用「四書」中的文字。如卷一「楚國無以爲寶，惟善以爲寶」，見於《大學》；卷二至卷十八的標目，見於《論語》；卷十九至卷四十見於《孟子》等。

小説所寫的人物均見於《四書》，多數爲春秋、戰國時代人。因《大學》《論語》記載較略，尚未構成故事。如卷三「公冶長可妻也，雖在縲泄之中，非其罪也」，見於《論語》卷三「公冶長篇第五」。原文爲：「子謂公冶長，可妻也，雖在縲紲之中，非其罪也。以其子妻之。」孔子將女兒嫁給公冶長，《論語》已有記載。但公冶長的其他行述，均不詳，直到南宋朱熹在《四書集註》中仍説「長之爲人無可考」。可見公冶長能識鳥語，因而入獄，又因此得釋的故事，乃是南宋以後文人虛構的。

見於《孟子》的人物則不同。有的已略具故事雛型，如卷二十一「段干木逾垣而辟之」，《孟子》尚記叙簡練；有的已有較詳細的叙述，如卷二十三「陳仲子豈不誠廉士哉」，在《孟子》中已有完整的故事情節，這裏祇不過文字上加工改寫而已。

本書版本共存有兩種，一爲明刊本，一爲光緒丁酉上海十萬卷樓石印本。石印本内封題「李卓吾先生秘本」「諸名家彙評寫像」，李卓吾當是托名。這次據明刊本影印。原本缺插圖一頁，正文中亦有少量缺頁。（孫一珍）

續金瓶梅

《續金瓶梅》六十四回，丁耀亢作。耀亢（一五九九——一六七〇），字西生，號野鶴，晚號木雞道人，山東諸城人。弱冠成諸生，應鄉試不中，走江南，游於董其昌之門。明清易代之際，一度避難海中，出佐益都王遵坦募兵，潛奔淮北依劉澤清。事載其《出劫紀略》。亂定歸家，因爭産業，遭獄訟，於清順治五年（一六四八）出走北京，依王鐸、龔鼎孳諸公卿，詩名大起。以順天籍拔貢，充鑲白旗教習。順治十一年，爲直隸容城縣教諭，越五年，遷福建惠安知縣，到任，旋自請罷歸。著《天史》十卷，詩有《逍遥遊》《陸舫詩草》《椒丘集》《江干草》《歸山草》《問山亭草》等集，又有傳奇《化人遊》《赤松遊》《西湖扇》《蚺蛇膽》四種。

《續金瓶梅》作成於順治十七年。昨年冬丁耀亢離家赴惠安任，是年正月抵達杭州，滯留八個月之久。其間，與李漁、查繼佐諸人有過往。《續金瓶梅》卷首有西湖釣史序，署「順治庚子季夏西湖釣史書於東山雲居」，當爲查繼佐作。卷首自作《太上感應篇陰陽無字解序》，亦署「順治庚子孟秋」。九月丁耀亢離杭入閩，暮冬解官，返至杭州，詩中便屢言鬻書事。如《歲窮行李將盡鬻書就道》云：「虞卿自賣窮愁賦，誰贈揚州十萬錢？」（《江干草》）過蘇州又有《姑蘇別陳孝寬、曾淡公、鄭三山，時寄書板虎丘鐵佛房》詩。此所鬻之書，寄存之書板，當爲《續金瓶梅》。

《續金瓶梅》是依托爲順治皇帝頒行《太上感應篇》作注解而作。《凡例》云：「前集（指《金瓶梅》）止於西門一家婦女酒色飲食言笑之事，有蔡京、楊提督上本一二段，至末年金兵方入殺周守備，而山東亂矣。此書直接大亂，爲南北宋之始，附以朝廷君臣忠佞貞淫大案，如尺水興波，寸山起霧，勸世苦心，正在題外。」可見，作者是有慨於明清易代之大動亂，綱紀敗壞，假宋金之事以抒之。所以，書中叙寫戰亂有清兵南侵之迹，行文中竟出現「藍旗營」「旗下」的字眼；感興亡，有「清平三百載，典章文物，掃地俱休」（第五十五回《滿江紅》詞）類似吊明之語；演因果報應的故事情節中，也正寄寓着對賣國通敵者的鞭撻。

此書問世不久，丁耀亢便爲同邑仇家告發。康熙四年（一六六五）八月被逮至北京，在獄一百二十日。由於其書有爲先皇帝御頒道書作注的招牌，又靠刑部尚書龔鼎孳的開脱，工部尚書傅維鱗的資助，皇帝才僅詔令焚書，免於刑法。

「帝命焚書未可存，堂前一炬代招魂。」（《歸山草·焚書》）《續金瓶梅》自然傳世不廣。此本題《續金瓶梅後集》，署「紫陽道人編，湖上釣史評」，插圖記刻工爲「胡念翌寫，黄順吉、劉孝先刻」，原爲傅惜華先生珍藏，後歸中國藝術研究院戲曲研究所，的爲順治十七年原刻本。原本版框高二〇〇毫米，寬一三〇毫米，今據以縮印。（袁世碩）

隔簾花影

《隔簾花影》四十八回，不題撰人。卷首有四橋居士序，稱觀《金瓶梅》，西門慶平生「淫蕩無節，蠻横已極」，然所得報應，不過「妻散人亡，家門零落」，「似乎天道悠遠，所報不足以蔽其辜」，所以要「繼正、續編而作」此書。言及「續編」，却僅舉正編之名與所叙之事，個中緣故就在於：此書實際上是删改丁耀亢的《續金瓶梅》而成，易名爲《隔簾花影》。《續金瓶梅》刊行問世不久，康熙四年（一六六五）秋，作者即肇禍被逮下獄，年終結案，詔令焚書。删改其書，易名而出，顯然是爲了蒙混世人之目，逃避文網。四橋居士可能即爲删改者。

此書作者删改《續金瓶梅》，一是改頭换面：更换了原著主要人物姓名，如改西門慶爲南宮吉，吴月娘爲楚雲娘，小厮玳安爲泰定等，從而也就改寫了原來的回目；二是删削内容：删掉了原著中大量引用佛典道經儒理、侈談因果報應的抽象説教，及若干叙寫陰司冥報的情節，同時也删去了叙宋金間「朝廷君臣忠佞貞淫大案」的内容，如宋徽宗被擄、張邦昌稱帝、韓世忠梁紅玉戰金山等故事。自然，對少數章節也作了些修改，如删掉了原書寫西門慶於冥中受刑罰的第四、五兩回，此書便於第一回將南宮吉生前好色貪財之事作了簡單交代；原書第四十一回前後寫春梅托生之梅玉嫁與金國將領之子哈木兒，此書第三十一回前後保留其情節，寫易名之香玉嫁的是宋朝福建將軍之子金子堅。這樣，《隔簾花影》故事情節便較原著集中而緊湊，但原著所寄寓的借舊事抒明清易代之恨的意思，也就基本消除了。

四橋居士生平不詳。小說《快心編》（課花書屋藏版），亦題「四橋居士評點」。胡士瑩先生曾於孫楷第《中國通俗小說書目》卷四《快心編》條下批注：「按成裕堂刊小本《琵琶記》卷一末題『雍正乙卯（十三年，一七三五）春日七旬灌叟程自莘氏校刊於吳門之課花書屋』。又卷首《重刊七才子書序》，末題『雍正乙卯元旦日耕野程士任自莘甫題於成裕堂』。序中有『任老而閑居，優遊一室』語，蓋此爲程氏晚年刊，年正七旬也。」（《明清小說論叢》第四輯）時代相合，《隔簾花影》之製作者可能即爲此人，待考實。

本書據上海古籍出版社所藏初刻本影印。原書板心高一九四毫米，寬一三六毫米，卷四十八末四頁係抄配而成。但它本此數頁次序有顛倒，而所抄者並無錯簡，或原收藏者發現後故意更換，亦未可知。（袁世碩）

三續金瓶梅

《三續金瓶梅》四十回，道光元年（一八二一）抄本。題「訥音居士編輯」，卷首《自序》亦署「訥音居士題」，後又有《小引》。題「務本堂主人識」。訥音居士，不詳何人。本書《小引》署「時在道光元年，歲次辛巳孟夏」，可知書即成於此時。

本書《自序》云：「原本《金瓶梅》一百回内，細如牛毛千萬根，共具一體，血脈貫通，千里相牽。自『弟』字起，『孝』字結，天理循環，幻化已了。但看《三世報》雖係續作，因過猶不及，渺渺冥冥。查西門慶雖有武植等人命幾案，其惡在潘金蓮、王婆、陳敬濟、苗青四人，罪而當誅。看西門慶、春梅不過淫慾過度，利心太重，若至挖眼、下油鍋，三世之報，人皆以錯就錯，不肯改惡從善。故又引回數人，假捏『金』字、『屏』字、『梅』字，幻造一事，雖爲風影之談，不必分明理弊功效，續一部艷異之篇，名《三續金瓶梅》，又曰《小補奇酸志》，共四十回，補其不足，論其有餘。自『幻』字起，『空』字結，文法雖准舊本，一切穢言污語盡皆删去，不過循情察理，發泄世態炎凉，消遣時恨，令人回頭是岸。」又正文開首亦云：「《金瓶梅》是一部奇書，……故引出千言萬語，掀簾看花，夢解三世報，返本還元，演一部三續的故事。」可知本書作者是因不滿意《金瓶梅》的續書《三世報》（即《隔簾花影》，又題《古本三世報》《新鐫古本批評三世報隔簾花影》），才創作這部《三續金瓶梅》的。

按，《金瓶梅》問世後，先有清順治年間丁耀亢的《續金瓶梅》面世；後《續金瓶梅》遭禁，不久康熙年間又有人把它加以删改，以《隔簾花影》之名刊行。《隔簾花影》（即《三世報》）其實衹是《續金瓶梅》的删改本，並不是一部新續本，故亦無「二續」之名。《三續金瓶梅》的作者也許把丁續作爲「一續」，《三世報隔簾花影》當作了「二續」，故有「三續」之名。但在《金瓶梅》的續書中，它應該是名副其實的「二續」，即繼丁耀亢的《續金瓶梅》之後又一部新的續作。民國初年還有一部名《金屋夢》的續書，也是《續金瓶梅》和《隔簾花影》的又一删改本，算不得新的續書。

本書原爲馬隅卿先生舊藏，兩函十六册，爲海内僅見之孤本，今歸北京大學圖書館，現即據以影印。它的面世將給研究者提供一部新的《金瓶梅》續書。一九八八年八月齊魯書社所出《金瓶梅續書三種》祇收羅了《續金瓶梅》《隔簾花影》《金屋夢》三種，並不包括本書在内。

（孫　遜）

紅樓復夢

《紅樓復夢》一百回，正文卷一下端題「紅香閣小和山樵南陽氏編輯」，「款月樓武陵女史月文氏校訂」。首序署「武陵女史月文陳詩雯拜讀」，次自序署「紅樓復夢人少海氏識」，次凡例二十則，次目録一百回，次繡像三十二幅，次正文一百卷（回）。

作者生平不詳。據一粟《紅樓夢書録》，知「作者姓陳，字少海、南陽，號香月、紅羽、小和山樵、品華仙史；校訂者其妹陳詩雯，字月文，號武陵女史」。又據作者題署，知其書齋名蓉竹山房。另有近人據書中情節和語言運用同作者生平相印證，提出作者爲乾隆庚辰（二十五年，一七六〇）科探花、鎮江人王文治，權備一説，以供再考。

從序和自序看，此書寫成於嘉慶己未（四年，一七九九）秋季，其意旨在於「雪芹之夢，美人香土，燕去樓空；余感其夢之可人，又復而成其一夢，與雪芹所夢之人民城郭，似是而非，此誠所謂復夢也。倫常具備，而又廣以懲勸報應之事，以警其夢，亦由夫七十子之續之耳」。蓋有慨於《紅樓夢》原著「尊林抑薛」，而結撰賈寶玉轉世爲祝夢玉，娶十二釵爲妻妾，林黛玉轉世爲松彩芝，位居末座，庸碌無奇，而轉世之薛寶釵則成爲文武雙全的「群芳領袖」。確如裕瑞在《棗窗閑筆》中所説：「《紅樓復夢》筆意與前書大相反。」

本書曾數經刊印，有嘉慶四年己未（一七九九）蓉竹山房刊本，有嘉慶十年乙丑（一八〇五）本衙和金谷園刊本，有嫏嬛齋刊本，有平湖寶芸堂刊本，有上海申報館排印本等。北京大學圖書館所藏嫏嬛齋刊本，高一四八毫米，寬一〇一毫米，卷八第七頁缺，卷三十七衹存十二頁，現據以影印。（魏同賢）

紅樓幻夢

《紅樓幻夢》二十四回，扉頁題《幻夢奇緣》。首序，次目録，次正文。目録分回，正文分卷，這種卷、回不一致的現象在清人小説中並不僅見。

序署「花月痴人」，當爲作者，其生平不詳。作者之寫作本書，實緣於《紅樓夢》「歡洽之情太少，愁緒之情苦多」，爲「使世人破涕爲歡，開顔作笑」，「於是幻作寶玉貴，黛玉華，晴雯生，妙玉存，湘蓮回，三姐復，鴛鴦尚在，襲人未去，諸般樂事，暢快人心，使讀者解頤噴飯，無少欷歔」。故事緊接原書第九十七回，一反悲劇結局，幻成妻妾團圓，時涉繡幃房事，同曹雪芹的創作顯然背道而馳。

序署「道光癸卯」（二十三年，一八四三），扉頁亦標「道光癸卯新刊」，爲疏景齋刊巾箱本。另有白紙刊本，行款同。現據首都圖書館藏疏景齋刊本影印。原本板匡高一三〇毫米，寬九〇毫米。（魏同賢）

女才子書

《女才子書》，題「鴛湖煙水散人著」，自叙署「煙水散人漫題於泖上之蜃閣」。卷首華亭鍾斐序，稱作者爲「徐子秋濤」。沈楙德重編《昭代叢書別集》收《牡丹亭骰譜》，題「秀水徐震秋濤録」，首有鴛湖煙水散人識語，云：「往余曾輯《女才子書》，首列《小青》，隻句單辭無不俱載，棗梨二十餘年矣。兹於別篇復讀斯譜……因重爲校訂，並附原文於後。」《女才子書》的作者，無疑是徐震，字秋濤，號煙水散人，或冠以邑里，曰鴛湖煙水散人，清浙江秀水（今嘉興市）人。

此書凡十二卷，各叙一才女故事，作者於各文前均記述作傳之緣由，多是聞自友人講述之近間事。卷三叙張小蓮故事，末云：「至五年後，遂有鼎革之變。」卷五叙張畹香經歷明末兵亂，

「至順治三年（一六四六），始返故址」，「至八年辛卯，又徙秣陵」。文末月鄰主人批曰：「予家泖上，被兵焚掠殆盡。每夜棲身露草，莫展一籌。」顯係過來人。作者與月鄰主人爲友，亦當爲由明入清之人。卷十二篇末自記：「歲在戊戌，二月既望，余以一葦訪月鄰於苕上」，「茶煙既歇，酒力漸醒，月鄰乃箕踞而問余曰：『聞子欲作美人書，請即以美人質於子。』……及是書草創既就，質諸月鄰，月鄰嘖嘖贊賞曰：『膽識和賢智兼收，才色與情韻並列，雖云十二，天下美人，盡在是編矣。』」此戊戌當爲清順治十五年，未言逾年，鍾斐序謂「己亥」即次年春，訪之於秀水城南湖畔，徐震便出其所著請爲之序，可見《女才子書》就是這年作成的。

徐震自序以强半篇幅自傷：「顧以五夜（度）藜窗，十年芸帙，而謂筆尖花足與長安花争麗，紫騮蹀躞，可以一朝看遍矣！豈今二毛種種，猶局促作轅下駒……夫以長卿之貧，猶有四壁，而予雲廡煙障，曾無鷦鷯之一枝。以伯鸞之困，猶有舉案如光，而予一自外入，室人交遍謫我。以子雲之《太玄》，覆瓿遺誚，然有侯巴（芭）獨爲賞重，而予弦冷高山，子期未遇，敝裘踽踽，抗塵容於闤闠之中，遂爲吴儂面目。」可見其生平懷才不遇，落泊困苦之境況。大約由此，他才以編著小說自娱，餬口。

此書後來的坊間刊本，又名《女才子傳》《情史續傳》。

據各家著録，署名煙水散人的小說，除《女才子書》，尚有《珍珠舶》《合浦珠》《賽花鈴》《桃花影》《燈月緣》《夢月樓》《鴛鴦配》《後七國樂田演義》，共九種。具體情況，分見本《集成》上列各書《前言》。

本書據大連圖書館藏大德堂本影印，原書板心高一八二毫米，寬一一五毫米。（袁世碩）

畫圖緣

《畫圖緣》，又名《畫圖緣平夷傳》《花天荷傳》，凡十六回，叙温州秀才花天荷，遊天台山遇仙人贈以兩幅畫圖。一幅爲園林圖，隱示花天荷與柳藍玉之姻緣；一幅爲兩廣山川地形圖，標明「峒賊」姓名與所據地方。經過一番波折，終於破賊建功，喜結良緣。

大連圖書館藏清初寫刻本，内題《新編繡像畫圖緣小傳》，不著作者，首序，末署「天花藏主人題於素政堂」。天花藏主人爲秀水張勻，字宣衡，號鵲山，明末清初人，秀水（今浙江嘉興市）秀才。編著小説《平山冷燕》《玉嬌梨》《兩交婚》《飛花咏》《麟兒報》《賽紅絲》等十餘種，是位小説作家和出版家。詳見本《集成》《平山冷燕·前言》。

本書尚有益智堂刊本，題「步月主人訂」；積經堂刊本，封題「步月主人」。今以大連圖書館藏本影印。原書板心高一八五毫米，寬一一〇毫米。原書第五回末有缺字，今以善智堂本輯補於後。（袁世碩）

驚夢啼

《驚夢啼》全名《新鐫繡像驚夢啼》，大連圖書館藏，目次下題「天花主人編次」，無圖，首序，末署「竹溪嘯隱題於白堤之草堂」。爲海内僅存之孤本。惟第五、六兩回缺最後兩頁。原刻高一九〇毫米，寬一一〇毫米，現據以縮印。

此書不分卷，六回，叙丫頭春桃與主人有染，被大婦賣與一豆腐匠爲妻，又與一僧勾搭成奸。一日得惡夢，被奸僧刺傷，醒後「喉中尚是哭聲」，遂醒悟，逐奸僧，與丈夫和好。故題名《驚夢啼》。竹溪嘯隱序云：「驚夢啼一説，其名久已膾炙吴門。乙卯秋其集始成，因囑余爲序。」可知書中所叙乃吴中流傳之時事。

天花主人另有短篇集《雲仙嘯》，據之可知其爲清初人，然姓名、事迹均不詳。本書序中所説「乙卯」，當爲康熙十四年（一六七五）。（袁世碩）

雲仙嘯

《雲仙嘯》五册，各演一故事。封面中鐫「雲仙笑」，右上題「天花主人編次」。無序跋，首刻「雲仙嘯目録」。各册正文前，有三字標題，次爲單句或雙句回目。諸家著録，均斷爲清初刊本。

大連圖書館藏本係傳世孤本，第一册末殘缺不完，第五册《厚德報》缺五、六兩頁，其書板框高一九〇毫米，寬一一四毫米，今據以縮印。

此書五個故事，前面均有由一首詩或詞引出的一段「入話」的文字，正傳均作「明朝」某某年間事。第三册標題爲《平子芳》，説的是「明朝崇禎年間」故事，叙及：

過了幾月，那李自成攻破北京，百官就在南京立了弘光。子芳店裏，正有些生意。又過了幾日，聽得説吴平西要替先帝報仇，借了大清兵馬，殺敗自成，把各處擄掠的婦女，盡行棄下……直至第六日，有人説一個荆州婦人在紅旗營内。原來大清兵馬，有八旗各色。那八旗：正黄旗、鑲黄旗、正紅旗、鑲紅旗、正藍旗、鑲藍旗、正白旗、鑲白旗。每一旗自有主將統領，手下有固山、章京、牛録、帶子、披甲許多名目。

顯然是清初漢族人的口吻。吴三桂在崇禎末封平西伯，降清後，於順治十四年（一六五七）詔授平西大將軍，康熙十二年反清，三藩亂起。是此書之作，當在康熙十二年（一六七三）之前。

天花主人，另有《驚夢啼》小説，其姓名、事迹不詳。此書叙事全用白話，與天花藏主人張匀小説風格不一致，似非一人。（袁世碩）

情夢柝

《情夢柝》，四卷二十回，題「蕙水安陽酒民著」「西山灌菊散人評」。著者姓氏不詳，其生平事迹亦不可考。

此書叙明崇禎年間故事，言及「沙河、廣昌、長垣三處被流賊打破失守」。劉廷璣《在園雜誌》卷二云：「近日之小説，若《平山冷燕》《情夢柝》《風流配》《春柳鶯》《玉嬌梨》等類，佳人才子，慕色慕才，已出之非正，猶不至於大傷風俗。」《在園雜誌》成書於清康熙五十四年（一七一五）。可知此小説作成於順治、康熙年間。

作者於第一回説：「今人争名奪利，戀酒貪花，那一件不是情？但情之出於心，正者自享悠然之福，不正者就有揠苗之結局。若迷而不悟，任情做去，一如長夜漫漫，沉酣睡境，那個肯與你做冤家。當頭一喝，擊柝數聲，唤醒塵夢耶。此刻……以見心術之不可不端，所以名爲《情夢柝》。」嘯花軒刊本扉頁鎸「警世奇書」四字，也是標榜作者所稱此小説大旨在勸人警世。然其中故事情節，如胡楚卿遇宦門小姐沈若素一見鍾情，賣身爲僕進入沈家；沈長卿以徵詩爲女擇婿；沈素卿、秦蕙卿女扮男妝，假托爲姊妹訂婚約，實則是自媒；中經離散和小人撥亂，終得團圓，一夫而得雙美，等等，與當時之才子佳人小説，並無二致。

此書有康熙嘯月軒刊本、華文堂刊本、道光解顔堂刊本、咸豐芥子園刊本（改題《三巧緣》)等。

大連圖書館藏嘯月軒刊本,板框高一八二毫米,寬一〇五毫米,兹據以縮印。(白世雄)

合浦珠

《合浦珠》,全稱《新鐫批評繡像合浦珠傳》,十六回,署「檇李煙水散人編次」。卷首有序,未署名號,當爲作者自序。檇李煙水散人著有小説多種。其另一作品《女才子書》卷首鍾斐序云:「己亥春……徐子秋濤者,余莫逆友……袖出一編示余,曰:『此余所作《名媛集》(按即《女才子書》),惟子有以序之。』」知煙水散人即徐秋濤。而《女才子書》自叙後,鐫有「徐震之印」和「煙水散人」印章兩方,其所作《賽花鈴題辭》後亦有此二印。清康熙三十四年(一六九五)《檀几叢書》第四帙《美人譜》(《女才子書》節録)則署「秀水徐震秋濤著」。故可知秋濤當爲徐震之字,煙水散人爲其别號。「檇李」「秀水」均指嘉興,當爲徐震之籍貫。

作者在《女才子叙》中自云:「豈今二毛種種,猶局促作轅下駒……鬢絲難染,徒生明鏡之憐。」則作者完成《女才子書》時已鬢髮皤白。現已知作者完成《女才子書》後向鍾斐索序,時在「己亥春」(見前),但未署年號。按,《女才子書》中出現的最晚年代爲順治八年(一六五一)(卷五《張畹香》),而作者在《賽花鈴題辭》中云:「予自傳《美人書》(指《女才子書》)以後,誓不再拈一字。忽今歲仲秋，書林氏以《賽花鈴》屬予點閲。」可知《女才子書》作期當早於《賽花鈴題辭》的康熙元年（一六六二）之前。故鍾斐爲《女才子書》作《題辭》的「己亥」應爲順治十六年（一六五九）。如以作者順治十六年爲五十歲計，其生年當在萬曆三十八年（一六一〇）前後，其生活年代當在明清易代之際。

此書刊刻年代，孫楷第《中國通俗小説書目》定爲清初。按，此書通篇不避康熙皇帝名諱，多次直接出現「裴玄」「董玄宰」「吕玄卿」等字樣，「玄」字無一缺筆。知當刊刻於順治末或康熙前期。但現存此書之全稱雖爲《新鐫批評繡像合浦珠傳》，書中却無綉像，疑爲原刻後印本，刷印時繡像的板片業已佚失。

此書演明天啓、崇禎間蘇州書生錢蘭與幾位女子相戀的故事。卷首作者自序中云：「忽今歲仲秋，友人以《合浦珠》倩予作傳者……」疑在作者創作此書之前，已有同名之不同體裁的作品存世。據清姚燮《今樂考証》著録，袁于令（一五九二——約一六六九）著有傳奇《合浦珠》，今佚。此書或即據袁氏所撰《合浦珠》改編而成。今據大連圖書館所藏清初刊本影印。原書板心高一九〇毫米，寬一一〇毫米。（黄　毅）

賽花鈴

《賽花鈴》十六回，題「吴白雲道人編本，檇李煙水散人校閲。」白雲道人不詳何人。煙水散人即徐震，字秋濤，浙江嘉興人，生活於明末清初。據此本封面的説明、風月盟主的後序及煙水散人題辭，本書曾經徐震删改、補綴，則徐震實亦爲本書作者之一。

此書卷首煙水散人題辭所署時日爲「康熙壬寅歲中秋前一日」。孫楷第氏《中國通俗小説書目》謂此「康熙壬寅」爲康熙六十一年（一七二二），而後之學者多以爲此書即刊於是年。近年始有研究者謂此「壬寅」爲康熙元年，理由如下：

明清文人於紀年通常用年號加干支或數字兩種方法表示，但因康熙元年與六十一年均爲壬寅，爲避免誤會起見，康熙六十一年所撰文多署「康熙六十一年」或「康熙六十一年壬寅」，若不書數字，則署「康熙後壬寅」或「康熙再壬寅」。如康熙六十一年刊本《海叟詩集》卷首曹一士序，即署「康熙後壬寅上巳」，内頁則爲「康熙再壬寅春日旌邑劉文彬開雕」。康熙六十一年而衹署「康熙壬寅」，顯非通例。

此書通篇不避康熙名諱，直用「玄」字，主人公紅文畹隱居後的别號即爲「寶玄居士」。案，清之避皇帝諱，自康熙帝漢名玄燁始，但康熙前期避諱未嚴，至中後期逐漸嚴格。現查康熙五、六十年代所刻各書，鮮有不避康熙名諱者。倘説《賽花鈴》完成於康熙六十一年，就很難解釋書中之不避諱現象。

此本署刻工名曰「黄順吉刻」。黄順吉還刻過丁耀亢的《續金瓶梅》。該本卷首序署「順治庚子季夏」，即順治十七年（一六六〇）。《中國通俗小説書目》據此定該本爲「順治原刊本」。案，查繼佐《敬脩堂諸子出處偶記》中《郭勛傳》附記云：「勛有書來，云戊戌一别，七閲寒暑，去秋始讀《續金瓶梅》一書，奇迹動人。」「戊戌」當指順治十五年，「七閲寒暑」後，即郭勛寫信給查繼佐時爲康熙三年，而「去秋」（即康熙二年）郭勛已看到此書並寫此信。由此可知，該本縱非刊於順治末年，至遲康熙二年亦已刊成行世。以康熙二年黄順吉爲二十歲青年刻工計，康熙六十一年已是八十老翁。古代刻書絶非易事，需要體力和視力，黄順吉在康熙六十一年刻《賽花鈴》似無可能。

因此，此書當刊於康熙元年。白雲道人寫作此書自不當反遲於此，其出生當在明代。現據大連圖書館藏康熙刻本影印。原書板心高一八〇毫米，寬一一〇毫米。（黄　毅）

鳳凰池

《鳳凰池》，十六回，題「煙霞散人編」。清人小説題「煙霞散人編次」者，還有《幻中真》。首都圖書館藏《斬鬼傳》抄本自序，末署「煙霞散人題於清溪草堂」。近年王青平發現另一《斬鬼傳》抄本，題「煙霞散人手著」，斷「煙霞散人」爲《斬鬼傳》作者劉璋之别號，《鳳凰池》亦爲劉璋所著。(《劉璋及其才子佳人小説考》,《明清小説論叢》第一輯)確實與否,尚待進一步考證。

此書封頁又題「續四才子書」。「四才子書」即《平山冷燕》。此書叙云劍和文若霞、水湄和章湘蘭,以詩相慕,有小人撥亂其間,經過離合悲歡,終成佳偶,受《平山冷燕》的影響甚明顯,有些情節徑直是《平山冷燕》的翻版。其成書自然是在清順治十五年(一六五八)《平山冷燕》刊行之後。天花藏主人《兩交婚小傳》,封面亦題作《續四才子書》,自序云:「於《平山冷燕》四才子書之外,復拈甘、辛兩交婚爲四才子之續。」同樣作爲《平山冷燕》續書的《鳳凰池》,其成書年代或與《兩交婚小傳》相差不太久遠。日本享保十三年(一七二八,相當清雍正六年)《舶載書目》已著録了此書。

大連圖書館藏耕書屋刊本,無序。北京大學圖書館藏本,行款相同,有華茵主人序,惟封頁左邊七言律詩後無「耕書屋梓行」五字。另有鼎翰樓刊四卷本。兹據大連圖書館本影印。板心原高一八〇毫米,寬一〇六毫米。第一回及第十一回末頁原缺,現據北京大學圖書館藏本輯補於後。(王　若)

終須夢

《終須夢》四卷十八回,卷首目録題「彌堅堂主人編次」,内封右欄署「步月主人訂」。彌堅堂主人的姓名履歷均不詳。孫楷第《中國通俗小説書目》將此書歸入乾隆、嘉慶間才子佳人類小説。案此書所寫爲「皇明間」(第一回)才子康夢鶴和佳人蔡平娘、卜玉真的愛情糾葛。作者在書末自述:「彌堅堂主人與夢鶴交契,不啻膠漆之親,熟悉一生所經事迹……」此雖可能爲小説家故作狡獪之語,但作者的生活年代和小説中描寫的時代當相一致或接近。書中雖未寫明故事發生在明朝何時,但第二回叙康夢鶴五歲時,其父康員外一日聽得杜鵑三月哀啼,云:「吾聞國家將亡,必有妖孽……毋乃國家有變乎?」此處「國家」顯指明朝,倘非作於明亡之後,絶不敢將此等語筆之於書。故作者當爲明末清初人,書則作於清初。

此書爲清刻本,流傳甚少。今僅見上海圖書館藏本及復旦大學圖書館藏殘本,兩本爲同一版本,書中於清帝名均不避諱。如卷一第一回「能決玄妙」「御溝流出玄鍾成」,「玄」字均不缺筆。卷二第九回又出現「夷狄」字樣,亦爲此書出於清初文禁未嚴時之佐證。其版式、字體也與通常所見順治間小説刊本相類,可能即刊於順治間。孫氏以此爲乾隆、嘉慶間小説,恐係偶爾失檢。

步月主人亦未詳爲何人。除本書外,署「步月主人訂」的小説還有《兩交婚小傳》《玉支璣小傳》《畫圖緣》《情夢柝》《鳳簫媒》《蝴蝶媒》及《五鳳吟》;另有《再團圓》,亦署「步月主人」。一般認爲其生活年代較晚,約在乾隆年間。但《終須夢》的刊刻既不晚於康熙間,則步月主人至遲當爲順、康間人。又,此書頗有字迹漫漶、木板斷裂之處,顯爲後印本。而就署有「步月主人訂」的内封來看,其字體與正文並無違異,木板磨損程度與正文亦相近似,當非重印時補入。舊時古書重刊，在一般情況下，皆加上重印書坊的字號，而此本内封上並未標明爲何書坊所刊印，亦不似重印時由書坊所補入者。步月主人與作者當爲同時代人。由此可知，凡署步月主人的小説，皆當爲清代順、康間的作品。

此書據上海圖書館藏本影印。原書板匡高一七五毫米，寬一〇四毫米。（黄　毅）

錦香亭

《錦香亭》凡十六回，題「古吳素庵主人編」「茂苑種花小史閱」。或以爲素庵主人即蘇庵主人，有小説《繡屏緣》《歸蓮夢》。《繡屏緣》有蘇州一帶方言，確似吳語區人；《錦香亭》題古吳素庵主人，地望倒是差近。蘇庵主人嘗自謂：「余困鷄窗有年，今且爲絳帳生涯，旦夕倴佛。」（《繡屏緣》第十一回「附言」）則亦一不得意寒士也。然此蘇庵是否即彼素庵，尚難遽定。《錦香亭》日本寶曆甲戌《舶載書目》著録，書似出康熙間。

作者以鍾景期與葛明霞、王碧秋、雷天然的戀愛婚姻爲綫索，掇拾唐安史之亂前後史事，鋪排成書。其中鍾景期爲虢國夫人留宿事，本前人筆記，與褚人穫《隋唐演義》第八十回的情節更爲相似，唯《演義》謂中狀元者乃秦瓊之後秦國楨，留國楨宿者乃達奚盈盈，虢國夫人宅院及小影圖畫，祇是盈盈爲秦國楨在玄宗面前掩飾己事的一件物事。秦國楨後來因疏諫玄宗被廢斥，又得起復，與盈盈重逢，奉旨完婚，也頗類鍾景期的遭際。此外，書中安史之亂，張巡、許遠、雷萬春、南霽雲守城拒賊，雷海青罵賊被害等事，新舊《唐書》、《資治通鑑》等也多所載叙，即張巡、許遠殺妾烹僮以食餓卒的情節也有所本。這些，《隋唐演義》第九十三回、第九十四回中也都採取而與之近似，唯《錦香亭》所叙稍詳，《演義》所叙較略；又前者較爲動人，後者則更見凝練；時序的安排次第，後者也更與史相合。從各方面的情況來看，《錦香亭》之出，似在《隋唐演義》之前，褚人穫作《演義》時，曾經看過《錦香亭》，上述的這些情節，也頗受了此書的影響。事實上，《隋唐演義》便是雜採（甚至是抄掇）《隋煬帝艷史》《隋史遺文》《征西演義》等書而成，故《演義》題「劍嘯閣齊東野人等原本，長洲後進没世農夫彙編」，證明了《隋唐演義》成書的這些特點。

《錦香亭》四卷，有歧園藏板和經元堂藏板兩種。歧園藏板本即日本寶曆甲戌《舶載書目》所著録之刊本，藏大連圖書館，今據以影印。原本缺第二卷，現據北京大學所藏經元堂本補齊。歧園本第四卷末頁有破損，亦以北大本補配。（蕭相愷）

女開科傳

《女開科傳》又名《萬斛泉》，是明末清初小説中傳世較少的一種世情小説，有清名山聚刊本，藏大連圖書館，今據以影印。全書十二回，惟第六回首葉佚，其餘正文、眉批及回後評語均無闕漏，漶漫脱字處亦少，堪爲小説刻本中的精品。美國哈佛大學哈佛燕京圖書館有齊如山先生舊藏本，書名爲《萬斛泉》，缺第五、六兩回，評語亦殘缺。日本慶應義塾大學藏有何必居梓行本，與名山聚刊本應同屬一源，但此本殘缺改竄不少。另據孫楷第先生説：「坊間有《花陣奇》六回，改題雪山柴臣編次，實即此書。」

《女開科傳》卷端題岐山左臣編次，江表蠡庵參評。作者與評者已無考。但從所述内容及刻工看，此書成書時間似在康熙初年或中葉。是書第四回有一段作者議論：「猶憶二十年前盛作賽神迎會，必要争相搜索，妝扮一個絶奇絶幻的故事，出類拔萃，以驚耳目。」迎神賽會是明中葉以降，盛行於城鄉的一種民間祭神歡慶活動，在蘇杭一帶尤爲盛行。至康熙二十四年（一六八五）理學名臣湯斌任江蘇巡撫時，對此種浮華風俗甚爲反感，曾頒布「告諭」，嚴加禁飭。此本插圖所記刻工爲黄順吉，此人也是《續金瓶梅》順治十七年（一六六〇）刊本插圖的刻工之一，康熙二年所刊《賽花鈴》插圖也出其手，由此推斷，此書刊行當在康熙中葉以前。

本書板心原高一八〇毫米，寬一〇六毫米。（汪孝海）

醒名花

《醒名花》，十六回，作者佚名。原題「墨憨齋新編」。墨憨齋，爲明末著名文學家馮夢龍的别號。馮夢龍曾編纂刊行小説、戲曲多種，影響甚大。他在甲申事變後，爲抗清奔走呼號，輾轉浙閩間，清順治三年（一六四六）憂憤而死。此書開卷即云：「這事在明末年間，四川省雙流縣，有一位舊任錦衣衛指揮使……」是清人口氣。所謂「墨憨齋新編」，顯係假托名人，以兜售其書。

《醒名花》叙才子湛國瑛與佳人梅杏娘以詩相傾慕，中經許多波折，終成眷屬。此外又得六妾，五位是尼姑。書中叙及另一小説《玉樓春》，情節亦有雷同，如才子俱得道士所贈錦囊偈語，危難之際，解之即能脱險；羈身佛庵，爲尼姑糾纏，經人搭救，方得解脱；後得道士相助，平寇立功，得授高官，終以辭官歸里，與妻妾共享田園山水之樂。劉廷璣《在園雜誌》卷二引《玉樓春》，未引此書。又，日本天明四年（一七八四，相當清乾隆四十九年）秋水園主人所著《小説字彙》，已徵此書。據以上兩點可斷，《醒名花》當作成於雍正、乾隆間。所以，它與清初才子佳人小説，雖云同倫，而題旨、意趣則已有所變異。

此書傳本極少，今僅存兩部：一爲美國哈佛大學所藏原齊如山藏本，封題「墨憨齋主人新編醒名花」；有序，末署「墨憨齋主人漫識」；有圖四頁，正文中間缺數頁。一爲大連圖書館藏本，扉頁、回目頁、序、圖均佚，第一回卷端題「墨憨齋新編繡像醒名花」，無缺頁，惟第二回第五、第八兩頁板心頁碼誤刻，上下文不相銜接，此兩頁應對調編排。兩本均爲寫刻本，但回目稍有差異。

兹據大連圖書館藏本影印。板心原高一九三毫米，寬一〇三毫米。（韓俊英）

三分夢全傳

《三分夢全傳》署「瀟湘仙史張士登著，羅浮僑客何芳苡評」，共十六回。前有嘉慶己卯（二十四年，一八一九）「西湖繆艮蓮仙」所題《慶清朝慢》詞一首、「南海黎成華篤焉氏題於半隱山房」之七律二首，及作者嘉慶戊寅（二十三年，一八一八）自序一篇。第一回開端有調寄《慶清朝慢》的「起詞」，中云「盛矣清朝，昇平瑞世，道光聖主當陽」，可見小說大約在嘉慶二十三、二十四年已寫完，或先寫序後寫小說，至道光年間始刊刻。今有道光十五年（一八三五）、二十八年刻本，光緒乙未（二十一年，一八九五）上海石印本改題《醒夢録》。今據上海辭書出版社藏道光二十八年刻本影印。

一般小說書目均將《三分夢》歸入才子佳人類小説，其實本書内容重點不在描寫才子佳人及他們的悲歡離合，表現的是失意文人懷才不遇的感慨寄托及對國事的憂慮。值得注意的是作者在鴉片戰爭前二十年，已用形象的筆墨描繪出吸食鴉片時「燈光點點，煙氣騰騰」，以致日月無光的景象，斷言「這煙氣真比酒色財氣四樣還毒得多呢」！這是比林則徐更早二十年揭露鴉片危害和提出禁煙主張的人。小説中描寫的戰爭，大半是寫中國抗擊外國的侵擾，雖以夢境表露之，但反映的仍是中國封建社會末期的社會現實。小説題爲《三分夢》，是説所述七實三虛，也是因爲書中夢境描寫占五回，大約是全書的十分之三。

作者的知識面較廣，文筆也頗流利簡約。作者爲了逞才，連琴譜、棋譜俱細細載入，欲人由讀小説而學琴棋，與《鏡花緣》相仿佛。（吴　民）

金蘭筏

《金蘭筏》凡四卷二十回。題「惜陰主人撰」，又題「惜陰堂主人編輯」「繡虎堂主人評閲」。

本書作者、評者均不詳。署名惜陰堂主人編輯的小説尚有《二度梅》一種，亦有繡虎堂主人評閲，該書益秀堂本内封又署天花主人編。據此，惜陰堂主人或與天花主人徐震爲同一人，但小説托名者甚多，未敢肯定。

關於本書的成書時間，首卷首回有一段議論：「但凡交朋友的，全要生得一副識英雄的俊眼，結識得正經朋友。……好歹不識，祇恐相識滿天，知心無一人。不但没有知心，錯交了一班壞人，做圈卷，逞虚花，弄得傾家蕩産，惹禍招非，喪品行，損聲名，那時懊悔已是遲了。在下看見，甚是不忍，因此把近代一段新聞衍成《金蘭筏》一部奇書，使交朋友的看了這書，祇當苦海中遇了寶筏。」而書中所述，作者明言爲「明朝萬曆年間」事，則上述引文中所説的「近代」當即指明萬曆年間。據此推斷，作者所生活時代，當距明萬曆年間不甚遠。從作者稱「明朝」，而不稱「大明」「皇明」「本朝」之類來看，或爲清代前期人。《金蘭筏》一書當亦完成於這一時期。

書中所叙，爲明萬曆年間杭州秀才田月生通過「金蘭大社」結交好壞朋友的故事。雖爲虚構，却有時代針對性。明末清初，社會上盛行結兄拜弟、交朋網友的風氣，有不少善良人迷迷糊糊上當受騙。因此，《金蘭筏》的主旨，是「力詆不擇交之害」，以「金蘭」象徵「交友之道」，用「筏」字象徵「渡人之意」，故作者稱此書爲「寶筏」。

此書國家圖書館、北京大學圖書館和大連圖書館各藏有一部。其卷數、回目、編者、評閲者皆同，唯行數、字數有别。當均爲清代前期刻本。今據大連圖書館藏本影印，原書板心高一七九毫米，寬一〇四毫米。原書卷三第二十九頁缺，今據北大藏本補輯於後。（曹亦冰）

五美緣全傳

《五美緣全傳》八十回，藏復旦大學圖書館，不題撰人。卷首有「寄生氏」所撰《五美緣全傳叙》。研究者常以寄生氏爲本書作者，然《叙》云：「暮春坐海棠花下，客持《五美緣》見示，細加詳閲……」則作叙者與本書作者非爲一人。此本不分卷，不標明刊刻者及刊刻年份。另有一種樓外樓刊本，則分爲十二卷，「各卷的分配也不很匀」（柳存仁《倫敦所見中國小説書目提要》「五美緣」條）。且該本所收寄生氏序署「甲申穀雨前二日」，此本則署「壬午穀雨前二日」，較該本所署早二年；疑該本刊印猶在此本之後，分作十二卷即自該本始。

小説叙寫明正德間事，作者實爲清人。如第五十四回寫到正德皇帝命林璋巡撫「山東、江南、江西、湖廣、福建、廣東、廣西」「七省」，「江南」即爲清代建制（明代稱「南京」或「南直隸」）。明人或由明入清者均不可能有此類名稱。然此書撰於清代何時，則無明確記載，故孫楷第《中國通俗小説書目》以之列入「不能定其先後次第」類。亦有研究者因道光辛巳刊《争春園》有寄生氏「己卯暮春」序，以爲此「己卯」係嘉慶二十四年（一八一九），遂謂此書作於嘉、道間。

案，寄生氏雖可能爲嘉、道間人，此本的刊行亦可能爲道光二年壬午（一八二二），小説的創作似更早於此。因乾隆帝名弘曆，其時又爲文字獄最酷烈的時期，王錫侯即因所編《字貫》不避諱而被處以極刑（參見孟森《明清史論著集刊·字貫案》）。故乾隆間士子於「弘」字避諱甚嚴，通常均作「宏」，或缺筆寫作「弘」；嘉、道間雖無此類文字獄，但士子已習慣成自然，在筆下不再出現「弘」字了。此書却於「弘」字很少避諱。書中一人物名徐弘基，除卷首目録第十二回題作「林國正觸奸投水，徐宏基進香還朝」，改「弘」爲「宏」外，正文中出現不下數十次的「徐弘基」全不避諱（其中一部分寫作「弘」，如第十三回第七葉上即有兩個「弘」字，另一部分則作「弜」，亦即「弘」的俗體）。此書若作於嘉、道間，原稿中不可能有此種情況；刻字工人也不可能將原稿中的「宏」及「弘」字全都改作「弘」或「弜」。所以，此書當寫成於乾隆初或更早一些。當時對「弘」字還不必避諱或避諱不嚴，以致書中出現不少「弘」字。此本刊刻時，因文字獄的煙焰已漸消散，對此類問題不再重視，故未將「弘」字改掉，或僅將顯眼之處改正一二（頗疑卷首目録中的「宏」字即爲刊印時所改，故正文目録仍作「弘」），從而爲我們考訂此書的寫作年代留下了若干綫索。現據復旦大學圖書館藏本影印。（黄　毅）

聽月樓

《聽月樓》二十回，不題撰人。卷首有清嘉慶十七年壬申（一八一二）桂月序。作序者未署名，不悉是否爲作者。有「乙亥年（嘉慶二十年，一八一五）春鐫」「忠恕堂梓」字樣。回目爲四字聯對句。胡士瑩舊藏，現歸浙江大學中文系資料室。

小説書名即樓名，據云出於仙筆，並有一首絶句：「聽月樓高接太清，樓高聽月更分明。天街陣陣香風送，一片嫦娥笑語聲。」此詩源出清初褚人穫《堅瓠補集》卷三《聽月樓詩》云：「明餘姚解某館於富室，爲東翁題匾於樓，以聽月顔之。東翁不解，先生因題一律云：百尺樓高接太清，憑欄側耳甚分明。碾空呷喔冰輪響，搗藥叮嚐玉杵鳴。樂奏廣寒音嫋嫋，斧裁丹桂韻丁丁。陡然一陣仙風起，吹落嫦娥笑語聲。」（徐朔方）

兒女英雄傳

《兒女英雄傳》四十回，緣起一回，文康著。清光緒四年（一八七八）北京聚珍堂活字本。首有馬從善作於該年的序，末述「昨來都門」，「得此一編，亟付剞劂，以存先生著作」，可知爲初刊本。卷首又有乾隆甲寅（五十九年，一七九四）東海吾了翁弁言、雍正甲寅（十二年，一七三四）觀鑑我齋序。觀鑑我齋序中説到《紅樓夢》，書中第三十二回提到《品花寶鑑》中徐度香和袁寶珠兩個人物，則此書作於道光二十九年（一八四九）《品花寶鑑》刊行之後，署名東海吾了翁、觀鑑我齋的兩序，顯係僞托。

此書原題「燕北閑人原本，吾了翁重訂」。馬從善序明白揭出：「《兒女英雄傳》一書，文鐵仙先生康所作也。先生爲故大學士勒文襄公保次孫，以貲爲理藩院郎中，出爲郡守，洊擢觀察。丁憂旋里，特起爲駐藏大臣，以疾不果行，遂卒於家。先生少席家世餘蔭，門第之盛，無有倫比。晚年諸子不肖，家道中落，先時遺物斥賣略盡。先生塊處一室，筆墨之外無長物，故著此書以自遣。」馬從善原爲文康家西賓，核查有關文獻，所言基本相合。

文康，字鐵仙，一字悔庵，費莫氏，隸鑲紅旗。祖勒保，官至武英殿大學士。《清史稿》有傳。文康以貲爲理藩院員外郎、郎中，曾纂修理藩院《則例》，在院近二十年（光緒刊《欽定理藩院則例》）。道光二十二年，官天津兵備道二年（同治《天津縣志》）。咸豐元年至三年（一八五一——

一八五三），任安徽鳳陽府通判（光緒《鳳陽府志》），終於此官。《八旗文經》、《八旗藝文編目》載文康曾授駐藏大臣，自然如馬從善所説「不果行」。否則，也就不會晚年十分潦倒，著《兒女英雄傳》以自遣了。祇是馬從善所説「出爲郡守」一節，無法坐實。《八旗文經》諸書謂其曾官徽州府知府，《安徽通志》未載，疑爲鳳陽通判之訛。

費莫氏一家從康熙中葉起顯赫百餘年，到咸豐初衰落下來。文康經歷家世之盛衰，又由於「諸子不肖」，晚年窮困潦倒。他著《兒女英雄傳》，取其家族最後一位顯宦文慶爲摹本，虚構出一個才情與功名俱美的安驥，一個作善興福的美滿家庭。這或如馬從善序中所説：「先生殆悔其已往之過，而抒其未遂之志歟？」

此書刊行是經過删改的。馬從善序中説：「書故五十三回，回爲一卷，蠹蝕之餘，僅有四十卷可讀。其餘十三卷殘缺零落，不能綴輯，且筆墨弇陋，疑爲夫己氏所續，故竟從刊削。」托名的兩序都稱此書初名「正法眼藏五十三參」，馬説當可信。

此書初刊後，光緒六年（一八八〇）聚珍堂再次刊行還讀我書室主人評本。還讀我書室主人爲董恂。恂字忱甫，號醖卿，江蘇甘泉（今揚州市郊）人，同治、光緒間仕至户部尚書。

此書據山東大學圖書館所藏聚珍堂初刊本影印。（袁世碩）

三教開迷歸正演義

《三教開迷歸正演義》二十卷一百回。署「九華潘鏡若編次,蘭嵎朱之蕃評訂,白門萬卷樓梓行」。各卷首尾均題「新鐫朱蘭嵎先生批評三教開迷歸正演義」,唯卷八尾題「新刻陳眉公批評三教開迷歸正演義」。今即據萬卷樓本影印。

作者潘鏡若,史傳無徵。其所撰《三教開迷序》,末署「九華山士潘鏡若」。序中有:「三教道理,其來久矣,乃開迷奚自而傳耶?蓋予先嚴清溪道人喜談釋,嘗與名緇辨難,塵情萬種,觸境皆迷,誰能剖破?惜予垂髫,未悉其旨。壯而孔門不遂,首爲鷹揚拔。淹蹇長安四十餘載,小試錫山,鬱鬱未展,而馬齒衰矣。」據此,可知作者潘鏡若年輕時科舉不利,至壯年棄文習武,得中武舉。閒居南京四十餘年後曾往無錫任職,但官微職卑,很不得意。又,小説第二回曾出現一個人物,書中對他作了這樣的描寫:「年近五旬,乃都城内一個武解元,姓潘,别號鏡若。」「麻衣相他太公八十遇文王,日者算他鷹揚四九登虎榜。」是「鏡若」與「九華山士」皆其别號,中武解元時年三十六歲。此外,在第三十六、七回寫到金陵名妓馬湘蘭,有「馬妓已蒼」及「聞此妓名重一時,年近五旬,曾有一弱冠慕其風采,一笑費了千金而去」等語。第二回與第三十六、七回所寫的事件,在時間上相距甚近,故潘鏡若年齡當與馬湘蘭年齡相若或較馬湘蘭略小數歲。據錢謙益《列朝詩集小傳》,馬湘蘭卒於萬曆三十二年(一六〇四),年五十七。其生年當爲嘉靖二十七年（一五四八）。則潘鏡若生年當稍後。

本書批評者朱之蕃，字元介，號蘭嵎，南京上元人。萬曆乙未（一五九五）進士，殿試第一，授翰林院修撰，仕至吏部右侍郎、協理詹事府事兼翰林院侍讀學士。卒於天啓六年（一六二六）。見《明熹宗實録》卷七十。據此，此書之創作當不晚於天啓六年。又據第三十六、七回所寫馬湘蘭的年歲，則其創作至早在萬曆二十五年前後。

本書叙述林兆恩及其弟子宣揚三教合一，破除世人痴迷之事。林兆恩實有其人，字懋勛，號龍江，又號子谷子，别稱三教先生。福建莆田人。年十八爲諸生，鑽研佛道二家精義，遂倡三教合一之説。袁宗道等萬曆間名流皆北面稱弟子。著《林子全集》四十卷。卒於萬曆二十六年，年八十二（詳見黄宗羲《南雷文案》卷八《林三教傳》）。但本書所寫，則正如「後跋」所云，「其中事迹若虚若實，人名或真或假」，屬於小説，而非實録。（黄　毅）

新説西遊記

《新説西遊記》係《西遊記》的一種評點本，一百回，評點者張書紳。書紳字道存，號南薰（一作南熏）。作者《自序》末尾的三方印章：一方爲「張書紳字道存號南熏三晉古西河人氏」。「三晉古西河」，屬今山西汾陽。書紳生活在清康乾間，嘗以貢監列仕籍，官廣東同知，權大埔縣事。

又以同知署龍門知縣。因前令得罪上官被劾，貧不能歸，謀助之贐，觸當道怒，遂挂彈章。書紳好讀書撰述，宦遊常攜書數十簏。性廉慎，所蒞有循聲。權大埔縣事時，邑富氓吴德仁以婿王國富寒窶，賄金二百，囑斷離。書紳佯受其金，召王至，備訊端末，仍以女歸之，併給以所賄金，語吴曰：「爾女得此，諒不至凍餒，何退婚爲？」兩造泣拜而去。攝龍門篆，邑人賴茂材誣告王某殺其弟茂德，事在三載前，屍壞，無佐證。書紳察得茂德死由砂症，胸前八字傷痕，艾灸所致，一訊而服，闔邑以爲神。

《新説西遊記》成於乾隆戊辰（十三年，一七四八）六七月間，其年閏七月。作者所據底本，現在頗難遽定，但有一點可以肯定：他在評點《西遊記》時，曾參照過汪象旭的《西遊證道書》。與《西遊證道書》一樣，本書也備載陳光蕊赴任逢災、江流報仇事；在明刊本中，則曾參照過題李卓吾評、有袁于令序的《西遊記》。第十二回，《西遊證道書》的回目爲「唐主選僧修大會」，而《新説西遊記》作「唐王秉誠修大會」。明刊百回本《西遊記》均作「玄奘秉誠建大會」。第四十七回，《新説西遊記》、明刊李評本《西遊記》目均作「聖僧夜阻通天河」，《證道書》《西遊真詮》與其他明本則均作「聖僧夜阻通天水」。

作者《自序》説：《西遊》「雖有數家批評，或以爲講禪，或以爲談道，更又以爲金丹採煉，多捕風捉影，究非《西遊》之正旨」。張書紳之所以批評《西遊記》，目的就在「破其迷罔」「注明指趣」。而書紳以爲，《西遊記》一書乃是「證聖賢儒者之道」，「教人誠心爲學，不要退悔」。這是否就是《西遊記》的正旨自很難説，但作者却是在反反覆覆地力圖證明這一點的。

《新説西遊記》的版本，今尚存最早刊刻的有兩種，即乾隆十三年戊辰晉省書業公記藏板本，和乾隆己巳（十四年，一七四九）其有堂刊本，正文均半葉十行，行二十四字。此外又有清光緒間上海味潛齋石印本、廣百宋齋石印本等。上海古籍出版社藏有早期刻本一種，因内封已佚，無法判明具體刊刻年代，但板式與晉省書業公記本及其有堂本相同。此本第二十五回第一頁和第二十六回第一頁，均爲雙頁兩張，内容爲該兩回的回前評語；它不僅字體不同，其中評語内容亦各不一樣，顯是作者改定稿，重印時插入，對研究者不無參考價值，因據以影印。其排列次序，悉遵原書。原書板心高一九八毫米，寬一三五毫米。（蕭相愷）

二十四尊得道羅漢傳

《二十四尊得道羅漢傳》六卷不分回，卷三署「撫臨朱星祚編」。現存僅萬曆乙巳（三十三年，一六〇五）書林聚奎齋梓本，藏日本。該本卷首有「書林清白堂梓」字，書末又題「萬曆甲辰（三十二年，一六〇四）冬書林楊氏梓」，可知聚奎齋刊印時是利用楊氏清白堂原板。

全書題名不一，封面題《羅漢傳》，卷首題《新刻全像二十四尊得道羅漢傳》；内封牌記則署《全像十八尊羅漢傳》，并標明十八尊羅漢名爲：長眉、伏魔、聰耳、抱膝、捧經、降龍、戲珠、飛錫、杯渡、振鐸、施笠、持履、伏虎、换骨、浣腸、現相、賦花、卻水。書中實叙二十三尊羅漢事迹，較牌記所題多勸善、緋衣、跨象、拊背、焚佛五尊，目録及正文於各羅漢名下都注有第×尊字，但跳過第二十尊。

書上圖下文，是明萬曆年間福建書坊常用款式。清白堂楊氏是當時著名的通俗小説出版者，除刻印此書外，尚刻有《京本通俗演義按鑑全漢志傳》《唐書志傳通俗演義》《大宋中興通俗演義》等。朱星祚生平不詳，從題署「撫臨」二字，可知爲江西撫州府臨川縣人。江西與福建毗鄰，福建一些書坊往往聘請江西人創作、校訂小説。如萬曆年間書林刊《兩漢開國中興傳誌》，即署「撫宜黄化宇校正」，「撫宜」指江西撫州宜黄縣，與《羅漢傳》署名相類，朱星祚可能也是書坊聘請的文人之一。

本書所記並非佛經中釋迦牟尼座下十六(或十八)大阿羅漢的事迹，而是采摭歷代高僧如達摩、杯渡、馬鳴等人的傳説記載剪裁而成，大部分内容取自《五燈會元》《景德傳燈録》《高僧傳》等書。在文字加工上比較粗糙，這也是明代書坊編書的通病。

本書據日本内閣文庫藏本影印。(李夢生)

鐵樹記

《鐵樹記》二卷十五回，明萬曆癸卯(三十一年，一六〇三)萃慶堂余泗泉刻本。扉頁題《許仙鐵樹記》，上下卷卷首書名各題《新鍥晉代許旌陽得道擒蛟鐵樹記》。明鄧志謨著。志謨字景南，一字鼎所，號竹溪散人，又號竹溪風月主人，亦號百拙生，齋名養拙齋。江西安仁縣人。據所著《風月争奇》張大佐序云「鄧君景南年六十□□矣，生平富於著述」，序末未注年月；但另有《蔬果争奇》署名醉中張叟序（此「張叟」或即前引張大佐），序末注明天啓甲子（四年，一六二四）。二書刊刻時間可能相近，若然，則志謨當生於嘉靖年間，天啓時年六十餘歲。卒年則無從考知。

鄧志謨是一位方面甚廣的通俗文學作家。他的友人魏邦達爲他編撰的《重刻增補故事白眉》作序，稱他「胸藏二酉，目破五車。著述富而博採多，森森武庫；聲名重而聞見廣，鬱鬱龍宮」。所著書現存十多種：三種爲神仙小説（本書與《飛劍記》《咒棗記》）；其他爲雜著，皆輯編各類游戲文章、成語典故、詩詞書札等。他與明末另一位通俗文學作家馮夢龍時代相接，其好尚志趣也都有近似之處。馮夢龍編著《警世通言》，其卷四十《旌陽宫鐵樹鎮妖》即全收志謨此書（見兼善堂本，僅文字略有删節）。《警世通言》刻於天啓四年，亦即《蔬果争奇》刻印時間，二人同時在世，未知是否相識。

關於許遜、吴猛等人得道斬蛟的故事，散見於唐宋以來各種筆記，大概口頭流傳也頗廣泛。在本書之前，至少已有一種通俗小説行世。明人董穀《碧里雜存》卷下「斬蛟」條云：「嘉靖八年春，金華舉人范信字成之謂余言：寧王初反時，飛報到金華，知府某不勝憂懼，延士大夫至府議之，范時也在座。有趙推官者，常州人也，言於知府曰：『公不須憂慮，陽明先生决擒之矣！』袖中舊書一小編，乃《許真君斬蛟記》也，卷末有一行云：『蛟有遺腹子貽於世，落於江右，後被陽明子斬之。』既而不數日，果聞捷音。」這裏説的這部《許真君斬蛟記》，今已不傳。

本書尚有六秋亭覆明本，四卷，題「書林龍溪振文堂刊」。半葉十行，行二十六字。有許真君像，魏邦達題識。現在影印的是日本内閣文庫藏萬曆癸卯初刻本。（錢伯城）

唐鍾馗全傳

《唐鍾馗全傳》四卷，卷端題「鼎鍥全像按鑑唐鍾馗全傳」，旁署「書林安正堂補正　後街劉雙松梓行」。卷一末題書名爲「鼎鍥全像按鑑唐書鍾馗斬妖傳」，卷二、卷三、卷四又題「降妖傳」。全書無序跋、目録，正文上圖下文，每回亦不標明序次，只在回目上方刻以黑點以資識别（偶有漏刻者），計三十八回。

鍾馗是一位傳説中的人物，有關他驅鬼除孽的故事，大約在宋朝以前就已流傳。據《唐逸史》載，唐明皇嘗因病晝卧，夢見小鬼盗物，被一身穿破帽藍袍、角帶朝靴的大鬼劈而之。明皇問之，答曰終南進士鍾馗，武德中應舉不第，觸階而死。後得唐皇賜緑袍以葬，因感恩發誓爲唐皇驅除妖孽。明皇夢覺而病愈。宋沈括《夢溪筆談》亦載此事（參見清趙翼《陔餘叢考》卷三十五)。後代鍾馗打鬼的故事在民間廣爲流傳,以此爲題材而創作的小説,今可見的除本書外,至少還有《斬鬼傳》《鍾馗平鬼傳》《平鬼傳》等數種,戲曲舞台上也常搬演不衰,可見其影響之廣。《唐鍾馗全傳》的作者、補正者及刊刻者,目前尚找不到可資稽考的確切材料。孫楷第《中國通俗小説書目》著録此書,云爲「明人撰」。從書中内容看,作者很可能是一位不得志的下層文人。

本書即據劉雙松刊本影印,卷三第三葉及卷四末原殘缺。(于世明)

飛劍記

明萃慶堂刊本《飛劍記》二卷十三回,正文卷端題「鍥唐代吕純陽得道飛劍記」,上下卷末題「吕純陽飛劍記」,目録題「飛劍記」。卷首有「吕祖飛劍記引」。每回一圖,圖嵌正文中。該書正文卷首題「安邑竹溪散人鄧氏編」。鄧氏即鄧志謨,字景南,號竹溪散人(一作竹溪散生),又號百拙、百拙生、風月主人。室名養拙齋。明萬曆時在世,生卒年不詳。時自署安邑人、饒安人,復有自署雲錦者,疑係江西饒州府安仁縣人。嘗游閩,爲建陽余氏塾師,故所著書有一部分爲余氏所刊(楊氏清白堂也有刊刻)。鄧志謨編著頗多,現知的有:《鐵樹記》《飛劍記》《咒棗記》《山水争奇》《風月争奇》《童婉争奇》《梅雪争奇》《蔬果争奇》《花鳥争奇》《茶酒争奇》《精選故事黄眉》《重刻增補故事白眉》《豐韻情書》《鍥注釋得愚集》《新刻一札三奇》《麗藻》《百拙生傳奇》等。又曾見《古事鏡》，亦鄧氏編著。從以上書目推測，鄧志謨富於才藝，涉獵甚廣。

《鐵樹記》《飛劍記》和《咒棗記》是三部道教小説。作者明顯地崇奉道教，却並不排斥儒教和佛教。《鐵樹記》第一回有一段文字，並稱儒、佛、道三教之祖爲「三個大聖人」。這種三教調和、並重的思想在《飛劍記》中也有反映，如第一回中稱馬祖爲「釋家一個慧眼禪師」。又在第五回中借白牡丹之口説：「你既讀孔聖之書，豈不達周公之禮？」多處宣揚儒家的倫理道德觀念。這説明鄧志謨的思想中三教並存，祇是對道教尤爲篤信而已。

《飛劍記》的基調是彰顯道教全真道北五祖之一吕純陽。相傳吕純陽爲唐京兆人（一作河中府永樂縣人），名嵒。因舉進士不第，浪迹江湖，遇鍾離權授以丹訣，隱居終南山等地修道，終於成爲「八仙」之一，通稱吕祖。有關吕純陽的種種傳説，在北宋時盛傳於民間。後來，小説、戲曲踵事增華，編造了許多故事，成爲一個道法高妙的仙人形象。《飛劍記》就是根據各種民間傳説彙集和演化而成的。其中第五回斬黄龍事，又見馮夢龍《醒世恒言》第二十二卷「吕洞賓飛劍斬黄龍」，但故事内容頗有差異，可能出於兩個不同系統的民間傳説。

《飛劍記》僅存一種刻本，現藏日本内閣文庫。書中有殘缺。卷首引言無題署，似有缺文；目録缺十一至十三回回目；下卷第九回缺一葉。正文卷端題「閩書林萃慶堂余氏梓」。余氏即福建建陽余泗泉，是當時有名的書商，刊刻通俗小說甚多。本書即據日本内閣文庫本影印。

（陳　詔）

咒棗記

明萃慶堂刊本《咒棗記》上下二卷十四回，正文卷端題「鍥五代薩真人得道咒棗記」，卷首有「薩真人咒棗記引」。引言中說：「余暇日考《搜神》一集，慕薩君之油然仁風，摭其遺事，演以《咒棗記》。」末署：「竹溪散人題，時萬曆癸卯季秋之吉。」據此可知，書成於萬曆三十一年（一六〇三），係鄧志謨所作。鄧志謨生平，參見《飛劍記》前言。

小說描寫薩真人積善學道、升飛成仙的故事，但它不完全是作者憑空虛構出來的。相傳薩真人係五代時蜀西河人。《元曲選》中收有《薩真人夜斷碧桃記》一劇，已出現薩真人的藝術形象，自稱：「汾州西河人也。……棄醫學道，雲游方外，參訪名山洞天，後到西蜀峽口，遇一道人，乃虛靖大師，覷貧道有仙風道骨，傳授咒棗之道，乃神霄青符五雷祕法。」劇情大致與《咒棗記》類同。又據明沈德符《萬曆野獲編》補遺卷四「薩、王二真君之始」條記載：明宣德間，改禁城之西天將廟爲大德觀，「封薩真人爲崇恩真君，王靈官爲隆恩真君。成化年間改觀爲宫，又加『顯靈』二字。……元人雜劇有『薩真人夜看碧桃花』者，蓋祖此。……此二宫者，俱在京師兑隅，雄麗軒敞，不下宫掖，而他正神列在祀典者，顧寂寂無聞，豈神之廟食，亦有數歟？」這則資料告訴我們，薩真人和王靈官在明代被吹捧爲新的道教團的始祖，在神廟享受祭祀，被人們狂熱信仰。直到清代，筆記小説中仍屢有薩真人和王靈官的記載，可見民間流傳相當廣泛。

《咒棗記》中寫薩真人懲戒王惡的故事，又見明余象斗《北游記》第二十二回「祖師河南收王惡」中，這也從另一方面説明，此種靈怪傳聞當時在各地都有傳播，小説家採集並利用時，大同小異，此詳彼略，未必一定有傳承關係。鄧志謨也是根據這些傳聞彙集、加工、整理而成的。

與《飛劍記》一樣，《咒棗記》也衹存明建陽萃慶堂余氏刻本一種版本，現藏日本内閣文庫。書的版式、插圖與《飛劍記》全同，唯目録後多幅「薩真人像」而已。本書即據以影印。（陳　詔）

華光天王傳

《華光天王傳》，題「三台館山人仰止余象斗編」。余象斗，又名世騰、象烏，字仰止、文台，號三台山人、三台館主（山）人等，福建建陽人，爲明代著名通俗小説刊刻者和編纂者，主要活動於萬曆年間至崇禎初年。他出身於刻書世家，一生以刻書爲業，所刊通俗小説有《京本通俗演義按鑑全漢志傳》《京本增補校正全像忠義水滸傳評林》《新刻按鑑全像批評三國志傳》《新刻按鑑演義全像唐書志傳》《全像按鑑演義南北兩宋志傳》等，多以「雙峰堂」「三台館」名刊行。同時，他自己也編纂通俗小説，除本書外，尚有《北遊記玄帝出身傳》《皇明諸司廉明公案》《萬錦情林》等多種存世。

本書所叙華光在民間被奉爲火神，杭州城内普濟橋、豐樂橋及城外五雲山均有華光廟，皆云建於宋代（見《西湖遊覽志》），可見華光傳説由來甚早。又，明沈德符《萬曆野獲編》卷二十五論劇曲亦有「華光顯聖則太妖誕」語，魯迅曾據此推斷「此種故事，當時且演爲劇本矣」。趙景深謂本書有些地方的語氣類似京劇的獨白，或竟由戲劇改編而來（見《中國小説叢考·〈四遊記〉雜識》）。看來，在本書成書以前，尚有各種民間傳説和戲劇作品敷演其事，本書是在此基礎上進一步加工整理而成。

本書根據倫敦英國博物院藏明本影印，這是本書現存最早的一個版本，也是海内外僅存的一個孤本。

本書四卷，十八則（回）。每葉上圖下文，圖兩旁分標簡單文字説明，末葉圖有「劉次泉刻像」小字一行，爲刻工姓名。版心上方，爲「全像華光天王傳」七字。綜觀版式刻工都很質樸，是較早的刻本形式。

書的末葉有牌記，爲「辛未歲孟冬月書林昌遠堂梓」。或謂「辛未」是隆慶五年（一五七一），或謂是崇禎四年（一六三一）。根據明本「余文台梓」《新刊八仙出處東遊記》卷首余象斗《八仙傳引》「不佞斗自刊《華光》等傳」云云，推知《華光》一書當有余氏自己的刊刻本，且此傳在「四遊記」明刊諸單行本中爲較早刊刻的一種（現「四遊記」除《西遊記》外，均已發現明刊單行本）。我們知道，現存最早余氏所編《全像北遊記玄帝出身傳》熊仰台梓本末葉有「壬寅歲」繫年牌子，此「壬寅」當爲萬曆三十年（一六〇二）；又現存最早余氏作序並梓行的《新刊八仙出處東遊記》雖末葉無繫年牌子，但附於書後的一部分《八仙傳》下卷的殘稿分別有「萬曆癸未」（一五八三）、「萬曆乙未」（一五九五）、「萬曆丙申」（一五九六）繫年。據此，《華光》一傳的余氏首刻本至遲當在「萬曆癸未」之前。如果本書即爲余氏首刻本（其扉頁所謂「昌遠堂李鋪梓」不過是刊刻者的花樣），則末葉「辛未」推斷爲隆慶五年比較合理；如非首刻本，則此「辛未」爲崇禎四年無疑。

（孫　遜）

八仙出處東遊記

《八仙出處東遊記》，題「蘭江吴元泰著」。吴元泰，生平不詳，當爲余象斗好友，是屬於余氏書坊圈子中的成員。現存雙峰堂、三台館等刊行的小説中，署此名者僅此一部。

本書藏日本内閣文庫，今據以影印。書内封題「全像東遊記上洞八仙傳」，中題「書林余文台梓」。全書二卷，上卷卷端署「蘭江吴元泰著　社友凌雲龍校」；下卷卷端則署「蘭江吴元泰著書林余氏梓」。共五十六回(則),書前有總目,不標回次,但上卷從第四回至第二十九回,均標明「第×回」,第一至第三則無回次,下卷二十七則則全無回次,故孫楷第《中國通俗小説書目》云「不標回數」和大塚秀高《中國通俗小説書目改訂稿》記「二卷五十六則」,均有誤,嚴格説來應是二卷「二十六回加三十則」。每葉上圖下文,有簡單文字説明分列圖的兩旁。版式刻工也都較質朴,是較早的刻本形式。

本書下卷附補遺事六則,云「此皆近聞,録之終篇,其餘以俟知者」。但其後又有《桂溪昇仙樓閣序》《昇仙樓閣跋》《重鍥感應篇序》《蓬萊景記》《心箴示張日熹》等幾篇文字,版式字體完全不同。版心上方題「八仙傳」,下方爲「下卷」二字,無圖,末葉有「全像八仙傳下卷終」一行字。所補六則遺事尚有一定餘味,而這一部分則全然與本書内容無涉。過去目録版本學者多未注意及此,唯大塚秀高在其著作中注明此書爲「二部,一部係後印」,其所指後印的一部即爲最後版式不同的這一部分,不知何故會將它們合刊在一起。

八仙故事在我國流傳甚廣,唐代已有《八仙圖》《八仙傳》,元代戲曲更常出現八仙形象,但元時八仙之姓名尚多異説,至明代猶然。直到明代中葉,八仙姓名才始固定,湯顯祖《邯鄲夢·仙圓》一出中〔駐馬聽〕曲所唱八仙之姓名即和本書一樣,從此八仙的名字就未再變更。關於八仙得道的傳説事迹甚多,也甚不一,本書乃博采拼凑而成。要而言之,鐵拐李出身同於明《潛確類書》;鍾離權事迹與《歷代神仙史》所引相同;藍采和身世主要據南唐沈汾的《續仙傳》;張果老事迹本於唐鄭處誨的《明皇雜録》；何仙姑故事同於明《續文獻通考》；吕洞賓事迹則采集較廣，唐宋元明小説戲曲中多有所采擷；韓湘子故事多根據宋劉斧《青瑣高議》；曹國舅事迹大致同於《歷代神仙史》所引。除去八仙得道的事迹，本書尚集中描寫了兩次大的事件：鍾吕斗法大破天門陣是節抄的《楊家將演義》，八仙過海鬧龍宫則是根據元雜劇《争玉版八仙過滄海》。

（孫　遜）

北方真武祖師玄天上帝出身志傳

《北方真武祖師玄天上帝出身志傳》，又名《全像北游記玄帝出身傳》（以下簡稱《北游記》），題「三台山人仰止余象斗編」，「建邑書林余氏雙峰堂梓」。全書共四卷二十四則，不分章回次第。然除最後二則外，各則文末均套用「不知後來如何，且聽下回分解」諸語。末卷最後有「壬寅歲季春日書林熊仰台梓」字樣。壬寅歲當爲明萬曆三十年（一六〇二）。今即據此本影印。

余象斗，字仰止，號三台館山人。福建建陽人。建陽余氏，是由宋迄明幾百年間的書賈。余象斗生活的時代，據已知刻本考證，當爲明萬曆年間。余象斗除經營刻書業外，還做過許多「編集」工作。今本《四游記》中，除《北游記》外，《南游記》也題余象斗編，《東游記》《西游記》估計也都經過他的整理加工。日本内閣文庫藏明刻本《東游記》，版式與明刻本《北游記》完全相同，卷首有余象斗所作題記。另《北游記》第一卷中記「後來余先生看到此處，有詩嘆曰」，《南遊記》第二卷中記「後仰止余先生看到此處，有詩一首」。此類文字，也可證明余象斗確實是二書的編集、整理者，但很可能依據了萬曆以前的底本。

明刻本《北游記》現藏北京大學圖書館、大連圖書館、倫敦英國博物院圖書館。明刻本外，通行的一直是《四游記》的本子。《中國通俗小説書目》著録了清道光十年（一八三〇）許灣大經堂刊《四游全傳》本和小蓬萊仙館《四游合傳》本。前者作二十四則，當出自明本，後者則分爲二十四回。明刻本最後附有對真武的崇拜禮儀，包括設供、忌食、聖養之要、御諱、聖降之辰、玄帝聖號勸文等内容，後世刻本均已删去。

《北游記》述真武本身成道降妖諸事，故事情節多採自民間傳説及佛典。該書前六則内容與佛教的《本生經》故事雷同，第二十二則則直接採用佛典中著名的「雪山太子割肉飼鷹」「投崖飼虎」故事。全書所介紹的三十六員玄帝部將，大多是民間信仰的神靈，而且不屬於同一時代，經過了作者的改編、加工。（劉玉才）

韓湘子全傳

《韓湘子全傳》三十回，第一回題「新鐫批評出相韓湘子」，署「錢塘雉衡山人編次，武林泰和仙客評閲」。雉衡山人即楊爾曾，字聖魯，浙江錢塘（今杭州）人。除編有本書外，另編有《東西兩晉志傳》一書。

有關韓湘子的故事流傳久遠，早在唐代段成式的《酉陽雜俎》前集卷十九「廣動植類之四」，就有「韓愈侍郎疎從子侄」能使牡丹花變色的故事。每朵花有詩一聯，乃「韓愈出官時詩」，即「雲横秦嶺家何在，雪擁藍關馬不前」。宋代劉斧的《青瑣高議》前集卷九亦有「韓湘子」一則，其故事比較詳細，有湘子能詩，能開頃刻花，花朵上有詩，藍關送别並送禦瘴毒之藥給韓愈。宋代李昉等人編輯的《太平廣記》，其中有關韓愈的記述有五條之多。唯「神仙五十四・韓愈外甥」條中寫到韓愈外甥，不知姓名，乃洪崖先生弟子，「神仙中事，無不詳究。因説小伎，云能染花」，「吏部（韓愈）以五十六字詩以别之」，情節與前並無二致。小説即據歷代傳説敷演而成。

本書主要版本有明天啓三年（一六二三）金陵九如堂刊本，卷首有叙，署「天啓癸亥季夏朔日煙霞外史題於泰和堂。」每回之末均有評語一段，評者爲「武林泰和仙客」，從字迹可知此人即叙言作者煙霞外史。又有武林人文聚刊本。後世翻刻本較多，或題《韓湘子十二度韓昌黎全傳》，或題《韓湘子得道》。

這次影印，以九如堂本爲底本。原本第十八回末缺一面，據武林人文聚刊本輯補於後。

（孫一珍）

濟顛大師醉菩提全傳

《濟顛大師醉菩提全傳》或作《醉菩提全傳》《濟顛全傳》《濟顛大師玩世奇迹》《古本濟公傳》《皆大歡喜》等。二十回，不分卷，署「天花藏主人編次」，一本署「西湖墨浪子偶拈」。

濟公的傳説，在宋人、明人的作品中即有記載，將濟顛故事演化爲神怪小説的，較早有明晁瑮《寶文堂書目》「子雜類」著録的《紅倩難濟顛》平話，但未見傳本。明末清初，濟公小説大量涌現，有明隆慶三年己巳（一五六九）《錢塘漁隱濟顛禪師語録》一卷，名爲語録，實是短篇小説；清康熙七年戊申（一六六八）刊《新鐫繡像濟顛大師全傳》三十六則；乾隆年間刊《濟公傳》十二卷。這三種書的内容相同。《濟顛大師醉菩提全傳》大約是直接取材於張大復的《醉菩提》傳奇。古吴墨浪子《西湖佳話》中的《南屏醉迹》選取此書十個故事，文字全録，僅稍作修改。演繹濟公事迹的小説後世還不斷出現，如《濟公後傳》《濟公真傳》等等。

《濟顛大師醉菩提全傳》的版本較多，由編者的不同可分爲兩個系統。題「天花藏主人編次」的本子主要有：國家圖書館藏清康熙六十年辛丑（一七二一）刊本；國家圖書館、天津圖書館藏清乾隆五十三年戊申（一七八八）金閶古講堂刻本，封面題《濟顛大師玩世奇迹》；北京大學圖書館、大連圖書館藏清寶仁堂刻本，封面亦題《濟顛大師玩世奇迹》等。題「西湖墨浪子偶拈」的本子主要有：日本《舶載書目》著録本；北京大學圖書館藏清光緒六年庚辰（一八八〇）京都老二西堂重刻本；國家圖書館藏清刻本等。兩個系統版本相比較，西湖墨浪子系統有二十幅冠硃印圖，每圖繪一回故事，而另一系統無圖。另外，天花藏主人系統的本子總目録與每回分目録的文字多有出入，而西湖墨浪子系統的回目與上一系統的分目録文字相同。正文内容也無多大差異，衹是前一系統文字較簡練，後者稍有增益。故有人或以爲西湖墨浪子即天花藏主人者。今據大連圖書館藏寶仁堂刊本影印，原書版框高一八一毫米，寬一一〇毫米。（顧歆藝）

天妃娘媽傳

《天妃娘媽傳》在我國久已失傳，止日本雙紅堂藏明刻孤本。全書分上下卷，上卷卷首題「南州散人吴还初編，昌江逸士余德孚校，潭邑書林熊龍峰梓」，下卷卷尾有「萬曆新春之歲忠正堂熊氏龍峰行」雙行牌記。從字體、板式以及文字内容來看，確是明萬曆時福建建陽書坊所編刻。

小説的主角天妃，是我國舊社會裏獲得沿海居民信仰的女性保護神。她的事迹最早出現於南宋晚期編纂的《咸淳臨安志》裏，卷七三記述順濟聖妃廟即此天妃的神廟時，引用了南宋理宗初年丁伯桂撰寫的《廟記》，《記》中説「神莆陽湄州林氏女，少能言人禍福，殁，廟祀之，號通賢神女，或曰龍女也。莆沿海有堆，元祐丙寅夜現光氣，環堆之人一夕同夢曰：『我湄州神女也，宜館我。』於是有祠曰聖堆。」這大概就是這位林氏天妃的最早面貌。到「宣和壬寅給事路公允迪載書使高麗，中流震風，八舟沉溺，獨公所乘神降於檣獲安濟，明年奏於朝，錫廟額曰『順濟』」。這是她正式列入國家祀典的開始。以後據《咸淳志》，在南宋「紹興二十六年（一一五六）封靈惠夫人，紹熙三年（一一九二）改封靈惠妃，慶元四年（一一九八）加助順……累封至嘉熙三年（一二三九）爲靈惠助順嘉應英烈」。她的影響，如《廟記》所說：「神雖莆神，所福徧宇内，故凡潮迎汐送，以神爲心，回南簸此，以神爲信，邊防里捍，以神爲命，商販者不問食貨之低昂，惟神之聽。……神之祠不獨盛於莆，閩、廣、江、淛、淮甸皆祠也。」但到元代，似乎没有獲得朝廷重視，今存元建陽書坊刻兩卷本《新編連相搜神廣記》（鄭振鐸影印本）就不曾把這位天妃收進去。明建陽書坊以《搜神廣記》爲基礎而增廣的七卷本《三教源流搜神大全》（葉德輝影刻本）裏才有了「天妃娘娘」的專條，説「國初成祖文皇帝七年，中貴人鄭和通西南夷，禱祀廟，徵應如宋，歸命，遂敕封護國庇民妙靈昭應弘仁普濟天妃，賜祠京師，尸祝者遍天下焉」。明清兩代地志如萬曆時王應山修《閩都記》、乾隆時廖必琦等修《莆田縣志》，以及乾隆時林清標據萬曆天啓時《顯聖録》重修的《湄州志》，都記載了大量的天妃事迹。但除當時的朝廷封典外，所記世系靈迹多出後來編造，而且類皆官樣文章。

相形之下，這部小説的價值則在這些地志之上，因爲它多少保存了明代對這位林氏天妃的民間傳説，對研究民俗者是很有用的材料。至於此書作爲萬曆時作品而在小説史研究方面所具有的資料價值，自不待言。今據雙紅堂藏本影印。（黄永年）

緑野仙踪

《緑野仙踪》一百回，美國印地安那圖書館藏有刻本，北京大學圖書館藏有抄本。抄本有作者自序和乾隆二十九年甲申（一七六四）山陰陶家鶴序，三十六年洞庭侯定超序。刻本無自序。此書另有八十回刻本，爲删節本。

據自序，作者李百川（約一七二〇——一七七一後）剛成年即「叠遭變故」，家道中落。後來替人舉債，債務無力償還，至傾家蕩産，仍然未能代爲還清。他携帶古董前往揚州變賣，又被煉丹術士所欺騙而損失殆盡。遂衹得先後往鹽城（今屬江蘇省）和遼州（今屬山西省）投奔叔父和從弟。此後南北飄零，「日與朱門作馬牛」，可能以幕客或教學而糊口。一七五三年在揚州治病，開始寫作《緑野仙踪》，寫了三十回；一七五六年在遼州又完成二十一回，最後一七六二年才在河南寫完全書一百回。

此書寫到嘉靖三十二年（一五五三）的師尚詔起義以及東南沿海的倭寇之亂。它提到許多歷史人物如胡宗憲、曹邦輔、師尚詔、俞大猷、董傳策、林潤、沈鍊等都同事實相去很遠。如第二十八回，胡宗憲進剿師尚詔被革職，完全出於虚構。又如第八回把連雲港的花菓山水簾洞移到西岳華山，第九回又把華山的玉女峰移到泰山。

陶家鶴序把它和《水滸傳》《金瓶梅》相提並論，看作是第一流説部，可見作序者和小説作者的水平相差不遠。

本書據美國印地安那圖書館藏刻本影印，作者自序據抄本補配，附於書末，以供參考。（徐朔方）

南海觀世音菩薩出身修行傳

本書一名《南海觀音全傳》，題「南州西大午辰走人訂著，羊城沖懷朱鼎臣編輯，潭城泰齋楊春榮繡梓」，明煥文堂刊本。西大午辰走人不知爲何人，孫楷第《中國通俗小説書目》認爲是「四大五常中人」之諧音。朱鼎臣字沖懷，廣州人，明隆慶、萬曆時人，庠生。除編輯過此書外，還編輯過《唐三藏西游釋厄傳》《新刻音釋旁訓評林演義三國志史傳》（又名《古本三國志》）。另據譚正璧《古本稀見小説彙考》，日本尊經閣所藏《鼎鐫徽池雅調南北宫腔樂府吴板曲響大明春》亦爲朱鼎臣所「集」。

此書共四卷二十五則，上圖下文，每卷首行所題書名並不一致。此書行款格式及上圖下文的刊板形式，與《唐三藏西游釋厄傳》《新刊八仙出處東游記》《全相北游記玄帝出身傳》《全相華光天王南游志傳》全同。四傳均爲明萬曆間福建書坊刻本，則此書爲明萬曆間閩刻本當無問題。

觀音之名出自《法華經》，宋普明禪師編有《觀世音菩薩本行經簡集》，又名《香山寶卷》，内容與此小説大致相同。然寶卷之妙善原係仙女轉世，小説改作善男轉生；寶卷中觀音在惠州澄心縣香山懸崖洞修道，小説改作於南海香山普陀巖修行，且比寶卷多出點化善才龍女、青獅白象作怪及被收伏等事。

此本分則不分回，但卷一第二、第四、第七三則文末又有「聽下回分解」字樣。每卷則數亦不整齊。每則文末有句數不等的七言韵文。全書文字簡陋，錯字極多，卷一開頭有《鷓鴣天》一篇，但實爲二十六句五言韵文，與《鷓鴣天》詞、曲了無關涉。又全書有三處文字不相銜接，爲當時誤刊。卷二第十九葉下半葉應移置於十七葉下，十七葉下半葉應移置於卷三第十四葉下，卷三第十四葉下半葉應爲卷二第十九葉下，明萬曆間閩本校刻之粗疏於此亦可見一斑。此書之明刻本現僅存一部，藏倫敦英國博物院，此次即據以影印。此外，北京大學圖書館藏有嘉慶十年（一八〇五）大經堂刊本，係一殘本；國家圖書館藏有坊間重刊本。（吴　民）

達摩出身傳燈傳

《新鍥全像達摩出身傳燈傳》，四卷七十則，卷一、卷二、卷四不署撰人，卷三署「逸士朱開泰修撰」。各卷題「書林清白堂楊麗泉梓行」。楊氏清白堂是福建建陽著名的書坊，曾於明萬曆十六年（一五八八）刊刻《全漢志傳》，於萬曆三十二年刊刻《二十四尊得道羅漢傳》。估計《達摩出身傳燈傳》或許亦是明萬曆年間刊刻。此書版式與萬曆年間建陽書坊刊刻的《唐三藏西游釋厄傳》《八仙出處東游記》《北游記玄帝出身傳》《華光天王南游志傳》等書完全相同，也可證其可能爲萬曆間建陽書坊刻本。作者朱開泰，身世不詳，當是明代隱逸之士。

該書述菩提達摩（也作磨）出身及傳教經過。達摩原爲印度香至國王子，後皈依佛門，拜菩提多羅爲師，得道成佛。達摩開悟有相宗、無相宗、慧宗、戒行宗、無得宗、寂静宗，使六宗歸依正教。南朝梁普通元年（五二〇），達摩入華，武帝迎至金陵。後渡江往魏，止嵩山少林寺，面壁九年而圓寂。達摩傳法於神光（慧可），開創了禪宗，被尊爲東土始祖。南朝梁釋慧皎《高僧傳》、宋釋道原《景德傳燈録》等書也記録了達摩的有關事迹。

該書分則不分回，每則均有標目，作「玉帝降神出世」之類。各卷則數不一，每則文末都附有偈詩，文字多有錯訛。

此書原爲盛宣懷所藏，今據以影印。原書有缺頁，因無其他刊本，故無從配補。（劉玉才）

草木春秋

《草木春秋》三十二回，書前「引首」題「雲間子集撰，樂山人纂修」；書首有序，末署「駠溪雲間子撰」。孫楷第《中國通俗小説書目》有著録，謂「清江洪撰」。江洪，生平不詳。清乾隆嘉慶間，學術蔚興，出現了幾種魯迅稱之爲「以小説見才學」的小説，《鏡花緣》便是其中一種。此書作者也是以其所學知識爲小説，初刊於嘉慶間，其人當是乾隆嘉慶時一位通曉《本草》的文人。

前人有集藥名爲詞曲者，清人有戲曲《草木傳》（傳爲蒲松齡撰）及《本草記》，與此書近於同時的《燕山外史》中，有段寫愛姑悵悵失所的文字，也間用多種藥名。此書集《本草》中衆多的藥名，照各自的藥味、藥性，寫成不同的人物。如以「劉寄奴」爲漢家仁君，「管仲」「杜仲」爲相，「甘草」爲國老，「金石斛」爲總督，「黄連」「木通」等爲各地總兵，又以姓「巴豆」名「大黄」者爲「蜀椒」國郎主，「高良姜」爲軍師，「天雄」爲元帥，等等，演出了一部番兵犯界、漢軍征討的故事，情節内容類乎當時的一些演義小説，其中自然也有仙妖鬥法破陣的情節。

至於小説的命意，作者在自序中説：「黄帝之嘗百草也，蓋辨其味之辛甘淡苦，性之寒熱温涼，或補或瀉，或潤或燥，以治人之病，療人之疴，其功非細焉。予因感之，而集衆藥之名，演成一義，以傳於世，雖半屬游戲，然其中金石草木水土、禽獸魚蟲之類，靡不森列，以代天地器物之名，不亦當乎！」就小説所演故事看，也無其他寓意。

此書初刻爲博古堂藏板，後有最樂堂刊、大文堂刊、味經堂刊諸本。博古堂本不分卷，其他各本均分五卷，題圖葉數、次序及版式亦有不同。博古堂本今已難覓，今據山東大學圖書館藏本影印，以見初刊本原貌。書中殘闕、漫漶之處據大文堂本配補，列於書後。原書板匡高一八七毫

米，寬一二五毫米。（袁世碩）

混元盒五毒全傳

《混元盒五毒全傳》四卷二十回。不題撰人。書中頗多淮鹽方言，當出自當地作者之手。內封除標「混元盒五毒全傳」外，尚有「張天師收妖傳」和「道光十二年（一八三二）鐫，富經堂板」字樣。後又有同治十年（一八七一）授經堂刻本，亦二十回。南京圖書館藏刻本，刊刻年代不詳。天津南開大學圖書館藏津門儲仁遜鈔本，書名題《聚仙亭全傳》，凡十回，蓋將二十回歸併而成，且改單回目爲雙回目。

本書叙書生謝廷觀潮，得一水中漂來之葫蘆，拔去塞子，從中竄出一怪，見風就長，要食謝廷。幸遇一老婦，誆怪物復鑽進葫蘆封好。遂引謝廷至家中，道三女兒與其有夙世姻緣，留以爲婿。謝廷偶至院中聚仙亭，揭去地上石板之封條，誤放蜈蚣、蜘蛛、蠍子、紅蟒、壁虎五毒。皇上使張天師與鬪，不能勝。老婦從空降下，願助收伏妖怪，唯要請天師在其道袍上打印二顆。天師謂其乃修煉千年之狐精，若得印，即成大羅天仙，不肯允從。天子道天師不能降妖伏怪，反令他人代勞，何惜一印。天師無奈，祇得打印。老婦乃大敗五毒，天師盡收入混元盒中。

關於葫蘆怪物故事，頗似《天方夜譚》，而誤放五毒，亦似《水滸》之誤走妖魔。唯貶天師而褒狐精,可謂别出心裁。彈詞、鼓詞均有《五毒傳》,一名《混元盒》,孫楷第《中國通俗小説書目》謂小説「本鼓子詞改作」。然小説之與曲藝互相影響之關係,極爲複雜,究係由鼓子詞改作小説,還是由小説改作鼓子詞,似難以斷定。今據浙江圖書館藏富經堂板影印。(歐陽健)

陰陽鬭異説傳奇

《陰陽鬭異説傳奇》四卷十六回,不署撰人。内封題「繡像陰陽鬭法傳」,左右欄分題「周公擅卜神通卦」「桃花女破解壓魂符」。

此書傳世刻本均爲坊刻,最早爲道光二十八年(一八四八)聯益堂刊,内封題《桃花女陰陽鬭傳》。此外,有道光二十八年丹桂堂刻本、同治五年(一八六六)新刻本。刻本大致相同,惟聯益堂本多裘曰修序,署「西昌裘曰修撰」。按裘曰修乾隆四年(一七三九)進士,爲江西新建人,官至工部尚書,此云「西昌」(四川西昌),或别有故。刻本外,尚有光緒年間上海書局、上洋書局石印本。南開大學圖書館藏有津門儲仁遜抄本,題名《陰陽鬭》。

元王曄作《桃花女破法嫁周公雜劇》,叙洛陽賣卦人周公(一作周恭),陰陽有準,禍福無差。一日,算定石婆婆外出經商之子石留住該當夜三更前後身死,桃花女聞之,教以解禳之法,卒使石留住幸免於難。周公嫉之,乃聘桃花女爲媳,又在迎親途中用法術要害她性命,爲桃花女所破。兩人幾經鬬法，周公害人不成，反險些害了自己，衹得低頭認輸。小説較之雜劇，既坐實了它的時代背景，復增加了神話色彩。書名《陰陽鬬》，是爲「陰陽背戾，安得不鬬」？大旨在宣揚「陰陽和合」「本性相同」而已。今據浙江圖書館藏同治刊本影印。（歐陽健）

金蓮仙史

《金蓮仙史》四卷二十四回，翼化堂刊本。卷首有光緒甲辰（一九〇四）作者自序，卷末有光緒三十四年（一九〇八）署名常寶子所作跋文。其書内封右欄署「光緒二十四年歲次戊申刊」，顯係光緒三十四年之誤。

作者潘昶，字明廣。清末人，生平不詳。其序自署「台南青陽道人」，「台南」疑指浙江天台之南。天台山是中國道教勝地，其中被稱爲「天台之南門」的赤城山有玉京洞，爲十大洞天之一；桐柏山爲七十二福地之一，山中崇道觀爲著名道觀（《大清一統志·台州府》）。此書叙道教中全真道之始末，并特别記叙了一些與天台山有關的歷史和傳説。如寫宋代大儒朱熹在淳熙元年（一一七四）主管崇道觀之事；第二十二回寫道濟和尚（即濟公），第二十三回提到南宋理宗皇后謝氏，特意點明兩人「乃天台人也」。作者如此詳細地介紹這些與小説主要情節無關的天台山名人事迹，似可見他與天台有特殊關係，可能即爲天台山之道士。

在此書之前，光緒年間有記叙全真教始末之《七真記》刊行於世。潘昶在自序中叙述本書寫作緣起云：「余見舊本《七真傳》非獨道義全無，言辭紊亂，兼且諸真始末、出典仙迹一無所考」，「因是遍閲鑑史寶誥，搜尋語録丹經，集成是書」。蓋以不滿《七真傳》而作。兩書相較，雖均記述了全真道創始人王重陽得道成仙和他超度七大弟子丘處機等人的過程，但《金蓮仙史》則以北宋迄元代統一之歷史爲經緯，增添了大量史實，如宋、金、遼、元諸帝之進立廢退及各國重大歷史事件，甚至連朱熹修撰《通鑑綱目》亦有記載。除彙集全真道北五祖、南五祖的來歷外，又記述道家諸仙，甚至還有早期道教天師道、樓觀派等道家典故，内容遠較《七真傳》龐雜。在思想上，《七真傳》崇道抑佛，此書則提倡三教合一，在《七真傳》中作爲對立面的白雲禪師，在此書中成爲丘處機的摯友，一起切磋道佛教義。並將道家與儒家結合起來，認爲修道忘我，與孔子之「毋意、毋必、毋固、毋我」、顔子之「坐忘」一樣，皆爲無心（第十七回）。此書還糾正了《七真傳》中的某些歷史錯誤，並删除了一些被作者認爲荒誕的情節。故此書《後跋》謂其於「朝代地址、年月姓氏，悉斑斑可考」。但是核以道書，此書仍多荒誕之説，如將和玉蟾真人作爲王重陽妻子，其實和玉蟾爲男性，黜妻棄子，易衣入道，於大定三年（一一六三）和王重陽、李靈陽共同結茅修煉。

今據上海圖書館藏翼化堂本影印。原書板匡高一六八毫米，寬一〇五毫米。（黄　毅）

大清全傳

《大清全傳》，通稱《彭公案》，凡二十三卷一百回，署貪夢道人著。卷首有光緒壬辰（十八年，一八九二）刻書人張繼起、孫壽彭（松坪）、貪夢道人三序及光緒十九年東汝居士續刊重序。貪夢道人，本名楊挹殿，福建人，能詩，生平不詳。

此書所寫彭公名朋，是以康熙間名宦彭鵬爲依托。據《清史稿》卷二百七十七本傳：彭鵬字奮斯，福建莆田人。以舉人謁選，授直隸三河縣知縣，擢給事中，歷貴州按察使，官至廣東巡撫，「以正直稱」。小説所叙，除彭朋初授三河知縣，不畏豪强，秉公執法，曾被參諸節外，故事情節多與彭鵬事迹不合。小説的内容和情節模式，與先出之《施公案》相類，不外是一位清官在一些俠客的佐助下，懲惡誅奸，除盗平叛，清官邀得聖寵，俠客也受到獎賞。論者稱之爲古代公案小説之變種和俠義之殁落。

此書的人物、情節，與《施公案》有交插、銜接的地方。這是由於兩書同是吸收了雍正、乾隆以來社會上的傳説故事。紀昀《閱微草堂筆記》卷八《如是我聞》中講到「竇二東」常夜入人家劫走婦女事。蔣瑞藻《小説考證》「盗御馬」條引《闕名筆記》云：「竇二敦，獻縣無賴子也，以健鬥横行於市，椎埋惡少，奉之爲魁。」可能實有其人。周明泰《道咸以來梨園繫年小録》引道光四年（一八二四）北京「慶升平班戲目」，中有《連環套》等十數齣演的是《施公案》裏的情節；又有《畫春園》、《武文華》《豆（竇）爾敦》《九龍盃》《左青龍》六齣，所演故事見於《彭公案》中。此等戲目之多，可見《彭公案》中部分情節，在道光之前已經説書人定型，廣泛流傳。卷首孫壽彭序中説：「《彭公案》一書，京中鈔寫殆遍，大街小巷，侈爲異談，皆以膾炙人口。故會廟場中，談是書者不計其數，一時觀者如堵，聽者忘倦。」則此書之成書也早於刊行許多年。

此書刊行後，又有一續再續之書，共得三百四十一回。其後更有續至二十集者，隨意雜凑，更不堪閲讀了。此書流行以石印本爲多，刻本較少見，今據南京大學所藏光緒二十年琉璃廠藏版本影印。原書板匡高一三〇毫米，寬九十五毫米。（袁世碩）

七劍十三俠

《七劍十三俠》分初集六卷六十回，後傳六卷六十回，三續六卷六十回，共十八卷一百八十回。作者唐芸洲，號桃花館主，姑蘇人，約清光緒中期前後在世，其生平無考。

本書記叙以玄貞子爲首的七位劍客和他們的門徒凌雲生等十三位俠客仗義行俠、扶忠鋤奸的神奇事迹，故一名《七子十三生》。七子十三生原本都是凡人，具有俠義心腸，經修煉得道，遂成口吐白丸，可以千里飛劍斬敵的異人超人。這種由現實的人變爲近乎神仙的人物形象，在我國古代長篇白話小説中非常罕見。自《七子十三生》肇啓其端後，清末民初大量劍俠小説如《蜀山劍俠傳》等應運而生，形成了一個新的流派。

是書雖爲寫俠義爲主的小説，但其中寫三邊總制楊一清西征討平逆藩安化王朱寘鐇、僉都御史王守仁剿滅寧王朱宸濠等事，幾個主要人物、時間、地點及史實，均可在《明史》楊一清、王守仁、朱寘鐇、朱宸濠等傳記中找到可靠根據。《中國通俗小説書目》云此書「演王守仁平宸濠事，不根史實」，恐非的論。

《七劍十三俠》問世後，風行一時，坊間廣爲翻刻，且有倣冒作品出現。如卷端有光緒二十六年（一九〇〇）惜花吟主自叙的四卷四十回本《仙俠五花劍》，即係續《七劍十三俠》初集而作，可覘其當時影響之大。

《七劍十三俠》初集於光緒丁酉（一八九七）由上海書局石印，板框高一〇八毫米，寬七二毫米。二集、三集分别於光緒辛丑（一九〇一）正月與六月由申江書局石印，其板框高同初集，寬六六毫米。現據復旦大學圖書館所藏原刊本影印，其中初集卷六第二十五葉原缺，今以萃英書局本配補。（曹光甫）

醋葫蘆

《醋葫蘆》，題西子湖伏雌教主編，四卷二十回。首序末署「筆耕山房醉西湖心月主人題」，目録頁前題「且笑广演評《醋葫蘆》小説目録」，後有《説原》一篇，末署「且笑广主人識」。有圖二十幅（合左右半葉爲一幅），第一幅圖右半葉記刻工曰：「項南洲刊」，左半葉記寫手曰：「陸書清寫」，下鈐「陸闌之印」。各卷題署不一，第一卷署「西子湖伏雌教主編，且笑广芙蓉癖者評」，第二卷署「伏雌教主編，心月主人評」，第三卷署「大堤遊冶評」，第四卷署「弄月主人、竹醉山人同評」。編者、評者生平姓名均不詳。醉西湖心月主人另有小説《弁而釵》《宜春香質》，且笑广芙蓉癖者也爲《宜春香質》作過評。

《醋葫蘆》演南宋臨安成珪妻都氏奇妒事，作者西子湖伏雌教主或即係杭州人或長期居住杭州者，因而熟悉杭州的方言鄉談、地理位置、風物掌故。第二回形容杭人愛圍觀湊熱鬧道：「正是杭州風，專撒空，不論真和假，立立是一宗。」回末總評云：「每於急語中，忽入以方言，酷肖杭人口吻。」第三回寫成珪繼養的女兒一姐嫁與冷祝一事道：「故此江干湖墅，把這冷祝布袋叫出了名，杭人至今傳説，却訛做冷粥布袋，説凡女婿便是粥袋。」第十五回寫成珪内侄都飈在嘉興冒了秀水籍貫，用銀子買得一個秀才，回到杭州，欲炫耀鄉里，騎馬遊行，「自從武林門内，直迎到忠清里、菜市橋、積善坊、官巷口，凡是舊時交往去處，無不迎遍。」這些地名和行進路綫，至今仍斑斑可考。

《醋葫蘆》成書於明末。小説第十回嘗引吳炳《療妬羹》部分情節，又謂「一本《療妒羹》，是吳下人簇簇新編的戲文」。吳炳，萬曆四十七年己未（一六一九）進士。第十三回「引首」《毆父行》註出《禪真後史》，此書首有崇禎二年己巳(一六二九)翠娱閣主人序。《醋葫蘆》之作，必與上述二書年代相去不遠，第四回後有「附録」一則，下註：「己卯花朝」，己卯，爲崇禎十二年，或即爲小説成書之年。

今即據日本内閣文庫藏筆耕山房本影印，原書第二回第十一頁缺失，因無其他版本配補，故仍付闕如。(邵海清)

繡谷春容

《繡谷春容》十二卷，羊洛敕里起北赤心子彙輯，建業大中世德堂主人校鍥。

每頁分上下兩層，上爲「芸窗清玩」，下爲「騷壇摭粹」及「嚼麝談苑」。後者包括瓊章摭粹、名家詩、璣囊摭粹、名媛詩、詩餘摭粹、名家詞以及新話、嘉言、寓言、稗編、微言、奇聯等，它是各種詩文詞曲的選録。

卷十二選有申時行《恭謝天恩表》，内稱「一品六年考滿」。據《明史·宰輔年表》，萬曆六年(一五七八)申時行以吏部左侍郎兼東閣大學士入閣，十年六月，晉太子少保，從一品。六年考滿當在萬曆十五年。這是本書成書年代的上限，實際上可能遲得多。

上層載有話本小説十三篇，卷一《吴生尋芳雅集》，卷二《龍會蘭池》《聯芳樓記》，卷三《劉熙寰覓蓮記》上，卷四《劉熙寰覓蓮記》下、《柳耆卿翫江樓記》，卷五《申厚卿嬌紅記》，卷六《白潢源三妙傳》，卷七、八《李生六一天緣》，卷九《祁生天緣奇遇》上，卷十《祁生天緣奇遇》下、《古杭紅梅記》，卷十一《辜生鍾情麗集》上，卷十二《辜生鍾情麗集》下、《玉壺冰》、《東坡佛印二世相會》。「新話摭粹」「寓言摭粹」「稗編摭粹」「怡耳摭粹」等又有短篇小説近二百篇。

它與時代相近的《國色天香》《閑情野史風流十傳》《萬錦情林》《燕居筆記》性質類似，所載話本小説也有重出的。

今據中國藝術研究院戲曲研究所藏世德堂刻本影印。原板高二一八毫米，寬一一八毫米。

（徐朔方）

廣艷異編

《廣艷異編》，三十五卷，每卷題「印月軒主人彙次」，卷首有作者自序和凡例。自序後署「東宇山人吴大震書於印月軒」，附印章兩顆，一曰「長孺氏」，另一曰「印月主人」。凡例起始作「延陵生曰」，估計是吴大震自稱。

吴大震，字東宇，號長孺，又號市隱生，安徽休寧（一作新都）人，擅長作曲，明吕天成《曲品》載其著有《練囊記》（與張仲豫合作）、《龍劍記》兩種傳奇，清乾隆時尚存，今皆佚。《龍劍記》成書於萬曆三十三年（一六〇五），《廣艷異編》不著年月，估計也當成書於萬曆間。

「艷」與「異」是明代著名文學家王世貞對中國古代小說所作的分類，他把明以前大量的小說、史籍和書志故事，概括爲「艷」和「異」兩大類型。今傳《艷異編》原本即由王世貞所編輯，書成於嘉靖、萬曆間。湯顯祖據之加以批選，刊成今本《艷異編》。吴大震《廣艷異編》也是據王書增廣内容而成，與湯顯祖批選本同出一源。《艷異編》作正續兩編。其續編十九卷，分爲二十三部，《廣艷異編》盡數載入。而據吴大震自序、凡例，均未説明在編《廣艷異編》時，《艷異編》即已有續編。或許是湯顯祖在批選《艷異編》時，參考了吴書，也未可知。

《廣艷異編》共二十五部，是在《艷異編》分類基礎上略加調整而成。吴大震在凡例中稱「是編覆以新裁，準其故例，微函殊旨，特著其凡。」「男寵、戚里，彼既已盡擷其芳；定數、冥冤，我不嫌特補其缺。」「瑕不掩瑜，亦微加以郢削。」「彼所散而成章，此或爲同纏之璧；昔所聚而成體，今或爲分曜之珠。」《艷異編》宫掖部有十卷之多，幾占全書篇幅的四分之一，殊顯不當，而《廣艷異編》僅占一卷。妓女等部，《廣艷異編》所占篇幅也較《艷異編》小。《廣艷異編》還删掉了男寵、戚里等部，增加了僞詭部、夜叉部。總的看，《廣艷異編》的分類較《艷異編》要合理，各部所占篇幅也比較適當。

《廣艷異編》所收内容自唐人傳奇至宋元明人小説，頗爲豐富，凌濛初《拍案驚奇》等書多采其事。

此書日本内閣文庫藏明刻本一部，有若干缺頁。今據此影印。（劉玉才）

燕居筆記（林近陽增編）

《燕居筆記》，全稱《新刻增補燕居筆記》，署「林近陽增編」，顯然尚有原編、原刻在先，然今已不存，無從考索。林近陽的生平不詳，僅知其爲閩人，當爲明代福建建陽與書林有密切關係的文人。

本書無序和目録，全書上下欄寫刻，上欄並有插圖七十餘幅。其内容爲：上欄全係文言小説，計卷一《浙湖三奇誌》，卷二、三《三妙摘錦》（亦標《花神三妙》），卷四、五《天緣奇遇》，卷六、七《鍾情麗集》，卷八、九《擁爐嬌紅》，卷九、十《懷春雅集》。下欄係詩文雜類，計卷一詩類，卷二吟、詞、歌、行、賦、曲類，卷三題圖、文、贊、箴、銘、狀類，卷四判、辨本、疏類，卷五書、聯、記類，卷六、七、八記類，卷九傳類，卷十聞見雜録。值得注意的是，與上欄所收六篇小説的同時，下欄卷五至卷八的記類中，收輯了包括《玩江樓記》《芙蓉屏記》等共三十一篇各類小説，這對我國小説史的研究提供了重要的資料。

書署「書林余泗泉梓行」，又署「萃慶堂余泗泉梓行」，余氏萃慶堂爲明代福建建陽有相當影響的書坊，余泗泉活躍於明代萬曆年間，曾以刊刻王鳳洲《綱鑑歷朝正史全編》和鄧志謨《吕純陽得道飛劍記》等著名。以此推斷，本書大約出現於萬曆年間，應該早於現存何大掄序本《重刻增補燕居筆記》，更早於署名「馮夢龍增編」的《增補批點圖像燕居筆記》。

本書原藏東瀛，現據攝片影印，以資學界參考。唯原書有些地方已漫漶，現均一仍其舊。

（魏同賢）

燕居筆記（馮夢龍編）

《燕居筆記》，全稱《增補批點圖像燕居筆記》。署馮夢龍增編，前有魏邦達序，寫刻，有圖三十八幅，頗精。卷次的劃分顯然沿襲了《燕居筆記》原刊本雙欄的形式，故一至九卷（其中第五、六卷各析爲上、下卷）以外，又有「下之」一至十三卷，所以實有二十二卷。本書同現存另外兩種明刊《燕居筆記》對比，書的雜録性質和基本内容固然一致，但編排遠爲完整詳備，刊刻亦明顯精美清晰，内容也更加豐富充實，這都可證本書是在各種刊本的基礎上作了較大改進和充實後的新編、新刻本，時代亦稍晚於其他各刊本。

從内容方面看，較重要的增補爲：五卷上書類中的「古今尺牘」，五卷下的「雁魚箋附活套箋」，六卷上聯類中的「古今對」，六卷下的「金聲巧聯附捷用聯」，八卷記類《田洙遇薛濤聯句記》後附薛濤詩存和薛濤小傳，下之十三新增《南窗筆記》和《南窗詩集》。尤其重要的是，小説總數達到六十一篇，已經超出另兩種刊本一倍以上，其中藴含着相當的文獻價值，提供豐富的研究資料。比如，《玩江樓記》中柳耆卿局騙妓女周月仙的情節，到了《古今小説》卷十二《衆名姬春風吊柳七》中，便改爲劉二員外局騙周月仙，柳縣宰成全周月仙與黄秀才婚事的故事了；《柳府尹遣紅蓮破月明和尚戒記》僅僅是《古今小説》卷二十九《月明和尚度柳翠》的前半篇，而且細節描寫較爲粗疏。這都不難看出其間的遞承關係。下之十卷的《劉元普天賜佳兒》取自凌濛初《拍案驚奇》卷二十《李克讓竟達空函，劉元普雙生貴子》，下之十二卷《轉運漢巧遇洞庭紅》取自《拍案驚奇》卷一《轉運漢巧遇洞庭紅，波斯胡指破鼉龍殼》，下之十一卷《蔣興哥重會珍珠衫》取自《古今小説》卷一同名小説。這可證本書的輯集刊印當在《古今小説》《拍案驚奇》刊行以後。

各卷正文前署「明叟馮夢龍增編」，「書林余公仁批補」。馮夢龍爲晚明著名的通俗文學家，其著作滿人間，以「三言」、《山歌》、《掛枝兒》等載入文學史册。余公仁生平不詳，對於本書的輯集，説是「馮夢龍增編」，大概是書商招徠讀者的假托。證據之一是姓名前冠以「明叟」，不像自署口吻，也不像明代人口吻；之二是有的篇章取自《古今小説》，馮氏似不會將自己已經廣泛流傳的作品再收入這樣的雜録中。因此，可以相信魏邦達在序中所説：「余子仁公，抱膝南窗，燕居之暇，供筆隨喜記，無所不備，刻成小本，頓改新觀。」這應該是書林余公仁編輯的成果。余公仁補充了内容，調整了目録，加了一些文後評語，並把自己的《南窗筆記》《南窗詩集》《南窗雜

録》《南窗語録》刻印了進去，射利揚名，二者得兼，確是書林高手。現據原本影印。（魏同賢）

燕居筆記（何大掄編）

《燕居筆記》，全名《重刻增補燕居筆記》，以此推斷，該書當有原刻本，然今已不見。全書除引言外，均爲寫刻，分爲上下兩欄，各爲十卷。上欄十卷收文言小説五篇，即《天緣奇遇》、《鍾情麗集》、《三妙摘錦》（或稱《花神三妙傳》）、《擁爐嬌紅》和《懷春雅集》；下欄十卷中，卷一至卷八題《座客瓊談》，實爲詩文雜録，卷一詩類，卷二詞類、歌類、賦類，卷三文類、書類、聯類、曲類、吟類、圖類、贊類，卷四箴類、銘類、行類、判類、辨本類、供狀類、疏類，卷五、六記類，卷七、八傳類；卷九、十題《大家説錦》，收《張于湖宿女真觀》《紅蓮女淫玉通禪師》等六篇，連卷五、六記類和卷七、八傳類，合計收傳奇和話本小説二十六篇，其中，《紅蓮女淫玉通禪師》《杜麗娘慕色還魂》《緑珠墜樓記》都是在古代小説、戲曲史上有重大影響的篇目。

本書封面標明「□盛堂梓行」，美國哈佛大學哈佛燕京圖書館藏本作「大盛堂梓行」，不知是否同一板本。正文下欄卷一署「金陵書林李澄源新□」。李澄源當爲明代金陵刻書家。正文前有署「古臨琴潤居士何大掄元士題」的《重刻增補燕居筆記引》。何大掄生平無考，僅知其爲杭州人。至於本書的輯集，説是「爰從幽窗，稍悟冷致，有一事焉堪膾炙人口者則筆之，有一詞焉堪聳動人聽者則筆之。而且,爲記耶,爲傳耶,爲銘耶,爲聯耶,爲贊爲集耶,爲歌爲疏耶,靡不一一備載」。「不獨爲古人揚其芳,標其奇,而凡宇宙間稍脱俗骨者,朝夕吟咏,且使見日擴、聞日新、識日開,而藏日富矣」。這裏講的是輯録的目的和經過,却也透露了輯録者大概就是何大掄本人。

原書板匡高二〇〇毫米,闊一三五毫米。現據復旦大學圖書館藏本影印。(魏同賢)

國色天香

《國色天香》十卷,除卷一題作「新刻京臺公餘勝覽國色天香」外,其餘九卷均題爲「新鍥幽閑玩味奪趣群芳」。萬曆丁亥(一五八七)吴敬所編輯。吴敬所生平不詳。萬曆丁酉(一五九七)金陵書林周氏萬卷樓重鍥。此即現存最早的版本,卷首有謝友可於萬曆丁亥寫的序。這次影印,即以此本爲底本。

這部小説集編輯形式特别,所以有「類書」之稱。每頁分上下兩層,上層分别標目爲「珠淵玉圃」「搜奇覽勝」「戛玉奇音」「快覩争先」「士民藻鑑」「規範執中」「名儒遺範」「山房日録」「臺閣金聲」「資談異語」「修真秘旨」「客夜瓊談」等,另加文言短篇小説十二篇。其内容廣而雜。文體多樣,計有詩詞歌賦、詔帖銘箴、行序書文、狀贊録論等,無所不包。多爲流行的時文,亦有輯録的古文。

下層共有七篇小説，以淺近文言寫成。其中有的篇章早在嘉靖間已經流傳。如《鍾情麗集》就見於《晁氏寶文堂書目·子雜類》。後來，欣欣子在《金瓶梅詞話序》中也曾提到「丘瓊山之《鍾情麗集》、盧梅湖之《懷春雅集》」。七篇小説除《雙卿筆記》外，有六篇與萬曆間編輯的《繡谷春容》重復；有四篇被收入《萬錦情林》；有四篇編入《燕居筆記》。這些一再重復編選入集的作品，祇不過篇名稍加變動而已。例如《鍾情麗集》在《繡谷春容》中爲《辜生鍾情麗集》。這些作品在萬曆間反複刻印出版，充分説明流傳之廣泛。

這些小説的一個特點是，韵散相間，韵文占去很多的篇幅，已成爲情節的組成部分，而且往往出自作品人物之口，故小説的抒情性較强。另外，書中有時按情節配有一些小型插圖，這對引起讀者興趣，亦不無幫助。（孫一珍）

躋春臺

《躋春臺》四卷四十篇，題「凱江省三子編輯」。上海圖書館所藏光緒刊本，高一八〇毫米，寬一一〇毫米，現據以縮印。

凱江爲中江之别名，流經四川中江縣境内。本書卷首光緒己亥（一八九九）銅山林有仁序，稱作者爲「中邑劉君省三」，並有「省三問序於予」語。林有仁，字心甫，號愛山，居中江之銅山，歷主中江縣寶峰、龍臺、金堂、天成教授，著有《可象山館詩存》《龍溪詩話》《讀易日鈔》等。卒於一九二〇年，年八十五，見一九三〇年纂《中江縣志》卷二十二劉德華爲林有仁所撰墓志銘。是「凱江省三子」爲清末四川中江縣人，劉姓，省三當爲其字或號。

林序稱劉省三爲「隱君子」，並謂其「杜門不出，獨著勸善懲惡一書，名曰《躋春臺》」，似其人爲一無意仕進的隱士，唯以著述爲志。然本書卷三《審煙槍》云：「同治三年（一八六四）甲子科，安岳縣出了一案。」篇末附記：「此案乃余下科場所聞及者。恐事遠年湮，人名郡邑或有錯訛。」是作者曾參加科舉考試（其時應在光緒後期，否則不當稱同治三年的案件爲「事遠年湮」）。檢《中江縣志·科舉》，光緒己亥後無劉姓舉人。而劉省三若於光緒己亥前業已中舉，則林序不當僅稱「隱君子」而不用「孝廉」之類尊稱。由此可推論出，他雖下過科場，但却終身未曾中舉，他成爲「杜門不出」的「隱君子」，恐是由功名不遂所致。

據林序介紹，亦可知作者與外界接觸不多。是以書中所述，采自舊籍及據鄉里傳聞敷衍而成者甚多。前者如《比目魚》，即據李漁同名戲曲和小説《譚楚玉戲裏傳情》改編；又如《失新郎》，其中新郎在洞房花燭夜被狐精迷走的情節源自《聊齋誌異》中《新郎》；緑波嫁痴兒，夫妻終日嬉戲，痴兒死而復蘇等情節，則本於《聊齋誌異》中《小翠》。後者如《捉南風》《雙冤報》《審禾苗》，篇中寫及康熙時山西高平縣令白良玉「清廉有才，愛民息訟」的事迹。據《澤州府志》：

「白良玉，四川梓潼人，康熙六年（一六六七）以舉人來知縣事。」是白良玉確有其人，且梓潼距中江縣不遠，書中所述，當爲作者的鄉里舊聞。

此書明顯受到講唱文學和戲曲的影響。書中在敘述故事時，穿插了大量詩贊體的唱詞，這些唱詞起到了交代情節、刻畫人物的作用，成爲小説不可缺少的有機組成部分。書中唱詞以一人獨唱爲主，偶爾有兩人的輪唱或對唱。如《棲鳳山》寫到蕭嘉言與朝霞陣前相逢，「夫妻抱頭慟哭。【妻】一見夫君淚長淌【夫】不由爲夫淚汪汪【妻】夫君犯罪離鄉黨【夫】連累賢妻受驚惶……」有些唱詞中還附帶交代人物的行爲，類似戲曲中的科介。如《過人瘋》寫李文錦娶姜氏爲妻，入門即瘋，於是請端公來作法捉鬼，「姜氏指着罵道：雜種娃娃膽好大，敢在這裏打令牌。你在那個床底下把卦戒，教你的把戲只好哄嬰孩。端公搞忙，急念咒語。」這段唱詞的後面，還有「端公莫法，放手打令牌」「端公莫法，口内只是念咒，手中連忙挽訣」等動作提示。此類都是講唱文學和戲曲在小説中留下的痕迹。

至於此書主旨，確爲「勸善懲惡」。即使是舊籍中毫無勸懲意味的故事，經其改編後也成了勸懲之作。如《聊齋誌異》的《新郎》篇，根本未交代怪魅何以要騙走新郎的原因，《失新郎》却將此事説成是新郎父親打獵殺生的惡報；《小翠》篇所述雖是狐狸報恩的故事，但受到報答的人却並未做過善事，狐狸衹不過借其福廕以避雷劫而已，而在《失新郎》中却被寫成是行善放生而得善報。兩相比較，即可清楚地看出此書的旨意所在。（黄　毅）

第二輯

梁公九諫

《梁公九諫》一卷九篇，宋無名氏撰。書所記爲唐梁國公狄仁傑諫阻武則天傳位武三思，請召復中宗李顯爲太子事。

狄仁傑（六〇七——七〇〇），字懷英，并州太原人。歷官大理丞、豫州刺史、地官侍郎同鳳鸞臺平章事，爲酷吏來俊臣陷下獄，貶彭澤令。武則天神功元年（六九七）復相，力勸武后立李氏嗣。卒贈文昌右相，睿宗時追封梁國公。《新唐書》《舊唐書》均有傳。

狄仁傑上疏事，《舊唐書》本傳云：「仁傑前後匡復奏對，凡數萬言。開元中，北海太守李邕撰爲《梁公別傳》，備載其辭。」宋寶元元年（一〇三八），范仲淹過彭澤，謁狄梁公廟，作有《唐相梁公廟碑》，中云：「公之勳德：不可備言。有議論數十萬言，李邕載之《別傳》。」惜李邕所作《梁公別傳》今已不見，狄仁傑上疏原文亦隨之湮没，僅藉本書見其鱗爪。

本書前有無名氏序，據序，書原名《梁公九諫詞》。唐以來講唱文學多稱之爲「詞」。因此，本書最初流行時或帶有唱詞，經宋人改寫後始成小說。綜讀全帙，此書實宋元平話萌芽時期的作品，也許是説書藝人據以演述的一個脚本，故事内容則在演出時隨時增添。

本書最早著録於清初錢曾《述古堂書目》及《讀書敏求記》。清嘉慶中，黄丕烈得明賜書樓舊鈔本，卷中有姑餘山人沈與文、姑蘇吴岫家藏印，二人均明嘉靖時人。黄丕烈將此書收入所刻《士禮居叢書》中，末有黄丕烈嘉慶癸亥（八年，一八〇三）自跋，今即據以影印。（李夢生）

武王伐紂書

《武王伐紂書》，全稱《新刊全相平話武王伐紂書》。牌記署《全相武王伐紂平話》，又題《吕望興周》，元至治間建安虞氏刊本。書分上、中、下三卷。與現存其他元刊平話相同，書分上下兩欄，上圖下文。全書共有圖四十二幅，每圖有標題如「湯王祝綱」「紂王夢玉女授玉帶」等計四十二目，其中上卷、中卷各十五目，下卷十二目。第一幅圖署名「樵川吴俊甫刊」，字體與正文文字一致，當爲本書刻工。署吴俊甫刊的全相平話，存世尚有《樂毅圖齊七國春秋後集》《前漢書平話》《三國志平話》，署名「樵川」或作「古樵」。

本書一般認爲是講史藝人説話底本。書叙殷末紂王寵信妲己，殘害朝中忠良，幽禁周文王；姜尚輔佐周武王滅紂一統天下。書中情節人物多有所本，基本採掇於《尚書》的《牧誓》《武成》篇，及《史記》中《殷本紀》《周本紀》，並參考了一些稗官野史。在立意上，不盡以講史爲宗旨，摻雜了大量神奇怪異之事，如妲己爲狐狸精所變、姜太公神機妙算等，已具神魔小説特點。明代許仲琳《封神演義》所叙即依本書内容爲主幹，其中前三十回情節，除了哪吒等神話人物外，均爲本書的擴展。因此，本書與其他元刊平話相比，情節集中、生動，可讀性較强。

本書現藏日本内閣文庫，有倉石武四郎影印本。文學古籍刊行社將本書與《樂毅圖齊七國春秋後集》《秦併六國平話》《前漢書續集》《三國志平話》合爲《全相平話五種》。現據日本内閣文庫藏本影印。（李夢生）

樂毅圖齊七國春秋後集

《樂毅圖齊七國春秋後集》，全稱《新刊全相平話樂毅圖齊七國春秋後集》。上圖下文，計圖四十二幅，每幅有標目。書分上、中、下三卷，卷各十四目，正文中另有陰文「孟子至齊」「燕王傳位與丞相」一類小標題。第一幅圖署「樵川吴俊甫刊」。書爲元至治年間建安虞氏刊全相平話的一種。從現存的幾部平話看，建安虞氏所刻平話爲一講史系列，上自夏商，下訖三國或更後，内容銜接相貫，板式整齊劃一。

本書一向被認爲是説話人的底本，書中較多地保留了説話人的口氣、用語。由於全書有圖，研究者又以爲是説話底本轉向案頭文學的標誌。書寫孫臏助齊功成，愍王無道，孫臏引退後，樂毅爲燕昭王伐齊，連下七十餘城，田單復齊事。前半多記史實，人、事皆有根據；後半則漸入不經，述黄柏楊擺迷魂陣，與鬼谷子鬬法，已入神仙怪異。

此書既題「七國春秋後集」，當有前集行世，惜已不存。明末吴門嘯客編有《孫龐鬬志演義》四卷二十回，寫孫臏、龐涓故事，書一名《前七國孫龐演義》。清初煙水散人續《孫龐鬬志演義》編《後七國樂田演義》四卷二十回，演樂毅、田單故事，書亦題《樂毅圖齊七國春秋演義》。嘯花軒將二書合刻，稱《前後七國志》。二書或分别根據平話《七國春秋》前、後集演繹而成，前集所寫當即孫臏、龐涓事。本書開頭歷數孫、龐事作爲已往之事來交代，然後轉入正文，亦可證明。

後世專門演樂毅、田單故事的小説，除《後七國樂田演義》外，尚有無名氏編《走馬春秋》四卷十六回。前者較忠實於史傳，後者則偏重於神仙荒誕。二書可看作同一歷史題材在小説表現中不同的發展方向的代表。

本書現藏日本内閣文庫，流傳有倉石武四郎及文學古籍刊行社《全相平話五種》影印本，現據日本内閣文庫藏本影印。（李夢生）

今古奇聞

《今古奇聞》二十二卷，原題《新選今古奇聞》。牌記：「上元王寅冶梅氏選，上海東壁山房藏板」；背面：「光緒十三年（一八八七）歲次丁亥孟夏開刻。」《序》末署：「光緒十三年歲次丁亥夏四月上浣東壁山房主人王寅冶梅甫識於春申江上。」下有印章三方：「王寅」「冶梅」「金陵王氏」。每卷卷首均署「東壁山房主人編次，退思軒主人校訂」。因此可知本書編者王寅，字冶梅，江蘇南京人，設書坊「東壁山房」於上海，自編自印出版圖書。本書復旦大學圖書館有原刊本，現據以影印。

本書係雜湊而成，除卷一《張淑兒巧智脱楊生》、卷二《劉小官雌雄兄弟》、卷六《陳多壽生死夫妻》、卷十八《十五貫戲言成巧禍》選自馮夢龍《醒世恒言》，卷十《梅嶼恨迹》選自古吴墨浪子《西湖佳話》，卷十四《劉嫞姝得良遇奇緣》選自墅西逸叟《過墟志》和卷二十二《林蕊香行權計全節》選自王韜《遯窟讕言》外，其餘十五卷乃從草亭老人撰十六卷《娱目醒心編》中選來，幾囊括該書全部。

本書《序》云：「寅昔年藉書畫糊口，浮海遊日本國，搜羅古書中，偶得《今古奇聞新編》若干卷，暇日手披目覽……不惜所得筆資，急付梓人刻成刷印出書，以公同好。」鄭振鐸《明清二代的平話集》對之表示懷疑：「編者王寅的《序》説，這部書乃是他由日本帶回來翻刻的。然這話似乎不甚可靠。因爲，其中所選大半出於乾隆刊本《娱目醒心編》。《娱目醒心編》一書在國内流傳尚廣，似不必要從日本販取回來。但像那樣雜亂的選本，也儘有出於日本人之手的可能。」鄭氏疑信參半，其實「出於日本人之手的可能」甚微。其一，至今尚未發現日本有此版本。其二，本書所收王韜（一八二八——一八九〇）爲近代人，其《林蕊香行權計全節》文中提到「髮逆之亂」，乃指太平天國起義，如出自日人之手，轉輾成書勢必更在其後，從時間上看，也成問題。其三，王寅此《序》係照抄乾隆五十七年（一七九二）的《原序》，僅末段删换成「寅昔年」云云，毫無日本人「新編」之痕迹。

本書選編的作品，内容基本未改動，只作了某些技術處理。如選自《醒世恒言》，有的删去卷首引詩，有的删去「入話」；選自《西湖佳話》的，在文前加了一段小引；凡選自《娱目醒心編》的，文中偶加一些夾評，並在卷末增加了「自怡軒主人曰」的評語。「自怡軒主人」係《娱目醒心編》的《原序》之署名，編者移用於此，益見其作僞形迹。

本書後來又有翻刻本。題《繡像今古奇聞》，署「光緒辛卯（十七年，一八九一）孟春新刊，京都打磨廠文成堂藏板」。前有繡像六幅。每卷亦署「東壁山房主人編次，退思軒主人校訂」，板式與原刻相同。惟卷四《吴保安酬知己忘家》，因翻刻本删去前半篇吴保安故事，故改題爲《唐六生歌舞得金》。（曹中孚）

天凑巧

《天凑巧》，全稱《新鐫繡像小説天凑巧》。原書牌記已殘，據原收藏者描摹，中《天凑巧》三字，右「西湖逸史撰」，左下「本衙藏板」。目録題「羅浮散客鑑定」。擬話本小説集。清初刊本，殘存三卷三回，每回演一故事。三回各以三字標題，即：第一回《余爾陳》，第二回《陳都憲》，第三回《曲雲僊》。全書不知若干回。原傅惜華藏書，現藏中國藝術研究院戲曲研究所。另吉林大學圖書館殘存第一回上半回與第二回下半回。作者未詳，鑑定者羅浮散客另有擬話本小説集《貪欣誤》傳世，生平事迹亦不詳。據書中第三回《曲雲僊》稱「在我國朝著名的有瓦寡婦，曾佐胡總制平倭；近日有石砫司女官秦良玉，他累經戰陣，在遼也曾有功」等語，知此書作於明天啓年間。

按孫楷第《中國通俗小説書目》記杜穎陶所藏殘本作《天然巧》，疑孫記有誤。

今據中國藝術研究院戲曲研究所圖書館藏本影印。原書板匡高一七六毫米，寬一一五毫米。第一回少量破損處，收藏者在書中夾有字條補闕，今附印在訂口處。（蕭欣橋）

八段錦

《八段錦》八段（回），題「醒世居士編集」「樵叟參訂」。醒世居士、樵叟均不詳爲何人。今存清初醉月樓刊本，内封署《新編八段錦》。第二段内有無名氏夾批三條，係將書中人物指實。全書無序跋，版刻字迹多模糊不清。醉月樓尚刻有《情樓迷史》（一名《霞箋記》，十二回）等小説多種。

《八段錦》疑爲明末擬話本小説集。全書八個故事，每一段故事有三字題旨，另有七字雙句回目。每段正文内，僅有回目而無題旨。全書寫世情。歸納起來，第一段、第二段、第四段、第五段、第八段均「戒色欲」；第三段「戒賭博」；第六段「戒嗜酒」；第七段「戒浪嘴」。《八段錦》題材，有的取之於前人所編話本集，如第六段「馬周嗜酒受挫跌，王公疏財識英雄」，係出自《古今小説》卷五《窮馬周遭際賣媼》，即爲一例。

現據北京大學圖書館藏醉月樓刊本影印，板匡原高一六六毫米，寬九九毫米。（侯忠義）

十二樓

《十二樓》十二卷，每卷叙一篇故事，以各故事中的樓名標題。又名《覺世名言》，或并稱《覺世名言十二樓》，題「覺世稗官編次，睡鄉祭酒批評」。睡鄉祭酒是杜濬。此書是李漁繼其《無聲戲》創作的又一部擬話本小説集。

李漁的兩部擬話本小説集都是他移家金陵前居杭州期間作成的。據《清史列傳》卷七十九《張縉彦傳》，《無聲戲》刊於張縉彦官浙江布政使期間，時在順治十三四年前後。順治刊《覺世名言十二樓》卷首杜濬序，末署「順治戊戌中秋日鍾離濬水題」，此戊戌是順治十五年（一六五八），其刊行當在是年或稍後不久。

《覺世名言》之命名，取意類乎馮夢龍之「三言」。此書輯十二篇而成，並有意於故事中各置一樓，均以樓名標題，取名《十二樓》，這大概也受了署「墨憨齋主人新編」之《十二笑》的影響。

不同的是，此書不是一回敍一篇故事，而是類乎明末《鼓掌絶塵》《鴛鴦鍼》等小説，各篇又分作若干回，篇題下另立回目，少者一回，如《奪錦樓》，多者六回，如《拂雲樓》。這又反映出當時擬話本由短篇向中篇發展的趨勢。

尤可注意的是，此書雖然基本上仍以「稗官」的口吻作第三人稱的敍述，但有幾篇開頭的「入話」却或曲或直地顯現出作者自敍的性質。如《三與樓》以「詩云」開篇，敍云：「這首絶句與這首律詩，乃明朝一位高人爲賣樓别産而作。」實則詩是李漁之詩，「高人」就是他自己，下面引發的議論也就是他自己的心聲。《聞過樓》更是「不但入話純爲自敍，即正傳顧呆叟故事，亦非華嚴樓閣憑空蹴起的，其實完全説的是自己」。（孫楷第《李笠翁與〈十二樓〉》）

本書有兩種清初刊本。一種是刻書堂號不明者，杜濬序署「順治戊戌中秋日鍾離濬水題」，各篇後有杜濬評語，無眉批；一種是消閑居精刊本，杜濬序署「鍾離睿水題於茶恩閣」，每篇有杜濬評語，並有眉批。兩種本子正文版式相同，文字僅個别地方有些差異。研究者推斷消閑居精刻本爲經過作者修訂再刊的本子。現據吴曉鈴先生藏消閑居本影印，原書板匡高一八三毫米，寬一二三毫米。原本缺序，正文中也有殘缺，據浙江圖書館藏本配補於後。浙江圖書館藏本爲順治序刻本的後修本，劉修業疑後修本爲消閑居本所本。但將二本比勘，吴藏本卷四第十七頁原缺，浙圖本此卷第十五至十八頁爲合頁，删去了原本大段文字（詳參輯補），以此視之，後修本問世顯在消閑居本之後。原書卷八第十三頁重複，今一仍其舊。（袁世碩）

二刻醒世恒言

《二刻醒世恒言》，又稱《醒世恒言二集》，現存清雍正間原刻本。此本分上函（上集）十二回、下函（下集）十二回。每回演一故事，共二十四個故事。每回末有「總批」，有的在「總批」外還有「又批」。

刻本封面横署「墨憨齋遺稿」，墨憨齋爲明代馮夢龍書齋名，意在表明係馮氏遺作。但據卷首所載雍正丙午（四年，一七二六）芾齋主人序，並未確指此書爲馮氏之作。就作品本身考查，《醒世恒言》稱明朝爲「本朝」「國朝」；而《二刻醒世恒言》則直稱「明朝」「先朝」。由此可見，此書非馮氏遺稿，當爲清初人的創作。同時，爲了以假亂真，刻本故意刓削了作者的姓名。按作品原貌，似每回回首均有作者署名，現刻本有兩處留下了痕迹。一是上函第六回回首署「心遠主人著」；一是下函第一回題「心遠主人編次」。可見本書的著作權應屬「心遠主人」。

心遠主人生平不詳。除《二刻醒世恒言》外，尚有小説《十二峰》十二回。首有戊申年巧夕西湖寒士序。戊申疑爲康熙七年（一六六八），故知作者可能爲順、康時人。《十二峰》已佚，據日本《舶載書目》著録，回數與《二刻醒世恒言》下函相同。《二刻醒世恒言》下函第一回署名未刓，或許不是疏忽遺漏，而是有意保留的。下函言「編次」，而不言「著」，這是上下函不同處之一。又上函第一回前無全書題署，而下函首回前題「新奇小説」四字，這是上下函不同處之二。故推測此書是否即《十二峰》（署名心遠主人），與上函十二回合編而成《二刻醒世恒言》？姑且存疑。

《二刻醒世恒言》係擬話本小説集，題材大都採自歷史記載、筆記小説以及民間故事。其中《琉球國力士興王》取材小説《逢人笑》；《雪昭園緑衣報主》取材五代王仁裕《開元天寶遺事・鸚鵡告事》；《睡陳摶醒化張乖崖》《死南豐生感陳無己》，見宋人吴處厚《青箱雜記》、沈括《夢溪筆談》；《申屠氏報仇死節》與《石點頭・侯官縣烈女殲仇》相類，蓋竄易其文而成。正文如此，入話亦然。如《錯赤繩月老誤姻緣》，入話取材《續玄怪録・定婚店》；《昆侖圃弦續鸞膠》，入話取材《本事詩・博陵崔護》。

現據北京大學圖書館藏清雍正原刻本影印，板匡原高一七七毫米，寬一一〇毫米。（侯忠義）

五色石

《五色石》，全稱《筆錬閣編述五色石》，八卷，卷演一故事，題「筆錬閣編述」，首序署「筆錬閣主人題於白雲深處」。

另有《筆錬閣編述八洞天》八卷，題「五色石主人新編」，首序云：「《八洞天》之作也，蓋亦補《五色石》之所未備也。」序末署「五色石主人題於筆錬閣」。可見二書爲同一作者。

近世學者孫楷第、胡士瑩據清代《禁書總目》「應燬徐述夔悖逆書目」中有「《五色石》傳奇」

一種，斷《五色石》小説作者爲徐述夔（見《中國通俗小説書目》《話本小説概論》下册）。

徐述夔，原名賡雅，江蘇東臺人，約生於康熙四十年（一七〇一），乾隆三年（一七三八）舉人，揀選知縣，約卒於乾隆二十八年。著有《一柱樓詩》《和陶詩》《學庸講義》等。乾隆四十三年以《一柱樓詩》中有憤激狂悖語，被剖棺戮屍。

日本天明四年（乾隆四十九年，一七八四）秋水園主人《畫引小説字彙》所附徵引書目，曾著録《五色石》《八洞天》。可見此二書之刊行當不晚於乾隆前期。如筆鍊閣主人爲徐述夔，二書則是其早年所作。

近年有研究者對筆鍊閣主人爲徐述夔説提出質疑。有人認爲《禁書總目》所列徐述夔「《五色石》傳奇」，當是戲曲，而非小説。事實未必盡然，當時也多有稱小説爲傳奇者。《五色石》末卷評語中謂作者「尚有新編傳奇及評定古志藏於篋中，當並請其行世，以公同好」，即是一例。但也有值得討論者：一、徐述夔以詩中有譏刺清廷的狂悖語而遭致剖棺戮屍，如《五色石》《八洞天》爲他所作，何以二書中没有此等意藴；二、二書各卷演一故事，以三字標題，又附以類似小説回目的八字對語，這是清初擬話本小説的特點，《雲仙嘯》《十二樓》等就是如此。依此，則筆鍊閣主人的這兩種小説不像是康熙以後的作品。所以，尚須做進一步考證。

《五色石》在當時影響頗廣，也許医其遭禁，故有的書坊遂割裂全書，改易書名刊行。如本衙藏板的《遍地金》，實採《五色石》前半而成，紫雲閣刊本的《補天石》實採《五色石》後半而成。二書僅另題書名，别托新序，實屬原板重刻。

本書據大連圖書館藏本影印，板匡原高一九〇毫米，寬一一〇毫米。（王　若）

一枕奇

《一枕奇》，全稱《拾珥樓新鎸繡像小説一枕奇》，二卷，卷各四回演一故事，牌記有「粤東藏板」，題「華陽散人編輯」，「蚓天居士批閲」。無序，無圖。藏大連圖書館。

此書實爲《鴛鴦鍼》小説之離析本。《鴛鴦鍼》僅存第一卷，首序叙述作書主旨和命名緣由，題「獨醒道人漫識於蚓天齋」；有圖八葉，可見原書凡四卷。此書編者與批閲者之署名及第一卷回目、正文，俱與《鴛鴦鍼》同；其第二卷第二、四兩回之回目，即「出獄重生故舊災」，「舉罪廢雙俠報恩知」，又與《鴛鴦鍼》第五、六兩圖版心下所題文字全同。可見此書原爲《鴛鴦鍼》之第一、二兩卷，離析後既已易名，原序自無存在之意義。

由《鴛鴦鍼》離析出之另一部書爲《雙劍雪》，與此書恰好合成《鴛鴦鍼》全書，詳參本《集成》《鴛鴦鍼·前言》。

王汝梅據清初卓爾堪所輯《明遺民詩》卷十四目録作家小傳，推斷《鴛鴦鍼》編者華陽散人爲丹徒人吴拱宸。吴拱宸，字襄宗，明崇禎間舉人，入清不仕，隱居茅山終老。茅山有華陽洞，因自號華陽散人（見王汝梅《〈鴛鴦鍼〉及其作者初探》，文載《明清小説論叢》第一輯）。
今據大連圖書館藏本影印，原書板匡高一九〇毫米，寬一一〇毫米，其中卷二第四回第十九頁原缺。（白世雄）

雙劍雪

《雙劍雪》二卷，每卷四回演一故事。正文首葉題「華陽散人編輯」，「蚓天居士批閲」。
本書第一卷有「我朝沈石田、王弇州、陳眉公」之語，結尾處云「此時正值弘光登極南京」，可斷作者爲由明入清者，書當成於清初。卓爾堪《明遺民詩》卷十四目録吴拱宸名下小傳：「字襄宗，號華陽散人，丹徒孝廉，肆志山水，終於茅山。」有研究者認爲，此號「華陽散人」之吴拱宸即爲本書作者（王汝梅《〈鴛鴦鍼〉及其作者初探》，《明清小説論叢》第一輯）。

《雙劍雪》係書坊析《鴛鴦鍼》之三、四卷改易書名而成。題署、行款皆與《鴛鴦鍼》同。《鴛鴦鍼》僅存第一卷，有圖八葉，第三、七、八三圖版心下所題文字「認年家杯酒呈身」「煞風景野猪還原」「不逆詐得財又得官」，即爲本書卷一第一回、卷二第二回和第四回之回目。《鴛鴦鍼》卷一第一回第八、九、十葉，第四回第七十九、八十葉，版匡下鎸有「覺世棒初刻」，本書卷一第二回第四十三葉版匡下亦鎸有此五字。本書卷一第一回第二十八葉下有雙行小字：「卷三一回終」，可見本書第一卷原爲《鴛鴦鍼》之卷三。日本天明四年秋水園主人輯《畫引小説字彙》已徵引《鴛鴦鍼》和《雙劍雪》二書。日本天明四年相當清乾隆四十九年（一七八四）。《鴛鴦鍼》之離析，當不晚於乾隆中期。

大連圖書館藏東吴赤緑山房刻本，爲是書海内外僅見之孤本，兹據以影印。板匡原高一九〇毫米，寬一一〇毫米。（閻　華）

四巧説

《四巧説》，題「吴中梅庵道人編輯」。無圖，亦無序。正文半葉九行，行二十字。清刊本，藏中國藝術研究院戲曲研究所、日本東京大學。現據戲曲研究所藏本影印。

本書爲清初擬話本小説選集，收小説四篇，其中第一篇《補南陔》、第二篇《反蘆花》即《八洞天》第一、第二篇同名小説；第三篇《賽他山》即《照世杯》第一篇《七松園弄假成真》；第四篇《忠義報》即《八洞天》第七篇《勸匪躬》。選編者對入選各篇都作了程度不同的删改，其中第三篇《賽他山》還改换了人名。

本書取名《四巧説》，因爲四篇小説的故事情節都有一些巧合，這也可以視作這四篇小説藝術上的一個共同點。（蕭欣橋）

鬼神傳

《鬼神傳》，又名《鬼神傳終須報》《陰陽顯報鬼神全傳》，四卷十八回。牌記：《水鬼陞城隍全傳》，左有「鬼神之爲德原本」字樣；右書「咸豐七年（一八五七）新刻」。並標「學院前富桂堂」，而正文卷端上題《新刻鬼神傳終須報》，下則稱「省城富經堂藏版」。版心鎸《鬼神傳》。

本書無序跋，未署撰人。唯孫楷第《中國通俗小説書目》中提到此書爲「清無名氏撰」，「作者廣東人」。不明何據。以筆者推斷，言作者可能是廣東人，原因有三：其一，本書是廣東坊刻本；其二，故事中的地點大都在廣東；其三，書中用語多廣東方言。

全書共包括十二個故事，實係一短篇小説集。分四卷，每卷回數不等，有一回述一故事者，有數回演一故事者。如一至三回叙水鬼丘雲瑞暗助好人成事，行善積德，因有德行，受封廣東惠州府城隍事，即牌記内所刊《水鬼陞城隍全傳》。還有些故事是有其來源的。如第十二、十三回叙裴順興、李慧娘事，是《紅梅記》故事的重述；第十四回叙袁文正顯魂雪冤事，來自《包公案》；十六至十八回叙爭奪家產案，原係《古今小説》第十卷《滕大尹鬼斷家私》的情節，亦見《皇明諸司廉明奇判公案傳》下卷。全書内容描寫義神義鬼助善懲惡，故事情節雖不甚曲折，但伸張正義，寓理其中，讀之快慰人心。

有另一書《陰陽顯報水鬼陞城隍全傳》，四卷二十回，不題撰人，富經堂刊本。該書前十五回之回目、内容與本書完全雷同，然純是兩書。

《鬼神傳》尚有咸豐九年富經堂刊本，藏倫敦英國博物院圖書館。孫氏書目中著録廣東坊刊本。阿英藏有丹桂堂刊本。

現據首都圖書館所藏咸豐七年刊本影印，原書板匡高一二〇毫米，寬九〇毫米。（閻中英）

跨天虹

《跨天虹》，題「鷲林斗山學者初編，聖水艾衲老人漫訂」。寫刻本，每卷卷端題「新聞跨天虹」。

此書爲海内僅見的一個殘本。原書不知爲幾卷，現存三、四、五三卷，每卷四則，演一個故事，每則前有回目，爲明末清初所習見的短篇白話小説合集的通例。其中卷三缺第一則和第二則的前半；卷四第一、三則末尾均缺半葉，第四則缺第三十四葉；卷五第二則末尾缺半葉，第四則末尾缺失。殘本除少量幾葉間有破損漫漶處外，基本上是清楚的。書中所寫三個故事的情節輪廓大體也是完整的。遇有精彩的語句段落，還密密加上旁圈。

此書的編撰者、校訂者似均與杭州西湖有關。按，杭州西湖西北靈隱寺前有飛來峰，亦名靈鷲峰。相傳東晉咸和中天竺僧慧理稱此爲靈鷲峰别嶺飛至此地，於是因山起寺，名爲靈隱，取靈山隱於此之義。清康熙間賜名雲林寺。又，杭州西湖舊名明聖湖。相傳漢時有金牛出現湖中，人言爲明聖之瑞，故名。另外，杭州慈聖院有吕公池，宋乾道間有高僧取池水咒之以施，病者輒愈，因號聖水池。可見冠以「鷲林」的斗山學者和冠以「聖水」的艾衲老人或均爲杭州人。艾衲老人即艾衲居士，别有話本小説集《豆棚閑話》十二卷十二則行世，此書有康熙年間寫刻本，題「聖水艾衲居士編，鴛湖紫髯狂客評」。在紫髯狂客每回末的總評中，有時稱「艾衲道人」，有時簡作「艾衲」，唯第八則稱「艾衲老人」。同時，從小説中描摹人物的口吻及所用的詞語看，如「老官」「下飯」「掉包兒」「張了一張」等，也確係杭州一帶的方音鄉談。

《跨天虹》現存的三卷三篇小説，卷四寫的是明嘉靖年間的故事；卷五寫的是元至德年間的故事（查元代無至德年號，或爲寫手筆誤）；卷三因缺了前面一小半，未詳故事發生的年代。但從其所涉及的官制、科舉制情況看，如第三則「陝西提學」，第四則别作「陝西督學」，明設提學道，清初設督學道，因而提學也稱督學；第三則還寫到「科考已過，遺才取得一名」，在鄉試前進行科考及録遺考試爲清代科舉制度，則其所寫當是清代的故事。胡士瑩《話本小説概論》第十五章第三節《清人編刊的擬話本集叙録》總集《跨天虹》條斷爲清初刊本。從書中不避康熙帝諱（如卷四第一則寫到「玄宗偏野飛蝗」「對坐談玄」）的情況看，胡氏之言應是可信的。我們還可以據以認定此書的編撰和校訂均當在清順治至康熙初年。現據中國藝術研究院戲曲研究所藏本

影印，原書板匡高一八六毫米，寬一一〇毫米。（邵海清）

貪欣誤

《貪欣誤》六回，題「羅浮散客鑑定」。羅浮散客，生平不詳。據書中第一回叙明朝事，有「我朝有個總兵，姓紀名光號南塘，是個當世名將」云云，按此紀光或指明嘉靖間抗倭名將戚繼光，號南塘，可知作者乃明季人，小説約創作於天啓、崇禎年間。署名「羅浮散客」的小説，除《貪欣誤》外，尚有短篇小説集《天湊巧》傳世。

《貪欣誤》爲擬話本小説集。每回一篇，每篇演述一個故事。除第六回外，均爲當代題材，表現勸人行孝、行俠仗義、自由擇配等内容。

《貪欣誤》版本稀見。北京大學圖書館藏有明刊六回本，卷端題「新鐫繡像小説貪欣誤」，版心題「貪欣誤」，無序跋、評語。每回兼有標題與回目，標題三字，前五回爲「王宜壽」「明青選」「劉烈女」「彭素芳」「雲來姐」，惟第六回題「李生徐子」，爲四字；雙回目，惟第五回爲單回目，題「巧破梅花陣」。

此書在當時頗有影響，且爲稍後之話本選集所採擇。如撮合生所編之《幻緣奇遇小説》卷八即選自本書第四回。

今據北京大學圖書館藏明刊本影印，板匡高一七五毫米，寬一〇五毫米。原本二、三、五、六回回尾均有殘缺。（侯忠義）

幻緣奇遇小説

《幻緣奇遇小説》十二卷十二回，話本小説選本，選編者題「撮合生」。日本天明四年（乾隆四十九年，一七八四）秋水園主人作《畫引小説字彙》曾引此書，其刊行當不晚於清乾隆前期。

此書卷各一故事，均選自已出之小説話本集：卷一選自《歡喜冤家》續第六回「王有道疑心棄妻子」；卷二選自《古今小説》第四卷「閒雲庵阮三償冤債」；卷三選自《歡喜冤家》第十二回「汪監生貪財娶寡婦」；卷四選自《歡喜冤家》第五回「日宜園九月牡丹開」；卷五選自《二刻拍案驚奇》第三十回「瘞遺骸王玉英配夫，償聘金韓秀才贖子」；卷六選自《歡喜冤家》續第十一回「夢花生媚引鳳鸞交」；卷七選自《歡喜冤家》續第八回「楊玉京假恤寡憐孤」；卷八選自《貪欣誤》第四回「擇郎反錯配，獲藏信前緣」；卷九選自《歡喜冤家》第六回「伴花樓一時癡笑耍」；卷十選自《古今小説》第二十七卷「金玉奴棒打薄情郎」；卷十一選自《歡喜冤家》第十六回「費人龍避難逢豪惡」；卷十二選自《拍案驚奇》第十六回「張溜兒熟布迷魂局，陸蕙娘立决到頭緣」。

本書現存有日本抄本，存第二、第七兩卷，藏大連圖書館；又有清初愛月軒刊本，藏日本佐伯文庫。因原書所收均爲常見故事，且各書均已列入本《集成》，故將大連圖書館藏本影印，以俾讀者一睹此罕見抄本面目。（范旭侖）

風流悟

《風流悟》，牌記題「雪窗主人評」，回前署「坐花散人編輯」，坐花散人生平無考。封面題簽藍色框綫内有「合義堂」三字。

孫楷第先生《中國通俗小説書目》卷三明清小説部甲曾著録《風流悟》之寫刻本，云藏於北京市圖書館（即今首都圖書館），今該館已無此書。又天津圖書館藏一鈔本，正文半葉九行，二十四字，行款與寫刻本全同，惟書中似有缺頁。

本書無序跋，未知成書年代。日本天明四年（一七八四）秋水園主人《畫引小説字彙》所附引用書目已見著録，則此書之寫成，當在清乾隆中期以前。

全書分八回，回演一故事。孫楷第先生將其歸入《歡喜冤家》《一片情》《載花船》一類，謂「專演猥褻事」。然此書雖頗涉牀笫情事，却具相當的社會生活内涵，於人情世態之描摹，甚見功力。作者自云「敢云藝苑之罕珍，庶幾墨林之幽賞」，約略近之。

本書板匡原高一七六毫米，寬一〇〇毫米。今據吴曉鈴先生藏本影印。（歐陽健）

包龍圖判百家公案

《包龍圖判百家公案》，全稱《新刊京本通俗演義增像包龍圖判百家公案》，題「錢塘散人安遇時編集，朱氏與畊堂刊行」。第一回之前有《國史本傳》及《包待制出身源流》。上圖下文，版心題《包公傳》。十卷一百回。卷末牌記：「萬曆甲午歲朱氏與畊堂梓行。」萬曆甲午爲萬曆二十二年（一五九四）。

編集者爲了凑足一百則公案，或改頭换面，將非包公案改成包公案，如第六十八回，原本王仲文雜劇《救孝子》，清官王翛然，《金史》卷一〇五有傳，姓名原作王翛，收入本書時將他改爲包公。第一回則因唐陸龜蒙的《野廟碑》而演爲故事，包公被任意寫成永州地方官；第二十三回據金元雜劇《緋衣夢》改編，北宋的開封府尹包拯做上了明朝的順天（北京）府尹。編集者既没有傳統文人的學養，又缺少説書藝人的技藝，東拼西湊，以凑數量。

以來源而論，如第五十一回出於唐人傳奇《補江總白猿傳》，後來此傳經過改寫，又見於《清平山堂話本》中《陳巡檢梅嶺失妻記》和《古今小説》卷二十《陳從善梅嶺失渾家》；出於宋元南戲的有第七十八回之於《林招得》，第九十九回之於《朱文太平錢》，第四十九回之於《袁文正還魂記》，第六十二回之於《郭華》；出於金元雜劇的如第二十七回之於《合同文字》，第八十七回之於《盆兒鬼》；也有以金元雜劇某一本的部分情節衍變而成，如第二十三回之於《緋衣夢》，第六十八回之於《救孝子》；出於宋元話本的如第二十回出於《清平山堂話本》之《簡帖和尚》，後來改寫之後，又見於《古今小説》卷三十五《簡帖僧巧騙皇甫妻》；出於長篇小説的則有第四十一回之於《三遂平妖傳》。有的則由於故事的流傳和寫定的年代各不相同，而彼此相關的作品又很難分清先後，不能斷定是誰受誰的影響，如第五十八回和《五鼠鬧東京包公收妖傳》的關係，又如第五十回《琴童代主人伸冤》和《金瓶梅》第四十七八回雷同，那可能是《金瓶梅》借用了《百家公案》這一回收入此書前的原來故事，而不是借用了《百家公案》此書的原文。如果以《百家公案》此書的原文而論，兩者之間的關係倒可能恰恰相反，很可能是《百家公案》第五十回的寫作在《金瓶梅》之後。因爲《百家公案》刊行於萬曆二十二年（一六〇四），很難説《金瓶梅》的寫作在它之後。

《百家公案》不僅由流行的宋（金）元南戲、雜劇、話本和其他不及一一列舉的後代小説戲曲作品編集而成，即一百則之間也有雷同因襲現象，如第三十回、九十回都有妓女和尸首同卧作爲破案的手段之一，第七十八回所依據的南戲《林招得》則和第二十三回所依據的雜劇《緋衣夢》，本來就有雷同現象。

小説第七十三、七十四、八十四、八十五回都由雜劇《陳州糶米》而派生，第四十七回、七十六回的陳留賑濟也可能與此有關，而包公案中最精彩的《陳州糶米》本身却没有收入，可見編集草率，去取之間並未認真推敲。今據萬曆朱氏與畊堂本影印。（徐朔方）

古今列女傳演義

《古今列女傳演義》六卷。本書除正文卷一題《新鐫批評繡像列女演義》外，卷二至卷六均簡稱《列女演義》，目次稱《列女傳演義》。署「東海猶龍子演義，西湖鬚眉客評閲」。牌記「古吴三多齋梓」，中縫有「長春閣藏板」字樣。前有《列女演義序》，署「東海猶龍子漫題」。「猶龍子」爲明代著名文學家馮夢龍；「西湖鬚眉客」真實姓名不詳。前有圖十二幅，合每卷二幅。此書有人認爲係馮夢龍所作，但也有人疑爲他人僞托者。

本書六卷，每卷有一標目，分别爲《母儀傳》《賢明傳》《仁智傳》《貞順傳》《節義傳》《辨通傳》，所選共一百一十人。其材料絶大多數出於《古列女傳》，新增者僅十五人，所占比例極小。《列女傳》一書，原爲漢劉向撰，其書屢經傳寫，至宋代存七卷及《續傳》一卷。《續傳》作者，或曰班昭，或曰項原，向無定説。經宋人整理的《古列女傳》爲八卷本，前七卷爲《母儀》《賢明》《仁智》《貞順》《節義》《辯通》《孽嬖》。本書六卷乃剔除第七卷之《孽嬖》，並將第八卷《續傳》中的《周郊婦人》等十六人移歸於前而成。新增篇目：卷一《章母金氏》（明代）；卷二《李白孫女》（唐代）、《宋散樂女》（南唐）；卷四《晉周浚妻》（晉代）、《崔敬次女》（唐代）、《劉舉人妾》（明代）；卷五《義婢葵枝》（周代）、《唐闗昐昐》（唐代）、《楚虞美人》（西漢）、《皇甫規妻》（東漢）、《晉石崇妾》（晉代）、《蘇東坡婢》（北宋）、《解楨亮妻》（明代）、《明歌者婦》（明代）、《王觀妻女》（明代）。

是書目次所標之篇名，一律爲四字。凡《古列女傳》中原有的篇目，悉依原目。新增十五篇亦以四字標目，但正文標題却並非完全爲四字：如卷四《晉周浚妻》，正文作《絡秀》；卷五《晉石崇妾》，正文作《緑珠》；同卷《蘇東坡婢》，正文作《春娘》。

關於本書的宗旨，《序》中説道：「（《列女傳》）自垂訓以來，歷代寶之。第惜其義深文簡，雖老師宿儒，臨而誦讀，猶苦艱晦不解；矧柔媚小娃、垂髫弱女，縱能識字，未必精文。」「遂不揣固陋，不避愆尤，於長夏永宵，妄取其義深者，演而淺之；文簡者，繹而細之；約於一字者，廣詳其本末；該於一語者，遍遡其源流：使艱晦者大明，不解者悉著。再一流覽，忽覺古媛面目啼笑如生；往淑精神隱顯具在。」亦即本書書名所稱的「演義」之意。從新增篇目如《絡秀》《緑珠》《歌者婦》等，又見於《情史》者相對照，内容則全同而此書有更多之細節描繪。

本書除每卷之前各有一段小序外；每篇之末都有評語，它與《列女傳》每篇附有四字一句之三十二字頌語相彷彿，有提挈、贊頌各篇主旨的作用。

《列女傳》今有長沙葉氏觀古堂明刊本，刊刻極爲精緻，本書收圖十二幅，即據觀古堂本仿刻。相比之下，遠遜原作。其中第二幅原係配在《列女傳》卷一《湯妃有㜪》之前者，現此篇未收，不當把它刻在書中。

今據首都圖書館藏三多齋刻本影印。卷一《衛姑定姜》内容未完，中縫所標頁碼爲廿四至廿

六，正與以下一篇相接，乃原缺而作此彌補者。原書板匡高一八〇毫米，寬一一〇毫米。（曹中孚）

今古傳奇

《今古傳奇》，十四卷十四篇。此書所署名稱頗不一致，除目次所署全稱爲《新刻今古傳奇》外，書函題簽和牌記均作《古今稱奇傳》，序作《古今傳奇》。孫楷第《中國通俗小説書目》著録爲《今古傳奇》，有小字注云：「今古，亦作古今。」本書作者，牌記和《序》均署「夢閒子漫筆」，這當是編者的化名，其生平未詳。有嘉慶戊寅（二十三年，一八一八）集成堂本（「集成堂」三字見書函題簽上端）。胡士瑩《話本小説概論》第十章第三節在敘録清人編刊的擬話本小説時，謂本書有「康熙十四年（一六七五）乙卯坊刊本」，此當從夢閒子《序》所説的「歲次乙卯春月」判定，則夢閒子爲清初人。

本書十四卷，乃從《石點頭》和「三言」「二拍」以及《歡喜冤家》等書選編而成：卷一至卷三，選自《石點頭》卷二《盧夢仙江上尋妻》、卷十一《江都市孝婦屠身》、卷十二《侯官縣烈女殲仇》；卷四卷五選自《警世通言》卷十一《蘇知縣羅衫再合》和卷二十六《唐解元一笑姻緣》；卷六卷七選自《拍案驚奇》卷二十《李克讓竟達空函　劉元普雙生貴子》和卷六《酒下酒趙尼媪迷花　機中機賈秀才報怨》；卷八選自《醒世恒言》卷三《賣油郎獨占花魁》；卷九選自《喻世明言》卷一《蔣興哥重會珍珠衫》；卷十選自《醒世恒言》卷八《喬太守亂點鴛鴦譜》；卷十一、十二選自《歡喜冤家》第一回《花二娘巧智認情郎》和續第六回《王有道疑心棄妻子》；卷十三選自《醒世恒言》卷三十六《蔡瑞虹忍辱報仇》；卷十四選自《二刻拍案驚奇》卷十七《同窗友認假作真　女秀才移花接木》。

是書與抱瓮老人之編《今古奇觀》以保留原著面貌者不同，它雖内容基本忠於原書，但在篇幅上却有較大的删節。尤其對原來較長的幾卷，删節得更多。除「入話」一律删去外，凡原書中以韻文形式渲染某一特定環境，描繪某個人物容貌體態的，一般都在删削之列。至於文中徵引的詩詞，一些人物的心理描寫，以及原屬重複的叙述，也往往删去，保留下來的不多。書中偶有增飾和改動。從總體來看，經過删節，尚屬文從字順，所以可説它是近乎原著的一部節本。

《序》稱此書爲「奇書」，但對書的内容，隻字未提。衹説：「吾觀古今一大戲場，人輒昧昧，必須臺上脚色演出來，始覺耳目一新。」又説：「古今來那有奇聞？或事無奇而傳之者動以爲奇；或事本出奇而聞之者反不以爲奇者。奇而不奇，不奇而奇。」這些話，似在引起讀者的興趣而去閲讀本書。

現據天津圖書館所藏集成堂本影印。原書板匡高一七四、一七八、一八〇毫米，寬一〇五毫米。惟此本原缺卷一第十一、十二葉，卷四第十三、十五葉以及卷十四的結末幾葉。吴曉鈴藏有

殘本一至三卷。今卷一所缺的二葉，從吴氏藏本中補配，附於書末。（曹中孚）

新列國志

《新列國志》一百零八回，今存最早刊本爲金閶葉敬池梓本，牌記署「墨憨齋新編」，並有葉敬池識語。前有「吴門可觀道人小雅氏」《叙》及作者之《凡例》七條。墨憨齋即明末著名通俗文學家馮夢龍（一五七四——一六四八），生平除著有本書外，尚編有話本集《喻世明言》《警世通言》《醒世恒言》，改編小説《平妖傳》等。

本書所叙，自周宣王荒淫失政、平王東遷起，至七國争雄、秦王一統止。最早寫列國故事的小説，現存有宋元講史平話《七國春秋平話》《秦併六國平話》。明嘉靖、萬曆年間，建陽余邵魚編《列國志傳》（一名《春秋五霸七雄通俗演義》），始全面地描述東周列國史實。馮夢龍有感於「舊志事多疏漏，全不貫串，兼以率意杜撰，不顧是非，如臨潼鬬寶等事，尤可噴飯」（《凡例》），遂以《左傳》《國語》《史記》爲本，旁參《公羊》《穀梁》等經傳，及《管子》《晏子》等子書，《越絶書》《吴越春秋》等别史，删除蕪穢不稽之事，次第敷演，聯絡成章，並對舊時地名依《一統志》查明分注於下，爲與前志區别，特在書名前冠以「新」字。

葉敬池梓本未署刊刻年代，牌記識語云：「墨憨齋向纂《新平妖傳》及《明言》《通言》《恒言》

諸刻，膾炙人口，今復訂補二書，本坊懇請先鐫《列國》，次當及《兩漢》。」知書刻於「三言」之後，《兩漢》之前。《兩漢》今不見傳本，未知是否刻成，「三言」中最後一種《醒世恒言》亦葉敬池刊，刻於天啓丁卯（七年，一六二七），則《新列國志》當刊於崇禎年間。本書問世後，同時稍後及清代仍有寫列國的小説創作，如《孫龐鬬志演義》《鬼谷四友志》《鋒劍春秋》等，或文辭謭陋，或追奇逐怪，均無法望其項背。

本書除葉敬池梓本外，尚有明末贈言堂本、本衙藏板本等。後古吴德聚堂重刊時，增入馮夢龍删去的臨潼鬬寶、舉鼎事，改題《新刻出相玉鼎列國志》。清乾隆初，秣陵蔡元放把《新列國志》作了個别更改删削，加了大量評語，易名《東周列國志》，盛行一時。乾隆中後期，豐城楊庸又曾對本書進行删節，題《列國志輯要》，凡八卷一百九十節。

現據陸樹崙先生生前提供的日本内閣文庫藏葉敬池梓本照片影印，照片有些地方有描修痕迹。原書第一、七、十一、二十一、二十七、五十二、五十八、五十九、六十九、八十八、八十九、一百零五回各缺一頁；而第九十六回則又多出一頁，現均一仍其舊。（李夢生）

鋒劍春秋

《鋒劍春秋》十卷六十回，不署撰者。書叙秦統一六國的故事，而以孫臏爲主要人物貫穿終始。

寫秦併六國的小説，最早的當推元刊全相平話中的《秦併六國平話》，明余邵魚《列國志傳》、馮夢龍《新列國志》等，也以之爲小説主要組成部分。寫孫臏的小説，有明崇禎年間刊行的《孫龐鬬志演義》，及清乾、嘉間楊景淐所撰《鬼谷四友志》（一名《孫龐演義七國志傳》）。這些書雖然時參稗官野史，間雜神仙怪異之事，但大致依照史實。《鋒劍春秋》較上述諸書爲晚出，雖借寫史爲名，但廣採荒誕不經之説，如以秦始皇爲應玉帝敕旨下凡，手下戰將均爲天神投胎，持有異寶。其中神怪迭出，擺誅仙陣、混元陣等事，直接抄襲模仿《封神演義》，而孫悟空、東方朔等人之出場，更匪夷所思。因此，本書應當列入神怪小説類，歷來書目置講史類中，大爲不妥。

本書現存最早刊本爲丹桂堂本及四和堂本。丹桂堂本牌記中間爲書名，右刻有「同治甲子孟秋新鐫」，左署「内附孫臏大破諸仙陣」。前有序，署「同治四年春月四和氏識」。同治甲子爲同治三年（一八六四），書當是先刻板後請人作序。四和堂初刻本與丹桂堂本全同，惟牌記署堂名不同，當是同一板子由兩個書坊同時刷印。同治九年四和堂本曾用原板重印。

清光緒年間各書坊紛紛石印此書，書名或題《後列國志》《萬仙鬬法興秦傳》《萬仙鬬法後列國志》《後東周鋒劍春秋》等，序文署名有的改作「留香氏」。

現據浙江省圖書館所藏丹桂堂本影印，板匡尺寸，悉依原書。（劉玉才）

後七國樂田演義

《後七國樂田演義》四卷十八回，經國堂藏板。題「古吴煙水散人演輯」，「茂苑遊方外客校閲」，前有遯世老人序。作者煙水散人，原名徐震，或字秋濤，浙江秀州（今嘉興）人，約生活於清代初年，所著小説尚有《美人書》（一名《女才子書》）十二卷，題「鴛湖煙水散人著」；《賽花鈴》十六回，題「南湖煙水散人校閲」；《珍珠舶》十八回，題「鴛湖煙水散人著」等。又有題「檇李煙水散人編次」之小説如《桃花影》十二回、《合浦珠傳》十六回、《夢月樓情史》十六回、《鴛鴦媒》十二回等，是否亦出徐震之手，學界尚有争論。

《後七國樂田演義》成書於康熙初年，有四卷二十回和四卷十八回兩種本子：康熙五年（一六六六）嘯花軒刊《前後七國志》本，乾隆四十五年（一七八〇）璧園藏板本，爲四卷二十回；聚秀堂、宏德堂和經國堂本則爲四卷十八回。

明崇禎九年（一六三六），吴門嘯客編述《孫龐鬬志演義》二十卷，頗爲流傳。煙水散人撰《樂田演義》，第一回入話謂在七國前時出一異人孫臏，與龐涓賭鬬才智，已有傳述，不敢再贅；不期後七國之時，又有樂毅、田單兩異人出世，爲國家建立奇功，故細述之以爲覽古之徵。因此書名稱之「後七國」，自居於《孫龐演義》續書之列。但全書不涉及神怪誕妄之事，與前書大異其趣。

今據浙江圖書館藏經國堂本影印，原書板匡高一七九毫米，寬一〇〇毫米。（歐陽健）

全漢志傳

《全漢志傳》十四卷，牌記：《繡像東西漢全傳》，右「鍾伯敬先生評」，左「寶華樓梓」。藏北京大學圖書館。本書亦稱《全像按鑑演義東西漢志傳》。明萬曆年間初刻本題爲「漢史臣蔡邕伯喈彙編，明潭陽三台館元素訂梓」，「鍾伯敬先生評」。目次後題《新刻按鑑編集一十四帝通俗演義全漢志傳》。三台館本現已不存，據孫楷第先生《中國通俗小説書目》謂「曾見一明本殘帙，行款與此覆本（即寶華樓本）同，殆即三台館本」，但《書目》著録爲《新刻按鑑編集二十四帝通俗演義全漢志傳》，將「一十四帝」誤作「二十四帝」。

有關兩漢的故事，向爲人們所樂道。保留下來的有元至治年間刊刻的《全像平話前漢書續集》，明代嘉靖年間又有熊大木的長篇歷史演義小説《全漢志傳》。然至今仍廣爲流傳的則爲明代劍嘯閣刊刻的《西漢通俗演義》與《東漢通俗演義》。而本書却鮮爲人知，現僅北京大學圖書館存有一部，彌足珍貴。

這部歷史演義小説分卷，卷又分則而不分回，每卷的則數多寡不等。其中一至九卷主要演西漢十二帝歷史計六十七則，十至十四卷側重演東漢兩帝歷史共四十五則。書中涉及的歷史跨度較大，内容十分豐富。後周文王遇姜太公開篇，一直寫到東漢明帝時班超征西域結尾，在簡要地概述了秦以前漫長的歷史衍變之後，接着重點描叙了漢高祖劉邦奪取天下和光武帝劉秀翦滅王莽，漢室中興的歷史。

與類似題材的歷史演義小説相比較，本書更接近於史實記載。舉凡漢明帝以前的重大歷史事件和重要歷史人物，如文帝視察細柳營、景帝誅晁錯、武帝令董仲舒對策等，均被按鑑一一編入。漢朝歷代帝王與西域匈奴的民族矛盾，諸如文帝親征、蘇武出使、李陵碰碑、衛青伐匈奴、元帝遣王昭君和親、明帝派班超西征等，也都做了記述。唯寫法上偏重記叙史實，而較少藝術渲染，然作者對民族英雄、愛國志士所寄寓的褒獎之意，則不時溢於言表。

今據北京大學圖書館藏寶華樓刊本影印。原書板匡高一九五毫米，寬一一八毫米。

（孫一珍）

東漢演義評

《東漢演義評》，又署《新刻批評東漢演義》，凡八卷三十二回。題「珊城清遠道人重編」。編者生平無考。

《東漢演義評》成書於清乾隆二十年（一七五五）。有嘉慶十五年（一八一〇）同文堂刊《東西漢演義》本，又同文堂單刻本。卷首有序，署「時歲在旃蒙大淵獻（乾隆二十年乙亥，一七五五）竹秋清遠道人書」。

述東漢事的小説，最早是明萬曆十六年（一五八八）楊氏清白堂刊熊鍾谷編次的《全漢志傳》十二卷，中有《東漢》六卷。後萬曆三十三年詹秀閣刊黄化宇校正《兩漢開國中興傳誌》六卷，内容雖較熊本爲詳，然《東漢》僅爲二卷。至萬曆末，大業堂刊謝詔編集《東漢十二帝通俗演義》（一名《東漢志傳》）十卷一百四十六回，演東漢史事之小説，方成一獨立著作。然謝詔所撰頗採民間俚説，如謂劉秀與鄧禹、馮異赴文武選場，箭射王莽，拽折雕弓之類，皆於史無徵。

清遠道人病前書之「荒謬不經」「惑人心目」，遂摭拾史事，重爲編次。作者之宗旨在臚興衰之迹，疏治亂之本，比事提要，了然貫串；且大段抄引文誥奏章，而盡删舊本之所謂不經之説，信爲「羽翼信史而不違」的講史小説。作者又以《兩漢演義》僅叙至高祖得天下而止，有頭無尾，故於開卷將西漢一代之事，約略補述，以明根源，而全書之重點仍在光武中興。二十九回以後，方叙及明帝後之諸帝，結末且云：靈帝以後，有《三國志》在，故不復縷述。書所叙史事雖居三國之前，却自覺與《三國演義》所叙互爲聯繫貫通，至爲顯然。

現據南京圖書館藏同文堂刊本影印，原書板匡高二一五毫米，寬一四〇毫米。（歐陽健）

東西晉演義（十二卷本）

《東西晉演義》，目録題《新鍥重訂出像註釋通俗演義東西兩晉志傳題評》，分西晉四卷一一六則，東晉八卷二三一則。正文前署「秣陵陳氏尺蠖齋評釋，繡谷周氏大業堂校梓」，未署撰人，前有《東西兩晉演義序》。

書依時代前後順序叙述，每卷前標明該卷所述事件起迄年代。全書上接三國，下止劉宋，内容基本依據正史，旁取野史、筆記。

本書版本較複雜，孫楷第《中國通俗小説書目》著録有明萬曆四十年（一六一二）周氏大業堂刊本，藏北京大學圖書館，序署雉衡山人，前有「西晉紀元傳」「東晉紀元傳」及「附五胡僭僞十六國紀元」。書中之圖，分插在正文内，記繪工曰「王少淮寫像」。中國藝術研究院戲曲研究所有原傳惜華所藏之大業堂本：前有序，正文同北大藏本，但無署名；「紀元傳」附西晉之後，插圖無繪工名；書與北大藏本一樣，板口均無刊刻堂名，然前兩卷插圖板口鎸「世德堂刊」。以上兩種本子，板式相同，後世據以覆刻、重刊的有清帶月樓、碧梧山房、文光堂、英德堂等本。此外，又有十二卷五十回本，存世有明武林刊本，内容有改動。

是書序記作書緣起云：「一代肇興，必有一代之史；而有信史，有野史。好事者藁取而演之，以通俗諭人，名曰演義，蓋自羅貫中《水滸傳》《三國傳》始也。」泰和堂主人有感於此，遂與作者商訂此書，並言書「嚴華裔之防，尊君臣之分，標統系之正閏，聲猾夏之罪愆，當與《三國演義》並傳。」知書爲繼《三國》而作，作書人即作序人。據北大藏本序署名，作者雉衡山人。雉衡山人即楊爾曾，字聖魯，浙江錢塘（今杭州）人，尚著有《韓湘子全傳》三十回，刊於天啓年間。但序文所云書爲泰和主人倩人同參訂，今武林刊本題「武林夷白主人重修，泰和堂主人參訂」，無序。金陵書商刻書不大可能由杭州書商倩人，頗疑大業堂本的序移植於武林刊本，序的署名乃後刻時僞托。從傳惜華藏本插圖板口「世德堂刊」字看，本書當最初由世德堂刊行。世德堂爲萬曆中金陵著名書坊，刊有《西遊記》及多種歷史演義，所刊歷史演義大多由陳氏尺蠖齋評釋，與《東西晉演義》同。世德堂與大業堂同在金陵，兩書坊常互相借板，如現存《唐書志傳通俗演義》萬曆刊本，中有題「繡谷唐氏世德堂校定」，有題「繡谷周氏大業堂校定」者。由此可以推定，大業堂初刊時利用了部分世德堂原板，移取了武林刊本的原序，再刻時對世德堂原板進行了重刻，在序後增加了「雉衡山人」的署名。

現據中國藝術研究院戲曲研究所藏本影印。原書板匡高低參差不一，高爲二〇八、二一四、二一八毫米，寬一三八、一四〇毫米不等。因原本西晉卷二第四十四頁至四十六頁缺失，東晉卷八第三十九頁有大洞，今據北京大學圖書館藏本輯補於後。（李夢生）

南史演義

《南史演義》，凡三十二卷，署「玉山杜綱草亭編次，雲間許寶善穆堂批評，門人譚載華校訂」。杜綱及許寶善生平，參見本《集成》《北史演義・前言》。書作於乾隆六十年（一七九五），卷首有許寶善序，署「乾隆六十年歲在乙卯三月望前一日愚弟許寶善撰」，有乾隆乙卯年原刊本。目録後刻有「玉峰陳景川局鎸」一行，玉峰指今江蘇崑山，以此知書刻於杜綱家鄉崑山。

杜綱在完成《北史演義》之後，在許寶善的鼓勵勸説下，於乾隆六十年復作成《南史演義》，「自東晉之季以迄宋、齊、梁、陳，二百餘年，廢興遞嬗，無不包羅融貫，朗如指上羅紋，持此以續《北史》之後，可謂合之兩美矣。」（許寶善序）然南朝諸開國英傑，如劉裕、蕭道成、蕭衍、陳霸先，類皆躬行節儉，不戀美色，而好色之主如東昏侯、陳後主，又皆荒淫亂政，毫無英雄之氣可言，所以不及《北史》以「英雄美人」之成功組合。目南朝歷史，彼此替代，迹若一轍，故本書盡管在塑造劉裕等英雄人物上不乏精彩之筆，但從總的方面來説，較之《北史》，終遜一籌。

本書後出版本不多，一般與《北史演義》合刻，也有單行的。今據上海圖書館所藏乾隆原刊本影印，板匡高一九二毫米，寬一三三毫米。（歐陽健）

北史演義

《北史演義》，凡六十四卷，杜綱編次。杜綱（約一七四〇——約一八〇〇），字振三，號草亭老人，江蘇崑山人。少補諸生，受知於崑山令許治，與其子許兆椿同窗攻讀。但一生科名不遂，未登仕途，以布衣終。晚年與許寶善爲至友。寶善字斅虞，一字穆堂，號自怡軒主人，江蘇青浦（今屬上海）人，乾隆二十五年（一七六〇）進士，授户部主事，歷員外、郎中，擢浙江福建道監察御史，歷主鯤池、玉峰、敬業書院。杜綱所著諸小説，都得到許寶善的資助鼓勵，並且爲之作序與評。杜綱乾隆五十八年亦曾爲許寶善《自怡軒樂府》作序。杜綱生平著有《近是集》，尚有擬話本小説集《娱目醒心編》十卷。歷史演義小説除本書六十四卷外，又有《南史演義》三十二卷。《北史演義》作成於乾隆五十八年，卷首有許寶善叙，署「乾隆五十八年歲在癸丑端陽日愚弟許寶善撰」，有乾隆癸丑年吴門甘朝士局原刊本。

自羅貫中《三國志演義》問世以來，歷史演義之寫作，蔚爲大觀，上有《列國》《兩漢》，下有《兩晉》《隋唐》《南北宋》，其間唯南北朝百餘年之歷史，尚無人一試，考其原由，蓋因《南北史》「其書詞豐而義晦，事繁少條理，世所罕解」，實難駕馭。杜綱「宗乎正史，旁及群書，搜羅纂輯，連絡分明」，先後撰成《北史演義》和《南史演義》，填補了歷史演義序列中的空白。

本書據乾隆原刊本影印，原書板心高一九〇毫米，寬一三五毫米。（歐陽健）

瓦崗寨演義

《瓦崗寨演義》，全稱《繡像大唐瓦崗演義全傳》，五卷二十回，福禄大街會元樓板，卷首題名兩側，右書「秦叔寶燒批結義」，左書「程咬金大反山東」。繡像十四幅。每面十一行，行各二十三字。

卷首《瓦崗寨演義序》末署「同治十三年（一八七四）新刻，攬（？）溪梁飲川書」。另有咸豐十一年（一八六一）富經堂刊本，未見。

全書内容相當於乾隆崇德書院《説唐全傳》十卷六十八回大字本的第二十三回到第四十回前半。序云「此書前已有作矣」，指的就是《説唐全傳》。

二書大體相同而略有差異，可能這是序文所説「擇其最熱鬧者」加以改編的結果。如原書第二十三回，秦叔寶被誤認爲響馬，抓進王府，因武藝高强，被靠山王楊林認作第十三位義子，即所謂十三太保；《瓦崗寨演義》第七回則是楊林到了長安，奏准朝廷封秦瓊爲十三太保爵主，住進爵主府。最後結義的三十九位英雄，或記本名，或記表字、别號，序次也有小異，日期則原書爲大業二年（六〇六）九月二十二日，《瓦崗寨演義》則爲大隋煬帝二年九月十四日。

本書刻印粗劣，如第一回：「故此弄出那十八家反王來，更有六十四路煙塵，只得把那江山輕輕的就讓與唐高宗了。」高宗，當是高祖之誤。又如目録第四回「晏店中群雄結拜」，晏當作宴，正文不誤。

今據首都圖書館藏會元樓板影印，板匡尺寸，悉依原書。（徐朔方）

説唐演義後傳

《説唐演義後傳》，一名《説唐後傳》，或《後唐全傳》，五十五回。題「鴛湖漁叟校訂」，署名與《説唐演義全傳》六十八回本同。據所署别號，校訂者當是浙江嘉興人。

另有《説唐後傳》八卷，有尚友齋本和善成堂本。題「姑蘇如蓮居士編次」，有鴛湖漁叟序。以卷首上及卷首下爲《説唐小英雄傳》十六回，以正文六卷爲《説唐薛家府傳》四十二回。

《羅通掃北》和《説唐小英雄傳》是同一小説的兩種不同版本，前者目録載十四回，正文實爲十五回，後者十六回。前者將後者第二、三兩回及第十、十一兩回各合成一回，後者將第十六回題爲「受聖恩康王復位，平北番太宗回朝」，使全書顯得更有獨立性。其餘回目兩書一致，偶有一二文字差異。前者將後者中的四回合成兩回後，却以第十四、十五回填補後者第十六回的空缺。

《羅通掃北》十五回，加上《説唐薛家府傳》即《薛仁貴征東全傳》四十二回，應爲五十七回。但前者的第十四、十五回和後者的第一、二回大體相同，所以《説唐後傳》不是五十七回，而是五十五回。《説唐薛家府傳》的第五回《老員外忿恨害女，柳大洪設計救妹》，在《説唐後傳》中不另立回目，《説唐後傳》第九、十兩回在《羅通掃北》中合成一回，所以《説唐全傳》的回目仍爲五十五，没有增減。

《説唐後傳》或《羅通掃北》（《説唐小英雄傳》）和《説唐薛家府傳》（即《薛仁貴征東全傳》），是《隋唐兩朝志傳》進一步離開史實，更加傳奇化的産物。换言之，它比《隋唐兩朝志傳》更加不像歷史通俗讀物，而更加合乎以歷史傳説爲題材的演義體小説。它的優和劣、功和過都可以從這樣的角度加以理解。如果强調它的一面而忽視它的另一面，就無法對它作出合理的評價。

《説唐後傳》第五十五回全書結尾説：「還有《薛丁山征西傳》，唐書再講。」《薛丁山征西》一名《三唐征西演義》，今存道光二十七年（一八四七）金谷園刊本，可以説是《説唐後傳》的續書。

本書有乾隆三年（一七三八）姑蘇緑慎堂本、乾隆三十三年鴛湖最樂堂本，及乾隆四十八年觀文書屋刊本。現據中國藝術研究院戲曲研究所所藏觀文書屋本影印。原書板匡高二一三至二一五毫米，寬一三〇毫米。（徐朔方）

殘唐五代史演義傳

《殘唐五代史演義傳》八卷六十回，現存最早版本爲明刊本，不著刊刻年代。題「貫中羅本編輯，卓吾李贄批評」。卷首有長洲周之標的序。

周之標，字君健，爲明末熱心於小説戲曲編輯刊刻之文人。萬曆四十四年（一六一六）刊行的蘇州梯月主人選輯之《吴歈萃雅》卷首有周氏所作題辭兩則；清順治二年至四年（一六四五——一六四七）間沈自晉編纂的《南詞新譜》卷首所載參閲人姓氏，周氏亦名列其中：可知其清初尚在世。假定周氏於順治二年參閲《南詞新譜》時已八十高齡，而其爲此書作序時年僅二十歲計，此書之刊行當不早於萬曆十三年。至於書中所謂「李贄批評」，顯係僞托，當出於李贄身後。李贄卒於萬曆三十年，據此可進一步推斷此書刊行當在萬曆三十年之後。另據孫楷第《日本東京所見小説書目》記載，現藏日本尊經閣文庫的萬曆四十七年刊本《隋唐兩朝志傳》，亦題「東原貫中羅本編輯」，其行款板式與此書相同。又，其十二卷後木記云：「書起隋公楊堅，至僖宗乾符五年（八七八）而止。繼此者則有《殘唐五代志傳》，讀者不可不並爲涉獵。」木記所云《殘唐五代志傳》即指此書。且兩書中均引用麗泉、静軒詩和宋孫甫評。孫楷第云：「附麗泉詩之《殘唐》，必與此附麗泉詩之萬曆己未（四十七年，一六一九）刊本《隋唐兩朝志傳》時代相去不遠，則可斷言耳。」此説誠是。

此書雖署「貫中羅本編輯」，但顯然已非羅氏原本，因書中模擬承襲《三國演義》和《水滸》處頗多。最明顯的例證是第十回《安景思牧羊打虎》中的一首《古風》，亦見於《水滸》中《景陽岡武松打虎》一回。值得注意的是此書所叙打虎經過與《古風》中的描述多有出入。《古風》描寫打虎經過時寫道：「一掀一撲何猙獰」「爪牙爬起成泥坑」「拳頭脚尖如雨點，淋漓兩手腥紅染」，而正文寫打虎極其簡單，並無這些情節。而這些情節，正與《水滸》中武松打虎經過相吻合。又，安景思剛與老虎相遇，那老虎「只撲一個空，便倒在地，似一錦袋之狀」。似錦袋之狀，當爲老虎死後癱在地上的樣子。還未開始打虎，老虎就已似錦袋之狀，與情理不符。而《水滸》中老虎被武松打死後，「却似躺着一個錦布袋」，合乎情理。可見《水滸》中的《古風》與所寫情節相配合，因而《古風》當原出於《水滸》；而此書中的《古風》，乃生硬地從《水滸》中搬用過來。另外，《水滸》版本繁多，上述《古風》文字各本也不盡相同。此書所引，與一百二十回本《水滸》文字出入最少，一百六十八字僅十三字不同，而與各種百回本《水滸》文字出入較大。可見所用《古風》是從晚出之一百二十回本《水滸》中移用過來，則時代更晚。

關於此書之版本，除明刊八卷六十回本外，有康熙文錦堂刊本，乾隆四十七年（一七八二）會雲樓所刻題「玉茗堂批點」之六卷本。同治以後坊刻本甚多，簡稱爲《五代殘唐》。現據復旦大學圖書館所藏明末刊本影印。原書板匡高二〇五毫米，寬一二八毫米。（黄　毅）

忠孝勇烈奇女傳

《忠孝勇烈奇女傳》，又名《木蘭奇女傳》，四卷三十二回。不題撰人。卷首有光緒四年（一八七八）修慶氏序，卷末有道光七年（一八二七）周匯淙跋。修慶氏，周匯淙皆不詳何人。

關於此書之創作年代，因書中多次提到清雍正十年（一七三二）始建之「軍機處」，則此書當作於清朝雍正十年之後。又，周氏跋云：「茲得新降馬祖所演《木蘭奇女傳》，並蒙賜詩寄示，因得與於是書校刊之役。」馬祖，唐代佛教禪宗高僧，名道一，本姓馬，後世稱爲馬祖。跋云其降壇作此書，又云此書有武聖帝關羽所作序，顯係假托。「新降」一語，謂此書新近作成，則作於道光七年或稍前無疑。且作者與周氏相熟識，甚或即周氏本人假托馬祖創作此書亦未可知。

此書本事出於北朝民歌《木蘭辭》。木蘭代父從軍的故事在民間流傳極廣，且多載入後代史書方志及文人筆記。木蘭作爲傳奇人物，其姓氏、籍貫和時代的説法不一。小説寫木蘭姓朱，「湖廣黄州府西陵縣（今湖北黄陂）人」，生活於隋末唐初。王象之《輿地紀勝》載黄陂縣北有木蘭山、木蘭廟，并云此木蘭「即古樂府所載女子詐爲男夫代父征行者也」。明焦竑《筆乘》云：「木蘭，朱氏女子，代父從征，今黄州黄陂縣北七十里，即隋木蘭縣，有木蘭山、將軍冢、忠烈廟。」可見木蘭姓朱，爲黄陂人早有傳説。《黄陂縣志》所搜集關於木蘭的材料頗多，其中一篇《木蘭古傳》，不題撰人及年代，所敘木蘭從征諸事的框架及故事與小説基本相同。縣志中還載有湖北黄安人張希良作於康熙己丑（一七〇九）的《孝烈將軍傳》，文中特别指出：「若謡俗所傳剖腹明貞語不經，亦無取焉。」木蘭剖腹事未見於其他傳説和記載，可能僅流傳於黄陂縣及其附近地區。而此書寫木蘭的結局恰取此説。由此可知，小説主要依據黄陂縣木蘭山一帶的傳説創作而成，而作者則極有可能即爲黄陂縣人。小説結尾處的一段話亦可説明這一點：「在本朝康熙年間，大悟山又出一僧，名冲元和尚……木蘭山出一計道人……兩公皆與四川巡撫姚公爲密友，往來詩詞，不必細載。」查《清史稿·疆臣年表》，康熙年間任四川巡撫姚姓者僅姚締虞一人。又據《清史稿》本傳：締虞，湖廣黄陂人，順治十六年（一六五九）進士。康熙二十四年（一六八五）授四川巡撫，卒於官。只有當地人，才能知曉大悟山（就在木蘭山附近）、木蘭山出此二僧道，並與姚公互相唱和之事，只有同鄉人，才會在小説中提及與故事情節完全無關的姚締虞。

是書原刻本今已不存。較早版本有光緒四年（一八七八）常州道生堂本和常州樂善堂本。扉頁題「光緒戊寅年（四年）重刊」。兩本版式相同，當爲同一版所刻。此後刻本甚多。光緒三十三年章福記石印本封面題《木蘭奇女傳》，正文卷首則題《女子英雄傳》。今據上海圖書館所藏道生堂本影印。原書板匡高一七二毫米，寬一〇〇毫米。（黄　毅）

南北宋誌傳

《南北宋誌傳》傳本較多，最早的本子是明萬曆建陽余氏三台館刊《新刻全像按鑑演義南北兩宋誌傳》，第一卷首頁題「雲間陳繼儒編次，潭陽書林三台館梓行」，日本東京内閣文庫藏。凡二十卷，不標回數，前十卷爲「南宋誌傳」，叙五代末及宋開國事，自石敬瑭征蜀起，至曹彬定江南止；後十卷「北宋誌傳」，叙宋初太宗及真宗、仁宗三朝事，自宋太祖下河東起，至楊宗保定西夏止。其所謂「南宋」「北宋」，與通常的歷史名詞之内涵不同，故孫楷第認爲此書「命名至爲不通」。

除三台館本外各本均不題撰人。三台館本雖然題作「陳繼儒編次」，但卷首三台館主人的序中却又云：「昔大本先生，建邑之博洽士也，徧覽群書，涉獵諸史，乃綜核宋事，彙爲一書，名曰《南北宋兩傳演義》。事取其真，辭取其明，以便士民觀覽，其用力亦勤矣。」按，嘉靖間，建陽書林有熊大木，字鍾谷，編有《大宋演義中興忠烈傳》（楊氏清白堂刊本首有自序，署「時嘉靖三十一年（一五五二）歲在壬子冬十一月望日，建邑書林熊大木鍾谷識」）、《唐書志傳通俗演義》、《全漢志傳》，堪稱「建邑之博洽士也」。可見序中「大本」二字當爲「大木」之誤刊，熊大木當爲《南北宋誌傳》的編纂者。

《南北宋誌傳》是依據已有的講史小説和有關文字編纂而成的。《南宋誌傳》基本上是《五代史平話》中晉、漢、周三朝平話的擴寫，於中增加了介紹人物、描寫戰鬬場面，以及詔令表奏、「有詩爲證」等類文字，許多地方的情節、文字基本上是一致的。《北宋誌傳》與萬曆間的《楊家府演義》同是叙寫楊家將的故事，從某種意義上説，它就是楊家將傳。明唐氏世德堂刊和金閶葉崑池刊兩本《南北宋志傳》的《北宋志傳》第一回按語中均有「收集楊家府等傳，參入史傳年月編定」之語。近世研究者推斷《楊家府演義》當有早於《南北宋誌傳》並爲之所據的刊本。正因爲《南北宋誌傳》糅合進了多種講史小説材料，所以它對考察從講史到演義小説的演變，有多方面的價值。今據日本内閣文庫藏本影印，原書板匡高一八〇毫米，寬一〇〇毫米。（袁世碩）

五虎平西前傳

《五虎平西前傳》，目録頁題「新鐫異説五虎平西珍珠旗演義狄青前傳」，凡十四卷一百十二回，不題撰人。首序亦不題姓氏，文末僅書「辛酉歲孟夏日序終」。有清嘉慶六年辛酉（一八〇一）坊刻本，當是初刊。書稱「前傳」，另有「後傳」，故第十四卷結束正傳云：「今日二取珍珠寶旗，得勝班師，事事已畢，後話甚多，實難統述。若問五虎如何歸結？再看《五虎平南後傳》，另有着落詳言。」《五虎平南後傳》初刊於嘉慶十二年，第一回正從「却説前書五虎將征服西遼邊夷，奏凱歌班師，回朝見主」説起，足見二書爲同一位作者編成的演述狄青故事的前後傳。

狄青是北宋名將，以驍勇著稱，《宋史》本傳載其抗拒西夏、平定廣南儂智高的事迹。宋元以來，亦有其傳説故事流傳。《楊家府演義》專叙楊家將世代忠勇，中間將平定廣南的功績轉嫁給了楊文廣父子，狄青反倒成了陰險小人。然明代刊行的《百家公案》中却有狄青、楊文廣與包公相救護的故事，並由之在清代産生了《萬花樓楊包狄演義》，全稱《後續大宋楊家將文武曲星包公狄青初傳》。這部《萬花樓》雖然揉合進了楊、包二家事，而主角却是狄青，從狄青出身、學藝開始，中經屢受奸邪陷害而爲包公開釋，在楊宗保麾下屢立戰功，與石玉等勇士合稱「五虎將」，到被封爲征討元帥，率兵打敗西夏，構成了小說情節的中心綫索。《五虎平西前傳》就是沿着《萬花樓》的綫索來寫的，狄青周圍的主要忠奸人物，基本没有變化，衹是寫的是奉命征西遼，去奪取彼國的一件珍珠烈火寶旗。這自然更無史實依據，衹能是照着《萬花樓》的那種模式，編造一些已見諸以前同類小説中的奸人陷害，賢臣救護，英雄出征，戰場結姻緣，勝利班師之類的情節。

此書的版本較多，早期刊行的有聚錦堂本、福文堂本、敬業堂本等。今據南京圖書館所藏聚錦堂本原大影印。原書卷二、卷十一有缺頁，據北京大學所藏清三讓協刊本補配。（袁世碩）

皇明英烈傳

以明朝開國爲題材的現存三種歷史小説：甲、《新鐫龍興名世録皇明開運英武傳》，簡稱《皇明英武傳》，萬曆十九年（一五九一）刊本，八卷六十回；乙、《新刻皇明開運輯略武功名世英烈傳》，簡稱《皇明英烈傳》，即本書，年代不詳；丙、《雲合奇蹤》，萬曆四十四年刻本，二十卷八十則。三者出於同一原本。

本書六卷，每卷十段。每五段列一目録，並註明起迄年代。第一卷前五段實際上是六段，全書爲六十一段。每段以七言一聯爲「節目」，如第一段「元順帝縱慾驕奢，脱脱相正言直諫。」一般以爲七言聯回目較其他形式爲晚出，以《皇明英烈傳》和《雲合奇蹤》看來，却恰恰相反，未可一概而論也。

本書卷首未署名的原序說：「博採昭代之事迹，因舊本而修飭之，補其所遺，文其所陋，正其所訛，集以成編，分爲六卷。」事實上並未做到，甚至明顯的一些差錯也未更正：如以元順帝即位五年（當作七年）改元至正；如以劉基爲元朝太保劉秉忠之孫；如關於浙江杭州、金華、諸暨等地的方位描述；如以婺州、婺源混而爲一等等。

《雲合奇蹤》第四十三則批語說：「此一則事節段落詳悉，勝《英烈傳》多矣。」它寫出陳友定有不殺敵將胡深的心理描寫，本書無。《雲合奇蹤》第三十五則王禕詞「蘆花飄白雪」數句是本書王禕《秋江賦》的摘録，第三十六則追贈韓成的一篇古風（「征雲慘慘從天合」）是本書「兩家渾戰，有詞爲證」（「征雲冉冉飛天空」）的改寫。可見本書更接近原本。《雲合奇蹤》可能根據原本，也可能以本書或《皇明英武傳》爲原本。

本書叙事迄於洪武十四年（一三八一），《雲合奇蹤》則終於洪武十六年正月，字數却大約只有本書的一半。它不是單純地删繁就簡，而是有所變易。有所增，如洪武十五六年的事略；有所改，如紅巾起義的原因；也有所移置，如花雲被害同其孤兒的遭遇不連在一起叙述，可說大體相同而有不小差異。

以明朝開國爲題材的現存三種小説，卷首地陷一穴，穴中有預言式的石碑，摹仿《水滸》開頭；《三國演義》的諸葛亮形象以及借東風，火燒赤壁，曹操在烏林遭遇伏擊前大笑對方不設埋伏等情節，對本書劉基形象以及其他類似描寫，起了借鑑作用。本書雖然比一般歷史演義小説好，缺少獨創性是它的弱點。

現據日本日光山輪王寺慈眼堂藏明刻本影印。（徐朔方）

女仙外史

《女仙外史》一百回，清初吕熊撰。熊字文兆，崑山（今屬江蘇）人。崑山在明清易代之際受清兵屠戮甚慘。吕熊的父親吕天裕繫戀明室，不滿清廷，因而命他學醫，不讓他參加清朝的科舉考試。其後吕熊雖仍研討有關國計民生的學問和寫作詩文，並曾長期擔任封疆大吏于成龍（一六三八——一七〇〇）等人的幕僚，但當于成龍要他做官時，他却謝絶了。晚年居住蘇州，去世時已八十二歲。乾隆時纂修的《崑山新陽合志》卷二十五《人物·文苑》中有他的傳記，李果《咏歸亭詩鈔》卷八《感舊詩十三首·吕處士逸田》的注也對他的生平有所介紹。

《女仙外史》寫明太祖兒子朱棣（即永樂帝）奪取其姪兒建文帝皇位、一批忠臣義士又擁戴建文而與永樂鬬争的故事，在這些忠臣義士中最重要的則是唐賽兒。按，朱棣奪位自是實事，但在其即位後又有忠臣義士起兵反抗却純屬虛構；唐賽兒雖是歷史上實有的人物，在永樂時確曾造反，但她的造反根本不是爲了擁戴建文。吕熊之所以要作這樣的描寫，乃是基於一種政治上的感情。正如他在《自叙》裏所説：「夫建文帝君臨四載，仁風洋溢，失位之日，深山童叟莫不涕下。熊生於數百年之後，讀其書，考其事，不禁心酸髮指，故爲之作《外史》。」

由於朱元璋登基以後，對江南的工商業發達地區如蘇州等採取了殘酷打擊的政策，建文帝在位時對此作了相當大的改變，永樂帝則又恢復了朱元璋的方針，江南地區的人一直十分同情建文帝。在明代後期，江南地區就流傳着不少顯然對建文帝表示同情的野史。到了清初，這種懷念建文帝的感情就跟追戀明室而不滿清廷統治的感情合流，被賦予了現實的内容。錢謙益在當時爲《建文年譜》寫的《序》（《有學集》卷十四）就直言不諱地説：編纂這部年譜的目的，便是「當滄海貿易、禾黍顧瞻之後，欲以殘編故紙，慭遺三百年未死之人心」。清楚地揭示了在那個特定時期表彰建文帝的政治意義，從中也可窺知吕熊「心酸髮指」地寫作此書的真實動機。吕熊晚年本已在南昌安家，但因所著《外史》「觸當時忌」，不得不離開南昌而返歸吴門（見《崑山新陽合志·吕熊傳》）。此書之遭忌，殊非偶然。

本書《自叙》署「古稀逸田叟吕熊文兆」。據同書卷首《品題》中劉廷璣所述，吕熊於康熙四十年辛巳（一七〇一）告訴他「將作《外史》」，至四十三年秋天又告訴他「《外史》已成」。古人一般於著作寫成後即作自序，甚至有人在寫正文前就寫序，所以吕熊《自叙》至遲作於康熙四十三年，其時他至少已七十歲。卷首又有其作於康熙五十年辛卯的自跋，亦署「古稀逸田叟」，是時他至多七十九歲（因七十歲至七十九歲都可稱古稀之年）。由此推算，他當生於崇禎六年（一六三三）至八年之間。

此書的最早版本爲康熙釣璜軒刊本，有康熙五十年吕熊及葉旉跋，當即刻於該年或稍後。今據復旦大學圖書館所藏釣璜軒本影印。原書板匡高一九二毫米，寬一二九毫米。（章培恒）

續英烈傳

《續英烈傳》五卷三十四回，存世較早刻本有勵園書室刊本，牌記題「秦淮墨客編輯」「玉茗堂批點」「勵園書室梓」。有秦淮墨客序。正文卷首題「空谷老人編次」。

本書作者，諸家著録多定爲空谷老人。但據牌記，秦淮墨客似也曾參予編寫此書。二人生平事迹不詳。從序言中「不幸而伏處山林，沉觀世故」和「識破千古論明朝是非」語句看，作者係亡明隱遁者。有人稱秦淮墨客即紀振倫，待考。

序中言，明朝「事變之奇而幻，則未有如靖難之時也」，明人徐元（文）長撰《英烈傳》記太祖龍興時事，作者「綜建文、永樂故實彙爲續傳」。《英烈傳》所見最初有崇禎戊辰本（一六二八年），續傳當在其後。又本書中第一回即言「單説這明太祖姓朱，雙名元璋，號稱國瑞，祖上原是江東句容朱家巷人，後父母遷居鳳陽，始生太祖。這朱太祖生來便有許夥奇兆」云云。此類言語顯係清人所言，此書當成於清代。題「玉茗堂批點」乃勵園書室刊行時僞托明代湯顯祖名望，以擡高身價之舉。

小説「綜建文、永樂故實」，以「野乘之流傳」「爲考古之先資」，「詞取達意」「事必摭實」，記述了明初「靖難之變」這一歷史事件，既歌頌永樂皇帝續大統的英偉，又對落難爲僧的建文帝寄寓深深的同情，表現了明遺民寄情前朝的思想傾向和隱居中創作生活的某一側面。

本書版本，除勵園書室本外，據孫楷第《中國通俗小説書目》著録有舊刊大字本，今未見。此外尚有道光雙桂堂本等，書名或作《永樂演義》、《永樂定鼎全志》。現據大連圖書館藏勵園書室本影印，板匡原高一七五毫米，寬一一五毫米。（王小川）

于少保萃忠傳

《于少保萃忠傳》十卷七十回，又署《鐫于少保萃忠傳》，題「錢塘孫高亮明卿父纂述」，「槜李沈國元飛仲父批評」。現存明天啓間刻本，藏浙江省圖書館。書前有林梓叙、王守仁贊、吴寬總斷。孫高亮，字明卿，又字懷石，號有恒子，錢塘（今浙江杭州）人。作叙者林梓，字從吾。與作者同里相好，登嘉靖四十一年（一五六二）進士，官雲南按察副使。批評者沈國元生平不詳，僅從署名上推斷爲嘉興人。

此書除七十回本外，通行的是十卷四十回（或作「傳」）本，今存明刊本及道光十五年（一八三五）重刊雙璧堂本等，書名題《于少保萃忠全傳》、《旌功萃忠傳》。以七十回本與四十回本對校，後者删去了大量詩詞、奏疏章表、作者及時人評論性或説明性的文字段落，又删去第六十九、七十兩回寫于謙夢兆、顯靈的「外傳」部分；在編集時則往往合兩回爲一回。可見四十回本實爲七十回本的縮編本。

又，據孫楷第《中國通俗小説書目》，尚有舊刊本《于少保萃忠傳》十卷七十回，題「西湖沈士儼幼英父纂述」，「武林沈士修奇英父批評」。未見。

本書叙于謙一生事迹。從書前二十二則凡例看，當是採擇史實爲根據，别取野史筆記、軼聞傳説而成。林梓叙云其「裒採演輯，凡七歷寒暑」而完卷。其寫作年代，據四十回本林梓序署年「萬曆辛巳」（九年，一五八一），知作於萬曆初。

現據浙江省圖書館藏本影印。原書板匡高二〇一毫米，寬一三九毫米。原書有多處殘缺，插圖亦有缺頁及錯簡（如圖十四應爲末幅），因不見有他本存世，故無從配補。（邵海清）

檮杌閒評

《檮杌閒評》五十卷五十回，叙晚明宦官魏忠賢勾結熹宗乳姆客氏篡權亂政故事。此爲崇禎朝熱門話題，先有長安道人國清之《警世陰陽夢》、吴越草莽臣之《魏忠賢小説斥奸書》、樂日舜之《皇明中興聖烈傳》。此書晚出，末回回目上聯爲「明懷宗旌忠誅惡黨」，按清兵順治元年（一六四四）五月入關後，曾追謚明崇禎帝爲「懷宗端皇帝」，至順治十六年十一月下諭禮部，改謚「莊烈愍皇帝」，則其成書或在謚「懷宗」期間。此書後三十回敘魏忠賢入宫後結黨營私，毒害忠良，謀傾朱明社稷種種惡迹，與前出之書大致相同，明顯承襲《魏忠賢小説斥奸書》文字者亦復不少。惟前二十回敘魏忠賢爲伶官魏雲卿與女雜技藝人侯一娘所生，及其長成諸般無賴，同客氏原有私情，與閹黨中崔呈秀、田爾耕、倪文焕諸人早有糾葛，使全書情節勾連甚密，則出自小説家之虚構，或當時亦有此類傳聞，復加渲染而成，與《魏忠賢小説斥奸書》之標榜「非敢妄意點綴，以墜於綺語之戒」者不盡相同。所以，此書雖晚出，而流傳則較廣。

此書不題撰人。繆荃孫《藕香簃别鈔》以弘光朝工科給事中李清曾爲其祖李思誠辨冤，此書中敘及禮部尚書李思誠阻撓魏忠賢竊邊功請封而爲權閹所惡事，疑爲李清所撰。鄧之誠《骨董續記》卷二稱此書「其所載侯、魏封爵制辭，皆不類虚構；述忠賢亂政，亦足與史相參」，記事亦有與李清《三垣筆記》相發明者，「總之，非身預其事者不能作也，謂之映碧（李清號）所撰，頗有似處」。按：李清生於揚州興化官僚世家，曾祖李春芳隆慶間官至吏部尚書，祖李思誠天啓間官禮部尚書，本人於崇禎四年（一六三一）成進士，授寧波推官，晉户科給事中，曾以工科給事中出封淮府，弘光朝晉大理寺右丞，入清隱居著述，有《三垣筆記》《明史雜著》等。（《明史》卷一九三)李清當熟悉朝廷典制和天啓間朝政大事。就其里籍和曾以工科給事中出封淮府行迹看,此書開頭先叙朱衡治黄淮水患,焚毁水蛇巢穴,雌雄蛇投胎報怨,以爲客、魏亂政前因,并叙及淮揚諸地具體無誤,也可謂有由然矣。謹録以備考。

本書據李保恂《舊學庵筆記》載有大字刻本,未見。清末石印本改題書名爲《檮杌閒評明珠緣》,或徑題《明珠緣》。現據復旦大學圖書館藏清刊本影印,原書板匡高一一八毫米,寬八八毫米。(袁世碩)

樵史通俗演義

《樵史通俗演義》,又稱《樵史》《樵史演義》,八卷四十回。江左樵子編輯,錢江拗生批點。

江左樵子,不知爲何人。或謂松江府青浦縣人陸應暘(約一五七二——約一六五八),字伯生。生平見光緒《青浦縣志》。近人孟森考證,「細繹作者之爲人及其時代,其人蓋東林之傳派,而與復社臭味甚密,且爲吴中人而久宦於明季之京朝者。其時代則入清未久,即作是書,無得罪新朝之意,於客、魏、馬、阮,則抱膚受之痛者也」(重印《樵史通俗演義》序)。作者有待進一步確證。評者錢江拗生,據其評語旨趣與正文契合,口吻極似作者自道,孟森氏疑其與作者爲同一人。

本書是清初著名的一部講史小説。書中叙述了明季天啓、崇禎、弘光三朝二十五年間(一六二一——一六四五)時事。内容包括明政權與後金、明廷與李自成等農民起義軍，以及明朝統治集團内部魏忠賢閹黨與東林、復社之間的矛盾鬭争，其題材雖客、魏事見於《警世陰陽夢》《大明中興聖烈傳》《魏忠賢小説斥奸書》，李自成事見於《剿闖小説》《新世弘勛》，但其中多録入當時詔書、章奏、檄文、函牘等，富有文獻價值，且多被《明季北略》《平寇志》《小腆紀年》等書所採録。

本書自序未署成書年月。其著書時既得見《剿闖小説》及《新世弘勛》(見回末評語)，而後者初刻於清順治八年(一六五一)，則本書寫定與刊行，當在順治八年之後。今存清初寫刻本，爲海内孤本。内封右欄有「繡像通俗」四字，中欄有「樵史演義」四字，左欄之作者附白計九十六字。卷端皆題《樵史通俗演義》，卷端下署「江左樵子編輯」「錢江拗生批點」。首載《樵史》序，末署「花朝樵子自序」，未記歲次。此本繡像已失。回末多附有尾評，行間間有夾評。

今據北京大學圖書館藏清初寫刻本影印，板匡高二〇〇毫米，寬一一八毫米。(侯忠義)

廿一史通俗衍義

《廿一史通俗衍義》二十六卷四十四回，全稱《精訂綱鑑廿一史通俗衍義》，卷首署「新昌吕撫安世輯」「男維垣輔周、維城京周、維基起周仝校」。前有新昌縣令李之果雍正五年(一七二七)

及吕作肅雍正十年序，及《凡例》《删定綱鑑總論》。

作者吕撫，浙江新昌人。據民國初刊《新昌縣志》卷十二，吕撫字安世，年十五補弟子員，乾隆元年（一七三六）舉孝廉方正。喜藏書，築逸亭以貯之，「恣意繙閲，遂精於天文、地輿、兵法、性理、皇極之學」。好廣集名流，以著述爲事，成書甚夥，但因海寧查氏獄，大部毁板。存世有本書及《三才圖》《四大圖》。

是書所述爲自盤古開天闢地至清代建國史實傳聞，第四十一回計算歷史年數，則自神農氏起至清雍正元年止。全書取材，基本上輯選自《通鑑》，亦有補以史傳者，其中上古事迹，也廣泛參考了野史傳聞。書中對清代，僅簡述開國事，並在書中多次聲明：「不敢以不識不知之民妄説本朝事迹；雖另爲二回，惟祝嵩呼以見本朝如日之方昇，萬萬斯年。」從中不難看出，作者經歷了雍正初查嗣庭獄事，在著書時對文字獄的恐懼心理。

敷演歷史事實的通俗小説，是明清兩代小説的重要組成部分，從開闢至明末，均有演義，但囊括歷代的僅此一種。在吕撫前，明代楊慎曾著有《廿一史彈詞》，將歷代事迹編爲唱詞，在每句唱詞之後，詳細分述該句所包涵的史事，實際已帶有通俗小説的性質。吕撫此書有明顯追步楊慎彈詞的軌迹，即以回目而言，前四回分别作：「盤古王，一出世，初分天地。至三皇，傳多氏，漸剖乾坤。五帝起，亶聰明，創制立法。堯讓舜，舜讓禹，總爲斯民。」完全仿效《廿一史彈詞》句格。同時，吕撫著書的目的是以之作爲蒙訓讀物，所以除述歷史外，第四十二回還録了

《文公家訓》《治家格言》等蒙學讀物二十餘篇。

本書的版本，據孫楷第《中國通俗小説書目》著録，有雍正間原刊本、正氣堂活字本。前者今未見。光緒時有石印本，改題《精訂綱鑑廿四史通俗演義》。孫楷第云：「撫作書時，並無二十四史。其書本名《綱鑑演義》。傳本作《二十四史演義》者，乃後來追改。」未有隻字提及原書名《廿一史通俗衍義》，抑僅見後世石印本，不得而知。現據天津圖書館藏正氣堂本影印，板匡原高二〇八至二一〇毫米，寬一三二毫米。（李夢生）

海角遺編

《海角遺編》，又名《七峰遺編》，二卷六十回。不題撰人。卷首有清順治戊子（五年，一六四八）七峰樵道人序。日本大塚秀高《中國通俗小説書目改訂稿》署其作者爲「七峰樵道人」。

本書叙順治二年清兵攻佔常熟事，係據同名文言雜史《海角遺編》擴展改編而成。雜史《海角遺編》不分卷，題「漫遊野史纂」。卷首亦有「大清順治戊子夏日七峰樵道人書於朱涇佛堂」的《原序》。序中除「皆據見聞最著者書也」一句在小説中爲「皆據見聞最著者敷衍成回」外，其他文字基本相同，兩書内容、排列亦大體相同。雜史中的小標題多爲小説中之回目，如雜史一開始小標題爲「大清順治二年乙酉夏四月吴淞總兵吴志葵及署蘇松督糧道兼兵備道事譚某巡福山，分兵防守」，小説第一回目即爲「吴總兵泛舟巡海，譚糧道設鼓防江」。兩書文字上亦無大出入，僅稍稍通俗一點而已。此外，小説中每一回卷首多有一、二詩詞，爲雜史中無。

小説當作於雜史之後。雜史所記皆爲順治五年以前的事，小説中則多次提到順治五年以後之事。如常熟城破後馮舒泅水而逃事，雜史寫到「泅水而逸」止；小説則又有「得脱虎口，後五、六年以忤貪官瞿知縣打死於獄中，士林冤之」（第二十九回）。據《默庵遺稿》附録，馮舒於順治六年以争論地方官吏聚斂事，被拘獄拷掠死。此爲小説作於順治五年以後之確證。由此可以推斷，兩書卷首的七峰樵道人所作序，原當爲雜史之序，小説則是迻録雜史之序而稍作改動。故在没有找到新的證據之前，不應貿然斷定小説作者爲七峰樵道人。

小説改名《七峰遺編》，起自民國丁祖蔭。丁氏所輯《虞陽説苑》甲編中同時收有雜史和小説兩種《海角遺編》。在小説第一回回目下有小注云：「瞿氏原本『七峰』作『海角』，序目同。」由此可知，丁氏在收此兩書時，因書名相同，將小説改爲《七峰遺編》，以免混淆；并據卷首之序將作者定爲七峰樵道人。《虞陽説苑》甲編所收均爲史著雜記，丁氏似乎并未將《七峰遺編》視爲通俗小説。《中國叢書綜録》則將其歸入歷史類。

此書記述清兵下江南之史實，多有涉及清兵之酷虐以及江南軍民反抗等事，且多嘲笑清人口吻，故成書後未能刊刻，僅以抄本流傳，并在流傳中有所殘失。其抄本除二卷六十回本外，又有四卷四十回本，内容、文字與六十回本之前四十回全同。另有《新編海角遺篇全傳》三十回抄

本，前二十回與原作六十回本同，後十回則不同。現據上海圖書館藏本影印，原抄本板心高一九三毫米，寬一三〇毫米。（黄　毅）

脂硯齋重評石頭記（甲戌本）

《脂硯齋重評石頭記》，殘抄本，存第一至第八、十三至十六、二十五至二十八回，共十六回。第四回末缺下半葉，第十三回首上半葉缺左下角。每回一卷，回首題「第幾回」，中縫題「石頭記，卷幾，□幾，脂硯齋」。原分裝八册，今分裝四册，册四回。每册首題「脂硯齋重評石頭記」。其首凡例，次正文。正文每半葉十二行，行十八字，有硃筆雙行夾評、行批、眉批及回前總評。其第三、四、五、六、七、八、二十六、二十八回回目與百二十回本不同。由於正文第一回中有「至脂硯齋甲戌（一七五四）抄閲再評，仍用石頭記」十五字，故簡稱「甲戌本」。

此本爲劉銓福舊藏，有其同治二年（一八六三）和七年兩條跋文。劉字子重，號雲客、白雲吟客，大興人，同治九年官刑部郎中。該書於一九二七年爲胡適購得。

甲戌本的被發現，開拓了《紅樓夢》研究的新領域，胡適率先撰寫了《考證紅樓夢的新材料》，指出「這個甲戌本子是世間最古的《紅樓夢》寫本，前面『凡例』四百字，有自題七律詩，結句云：『字字看來皆是血，十年辛苦不尋常』，都是流行的鈔本刻本所没有的。此本每回有硃筆眉評，夾評，小字密書，其中有極重要的資料，可以考知曹雪芹的家事和他死的年月日，可以考知《紅樓夢》最初稿本的狀態，如第十三回作者原題『秦可卿淫喪天香樓』，後來『姑赦之』，才『删去天香樓事，少却四五葉』（一十八回評）。評語裏還有不少資料，可以考知《紅樓夢》後半部預定的結構，如云：『琪官後回與襲人供奉玉兄寶卿，得同終始』（二十八回評），如云，『紅玉（小紅）後有寶玉大得力處』（二十七回評），此皆可見高鶚續作後四十回，並没有雪芹殘稿作根據。」（《影印乾隆甲戌脂硯齋重評石頭記的緣起》）而俞平伯在其《脂硯齋評石頭記跋》中則説：「此余所見《石頭記》之第一本也。脂硯齋似與作者同時，故每撫今追昔，若不勝情。然此書之價值亦有可商榷者，其非脂評原本，乃由後人過録，有三證焉……」已同胡適的看法有所不同。有的紅學家以爲「甲戌」本確屬《紅樓夢》早期傳抄本中的一種重要版本，對於研究曹雪芹的原稿面貌有其重要價值；而脂硯齋的評語，則透露了某些作者的家世和創作情況，爲紅學研究的深入發展提供了資料。（魏同賢）

脂硯齋重評石頭記（庚辰本）

《脂硯齋重評石頭記》，殘抄本，存第一至六十三、六十五至六十六、六十八至八十回，共七十八回。分裝八册，除第七册外，每册十回，每册首葉有目録，並題「脂硯齋凡四閲評過」，第五册起加題「庚辰秋月定本」或「庚辰秋定本」，每回首題「脂硯齋重評石頭記卷之十」。第十七、十八回未分開，第十九回無回目，第二十二回未完，第七十五回缺中秋詩，第八十回無回目。有硃墨兩色雙行夾評、行間評、眉批及回前後總評。第二十二回回末至惜春謎語止，眉批「此後破失，俟再補」；回後總評「此回未成而芹逝矣，嘆嘆。丁亥夏畸笏叟」；第七十五回回前單葉「乾隆二十一年（一七五六）五月初七日對清，缺中秋詩，俟雪芹」。各回題目，第三、四、五、六、七、八、九、十四、二十五、二十八、二十九、三十、三十六、三十七、四十一、四十二、五十、五十二、五十六、五十七、五十八、五十九、六十一、七十四、七十六、七十八、七十九等回，和程甲本不同外，餘皆同程甲本。

從以上情況可以看出：第一，這是《紅樓夢》早期抄本中相對完整的一種，它保留着作者未完稿的某些痕迹，這對於研究曹雪芹的生平和《紅樓夢》的創作大有裨益；第二，脂硯齋等是經過多次評閱的，其間，有感慨、有回顧、有評論、有辯駁，足證其在紅學史上的地位；第三，本書的抄寫格式、文字異同、全書結構，以及評語形式等等，又有重要的版本價值。

由於有「庚辰秋月定本」字樣，紅學界通稱它爲「庚辰本」。本書原爲徐郙舊藏，後歸燕京大學圖書館，現歸北京大學圖書館。徐郙字頌閣，嘉定人，同治元年（一八六二）狀元，協辦大學士。今即據此本影印。（魏同賢）

後紅樓夢

《後紅樓夢》三十回，不署撰人。初刊爲乾、嘉間白紙寫刻本，内封題「全像後紅樓夢」，首原序，次逍遥子序，次白雲外史、散華居士題詞，次凡例，次摘叙前《紅樓夢》簡明事略，次賈氏世系表、世表，次目録，次繡像、絳珠仙草和煉容金魚圖（有贊語）。另有黄紙本，附刻吴下諸子（李子仙等三十五人）唱和大觀園菊花社原韻詩和吴下諸子（董琴南、張自華、李子仙）爲大觀園菊花社補題二卷。

本書作者，各家著録不一。孫楷第《中國通俗小説書目》謂「清無名氏托名曹雪芹撰」，一粟《紅樓夢書録》謂「逍遥子撰」；北京大學出版社一九八八年一月排印本署「〔清〕白雲外史散華居士撰」，春風文藝出版社一九八四年四月排印本不署撰人。實際上各有理由。原序托名曹雪芹自是作僞；而逍遥子、白雲外史、散華居士則頗疑爲一人，序説「頃白雲外史、散華居士竟訪得原稿，並無缺殘」云云，玩弄的大概是高鶚、程偉元的把戲；不署名則悉依原刻。據裕瑞《棗窗閑筆》：「至於《後紅樓夢》三十回，又和詩等二回，則斷非雪芹筆，確爲逍遥子僞托之作。」潘炤《紅樓夢詞・自序》：「惟鉅卿逍遥子者，索詩於余，視其目，『黄粱』也，『仙枕』也。」又其《西泠舊事・跋》：「己巳（嘉慶十四年，一八〇九）歲暮，鉅卿逍遥子者，招余於梅花香雪齋中，左圖右史，鍵户圍爐，頗徵閑適。」坐實了作者確爲字鉅卿、齋名梅花香雪齋的逍遥子。又據嘉慶三年仲振奎《紅樓夢傳奇·跋》：「丙辰（嘉慶元年，一七九六）客揚州司馬李春舟先生幕中，更得《後紅樓夢》而讀之，大可爲黛玉、晴雯吐氣，因有合兩書度曲之意，亦未暇爲也。」可見嘉慶元年已經寫成，從此開了《紅樓夢》續書的先河（參見一粟《紅樓夢書録》）。

本書故事上接《紅樓夢》第一百二十回，由賈政途經毗陵驛，將拐帶寶玉的一僧一道拿住，救醒寶玉，放出了黛玉、晴雯的生魂叙起，中經賈府再興，玉、黛、釵夫妻團聚，結於寶玉等爲曹雪芹餞行。席散之後，寶玉給曹雪芹看了黛玉、寶釵評點的《紅樓夢》第一頁，「只見寫一行道：『杯酒自澆蘇小墓，可知妾是意中人。』又另起一行寫道：『人間亦有癡於我，豈獨傷心是小青。』」暗示作者的創意在於達情。

本書除初刊本外，尚有本衙藏本及多種刻本、石印本。浙江圖書館藏有抄本，目録中列有卷首，收序文，但實際未見抄録序文，也許抄録時序文尚未撰就；如此，則書抄録年代或在刊刻之前。現予以影印，以俾讀者一睹抄本風貌。（魏同賢）

續紅樓夢

《續紅樓夢》三十卷，秦子忱撰。嘉慶己未（四年，一七九九）抱甕軒初刊本。首秀水鄭師靖藥園序，次易水譚瀠題詞，次作者弁言，次作者題詞，次凡例，次目録，次正文。作者秦子忱，號雪塢，隴西人。其弁言署「嘉慶三年九月中浣雪塢子忱氏題於兗郡營署之百甓軒」，可知其著《續紅樓夢》時正在山東兗州都司任上。其時，逍遥子的《後紅樓夢》已經刊行，鄭師靖序故云：「雪塢秦都閫，以隴西世胄，有羊卻風，韜鈐之暇，不廢鉛槧，輒然請余曰：『是不難，吾將爇返魂香，補離恨天，作兩人再生月老，使有情者盡成眷屬，以快閱者心目。』未操筆，他氏已有《後紅樓》之刻，事同而旨異，雪塢乃别撰《續紅樓夢》三十卷，著爲前書衍其緒，非與後刻争短長也。余讀之竟，恍若游華胥，登極樂，闖天闕，排地户，生生死死，無礙無遮，遂使吞聲飲恨之『紅樓』，一變而爲快心滿志之『紅樓』，抑亦奇矣。」

在這裏，不但透露了創作意圖和寫作時間，而且表達了作者和序者的得意之情。其實，如果將本書同《紅樓夢》相比較，便發覺作者「爲前書衍其緒」的目標遠未達到。作者在《凡例》中申明：「雖名之曰《續紅樓夢》第一回，讀者只作前書第一百二十一回觀可耳。」書寫黛玉魂歸太虚幻境，同金釧、晴雯、元春、鳳姐、妙玉等先後會集，服食仙藥，精神復原。鳳姐奉遣到下界去尋賈母，原來賈母棄世，途中與已陞爲酆都城隍的林如海相見，共同生活。而賈寶玉離開毗陵驛後，直奔大荒山，與柳湘蓮同拜渺渺大士、茫茫真人爲師，後在甄士隱的幫助下，魂昇太虚幻境，柳與尤三姐完婚，寶玉亦同黛玉等團聚，終成眷屬。不久，寶玉中進士、點翰林，賈政擢昇工部尚書，賈赦年老退休，賈珍補授京營副統制，賈蘭賞國子祭酒銜，家業重振，門楣烜赫。其間，神、仙、鬼、人混雜，天堂、仙界、人間、地獄溝通，在作者「願天下才子佳人，世世生生，永做有情之物；度世間癡男怨女，夫夫婦婦，同登不散之場」的主旨下，完全被撮合在一起了。裕瑞在《棗窗閑筆》中講得好：「雪塢《續紅樓夢》三十回，固荒唐不經，有失前書意旨。」

今以浙江圖書館藏嘉慶己未抱甕軒本影印，原書板匡高一二四毫米，寬九〇毫米。（魏同賢）

紅樓圓夢

《紅樓圓夢》三十一回，不題撰人。嘉慶十九年甲戌（一八一四）紅薔閣寫刻本，扉頁中題「紅樓圓夢」，右題「嘉慶甲戌孟冬新鐫」，左題「紅薔閣藏板」，首《楔子》，内回目三十回。另有光緒二十三年丁酉（一八九七）上海書局石印本，增六如裔孫序，題「長白臨鶴山人著」。

按本書《楔子》，對作者已有交代：夢夢先生，少年時本號了了，寫作時間在《復夢》《續夢》《後夢》《重夢》之後。可惜作者生平無考。過了八十年以後，「六如裔孫」稱作者爲「長白臨鶴山人」，則不明何據。

書接《紅樓夢》一百二十回之後，使黛玉還魂，寶黛完聚；寶釵離室歸宗，復還歸府；鹽梟作亂，海盗猖獗，寶玉奉旨携黛玉所藏避火、定風、定海、避兵寶珠查察，剪除鹽梟海盗；又計殺黑霧大王鑽天龍，班師回朝，得一妻八妾，後生五子一女。裕瑞在《棗窗閑筆》中説：「書才三十回，而乖謬種種。」的確，妖怪鬼神，荒誕無稽，將原作悲涼之正劇，化爲粗俗之笑談，雖欲「把假道學而陰險如寶釵、襲人一干人都壓下去，真才學而爽快如黛玉、晴雯一干人都提起來」（《楔子》）而令人愜腸快意，但藝術感染力却相去千里。

是書的回目在《楔子》内，列三十回，而全書實際爲三十一回。《楔子》中漏列第十三回「無可奈何羅巾忿縊，似曾相識團扇羞遮」，故少了一回。正文則因將第十五回標作第十四回，形成兩個第十四回，依次錯位，使正文的結末仍爲三十回。《楔子》所列回目的文字，亦有少量與正文不合者。

今以浙江圖書館所藏紅薔閣本影印，板匡尺寸，悉依原書。（魏同賢）

綺樓重夢

《綺樓重夢》四十八回，寫刻本，不題撰人。内封題記：「是書原名《紅樓續夢》，因坊間有《續紅樓夢》及《後紅樓夢》二書，故易其幀曰《綺樓重夢》。」知其命名經過。目録又題「蜃樓情夢目録」，可見亦曾擬名《蜃樓情夢》。首叙，次目録，次正文。據嘉慶四年（一七九九）至十年寫刻本目録，題「西泠蘭皋居士戲編」，并有「蔚園漫士」序；正文第一回云：「《紅樓夢》一書……大略規仿吾家鳳洲先生所撰《金瓶梅》，而較有含蓄。……丁巳夏，閑居無事，偶覽是書，因戲續之，襲其文而不襲其義，事亦少異焉。……蘭皋居士，曠達人也……歷一花甲於兹矣，猶復夢夢。然夢中説夢，則真自忘其爲夢而並不知其爲夢者也。世有愛聽夢囈者，請以《紅樓續夢》告之。」末回又云：「蘭皋主人擱筆而笑，不復再續。」可知作者爲蘭皋居士（主人），王姓。

又據《福建通志》和《無稽讕語》（乾隆五十九年家刊本），蘭皋居士爲王蘭沚，杭州人。乾隆四十五年（一七八〇）北闈中式，後官福建壽寧縣知縣，五十年調臺灣赤嵌，五十六年辭官，寓温州，五十九年作《無稽讕語》。「蔛園漫士」即其兄。其完成《綺樓重夢》的寫作，當在嘉慶二年丁巳。正文第四十八回寫到：「次日是丁巳年元旦，小鈺正交十六歲。」那時作者已經六十歲了。

本書上接《紅樓夢》一百二十回，寫賈寶玉被一僧一道勾去，又投生在賈府，爲寶釵之子，取名小鈺，黛玉則投生爲湘云之女，名舜華，并同邢岫烟之女彤霞、寶琴之女碧簫、李紋之女妙香、李綺之女瑞香等相聚一處，姐妹情好。適倭寇侵擾，山東巡按全軍覆没，濟南被圍，邊關告急。朝廷乃開科選士，將自幼好武又得天書的小鈺選爲文、武狀元，命其同碧簫、藹如（薛蟠的族侄女）共同征倭，得勝回朝，後又平定廣東烏龍黨之亂。奏凱之日，欽賜小鈺與五女完婚。其間，怪誕離奇，出人意想，同《紅樓夢》的題旨相去千里。

本書有嘉慶四年至十年寫刻本，首嘉慶四年七月十六日西泠蔛園漫士序；又有嘉慶十年乙丑瑞凝堂本、嘉慶二十一年丙子文會堂本，以及石印本。今以北京大學所藏瑞凝堂本影印，原書板匡高一三五毫米，寬八十九毫米。又原書缺第二十三回第九頁，第四十二回第十二頁，今據國家圖書館藏本配補，置於書後。（魏同賢）

紅樓夢影

《紅樓夢影》二十四回。清光緒丁丑（一八七七）北京聚珍堂刊本。扉頁題「雲槎外史新編」，又題「光緒丁丑校印，京都隆福寺路南聚珍堂書坊發兑」。首序，次目録，次正文。序末署「咸豐十一年（一八六一）歲在辛酉七月之望西湖散人撰」，正文回目下均署「西湖散人撰」。中縫「聚珍堂」三字。有人由此推斷雲槎外史即西湖散人，序和正文出於一人之手。

趙伯陶撰文（見《紅樓夢學刊》一九八九年第三期《〈紅樓夢影〉的作者及其他》）提出，雲槎外史乃是清季著名女詞人太清；撰序者亦非等閑之人，乃是作者閨中之友、清季才女沈善寶。太清，即顧太清（一七九九——一八七六），名春，字子春，太清乃其號，著《天遊閣集》《東海漁歌》。其《天遊閣集》詩卷七首署「雲槎外史太清春著」。其《哭湘佩三妹》二首之一云：「紅樓幻境原無據，偶耳拈毫續幾回。長序一篇承過譽，花箋頻寄索書來。」詩後自注：「余偶續《紅樓夢》數回，名曰《紅樓夢影》，湘佩爲之序，不待脱稿即索看。常責余性懶，戲謂曰：姊年近七十，如不速成此書，恐不能成其功矣。」此詩作於同治元年（一八六二），其時《紅樓夢影》尚未全部脱稿，而沈湘佩之序則寫於咸豐十一年辛酉，又在其前一年，正可印證序中所言：「今者雲槎外史以新編《紅樓夢影》若干回見示，披讀之下，不禁嘆絶。」《紅樓夢影》的寫作大約開始於太清寡居以後，至其六十四歲前後尚未完成。湘佩即沈善寶，浙江錢塘（今杭州市）人，著有《名媛詩話》

《鴻雪樓初集》。

從序文中獲知，她對此以前的一切續書以爲皆「與前書本意相悖」，表示了不滿，而對《紅樓夢影》則極力贊揚「虛描實寫，傍見側出，回顧前蹤，一絲不漏」；「前夢後影，並傳不朽」，足以同《紅樓夢》比肩。

自從乾隆五十六年（一七九一）高鶚續成一百二十回的《紅樓夢》問世以後，至本書的完成，其間七十年中，因《紅樓夢》之名而成的續書先後有：《後紅樓夢》《續紅樓夢》《綺樓重夢》《紅樓復夢》《紅樓圓夢》《補紅樓夢》《紅樓夢補》《增補紅樓夢》《紅樓綺夢》《紅樓演夢》《紅樓重夢》《紅樓後夢》《紅樓再夢》《紅樓幻夢》等不下十五六種，其題旨成就迥不相同，西湖散人對之一筆抹煞，極欠公允。更何況，續書作爲中國文學史上獨特而又突出的現象，亦具有研究價值。即以本書來説，它從賈政護送賈母靈柩回南，同寶玉重逢於毗陵驛中叙起，到寶玉在大觀園中照一大元鏡，重遊太虛幻境爲止，其間圍繞榮、寧復業，重振家聲的主旨，徹底改變了《紅樓夢》的悲劇結局，這固然同《紅樓夢》的創作大相逕庭，然而其續作意圖和文學成就仍值得我們注意。

今據復旦大學圖書館藏聚珍堂本影印。板匡尺寸，悉依原書。（魏同賢）

風月鑑

《風月鑑》十六回，今存有刻本和鈔本兩種，刻本稱作者爲吴貽先，鈔本則作吴貽棠。據書前自序並書後其寄男方鈺跋文，知作者字蔭南，號愛存，河南弋陽（今河南光山縣）人，生活於乾嘉年間，曾「仕長蘆」。歸田以後不數年，手脚癱瘓，不能行動，於岑寂中著《可是夢》和《風月鑑》二書。《可是夢》今不見。

從自序所署年代看，本書當作於「嘉慶庚辰（一八二〇）」或稍前，當時《紅樓夢》問世已經半個多世紀，程甲本、程乙本也已流傳了近三十年，其間，《紅樓夢》的續書亦迭見不鮮，而仿作則開始出現，《風月鑑》即其一種。本書男主人公常嫣娘，生於富貴，聰慧異常，性格怪異，見老媽子就哭，見女孩子即喜。長大以後，同引香、拾香、鄭富春、娉婷、宜人、阿粲、嫿姐、娟姐、闟闟、窈窈、雁奴、么鳳等女子相聚於花園，吟咏流連。鄭富春病故，嫣娘悲痛不已，後夢見一和尚，指出色即是空，空即是色，從而醒悟。可以看出，從人物性格到故事結構，以至某些語言，都是刻意模仿《紅樓夢》的，然而作者的修養不同，致使《風月鑑》陷入了東施效顰的境地。

本書有嘉慶刻本，分藏於國家圖書館和天津圖書館，半葉六行，行十六字。另有殘鈔本，藏於浙江圖書館，版式與刻本相同。不知刻本在前抑鈔本在前。今以浙江圖書館所藏鈔本影印，以俾研究者研究比勘，所缺第十三回、第十四回，用國家圖書館藏刻本補配。（魏同賢）

海上塵天影

《海上塵天影》，又名《斷腸碑》，六十章。作者原署司香舊尉，乃清鄒弢著。弢字翰飛，別署梁溪瀟湘館侍者、瘦鶴詞人。生平嗜酒，又自號酒丐。生於清道光三十年（一八五〇）。世居無錫，同治五年（一八六六）隨父遷居蘇州。少負不羈之才，所爲文不謹謹於繩墨，自光緒元年（一八七五）入泮後，十試秋闈，皆遭擯棄。光緒六年至上海，任申報館記者，後屢爲報館主筆。十四年赴山東巡撫張朗齋之招，在淄川礦山供職。不久即回滬當寓公。二十年往長沙做湖南學使江標幕僚。二十六年在滬受洗禮入天主教。三十一年入啓明女校任教，并在蘇州故居設養心學堂。民國二年（一九一三）發起希社，與海上名士吳昌碩輩唱和。後又設保粹函授學堂。晚景凄涼，家徒四壁。民國二十年卒，享年八十有二。畢生從事撰述，詩賦駢文及聯句皆有時名。中年前文稿因遭回禄，喪失殆盡，現所存者有《澆愁集》《三借廬集》《三借廬叢稿》《三借廬贅譚》及《萬國風俗考略》《地輿總說》等。

是書係據真人真事摹仿《紅樓夢》之筆調創作而成。作者在《三借廬叢稿》中云：「青樓女子庸俗居多，其有超出風塵，自樹一幟者，以余所知，一爲薛靈芸。……一爲蘇韻蘭，本姓汪，名瑗，字畹根，能詩……後嫁湖北范氏。余前爲作《斷腸碑》六十回者也。」按鄒弢於光緒十八年在上海結識妓女汪瑗，兩人情愛日篤。光緒二十年弢赴湘，始作《海上塵天影》。在湘幕十一個月，及至光緒二十一年返滬時，瑗已從良，人去樓空。據作者自云，此時全書已完成五十二章，因瑗之別嫁，故將原稿悉行删改，又續增數章作結，改名《斷腸碑》。

書中女主人公與汪瑗同名，惟其號爲「畹香」而非「畹根」（弢之妻談氏名畹香）；男主人公韓秋鶴則以作者本人爲原型。本書寫秋鶴「不願仕進……平時吟風弄月，一往情深，於經濟上則專習算法洋務，真是個有用之才。無如起自式微，無人汲引，即稍有知遇，他性格高傲，不合時宜。鄉試了幾回，薦了幾回。有一回業已中定前列，因『天方回紇』四字被黜」（第十一章），則爲作者夫子自道，可與其詩文集相印證。諸可寶在《三借廬集》之「群賢評語」中云：「憶光緒己丑（一八八九），僕分校秋闈，得卷激賞，薦呈西堂。以次藝有『天方回訖』字樣見擯，往争前列不許，爲惋惜者數日。迨拆黏名，則翰飛鄒生，固名下士也。」

此書有光緒三十年石印本，前有光緒丙申（二十二年，一八九六）王韜序。現據復旦大學圖書館藏本影印。原書板匡高一七〇至一八〇毫米，寬一二〇毫米。（黄　毅）

海上花列傳

《海上花列傳》六十四回，原題「雲間花也憐儂著」。作者韓邦慶（一八五六——一八九四），字子雲，號太仙，别署大一山人。松江華亭（今上海松江）人。貢生，曾任上海《申報》館編輯。

此書以當地方言寫成。作者的白話寫作水平顯然不及他在卷首和跋所表現的文言寫作那麼圓熟。

卷首云：「或謂六十四回不結而結，甚善。顧既曰全書矣，而簡端又無序，毋乃闕與？花也憐儂曰：是有説。昔冬心（畫家金農的别號，一六八七——一七六三）先生續集自序，多述其生平所遇前輩聞人品題贊美之語，僕將援斯例以爲之。且推而廣之，凡讀吾書而有得於中者，必不能已於言。其言也，不徒品題贊美之語，愛我厚而教我多也。苟有以抉吾之疵，發吾之覆，振吾之聵，起吾之疴，雖至呵責唾駡，訕謗詼嘲，皆當録諸簡端，以存吾書之真焉。敬告同人，毋閟金玉。光緒甲午（二十年，一八九四）孟春，雲間花也憐儂識於九天珠玉之樓。」這個願望由於作者早死而未能實現。

第一回作者自云「日日在夢中過活，自己偏不信是夢」，不知怎樣沈溺在花海之中。「那花雖然枝葉扶疏，却都是没有根蒂的。花底下即是海水，被海水冲激起來，那花也只得隨波逐流，聽其所止。若不是遇着了蝶浪蜂狂，鶯欺燕妬，就爲那蚱蜢、蜣螂、蝦蟆、螻蟻之屬，一味的披猖折辱，狼藉蹂躪，惟夭如桃，穠如李，富貴如牡丹，猶能砥柱中流，爲群芳吐氣，至於菊之秀逸，梅之孤高，蘭之空山自芳，蓮之出水不染，那裏禁得起一些委屈，早已沉淪汩没於其間。花也憐儂見此光景，輒有所感，又不禁愴然悲之。這一喜一悲也不打緊，只反害了自己，更覺得心慌意亂，目眩神摇，又被罡風一吹，身子越發亂撞亂磕的，登時闖空了一脚，便從那花縫裏陷溺下去，竟跌在花海中了。」可以說這是用寓言形式寫的全書縮影，帶有一定程度的自傳色彩。

跋云：「客有造花也憐儂之室，而索六十四回以後之底稿者，花也憐儂笑指其腹曰：稿在是矣。」作者一面說：「吾書六十四回，賅矣，盡矣，其又何言耶？」另一面又說：「請俟初續告成，發印呈教。」可見不僅初集未完，還有續集的設想。由於作者早死，而未能兑現。

本書從光緒十八年二月《海上奇書》創刊號起連載，每期二回，至第十四期止。光緒二十年始有石印初刊本。由於連載的性質，在適當的可以告一段落的第六十四回結束，也可以說不是未完之作。

今據浙江大學中文系所藏光緒二十年石印初刊本影印。（徐朔方）

平山冷燕

《平山冷燕》，即《新鐫批評繡像平山冷燕》，二十回，叙平如衡與山黛、冷絳雪與燕白頷四才子（才女），才色相慕，終成佳偶。故又稱《四才子書》。曾與《玉嬌梨》合刻，題《天花藏七才子前後集》。二書在清初頗有影響。吴航野客《駐春園小史》中說：「歷覽諸種傳奇，除《醒世》《覺世》，總不外才子佳人，獨讓《平山冷燕》《玉嬌梨》出一頭地，由其用筆不俗，尚見大雅典型。」康熙間著名學者何焯《與某書》云：「僕詩何足道，《梅花》諸詠，《平山冷燕》體，乃蒙稱說，惶愧！」

(《義門先生集》卷二)乾隆間朱夰曾取《平山冷燕》故事,演爲《玉尺樓》傳奇。

此書刊本多題荻岸散人(或作山人)編次。天花藏批評本、與《玉嬌梨》合刻本,首有序,署「時順治戊戌(十五年,一六五八)立秋月,天花藏主人題於素政堂」。序文感慨才人不遇,「徒以貧而在下,無一人知己之憐」,後云:「予雖非其人,亦嘗竊執雕蟲之役矣。顧時命不倫,即間擲金聲,時裁五色,而過者罔聞罔見,淹忽老矣。欲人致其身,而既不能;欲自短其氣,而又不忍,計無所之,不得已而借烏有先生以發泄其黄粱事業。」見得天花藏主人即爲作者,其人亦號荻岸散人。

關於《平山冷燕》作者,清人有兩説。沈季友《檇李詩繫》卷二十八「張秀才勻」小傳云:「勻字宣衡,號鵲山,秀水諸生。年十二作稗史,今所傳《平山冷燕》也。」盛百二《柚堂續筆談》卷三記張劭云:「張博山先生,嘉興人,與查聲山宫詹僚婿也。幼聰敏,十四五時,私撰小説未畢,父師見之,加以夏楚,其父執某爲之解紛……即今所謂《平山冷燕》是也。」按,據《光緒嘉興縣志》,張勻、張劭爲父子。張劭與康熙間的國子監生查聲山(昇)既爲僚婿,當是同輩人,也就不會是早在順治年間已自謂「淹忽老矣」的天花藏主人。沈季友,嘉興平湖人,與查聲山同時,或與張劭亦相識。他謂《平山冷燕》爲張勻作,比較可信,至於「年十二作稗史」云云,可能是由於《平山冷燕》名氣最大,故想當然標舉之。

據各家著録,署天花藏主人著、述、編、訂及題序之小説,除《平山冷燕》《玉嬌梨》外,尚有

《兩交婚》《飛花詠》《麟兒報》《玉支璣》《定情人》《賽紅絲》《金雲翹傳》《梁武帝西來演義》《濟顛大師醉菩提全傳》等，凡十六種。可見，張匀是位小説作家兼出版家。

本書據大連圖書館藏順治刊本影印，板匡原高一九二毫米，寬一一〇毫米。（王　若）

定情人

《定情人》十六回，題「新鐫批評繡像秘本定情人」，不題撰人，首序署「素政堂主人題於天花藏」。

素政堂主人殆即清初才子佳人小説作家天花藏主人。天花藏主人爲嘉興張匀，考證見本《集成》之《平山冷燕·前言》。天花藏主人著、述、編、訂及題序之小説，有《平山冷燕》等十數種，其序多署「天花藏主人題於素政堂」，此書序署名只是有意別出心裁而已。序末云：「此書立言雖淺，而寓意殊深，故代爲叙出。」既然是不題撰人，此「代爲」二字可能也是故意閃爍其辭，或者作者爲其書坊中人。

此書叙四川雙流縣書生雙星堅拒家長親友之議婚，假游學爲名，外出尋求「定情之人」，至浙江紹興府父執家，與才女江蕊珠相鍾情，私訂終身，後經種種波折，終成連理，未脱才子佳人小説之基本格局。序中所謂的「寓意殊深」，從序文及第一回書中雙星拒衆媒議婚之語，可見只是特别强調將「定情」作爲婚姻的决定性條件而已。序中説:「情在一人,而死生無二定。」一如雙星所説:「情生情滅,情淺情深,無所不至,而人皆不能自主,必遇魂銷心醉之人,滿其所望,方一定而不移。……而終身願與偕老矣。」「吾情既不爲其人而動,則其人必非吾定情之人。」這種思想可謂湯顯祖《牡丹亭·題辭》之遺響,含有近世愛情婚姻觀之色彩。作者也正是爲表現這種愛情婚姻觀來設置人物、構造小説情節的。然而,書中所叙宫廷點選秀女,女主人公沉江,男主人公狀元及第,拒辭權貴徵婚,江家遺婢代嫁,最後女主人公原本遇救未死,歸來成婚,以「一男雙美」之大團圓告終,又落入俗套了。

兹據大連圖書館藏清初原刻本影印。原書板匡高一九七毫米,寬一二三毫米。(白世雄)

賽紅絲

《賽紅絲》,全稱《新鎸批評繡像賽紅絲小説》,不分卷,十六回,未題撰人。清初刊本。牌記署「天花藏秘本」,「賽紅絲」,「本衙藏版」。無批評,無繡像。序末署「天花藏主人題於素政堂」。

天花藏主人爲清初嘉興人張匀,考證見本《集成》《平山冷燕·前言》。他編、述、訂及題序的小説,有十數種,多爲才子佳人小説,亦有其他類者,自然不必是盡出其手。《賽紅絲》前面的十回叙山東武城縣秀才宋古玉爲妻弟構陷入獄,一家人悲離歡合的故事,頗能道出人情世故;自

第十一回方才轉入宋氏子女與裴家子女交婚事，納入才子佳人小説以詩爲媒，中經撥亂，終得團圓的慣套。此書雖然没有突破才子佳人才色相慕，歷經波折，終成連理之意蘊，可謂才子佳人小説之變種，但也當是天花藏主人所出之書。

本書據大連圖書館藏本影印。板匡原高一九〇毫米，寬一一〇毫米。原本卷末缺一葉，兹據法國國家圖書館藏本補配。（王小川）

春柳鶯

《春柳鶯》凡十回，題「南北鶡冠史者編」，「石廬拚飲潛夫評」。首序，末署「康熙壬寅秋八月吴門拚飲潛夫題」。次《凡例》八則，署「史者自識」。作者、評者皆無考，既署「鶡冠」、「潛夫」，可見都是隱逸之文人。

劉廷璣《在園雜誌》卷二論及此書，云：「近日之小説，若《平山冷燕》《情夢柝》《風流配》《春柳鶯》《玉嬌梨》等類，佳人才子慕色慕才，已出之非正，猶不至於大傷風俗。」《在園雜誌》刊於康熙四十五年（一七〇六），則此書序所署「康熙壬寅」，當爲康熙元年。又，此書以主人公游「玄墓」（蘇州鄧尉山有晉郁泰玄墓）發端，第一回回目曰「游玄墓詩種錯緣」，貫穿全書之惡劣小人又名爲「田又玄」，不避康熙御諱。《凡例》之第五則云：「大綱細目，讀者不妨一字一句潛心體味，借以悟文。何則？即聖嘆手批《西厢》，以《西厢》作《史記》讀是也。二書參看尤得。」金聖嘆因哭廟案被斬，時在順治十八年（一六六一）康熙即位之初，此事轟動朝野。據此推斷，《春柳鶯》可能作成於康熙繼位和金聖嘆被斬之前。

署「南北鶡冠史者」的小説，僅此《春柳鶯》一種。作者於《凡例》中自謂係「偶然寄筆屬稿」，亦屬實情。此書叙石池齋慕才而尋訪梅凌春，又通情於畢臨鶯，歷經坎坷，終與二美結良緣。雖然作者、序者極稱此書「才色在所不偏，觀戒俱所不偏」，可「補政」已出之同類諸書，而實則未脱《玉嬌梨》之窠臼，其命名亦仿自《玉嬌梨》。

本書據大連圖書館藏本影印，原書板匡高一九〇毫米，寬一一〇毫米，第十回末頁原缺。

（王子平）

飛花艷想

《飛花艷想》十八回，題樵雲山人編次。

樵雲山人，一般認爲即太原人劉璋。現存署名劉璋編的小説，最早行世的是《斬鬼傳》。《斬鬼傳》初以抄本流傳，懷雅堂抄本封面題「陽直介符劉先生手著」，第一回卷端題「烟霞散人手著」；正心堂抄本有甕山逸士康熙二十七年（一六八八）序；乾隆時莞爾堂刊本將書題作

「第九才子書」，署「陽直樵雲山人著」。近有研究者據此及同治《深澤縣志》推定，劉璋字于堂，號介符，別號烟霞散人、樵雲山人，山西太原人。約生於康熙六年，康熙三十五年舉人，雍正元年（一七二三）官深澤縣令，在任四年。所著小説尚有《鳳凰池》《巧聯珠》等。

然《巧聯珠》一書，今存有可語堂刻本，藏美國哈佛大學圖書館，書中不避康熙帝「玄」諱，序署「癸卯槐夏」。按此「癸卯」，當是康熙二年。署名烟霞散人編的小説尚有《幻中真》，有天花藏主人題於素政堂的序。天花藏主人爲明末清初人，由其作序或編訂的小説尚有《飛花咏》《平山冷燕》《玉嬌梨》等十餘種，大多刊於順治或康熙初。由此看來，烟霞散人當生活於清順、康間，至少康熙初已創作小説，與劉璋生活年代並不一致。劉璋、烟霞散人、樵雲山人是否同一人，尚待深考。

《飛花艷想》叙柳友梅與雪瑞雲、梅如玉的婚姻愛情故事，與明末清初的才子佳人小説同出一轍，構思又頗類明吴炳《緑牡丹》傳奇。

本書存世早期刊本有二種，均無刊刻書坊名，一本無序，藏上海圖書館；一本有樵雲山人「己酉菊月末望」書於芍藥溪的序，藏大連圖書館。又有舊刊本，書名改題《夢花想》；道光年間刊本又改題《鴛鴦影》。樵雲山人序所署「己酉」，一般認爲是雍正七年。序歷述全書梗概，用了很大篇幅對本書頌揚褒獎，詳其語氣，頗似出自刊刻書商或第三者之手，此序或係托名樵雲山人而作。今據上海圖書館藏本影印，原書板匡高一八五毫米，寬一一〇毫米。原本缺第六回第

五、第六頁，第九回第十頁，第十八回末頁，據大連圖書館藏本輯補，並將大連圖書館藏本之序附入，以供參考。（李夢生）

快士傳

《快士傳》十六卷，清寫刻本。牌記「快士傳」三字。右署作者名而末二字缺損，據卷首署名，當爲「五色石主人新編」。左有「古今妙文」等小字四行。前有五色石主人自題《序言》一篇。是書頗爲罕見，據著録，鄭振鐸原藏一部現歸國家圖書館，中國藝術研究院戲曲研究所亦有一部；路工有殘本一册。

本書卷一有「話説前朝宣德年間」云云，顯然是清人的口吻。作者五色石主人，還曾撰有白話短篇小説集《五色石》《八洞天》兩種。據清乾隆四十三年（一七七八）江蘇巡撫楊魁等奏折稱，沈德潛所撰《徐述夔傳》謂徐氏「著作甚多」，並列舉《五色石傳奇》書名，因疑作者當爲徐述夔，而五色石主人乃徐氏之別署。但也有人對此持懷疑態度。按徐述夔原名賡雅，字孝文，江蘇東臺人。約生於康熙中葉，卒於乾隆二十八年或前一年。乾隆三年舉人。所著《一柱樓詩》等，多有繫懷前明、詆譏清室之語。故至乾隆四十三年詩案發時，身後慘遭剖棺戮尸之禍。

本書《序言》開宗明義説：「古今之載籍繁矣，求其快人心者，歷數代止一二人。就此一二人之身，求其快人心者，終一生止一二事，甚哉快心之人，與快心之事，不可多得。」而牌記亦云：「古今妙文所傳，寫恨者居多。……但觀寫恨之文，而不舉文之快者。」「運掃愁之思，揮得意之筆，翻恨事爲快事，轉恨人爲快人。」揭出是書之主旨。

用諧音手法進行影射，是徐述夔詩歌創作表現的特點之一，他所遭禍的《一柱樓詩》中，就有「大明天子重相見，且把壺兒擱半邊」（《詠正德杯》詩）之句，即以「壺兒」作爲「胡兒」的諧音文字而斥指當朝。在「五色石主人」的小說創作如《五色石》《八洞天》中，使用諧音手法也很普遍。《快士傳》也不例外，作者對這部小說的主人公董聞，曾任南京國子監博士，而與無賴杜龍文別號博詞者，讀音相近，造成誤會。如卷十二寫柴白珩途中聽得「（杜）龍文」「博詞」解京，卻因「那（杜）龍文、董聞，博詞、博士，聲音混誤」，乃以爲妹丈董聞博士犯事。此種情形，雖與《一柱樓詩》不盡相同，但以諧音而相混的藝術手法很類似。

《快士傳》刻本，半葉八行，行二十字。成書約在清雍正初年，但當時已流傳海外。據孫楷第《中國通俗小說書目》記載，日本享保十三年（一七二八年）《舶載書目》曾有著録。

現存《快士傳》的書品都不甚理想，國家圖書館藏本有拼接現象，戲曲研究所藏本則有缺損，因取兩者之長，以戲曲研究所藏本爲基礎，缺損部分，除卷十四末未配齊外，其餘全以國圖本加以補配。爲便於閱讀，就直接插在書中，不作輯補。原書板匡高一九〇至一九五毫米，寬一一四毫米。（陳翔華）

蝴蝶媒

《蝴蝶媒》四卷十六回，題「南岳道人編，青谿醉客評」，别題「步月主人訂」。編者與評、訂者生平均不詳。題「步月主人訂」的小説，除《蝴蝶媒》外，尚有《兩交婚小傳》《玉支璣小傳》《畫圖緣》《情夢柝》《終須夢》《鳳簫媒》《五鳳吟》等，内容與《蝴蝶媒》相仿，均以述才子佳人悲歡離合爲主題。步月主人的生平，一般以爲較晚，如孫楷第《中國通俗小説書目》即將《蝴蝶媒》《終須夢》《五鳳吟》列入乾隆、嘉慶間小説中。但細察諸書，似均刊於清初。以《終須夢》爲例，該書書末自述稱明代事以「國家」稱明朝。卷二又出現「夷狄」等違礙語，且書中不避康熙帝「玄」諱，知刊行不會晚於避諱嚴格之康熙中葉以後。以此推知，步月主人當爲一擅文的書坊主，約生活於明末清初或清前期。

《蝴蝶媒》現存各早期刊本均不標刊行年代。日本寶曆甲戌刊《舶載書目》著録此書，云有華文堂刊本。寶曆甲戌爲清乾隆十九年（一七五四），據此知《蝴蝶媒》初刊必在乾隆初年以前。現存較早的版本爲署「本堂梓」刊本，該本於書中人名亦多有不避「玄」諱者，與步月主人訂的其他小説相同，當亦刊於清前期。此外，尚有積經堂、四友堂、炎惜軒等刊本。清末石印本有的改題「鴛鴦夢」，有的改題「蝴蝶緣」。

現據浙江大學中文系藏「本堂梓」本影印。原書版匡高一八〇毫米，寬一〇四毫米。（邵海清）

水石緣

《水石緣》，題「稽山李春榮芳普氏編輯，雲間慕空子鑑訂」，經綸堂刊本，六卷三十段，每卷五段。前有李春榮乾隆甲午（三十九年，一七七四）桂月書於熙和軒的自叙，書末有慕空子題咏書中主要人物關係的絶句九首。

李春榮，字芳普，號棣園，浙江紹興人。從其自叙看，他一生的科舉、仕宦均不得意。弱冠應童子試，取中秀才後，旋以異籍被攻，憤而隻身離家遠出，「歷齊魯，抵保陽」，復遊幕於金臺、荆楚、豫章等地達三十年，晚年又「薄官（宦）滇南」，閲歷頗廣。平生愛讀書，旁及「稗官野史，吴歈越曲」。這些無疑都有助於他的小説創作。慕空子無考。

《水石緣》搬演的是「一本佳人才子的風月奇傳」，叙浙江雁宕龍湫石岫，與荆南秀嶺賽桃源水涵虚之女盈盈，以及論癡院青樓女子梅萼、柳絲和盈盈婢女采蘋之間的愛情婚姻糾葛。作者感慨於那些「寫才子佳人之懽會，多流於淫蕩之私，有傷風人之雅」的不良風氣，因而「思力爲反之」；自謂「繪兒女之情，雖無文藻可觀，或有意趣可哂」。然而從小説的情節及結局看，其一切因緣遇合，皆由命定；石岫最後高中狀元，携一妻三妾歸隱賽桃源以終，則仍不脱當時一般才子佳人小説的窠臼。

此書除經綸堂刊本外，尚有自得軒刊本、明德堂刊本、攻玉山莊刊本等，别有光緒乙未（一八九五）上海書局石印小本，共四册，四卷三十回，改名爲《繪圖奇緣賽桃源》。今據經綸堂刊本影印，原書板匡高一一六毫米，寬九〇毫米。（邵海清）

離合劍蓮子瓶

《離合劍蓮子瓶》三十二回，不題撰人。現存最早刻本爲道光二十二年壬寅（一八四二）季春鎸緑雲軒刊本，序署「道光壬寅年孟夏上浣日白叟山人識」，末鈐印兩顆，陰文爲「緑雲軒志」，陽文爲「拙老并題」。知作序者與刻書人爲同一人，號白叟山人，又號拙老，緑雲軒爲其書齋或書坊名。該書目録前署「時在乾隆丙午清和既望」，乾隆丙午爲乾隆五十一年（一七八六），以此知作者約生活在乾隆後期。緑雲軒主或爲翻刻原刊，故保留了原目録所署時月。

書以唐貞觀年間爲時代背景，以離合劍、蓮子瓶兩件寶物爲故事綫索，演述主人公劉芳、崔言悲歡離合的故事，宣揚的仍是「表揚忠孝，激勸節義」的勸世思想。全書撰述比較粗糙，回目長短不一，文中亦多脱訛。清道光年間，才子佳人小説受到普遍歡迎，各書坊主紛紛刻小説以謀盈利，多不注重校刻質量，此書亦爲一例。

孫楷第《中國通俗小説書目》著録此書，但云爲三十回，不知是否另有所見抑誤記。清末另有《蓮子瓶演義》一書，凡二十三回，書名一作《銀瓶梅》，一題《第一奇書蓮子瓶》，與《離合劍蓮子瓶》非同一部書。

現據首都圖書館所藏緑雲軒刊本影印，板匡尺寸，悉依原書。（劉玉才）

西湖小史

《西湖小史》四卷十六回，題「上谷氏蓉江著」。卷首有嘉慶丁丑（一八一七）李荔雲序。上谷氏蓉江、李荔雲皆未詳何人。據李序，李與蓉江爲少年時好友，後李登科，蓉江則「多困名場」，乃一失意文人，而非游宦之人。此書卷首有「西湖勝迹」，列廣東惠州府博羅縣西湖勝迹，極爲詳盡。小説亦圍繞惠州西湖展開，文中對廣東惠州府名勝羅浮山、西湖以及附近地區之地理山川亦記述甚詳，且皆與《惠州府志》卷三《輿地》所載相符。據此推測，作者極可能是當地人。又，李序云：「藜照書屋，吾友蓉江讀書處也。」查日本大塚秀高《中國通俗小説書目改訂稿》，小説《説唐演義全傳》有藜照書屋刊本，兩者未知有何關係。

小説叙述明朝廣東才子侯春旭、陳秋楂才貌雙全，分别與佳人秋娥、春紅由傾慕到相戀。幾經波折後，春旭金殿題詩，御賜翰林，秋楂得中狀元，繼而率兵敗倭寇白順。最後兩人奉旨完婚，辭官隱退，終得善終。小説未脱明末清初以來才子佳人小説之窠臼，其内容、情節、文字均無甚新意，多有蹈襲前人小説、戲曲之處。如秋娥以詩擇婿，吴用修偷詩冒婚等情節。小説似有意無意地將惠州西湖與杭州西湖相比，把筆觸拉向杭州。第十五回寫侯春旭、陳秋楂兩人奉命南下平定叛亂，途經杭州西湖，竟駐軍游覽。尤其是侯春旭，不顧軍情緊急，迷戀西湖美景和名妓林玉蘭，流連往返，娶林爲妾後方才繼續南下。此段插入甚顯突兀，與全書主要情節缺乏關聯，而且作者顯然并不熟悉杭州西湖。雖然此書竭力模仿以杭州西湖爲背景的才子佳人小説，然而正如阿英在《小説二談》中所云：「以之與其他寫杭州西湖的小説并論，那是趕不上的。」

關於此書版本，現知較早者有咸豐六年（一八五六）琅玕山館本，有圖。光緒丙子（一八七六）六經堂重鐫袖珍本，無圖；除作者題署外，又題「雪庵居士評點」，正文中有圈點和評語；目録缺第十三回，正文不缺。孫楷第《中國通俗小説書目》僅著録後者，并將作者題署誤作「上谷蓉江氏著」。現據上海圖書館藏琅玕山館本影印，板匡原高一一八毫米，寬八六毫米。

（黄　毅）

梅蘭佳話

《梅蘭佳話》四卷四十段，目録前署「阿閣主人著」，存世最早刊本爲道光辛丑（二十一年，一八四一）至成堂梓本。書前有署「道光己亥年（十九年，一八三九）菊月古雲趙小宋拜撰」的序。據序，阿閣主人爲曹梧岡，籍貫不詳，乃一飽學秀才，晚年多病，卒於道光十七年。《梅蘭佳話》

作於道光庚寅(十年,一八三〇)間。

書寫梅如玉、蘭漪漪、桂蕊的婚姻戀愛故事。書中人物各取草木爲名,除主人公外,梅如玉朋友名松風,竹筠,惡公子名荆棘生,播弄是非的小人名艾灸,妓女名桃根、李葶。作者雖自稱此書爲遊戲之作,但從取名即可窺見其寓意與寄托所在。全書所寫仍爲佳人才子互相傾慕,中有小人百般設阻,最後才子狀元及第,娶多名才女爲妻爲妾,未脱明末清初以來才子佳人小説之命意格局。值得注意的是,本書文筆優美明快,書中有大量的詩詞曲賦,此正嘉慶、道光間小説作者追踪效仿《紅樓夢》,講究才學傾向的具體表現。也顯示了當時落魄文人不得志於有司,遂借小説炫弄才氣,抒發抱負,寄托自己理想的普遍現象。清代後期小説的繁榮,與此不無關係。

作者曹梧岡之「梧岡」二字,當爲他的别號。清代存世小説中有《空空幻》十六回,一名《鸚鵡喚》,有「本衙藏板」本。書署「梧岡主人編次」,前有序,署「梧岡主人識」。該書所寫亦才子佳人故事,書中主要人物,如花春、柳鶯、紅日葵、凌霄、紫荆、山絳桃等,均以草木爲姓名,其手法與《梅蘭佳話》相同,兩書是否出自同一人,尚待深考。

現據首都圖書館藏至成堂梓本影印。板匡尺寸,悉依原書。卷一第四十一頁爲原書所缺。

(李夢生)

白魚亭

《白魚亭》八卷六十四回，牌記署「趣園野史撰述」「紅梅山房開雕」。書前有作者自叙，末署「道光廿二年（一八四二）季春月中浣趣園野史珊城黄瀚題於紅梅山房」。卷前題「趣園野史黄小溪撰述」，卷二署「趣園野史黄輝庭撰述」。書前有圖十六幅，有作者本人及覺迷道人、好山、弄凡道人、月樵等人題讚。據以上題署及叙，以及本書卷五第三十三回報録天下賢士客居荆南名榜所開示，本書作者黄瀚，字輝庭，號小溪，又號溪山，别號趣園野史，江西省金谿縣人。飽學書生，負奇才，「家難不堪，父母見背，兄弟散處寰中」，一生足迹遍天下，備嘗辛苦，曾教館爲生，後解館下涇南，蕉窗無事，遂著《白魚亭》以明志。

本書創作本意，正如自叙所説：「思有以醒天下人之耳目，悦天下人之性情，非積善感應之事不可，非詞俗語俚之筆尤不可，故將生平所見所聞撰述成書，顔其名曰《白魚亭》。」在第一回中，黄瀚繼續發揮此説云：「陰隲二字是人生斷不可少，《感應》數篇是太上逼真的金鑑。故余於閒居無事時，將眼前積善之家撰成野史一書，一則以醒醒衆人之耳目，二則以勸勸世人之好善，雖俚語俗言，大有關於名教，非如那些淫詞小説，虚張其事，引壞人心。事雖屬假，而其中之大略，不無真實事迹，要亦自領其意耳。」書末寫易自修得聖僧以所佩白魚投胎生子，遂爲子取名璧珍，建白魚亭，此即本書書名來源，亦寓積善得報之意。

全書前半寫清官、好施捨之人得朝廷重視，福壽綿綿，後半轉入佳人才子，炫露才情。整體上説，没有什麽新意。值得注意的是，作者把自己寫入書中，且作爲主要人物，用的是真名真姓。全書對自己大加吹捧，寫自己才華横溢，爲人賞識，末了娶雙才女爲妻，薦入朝廷授官翰林院著作郎。此顯爲落魄文人鬱懷難開，遂異想天開，畫餅充飢。在此之前，潦倒文人亦每每把自己寫入小説，抒展抱負，自欺欺人，如康熙年間吕熊作《女仙外史》，書中精通天文曆律、行軍佈陣的軍師吕律，就是作者自命不凡的寫照；晚清著名小説《老殘遊記》中的鐵英，也是作者劉鶚自我標榜的化身；但以真名真姓入小説而自我吹嘘的，除此書外，似尚未見。

現據中國藝術研究院戲曲研究所藏紅梅山房刊本影印，原書板匡高一三五毫米，寬九二毫米。（李夢生）

鐵花仙史

《鐵花仙史》，二十六回。牌記標「繡像鐵花仙史」「本衙藏板」，文中題「雲封山人編次」「一嘯居士評點」。首有「三江釣叟」序。編、評、序者，均無考。

序通篇叙此書「鑄局命名」之意，謂「傳奇家摹繪才子佳人之悲離歡合，以供人娱耳悦目也舊矣」，言及《平山冷燕》《玉嬌梨》。書中有「話説先朝全盛之時」，「原來故明制度，凡有本章，俱係内監經收，轉呈御覽」之句，並且行文中避清康熙諱，如玄關作「元關」，玄霜作「元霜」，可見此書當作成於《平山冷燕》等清初才子佳人小説流行有日之康熙後期或雍正年間。

小説作者欲冲脱清初才子佳人小説之俗套，竭力「翻空出奇」，於書中叙王儒珍、陳秋遴二才子與蔡若蘭、夏瑶枝二才女之婚事，雖然亦有才色相慕之内容，但却失去了「私訂終身」的格局，且又無内在聯繫地揉合進了另一才子蘇紫宸入道、平叛，另一才女水無聲「妓館飛仙」，以及花妖劍花惑人作祟之怪異事。誠如魯迅所評論：「文筆拙澀，事狀紛繁，又混入戰争及神仙妖異事，已軼出於人情小説範圍之外矣。」（《中國小説史略》第二十篇）

本書除早期刻本「本衙藏板」外，尚有恒謙堂刊本，又有光緒十八年（一八九二）申浦石印本。兹據大連圖書館藏「本衙藏板」本照原大影印，原書第八回缺末頁，第二十五回缺第十三頁，今據南京圖書館藏本補配。（范旭侖）

宛如約

《宛如約》全稱《新鐫才美巧相逢宛如約》，四卷十六回，不題撰人。存世有醉月山居刻本，牌記署「惜花主人批評」，然全書實無評語，惜花主人生平亦無考。書起首有「話説前朝浙江處州府麗水縣」語，知撰於清代。醉月山居本第六回「罩上一領玄色的花冰衫子」句，「玄」字缺筆避康熙帝諱；「恰似一泓秋水」句，「泓」字不避乾隆帝諱，知刊於康熙或雍正年間。

小説寫才子司空約與才女趙宛子、趙如子的婚姻愛情故事，三人皆以「才美」自矜，又以「才美」爲擇偶標準，此即題名中以「才美」二字冠首之緣由；而「宛如約」即合三人名而成，與清初流行的才子佳人小説《平山冷燕》《玉嬌梨》等同一機杼。書中趙如子女扮男妝，改名趙白，自謀良緣，事頗類明徐渭雜劇《四聲猿》中《女狀元辭凰得鳳》所記黄崇嘏故事；而趙如子至趙宛子府與之唱和，並代司空約訂婚事，又與《二刻拍案驚奇》卷十七《同窗友認假成真，女秀才移花接木》中聞蜚娥代杜子中訂婚有一定程度的相似之處。

本書除醉月山居刻本外，尚有清初刊本，刊刻較差，文字略有不同，其中第十二回末差異較大。光緒二十五年（一八九九）上海衛記書局又有石印本，改題《繪圖説本銀如意》，有光緒二十五年己亥暮春吴縣卧讀生序。現據醉月山居本影印。（李夢生）

蕉葉帕

《蕉葉帕》，四卷十六回，清嘯月軒藏版本，不署名，無序跋。中國藝術研究院戲曲研究所圖書館藏。

本書據晚明單本《蕉帕記》傳奇改編而成，人物和情節都很少改動。

萬曆三十八年（一六一〇）吕天成的《曲品》没有提及《蕉葉帕》傳奇，萬曆四十年楊志鴻抄本，即吕氏增訂本，才將它補收，並説：「傳龍生遇狐事，此係撰出，而情節局段能於舊處翻新，板處作活，真擅巧思而新人耳目者，演行甚廣，予嘗作序褒美之。」原序今佚，凌濛初《譚曲雜劄》曾引用它的若干句子。

路工《訪書聞見録》附録清耕讀山房重訂本《曲品》，亦萬曆四十年增訂本。它增列單本爲「上之中」，評云：「差（當作槎）先（一作仙）慧黠陳言，巧抒新識。淳于飲一石而後醉，靖郭聞三言而見奇。詼諧可以佐歡，警敏尤能排難。」

設傳奇作於萬曆三十九年，誤差不超過一二年。劇終下場詩云：「若耶溪畔單槎仙，懵懂閒忙五十年。四十九年都是夢，醒編《蕉帕》付梨園。」此時作者五十歲。《祁忠敏公日記》崇禎九年（一六三六）二月二十三日云：「單槎仙來晤。」

根據以上記載，戲曲作者生平可歸結如下：

單本，字槎仙，浙江會稽（紹興）人。約生於嘉靖四十一年（一五六二），卒於崇禎九年之後。享年七十五歲以上。所著傳奇有《露綬記》《鼓盤記》《菱鏡記》《合釵記》，連同《蕉帕記》合稱《漱紅傳奇五種》以及《躍劍》《風箏》《宫花》等。祁彪佳《遠山堂曲品》對《蕉帕記》的評語（前半）可以想見他的爲人：「槎仙生而不好學，故詞無腐病；生而不事家人産，故曲無俗情；且又時以衣冠優孟，爲按拍周郎，故無局不新，無詞不合。」由於《露綬記》等四本傳奇都是傳統題材的改編，不排除小説和傳奇都從另一個失傳作品借鑑的可能。但即使這樣，傳奇對小説《蕉葉帕》的影響仍然引人注意。

今據嘯月軒刊本影印，原書板匡高一六五毫米，寬九四毫米。（徐朔方）

霞箋記

《霞箋記》四卷十二回，作者不詳。今存北京大學圖書館藏清醉月樓刊本，不著撰人，牌記題《新編情樓迷史》，卷端署《新刊霞箋記》，無序跋可資考證。其他刊本未見。醉月樓尚刻有小説《八段錦》《章臺柳》等。

小説《霞箋記》係據明人同名傳奇改編，而傳奇又採自明初陶輔（字廷弼）所著文言短篇小説集《花影集》中的《心堅金石傳》。《傳》叙元至元年間，松江府書生李彦直與名妓張麗蓉二人以詩傳情，私訂終身，後得家長首肯，然在婚禮前夕，張被本路參政阿魯臺徵獻右相。送京途中，彦直隨舟徒步三千里，氣絶身死，麗蓉亦自縊舟中。二人焚屍後，惟心不灰，心中各有對方人形，「其堅如玉」，大如手指，故名曰「心堅金石之寶」。《燕居筆記》及《情史》均録有此則故事。

明人據此作傳奇《霞箋記》，有萬曆間金陵廣慶堂刊本，凡三十齣。傳奇把悲劇改成喜劇。劇中李彦直在會景樓，與名妓張麗蓉隔牆以霞箋賦詩述情，後張被都統制阿魯臺送京，輾轉入駙馬府中，侍奉公主；彥直得丞相伯顔之助，中了狀元，終於與麗蓉團圓。小説《霞箋記》即據傳奇改編。

今據醉月樓刊本影印，板匡原高一六三毫米，寬九六毫米。（侯忠義）

戲中戲

《戲中戲》七回，署「松竹草廬愛月主人編次，南陵居士戲蝶逸人評閲」。存世有嘯花軒刊本，牌記題「戲中戲」，右上小字題「比目魚」。目録題「新刻戲中戲」，正文前題「新刊比目魚」。本書編次及評閲人生平均不詳，除有本書外，尚有《意中緣》十二回，有悦花樓刊本，亦題「南陵居士戲蝶逸人評閲，松竹草廬愛月主人編次」。

是書叙書生譚楚玉與女藝人劉藐姑戀愛故事，最早記載的是清初李漁的小説《無聲戲合集》第一回「譚楚玉戲裏傳情，劉藐姑曲終死節」。後李漁又將小説情節鋪演爲《比目魚》傳奇，將小説中二人死節之事略予變化，云藐姑、楚玉投江後，江神將二人變爲比目魚，後又將魚送入漁翁網中恢復人身，復活後終成夫婦。愛月主人是根據戲曲改編成《戲中戲》及《比目魚》小説的。前者凡七回，寫到二人跳水殉情止，末云：「要知端底，再聽下部書分解。」下部書名是《比目魚》，緊接着錢萬貫爲色被打，縣三衙巧訊得贓，東洋海宴（晏）公顯聖，水晶宮夫妻回生，山大王被火兵敗，慕介容歸隱漁翁，慕主僕釣魚聚樂，譚夫婦被救重生……譚楚玉報恩雪耻，慕介容招隱埋名。俱在下部《比目魚》書中説明。」《比目魚》凡九回，回目序次接《戲中戲》，自第八回開始。起首云：「前部書名是《戲中戲》，説的是譚楚玉遠遊吴越，劉藐姑屈志梨園……借戲文臺前辱駡，守節義夫婦偕亡。俱在上部書《戲中戲》内説的。」以上對内容的提示總括，實際分别抄録了二書的全部回目，僅字句略有不同。由此可見，《戲中戲》與《比目魚》實爲一書，是由同一人同時改編而成。書名當以原戲曲名《比目魚》爲正，今《戲中戲》版口均署《比目魚》，僅第七回末頁因有有關提示交代文字，故刻作《戲中戲》，可能是編者由於刻資匱乏，故離析二書，先後刊行，在書名上作了變易修改。

署名愛月主人編次的兩部小説均據李漁的戲曲改編，其成書不會早於康熙中期。康、乾間文人常取流行的戲曲改編成小説，或取小説改編成戲曲，由此可見這兩種通俗文學體裁的相互影響。

現據吴曉鈴先生所藏嘯花軒刊本影印。原書板匡高一五三毫米，寬一一〇毫米。（李夢生）

比目魚

《比目魚》九回，北京大學圖書館藏清刻本，卷端題「新刻比目魚」。無序跋。目録爲第一回至第九回，正文則爲第八回至第十六回，與前部《戲中戲》銜接。書末刻「比目魚卷十六回終」。目録、正文回目多有不同。其他刻本未見。

《比目魚》是《戲中戲》的續書。《比目魚》卷之一云：「前部書名是《戲中戲》，說的是譚楚玉遠遊吳越，劉藐姑屈志梨園；傾城貌風前露秀，概（蓋）世才戲房安身；定姻緣曲詞傳簡，改正生戲屋調情；一鄉人共尊萬貫，用千金强圖藐姑；劉絳仙將身代女，錢二衙巧說情人；賴婚姻堂前巧辯，受財禮誓不回心；借戲文臺前辱駡，守節義夫婦偕亡：俱在上部書《戲中戲》内說的。」因《比目魚》起自第八回，故知《戲中戲》爲七回。《戲中戲》有嘯花軒刻本，内署「松竹草廬愛月主人編次，南陵居士戲蝶逸人評閱」。兩書實爲一書。

《比目魚》叙譚楚玉、劉藐姑投水殉情而死後，被水神晏公所救，幻化一對比目魚還陽，再復真身。譚楚玉不久中舉授官，後辭官歸隱於嚴陵釣臺。書名題「比目魚」，乃歌頌一對青年男女生死不渝的愛情。

李漁《連城璧》第一回《譚楚玉戲裏傳情，劉藐姑曲終死節》與《比目魚》傳奇，均演其事，即此書所本。

今據北京大學圖書館藏清刻本影印，原書板匡高一五三毫米，寬九五毫米。（侯忠義）

意外緣

《意外緣》，又名《再求鳳傳》，十二回，不題撰人，悦花樓藏板。第三回曾引傳奇《燕子箋》中的情節。《燕子箋》爲明末阮大鋮所作，故此書當出於清人之手。

悦花樓刊本未署刊刻年代。牌記中題「意外緣」，右鎸「再求鳳傳」。北京大學圖書館藏有兩本，一爲六回本，一爲十二回本。六回本第六回書末故事未完，故曰：「但不知梅清之此番榮歸，到賀家求親的事，畢竟如何，再看下部分解。下部書名是《再求鳳》。」並有下部書的内容提要。由此知此書應是上下兩部，上部曰《意外緣》，下部稱《再求鳳》，各六回，合爲十二回。十二回本除第三、第十、第十一、第十二回缺失外，書中尚有若干缺頁，但回目齊全。十二回本中的第六回書末，自然去掉了有關下部書内容提要的文字。

悦花樓並刊有《意中緣》（十二回）、《意内緣》（八回），内容與《意外緣》不相連屬。今據北京大學圖書館所藏悦花樓十二卷本影印，板匡原高一五九毫米，寬九六毫米。（侯忠義）

風流和尚

《風流和尚》十二回，一名《諧佳麗》，不著撰人。今存小本抄本，每回前均題「新編風流和尚」。此書目的在「醒世」，與明末清初世情小説的基本傾向頗爲一致。書疑即成於該時。卷首無名氏《序》説：「惟兹演説十二回，名曰《諧佳麗》，其中善惡相報，絲毫不紊，足令人晨鐘驚醒，暮鼓唤回，亦好善之一端云。」這段話可視爲此書的主旨。

書中寫了五個淫僧净海、虚空、净心、緑林、紅林的惡行與報應，其中部分情節屬改編性質。如第六回花娘至寺躲雨被凶僧奸淫一節，孫楷第《中國通俗小説書目》載：「所演即《蔡玉奴避雨遇淫僧》故事。」《拍案驚奇》中《奪風情村婦捐軀　假天語幕僚斷獄》亦與此情節相類。

現據北京大學圖書館所藏抄本影印。（侯忠義）

嶺南逸史

《嶺南逸史》二十八回，題「花溪逸士編次，醉園狂客評點，琢齋張器也、竹園張錫光同參校」。據西園老人序中「取於黄子之《嶺南逸史》」一語，小説中又幾次出現「耐庵子」評説，可知本書作者「花溪逸士」姓黄，號耐庵子。書中主人公黄逢玉爲廣東省潮州府程鄉縣（清嘉應州，即今廣東梅縣）桃源人，書中對程鄉一帶地理環境記述甚詳，且與方志所載相合，作者似爲當地人。今查《嘉應州志》，《藝文志》録黄巖，桃源堡人，著有《花溪文集詩集》《嶺南荔支詠》《醫學精要》《眼科纂要》。其詩文集名與「花溪逸士」相應。籍貫亦相符。小説中第十九回寫醫生給張貴兒治病，講論醫理頭頭是道，并借書中人物及評點者對此人大加贊揚，則作者精通醫道無疑，或即爲醫生，而黄巖恰著有醫書兩種。據此三端，似可確定此書作者即爲黄巖。生卒年不詳，約爲乾隆、嘉慶間人。醉園狂客、張器也、張錫光事迹無考。

本書《凡例》云：「是編悉依《霍山老人雜録》、《聖山外記》、《廣東新語》及《赤雅外志》、永安、羅定省府諸志考定。」《霍山老人雜録》《聖山外記》今未見，鄺露作《赤雅》三卷，並無《外志》傳世。書中所叙廣東瑶民起義和明王朝平亂諸事，大多於史有徵，惟時間上有出入。其所記廣東之地理山川、風土人情則多出自屈大均所作《廣東新語》。如第六回寫羅旁地勢之險要、「五花賊」矯捷善戰一節以及描述石錦山一節，分别見於《廣東新語》卷七《瑶人》和卷三《石錦山》，後者基本照録。其中嶺南歌謡，如第九回玉簫婢所唱兩首瑶歌、第十回船姑所唱山歌、第十五回李公主所作《短調塌歌》，皆直接抄自《廣東新語》卷十二《粤歌》。又，書中所叙黄逢玉之種種艷遇，部分取材於明末詩人鄺露（一六〇〇——一六五〇，字湛若，號雪海，廣東南海人）的經歷。露爲諸生時，因衝撞縣令車駕被削籍，遂往廣西，爲瑶女執兵符者雲嚲孃書記，其情事在當時被傳爲美談。書中多次將黄逢玉與鄺露相比，不爲無因。

此書儘管諸多材料皆有依據，但故事主要框架及情節很可能取自民間講唱文學。第十一回有作者旁云：「耐庵子讀至此……」耐庵子所「讀」，當即爲小説之底本。小説第二回寫黄逢玉離家，突然插入《琵琶記·南浦囑别》一段曲詞；全書基本用官話，有些對話則保留了廣東方言：依稀可見底本講唱體痕迹。

此書現存有嘉慶十四年（一八〇九）樓外樓本，無圖，分十卷，卷首有乾隆甲寅（一七九四）西園老人序、張器也序、乾隆癸丑（一七九三）醉園序。另有文道堂藏版，有像八幅，總目不分卷，正文分爲八卷。卷首僅有嘉慶六年李夢松序。二本不知孰早。現據復旦大學圖書館所藏文道堂本影印，原書板匡高一一〇毫米，寬八二毫米。（黄　毅）

争春園

《争春園》，牌記署「繡像争春園」，書中署「争春園全傳」，第四十三回至末，署「新抄争春園全傳」，凡四十八回。作者不詳。前有叙，末署「時在己卯暮春修褉日寄生氏題於塔影樓之西偏」。寄生氏生平不詳，除爲此書作叙外，尚曾爲《五美緣全傳》作叙，孫楷第以爲即《五美緣全傳》的作者。但《五美緣全傳》叙文中有語云「客持《五美緣》見示，詳加評閲」，顯然寄生氏僅爲作叙人。

本書最早刊本爲嘉慶二十四年（己卯，一八一九）文德堂梓本。牌記署「嘉慶己卯年鎸繡像争春園」，刊刻年代與寄生氏作叙的年代相同。書前有圖八頁，上半頁爲圖像，下半頁爲贊語。柳存仁《倫敦所見中國通俗小説書目》載英國博物院有道光元年（一八二一）三元堂本，因其末見嘉慶初刻，故只得據《五美緣》叙署「壬午穀雨前二日寄生氏題於塔影樓之西榭」語，斷寄生氏叙中「己卯」爲嘉慶己卯。此外，尚有道光八年刊本、道光十八年四照堂本、道光十九年長興堂刊本、道光二十九年一也軒本。以後又有同治二年（一八六三）集經堂本及多種坊刊本。後期版本往往改易書名，或題《劍俠奇中奇》《劍俠佩鳳緣》，甚至徑改爲《三俠記新編》。

傳世各本，内容大致相同，板式也通常爲半頁八行，行十八字。但細察又可分爲兩個系統。一類是直接承繼嘉慶原刻，如一也軒本，圖贊與字體悉爲原樣，連錯字也相同（如第三十一回回目「治」均作「治」），或爲利用原板。一是新鐫本，叙後多「龍光氏叙」一行，回目有改易，正文也有個別出入。以長興堂本爲例，四十八個回目中，不同的有十五回，雖然大多數只是個別字不同，如第二十七回「鳳棲霞」改作「鳳小姐」之類；且其中錯字不少，如第十五回「忘天理」訛作「忌天理」，第二十一回「鮑剛」錯作「包剛」，第二十三回「狠上狠」錯作「狼上狼」，第四十四回「恩封」誤作「思封」，刊刻之劣，由此可見。

《争春園》一書在道光年間甚受歡迎，故坊刻蜂起，遂有人别演《大漢三合明珠寶劍傳》一書，在人物、情節上均依傍模仿《争春園》，流傳亦很廣。可見，姦臣掌權、佳人才子遭厄、最終大團圓的俗套小説，在清代後期仍有很大的市場。而在佳人才子中穿插劍客俠士寫法的成功，也直接刺激了清後期公案俠義小説的繁榮。

嘉慶刊本今傳世已稀，路工藏有一部，惜缺三册（含第五至第九回，第十四至二十二回）。幸一也軒本足以體現初刻面貌，故據以影印。書藏復旦大學圖書館，板匡自高一〇五毫米，寬八〇毫米，至高一二二毫米，寬八二毫米不等，今據原樣影印。（李夢生）

繡球緣

《繡球緣》，四卷二十九回，不著撰人。蓋爲清人的作品。書叙才女黄素娟與朱能的坎坷經歷與愛情故事，以及烈女朱秀霞顯靈復仇之事，屬才子佳人小説，題材並無新意。

北京大學圖書館藏清咸豐元年（一八五一）廣東富桂堂刊小本，無序跋，有圖八幅。牌記横署「咸豐元年新刻」，題《大明全傳繡球緣》，右欄爲「内附欽賜狀元」。其第九回中段有「賽金道：『你四人不用驚慌，有我在此，包管得脱牢籠。』即抽身而出，再鎖房門，自己即時上堂去見鐵威。不知後事如何，且聽下回分解。話説施賽金心生一計」之語，疑此回應爲二回，全書亦當以三十回爲是。

《繡球緣》另有光緒二十七年（一九〇一）上海江南書局石印本，題《繪圖烈女驚魂傳》，有江南李節齋序；光緒三十二年上洋海左書局石印小本，内封題《繪圖巧冤家》，有序，署「小樓氏書並撰」。

今據廣東富桂堂本影印。原書板匡高一一八毫米，寬九十三毫米。（侯忠義）

西遊真詮

《西遊真詮》，牌記題《悟一子批點西遊真詮》，一百回。有康熙丙子（三十五年，一六九六）中秋西堂老人尤侗序。第一回署：「山陰悟一子陳士斌允生甫詮解。」陳士斌字允生，號悟一子，浙江山陰（今紹興）人。此書有清乾隆庚子（四十五年，一七八〇）刊本。芥子園刊本，内封有《長春真人證道書》字樣，實與《西遊證道書》同一系統。

《西遊真詮》及清刊本各種《西遊記》的共同特點是加入原第九回《陳光蕊赴任逢災，江流僧復仇報本》，并將世德堂本的第九至第十二回重新合成三回，金山寺的和尚由遷安改名法明。

本書除上述特點外，它和世德堂本各回的標題、順序、起訖完全相同，只有行文繁簡的區别。朱鼎臣本《西遊釋厄傳》第十九節至第二十六節的内容相當於本書第九回。朱本這八節一萬二千字，本書第九回九千字。本書爲了在每回末加進悟一子的評論，將小説原文加以壓縮。一是韵語和贊詞大爲減少；二是減少了形容描寫的詞和句。以第一回爲例，世德堂本近一萬字，本書删去約一千五百字，減少了百分之十五的字數。韻語和贊詞則由十八段減爲五段。開始時爲了不讓人有節本的感覺，删節較少；隨機取樣，試以第三十回和第七十回爲例，世德堂本這二回各爲一萬字略少，《真詮》本則一爲四千九百字，一爲五千字。這兩回可以看作是本書每回字數的平均。依此類推，本書字數約爲五十萬，而世德堂本爲八十六萬，約爲五比八至九。

本書和世德堂本是同一系統，可以從本書節録世德堂本時以訛傳訛、未加校正的事實中得到證明。舉二例如後。

一、世德堂本第六十七回開頭：「話（却）説三藏四衆，躲（脱）離了小西天，欣（忻）然上路。行經個月程途……忽見一座山莊不遠」，三藏向莊中一位老者問路，「老者道……此處乃小西天」。第一處「小西天」顯然是第六十六回所記的「小雷音」之誤。除括弧中的個别文字和刊誤外，本書沿襲原文，未加改正。

二、世德本第九十一回：四值功曹向孫悟空報告，玄英洞妖精「見你師父，他認得是聖僧之身」（本書缺「之身」二字），但後文審訊時，妖精又詰問唐僧「你是那方來的和尚」，後文得悉孫悟空是他弟子時感到吃驚。可見妖僧並不認得唐僧，前後文不相呼應。本書未加改正。

今據上海古籍出版社所藏乾隆四十五年庚子刊本影印，原書板匡高二〇八毫米，寬一四一毫米。（徐朔方）

唐三藏西遊釋厄傳

《唐三藏西遊釋厄傳》，全名《鼎鍥全相唐三藏西遊傳》，卷四、卷九署「新鍥全像唐三藏西遊釋厄傳」，共十卷，以天干爲序分十集，凡六十七節。

卷首署「羊城冲懷朱鼎臣編輯，書林蓮台劉永茂繡梓」。上圖下文。

如同本書署名所表示，它是朱鼎臣據《西遊記》祖本一百回本的删改本。

原本玄奘出生時，母親殷氏被迫將他投於長江，名爲江流；本書改爲「（殷）小姐就寫下血書一紙，書内父母姓氏，跟脚緣由備細載在書上。小姐勉强就將此子付與」南極星君變化的金山寺住持僧法明和尚，然後帶往和尚本人撫養。以上見本書第二十三節《殷小姐思夫生子》。

朱本將它改動，今傳世德堂一百回本則將它删削，理由可能相同，原來故事安排不合理，難以妥善解決。本書第二十五節將鼎鼎大名的鎮江金山寺移置在江州（今江西省九江市），又把陳光蕊夫妻由海州（今江蘇省連雲港市）去江州赴任時路過的萬花店安排在「洪州（今江西省南昌市）西北地方約有一千五百里田地」。地理方位和距離都錯得厲害。

朱本的改和世德堂本的删都很草率，朱本第二十四節仍然名爲《江流和尚思報本》，世德堂本第十一回補叙唐僧出身的韻語仍然説「出身命犯落江星，順水隨波逐浪泱……小字江流古佛兒，法名唤做陳玄奘」，未作相應改動，顯得前後矛盾。矛盾不一，不備舉。

删節的情況是先少後多，正文變得先詳後略。朱本前十二節相當於百回本的前六回。詩詞韻語還有部分被保留，文字較少差異。此後删節的文字逐漸增加，朱本二節相當於百回本一回的比例開始打破。朱本第三十四節在全書正當中，它的前和後各有三十三節。它寫到劉全妻李翠蓮的靈魂被推入唐太宗御妹玉英身内回生，只相當於今傳百回本第十二回的前半止。由於受到篇幅(也即出版成本)的限制,改編者後來變本加厲,如將今傳百回本第五十九到六十一回的《三調芭蕉扇》三回書二萬多字,壓縮成朱本第六十三節《孫行者被彌猴紊亂》中的一小段,不到二百字。不僅如此,烏雞國、車遲國、通天河、玄英洞以及百回本第八十一回《鳳仙郡冒天止雨》的内容都被朱本删除。

早在一六七七年刊行的《朴通事諺解》覆刻本中已經詳細地轉述車遲國的這一段情節,而朱本最後一節説「放在通天河西再難他(玄奘)一次」,即以前已在通天河難他一次,可見這是删削,不是所根據的版本不同。

本書今存二部,一藏日本日光山輪王寺慈眼堂,一藏臺灣「中央」圖書館。現據慈眼堂本照片影印,凡遇少量照片不清者,以臺灣本補配。(徐朔方)

東度記

《東度記》,二十卷一百回,現存最早版本爲明崇禎八年乙亥(一六三五)金閶萬卷樓刊本,題《新編掃魅敦倫東度記》,又稱《續證道書東游記》。書署「滎陽清溪道人著,華山九九老人述」,卷首有「掃魅敦倫東度記序」,署「崇禎乙亥歲立夏前一日世裕堂主人題」。書藏日本日光山輪王寺慈眼堂。另有清初刻本,題「雲林藏板」,將序署年代改爲「康熙己酉」。按清溪道人即明方汝浩，今河南鄭州人。除此書外，他還撰有《禪真逸史》《禪真後史》。

書演繹達摩率徒弟道副、道育、尼總持三人，自南印度經東印度來中國掃魅敦倫的故事。據佛家典籍記載，達摩原名普提多羅，乃天竺國香至王的第三王子。他敏慧超群，篤信佛法。出家後承接不如密多尊者的佛旨，東度闡揚佛教，普度衆生。他又是第一位自印度遠航中國傳經的佛教祖師。南朝梁武帝大通元年（五二七），達摩老祖泛海至廣州，梁武帝遣使將他迎至建業（今南京）。達摩老祖發現梁武帝並非真心尊佛，乃辭帝北上去魏。他在嵩山少林寺面壁九年，將衣鉢傳給高徒慧可，坐化後葬於熊耳山。梁武帝獲悉，大爲震驚，親撰碑文刻於鍾山。到唐代代宗時，謚達摩祖師爲圓覺大師。

據上述素材撰寫的長篇小説，明末尚有《達摩出身傳燈傳》。兩書相較，却迥然有别。《東度記》内容豐富，取境複雜，叙述奇幻，寫法别具一格。除塑造達摩師徒等形象外，還以象征和寓意的藝術手法，刻畫了酒、色、財、氣、貪、嗔、痴、欺心、反目、懶惰等一系列魑魅魍魎的形象。而立意則重在揚禪勸善、掃魅還倫。這部神魔小説，融佛家教義與儒家倫理於一爐，借説因果砭世情，將説教性與世俗性結合起來。所謂「借酒色財氣，逞邪弄怪之談。一魅恣，則以一倫掃」，故頗具特色。

現據北京大學圖書館藏崇禎序本影印，書板式與萬卷樓本同，因牌記已佚，未知刊刻堂名。原書板匡高二〇九至二一五毫米，寬一三五毫米。（孫一珍）

鏡花緣

《鏡花緣》二十卷一百回，清李汝珍撰。汝珍字松石，直隸大興（今屬北京）人，寓居江蘇海州（今屬連雲港）。關於他的生年，現均取胡適之説，推定爲乾隆二十八年（一七六三）前後，其依據爲汝珍所作《李氏音鑑》自述：「壬寅（乾隆四十七年，一七八二）之秋，珍隨兄佛雲遊朐陽（即海州），受業於凌氏（廷堪）仲子夫子。」凌氏此年二十六歲，胡適假定汝珍從其受業，年齡不過二十上下，遂由此推得其生年。

然而汝珍師事廷堪乃在乾隆五十三年。據張其錦《凌仲子年譜》，乾隆四十六年凌氏在揚州參與伊阿齡主持甄查古今劇曲工作。次年事竣，即赴北京爲四庫館私人助手。乾隆四十八年秋在京應北闈試。在此期間，汝珍並無機會執贄凌氏門下。《年譜》「五十三年戊申」條下云：「先生（凌氏）三十二歲，冬回板浦場，應李使君汝璜之聘。」汝璜爲汝珍之兄，時任板浦場鹽課大使。汝珍從凌氏遊當在此年。乾隆四十七年，汝珍尚年幼。余集《李氏音鑑序》云：「松石固北人，從兄宦遊，長於江南。故於南北之分合異同得失尤致詳焉。」文中「江南」，乃指包括海州在内的南音流通地區而言。《音鑑》卷三論及南北音之異，將浙江之杭州、湖州，江蘇之蘇州、揚州、海州諸地一併劃歸南方。余序所説「長於江南」，當爲長於海州，即汝珍在乾隆四十七年到海州時尚未成人，年齡應在十至十五歲之間。若按乾隆五十三年從凌氏遊時爲二十歲推算，其生年在乾隆三十四年前後。

關於此書創作過程，作者在全書終結處說：「享了些半生清福，心有餘閒，涉筆成趣……編出這《鏡花緣》一百回。」孫吉昌《題詞》亦云汝珍寫此書時「形骸將就衰」。則當在嘉慶十年（一八〇五）汝珍約三十六歲之後。既然《李氏音鑑》完成於嘉慶十年，汝珍又云：「自髫年鋭志於斯，於各字各音，不憚其勞，萃集群書，詳加考證，既撰《音鑑》五卷。」可見其在嘉慶十年之前似無可能分心從事於《鏡花緣》之創作。又，此書所載《音韻圖》，被作者視作學習音韻學之入門秘訣。然《音鑑》未收此圖，此亦當是《鏡花緣》作於《音鑑》脱稿之後的佐證。汝珍於嘉慶六年任河南縣丞，十年前回到海州。書中對於科舉仕途的感慨，以及治河的經驗之談，亦可説明汝珍寫作此書時，已離任閒居在家。

關於是書之版本，現知較早者有：嘉慶間原刊本，前有梅修居士石華（許喬林）、武林洪棣元静荷序以及孫吉昌等六家題詞。道光元年（一八二一）本，内封右欄書「道光元年新鎸」，前有許、洪兩序，題詞則增至十四家。題詞、正文頗多漫漶之處，内封則字迹清楚，墨色光鮮，顯係後加，是爲據舊版重刊。由此推知，在嘉慶原刊本與道光元年本之間另有一種附十四家題詞的刻本。此外另有道光十二年據芥子園藏板重刊本，内容和行款同道光元年本，增加了謝葉梅摹像一百零八幅，以及麥大鵬、謝葉梅序。此本雖爲後出，其圖刻得極爲精美，故向爲收藏家珍視，現據復旦大學圖書館藏本影印。板匡尺寸，悉依原書。（黄　毅）

繡雲閣

《繡雲閣》，八卷一百四十三回。題「正庸魏文中編輯」「時齋湯永蓂、一枝李桂芳、榮齋吴光耀參閲」「及門諸子同證」。卷首有作者自序，署「元豐三年九月十八日拂塵子自記於蓮香别墅」。又《重刊繡雲閣序》，署「八十歲貢虚明子記」。上述諸人皆無考。

此書現存最早版本爲同治八年（一八六九）刊本。或以爲拂塵子自序所署「元豐三年」（一〇八〇）爲「咸豐三年」（一八五三）之誤，即創作並初刻於咸豐三年，重刻於同治八年。據小説本身看，此書不可能爲宋人所作，因文中多次提到「錦衣衛」「都御史」等明代才有的官制，顯爲作者對中國歷史上官制不甚了解作僞所造成。自序署宋代元豐年號，顯爲小説家假托古本之慣技。另外，小説中多寫發生在四川之事，凡出現較爲具體的地名稱呼時，多在四川境内，如瞿塘峽、白帝鄉、天府等等，則作者似爲四川人。初刻刊於富順，後刻刊於合川，均在四川，亦爲佐證。

是書所表現出來的思想極其迂腐，但文字則雅飭流暢，多用文言，當係文人之作，而非坊間書賈之所能爲。這些特點似與此書重刊序者虚明子的「八十歲貢」身份相符合。且迄今爲止從未發現過同治八年之前刊本。由此似可推斷，作重刊序之虚明子極有可能即爲本書作者魏文中，而同治八年刊本即爲此書之初刻本。

同治八年的初刊本，牌記中題書名《繡雲仙閣》，旁題「板存富順縣下南鄧井關關外龍泉井側雷姓宅下」。全書總目列五十九回，正文實五十八回，四川省圖書館、吴曉鈴均有藏。以此知本書初刊不是足本，此後陸續寫成付梓。復旦大學圖書館藏有足本，因無牌記，不知刊刻年代，卷首自序已重刻，未署作者及撰寫年月。此外，又有民國年間四川合川縣刊本。

現據復旦大學藏本影印，板匡高一八五毫米，寬一一〇毫米。原書第四十四回第一頁下半截已殘缺，今據吴曉鈴藏本輯補於後。（黄　毅）

海遊記

《海遊記》六卷三十回，不署撰人。書中第一回叙作書緣起，稱自己是個山人，以漁樵爲活，「姓名忘了，因見一種水鳥專吃魚又不會捕魚，待魚鷹剩下的方有的吃，名信天翁」，自己「不善謀生，與這水鳥相似，遂以信天翁爲名」。書中多寫時代黑暗，官場惡迹，時有針砭嘲譏之語，知作者是一落拓不偶、憤世嫉俗的文人。

書寫管城子遊歷海底無雷國，目睹種種黑暗事。書前觀書人序云：「小説家言，未有不指稱朝代，妄論君臣，或誇才子佳人，或假神仙鬼怪。此書洗盡故套，時無可稽，所論君臣乃海底苗邦。……寫苗王后妃之恩愛，所以表其樂，以酬善；寫仙佛兩家之污褻，所以彰其醜以懲惡。」

對本書内容及著書目的，頗有發明。書借子虛烏有之國反映現實，内容及機杼與另一小説《希夷夢》（一名《海國春秋》）相類，未知成書孰早。

本書雖爲憑空結撰，但構思與部分細節不爲無本。如書中管城子所遊海底之國在南澳落漈之中，國門有聯云：「落漈水中生就壁，無雷國里闢爲門。」國中所住皆中國人誤入落漈者，國四面皆水，來易去難。「相傳地是浮的，水歸地穴，被地氣吸下去。這地氣六十年一發，四方逆流上去，三個時辰，東流改了西流，若遇順風，船方得去。」落漈的情況，在乾隆中和邦額《夜譚隨録》卷三及袁枚《子不語》卷二十三《落漈》中均有記載，《子不語》所載略云：海水至澎湖漸低，近琉球則謂之落漈。落漈，水落下而不回也。有閩人被風吹落漈中，抵一荒島。島多鬼，鬼云皆中國人，因落漈至此。大約三十年，落漈一平，生人未死者可望還。後閩人果趁水平時出，歸家。《夜譚隨録》與《子不語》在當時流傳很廣，《海遊記》的作者作書時，也許是受到這則傳聞的啓發。

又，本書卷二第十回，寫單姓空樓鬧鬼，「初更時樓上拖棍子響，一梯一梯下樓」，於是請人降鬼。調查結果是一隻老鼠「尾上皮毛脱去，血水淋出，沾了泥灰，愈多愈大，像個棒槌」，所以下樓梯時咚咚作響。此事見於袁枚《續子不語》卷二《鼠怪》。如果作者此段素材即取之於《續子不語》，則是書當寫於清嘉慶年間。

本書存世各本均爲同一版本，無刊刻堂名及刊刻時代。現據中國藝術研究院戲曲研究所藏

原傳惜華藏本影印，原書板匡高一二五毫米，寬九十四毫米。原本缺第二十回，據大連圖書館藏本輯補。（李夢生）

李卓吾批評忠義水滸傳

《李卓吾批評忠義水滸傳》全稱《李卓吾先生批評忠義水滸傳》，凡一百卷一百回，不題撰人。板心下題「容與堂藏板」。卷首有《批評水滸傳述語》，末署「小沙彌懷林謹述」，又有《梁山泊一百單八人優劣》《水滸傳一百回文字優劣》《又論水滸傳文字》三篇。正文有眉批，行間有夾評，回後有總評。每回前有圖二幅，全書共二百幅。書藏國家圖書館和日本内閣文庫。内閣文庫本有李卓吾叙，後署「温陵卓吾李贄撰」，另行刻「庚戌仲夏日虎林孫樸書於三生石畔」。此「庚戌」當爲明萬曆三十八年（一六一〇）。

此本無征田虎、王慶故事，與前此刊行之天都外臣序本同。尤爲特别處，此本正文中多有擬删節符號，擬删節文句，皆上下鈎乙，或句旁直勒，中刻「可删」字樣。所擬删文字多爲批評者視爲「絮煩」或「無關目」者，即與所叙情節無直接關係之叙述和説明，尤其是正文中所插入之韻文。這雖然完全出自批評者之己見，未必妥當，但也是小説由話本轉爲讀本之所必然，原先説話人爲調節講述速度和氣氛之語句，便會被專注情節的批評者視爲無關緊要。同爲《水滸傳》繁本之袁無涯刊一百二十回本，與此本比勘，便稍有簡略，所簡文字有爲此本所擬删者。如第四十一回「宋江智取無爲軍」中一段説萬里長江有許多去處，並有古人詩爲證凡一百三十八字，便是此本擬删，一百二十回本已删者。與崇禎末雄飛館刊《二刻英雄譜》本比勘，則此本所擬删處，雄本大都删削不録。可見此百回本在《水滸傳》多種版本中有其獨具的重要價值。

此本標明李卓吾批評，回後評語均以「李贄曰」或「李卓吾曰」「李和尚曰」「李秃老曰」起句。此本刊行後，陳繼儒謂：「《水滸傳叙》屬先生手筆，《水滸》細評，亦屬後人所托者耳。」（《國朝名公詩選》）錢希言更指爲葉晝所爲：「比來盛行温陵李贄書，則有梁溪人葉陽開名晝者，刻晝摹仿，次第勒成，托於温陵之名以行。」「於是有李宏父批點《水滸傳》《三國志》《西遊記》，《紅拂》《明珠》《玉合》數種傳奇，及《皇明英烈傳》，並出葉筆，何關於李？」（《戲瑕》）按此本評語深惡宋江、吴用，與李卓吾序特尊宋江忠義之意頗不合，且評語之來自亦不明，故論者多贊同葉晝僞托之説。然批評《水滸傳》以此書最早，評論小説人物、情節，頗多中肯之處，可以説是金聖歎批評《水滸》之先導。

國家圖書館藏本原中華書局上海編輯所（今上海古籍出版社）曾予影印，現又據該本重新縮尺印製，所缺《忠義水滸傳叙》，則以日本内閣文庫藏本補齊，附於書末。原書板匡高二一〇毫米，寬一四五毫米。（袁世碩）

鍾伯敬批評忠義水滸傳

《鍾伯敬批評忠義水滸傳》全稱《鍾伯敬先生批評忠義水滸傳》，法國國家圖書館藏四知館刊本題《鍾伯敬先生批評水滸忠義傳》，凡一百卷一百回，署「竟陵鍾惺伯敬父評」。首序末有「楚景陵伯敬鍾惺題」，又有《水滸傳人品評》。有圖三十九幅。正文有眉批、行間評和回末總評。日本神山潤次氏藏本，卷二十二題「積慶堂藏板」。

署名鍾惺序結末云：「世無李逵、吳用，令哈赤猖獗遼東，每誦秋風思猛士，爲之狂呼叫絶，安得張、韓、岳、劉五六輩，掃清遼、蜀妖氛，剪滅此而後朝食也！」此序特言「哈赤猖獗遼東」，並及蜀事（大概指永寧土司奢崇明起事踞重慶、圍成都），則此書當刊行於明天啓間（一六二一——一六二七）。

鍾惺，萬曆三十八年（一六一〇）進士，天啓初官至福建提學僉事，被劾罷官，以選《詩歸》、評《史記》等名揚一時。而此書實本之於容與堂刻《李卓吾批評水滸傳》：序言中「世人先有……幾番行徑，然後施耐庵、羅貫中借筆墨拈出」以下一大段，基本抄自容本卷首之《水滸傳一百回文字優劣》；其《水滸傳人品評》中對李逵、宋江、吳用等人物所做評語，也是抄自容本《梁山泊一百單八人優劣》；正文中容本所擬删文字，此本亦大都有擬删符號；托名李卓吾之評語，雖然有重新改寫者，但也不乏基本襲自容本文字者。鍾惺是明末「竟陵派」領袖人物、明代著名文學家，斷不會做此等冒名抄襲之事，而且此書序文又不載於其《隱秀軒集》中。所以可以斷定，此書純系書賈僞托其名以行世。雖然如此，本書作爲存世不多的明刻本之一，仍有較高的版本價值，也歷來爲研究《水滸》演變者所注重。

現據日本神山潤次氏藏本影印。書中卷四第一頁上半頁，卷二十四第二十五頁上半頁及卷三十八第二頁爲原闕。（袁世碩）

禪真逸史

《禪真逸史》，全稱《新鐫批評出像通俗奇俠禪真逸史》，八卷四十回。卷前題「清溪道人編次」「心心僊侶評訂」。清溪道人即方汝浩，明洛陽人，寓居杭州，除本書外，尚有《東度記》《禪真後史》等小説行世。心心僊侶即夏履先，明杭州書坊主人，餘不詳。

據路工《訪書聞見録・古本小説新見》，本書有明天啓年間杭州爽閣主人履先甫原刊本，圖八十葉，極精細。半葉九行，行二十二字。前有傅奕、諸允修、徐良輔、李蕃、施途原、翁立環、陳臺輝、徐良翰、閻宗聖、謝王鄰、李文卿、李儁卿、夏禮、夏之日及作者方汝浩十五篇序。此外，又有明末「本衙爽閣藏板」本，有傅奕序及徐良輔序。另有明崇禎年間翻刻本，圖二十葉，前有徐良輔序及作者自序。孫楷第《中國通俗小説書目》載有日本日光山輪王寺慈眼堂藏明原刊本與北京大學圖書館藏清初白下翼聖齋翻刻本。各本行款大體相同，惟序、圖有多寡。此外，清代尚有文新堂刊本和明新堂刊本。清末石印本則改題爲《殘梁外史》或《妙相寺全傳》。

書叙北朝東魏高僧林澹然（原鎮南將軍，因避禍而出家）及其高徒杜伏威、薛舉、張善相仗義除惡、濟世利民，一釋三真都成正果的故事。書中人物多有所本。本衙爽閣本牌記云「此南北朝秘籍，爽閣主人而得之精梓以公海内」，雖係廣告語，但據爽閣主人《凡例》，云原有「舊本」，因「意晦詞古，不入里耳」，故與清溪道人編次評訂，演爲四十回。據此，清溪道人與爽閣主人當同爲作者或改編者。

現據浙江省圖書館藏本衙爽閣本影印，原書板匡高二一四毫米，寬一三五毫米。（蕭欣橋）

禪真後史

《禪真後史》，全稱《新鐫批評出像通俗演義禪真後史》，十集六十回。題「清溪道人編次」「冲和居士評校」。清溪道人即明末方汝浩（詳本《集成》《禪真逸史·前言》），冲和居士無考。首崇禎己巳（二年，一六二九）翠娱閣主人（杭州陸雲龍）序并「禪真後史源流」。據孫楷第《中國通俗小説書目》，有明峥霄館刊本，半葉九行，行二十字；插圖三十葉，記刻工姓名曰「洪國良鐫」。藏日本日光山輪王寺慈眼堂。另有明末「錢塘金衙梓」本，行款同前本，插圖二十葉，藏北京、上海、遼寧、浙江等地圖書館。此外，尚有清末删節本，删去原書第四十九至第五十五回。

《禪真後史》與《禪真逸史》源流相接，也在一定程度上反映了明末社會動亂、民不聊生以及人民群衆向往世界清平、國泰民安的社會心理；文字生動流暢，故事騰挪多姿，有一定的可讀性。

今據浙江圖書館藏「錢塘金衙梓」本影印，原書板匡高二〇〇毫米，寬一三〇毫米。其中所缺的三十三回六葉、五十一回十二葉、五十九回十五葉據上海圖書館藏本輯補。（蕭欣橋）

善惡圖全傳

《善惡圖全傳》（一名《善惡圖》），不分卷四十回，扉頁題「新刊善惡圖全傳」「頌德軒藏板」。清無名氏撰。孫楷第《中國通俗小説書目》云：「李斗《揚州畫舫録》十一『虹橋録』下記當時評話有曹天衡之《善惡圖》，疑即此書所本。」可資參考。又《清史稿·藝文志補編》子部小説類著録有惜陰堂主人之《善惡圖》。惜陰堂主人尚撰有《二度梅全傳》《金蘭筏》等小説，文筆較佳。因題惜陰堂主人之《善惡圖》未曾寓目，而未署名之本書文筆相形見絀，故疑非一書。

書前有署名「漢上浮槎使者」序文一篇，揭出「《善惡圖》一書，所以勸善懲惡者也」的宗旨。其書内容屬「朴刀桿棒」類，出場人物大多有江湖渾名，係淵源於《水滸傳》。全書對活閻羅李雷及其爪牙等一伙官場醜類的傷天害理行徑作了漫畫式的刻劃描摹，窮形盡相，極揶揄之能事，暴露了當時暗無天日的世道。文字質樸俚俗，頗有評話本色，如第四回寫李雷見美女獻技，那副賊腔猶如「雪獅子烘火，都灘了」；十一回寫行爲不端被革去秀才的員小溪猥瑣形象：「兔頭蛇眼鼠耳鶯腮龜心鱉膽鷄肚猴腸，滿口之乎者也，一肚子男盜女娼。」都很生動傳神。

此書除頌德軒刊本外，尚有清末坊刻本，無序跋題署。頌德軒本序謂「不惜重貲刊刻成帙」，然刊刻非常粗劣。錯字誤句，觸目皆是。不少回首開場詞除若干文字有出入外，往往内容全同，屢屢重複，這種現象在其他小説中實爲罕見。其三十四回回首詞有句「昔想當年掛錦帆則楊州」，幾不可讀，至四十回則爲「昔想當年富貴掛帆直至揚州」，才差强人意。於此可見其疏誤之一斑。

現據首都圖書館藏頌德軒刊本影印，板匡尺寸，悉依原書。（曹光甫）

大漢三合明珠寶劍全傳

《大漢三合明珠寶劍全傳》六卷四十二回，不題撰人。存世最早刊本爲道光戊申（二十八年，一八四八）經綸堂梓本，牌記上題「三合劍」，中及左題「繡像第十才子書」。前有圖十二幅，下圖上贊。所謂「第十才子書」，是書商追比金聖歎評才子書以自高身價，其序次本無定規，亦無普遍輿論，如吴航野客《駐春園小史》、崔象川《白圭志》，均自名爲「第十才子書」。

書寫漢武帝時馬俊、柳絮等四英雄、才子歷盡甘苦，最終功成名就，各得美滿婚姻；以馬俊得鬼谷子門人蕭士達收爲徒弟，賜三合明珠寶劍等神物，除暴安良，爲朝廷蕩平盜寇爲主綫，故書以「三合明珠寶劍」爲名。是書構思與主要情節都模仿《争春園》（一名《劍俠奇中奇》）而作。《争春園》初刊於嘉慶二十四年（一八一九），至道光初，各書坊紛紛刊印，則此書當即有感於《争春園》的暢銷而作。作者當係書坊所僱稍通文墨者，依傍《争春園》而臆造，頗多荒唐之處。如以司馬相如爲山西人氏，舉孝廉出身，官拜右班丞相；以東方朔爲漢武帝軍師，隨意拈扯杜撰，毫無歷史知識。

清中葉以來，在小説中把才子佳人武勇化已成爲一種傾向。常常以神仙貫穿其中，或授主人公仙法，或贈以寶物。此類情形，除《争春園》及本書外，《萬花樓演義》等書亦如此；同時出現的大量彈詞，亦以此爲模式。嘉慶末以來，朝政日益腐敗，國勢日頹，人民對現實無望，遂在小説中注入神仙、英雄一類人物以超凡的力量及宿命論觀點，來寄托誅姦除惡、强國富家的願望。因此本書與其同類小説雖然在藝術上不具什麼特點，却反映了那個特定時期民衆的心理。

本書除經綸堂本外，尚有道光二十八年寶華樓、經國堂本，又有同治十三年（一八七四）英文堂刊本、光緒四年（一八七八）刊本等。現據浙江圖書館藏經綸堂本影印，板匡尺寸，悉依原書。

（李夢生）

永慶昇平

《永慶昇平》，又題《繡像永慶昇平全傳》，二十四卷九十七回。不署撰人。清光緒十八年壬辰（一八九二）寶文堂刊本。書前有署名郭廣瑞自序及洗心主人、周澤民、樊壽巖所作序。郭序和洗心主人序均署光緒辛卯（十七年，一八九一），周澤民序署光緒壬辰。據此可推知是書作成於光緒十七年或稍前，刊刻於光緒十八年。光緒十九年癸巳，本立堂又倩人編刊《永慶昇平後傳》，因此有的小説目録著録本書爲《永慶昇平前傳》。

《永慶昇平》的成書經過，據郭廣瑞自序云：咸豐年間北京即有藝人演説評詞《永慶昇平》，但「未能有人刊刻傳流於世。余長聽哈輔源先生演説，熟記在心，閒暇之時録成四卷，以爲遺悶」。後應寶文堂主人之請，「增删補改，録實事百數回」，由寶文堂刊刻出版。可見此書係郭廣瑞編撰而成。郭廣瑞字筱亭（一作曉亭），自稱燕南居士，生平無考。其他作序者，周澤民自稱燕都居士，樊壽巖署題「都門」，大約都是北京人，生平事迹均不得而知。

值得注意的是，本書的回目，郭廣瑞自序云「録實事百數回」；洗心主人序謂「原夫《永慶昇平》一傳，舊有新編，貂續千言，新成其帙……百八十餘回」；而《永慶昇平後傳》龍友氏序則云「《永慶昇平》一書，事非捏造，舊語流傳，獨惜其僅有百回」。各序所言，均與今所見二十四卷九十七回本不同。可能本書編撰與刊刻後的情形有所不同。

《永慶昇平》所叙爲康熙年間清廷剿滅天地會八卦教的故事，全書貫穿着因果報應的觀念，借以「警善勸愚，感化人心」。由於其故事情節比較生動，後來京劇舞台上常搬演其故事。如根據小説改編的同名京劇連臺本戲《永慶昇平》，以及根據書中有關情節改編的京劇《五龍捧聖》《二馬下蘇州》《夜鬧福建會館》《汝寧府》等，可見其影響之廣。

今據高等院校古籍整理研究工作委員會秘書處「金谷秋水閣」所藏光緒十八年寶文堂本影印。原書板匡高一三四毫米，寬九十三毫米。（曹亦冰）

永慶昇平後傳

《永慶昇平後傳》，亦題《繪圖永慶昇平後傳》《繡像繪圖永慶昇平後傳》，六卷一百回。第六卷末署「貪夢道人著」。光緒二十年（一八九四）北京本立堂刊本書前有序二篇，分別署爲：「光緒十有九年歲次癸巳荷月昆明龍友氏評」「光緒癸巳年冬月都門貪夢道人」。貪夢道人姓名及生平均不詳。除著本書外，署「貪夢道人」者尚有《彭公案》。兩書所叙故事雖不一樣，但主旨大抵相同。

《後傳》的成書，據貪夢道人《序》中説：「今續《永慶昇平》一書，因前部刊刻，續事未完……有始無終，使人讀者不能暢懷。故今又接續刻全集，實事百數回……」則《後傳》成書時間當在《前傳》成書之後和光緒十九年貪夢道人作此自序之前，即約在光緒十七年至十九年之間。

《後傳》内容，接叙《前傳》故事，直至朝廷將遍及全國的反清組織天地會八卦教的全體成員斬盡殺絶爲止。間接反映了清末會黨活動情況。

現存的版本，除本立堂本外，還有光緒二十年甲午上海書局和上海鴻文書局石印本、光緒二十一年乙未上海廣益書局石印本、光緒二十九年癸卯勝芳德林堂刊本、光緒二十九年癸卯季夏上海簡青齋書局石印本。今據高等院校古籍整理研究工作委員會秘書處「金谷秋水閣」所藏上海書局本影印。板匡尺寸，悉依原書。（曹亦冰）

仙俠五花劍

《仙俠五花劍》六卷三十回，署「海上劍癡撰」，作者的真實姓名和生平不詳。首狎鷗子作於光緒辛丑（一九〇一）七月的序，知本書的創作不晚於該時，而問世則稍後。序中稱「僕友劍癡閉户滬濱，枕流海上」，亦知作者長期生活於上海。

本書以宋高宗南渡，秦檜擅權爲時代背景，寫虬髯公、黄衫客、崑崙奴、精精兒、空空兒、聶隱娘、紅線女等衆俠客，以公孫大娘煉就的五花劍——芙蓉青劍、葵花黄劍、榴花赤劍、蘚花黑劍，桃花白劍爲手段，分頭收徒授藝，鋤暴安良，祛邪扶正，挽救世道。作者以傳統的俠客形象，編織新的故事，表現社會生活，表達健康的主旨，確如狎鷗子序所說：「燃温犀以燭幽，鑄禹鼎以象物，神仙、任俠兩傳合成兒女英雄，雙管齊下而又老嫗都解。」

本書刊於光緒辛丑八月，爲仿聚珍本，部份中縫有「笑林報館校印」字樣。板匡高一三九毫米，寬九二毫米，半葉十一行，行二十八字，有繡像。另有同名小説一種，刊於宣統庚戌（一九一〇）文元書莊，係石印本，計四卷四十回。書繼《七子十三生》初集而作，與本書内容不同。今據復旦大學圖書館藏本影印。（魏同賢）

警富新書

《警富新書》四卷四十回，不題撰人。存世最早刊本是嘉慶十四年己巳（一八〇九）翰選樓刊本，牌記題「一捧雪警世新書」，前有嘉慶己巳敏齋居士序。據序，書的作者爲安和先生。

是書寫雍正年間，廣東番禺縣人梁天來與凌貴興結仇，凌貴興勾結慣匪林大有以煙熏死梁家八人。凌貴興賄賂官府，使梁天來四處告狀不准。最後，梁天來入京，通過朝中大官幫助，告准御狀，嚴懲罪犯。小説所記爲當時實事，在廣東鄉間流傳很廣，書中所寫總督孔公即孔毓珣，欽差鄂公即鄂爾泰，都是雍正、乾隆時名臣。書以「一捧雪」題名，顯然是因爲所記故事與李玉所撰傳奇《一捧雪》所寫冤獄同樣怵目驚心。

最早記録梁天來事的是歐蘇《靄樓逸志》卷五《雲開雪恨》篇，該書詳細介紹了此案的起因與經過。據歐氏記載，事起於雍正五年（一七二七），至雍正九年五月始得昭雪。《靄樓逸志》撰成於乾隆五十九年（一七九四），距事件發生已有六十餘年。歐氏自云得之於鄉里傳聞，未涉及安和先生所撰《警富新書》，知《警富新書》成於乾隆五十九年之後。此後，同治刊《番禺縣志》也作了類似記載。

梁天來冤案在近世引起轟動則歸功於清末小説家吴趼人。吴趼人在光緒末年將《警富新書》加以改編，題《九命奇冤》，署嶺南將叟重編，連載於《新小説》第十二至二十四號，並在光緒三十二年（一九〇六）由廣智書局出版單行本。由於報章小説流佈極廣，不少學者對梁天來案本事進行了考證。

首先引起人們懷疑的是，在《清史稿》《國史列傳》《國朝耆獻類徵》《續東華録》等書中均無孔毓珣處理此案及鄂爾泰作爲欽差赴粤之事，認爲此案是否真的驚動朝廷頗可商酌。後羅爾綱在乾隆朝檔案中找到了直接證據，才消除了人們的疑雲。羅爾綱在《九命奇冤兇犯穿腮七檔案之發現》一文中列舉了兩件檔案，一是乾隆二年六月二十二日署理廣東巡撫鄂爾泰的題本，一是乾隆二年十月十四日刑部尚書徐本的題本。兩本均爲審斷南海縣强盗穿腮七打劫順德縣民蔡繪郡案而旁及打劫梁天來家煙死多命事，所記情形及時間與歐蘇所記相同。至此，梁天來案爲當時實事，已無疑問。

本書除翰選樓刊本外，尚有聯益堂本、道光桐石山房刊本、本立堂本等，光緒間石印本改題《七屍八命》。現據首都圖書館藏翰選樓刊本影印，板匡尺寸，悉依原書。（李夢生）

殺子報

《殺子報》六卷二十回，不題撰人。清光緒二十三年丁酉（一八九七）敬文堂刊本。孫楷第《中國通俗小説書目》、江蘇省社會科學院《中國通俗小説總目提要》著録均作「四卷二十回」，這是據本書卷首目録過録，共分四卷，每卷五回。但本書正文分卷，實爲六卷，計卷一、卷二各四回，卷三至卷六各三回，共二十回，不是卷各五回。

本書所叙故事，親母爲奸情殺子滅口，事敗被處決，除陰間因果報應及鬼魂托夢訴冤等迷信情節純屬虚構外，基本上係按清代曾發生在南通的一樁家庭倫常劇變慘案情節編寫，當然加上了許多小説細節的描繪。此書一名《清廉訪案》，訪案的清官爲南通知州，書中稱之爲「荆公」「荆知州」或「荆老爺」，係實有其人。這位知州姓荆名如棠，山西平陸人，乾隆十三年（一七四八）三甲一百二十九名進士（見《明清進士題名録》）。據《直隸州志》（光緒年刊），他於乾隆三十七年任南通州知州。姑按一般州縣官三年一任算，則殺子報一案的發生，約在乾隆三十七年至四十年期間。在隔了一百二十年寫成的這部小說内，保留着部分唱本的痕迹，如書中第十九回金定探監，其母哭訴，連用「悔不該」作爲七字韻語的起句；接着又在獄中「嘆五更」，全用流行小調，保存了大量唱詞。據此可知這個故事最初是以唱本形式流傳，小說即根據唱本編寫。現知最早記録此事的是景星杓《山齋客談》，謂事件發生在康熙乙未（五十四年，一七一五），所殺爲方山民之子。與小說所記時間、人物不同。晚清時，此故事又曾編爲戲劇上演，民國初年京劇舞臺尚不時貼演，後因殺子形象殘忍而遭禁。戲曲中斷案者改作寧波人董沛。董沛字覺先，爲同、光間人。

小說不署撰人（唱本更不會有作者署名），說明是書坊僱請某位落拓文人所寫，速寫速印，不問工拙，故文筆淺陋，板刻草率，錯誤百出，不堪卒讀。對這位小說作者，原不值得作什麽考證；但有一點尚可一談，從小說的對話看，較多使用吴語，如「介末」「是哉」「裏向」等，特别是第十一回寫納雲和尚眼中所見徐氏「梳頭梳得能個光，能個時樣」的「能個」（「這麽」的意思），可知這位作者當是蘇州人，而刻印此書的「敬文堂」，大概也是蘇州的書坊。另此書有民國庚申（一九二〇）夏月刊本，署「丁巳十月錫山樵者訂正」。錫山即無錫，密邇蘇州，同是吴語文學的發源地，這也可作爲這部小說是吴語區域産物的佐證。

現據中國藝術研究院戲曲研究所藏敬文堂原刻本影印。原書板匡高一二八毫米，寬九十毫米。（錢伯城）

希夷夢

《希夷夢》，四十卷四十回，不題撰人。據嘉慶十四年（一八〇九）刊本自序，知其作者爲汪寄。汪寄，號蜉蝣，安徽徽州人，生活在乾隆年間。書前《南遊兩經蜉蝣墓並獲希夷夢稿記》有「丙午仲春，西入華嶽」；未幾，於新安市上無意中得賤售大簏文稿，「予檢之，有汪子希夷夢稿」等語，則此書當作於乾隆五十一年丙午（一七八六）以前。又，文中記經蜉蝣墓揖詢老者「蜉蝣爲何如人」，老者曰：「澹泊無求，性孤寡合，所有著作，意創語新」。似可看作作者的夫子自道。

書寫五代末宋初，都指揮韓通之弟韓速，與節度使李筠幕賓閭丘仲卿，爲復國報仇浪迹江湖的種種情事。後被導入黄山希夷老祖洞府，卧於大青石之上，夢入「居扶桑之旁」的島國浮石和浮金，興衰榮枯，一枕新黄粱。最後驚覺，雙雙得道，化成白鶴一雙，凌空飛去。其書涉及海外的山川物理、幽境佳壤、奇珍異寶、風土人情，有豐富想像和奇特構思，使人耳目一新。故後世印本曾易名爲《海國春秋》。

本書現存最早刻本是嘉慶十四年本堂刻本，後有光緒四年（一八七八）翠筠山房刊小本。現據天津圖書館藏嘉慶十四年本堂刻本影印。原書板匡高一二二毫米，寬八二毫米。天津圖書館藏本書前作者自序、吴雲北序無，卷三十三第二十三頁、二十四頁，卷三十六第三十一頁原缺，現據首都圖書館藏嘉慶十四年本堂刊本補入。（邵海清）

斬鬼傳

《斬鬼傳》四卷十回，抄本，四册，藏北京大學圖書館。署「煙霞散人著」「正心堂抄」。有序，落款爲：「戊辰秋月上旬七日甕山逸士題於兼修堂。」正文書寫避「玄」字而不避「曆」字，可確定「戊辰」爲康熙二十七年（一六八八）。又有吳曉鈴先生藏抄本，五卷十回。前有序，署「甕山逸士題於兼修堂」，未書干支。前有辛巳仲冬「煙霞散人題於清溪草堂」的自叙。「辛巳」當是康熙四十年，則較正心堂抄本「甕山逸士」所署時間稍後。書末有字一行云：「乾隆伍拾年貳月念吉日，董顯宗重抄。」則知此乃乾隆五十年（一七八五）時的重抄本。

作者劉璋，字于堂，號介符，别號煙霞散人，山西陽曲人。生於康熙六年，康熙三十五年中舉，雍正元年（一七二三）五十七歲時任直隸深澤縣令。雍正四年，因前任虧米穀罣累卸官。約在乾隆十年以後去世。作者能文墨，善丹青，然一生並不得志。

劉璋除《斬鬼傳》外，尚著有《鳳凰池》《巧聯珠》《飛花艷想》等書；可能爲他創作的還有《幻中真》《幻中遊》，都是才子佳人小説。作者使用的别號除「煙霞散人」外，還有「樵雲山人」「華岗主人」「煙霞逸士」「西湖煙水道人」等。「兼修堂」是他的齋名。

《斬鬼傳》完稿於康熙二十七年，即劉璋二十二歲之前。但終璋之一生，此書並未付梓，只是抄本流傳。除上述抄本外，國家圖書館、首都圖書館亦有收藏。

關於本書的刻本，最早的當爲莞爾堂本，以後又有多種翻刻本。刻本題「陽直樵雲山人編次」，首有「康熙庚子歲仲冬上浣上元黄越飛氏手書於京邸之大椿堂」之序，該序稱書名爲「第九才子書平鬼傳」，書中目録及各卷首亦有「第九才子書平鬼傳」字樣。刻本避「弘」「曆」二字諱，説明乾隆年間所刻而題作康熙庚子年（即康熙五十九年，一七二〇）。黄越飛與此書無關，序乃僞托。因各抄本均無黄序，且其人已於乾隆初年去世。書名前冠「第九才子書」，是書賈的一種廣告宣傳。乾隆間另有東山雲中道人編《唐鍾馗平鬼傳》八卷十六回，與此非同一書。

刻本内容與抄本相仿，回目標題大同小異，正文的文字有不少改易，個别地方顯得流於粗俗，是書坊爲迎合較低層次的讀者興趣所致。

今據吴曉鈴先生藏本影印，板匡較原抄本略有縮小。（于世明）

何　典

《何典》十回，最初有清光緒四年戊寅（一八七八）上海申報館仿聚珍板排印本，編入《申報館叢書》。題「纏夾二先生評，過路人編定」，首有太平客人序及過路人自序，末有海上餐霞客跋。

此書在當時流傳不廣。後來吴稚暉曾談到一本小書(即《何典》)對他作文的啓示,引起了錢玄同、劉復的注意。一九二六年劉復在廠甸偶爾買到它,於是標點並略加校注,六月,由北新書局排印出版。首劉復手繪「鬼臉一斑」十六幅,並有魯迅「題記」及劉復「重印《何典》序」。一九二六年十二月,北新書局再版,增收魯迅《爲半農題記〈何典〉後作》及林守莊序,劉復在標點、注釋方面也作了些修正。至一九三三年九月,北新書局共版五次,風行一時。

光緒甲午(一八九四)上海晉記書莊曾石印此書,十卷,不分回,題「十一才子書鬼話連篇録」,署「上海張南莊先生編,茂苑陳得仁小舫評」。申報館排印本海上餐霞客跋也稱《何典》是張南莊所作。據此推知,本書作者張南莊化名「過路人」,評者陳得仁化名「纏夾二先生」。

張南莊生平資料不多。據海上餐霞客跋及清代上海人楊城書《蒔古齋吟稿》中《題張南莊詩卷》詩及《張南莊詩序》,知他是乾隆、嘉慶時人,爲上海「高才不遇」的「十布衣」之冠。他學識淵博,「書法歐陽,詩宗范、陸」,著作等身,有編年詩稿十餘册,但咸豐初毁於兵火,獨《何典》幸存。他「藏書甲於時」,而「身後不名一錢」。

此書大量運用吴方言成語、俚語俗談,寫鬼蜮世界,而「談鬼物正像人間,用新典一如古典」(魯迅「題記」),能於嘻笑怒駡之中揭示世俗百態,筆調帶有諷刺而趨於滑稽。别具一格。

今據南京圖書館所藏《申報館叢書》本影印。(顧歆藝)

世無匹

《世無匹》四卷十六回，署「古吴娥川主人編次」，「青門逸史點評」，首序署「學憨主人書於桃塢之徵蘭堂」。金閶黄金屋刊本，四卷分標「風」「花」「雪」「月」四集，每集首回（即全書第一、五、九、十三回）書名下旁鐫「生花夢二集」。

編者古吴娥川主人，名字事迹無考。他另有《生花夢》《炎涼岸》二書，亦有青門逸史點評。美國哈佛大學東亞語言文化系圖書館藏高陽齊氏百舍齋善本小説《生花夢》，亦分標「元」「亨」「利」「貞」四集，集各四回，共十六回，封面左旁鐫有「二集嗣出」字樣。大連圖書館藏《炎涼岸》日本抄本，名下旁鐫「生花夢三集」。三書行款一致，自成系列。

《生花夢》首序署「時癸丑初冬古吴青門逸史石倉氏偶題」。第一回有一段入話故事，前云：「我如今先説件最切近的新聞，把來當個引喻。這節事不出前朝往代，却在康熙九年庚戌之歲。」既稱「最切近的新聞」，則青門逸史序署之「癸丑」，當爲康熙十二年（一六七三）。依此，「嗣出」之《世無匹》，當刊行於此後不數年間。

此書尚有嘯花軒刊本，不分卷之「本衙藏板」本。前者未見。後者不題撰人，回目簡練，文字有删削，與《生花夢》《炎涼岸》行款不一致，當係後出。

兹據大連圖書館藏金閶黄金屋刊本影印。原書板匡高一九〇毫米，寬一一〇毫米。（韓俊英）

金鐘傳

《金鐘傳》，一名《正明集》，凡八卷六十四回，每卷八回。牌記題《增註金鐘傳》。卷首題正一子、克明子著，鬲津天香居士正定註解，津門培一批，鬲津静一居士、超凡居士録，冰齋校。光緒丙申（二十二年，一八九六）樂善堂刊本。首有忘俗老人序、簞瓢主人序、自非道人序；繼爲苦竹老人題七絶一首、克明子自題七絶四首。書卷一、卷三、卷五首作《金鐘傳》，餘皆作《正明集》，版心則均作《金鐘傳》。唯卷八第五十七回至第五十九回計二十一葉係用益生局本配補，並有「清涼山絶塵子募刊」字様。版心或作《三教正明集》，或作《新刻金鐘傳》。每回末均有天香居士的註解，實爲回末總評。書末有正一子手題的跋。

正一子、克明子，未詳其真實姓氏。自非道人序中謂：「然正一子者，一其心也；克明子者，明其心也。其所以一之明之於心者，亦不過曰孝弟而已。」天香居士在第六十四回的註解中又謂：「正三教之一源，故托名正一；明三教之秘旨，故號克明。」都是從小説的内容推測作者化名的涵義。小説叙事起於康熙二年（一六六三），止於康熙七年；第四十回至第四十二回寫到白蓮教作反事。第四十二回註解中有云：「因念乾隆年間臨清王林、嘉慶年間滑縣林清，均之以妖術叛。」第三十八回註解中提到同治六年（一八六七）十月間發生在吴橋梨營的事、同治十年三月間發生在德州城内的事。則作者正一子、克明子或爲康熙、雍正年間人，而作註解的天香居士當爲同治、光緒年間人。

《金鐘傳》是一部「醒世」「勸善」之書。小説以江南上元縣舉人李金華與淪落風塵、歷經坎坷的延安府賀旌之女淑媛的離合爲綫索，涉及天津、北京、河北滄州、山東德州、安徽滁州、江蘇江寧等地的社會情況、風土人情，最後以李金華得中探花，奉旨巡查各地，整飭吏治、民情，並命各府州縣鑄一醒世金鐘懸於城内十字路口以警世點題。作者在書的結尾嘗自題一絶以概括其創作主旨云：「百八金鐘不住聲，願人聽作迅雷鳴。不知喚醒群迷否？一點天良在五更。」這類作品，在明清小説中爲數不少。

現據浙江圖書館所藏樂善堂本影印，原書板匡高一八五毫米，寬一三〇毫米。（邵海清）

燕子箋

平話章回小説《燕子箋》，六卷十八回。迎薰樓刻本卷端題《新編燕子箋》，不著撰人，署「玩花主人評」。其實此本並無評語，也不知玩花主人爲何許人，疑玩花主人即爲本書作者。除迎薰樓刻本外，世無其他傳本。

《燕子箋》是敷演一個才子佳人的故事。孫楷第《中國通俗小説書目》認爲小説係據明末阮大鋮《燕子箋》傳奇改編。但夢鳳在《燕子箋》傳奇的暖紅室刻本跋中，説曾見明初平話小説《燕子箋》：「從顧氏假得《燕子箋》小本，僅有平話而無曲文，分六卷十八回。……小本平話無年月可考，而紙墨甚舊，當出明初葉刊版，取以校傳奇，説白無不吻合，每回詩句，亦復不差一字。」所列小本平話十八回回目，與今本完全相同。僅第八回「因醫病細説情由」，今本作「因醫因細説情由」，第二個「因」字顯係誤字；第十二回「秀才新選入幕賓」，今本作「秀才新邀入幕賓」，「選」「邀」兩字皆可通，屬異文。但小説十八回回目與傳奇四十二齣齣目却完全不同，惟今本小説正文與傳奇説白相吻合。如夢鳳的話可信，那就是説在傳奇《燕子箋》產生之前，有平話小説《燕子箋》，傳奇係據平話改作；也可能今本是明本的翻刻本，或因原本小説失傳、殘缺，今本據傳奇改作。今本刻於清初或清中葉。

今據北京大學圖書館藏迎薰樓刻本影印，板匡高一七〇毫米，寬九八毫米。（侯忠義）

明月臺

《明月臺》十二回，稿本，藏天津圖書館，現即據以影印。書内封題「咸豐六年（一八五六）六月煙水散人著」。書前有自序二篇，其一署「咸豐六年初伏日洞庭東山煙水散人凝香翁桂著於蕭縣草野書軒之南窗下」。書後有作者總評及張仁椝、陳濬源、鄭輔亭等十四人題辭。

據序署名，本書作者翁桂，字凝香，號煙水散人，江蘇蘇州洞庭東山人，流寓蕭縣（今屬安徽）。其序自云「余本布衣寒士，草野村夫」；祁文題詩小序云去村塾見《明月臺》小説，因爲題詞，朱文典題詩小序云作者「籍本洞庭，寄迹蕭國，在中年偶傷夫抑鬱，洎晚歲深有感於報施，因作傳奇十二回，命之曰《明月臺》」。據此可知，翁桂生於乾隆末嘉慶初，生平不得意，教村塾爲生，《明月臺》爲其晚年所作。

書叙崔既壽先後爲崔、裴二員外螟蛉，性情乖張，結交匪類，使二家破落，最終不得善終。作者本旨，據自序，是爲了「從忠孝節義、悲歡離合之中生出渺茫變幻、虚誕無稽一段因由，借端藉事懲勸醒世」。韓超群題詩跋云：「散人身遭異類，抑鬱無聊，走筆成此，所以寓懲勸喚愚迷而扶植綱常於不墜也，豈徒洩己憤已哉！」陳亮題詞小序云：「《明月臺》説部乃烟水散人親身閲歷，實情實事，有伏有應，可泣可歌。」以此知小説所記乃作者親身經歷。小説以神話起，書中忘恩小人爲蝙蝠轉世、頑石所生，這種機局頗類《紅樓夢》。二書均爲記自己所見所聞所歷，有自傳的意義，《明月臺》也許有意借鑑了《紅樓夢》開卷之構思。

是書自序有云《明月臺》是有感於《清風亭》所作。諸家題詩，亦多把二書並舉。如鄭輔亭詩有「《清風》《明月》有餘光」句，李德燿詩云：「《清風》《明月》太蒼涼，甘苦知君已備嘗。」祁文詩云：「舊傳《清風亭》，今編《明月臺》。」近世研究者遂以爲翁桂在作《明月臺》之前，曾著有《清風亭》一書。事實並非如此。《清風亭》爲明秦鳴雷所作傳奇。鳴雷字子豫，號華峯，浙江臨海人。嘉靖進士。《清風亭》一名《合釵記》，本事出《北夢瑣言》，言薛榮妻妬悍，妾洪氏有子，被逼棄之。薛氏子後爲人收養，長大後不認其養父母，終被天雷殛死清風亭上。清代京劇有《天雷報》，亦名《清風亭》，即改編秦劇，盛演不衰。翁桂當有感於薛子忤逆事，聯繫自身經歷，遂纂《明月臺》小説。翁桂自序有「世間每有《清風亭》之傳奇，聊就今人演陳迹，未知真乎假乎」之語，足證《清風亭》非翁桂所著。（李夢生）

玉蟾記

《玉蟾記》六卷五十三回，題「通元子黄石著，釣鼇子校閲，餐霞外史參訂，紅杏道人校字」。孫楷第《中國通俗小説書目》云此書作者即小説《白圭志》作者崔象川。後來的小説書目均從孫説。案，此書現知最早版本爲道光七年（一八二七）緑玉山房刊本，《白圭志》現知最早版本爲嘉慶三年（一七九八）刊本，兩者年代相距較遠，其文字風格亦毫無相似之處，而且此小説本身無任何迹象表明作者爲崔氏。孫氏所云，不知所據。

本書所署「通元子黄石」是小説中一位起穿針引綫作用的虚幻人物。小説第二回云：「貧道是圯橋黄石公，自從收了張子房爲徒，結一茅庵，住在峨眉山下，改號通元子，修真又加二千餘年閲歷，漢五六朝，洎乎唐宋元明……」顯然不是作者真名實姓。

此書係據評話本改編。首回賣花叟云：「連日在教場聽得一部新書，叫做《十二緣玉蟾記》……是通元子編成，恬澹人發刻傳出來的。」「自從聽了這書，大約記得七八分。又買了一部脚本，看熟説出來，雖不合腔，却不至有頭没尾。」第二回又云：「今日無事，就把《十二緣》評話編次一番。」評話本今已不存，但從以上綫索可以推知，評話名爲《十二緣》或《十二緣玉蟾記》，共五十回。此書第一回《恬澹人讀史問天》、第二十七回《賣花叟借言警俗》、第五十三回《恬澹人草堂閒話》完全脱離於小説情節之外，當爲小説改編者所加。此書不僅保留了大量的詩、詞、贊等韻文，且書中人物每以第一人稱的身份上場説話，交代故事情節，評話的痕迹十分明顯。蔣瑞藻《小説考證・續編》中著録彈詞《玉蟾記》，所叙内容與此書略有不同。

本書以明嘉靖間嚴嵩一黨陷害忠良爲背景，寫才子佳人和因果報應事，與彈詞《十美圖》不僅基本情節相同，許多細節也相類似，當有所承襲。然兩者孰先孰後，難以確定。

關於此書之版本，現知有道光七年、道光十九年緑玉山房本、光緒元年（一八七五）本衙刊本等。復旦大學圖書館所藏清刊本無牌記，刊刻年代不詳。各本板式大致相同。現即據復旦大學圖書館藏本影印，原書板匡高一三〇毫米，寬八七毫米。卷一第二九頁、卷六第四三頁原缺，據北京大學圖書館藏本輯補於後。（黄　毅）

第三輯

秦併六國平話

《秦併六國平話》，全稱《新刊全相秦併六國平話》，牌記中又署「秦始皇傳」，元至治間建安虞氏刊本。書分上中下三卷，上下兩欄，上圖下文，計有圖五十一幅，每圖有標題。第一幅圖署「黄叔安刊」。

本書一般認爲是講史藝人説話的底本，爲「講史」的一種。卷上記秦王政出身來歷，秦滅韓攻趙；卷中記荆軻刺秦王，秦滅燕、魏、楚；卷下記秦滅齊一統天下至劉邦、項羽滅秦，故事基本取材於《戰國策》《史記》，有時盡引原文，不加增飾，如荆軻刺秦王一段，全引《史記・刺客列傳》，李斯《諫逐客書》也全文照抄，使全書文白相間。鄭振鐸《插圖本中國文學史》云：「這是一部『人』的書，而不是鬼怪的書，只是一部寫人與人之間的争鬭，却不是寫仙與仙之間的玄妙的布陣鬭法的，這是一部純粹的歷史小説，不參入一點神怪的分子在内的。」把本書與其他全相平話中的《武王伐紂書》《樂毅圖齊七國春秋後集》比較，鄭振鐸所述的正是本書的特點。這種忠於史實的寫法，在明代得到推廣，開羅貫中、余邵魚、熊大木等歷史小説作家的先風。甚至於一些本無史可稽的小説，如《開辟演義》《盤古至唐虞傳》等，也都題上「按鑑（指《通鑑》）」二字，以標榜忠於史實。

本書與現存其他平話一樣，有開場詩，最後以詩作結。胡士瑩《話本小説概論》認爲：「這種開場叙述歷代興亡結尾評論的形式，正是宋代講史説話人的流風餘韻。這部平話，可以説是直接繼承《五代史平話》的衣鉢的。」

本書現藏日本内閣文庫，原書爲蝴蝶裝。傳世有日本倉石武四郎影印本、文學古籍刊行社《全相平話五種》影印本。現據日本内閣文庫藏本影印。（李夢生）

前漢書續集

《前漢書續集》，全稱《新刊全相平話前漢書續集》，牌記署《全相續前漢書平話》，中間題「吕后斬韓信」，元至治間建安虞氏刊本。書分上中下三卷，上圖下文，計有圖三十七幅，每幅有標題。正文不分則，也無其他平話陰文小標題。正文第一幅圖署「樵川吴俊甫刊」。吴俊甫另刊有《武王伐紂書》《樂毅圖齊七國春秋》《三國志平話》。

本書既題「續集」，當另有正集。鄭振鐸《插圖本中國文學史》推測正集「其叙事當止於：項羽被圍於九里山前，四面楚歌，虞姬自殺；羽奮勇突圍而出。走至烏江，終於自刎而亡。所以這部《續集》單刀直入的便從『時大漢五年十一月八日，項王自刎而死，年二十一歲』叙起」。胡士瑩《話本小説概論》推測正集的書名「可能爲《楚漢春秋前漢書正集》」。

講史中的説《漢書》是一個重要部分，《夷堅志》與《醉翁談録》都有記載，本書可能就是根據宋代講史人底本整理充實而成。書叙述漢初時事，止於文帝即位，取材於《史記》《漢書》的高祖、吕后紀及韓信、彭越、樊噲、盧綰等傳，並大量吸收了民間傳説及一些通俗文學中的有關事迹。元人雜劇中有關吕后斬韓信等事的劇本很多，如鍾嗣成《漢高祖詐遊雲夢》、李壽卿《吕太后定計斬韓信》、石君寶《吕太后醢彭越》、高文秀《病樊噲打吕胥》、于伯淵《吕太后餓劉友》等，可惜這些劇本都已失傳，可以肯定的是這些戲曲與本書關係必然很密切。

值得一提的是，本書所記爲漢初事而題「前漢書續集」，原因在於前集叙楚漢争王是漢朝立國之根本。後世所編的有關西漢的歷史演義，莫不以漢初事爲主體，文帝後便草草了事，如明萬曆書林刊熊鍾谷編的《全漢志傳》，其中西漢六卷，文帝前事即佔四卷之多。而萬曆刊《兩漢開國中興傳志》，萬曆大業堂刊甄偉編《西漢演義》，都只寫到吕后退位止。由此可見本書對後世小説的影響。

本書現藏日本内閣文庫，近年有日本倉石武四郎影印本、文學古籍刊行社《全相平話五種》影印本等。現據日本内閣文庫影印本印行。（李夢生）

薛仁貴征遼事略

《薛仁貴征遼事略》一卷，明《文淵閣書目·雜史類》著録。原書單刻本今已不見，幸《永樂大典》卷五千二百四十四（十三蕭）的「遼」字韻全文收入，今即以之影印。

薛仁貴，新、舊《唐書》均有傳。《唐書》載其於貞觀末隨唐太宗征遼東，立功彪炳。是書所記與史傳基本符合，只有一些細節不同，如劉君昴（《舊唐書》作劉君昂，《新唐書》作劉君印）冒功事純屬虚構；而將薛仁貴破突厥「三箭定天山」事糅入征遼，則爲小説家慣用手法。

本書的體制、語言風格均與元至治年間刊「全相平話」相同。卷前開頭詩云：「三皇五帝夏商周，秦漢三分吴魏劉，晉宋齊梁南北史，隋唐五代宋金收。」此詩亦見《新刊全相平話武王伐紂書》開頭，詩歷叙朝代至金止，顯是元人口氣。

胡士瑩《話本小説概論》第十七章《關於講史》指出：「話本中所用典故，亦多爲宋元話本和戲曲中所習見者。如叙述尉遲敬德請求從唐太宗征高麗，唐太宗説他老了，而敬德並不伏老，並臂舉殿下約千餘斤的石獅子，轉殿行走如飛。元人有《敬德不伏老》雜劇，其内容或去此不遠。又話本中描述薛仁貴引兵至安地嶺在一宫觀中遇一婦人，有如『芙蓉城下，子高適會瓊姬；洛水堤邊，鄭子初逢龍女』。宋代大曲及宋元南戲中都表演過這兩個故事。」

一九五七年，趙萬里根據《永樂大典》將此書整理校勘，由古典文學出版社出版。趙萬里在

《後記》中論定此書爲宋元間説話人手筆，並説：「此書又稱『秦懷玉領兵出陣，便似掛孝關平也』。案關平與父關羽同時被殺，明見於史。此事本無問題，但在至治新刊《三國志平話》卷下『劉禪即位』、『諸葛七擒孟獲』、『諸葛造木牛流馬』三節中，均有關平出場。可知説話人心目中關羽被殺時，關平並未同死；與此書稱『掛孝關平』若合符節。據此推斷，此書寫作時代當與《三國志平話》寫作時代相距不遠。」

明清二代寫薛仁貴的通俗文學作品很多，受本書影響最明顯的是明成化年間刊行的唱本《薛仁貴跨海征遼》。清代小説《説唐後傳》《薛仁貴征東全傳》所記亦有類似情節。（李夢生）

大唐秦王詞話

《大唐秦王詞話》，正文卷一卷二作《按史校正唐秦王本傳》，卷三起作《按史校正唐傳演義》，目次作《重訂唐秦王詞話》，八卷六十四回。署「澹圃主人編次，清修居士參訂」。編次者澹圃主人爲諸聖鄰。卷首有友人「四明通家」陸世科序。陸世科是萬曆三十五年（一六〇七）進士。卷四、卷七起首各有西湖的賦和十景詩，此書可能完成於杭州。第五十八回引首作者六字句詩：「春事已過九九，月閏更值三三。」萬曆三十五年前，五年、十九年都是閏三月。此書寫定當在一五九一年前後。

各卷卷首均有「按史校正」字樣。書中所記唐初大事同兩《唐書》出入很大，處處帶有濃郁的民間傳説色彩。地理上也有明顯差錯，如長安東郊的霸陵川，被寫作遠在潼關之外。可見「按史校正」只是書販的廣告，並不可信。明清流行的唐代歷史小説有兩個系統：一是世代累積型集體創作經文人寫定，如《隋煬帝艷史》《隋史遺文》；一是拘泥史實的普及讀物，如《唐書志傳通俗演義》，它們經文人「按史」或「按鑑（《通鑑》）」大加筆削而成。本書事實上屬第一類，名義上却自居於第二類。除卷首的韻語外，看不出明顯的文人修改痕迹。作者的整理，並未使原作傷筋動骨而面目全非，這倒是它的可貴之處。

本書是《金瓶梅詞話》之外僅存的一部明代長篇詞話。楊慎的《歷代史略十段錦詞話》是文人擬作，性質不同。本書卷首有分咏春夏秋冬的四首《玉樓春》詞，再加一首七絶，然後才是正文。《金瓶梅詞話》前也有四首《行香子》詞，大體分咏四季，然後是酒色財氣四貪詞（《鷓鴣天》）。兩書都是韻散夾用，每回起迄都用韻文。散文多於韻文的情況，當是寫定者改編的結果。上述《玉樓春》《行香子》《鷓鴣天》都不標詞牌名。文人填詞作曲不會如此。

《醉翁談録》甲集卷一《小説開闢》説：「吐談萬卷曲和詩」，沈德符《野獲編》卷二十五將《金瓶梅》列於「詞曲」之部，可見詞話二字決非後人隨意所加。詞話中唱的部分被壓縮之後，更常見的稱呼就是話本。一物二名，而略有先後之分。《水滸傳》第五十一回，白秀英「説了開話又唱，唱了又説」的《豫章城雙漸趕蘇卿》，就明明説是「話本」。

一九六七年上海市嘉定縣(今嘉定區)宣姓墓出土的明成化年間説唱詞話,主要是七言句和少量十字句。唱的部分,既有《金瓶梅詞話》《大唐秦王詞話》那樣以詞曲爲主,又有成化本詞話以七言、十言句爲主的兩種類型,恰恰同戲曲中曲牌體和板腔體並存的情況相似。

本書傳本甚少,鄭振鐸藏有明刊本,文學古籍刊行社影印時曾以傅氏碧蕖館藏明刊本訂補了鄭氏藏本之殘闕。今即據該本影印。(徐朔方)

今古奇觀

《今古奇觀》四十卷,卷各一篇,抱甕老人選輯。首笑花主人序,中云:「墨憨齋增補《平妖》」,「至所纂《喻世》《警世》《醒世》三言,極摹人情世態之歧,備寫悲歡離合之致」,「即空觀主人壺矢代興,爰有《拍案驚奇》兩刻」,「合之共二百種,卷帙浩繁,觀覽難周」,「余擬拔其尤百回,重加繡梓,以成巨覽。而抱甕老人先得我心,選刻四十卷。名爲《今古奇觀》」。這番話很符合實際。此書四十篇話本小説,完全選自「三言」「二拍」,即《喻世明言》八種,《醒世恒言》十一種,《警世通言》十種,《拍案驚奇》八種,《二刻拍案驚奇》三種。此選本也確實堪稱「拔其尤」,不收宋元舊篇,從小説史的角度看,固然不無遺憾,然明人話本小説中之膾炙人口者,大都入選了。這足見抱甕老人眼光雅正,於小説一道頗有鑑賞力。所以,其書刊行後,流布甚廣,後出之翻刻重刻本多達數十種之多，還出現了一些仿造性的選本，在相當長的歷史時期裏，「三言」「二拍」竟至爲之淹没。

此書之早期刊本有吴郡寶翰樓刊本、「本衙藏板」本、文盛堂刊本。前者藏法國國家圖書館，題「抱甕老人訂定」，笑花主人序中「皇明」二字另行抬頭，前引文末句「今古奇觀」與後來坊刻本作「古今奇觀」不同，並且諸篇有眉批，與題名「訂定」二字相合。如此，此書之選刻當在崇禎五年（一六三二）《二刻拍案驚奇》刊行後至崇禎十七年之間。另外，上海圖書館藏有大型本，該本内封已佚，不知刊刻堂名，題「姑蘇抱甕老人輯，笑花主人閲」，序中「皇明」二字亦另行抬頭，似亦刊於明末或明刻清印。

抱甕老人、笑花主人的真實姓名，尚無從考實，據清初王晫記載：顧有孝字茂倫，蘇州著名文人，精於詩鑑賞。入清不仕，曾入吴中遺民驚隱詩社，肆力選刻古今人詩，有《唐詩英華》（錢謙益爲作序）、《樂府英華》、《風雅嗣響》等。他與《西游補》作者董説、《水滸後傳》作者陳忱都有交往，自然不以小説爲小道。以其尚氣節之性情，精選「三言」「二拍」中精品刊行《今古奇觀》是極有可能的事情。書序中「皇明」二字抬頭書寫，可能是故意托諸前朝制作，掩當道之耳目。

現據上海圖書館藏本影印，原書板匡高二一一毫米，寬一四六毫米。（袁世碩）

二奇合傳

《二奇合傳》，不題撰人。清光緒戊寅（四年，一八七八）渝城二勝會刊本，十六卷四十回，每卷一至四回不等。前有芝香館居士《删定二奇合傳叙》云：「二奇者，《拍案驚奇》《今古奇觀》也，合而輯之，故曰二奇也。」「書經再訂，則舊題可不襲也；不襲而其所謂奇者，終不可易焉，故命曰《二奇合傳》也。」每卷回目前題作《删訂二奇合傳》，一作《删定二奇合傳》（卷十一），或逕作《二奇合傳》（卷八），版心則統一作《二奇合傳》。每回前均冠以單句回目，並綴以道德教訓的三字句以突出其「勸懲之義」，如第一回《劉刺史大德回天——勸積德》，第二回《盧太學疏狂取禍——戒狂生》等。其中第三、四、十一、十五、十六、二十一、二十二、二十七、二十八、三十等十回仍襲用《今古奇觀》舊題。

此書選自《今古奇觀》者二十六篇，選自《拍案驚奇》者十二篇。另有兩篇即第三十四回《曾孝廉解開兄弟劫》係據《聊齋誌異》之《曾友于》改編，第三十六回《毛尚書小妹换大姊》則源出於《聊齋誌異》之《姊妹易嫁》。而《今古奇觀》又選自《三言二拍》，其中出於《拍案驚奇》者八篇。二者合計，選自《拍案驚奇》者二十篇，恰占全書二分之一。

芝香館居士叙其編纂主旨云：「是書既主醒世，而寫生之筆有涉誨淫，則所宜擯者也。」此書對入選的各篇，除剔除有關性描寫的情節和詞語外，或重行編寫入話部分，或删略，改寫詩詞韻語，或删去説話人的語調，或易明人的語氣爲清人的語氣等方式作了不同程度的修訂，如《拍案驚奇》第二十一回有「國朝永樂爺爺未登帝位」句，《二奇合傳》第七回改爲「明朝永樂皇帝未登帝位」，《拍案驚奇》第四回有「此是吾朝成化年間事」句，《二奇合傳》第十四回改爲「此是明朝成化年間的事」。從多處删改的情况看，編者往往不是因爲故事情節的需要，而是爲了節省篇幅。再以第三十四回《曾孝廉解開兄弟劫》與《聊齋誌異》之《曾友于》對勘，不僅可以認定前者是據後者改編的，甚至可以看出它所依據的乃是《聊齋誌異》青柯亭本。按，青柯亭本初刊於乾隆三十一年（一七六六），則《二奇合傳》的編定，當在青柯亭本刊刻並流傳之後。孫楷第《中國通俗小説書目》著録有咸豐辛酉大字本，未見。

今據華東師範大學圖書館所藏光緒戊寅年渝城二勝會刊本影印，原書板匡高一四八毫米，寬一〇五毫米。（邵海清）

豆棚閒話

《豆棚閒話》十二則，署「聖水艾衲居士編，鴛湖紫髯狂客評」。最早的本子爲康熙間寫刻本，牌記書「艾衲居士新編」「翰海樓藏板」。前有《豆棚閒話叙》，署「天空嘯鶴漫題」。正文前有圖六葉合十二幅，内一幅是題詩。評語共十二節，分别附於正文十二則之後。另有乾隆四十六年

（一七八一）書業堂板，題「聖水艾衲居士原本」「吴門百懶道人重訂」。後者無圖及題詩，而叙文、評語及卷數、次序均與初刻本相同。

艾衲居士亦稱「艾衲道人」「艾衲老人」。真實姓名未詳。然從署名前所冠之「聖水」，可知其爲浙江杭州人。因杭州西湖舊名明聖湖。又宋乾道間杭州慈聖院亦有聖水池。這種署法與另一種小説《跨天虹》卷前署名中之「鷲林斗山學者初編，聖水艾衲老人漫訂」（「鷲林」當指杭州靈鷲峰，即飛來峰），在手法上，有它的共通之處。既然翰海樓本爲康熙間所刻，第十一則的評語又有「明季流賊猖狂」，以及天空嘯鶴在《叙》中稱作者爲「當今之韻人」，則可知其爲清初人，或爲由明入清者。在紫髯狂客的評語中，略有關於其人其書的若干記載，如第十則的評語云：「艾衲徧遊海内名山大川，每每留詩刻記，詠歎其奇。」第十二則的評語又説：「艾衲道人胸藏萬卷，口若懸河，下筆不休，拈義即透。凡詩集傳奇，剞劂而膾炙天下者，亦無數矣。邇當盛夏，謀所以銷之者，於是《豆棚閒話》不數日而成。」

這書的一大特色是，十二個短篇每篇都在豆棚中以講故事的形式寫成，作者以今論古，「董帽薛戴」，時而嬉笑怒駡，時而娓娓道來，以表達其對世事的見解。它之與一般平話小説所不同者是全書一氣連貫，但每則故事却又獨立成篇。這種形式，陳汝衡《説苑珍聞》謂「鄭振鐸先生以爲此書受有印度影響，蓋與印度之《故事海》《十王子冒險記》《魔鬼的二十故事》《鸚鵡的七十二故事》相近也」。《豆棚閒話》問世以後，在當時頗有影響。乾隆六十年（一七九五),山東曾衍東七如所著異聞筆記小説別取《小豆棚》爲書名,説明是因《豆棚閒話》風行在先的緣故。

現據國家圖書館分館所藏的翰海樓本影印。這個本子雖有些地方字迹不很清楚,但它却是一個極珍貴的本子。原書板匡高二〇〇毫米,寬一三四毫米。(曹中孚)

照世盃

《照世盃》四卷四回,各演一故事,清酌元(玄)亭主人作。

此書國内久已失傳。日本佐伯市佐伯文庫舊藏清初寫刻本一部,内扉右行上刻「諧道人批評第二種快書」,中行刻「照世盃」,左行下刻「酌元亭梓行」。第一回首頁署「酌元亭主人編次」。兩處「元」字,筆劃較其他字爲細,又第四回首頁署名僅餘「亭主人編次」五字,均顯系剜改所致。中國社會科學院文學研究所藏另一話本集《閃電窗》,版式與此書全同,扉頁右行刻「諧道人批評第一種□(快)書」,左行刻「傳奇嗣出,酌玄亭梓行」。兩書無疑是同一作者,後者所謂「傳奇嗣出」,大概即指此書即將刊行。據此可斷定,兩書均爲原刊,《閃電窗》刻於順治年間,《照世盃》付梓亦在順治末年,刻成則已康熙帝登極改元,不得不避「玄」爲「元」了。

酌元(玄)亭主人,姓名已不可考。此書卷首有吴山諧野道人序,中謂作者:「今冬過西子湖頭，與紫陽道人、睡鄉祭酒，縱談今古，各出其著述，無非憂憫世道，借三寸管爲大千世界説法。」按，紫陽道人爲《續金瓶梅》作者丁耀亢。睡鄉祭酒是爲李漁《無聲戲》等小説作序作評之杜濬。丁耀亢旅寓西子湖樓，曾與李漁交往，並作成《續金瓶梅》，經查繼佐評點而付梓，時在順治十七年（一六六〇）。此序中所説「今冬」，當是這年冬日，與前面所斷此書付梓年代正相合。據此，則酌元（玄）亭主人與丁耀亢、杜濬年輩相仿，亦爲由明入清者。

酌元（玄）亭主人與李漁也當相識，其書繼李漁小説而出，題旨、風格亦相近。此書所收四篇，大體如諧野道人序中所説：「採閭巷之故事，繪一時之人情，妍媸不爽其報，善惡直剖其隱。」唯叙事平實，雖稱窮形盡相，却缺少李漁小説之意趣。值得注意的是，四篇故事篇幅較一般話本爲長，各有單句篇目，而篇首又另列段目，以偶句爲之，猶章回小説之回目，正文却並未分段，便形同虚設。這可以視爲話本小説由短篇向中篇發展的一種過渡形式。

《照世盃》於康熙年間即流往日本。嗣後，日本另有和刻本行世。一九二八年，陳乃乾「依據日本傳鈔本校印」，收入其所編《古佚小説叢刊初集》。一九八八年，伊藤漱平、大塚秀高照原刊本影印，編爲《佐伯文庫叢刊》第四卷。

本書即據《佐伯文庫叢刊》本影印。（袁世碩）

都是幻

《都是幻》二卷十二回，由兩種小説合成，即《梅魂幻》和《寫真幻》，均有上下卷，各六回。所云《都是幻》，是個總稱。牌記中爲書名《都是幻》，右署「批評繡像奇聞」，左有「本衙藏板」字樣。《梅魂幻》目録云「新刻都是幻」，署「蕭（瀟）湘迷津渡者輯」。瀟湘迷津渡者，姓名未詳。孫楷第《中國通俗小説書目》謂：「日本《舶載書目》元禄間目著録此書」，「首瀟湘耽奇子序」。此瀟湘耽奇子，事迹亦不可考。署名「瀟湘迷津渡者」的小説尚有《錦繡衣》一種。《寫真幻》上卷第一回有「傳説先朝正德年間，河南省城中有一人姓池，名上錦，別字苑花」之語，稱正德年間爲「先朝」，則知是書成於清初，作者當是清朝初年人。

《梅魂幻》叙天啓間事，《寫真幻》叙正德間事，均虚構而成。阿英《小説閑談》説：「無論就故事，抑技術講，《寫真幻》優於《梅魂幻》。」又説：「最富於羅漫諦克意味的，是《寫真幻》雖説有極奇誕的穿插，大體却還不離於現實。」「《梅魂幻》却是完全離開現實的幻想。」阿英還説：「《寫真幻》寫的較好，我懷疑與《梅魂幻》是否爲同一作家作品。首署迷津渡者輯，後篇即爲其仿作，亦未可知。」但阿英僅從兩書的故事内容和藝術技巧上懷疑，未提出别的證據，對此衹好暫時存疑，以待進一步考定。

《梅魂幻》《寫真幻》兩書都有少量評語，有的夾在行間，有的見於書眉。評語數量，《寫真幻》多於《梅魂幻》。所評内容側重於藝術欣賞。《寫真幻》末尾又有署「閩山愛石主人」的評語一則，評者真實姓名，以及書中的其他評語，是否全出其手，亦待深考。

本書所收兩種小説的排列次序，因不同藏本而異：國家圖書館藏本《梅魂幻》在前，《寫真幻》在後，無序；阿英藏本則反之。現據國家圖書館藏本影印。（顧歆藝）

胡少保平倭記

《胡少保平倭記》一卷，存世僅見抄本一種，藏上海圖書館，今即據以影印。書題「錢塘西湖隱叟述」，作者生平不詳。

書叙明嘉靖年間倭寇作亂，土直（《明史》作「汪直」）、徐海等勾結倭寇侵犯浙閩沿海，被浙江監察使胡宗憲平定事。全書所述事迹，多見於《明史·胡宗憲傳》及茅坤《紀剿除徐海本末》；明田汝成所編《西湖遊覽志》《西湖遊覽志餘》及沈國元《皇明從信録》等書亦有記載。書中穿插的徐海妻王翠翹勸降徐海，後被胡宗憲辱駡投水死事，亦見王世貞《續艷異編·土翹兒傳》、《幻影》第七回「生報華萼恩，死謝徐海義」、《虞初新志》卷八余懷《王翠翹傳》等書；清初青心才人所編《金雲翹傳》小説專演此事；後世演此事的戲曲，則有無名氏《兩香丸》、王瓏《秋虎丘》、夏秉衡《雙翠園》等。

明末周清原編纂的《西湖二集》卷三十四收有《胡少保平倭戰功》一篇，經核對内容與本書完全相同，只有個别字因抄手所據的底本訛奪而有異文。從本書内容及流傳情況看，本書顯然創作於明代萬曆年間。抄本在抄寫時忠於原作，從抄寫款式上推斷，似亦抄於明代，如書中凡稱「朝廷」（指明朝）時均前留空格，書末引用萬曆二十一年（一五九三）朱鳳翔所上書，中談及「肅皇帝」「莊皇帝」「我皇上」等處，均前留空格，這種情況在《西湖一集》中都連寫不空格。《西湖二集》刊刻於明崇禎年間，多收集有關西湖或杭州的擬話本小説入集；周清原爲杭州人，與本書作者錢塘西湖隱叟同里，本書起初當亦爲單本話本，被周清原收入《西湖二集》中。

明代中葉以後，小説界出現了大規模地編輯總集的現象，一些流行的單刻白話短篇小説被文人們編入《三言》等話本總集中，一些單刻文言中短篇小説如《嬌紅記》《鍾情麗集》等則被收入《國色天香》《燕居筆記》等文言小説總集中。這些總集刊行後，流通極廣，以致於單刻的原本迅速被取代而不再刊行，後世很難再見到單刻本原貌。流傳到今天的單本，除此書外，尚有曾被收入《古今小説》第三十一卷「鬧陰司司馬貌斷獄」之《三國因》。對現存寥寥數種單刻小説進行研究，不僅可以看出明人編輯總集時的意圖與加工手法，更可因此而對中國小説史上這一段不尋常的歷史作一個縱深的了解。（李夢生）

警世選言

《警世選言》六回，目録前題「李笠翁先生彙輯警世選言」，回前題「貞祥堂彙纂警世選言集」，無序跋。李笠翁即李漁（一六一〇——一六八〇），字謫凡，號天德，又號笠翁，别號覺世稗官、新亭樵客、隨庵主人、湖上等翁等，浙江蘭溪人。他是清初著名戲曲小説作家和戲劇理論家，除著有《比目魚》《風箏誤》等十種曲，及《無聲戲》《十二樓》等短篇小説外，尚有戲劇理論著作《閑情偶記》。本書雖不見著録，其成書年代與李漁生活年代相同，僞冒的可能性較小；如確係李漁編纂，「貞祥堂」當即他的堂名。

明末清初，繼馮夢龍《三言》、凌濛初《二拍》盛行以後，話本創作走向鼎盛，各種選本紛紛問世，著名的有《今古奇觀》《覺世雅言》《警世奇觀》《今古傳奇》等。這些選本，一方面反映了話本小説在當時受讀者歡迎的程度；另一方面，由於它往往保存了一些後世散佚的小説篇章，倍爲研究者所重視。《警世選言》亦爲其中的一種。

本書六回，收六篇話本。第三回《荆公兩謫蘇子瞻》，取自《警世通言》卷三《王安石三難蘇學士》；第四回《小妹三考秦少游》，取自《醒世恒言》卷十一《蘇小妹三難新郎》；第五回《許長公二難讓産》，取自《醒世恒言》卷二《三孝廉讓産立高名》；第六回《陳希夷四辭朝命》，取自《古今小説》卷十四《陳希夷四辭朝命》。這四篇話本，對原著入話作了精簡删易，正文也有較大程度的節略，這與《今古奇觀》類選集大致照録原文有明顯區別。其他兩篇，不見於現今傳世的話本集，第一回《靈光閣織女表誣詞》，取材於明初瞿佑《剪燈新話》卷四《鑑湖夜泛記》；卷二《慈航渡朱生救功畜》，未詳所出。值得注意的是，卷二在入話後云：「開場已完，又演正本，名曰『賽啣環』。」知此篇本名《賽啣環》。以三字爲目，這與同時流行的話本集《天湊巧》《貪欣誤》《筆獬豸》等相同，可能採自同時人創作的話本集，文中有「明朝萬曆年間」語，也合清初人口氣。

本書存世有舊刊本，無刊刻堂名，藏日本天理圖書館，今即據以影印。原書三、四回回目與目録文字有小異；第五回「玄纁」，「玄」字不避康熙帝諱；第六回「趙匡胤」，「胤」字不避雍正帝諱，知刊於清初。（李夢生）

十美圖

《十美圖》一卷，不知撰人。今僅見吴曉鈴藏舊刊本一部，前有殘缺。首入話有「就像《無聲戲》上所説的闞里侯」句。《無聲戲》爲清初李漁所撰話本集，初刊於順治末年；此書通卷不避康熙帝「玄」諱，知書當創作及刊刻於康熙初。

《十美圖》演明正德年間蘇州才子張靈（字夢晉）與才女崔瑩（字素瓊）的戀愛悲劇，以名士唐寅爲全書關鍵人物。書中張靈行乞、唐寅爲寧王繪《十美圖》等情節，都是明中葉以來文人津津樂道的實事。今見最全面也是最早記載張、崔事的是明黄周星（一六一一——一六八〇）的《補張靈崔瑩合傳》，載《虞初新志》卷十三。篇前有引言云：「余少時閱唐解元《六如集》，有云：六如嘗與祝枝山、張夢晉大雪中效乞兒唱《蓮花》，得錢沽酒，痛飲野寺中，曰：『此樂惜不令太白見之。』心竊異焉，然不知夢晉爲何許人也。頃閱稗乘中有一編曰《十美圖》，乃詳載張夢晉、崔素瓊事……遂爲之傳。」據此，知明代即有《十美圖》小説傳世，今本《十美圖》究係據明人小説改編還是據黄周星傳文敷演，不得而知。黄周星卒於康熙十九年（一六八〇），其生活年代與今本《十美圖》作者相同，至於《虞初新志》的輯集更遲至康熙二十二年，因此今本《十美圖》據明人小説改編的可能性較大。

清代演張、崔事的通俗文學作品很多。彈詞中有《十美圖》一種，然實寫嚴嵩當政時曾榮獲十美事，與此無涉。演崔、張事的彈詞今知最早的是雍正年間刊行的《繡像何必西厢》，一名《梅花夢》，題「心鐵道人編次，和松居士譜訂」，三十七回。阿英《小説閒談》以爲即據黄周星《補張靈崔瑩合傳》本事而成。然彈詞中没有了主要人物之一唐寅事，而增加了張靈表弟秦鍾事，將悲劇改爲大團圓，是否另有所本，尚待深考。戲曲中演崔、張事的，有康熙間張匀的《十美圖》，乾隆間錢維喬的《乞食圖》（一名《虎阜緣》《後崔張》），及嘉慶間陳元林的《乞食圖》、光緒間劉清韻的《鴛鴦夢》等。

今即據吴曉鈴藏本影印。原書板匡高一九六毫米，寬一二〇毫米。（李夢生）

娱目醒心編

《娱目醒心編》，題「玉山草亭老人編次，葺城自怡軒主人評」。凡十六卷三十九回，前有「乾隆五十七年歲在壬子五月十有二日自怡軒主人書」的序，文中有夾評，各卷後均有評語。作者杜綱，字振三，號草亭，江蘇崑山人，序中説他「家於玉山之陽，讀書識道理，老不得志，著書自娱」，別有《北史演義》六十四卷、《南史演義》三十二卷行世。自怡軒主人許寶善，字斅虞，一字穆堂，江蘇青浦（今屬上海）人，乾隆二十五年（一七六〇）進士，官至監察御史，丁艱歸，不復出，以詩文詞曲自娱，著有《南北宋填詞譜》《穆堂詞曲》《自怡軒詩草》等，除《娱目醒心編》外，他還爲《北史演義》《南史演義》作序及評，杜綱亦爲其散曲作評。

這是一部晚出的話本小説集。鄭振鐸謂：「就今所知，此書實爲創作話本集中的最後一部。從乾隆五十七年以後，話本的作者，在實際上可以説是絶迹了。」（《西諦書話》）全書十六卷，卷各有題；每卷又分二或三回，而無回目。其創作主旨，如序中所云，是以忠孝節義的故事，寓因果報應之理，「既可娱目，即以醒心」。故事的題材，有的採輯史傳雜説，如卷五敘馬録審訊李福達一案被誣事，可證《明史》卷一九六《張璁桂萼傳》，卷二〇六《馬録傳》；卷八敘張氏女慘遭殘害，最終得以昭雪事，源自歸有光《震川先生集》卷四《書張貞女事》《張貞女獄事》《貞婦辨》等文，有的反映明末及康、雍、乾時期的社會現實。也有的是襲取前人的話本小説，如卷九第二回，與《三刻拍案驚奇》第三回《情詞無可逗，羞殺抱琵琶》情節雷同；卷十一第三回，襲自《石點頭》第八卷《貪婪漢六院賣風流》；卷十三第一回，襲自《醒世恒言》第二卷《三孝廉讓産立高名》；卷十四第一回，襲自《古今小説》第八卷《吴保安棄家贖友》。小説的入話部分，往往擴展爲一整回，成爲與正文相埒之另一完整故事（如卷十一、卷十三、卷十四），也有的並無入話，而以兩回（如卷五）或三回（如卷二）連演一個故事，這是本書在體裁上的一個值得注意的特點。

現據華東師範大學所藏乾隆五十七年序本影印，原書板匡高一四八毫米，寬九二毫米。書中原缺卷八末三頁、卷十六末二面，用鄭州大學圖書館藏本輯補，附於書末。（邵海清）

俗話傾談

《俗話傾談》爲清代方言小説，評輯者邵彬儒，字紀棠，廣東四會縣荔枝園人，以説書爲生。邵氏另著有文言小説《諫果回甘》、《吉祥花》等，行文皆語淺意賅。

本書彙集了十七則單篇故事，外加卷下《修整爛命》一則議論文。所叙故事發生於明朝正統年間至清朝道光年間，地域包括廣東、浙江、陝西、四川等地。通過講評民間故事，宣傳倫理尊卑、善報惡應，以勸世人行善積德。全書儘講俗情俗事，故取名《俗話傾談》。

本書有國家圖書館藏「同治九年（一八七〇）秋鎸」「粤東省城十七甫五經樓藏板」本，分爲兩集：初集二卷十一則；二集二卷七則。二集的行款與初集相同，但刻工字體有異。開篇有作者自序。正文有行間雙行夾批、夾行音註及段後評語。二集扉頁有「三集嗣出」預告，是否刊出，待考。

另據柳存仁《倫敦所見中國小説書目提要》著録，英國博物院藏有三種清刊本：一爲四卷十則本，題「省城學院前華玉堂藏板」。此本《鬼怕孝順人》一則，在他本中均作《鬼怕孝心人》。一爲二卷七則本，清同治十年刻本。一爲二卷四集十八則本，清光緒二十九年（一九〇三）文裕堂公司排印本。將這三種本子的目録同國圖藏本互勘，發現第一種本子的内容相當於國圖藏本的初集二卷，但缺《修整爛命》一則；第二種本子的内容同國圖藏本的二集；第三種本子的則目與國圖藏本完全相同，而刊刻時間則稍後。

今據國家圖書館分館藏「五經樓藏板」本影印，原書板匡高一二六毫米，寬九六毫米。（袁俐）

警寤鐘

《警寤鐘》四卷十六回，清雲陽嗤嗤道人撰，廣陵琢月山人校閲。嗤嗤道人、琢月山人均不詳其人。或曰琢月山人即嗤嗤道人。嗤嗤道人尚著有小説《五鳳吟》《催曉夢》。據著録，此書有草閑堂本、萬卷樓本、福潭潤麗堂本等，各本屬同一版本系統。萬卷樓刊本内封題「草閑堂新編小史警寤鐘」，「戊午重訂新編」。「戊午」疑爲康熙十七年（一六七八），書當成於清初。

本書每四回一卷，每卷有總綱，講一個故事，而每回亦有回目，形式與清初小説《貪欣誤》相類。第一卷總綱「骨肉欺心宜無始」，主旨講孝；第二卷總綱「陌路施恩反有終」，主旨講義；第三卷總綱「杭逆子泥刀遺臭」，主旨講報；第四卷總綱「海烈婦米椁流芳」，主旨講節。

全書語言通俗、生動，富有濃厚的口語特點，與作者其他兩部作品風格一致。

草閑堂本今藏美國哈佛大學圖書館，板面多有模糊處；而萬卷樓本實際即草閑堂本覆刻，故據北京大學圖書館藏萬卷樓刊本影印。原書板框高一八〇毫米，寬九七毫米。其中卷二第二三、二四頁，卷四第一二頁原缺，據草閑堂本直接配補於正文中。（侯忠義）

海剛峰先生居官公案

《海剛峰先生居官公案》，四卷七十一回。卷首題《新刻全像海剛峰先生居官公案》，下署「晉人義齋李春芳編次」「金陵萬卷樓虚舟生鎸」。明萬曆丙午（三十四年，一六〇六）金陵萬卷樓刊本。卷首有「海公遺像」，卷一有《皇明都御史忠介公海剛峰傳》。另有清文錦堂覆明本；清焕文堂、郁文堂重印本。

此書書首有李春芳序，其末云："時有好事者，以耳目所睹記，即其（按指海瑞）歷官所案，爲之傳其顛末。余偶過金陵，虛舟生爲予道其事若此，欲付諸梓，而乞言於予。余亦建言得罪者，忽有感於中，因喜爲之序。"序的落款是"萬曆丙午歲夏月之吉晉人羲齋李春芳書於萬卷樓中"。如李春芳此言非故意閃爍其詞，則李春芳又非此書編次者；編次者應是李序中所謂"好事者"，李春芳或許對原編做過某些加工或審訂。

明代叫李春芳的人很多，僅明中葉以後就有五個進士叫李春芳。與小説史有關的李春芳有三人：一是與吳承恩有終生交並爲有些學者認定爲主持校訂《西遊記》的興化李春芳；一是正德年間重新編次《精忠録》並爲之作序的海陽李春芳；一是此書作者晉人羲齋李春芳（黃俶成《明代小説史上的一個李春芳》，見《明清小説研究》一九九〇年三、四期）。清代坊刊本《海公大紅袍全傳》亦有題"晉人李春芳編次"者，顯係托名。

此書每回記一公案，一般先叙案情經過，次列原告狀語再次被告反訴，最後是"海公判"詞。亦有缺第三項（被告反訴）、甚至二、三兩項（原告狀語和被告反訴）者。嚴格地説，它們都還算不上是小説，只能算是幾十則短篇公案小説的素材。從小説史的角度看，它們是從生活到藝術的一個環節，是研究中國小説發展史的重要材料。

今據金陵萬卷樓刊本影印。板匡原高一九〇毫米，寬一二八毫米。（蕭欣橋）

郭青螺六省聽訟録新民公案

《郭青螺六省聽訟録新民公案》之「新民公案」取義於《周書・康誥》，意即地方官審理案件應以教化爲重。卷首標題「新刻郭青螺六省聽訟録新民公案」。署「建州震晦楊百明發刊，書林仙源金成章繡梓」。書前有《新民録引》，署「大明萬曆乙巳（三十三年，一六〇五）孟秋中浣之吉，南州延陵還初吴還拜題」，可能本書完成於此年前後，當時郭氏遠在貴州巡撫任上。作者不詳。

書名「六省聽訟録」，而卷一《郭公出身小傳》却説「公有五省新民之治」，前後不一，編印草率。原書未見。今據日本延享元年（一七四四）甲子四月抄本影印。

抄寫者不長於漢語，一些文句難以理解。如「年甫食食，即能默誦《孝經》《曲禮》」；「公今已陟公車，坐部就列。其成德大業，寧有既邢（邪）」。前半部漢語旁，偶有假名標註，後半部没有。

《小傳》説：「姑取其拆（折）獄明刑數百條，開列於左」，而全書四卷四十三則，其中卷二缺頁兩則，不知原書是否即係如此。

郭青螺，名子章（一五四二——一六一八），字相奎。吉安泰和（今屬江西省）人。隆慶四年（一五七〇）秋試中式，次年進士。觀政（見習）刑部。歷任建寧府推官，潮州知府，四川提學使，浙江參政分巡杭嚴道，山西按察使，湖廣、福建布政使，予告歸。萬曆二十七年召任貴州巡撫兼制楚蜀，協助湖廣川貴總督李化龍鎮壓播州楊應龍叛亂。萬曆三十五年以病乞休，萬曆四十年五月授兵部尚書兼右副都御史銜。有《郭青螺先生遺書》，附有其子所作年譜一卷。

全書現存四十一則，以建寧推官任上案例爲最多，包括卷一全部，並分散在其他各卷。浙江、潮州次之，四川、雲南（嵩明州）又次之。每則都附有訴狀和判詞。可能有的是實際的案例，有的略有誇飾。此外如《斷問驛卒抵命》（卷一）、《强僧殺人偷屍》、《雙頭魚殺命》（卷二），出現鬼神、果報等情節，顯然出於虛構。它們遲於金元包公雜劇兩個世紀之久，而思想内容和藝術技巧並未隨着時代而俱進。

郭子章當時即以善於聽訟而出名。《吉安府志》卷二十六本傳所載的故事，雖極簡略，同本書卷二《猿猴代主伸冤》大同小異，可見早就有傳説流行。（徐朔方）

杜騙新書

《杜騙新書》四卷，卷一卷二題「鼎刻江湖歷覽杜騙新書」，卷三卷四作「新刻江湖歷覽杜騙新書」。浙江夔衷張應俞著，明萬曆間存仁堂陳懷軒刊本。卷一卷二除署作者名外，尚有「書林……梓」字樣，唯中間的姓名已被剜去。每卷之前有插圖一頁，中有横額，旁有對句。卷一爲

「燃犀照怪」「水族多妖，一點犀光照破；心靈有覺，百般騙局難侵」。卷二爲「明鑑照心」「心隱深奸，妄作多端詭道；手持玄鑑，灼見五蘊奸萌」。卷三爲「燭照綺筵」「我願君王心，化作光明燭；不照綺羅筵，偏照逃亡屋」。卷四爲「心如明鑑」「身似菩提樹，心如明鑑臺；時時勤拂拭，勿使惹塵埃」。以上全在宣揚作者撰寫是書的宗旨，緊扣杜絶各種騙局之意。此書作者生平未詳，但卷二假銀類《冒州接着漂白鏪》之按語云：「余於壬子秋在書坊檢得一小本子，辨説銀之真假，甚是明白。」此「壬子」當是明萬曆四十年（一六一二），道出了他寫作該書乃在萬曆四十年之後。據此，作者生活年代和成書時間就大體可知了。

本書所列各種騙術分二十四類，即脱剥騙、丢包騙、換銀騙、詐哄騙、僞交騙、牙行騙、引賭騙、露財騙、謀財騙、盜劫騙、强搶騙、在船騙、詩詞騙、假銀騙、衙役騙、婚娶騙、姦情騙、婦人騙、拐帶騙、買學騙、僧道騙、煉丹騙、法術騙、引嫖騙。以上係據目録。正文引嫖騙附在法術騙後，不單獨分類，而應作第十五類的衙役騙寫作十四類，依次沿誤；故結末爲二十二類；牌記列二十三類，引嫖類未列。本書目録列八十三則，其中卷三拐帶類漏列《太監烹人服精髓》，卷四僧道類漏列《詐稱先知騙絹服》，卷三姦情類《地理寄婦脱好種》和卷四僧道類《服孩兒丹詐辟穀》，分别爲一題二則和一題四則，故實際共有八十九則。

作者既然爲浙江夔東人，所記騙局亦以江、浙、福建者居多。書中所述事件一般未記年代，然亦偶有涉及干支者，如卷二分别有「萬曆三十二年」和「辛卯（萬曆十九年，一五九一）七月」，與作者生活年代相合，當是耳濡目染或得之傳聞。每則故事之後，絶大多數均有一段按語，對所述騙局加以分析。也有借題發揮者，如卷二詩詞騙《僞粧道士騙鹽使》條，所記爲唐寅、祝允明向鹽使行騙，究竟是否確有其事，這裏暫且不論，然按語云：「此之騙，可謂騙之善矣。獨計當今，冠進賢而坐虎皮者，咸思削民脂以潤私橐，斂衆怨以肥身家，其所以騙民者何如！乃一旦反爲唐祝所騙，亦可爲貪墨者一儆。」反映了作者具有一定的正義感和對某些官吏聚斂民脂民膏的無比憤恨。

現據美國哈佛大學圖書館藏存仁堂本影印。此本卷一末尾爲原缺。（曹中孚）

枕上晨鐘

《枕上晨鐘》十八回，目録前題「鴛水獨醒道人編，金臺不睡居士評」，扉頁則題「不睡居士編」。凌雲軒刊，藏國家圖書館分館。

書前有不睡居士序，專論此書宗旨：「獨醒道人緣見世風之不古，人事之乖離，非挺（鋌）而走險者，即媚而善柔；非勢利之成城，即炎涼蓋世。紛紛如夢，比比若狂，不覺臨風浩嘆，扼腕興嗟，乃成《枕上晨鐘》一册。」對全書作用則評云：「此真覺世之鐘聲，生公之説法也。余固知獨醒道人之諄諄告誡者，不過欲令睡者起而夢者醒耳。但恐心鏡難明，胸田尚昧，鼾鼾伏枕，不幾辜負道人一片婆心乎！」書中開頭編書者即寫「知人甚難，辨心不易」，書末借主角富珩的口說：「一時不明，誤用賊奴，輕信讒言，幾至喪身。」正是全書之宗旨，也是在傳統説部中常見的「畫虎畫皮」之意。

國家圖書館分館藏本前有民國二十九年庚辰（一九四〇）叔平先生硃筆題識：「自西洋小説輸入，加以胡適等以全力考證《紅樓》等，從前視爲不足輕重之書，遂矜爲上上品。其罕見之本竟與宋元舊刊比價。此爲明刻章回體小説之不徑見者，予以十四元收之。漫染時風，不覺可笑也。」叔平即馬衡先生（一八八一——一九五五）。

本書編者、評者之確切年代難定論，亦可能是一人之不同署名。小説所叙之主要事實有明史可案，但時間順序與史實顛倒。據明史：劉瑾死於正德五年（一五一〇），寧王宸濠反在正德十四年，而書中寫鍾卓然參劾劉瑾是在平宸濠叛亂之後。雖是小説家言，但以明人而言明人之事似亦不應顛倒若是。書中贊鍾卓然參劉瑾爲「明朝二百年來一人而已」，若自洪武推至正德亦不過百五十年，而這種述説口吻却酷似後人之追論。書中又不稱「大明」「皇明」「我明」等詞語，因此，本書之刊刻應在清代。

本書傳世刊本，僅見國家圖書館分館藏一種，現據該本影印，原書板匡高一七五毫米，寬一〇四毫米。卷四第八頁上、第九頁上，卷五第十三頁下，卷八第十二頁，均原缺。（薛　英）

脂硯齋重評石頭記(己卯本)

《脂硯齋重評石頭記》,抄本,存第一回至第二十回、第三十一回至第四十回、第五十五回後半回至第五十九回的前半回、第六十一回至第七十回,其中第六十四回、六十七回原缺,由武裕庵「按乾隆年間抄本」抄補。正文有雙行夾評、行間評、眉批及回前後總評。由於有「己卯(一七五九)冬月定本」「脂硯齋凡四閱評過」字樣,被紅學界認爲是《紅樓夢》脂評系統中的一個早期重要抄本,并被簡稱爲「己卯本」。

第五十五回後半回至第五十九回前半回爲中國歷史博物館收藏,其餘均爲國家圖書館收藏。國家圖書館收藏部分現知最早收藏者爲近人董康。董康字綬經,别署誦芬主人,清末進士,法學家,卒於一九四六年左右,喜好刻書,著有《書舶庸譚》。己卯本後來轉歸陶洙,陶洙校録補抄,用墨筆補足了第一回原缺的三葉半和第十回原缺的一葉半,又據庚辰本補抄了第二十一回至第三十回,用藍筆過録了甲戌本的全部批語和凡例,用朱筆過録了庚辰本的全部批語,並據甲戌本和庚辰本校改了正文,凡此,均破壞了原書面貌,給研究工作帶來了不便。爲了恢復原書面貌,上海古籍出版社於一九七九年着手影印該書時,在馮其庸的主持下,不僅匯印了國家圖書館和中國歷史博物館分藏的部分,而且剔删了明顯屬於陶洙校録補抄的手迹,這無疑是件好事。

己卯爲乾隆二十四年，在脂評傳抄本系統中，該書的底本顯然較早，當時曹雪芹尚在世，所以該抄本在保存作者原稿面貌上具有較高價值。至於該書的抄主（抄寫者或抄寫主持者），經過吴恩裕、馮其庸的考察，從避「祥」「曉」字諱推斷，當是避康熙第十三子允祥和允祥第七子弘曉諱，允祥被封怡親王，弘曉襲怡親王爵，因此，該書當爲怡親王府第二代主人弘曉時傳抄物。以此同雍正二年（一七二四）在曹頫奏折的朱批相對照，諸如「你是奉旨交與怡親王傳奏你的事的，諸事聽王子教導而行」「若有人恐嚇詐你，不妨你就求問怡親王。況王子甚疼憐你，所以朕將你交與王子」，可見曹家同怡親王的密切關係。

現據一九八〇年五月上海古籍出版社影印本影印，原書板心高二二五毫米，寬一三二毫米。上海古籍出版社在出了綫裝影印本後，又出過一個平裝影印本。當時爲了使讀者了解己卯本上陶洙抄補上去的文字（包括正文及批語）的情況，曾選開頭由其補抄的四面以及現存己卯本之第一面，第三回之第一面，第五回之第一面作爲附録。現仍作爲附録，附在書末。（魏同賢）

紅樓夢（戚序本）

《紅樓夢》八卷八十回，有正書局大字本分上下兩集共二十册先後石印於宣統三年（一九一一）和民國元年（一九一二），書函與封面題簽均爲「國初鈔本原本紅樓夢」，扉頁題「原本紅樓夢」，版權頁題「國初鈔本原本紅樓夢」，中縫題「石頭記」。首戚蓼生《石頭記序》，次目録，次正文。有雙行夾評和回前後總評，前四十回有出自狄平子手筆的眉批。至民國九年，有正書局將大字本剪貼縮印，正文每面十五行，行三十字，中縫題「原本石頭記」，去除第六十八回中狄平子删改筆迹，後四十回新增眉批。紅學界稱此本爲有正本或戚蓼生序本。

戚蓼生，字曉堂，一字念切，德清（今屬浙江）人。乾隆三十四年（一七六九）進士，授刑部主事，陞郎中，四十七年出爲江西南康知府，旋擢福建鹽法道，五十六年擢福建按察使，卒於任，著有《竺湖春野詩鈔》。他爲《紅樓夢》寫序的時間和抄録《紅樓夢》的時間雖然均不可考，然而早於程偉元的活字本却是無疑的，因而也就具有重要的版本價值。其脂硯齋評語，雖然均删没了署名和時間，可是它的學術價值仍不應忽視。

該書所依據的底本，據一粟《紅樓夢書録》：「原物係手抄正楷，面用黄綾，末有『劭堪眼福』印，存上海時報社，一九二一年毁於火。」此説可能來源於王伯沆批本《紅樓夢・讀法》：「八十回本今有正書局已印行。俞恪士所藏原書，抄寫甚精，大本，黄綾裝，余曾見之，後恪士以贈狄楚青，遂印行，但已非原稿影印矣。余得此本，互讀之，竟不逮百二十回本，曾以語於恪士，恪士亦謂然也。」於此可見該底本流傳脉絡。然據近年魏紹昌考證，一九七五年上海古籍書店在清理倉庫存書時所發現的「十册前四十回《石頭記》的手抄本，經多方審核，可以肯定是清末有正書局石印的《國初鈔本原本紅樓夢》上半部的底本」。同有正本對照，書名頁和眉批是有正書局增加的，序文第一頁「桐城張氏珍藏」、目録第一頁「桐城守詮子珍藏印」、正文第一回第一頁和第五回回前總評頁的「虋珠室」、第二十五回回後總評頁和第二十七回回後總評頁的「狼籍畫眉」等六方朱色印章被删除，將原另面起的回後總評改爲接於正文之後。正文有二十處貼改，共三十二個字。看來，有正本是狄平子將該底本加工後直接上版石印的。另據狄平子《平等閣筆記》和《平等閣詩話》記載，時報社的火災發生在光緒三十三年（一九〇七），當時有正本尚未印行。可見一九二一年毁於火的著録不確。（均見《紅樓夢版本小考》）

收藏過該鈔本的俞明震（一八六〇——一九一八），字恪士，號觚庵，山陰人，曾官甘肅提學使、肅政史，著有《觚庵集》。剪貼加工影印有正本的狄平子（一八七三——一九三九），名葆賢，字楚青，上海有正書局、時報社老板。

現據有正書局大字本影印，板匡原高一六三毫米，寬九十六毫米。（魏同賢）

紅樓夢補

《紅樓夢補》四十八回，歸鋤子撰，最早爲嘉慶二十四年己卯（一八一九）藤花榭刊本。後有道光十三年癸巳（一八三三）藤花榭重刊本，光緒二年丙子（一八七六）上海申報館仿聚珍板排印本，光緒二十五年己亥上海鎔經閣石印本等。

歸鋤子姓名、籍貫均不詳，依自序「此『後』『續』兩書所以復作也」，署「嘉慶己卯重陽前三日歸鋤子序於三晉定羌幕齋」，第一回「是年館塞北，其地環境皆山」等語推斷，此書當作於《後紅樓夢》《續紅樓夢》之後，其時作者正在塞北羣山中作戎幕。

從自序看，歸鋤子對撰寫《紅樓夢》的續書持肯定意見，「借生花之管，何妨舊事翻新；架噓氣之樓，許起陳人話舊」。所以會有「後」「續」兩書的誕生。然而，他對「後」「續」兩書又是不滿意的，「但如賓豈有並尊，抑後來更難居上。屈我瀟湘之位，尚費推敲；讓人金石之緣，終留缺陷。且也，太君已逝，未觀合巹以承歡；伯姊云亡，莫試如簧之故智。吁其甚矣！憾如之何！」於是，作者「技癢續貂，情殷附驥。翻靈河之案，須教玉去金來；雪孽海之冤，直欲黛先釵後。宜家宜室，奉壽考於百年；使詐使貪，轉炎涼於一瞬。大觀園内，多開如意之花；榮國府中，咸享太平之福。與其另營結構，何如曲就剪裁。操獨運之斧斤，移花接木；填盡頭之邱壑，轉路回峰。換他結局收場，笑當破涕；芟盡傷心恨事，創亦因仍云爾」。從此出發，續書接《紅樓夢》第九十七回，始於黛玉離魂，務求與前處處照應，俾得各如其願，「使揚眉吐氣，一雪前書之憤恨」（《叙略》）。然而也正如《爔玉樓叢書提要》所云：「解盦居士稱翻案諸作，此爲第一。吾云亦然。然寶黛爲木石姻緣，質鎖作定，大可删去；眼淚化金，尤屬無理。至於通體口吻，與原書逼肖，可謂善於摹仿者矣。」

今據遼寧省圖書館藏道光藤花榭刊本影印，原書板匡高一三九毫米，寬一〇〇毫米。（魏同賢）

增補紅樓夢

《增補紅樓夢》三十二回，嫏嬛山樵著。扉頁題「道光四年（一八二四）新鐫，增補紅樓夢，本衙藏板」。首「嘉慶庚辰（二十五年，一八二〇）新秋」槐眉子序，次「嘉慶庚辰秋七月既望」訥山人序，次「嘉慶庚辰麥秋」嫏嬛山樵自序，次九畹農夫、桐陰居士、情里魔頭題詞，次目録，次正文。

從序和正文第一回僅知，作者魏姓（「著《參同契》者之裔」），有齋名「夢花軒」，餘皆不詳。此前，作者已有序於嘉慶甲戌（一八一四）、刊於嘉慶庚辰（一八二〇）的《補紅樓夢》，當時扉頁題記即云：「此書直接《石頭記》（《紅樓夢》）原本，並不外生枝節，亦無還魂轉世之謬，與前書大旨首尾關合。茲者先刻四十八回，請爲嘗鼎一臠。尚有增補三十二回，不日嗣出，讀者鑑之。」本書自序又云：「曩作《補紅樓夢》四十八回，余友咸以爲可，趣付梨棗後，已忘爲東施效顰，猶以爲未足，乃增補三十二回。」是作者在撰寫《補紅樓夢》後即已着手撰寫《增補紅樓夢》，到《補紅樓夢》刊行的嘉慶庚辰時，《增補紅樓夢》也已經完成，所以不僅《補紅樓夢》上已刊布《增補紅樓夢》三十二回的預告，且兩書的四篇序言同時寫成於嘉慶庚辰秋季。

本書內容接續《補紅樓夢》末回，叙甄士隱與賈雨村已登仙界，共赴仙境芙蓉城，同寶玉、惜春、警幻仙姑等相會，批評了《紅樓夢》的五種續書《後紅樓夢》《續紅樓夢》《綺樓重夢》《紅樓復夢》《紅樓圓夢》的闕失，補撰了寶、黛的重聚，賈府的中興，金陵十二釵正册、副册、又副册的團圓，移大觀園於芙蓉城，换人間世爲神仙境。作者的傾向雖同情於寶、黛悲劇，然人、仙、神混淆，實、幻、虛難辨，同曹雪芹的現實主義精神相去甚遠。

今據國家圖書館分館藏道光四年本衙藏板刊本影印，原書板匡高一二六毫米，寬八七毫米。

（魏同賢）

風月夢

《風月夢》三十二回，清邗上蒙人撰。作者《自序》署「時在道光戊申冬至後一日書於紅梅館之南窗」。「邗上蒙人」，真實姓名未詳。「邗上」，當指廣陵，即今之揚州。因廣陵有邗溝，亦稱邗江，隋改邗江爲廣陵縣。作者爲揚州人，書中揚州方言「乖乖」「把你」「把與我」隨處皆是。所云「道光戊申」，指道光二十八年（一八四八）。第二十八回有涉及紀年者爲「丁酉仲春」「丁酉」爲道光十七年，乃在作序之前十一年，作者生活年代由此可見。

是書叙陸書、賈銘、袁猷、吴珍、魏璧等五人在揚州妓院縱情聲色，狎妓宿娼，揮金如土，落得人財兩空的始末。《自序》在談到「《風月夢》一書胡爲而作也」時説：「三十餘年所遇之麗色者、醜態者、多情者、薄倖者，指難屈計，蕩費若干白鏹青蚨，博得許多虛情假愛。迴思風月如夢，因而戲撰成書，名曰《風月夢》。或可警愚醒世，以冀稍贖前愆，並留戒余後人勿蹈覆轍。」開卷第一回起首的《西江月》詞也説：「慣喜眠花宿柳，朝朝倚翠偎紅，年來迷戀綺羅叢。受盡粉頭欺哄。昨夜山盟海誓，今朝各奔西東。百般恩愛總成空。風月原來是夢。」反復道出了寫作此書的宗旨。

在創作方法上，本書仿《紅樓夢》那種以叙述家常的形式逐回敷衍故事情節。第一回好比是個楔子。作者説自己在煙花寨裏迷戀了三十餘年，一天走到一個所在，遠望一座險峻高山，一道萬丈深潭，高山脚下有塊五尺多高的石碣，石碣上鎸着六個大字：「自迷山無底潭。」又見兩位老者，一個叫月下老人，一個叫過來仁。那過來仁是「知非府悔過縣人也。年尚未登花甲，只因幼年無知，誤入煙花陣裏，被那些粉頭舌劍唇鎗，軟刀辣斧，殺得吾骨軟精枯，髮白齒脱。幸吾禄命未終，逃出迷魂圈套，看破紅塵，隱居於此。晝長無聊，將向日所見之事撰了一部書籍，名曰《風月夢》」。過來仁因與作者有夙緣，便把這書奉贈與他。説「帶了回去，或可警迷醒世，切勿泛觀」云云，這與《紅樓夢》的開頭，何其相似乃爾。且書中有些回目，也完全模仿《紅樓夢》，如「浪蕩子墮落烟花套，過來仁演説風月夢」（一回），「紅綃帳佳人驚異夢，白衣庵大士發靈籤」（十回）；「燕相硬寫龍船分，月香初試雲雨情」（十二回）；「情切切鳳林探病，意綿綿賈銘贈詩」（二十八回）等等。此書雖以叙嫖妓宿娼爲主，但下筆却很潔净，絶無淫穢下流的描述。

現據吴曉鈴所藏光緒丙戌（十二年，一八八六）印本影印。原書板匡高一三三毫米，寬九六

毫米。（曹中孚）

麟兒報

《麟兒報》，十六回，康熙十一年（一六七二）序刻本稱「新編繡像簇新小説麟兒報」，不著撰者。嘯花軒刊本又題「天花藏秘本」「新編繡像批評小説麟兒報」「醒世奇聞」。除以上兩種版本外，尚有寶文堂本、鱣飛堂本、經國堂本、丹桂堂本。各本均有康熙壬子（十一年）天花藏主人題於素政堂的序。

另，嘉慶戊辰（一八〇八）集古居刊刻《葛仙翁全傳》，係由諸粤山人改編《麟兒報》而成，文字有所修正，回目整齊劃一，凡原九、十字雙句回目，均改作八字雙句回目，惟第十三回仍爲原書七字回目。

據天花藏主人作序時間，及書中所言《麟兒報》係述「前朝」故事，且多次提到清代官職等，大體可定此書著於清順治或康熙年間。

《麟兒報》不同於一般才子佳人小説，它雖不離情愛與離散、團圓情節，但其旨趣却在於宣揚因果報應。書中第十六回末，作者云：「皆因廉小村行善，葛仙翁賜地報他，生出廉清，故書名曰《麟兒報》。」作者强調，行善積德，不在乎「一蔬一飯之小惠」，「孰知德不在大小，貴乎真誠」

《麟兒報・序》)。此書應屬當時流行的「娱目醒心」「勸善懲惡」之類小説。

今據大連圖書館藏康熙十一年序刊本影印。原書板匡高一九三毫米、寬一一五毫米。(侯忠義)

幻中真

《幻中真》有十二回本和十回本。

清初刊十二回「本衙藏板」本,題《批評繡像奇聞幻中真》。首有序,署「天花藏主人題於素政堂」。正文前題「煙霞散人編次」「泉石主人評定」。雙句回目,字數七、八、十、十一不等。有圈點,偶見旁批。煙霞散人、泉石主人生平待考。

十回本無序,四卷。卷一爲《鴛鴦譜》,單句回目,題「司馬元雙訂鴛鴦譜」,爲獨立成篇的短篇小説,頗似「入話」,與《幻中真》具體内容無涉。自卷二始,卷二、卷三各三回,卷四爲四回,共十回。各卷卷端皆題「烟霞散人編次、泉石主人評訂,曲枝呆人評録」。卷後有評。這位不詳姓名的曲枝呆人,當是十回本《幻中真》的改編者和評點者。

曲枝呆人在保留十二回本《幻中真》基本情節和框架下,删繁就簡,壓縮爲十回。但是,也偶有人名改動,如吉扶雲參加春試時冒名汪萬鐘,十回本爲汪應鐘。此外,尚有少量的補寫。如第十回「天台山夢逢故友，蓬萊島醒遇真人」内，就有新增的收伏海寇賈成功的故事。同時，十回本有大量的文字修飾，其中也包括回目的整齊劃一，如一律爲七字雙句回目就是。

十回本卷一《司馬元雙訂鴛鴦譜》結束時，有連接下十回的一段文字説：「我看司馬元不過是個風流才子，遇着了窈窕佳人，成了一段姻緣，遂傳爲千古佳話。還不如後邊的吉夢龍，一人身上，忠孝節義俱全，奇奇幻幻，做出多少事來，更有甚於此者。」可見此書是以忠孝節義爲旨趣的。十二回本以幻爲真，寄托着作者的幻想；十回本以真爲幻，以夢始，以夢終。《幻中真》已非典型的才子佳人小説。

現據本衙藏板十二回本影印，其中第九回第一頁下半葉和第二頁上半葉乃原缺。爲便於研究者參考，將十回本作爲附録。（侯忠義）

玉支璣小傳

《玉支璣小傳》四卷二十回，世傳諸刊本均題「天花藏主人述」。天花藏主人爲清初嘉興張勻，字宣衡，號鵲山，作有《平山冷燕》等小説多種，詳見本《集成》該書前言。此書叙長孫無忝和管彤秀才色相慕，歷經波折，終成連理，與《平山冷燕》《玉嬌梨》等才子佳人故事，亦相類同。鄭振鐸《巴黎國家圖書館中之中國小説與戲曲》中著録，據本書第一回「在國初已生過一個劉伯温先生」句，謂「故知其爲明人作」。然本回下文叙管灰又有「中了明成化年間的進士」之句。這種不一致的情況，大概是由於張勻爲由明入清者，由習慣而筆下誤出「國初」二字。

此書爲寫刻本，題《新鐫秘本玉支璣小傳》。「璣」字正文誤作「磯」，目次誤作「機」，中縫亦有同樣之誤。有北京大學圖書館藏清初寫刻本；法國國家圖書館藏醉花樓刊本；大連圖書館藏華文堂刊本，封面又鐫「步月主人訂」；咸豐厦門多文齋刊本，題「西山散人評」。後三種均屬後出。孫楷第《中國通俗小説書目》謂：「各本皆題『天花藏主人述』，蓋即撰書人。其評訂編次人，則因刊本非一而不一律。」此論極是。據阿英《小説閒談》，咸豐間有十二室藏板本《雙英記》，又名《方正合傳》，實爲此書删節本，人物名字亦有改動。

因北京大學圖書館藏清初寫刻本爲殘本，今據法國國家圖書館所藏醉花樓刊本影印。（袁世碩）

快心編

《快心編》，初集五卷十回，二集五卷十回，三集六卷十二回。初集内封題《新鐫快心編全傳》，二、三集卷端題《快心編傳奇》，一、二、三集均署「天花才子編輯」「四橋居士評點」。書首有序及凡例，無圖，清初課花書屋大字本。藏國家圖書館、天津圖書館、大連圖書館。另有申報館排印本、中一書局石印本。

天花才子除編輯此書外，還有評點《後西遊記》存世。戴不凡謂天花才子、天花主人跟天花藏主人爲同一人，都是嘉興徐震（見《小説見聞録·天花藏主人即嘉興徐震》，浙江人民出版社一九八二年版），但證據不足，僅供參考。

《快心編》十六卷三十二回合演一個故事，描述秀才凌駕山、張玉飛、武士石佩珩、柳俊等人於明末動亂之時的顛沛流離、悲歡離合的生活遭遇，宣揚好人好報，惡人惡報，人心大快。小説筆法細膩，語言流利，有一定的可讀性。

今據天津圖書館課花書屋本影印，板匡高一九五毫米，寬一三〇毫米。原書序缺第二頁；初集卷一第一回缺第六頁下半葉；二集卷二第三回缺第二十四頁，據日本東京大學藏本配補。

（蕭欣橋）

幻中遊

《幻中遊》，全稱爲《新刻小説幻中遊醒世奇觀》。其作者，據扉頁牌記題「煙霞主人編述」，而正文卷端則署「步月齋主人編次」，煙霞主人和步月齋主人很可能是同一作者的不同化名，其生平行狀未詳。書末刻「大清乾隆三十二年（一七六七）菊月新編」，大抵可視爲本書刊刻殺青的年月。「煙霞主人編述」的另一部作品是《躋雲樓》，也是「本衙藏板」，卷端則署「自得主人編次」。書末刻「大清乾隆三十三年二月新編」。兩書單雙回目均成對偶，扉頁款式完全一致，正文都是半頁十一行，行二十八字，雖是兩種不同年月刊印的單刻本，板式體例却如此齊整劃一，是名符其實的姊妹篇。從《躋雲樓》可知，煙霞主人或又可稱自得主人。

《幻中遊》目録頁不分卷，十八回。而正文則分爲四卷：一至五回，「卷一」；六至九回，「二卷」；一〇至一三回，「卷三」；一四至一八回，「卷之四」。「卷一」「二卷」「卷之四」，稱謂相當混亂。分卷又未考慮到回目的完整，如第五回「孝順男變産還父債」與第六回「貞烈女捨身報母仇」即分屬二卷，類似的還有九、一〇回與一三、一四回，都顯出分卷很倉卒，很勉强。或許本意是如目録所示不分卷，而刻正文時才臨時分卷所造成。

此書人鬼混雜，多離奇虚幻情節，真可謂「奇奇幻幻，出人意表」。第一回之前有篇總述全書的短文，頗類序言，其中云：「這部小説，單道有明一樁故事，乍看似近荒唐，詳考確有實據。其中忠臣孝子，烈女節婦，良師信友，義僕賢妓，無不悉備。俾看官有以啓其善念，遏其邪心。較之才子佳人，花前月下，徒以偷香竊玉之態，閨閣床第之言，長人淫欲，貽害幼學者，似爲不無異云。」以第三者的評論口吻説明「幻中遊」的命名緣由和不同於才子佳人小説貽害幼學的「醒世」宗旨。而究其實，本書也是一部地道的才子佳人小説。

現據日本東京大學藏「本衙藏板」本影印。（曹光甫）

東坡詩話

《東坡詩話》上下二卷，卷前題《新編宋文忠公蘇學士東坡詩話》，不署撰人。路工藏有舊刊本，無序跋，牌記缺失，不知刊刻堂名及刊刻年代。按書中不避清康熙帝「玄」諱。卷前有邵堯夫「紛紛五代亂離間，一旦雲開復見天」詩及有關議論一段，與金聖歎批改貫華堂刻本《第五才子書水滸傳》相仿。金批《水滸》刊刻於明末崇禎十四年（一六四一）；如本書是有意模仿當時風靡一時的金批《水滸》，則此書當編成、刊刻於清初順治年間至康熙初期。

本書記叙宋蘇軾生平軼事，這些事或多或少與他的詩詞創作有關，故書題稱「詩話」。全書在起首模仿話本及長篇小説，以詩及議論爲入話，實爲將蘇軾的有關趣聞連綴而成，每事分段另起，其體制規模有類於一些專門記人記事的筆記小説。明中葉以來，公案小説中出現了不少以一人爲中心的彙編性質的作品，著名的如《包龍圖判百家公案》《郭青螺六省聽訟新民公案》《海剛峯先生居官公案》等，而記文人軼事的專門性小説却很少見；本書的編輯，或許是受到上述公案小説的啓發而成。

蘇軾作爲一個大文豪，加以生平歷盡坎坷，性格又詼諧多智，他與妹妹及周圍的所謂「蘇門四學士」的故事，一向爲宋、元以來筆記小説及戲曲所津津樂道。較集中記載的，筆記有明人編輯的《東坡筆記》、明田汝成的《西湖遊覽志餘》等，小説有《東坡佛印禪師語録問答》等，戲曲有《東坡夢》等。在小説中，最爲人所熟知的，是馮夢龍《古今小説》卷三十《明悟禪師趕五戒》、《警世通言》卷三《王安石三難蘇學士》、《醒世恒言》卷十一《蘇小妹三難新郎》及古吴墨浪子《西湖佳話》卷三《六橋才迹》。本書即廣採前人所記而成，從行文與内容來看，大致直接録自筆記。如嘲陳季常事，見宋洪邁《容齋隨筆》三筆；與劉貢父諧謔事，見宋王闢之《澠水燕談録》；與參寥交往事，見宋釋惠洪《冷齋夜話》；與琴操參禪事，見宋吴曾《能改齋漫録》；與妹相互戲嘲事，見元周達觀《誠齋雜記》。其他諸事，也都很容易從各書中找到出處。

現據路工藏本影印。原書板匡高一七八毫米，寬一一二毫米。（李夢生）

人間樂

《人間樂》亦稱《新鐫批評繡像人間樂》，目次作《新鐫批評繡像錦傳芳人間樂》，十八回。牌記署「天花藏主人著」。首有署名「錫山老叟題於天花藏」的《人間樂序》。關於天花藏主人，不少研究者以爲與煙水散人是同一人，即清初著名才子佳人小説家徐震。震字秋濤，别號煙水散人，浙江秀水（今嘉興市）人。據袁世碩考證，其人乃清初嘉興人張勻，字宣衡，號鵲山，著有《平山冷燕》《玉支璣小傳》等小説多種。參見本《集成》《平山冷燕·前言》。

《人間樂》有兩種板本，即藏於美國哈佛大學漢和圖書館的「本衙藏板」和大連圖書館的寶綸堂本。「本衙藏板」本每半葉八行，行二十字，行間有字句標有密圈；寶綸堂本半葉十行，行二十四字。哈佛大學本原爲齊如山舊藏，書中除「哈佛大學漢和圖書館珍藏印」外，尚有「齊氏所藏戲曲小説印」「高陽齊氏百舍齋存書之印」「如山讀過」等印章。

是書作於清初，開卷有所謂「話説前朝」，第二回又有「此時魏監專權」，故其所述時代當指明朝。故事内容寫南直隸松江府居行簡之女掌珠從小女扮男裝，後與青年才子許繡虎的婚姻巧合；其間插入當朝一品來冢宰之女來小姐與許的愛情瓜葛：結果二女同嫁一夫，演成一幕「人間樂事」，故名「人間樂」。情節純屬虚構。書中所叙男女愛情，頗合封建禮儀，筆墨乾净而有分寸，故錫山老叟的《序》在針對當時有些小説「半入淫詞，半淪穢褻」時，竭力頌揚是編「風流藴藉，共覩《關雎》、周召二《南》，樂偕家室」。

本書的一大特色是書中雜有大量詩詞。全書十八回，除第一回開頭有詩一首外，以後每回一開頭都是一詩一詞。而在演述人物活動時，每有詩歌唱和，或以詩詞傳情達意，常能刻畫傳神。此書描寫細膩生動，不同身份者均有不同的口吻，又多心理描寫，更使人物栩栩如生。書的版刻相當工緻，然訛誤亦復不少。如正文第十三回誤刻作「第十五回」；第五回的「馮主事」，時而誤作「馮主司」。至於書中回目文字，目次與正文互有出入者比比皆是。尤其是第九回，目次作「滅迹潛踪，小燕往來搬鬭；無知不識，老人牽引天緣」，正文却是「爾駭我驚，諱姓諱名兼遯迹；你來我去，印心印坎費推詳」：兩者文字竟完全不同。

現據哈佛大學漢和圖書館「本衙藏板」本影印。（曹中孚）

夢中緣

《夢中緣》四卷十五回，崇德堂刊本，扉頁題「李子乾先生著」「新刻夢中緣」。前有「光緒十一年（一八八五）秋月後學蓮溪氏書於種蕉軒」的叙。叙云：「是書之著，出自無棣子乾李先生手。先生以名進士出身，教授里中。晚年胸有積憤，乃怨隨筆出，遂成是書。……乃以豐、治之間，流寇作亂，原本半傷殘缺，旁搜數家，乃成完璧。」知書撰成後即刊行，惜原刊本今已不見。

無棣，清爲山東陽信縣。查民國修《陽信縣志·人物志》，李子乾名修行，字子乾。幼稟異，八歲能文，弱冠以第一人入泮，以優等食餼。康熙五十三年（一七一四）舉人，翌年成進士，循例官教習。在都淹留三年，與諸名士唱和。生平著有《四書文稿》《葩經集義》《家訓十則》及小説《夢中緣》。據蓮溪氏序，《夢中緣》作於晚年，當成書於雍正或乾隆初。

本書寫明正德年間山東吴瑞生因其父於園中夢裏得一帖，中有「仙子生南國，梅花女是親。三明共兩暗，俱屬五行人」句，因遣瑞生南遊。後瑞生先後得五女爲妻，姓名中各有金、木、水、火、土五行字。故書名《五美緣》，又題《夢中五美緣》。書的構思未脱明末清初才子佳人小説的俗套，其中穿插宸濠及嚴嵩事，也是才子佳人小説中以明代那一段歷史爲背景的小説的慣例，看不出有什麽如同蓮溪氏「叙」所説的「胸有所積，乃怨隨筆出」的情况。

李修行可能生平未到過南方，其創作小説在細節上有些漫不經心。如第一回寫吴瑞生由山東到杭州去，到了吴興，「這吴興就臨大江。上了船，乘着順風，不消一月，早到杭州地界。主僕下了船，又行了數日，纔來到城中」。吴興並不在長江邊，且由山東到杭州水路例走運河；吴興離杭州甚近，路上無須「不消一月」之久。可見作者對江浙地理，毫無知識。至於説嚴嵩之敗，出自撫院金星上本，更屬子虚。惟全書詩詞頗有可觀之作，此蓋爲作者所長。

本書除崇德堂本外，存世尚有有益堂本、三義堂本，前均有光緒十一年的叙。現據華東師範大學圖書館藏崇德堂本影印。原書板匡高一〇九毫米，寬八六毫米。内第六回第十三頁原缺，據復旦大學藏崇德堂本補配。（李夢生）

列國前編十二朝

《列國前編十二朝》四卷五十四節，三台館梓行。内題「□（新）刻按鑑通俗演義列國前編十二朝」，署「三台山人仰止余象斗編集，閩雙峰堂西一三台館梓行」。卷首云：「因（故）不佞搜採各書如前諸傳式，按鑑演義，自天開（開）地闢起，至商王寵妲己止。」全書結尾又説：「四方君子買《列國》一覽盡識。此傳乃自盤古氏起，傳三皇五帝至紂王喪國止矣。」很明顯，它是萬曆三十四年(一六〇六)余象斗改編重刊他的族叔余邵魚的《列國志傳》以後才着手編刊,所以名之爲《列國前編》,所謂十二朝指三皇五帝唐虞夏商。

全書目録列五十四節,但在正文中往往二或三節連在一起,不另加標目。

崇禎八年(一六三五)「五岳山人周游仰止集,靖竹居士王黌子承釋」的《新刻按鑑編纂開闢衍釋通俗志傳》六卷八十回與此書文字大同小異,顯然一書以另一書爲底本,略加少量增删而成。如本書卷四《盤庚作書復興湯王政》末《鑑斷》標題及「仰止子曰」數句,在《開闢衍釋》第七十六回末被略去。《開闢衍釋》所標「鍾伯敬先生原評」則是假托。八十回與五十四節似乎繁簡大異,實際上字數相近。看來《列國前編》當是原本。

此書編纂草率,文字拙劣,如卷首以盤古開天闢地的傳説從屬於佛教;又如「按鑑」云云,其實《資治通鑑》不記載戰國以前的史實。當時書坊廉價通俗小説的編寫和印刷的水平可以由此窺見一斑。

今據日本天理圖書館藏本影印。(徐朔方)

春秋列國志傳

《春秋列國志傳》全名《新鐫陳眉公先生批評春秋列國志傳》,十二卷。卷首有「萬曆乙卯仲秋陳繼儒書」的《叙列國傳》和「萬曆乙卯秋季朱篁書於鏗鏗齋」的《列國傳題詞》。乙卯爲萬曆四十三年(一六一五)。

本書有眉批,每節、每卷之後有批語,書末有總批。卷九有三處把明初詩人高啓當作唐人,同卷《伍子胥抉目待吴》有隋王通的《念奴嬌》詞,卷六《由基陷於萬伏弩》有西漢劉向的七言絶句,卷十一《孫子埋名隱迹》居然由樂毅之口提到西漢霍去病「匈奴未滅,將士安用爲家」,可見前九卷所署「雲間陳繼儒重校」,後三卷所署「雲間陳繼儒校正」以及「陳眉公先生批評」云云都是假托。頭四卷卷首和「雲間陳繼儒」並列的還有「古吴朱篁參閲」字樣。

另有萬曆丙午(三十四年,一六〇六)三台館余象斗重刊本,全名《新刊京本春秋五霸七雄全像列國志傳》,署「後學畏齋余邵魚編集,書林文台余象斗評梓」,爲八卷本。余象斗重刻此書,稱邵魚爲「先族叔翁」。

卷首《列國源流總論》云:「邵魚是以不揣寡昧,又因左丘明氏之傳以衍其義,非敢獻奇搜異,蓋欲使淺夫鄙民盡知當世之事迹也。」末署「邵魚謹志」。余邵魚是福建建陽的書坊主人。本書另有「姑蘇龔紹山梓行」的仿刻本,無朱篁題詞,《列國源流總論》和第一幅插圖都没有署名。朱篁《列國傳題詞》説:「《列傳》者,吾不知誰氏子之手筆」,這可能透露余邵魚編寫此書或有更早的無名氏本子爲基礎。

卷十開首云:「九卷以上演《左氏春秋》傳記之義,其事則説五霸;十卷以下因吕氏史記詳節之規，其事則説七雄。」吕氏史記指南宋吕祖謙（一一三七——一一八一）仿《春秋》體例，以《春秋》續書爲目標而編寫的《大事記》十二卷。本書後三卷起周威烈王二十三年，止秦始皇二十六年（公元前四〇三年至前二二一年），相當於《大事記》卷二至卷七。看來前九卷和後三卷未必出於同一人之手。前九卷没有引用署名麗泉的詩，後三卷則引用他的詩在十首以上。這是前後不同的標誌之一。

可觀道人《新列國志序》指責本書：「悉出村學究杜撰……其他鋪叙之疏漏，人物之顛倒，制度之失考，詞句之惡劣，有不可勝言者矣。」無論指前九卷或後三卷都不過分。

據卷首目録，本書爲二二三節，正文實際上有二二八節，可見印刷也很粗劣。

現據萬曆乙卯本影印。原書卷一至卷三有圖，第四卷起無圖。原卷四第四十一頁，卷六第二十九頁、三十頁，卷九第四十三頁下半葉和四十四頁上半葉、第六十一頁上半葉，卷十二第七十一頁上半葉缺失，以龔紹山本輯補於末。（徐朔方）

孔聖宗師出身全傳

《孔聖宗師出身全傳》四卷，又題《全相孔聖宗師出身全傳》，明刻本，藏國家圖書館。

本書不題撰人，據書中「周季至我明經十朝」等語，可知此書爲明人所作。胡適爲此書所作跋說：「我以爲此書之刻，至早當在正德時，也許更在正德以後。」他舉出的理由，一是書中有李東陽所作《詩禮堂銘》及《金絲堂》，此二文均作於弘治十七年（一五〇四）李東陽奉詔代祭闕里以後，第二年五月孝宗崩，次年便是正德元年（一五〇六）；二是書中記載「聖代源流」，止於第六十二代聞韶，因爲書中世係是根據《闕里志》，而《闕里志》是正德初年始刻成的。按《闕里志》十三卷，明陳鎬撰，正德刻本。李東陽序云：「此書闕於二千年，而成於一旦。」《四庫全書總目》亦云：「闕里向無志乘。」可見《闕里志》是第一部全面記載孔子家世史料的一部書，在當時產生了比較大的影響，「稍稍引起社會上對於孔子故事的注意」，因此「後來有人用此志的材料，編成這部《孔聖出身全傳》」（胡跋）。對照兩書可以知道，《孔聖宗師出身全傳》正文後所附《杏壇銘》《手植檜銘》《魯壁銘》《詩禮堂銘》《金絲堂》，載《闕里志》卷十一撰述銘類，次序全同。唐玄宗詩，唐睿宗、宋太祖等御制宣聖贊，以及《小影贊》《手植檜贊》《手植檜聖像贊》《謁廟贊》，《闕里志》均有收録。《孔聖宗師出身全傳》中的「謚號」和「聖代源流」也明顯是據《闕里志》的有關部分删削而成。

本書正文分四卷十九則，首佚七葉，約有半則篇幅。從結末詩可以推想所佚篇幅的内容：「茂齡嬉戲穎異，隱士一見褒獎，達道聲名播魯邦，弟子環列宫墻。」今存從孔子葬母始，以下記叙孔子二十六歲，母喪既祥彈琴不響，二十七歲問官於郯子，二十九歲聽師襄彈琴，以孔子年齡順序編次，至哀公十六年卒止。這當是依據《闕里志》中孔子年譜次序，雜取史傳、《孔子家語》

等書中有關孔子事迹編寫而成。全書没有貫串情節，内容以對話、解説爲主，語言比較獃板，插圖亦單調不够生動。一般每則後有詩詞作結，常用一些小説套語，可見作者是企圖以小説形式宣揚孔子事迹的。但由於作者拘泥於史料記載，雖知套用小説形式，而未能注重小説的人物形象塑造和故事情節安排。是以《西諦書目》和《北京圖書館善本書目》均把此書列入史部傳記類，不認爲它是小説。

該書舊爲馮貞羣所藏，胡適一九三一年作跋，後爲鄭振鐸所得，現歸國家圖書館。浙江圖書館藏有一部影抄本。今據國家圖書館藏本影印。原書板匡高二一〇毫米，寬一二五毫米。（張麗娟）

三國志通俗演義

《三國志通俗演義》全書二十四卷，分二百四十節。各節標題爲單句。後來合二節爲一回，標題由單句變成聯句，對仗漸趨工整，詩詞略有删節，總字數則有增加，這就成爲後來通行的《三國演義》，以清初毛宗崗父子評點本最爲流行。

書題「晉平陽侯陳壽史傳，後學羅本貫中編次」。據天一閣藏鈔本《録鬼簿續編》，羅貫中，太原人，號湖海散人。《續編》作者曾同他在至正二十四年（一三六四）重聚。生卒不詳。相傳除本書外，《隋唐志傳》《三遂平妖傳》《殘唐五代史演義傳》等都由他編次而成，但以後又多次經人加以修訂。所作雜劇三種，《趙太祖龍虎風雲會》今存。

金華蔣大器署名庸愚子的弘治七年甲寅（一四九四）序説：「書成，士君子之好事者，爭相謄録，以便觀覽。」「書成」指的當是不久前的另一次加工改編，當時以鈔本流傳。嘉靖元年壬午（一五二二）關中張尚德署名修髯子的《引》有云：「客曰（此書）簡帙浩瀚，善本甚艱。請壽諸梓，公之四方，可乎？余不揣譾劣，原作者之意，綴俚語四十韻於卷端。」《三國志通俗演義》至此始以刻本印行於世，世稱「嘉靖本」。

《至治（一三二一——一三二三）新刊全相平話三國志》和《全相三分事略》（中缺八葉）是同書的現存兩種不同版本。《全相平話三國志》約五萬五千字，相隔兩個世紀之後，它被加工發展成爲五十八萬字的長篇小説即本書。羅貫中的原本是從《全相平話三國志》《三分事略》到《三國志通俗演義》演變提高過程中的一個重要環節。

本書卷十二第一百十一節《曹操大宴銅雀臺》將白居易《放言五首》第三首後半（「周公恐懼流言日」）説成「尹氏」所作；卷九第八十五節《諸葛亮舌戰羣儒》，「目如漢楊雄以文章爲狀元」等差錯，當出自後人或民間藝人的修改。他們所作的有助於作品提高的那些修訂則由於難以辨認而融合在世代累積型的集體創作成就中去了。

元刊平話叙事止於《西上秋風五丈原》諸葛亮之死，相當於本書第二百零七節，後面還有三十三節。《全相三國志平話》最後一節《西上秋風五丈原》還有一個拙劣的結局：「劉淵興漢鞏皇圖」。三國的形成，平話本以西漢無辜被殺的功臣韓信、彭越、英布「三人分天下，來報高祖斬首冤」，把歷史發展看成是陰騭果報的效應。删去這個結局，並大體上按照正史補足三十三節以成全書，這是本書的一大進展。

現據嘉靖本影印，原書板匡高二四二毫米，寬一六四毫米。（徐朔方）

三國誌後傳

《三國誌後傳》，正文題《新刻續編三國誌後傳》，十卷一百四十回。署「晉平陽侯陳壽史餘襍紀，西蜀酉陽野史編次」。首有《新刻續編三國誌序》，所署年代爲「萬曆歲次己酉」，即明萬曆三十七年（一六〇九）；又有《引》，未署干支；繼後爲各主建都郡國地名及當時地圖。每卷各有若干插圖，插在文中，卷一、卷二插圖有兩處署刻工姓名爲「金陵魏少峰刻像」。酉陽野史的真實姓名未詳。

是書從第一回「後主降英雄避亂」起，至第一百四十回「三大帥（陶侃、温嶠、郗鑒）平定蘇峻」爲止，結末謂「此書原本共計二十卷，今分作二集而刊，庶使刻者易完，而買者輕易，以成兩便。觀書君子看此完畢，再買下集自十一卷至二十卷，以視晉漢興亡，睹前後終始方合全觀，幸爲毋吝青蚨而棄後史也」，則知作者原來準備出二集。如今第二集未見，亦未聞有著録，究竟是二集根本未刻，還是後世失傳，均不得而知。

關於本書的創作意圖，在《序》和《引》中，曾有論及。《引》中有一段話説「觀《三國演義》至末卷，見漢劉衰弱，曹魏僭移，往往皆掩卷不懌者衆矣。又見關張葛趙諸忠良反居一隅，不能恢復漢業，憤歎扼腕，何止一人。及觀漢後主後爲司馬氏所併而諸忠良之後杳滅無聞，誠爲千載之遺恨。及見劉淵父子因人心思漢，乃崛起西北，叙擲歷漢之詔，遣使迎孝懷帝而兵民景從雲集，遂改稱炎漢，建都立國，重興繼絶」，道出了作書的主旨。故孫楷第《中國通俗小説書目》稱此書「所記以前趙劉曜事爲主，謂曜乃蜀漢後裔」。

《三國誌後傳》所述内容雖與《東西晋演義》大致相同，但因兩者立論有所差異，故在對史事的演述上，有着褒貶不一和詳略不同之處。如本書第七十回「石勒輔漢收趙魏」，與《東西晋演義》「石勒兵下趙魏」相比較，本書長達五千字，而《東西晋演義》大約只有九百字光景，可見兩者的相距之處。

現據上海圖書館藏本影印，原書板匡高二三七毫米，寬一四〇毫米。卷一第四十三頁和第四十四頁爲原闕。（曹中孚）

東西晉演義（十二卷五十回本）

《東西晉演義》十二卷五十回，署「夷白堂主人重修，泰和堂主人參訂」。前有雉衡山人的《東西兩晉演義序》，目録之後爲《東西晋帝紀》《東西晋演義像》（計每回二幅，共一百幅），然後便是正文。孫楷第《中國通俗小説書目》稱此書爲「《别本東西晋演義》，明無名氏撰」，蓋除本書外尚有一種《東西晋演義》：該書西晋四卷，一百十六則；東晋八卷，二百三十一則；有少量插圖，圖嵌正文中，全書不標回數；署「秣陵陳氏尺蠖齋評釋，繡谷周氏大業堂校梓」；首亦有雉衡山人的《序》。

儘管以上兩種《東西晋演義》的内容基本相同，但就其體例而言，却完全各異；但它有個奇怪的現象，即兩書的序同爲雉衡山人所作，且兩者的内容則又完全一樣。按雉衡山人爲明楊爾曾，字聖魯，號雉衡山人，浙江錢塘（今浙江杭州）人。《序》中有這樣一段話：「（今年仲夏，泰和堂主人）語我曰：『某欲刻《東西兩晋傳》而力有未逮，得君爲我商訂，庶乎有成。』余曰：『某非董狐也，子盍謀之外史氏乎？』主人曰：『昔弇州氏以高才碩抱，不得入史館秉史筆，故著述幾億萬言。今君顛毛種種，仕路猶賒，寧不疾歿世而名不稱乎？且是編也，嚴華裔之防，尊君臣之分，標統系之正閏，聲猾夏之罪愆，當與《三國演義》並傳；非若《水滸傳》之指摘朝綱，《金瓶梅》之借事含諷，《癡婆子》之痴裏撒奸也：君何辭焉？』余爰是標題甲乙，稍加鉛槧，迨秋仲而殺青斯竟。間有姓氏之錯謬，歲月之參差，郡邑之變更，官爵之詿誤，先後之倒置，章法之紊亂，皆非我意也，仍舊文而稍加潤色耳。」從這段話中，我們可以得知本書原有一個舊本（疑即西晋四卷、東晋八卷的《東西晋演義》），是泰和堂主人爲了刊刻此書去和雉衡山人商量，求其襄助；遂由雉衡山人「標題甲乙，稍加鉛華」，「仍舊文而稍加潤色」而成。從時間上看，自仲夏迄於仲秋，充其量也只有三個月光景。同時，它又明白不過地説明：雉衡山人這《序》是與本書密不可分的；至於此《序》爲什麽又會冠之於十二卷本《東西晋演義》之上，則就有待進一步深考，且亦不屬本文所要討論的範圍。

本書正文内容與十二卷本之明顯不同者是增加了不少書函疏奏，便就更接近於正史。而全書五十回，每回均有句式整齊的上下兩句相稱相應的標題，正是雉衡山人「標題甲乙」時利用十二卷本共有三百四十七則的單句標目修訂而成，其間不難發現它脱胎而來的痕迹。最可稱道者是全書一百幅插圖，綫條細膩，刻得極爲精緻，它爲研究明代雕板技藝提供了寶貴的資料。

是書國家圖書館藏有明刻本，中國藝術研究院戲曲研究所藏有傅惜華原藏之殘本一至六卷。鑑於國圖本有少量缺頁，且係金鑲玉包角裝訂，原書不能拆開攝製。故這次影印，除主要採用國圖本外，我們從印製質量考慮，曾利用傅氏舊藏之一至六卷作爲互補，直接插在文中，不作輯補處理。原書板匡高二〇八毫米，寬一四一毫米。（曹中孚）

北魏奇史閨孝烈傳

《北魏奇史閨孝烈傳》，簡稱《閨孝烈傳》，十二卷四十六回。有道光庚戌（一八五〇）藏德堂鎸刻本，前有「道光庚戌夏六月浯島鐵盦槑道人書於鷺江寄舫」的序，次有繡像十二幅。正文卷端題「新刊北魏奇史閨孝烈傳」，次行署「閩川張紹賢爾修著」。著者生平行狀未詳。

槑道人序述及此書故事所本及宗旨，稱：「近見坊友藏德堂新刊《閨孝烈傳》，蓋取古《木蘭辭》敷演成編，俾讀者忠孝之心油然興起。」「乃以拙作圖詠付弁簡端，而識其緣起如是。」是書有圖無詠，未知其故。

此書遠紹古《木蘭辭》固不錯，而其故事情節及人名、地名，則直接取材於明徐渭所撰《四聲猿》中兩折北雜劇《雌木蘭替父從軍》（簡稱《雌木蘭》或《木蘭女》）。其第一齣「旦扮木蘭女上」云：「妾身姓花名木蘭。俺父親名弧字桑之，平生好武能文，舊時也做一個有名的千夫長。娶過俺母親賈氏，生下妾身。今年纔一十七歲。雖有一個妹子木難和小兄弟咬兒，可都不曾成人長大。昨日聞得黑山賊首豹子皮，領着十來萬人馬造反稱王。俺大魏拓跋克汗下郡征兵，軍書絡繹有十二卷來的，卷卷有俺家爺的名字。」全是《閨孝烈傳》敷演成書的藍本。關於木蘭代父從軍的事，歷來記載頗多。《古今圖書集成·明倫彙編·閨媛典》第三四一卷《閨奇部列傳一·木蘭》引《鳳陽府志》謂：「隋木蘭魏氏，亳城東魏村人。隋恭帝時，北方可汗多事，朝廷募兵。……木蘭……請於父代戍。歷十二年,身接十有八陣,樹殊勳,人終不知其女子。後凱還,天子嘉其功……召赴闕,欲納之宮中。(木蘭)曰:『臣無媲君之禮。』以死拒之。帝驚憫,贈將軍,謚『孝烈』。昔鄉人歲以四月八日致祭,蓋孝烈生辰云。」此可視爲書名「孝烈」的依據,不過書中並無以死拒帝及贈謚之事。

以古《木蘭辭》爲祖本演繹成書的尚有道光七年(一八二七)跋刊本,名《忠孝勇烈奇女傳》(又名《木蘭奇女傳》),叙朱木蘭佐李唐擊敗北番突厥事,内容與《閨孝烈傳》不相涉。此外有天虛我生所作傳奇《花木蘭》十七齣,未完,刊載於《著作林》。地方戲劇目中,多有演花木蘭故事者,不勝縷述。

《閨孝烈傳》有「三千鳥槍手」「地雷陣」及威力無窮的「紅衣大砲」等情事,與史實並不相合,讀來令人失笑。全書内容嚴肅,末回寫王青雲與花木蘭、盧玩花洞房成親,插入兩大段駢文與曲文,筆墨淫穢,頗似蛇足。又全書目録回目完整,正文一、二、三、四十四、四十五、四十六回有回無目;十五、十七回回目俱無。細檢回目標題與正文内容也多有不符,如三十七回回目:「渡黑河辛平進表,王青雲捷報泥金。」此回内容隻字未涉「王青雲捷報泥金」事。又如目録載四十四回回目:「花木蘭呑飲神符,苗鳳仙多情愛將。」而其内容則俱見三十二回。凡此可見此書刊刻疏誤之一斑。

現據天津圖書館藏藏德堂刊本影印。原書板匡高一三二毫米,寬八八毫米。(曹光甫)

隋史遺文

《隋史遺文》全稱《劍嘯閣批評秘本出像隋史遺文》，六十回，序署「崇禎癸酉（六年，一六三三）玄月無射日吉衣主人題於西湖冶園」。袁晉（一五九二——一六七〇）字令昭，號吉衣主人，吴縣人。以《西樓記》傳奇而得名。

序説：「向爲《隋史遺文》，蓋以著秦□國於微，更旁及其一時恩怨共事之人……」「秦□國」，指胡國公秦瓊，他是貫穿全書的中心人物，以他作爲軸心，反映隋的滅亡，唐的興起。

第三回《齊州城豪傑奮身，楂樹崗唐公遇盜》評云：「舊本有太子（楊廣）自扮盜魁阻劫唐公（李淵），爲唐公所識。小説亦無不可。予以爲如此釁隙，歇後十三年，君臣何以爲面目，故更之。」第三十五回、第五十五回也提到原本。看來編寫者對原本相當尊重，輕易不加改動。

序文説：「悉爲更易，可仍則仍，可削則削，宜增者大爲增之。」這是序文作者自述他的改編態度，但實際上却僅僅是不多的一些校訂。有的晚明文人校訂書籍，往往誇張地把它説成是改編。當時風氣如此，不足爲怪。如《元曲選》編者臧懋循《寄謝在杭書》説：「戲取諸雜劇爲刪抹繁蕪，其不合作者，即以己意改之。」後人甚至由此而發生誤會，仿佛《元曲選》已成爲失真的贋品。這當然不是事實。

除故事情節外，每回之首的評論，如第三十九回的「我朝陳眉公道」一段，第二十六回的春夏秋冬四首寫景詞倒説得上「宜增者大爲增之」，因爲它們並不是有機的組成部分，關係不大。袁晉的增改可能還有一些没有被標出來。

本書是隋史的遺文，不是它的演義。演義要求面面俱到，如同《三國志演義》那樣；遺文用來填補史書的遺漏，不一定求全，所以隋煬帝遊揚州，李世民清除建成、元吉的玄武門之變，雖不失爲大事，都没有得到着重的描寫。

現據日本國會圖書館名山聚藏板影印，卷三第五十一頁、卷六第四十一頁爲原缺。（徐朔方）

隋煬帝艷史

《隋煬帝艷史》一名《風流天子傳》，全稱《新鐫全像通俗演義隋煬帝艷史》，署「齊東野人編演，不經先生批評」。凡八卷四十回。書前有作者野史主人崇禎辛未（四年，一六三一）自序。據同年「檇李（今浙江嘉興）友人委蛇居士」題詞，「余友（指作者）東方裔也，素饒俠烈，復富才藝，托姓借字，搆《艷史》一编，蓋即隋代煬帝事而詳譜之云」。它根據《大業雜記》《隋遺録》《海山記》《開河記》《迷樓記》諸書，很少虛構。

《凡例》十條，其一説：「稗編小説，蓋欲演正史之文，而家喻户曉之。近之野史諸書，乃捕風捉影，以眩市井耳目。孰知杜撰無稽，反亂人觀聽。今《艷史》一書，雖云小説，然引用故實，悉遵正史，並不巧借一事，妄設一語，以滋世人之惑。故有源有委，可徵可據，不獨膾炙一時，允足傳信千古。」文詞流利雅馴，既没有世代累積型小説行文上常見的粗俗之弊，也缺少潑剌生動之致。

《凡例》第七條又説：「風流小説，最忌淫褻等語，以傷風雅。」它説「意中妙境，盡婉轉逗出」，未必做到；而「兹編無一字淫哇」，却是事實。第二十六回前半《虞世南詔題詩》同四雪草堂本第三十六回相比較，很可能有一些描寫因迹近「淫褻」而被删削。

四雪草堂本《隋唐演義》作者「長洲後進没世農夫」褚人穫標明有關隋煬帝的若干回採用本書加工而成。可見本書對後來有一定的影響。

本書以日本内閣文庫藏人瑞堂刊本影印。原書圖第四十一至五十、第五十九，卷二末頁，卷六末頁缺失，現據上海博物館藏本補足。爲便於閲讀，所補部分直接插在書中，不另作「輯補」處理。（徐朔方）

隋唐兩朝史傳

《隋唐兩朝史傳》全稱《鎸楊升庵批點隋唐兩朝史傳》，凡十二卷一百二十二回。其中第八十九回有前後兩回，故實際爲一百二十三回。回目爲七言一句。書名據卷首林瀚序，亦作《隋唐志傳》。板心魚尾題名同。書題「東原貫中羅本編輯，西蜀升庵楊慎批評」。日本尊經閣藏。許多回插有署名麗泉的詩，偶然也有静軒詩。

書末長方木記云：「是集自隋公楊堅於陳高宗（當作宣帝）大（當作太）建十三年（五八一）辛丑歲受周王禪即帝位起，歷四世，禪位於唐高祖，以迄僖宗乾符五年（八七八）戊戌歲，唐將曾元裕剿戮王仙芝止，凡二百九十五（當作八）年。繼此以後，則有《殘唐五代志傳》詳而載焉，讀者不可不并爲涉獵，以睹全書云。萬曆己未歲（四十七年，一六一九）季秋既望，金閶書林龔紹山繡梓。」本集成《隋唐演義》（徐文長評本）的《前言》引木記後按語云：「周王原作周主」及以下二十七字，沿孫氏《日本東京所見小説書目》所引木記二錯字而致誤，當删。木記所記起訖之年的歷史事件同《新唐書·僖宗本紀》吻合。

本書第十二卷目録列有一百二十四回，其叙事則云止於僖宗中和二年（八八二）壬寅歲，即第一百二十四回《鄭畋大戰收朱温》所記的這一年。但這兩回只見於該卷目録，正文乃至第一百二十二回止。可見書販刊印時相當草率。

日本尊經閣萬曆己未本及上海圖書館藏覆刻本書前林瀚序，較清初褚人穫《隋唐演義》所載林序，俱缺「時正德戊辰（三年，一五〇八）仲春花朝後五日」及印章二，文字則大同小異而不及褚本林序順暢。

尊經閣藏本、上海圖書館藏覆刻本卷首有《叙述》一段，與首都圖書館藏武林書坊繡梓《新刊徐文長先生評隋唐演義》卷首《鍾谷子述古風一篇單揭唐創立之有由》大同小異。除個別文字偶有出入外，《敘述》在「怨女三千放出宮」前刪去「魏徵夢見天子泣，張謹哀聞辰日哭」二句；《敘述》結尾「太宗仁德有如此，國祚綿長安似堵」，《古風》作：「剪鬚燒藥賜功臣，李勣嗚咽思殺身。含血吮瘡撫戰士，思摩奮呼乞效死。居易此篇陳王業，王業誠如《七德舞》。後大（人）兢謹勿怠荒，國祚綿長安似堵。」本段全本白居易新樂府《七德舞》，所刪詩句不少是白氏原句，當以不刪爲是。

上海圖書館藏覆刻本有插圖四十四幅，第一二幅及《褚遂良叩頭流血》起十三圖與徐文長批評本《隋唐演義》插圖相仿而略爲精細，徐本當爲摹本。

現據日本尊經閣藏本影印。卷一第五十一頁、卷三第三十一頁、卷五第五十五頁後半葉及五十六頁前半葉、卷十一第二十九頁爲原缺；卷七第五十四頁至五十六頁有殘破缺損：今據上海圖書館藏本補配。上圖本的插圖，亦附印於書末。（徐朔方）

隋唐演義

《隋唐演義》一百回，全名《四雪草堂重訂通俗隋唐演義》，署「劍嘯閣齊東野人等原本，長洲後進没世農夫彙編，吴鶴市散人鶴樵子參訂」。國家圖書館藏本，爲鄭振鐸所贈書，卷首《隋唐演義原序》(殘)尾署「正德戊辰(三年，一五〇八)仲春花朝後五日，賜進士出身資政大夫南京參贊機務兵部尚書致仕、前吏部尚書國子監祭酒左春坊左諭德兼經筵日講官同修國史三山林瀚撰」。瀚，一作翰，福建閩縣人。另有一序署「康熙乙亥(三十四年，一六九五)冬十月既望長洲褚人穫學稼氏題於四雪草堂」。該書第一百回插圖有「康熙甲子(二十三年，一六八四)仲春古吴趙澄華」刻工題字。可能初版褚人穫未署名，十一年後再補上。

劍嘯閣原本指袁晉的《隋史遺文》，齊東野人原本指《隋煬帝艷史》。具有相同的林瀚序的《大隋志傳》和大同小異的林瀚序的《隋唐兩朝志傳》，萬曆己未(四十七年，一六一九)金閶書林龔紹山刊本，也都是褚人穫改編所依據的原本。《隋唐兩朝志傳》書題「東原貫中羅本編輯」。

根據褚人穫自序，隋煬帝、朱貴兒和唐明皇、楊貴妃的再世姻緣故事采自唐代盧肇的《逸事》。雷萬春和雷海青硬拉成兄弟，花木蘭和她妹妹的故事，都可能是編者所説「更采當時奇趣雅韵之事點染之」，可惜都不高明。

本書前六十六回叙事範圍大體與《隋史遺文》六十回相當，這是本書的精華所在。兩者相比，本書多了六回，這是因爲增加了《隋煬帝艷史》的某些部分。

第五十六回所寫秦叔寶與尉遲恭三鐧换兩鞭之事，本書指出小説的原來寫法是尉遲恭打秦叔寶三鞭，秦叔寶打尉遲恭兩鐧，本書改爲兩人用兵器打大鑾石，多打一下纔把它打碎的人輸。這段描寫似不及後出的《説唐演義全傳》第四十六回。《唐書志傳通俗演義》第三十三節和舊題徐文長撰《隋唐演義》第四十一節是一個寫法，《隋史遺文》第五十四回又是一個寫法，《大唐秦王詞話》第三十回則寫成尉遲恭三鞭打傷人不及秦瓊兩鐧打死二將，可見書林各出手法以吸引讀者。

本書以第一百回唐玄宗之死爲結束。它說：「今此一書，不過說明隋煬帝與唐明皇兩朝天子的前因後果，其餘諸事，尚未及載。」後半部作者憑借最少，用力最勤，水平却最差。

據《堅瓠集》己集沈宗敬序，褚人穫生於崇禎八年（一六三五）。所著《堅瓠集》有甲至癸十集，又有續、廣、補、秘、餘各四、六、六、六、四集。甲集有康熙二十九年（一六九〇）自序，餘集有康熙四十一年張潮序。全書抄摘歷代筆記而成，雖有名人爲序，實際上很一般。《堅瓠集》和《隋唐演義》都由他本人刻板發行，這是明清書林中的常事。

四雪草堂本曾刊行多次，後印本對原書部分情節有挖版删削。今據山東大學圖書館藏四雪草堂初印本影印，其原序缺頁、第一百回完整插圖及卷三第七十二頁以後、卷十六第六十二頁以後、卷十八第五十六頁以後所缺内容，均據大連圖書館藏四雪草堂本輯補於後。（徐朔方）

異説後唐傳三集薛丁山征西樊梨花全傳

《説唐三傳》，經文堂藏板。卷首有「如蓮居士題於似山居中」序。十卷八十八回。《反唐演義傳》題「姑蘇如蓮居士編輯」，序署「時乾隆癸酉（十八年，一七五三）仲冬之月如蓮居士録於似山居中」。本書或也作於乾隆年間。

本書南京圖書館藏本題爲《征西説唐三傳》，也爲經文堂藏板，題爲「中都逸叟編次」。卷數回數同。

本書全名「新刻異説後唐傳三集薛丁山征西樊梨花全傳」。此書以《説唐演義全傳》即《説唐前傳》爲初集，以《説唐後傳》爲二集，故名三集。《説唐後傳》第五十五回結末説：「還有薛丁山征西傳，唐書再講。」指的就是本書。本書第一回同《説唐後傳》第五十五回有一大段互相重複，表明二書先後銜接。

《説唐後傳》比《隋唐兩朝志傳》進一步離開史實，更加傳奇化，更加不像歷史通俗讀物，更加合乎以歷史傳説爲題材的演義體小説。這個傾向到了本書有了進一步發展，它遠離史實，帶有《封神演義》那樣佈陣鬭法的神魔故事情節。

本書李道宗設計謀害薛仁貴；程咬金、尉遲恭、徐茂公的力救；樊梨花三次被薛丁山休棄，薛丁山被迫七步一拜，後又三步一拜，一再前往寒江關向樊梨花賠罪求援；第四十四回《難丁山梨花佯死，薛丁山拜活梨花》等情節都帶有民間文學濃郁的生活氣息；同粗拙的文筆，簡陋的板刻相映成趣。它的編者，不管是中都逸叟或如蓮居士，都以民間口頭傳説的卓越成就爲基礎，可惜編寫的水平同它很不相稱，未能顯示出它應有的光彩。

現據華東師範大學圖書館藏經文堂本影印，原書板匡高一五二毫米，寬一〇三毫米。（徐朔方）

趙太祖三下南唐被困壽州城

《趙太祖三下南唐被困壽州城》亦稱《宋太祖三下南唐》，又名《俠義奇女傳》，八卷五十三回，清好古主人撰。咸豐八年（一八五八）紫貴堂初刻本首有序，内封題《繡像宋太祖三下南唐》，正文回前題《新鐫繡像趙太祖三下南唐被困壽州城》，内附《佈演五雷陣》。紫貴堂本與咸豐十年丹桂堂本、同治十三年（一八七四）丹桂堂重刻本及英文堂本，行款相同，當屬同一版本系統。

作者好古主人生平不詳。序中説：宋太祖「正大位之日，首尊儒重士，大開文明之教」，認爲「亦不在漢高、太宗之下」，故「特此傳之」。頌聖之意，顯而易見。書當作於咸豐初年。

書演宋太祖趙匡胤三下南唐擒李璟事。宋太祖固三下江南，平定「諸國」，而親征南唐等事，並非史實，乃小説家言。小説寫赤眉老祖爲懲罰宋太祖妄殺功臣、義弟鄭恩，而派其徒余鴻下山，助南唐以金陵彈丸之地抗拒宋軍十萬兵馬，困宋太祖於壽州城三年。梨山老母、陳摶老祖等派劉金定、郁生香、蕭引鳳、艾銀屏、花解語五員女將，助大宋破南唐，解救宋朝天子，以除宮難。小説主要情節是表現五女將與余鴻等人鬬法之事，頗爲荒誕，然亦具近代劍俠小説之韵味。

今據北京大學圖書館藏紫貴堂本影印，原書版匡高一一九毫米，寬九五毫米。第四十六回末原書有缺頁，今據國家圖書館藏本相應之頁補配於後。（侯忠義）

武穆精忠傳

《武穆精忠傳》八卷八十則，不題撰人。它的祖本當是卷則與文字内容都相同的《大宋中興通俗演義》（又名《大宋演義中興英烈傳》《武穆王演義》），題熊大木撰。大木號鍾谷子，福建建陽縣人，約明世宗嘉靖四十年（一五六一）前後在世，編有《全漢志傳》《唐書志傳通俗演義》《南北兩宋志傳》等多種通俗小説。初刊本爲嘉靖三十一年壬子楊氏清白堂本，首爲熊大木嘉靖三十一年自序。書後附《精忠録》三卷，題李春芳編輯，前有正德五年（一五一〇）重刊《精忠録》的李春芳序。《精忠録》又可謂《大宋中興通俗演義》的雛形。

熊本後屢經翻刻易名，其要者有萬曆間周氏萬卷樓刊本、三台館刊本。三台館本題「大宋中興岳王傳」，「紅雪山人余應鰲編次」，熊序也改署爲「三台館主人」。此外有明内府抄本，彩繪精圖甚美。

題爲《武穆精忠傳》的明本傳有三種：天德堂本、萃錦堂本、映秀堂本。均不題撰人，内容版式大同小異。天德堂本扉頁鎸「李卓吾評」「精忠全傳」。冠以《岳鄂武穆王精忠傳叙》，尾署「李春芳謹撰」。實乃以《精忠録》序移置於此。

脱胎於熊本的删節本尚有《岳武穆王精忠傳》六卷六十八回，「本衙藏扳」本題「吉水鄒元標撰」。另《岳武穆盡忠報國傳》七卷二十八回。據友益齋刊本金世俊序及凡例後題署，知此爲明崇禎間人于華玉編。

《武穆精忠傳》各卷叙事均於回首標明起訖年限，並特别指出「按宋史本傳節目」或「按實史節目」，内容側重政治軍事，闌入不少詔書奏文以及與情節不相關聯的岳飛著作。細味之小説情韵不足而史料編集有餘；唯卷八述岳王、秦檜死後事，頗涉怪異，富文學情趣，當是受宋元以來戲曲、説話和民間傳説的影響。篇末錦城士人胡迪遊陰曹地府歷觀善惡報應，與馮夢龍《古今小説》中《遊酆都胡母迪吟詩》情節基本相同，前者或爲後者取資，或同取資於當時的説話。

書以「精忠」名，或以李春芳序云太監劉公來鎮兩浙，捐俸重修岳廟，仍復於廟門之外通衢之左鼎建石牌坊一座，榜曰「精忠」，昭聖製也；或以書中有岳飛不願入山爲寇，令人於背脊上刺「盡忠報國」四大字以示不從邪之意；或以書叙宋高宗嘉獎岳飛戰功，曾賞賜朝服公服戰袍各一套，又以大紅旗一面，帝手書「精忠岳飛」云云：三説均可通。而小説能廣爲流佈於明後期，是由於朝中奸相迭出，建州滿族崛起，其嚴峻形勢略同於岳飛所處時世。金世俊《岳武穆盡忠報國傳》序以爲處「今日時事之危」，「有志於御外靖内者，當有意於斯編」，洵不虚也。

今以上海圖書館藏天德堂藏板本影印，原書板匡高一九六毫米，寬一三〇毫米。書缺叙第七頁下、卷一第五十五頁起至卷末、卷三第二十五頁、卷八第六十一頁下起至卷末、卷八第五十八頁下起至卷末，均據首都圖書館藏本輯補。（曹光甫）

岳武穆盡忠報國傳

《岳武穆盡忠報國傳》七卷，封面題《重訂按鑑通俗演義精忠傳》，版心題《盡忠報國傳》，友益齋刻本，書避崇禎帝諱，知刻於明末。首卷卷端題「臥治軒評」。據卷首金世俊所作叙及凡例末銜，可知此書編者爲于華玉。華玉字輝山，金壇人，明崇禎十三年（一六四〇）進士（見《明清進士題名碑録》），初令信安，崇禎十五年改任義烏知縣（康熙《金華府志》）。本書當即義烏縣任内所刻，由義烏故老金世俊作叙。臥治軒即其在義烏所結軒名。華玉生當明朝統治岌岌可危時，清軍已對中原形成包圍之勢，深具憂國救時之志，「談及時艱，義形於色，斐斐咸救時之碩畫也。」（金叙）明末異族入侵，正與宋代金兵入侵中原形勢相類，岳飛及宗澤、李綱等民族英雄的事迹，便成爲明末愛國士人向往褒揚的對象。于華玉重新編訂岳飛事迹，其用意是很明顯的。

金世俊叙後，有「盡忠報國傳凡例」六則，詳細説明了于華玉編訂此書的宗旨。第一則介紹了前代記載岳飛事迹的書籍，並云：「近有演義舊傳一書，則合史傳家乘而集其成者」，指的是熊大木所編《大宋中興通俗演義》八卷，初刊於嘉靖三十一年（一五五二），萬曆間書林萬卷樓重刊，《盡忠報國傳》就是在此書基礎上進行删訂的。以《盡忠報國傳》與萬卷樓刊本《大宋中興通俗演義》（殘本一册，存卷一，藏國家圖書館，以下簡稱《演義》）相對照，結合凡例，可以看出于華玉删訂本具有以下特點：

一、《演義》不棄小説稗乘家言，于華玉則認爲《演義》的這些記載「俗裁支語，無當大體，間於正史，多戾繇來」，於是「特正厥體制，芟其繁蕪」。從實際删訂情況看，删去的基本是一些比較繁冗或怪異的内容，像《演義》末卷「風僧冥報」事，于華玉認爲是「鄙野齊東」，語涉怪異，加以删除。《演義》的「金粘罕邀求誓書」與「宋徽欽北狩沙漠」兩則，《盡忠報國傳》全部删去，這是爲了突出主綫，删除支離，也是合理的。

二、《演義》分八卷，每卷十則，七字標目，字句並不整齊。《盡忠報國傳》删爲七卷，每卷四則，標目改用六字（偶有七字者），較工整。

三、《演義》分目較細，但一目中也常有數事連綴記叙的。于華玉認爲這樣「累牘難竟」，讀者生厭，於是「兹一事自爲一起訖，以評語間之」。評語以評論事件爲多，也有説明文字。以評語分割叙事段落，眉目清晰，便於閲讀。同時，書眉上亦鎸刻批評文字，依行文隨時評論。

四、于華玉認爲「舊傳沿習俗編，惟求通暢，句複而長，字俚而贅」，因此「痛爲剪剔，務期簡雅」，對《演義》文字也作了一些修改。主要是將《演義》中口語色彩較濃、通俗化的詞句加以文飾，追求「簡雅」，使其語言更書面化、文人化。據凡例稱，删訂此書「繕校凡七易丹墨」，可見于華玉用力之勤。另外，《演義》每目後均有詩作結，《盡忠報國傳》將結詩全部刪除，文中亦無詩詞穿插。

本書舊爲鄭振鐸藏。現藏國家圖書館，今即據以影印。原書板匡高二〇三毫米，寬一四〇毫米。（張麗娟）

萬花樓演義

《萬花樓演義》，又題《狄青初傳》《萬花樓楊包狄演義》《後續大宋楊家將文武曲星包公狄青初傳》等，十四卷六十八回。扉頁題「西湖居士手編」。有序，尾署「時戊辰之春自序於嶺南汾江之覺後閣云。鶴邑李雨堂識」。則李雨堂爲本書作者，西湖居士是其别號，生平不詳。鶴邑，或疑即今廣東龍川縣東之鶴市墟，可備參考。書稱《狄青初傳》，顯與《狄青前傳》（《五虎平西》）、《狄青後傳》（《五虎平南》）接軌，而書則晚出。第六十八回末云：「又説明此書與下《五虎平西》二（一）百一十二回每事略多關照之筆，惟於范小姐招贅完婚事有不同。然其原古本以來已有此筆，悉依原本，不加改作。」回末評語云：「此書因前未得其初傳，只於狄青已職任邊關中截而起，是未得全録。今已採得完成，復於真宗天子天禧二年起，至狄青行伍出現及以上三世……又至仁宗癸亥三年趙元昊始降伏，是照依史而結，一始一末條達，頗不吝錯雜。」而《五虎平西》有嘉慶六年（一八〇一）刊本，可知李雨堂自序的「戊辰」當爲嘉慶十三年。又此書每回結束均有回評，據上引評語口吻推測，評者與編撰者當爲一人。

萬花樓係制台胡坤之子强占民宅而修建。胡公子窮侈極欲，常於樓中淫樂，擅作威福。狄青等結義弟兄强行登樓飲酒而啓釁，胡公子横死，包公審案，由此引出朝廷忠奸兩黨紛争。書叙楊宗保、包拯、狄青故事，簡略於楊，稍詳於包，而特詳於狄，實爲「狄青初傳」。楊宗保史無其人，其原型可能如本書第六十三回評語所云：「稽（楊）業之從孫名宗保，無此名。史亦無此名。然有楊宗保苦戰殁於三川砦口，其時亦因西夏大寇興師之日，或亦此將是也。」包拯、狄青正史有傳，而傳説中的形象均已被神化。包公斷獄故事「起於北宋，流於南宋，初盛於元人雜劇，再盛於明清小説」（胡適《三俠五義序》），《元曲選》收雜劇一百種，其中包公戲即占十種，可見其盛。狄青禦敵故事亦早流布民間，至元代已有《狄青撲馬》《狄青復奪衣襖車》《刀劈史鴉霞》等劇目，明清敷衍更甚。李雨堂在衆多「原古本」的基礎上綴輯潤色而成《萬化樓演義全傳》一書，功不可泯。

此書板本甚多，主要者有經綸堂藏板本，卷一題下鎸「吴西瑞雲齋原本 羊城長慶堂新梓」，卷二題下爲「賞心亭梓行」。此外有嘉慶十九年長慶堂藏板本，道光十五年（一八三五）重刊近文堂本、咸豐九年（一八五九）右文堂藏板本、光緒四年（一八七八）聚文堂本等。刊刻時間不一，同源異流，至有回目文字全非，正文内容繁簡不同等區别。現據北京大學圖書館藏經綸堂藏

板本影印，原書板匡高一四五毫米，寬九〇毫米。（曹光甫）

後宋慈雲走國全傳

《後宋慈雲走國全傳》，全稱《新鐫繡像後宋慈雲太子逃難走國全傳》，八卷三十五回。牌記上「嘉慶乙亥（二十年，一八一五）新鐫」；中雙行「繡像後宋慈雲走國全傳」「福文堂發兑」；右「後續五虎將平南」；左「内附善善國興師」。不題編撰人。書末云：「此書上接《五虎平南》之後，下開《説岳精忠》之書」，故又名《後續五虎將平南後宋慈雲走國全傳》。繡像二十二幅，前圖後文。有叙一篇，亦未題撰人姓名年代。本書另有嘉慶二十五年（庚辰，一八二〇）二友堂本和道光二十年（庚子，一八四〇）坊刊小本。

本書叙宋神宗時左丞相陸雲忠之女爲正宫昭陽，其兄陸鳳陽進京，遇右丞相龐思忠之子龐雲彪强搶民女，將其打死，闖下大禍，陸雲忠被處死，陸皇后貶入冷宫，産下太子慈雲，時陸鳳陽逃脱，太子由兵部尚書寇元以他人之女調换、抱歸撫育。遂有陸鳳陽報仇，善善國主狄虎會同五路藩王殺進汴京。後來哲宗登位，慈雲太子改名周英，其間經過種種磨難，龐丞相終於戰敗被擒。慈雲太子得以還朝，封爲楚王。哲宗崩，楚王繼位，是爲徽宗。

孫楷第《中國通俗小説書目》卷二明清講史部著録中云：「演徽宗事，無稽。」本書叙云「稗傳外史奇幻無根者十之七八，近史實録者十之二三，惟在佈演者之安排耳。」通觀全書，可知作者借助手中之筆，撰寫稗傳野史，宮廷秘聞，世態人情，忠烈俠義，其目的在於揚善抑惡，揄揚勇俠，伸張正義，鞭笞奸佞，宣傳封建倫理道德，其具體情節與正史並不相符。

現據福文堂本影印。（吴元真）

承運傳

《承運傳》，全稱《新鍥國朝承運傳》。四卷三十九則，上圖下文分兩欄，未署作者名。明萬曆間寫刻本。

書叙明成祖登基前後事。明太祖朱元璋於洪武三十一年（一三九八）去世時太子朱標已逝，由皇太孫朱允炆即位，是爲建文帝。建文帝以齊泰爲兵部尚書，黄子澄爲太常卿兼翰林院學士，同參軍國大事。爲鞏固中央政權，採用削奪諸藩之策。是書以燕王朱棣爲中心，叙其將士齊心，舉兵南下「清君側」。結果建文帝被迫遜位，燕王入繼大統，爲明太宗（即成祖）。後因北方瓦剌入侵，太宗御駕親征，威震北番，最後定都北京。書中竭力頌揚燕王朱棣的功績，把他比作是朱元璋之後的一代中興之主。故這書一開始就有一首《古風短篇》，在歌頌明太祖統一天下之後，結末兩句道：「南都開基《英烈》書，北甸中興《承運傳》。」稱這書爲堪與《英烈傳》相提並論的一部著作。《英烈傳》爲明代無名氏作，這書當作於《英烈傳》成書之後。

明成祖朱棣在明代帝王中可算是個有作爲的君主，然在太祖朱元璋去世不久那段時期，他不過是個藩王。從封建正統觀點看待問題，黄子澄等爲輔佐建文帝而採取的一切政策措施，本來都是正常的。但這書在寫燕王一心爲了大明的江山社稷，却對這段歷史的是非曲直全然不顧。書中一再説黄子澄、練子寧、鐵鉉、景清等四人獨斷專權，敗壞朝綱，稱他們爲「四黨」。説燕王義兵，是吊民伐罪。等到燕王功成即位，對黄子澄等施以滅族等殘酷手段諸事，只在燕王大軍進京時，用「四黨驚懼氣絶」，「令將士捉四黨家衆」二句，輕輕帶過，不作具體叙述。這種對史實的虚虚實實，當是爲了維護燕王的明主形象。

這書還在不少地方宣揚燕王之所以能成大業，乃是天命所歸。如卷一開始時就有朱元璋曾夜夢一條烏龍在第三根金柱上抱日升天而去。醒來請劉基圓夢。劉説將逢賢明之人。第二天，四太子朱棣在殿上試藝，踢了幾個飛脚，抱住第三根金柱。正與夢中所見相合，暗示朱棣不同其他諸王。卷一結末又有燕王在蘆溝橋河灘意外得到傳國玉璽一方，而這卷結束時的詩云：「國家將興真實現，聖主中興瑞氣來。秦朝玉寶今日得，萬里江山自此開。」處處都爲燕王後來的事業，留下伏筆。

明代的不少筆記野史都對建文帝抱同情態度，明末清初的一些著作、小説，如錢謙益《建文帝年譜序》、吕熊《女仙外史》等，都以建文爲正統，否定成祖。因此，作爲對同一歷史事件持不同意見的代表，本書具有其演述史實外的更重要的價值。

現據日本内閣文庫藏本影印。卷二第十三頁下半葉和第十四頁上半葉原缺。（曹中孚）

躋雲樓

《躋雲樓》凡十四回，扉頁題「煙霞主人編述」，「本衙藏板」。無序跋。卷端題「新刻小説躋雲樓」，「自得主人編次」。煙霞散人與自得主人，當爲一人，真實姓名無考。卷末鐫「時乾隆三十三年二月新編」。乾隆三十三年爲公元一七六八年，或即刊行時間。

此小説是因唐李朝威傳奇《柳毅傳》而敷演生發，於原作柳毅遇洞庭龍女一事外，復增入柳毅與虎女虓兒之婚姻，形成清初小説二美事一夫之格局。嗣後，柳毅中進士入仕途，得龍女、虎女之助，斷獄平冤，爲百姓除虎、蛟之害，逐次升遷，又有救駕、抗拒吐蕃之功，至封王賜第，御書其樓曰「躋雲」。小説之命名即由此。作者欲集當時流行的靈怪、人情、演義、公案諸類小説之内容於一書，但由其旨趣不高，文筆平庸，結果成了一部「四不象」之作，流傳不廣。

現據天津圖書館藏「本衙藏板」本影印。原書高一八〇毫米，寬一〇八毫米。原書紙色很深，有些地方字迹又很淡，難以辨認，影印時曾作過一些描修；實在無法辨認者，衹好一仍其舊。（袁世碩）

皇明中興聖烈傳

《皇明中興聖烈傳》五卷，每卷依次爲十三、十四、六、九、六則，共四十八則。第一則前有小引一段。原書日本長澤規矩也藏。

卷首作者《小言》説「我聖烈傳，西湖野臣之所輯也……乃聖天子在上，公道頓明」，指閹黨魏忠賢在天啓七年（一六二七）十一月身敗名裂。《小言》又説「特從邸報中，與一二舊聞，演成小傳……共暢快奸逆之殛，歌舞堯舜之天矣」。下署「野臣樂舜日薰沐叩首題」。「樂舜日」當是作者化名，正文卷首又署西湖義士。

本書叙事從魏忠賢的出身開始，止於「吏剖（部）一本欽奉聖旨錢龍錫、楊景宸、來宗道、李標、周道登、劉鴻訓俱陞禮部尚書兼東閣大學士，俱入閣，同輔施鳳來等辦事」。事在天啓七年十二月，公曆已入一六二八年。光緒三十二年（一九〇六）上海中新書局排印本改題《魏忠賢軼事》與本書内容倒是符合的。

本書刻印每行低一格，遇頌聖字樣則頂格；孫楷第《日本東京所見小説書目》指出本書卷首有三幅插圖沿用《警世通言》，可以想見當日魏閹覆没之時，作者興奮異常，匆匆命筆並付印，題爲《皇明中興聖烈傳》，書當作於崇禎元年（一六二八）或略遲。日久之後，這種興奮之情就難以維持了。

正因爲倉卒出書，目録同正文中的標題有時出現分歧，如第四卷目録中的《好漢推李太監墜河》《周宗建陰靈搭船》，正文則爲《姑蘇好漢推李實墜河》《周季侯陰靈搭船》。宗建字季侯，二者並無實質性區別。

本書是邸報和傳説的結合。如錢龍錫等六人同時陞爲禮部尚書兼東閣大學士入閣，同《明史·宰輔年表》相合，可信。《魏進忠寵用殺王安》，則與《明史》卷三〇五王安傳略有出入，可説是藝術加工，雖然並不高明。至於説魏忠賢是狐狸精同他母親野合所生，那就完全是無稽之談了。

王安是魏忠賢的前一任司禮太監，第一卷第八則説「老臣王安，性素忠直」，可見作者不是士大夫出身。否則，他是不會對太監以老臣相稱的。今據日本長澤規矩也藏本影印。（徐朔方）

大明正德皇遊江南傳

《大明正德皇遊江南傳》，牌記作《繡像正德遊江南傳》，又名《大明遊龍戲鳳全本》，七卷四十五回。江左書林梓。前有「道光壬辰（十二年，一八三二）仲夏上澣樵西黄逸峰拜題」序及同年季秋中浣「順邑虚莊何夢梅」自序。這是福建建陽附近順昌（順邑）的書坊撰稿人在京戲《遊龍戲鳳》流行後草率改編的「全本」小説。印刷和編寫都很粗劣，如書中王寘、王守仁等主要人物的姓名，在插圖中都有誤字。

據孫楷第《日本東京所見小説書目》，宫内省圖書寮藏有高麗抄本四卷四十五回。

正德皇帝朱厚照遊江南實有其事。正德十四年(一五一九)六月寧王宸濠造反，次月被南赣提督王守仁所擒獲。朱厚照以征討叛亂爲名率師親征，十二月抵達南京。次年閏八月離南京，經鎮江北歸。正德十六年去世。

小説名爲遊江南，實際上叙述了正德從即位直到統治的最後一年，但没有寫他去世。根據史實，孝宗朱祐樘去世時，顧命大臣是劉健、李東陽、謝遷，小説改爲梁儲和謝遷；王守仁浙江餘姚人改成雲南人；得罪宦官劉瑾而受處分的南京給事中戴銑和御史薄彦徽被合成右都御史銑彦徽一人；正德朝發生了兩次同姓王叛亂，一次是明太祖庶十六子慶王的後裔安化王寘鐇，被改爲平民出身的王寘藩；另一次是寧王宸濠，「宸」錯成「震」。朱厚照没有到過蘇州，宸濠在江西被擒，小説却寫成朱厚照被叛軍圍困於蘇州。

南京或應天改爲清代的地名江寧府，北京被稱爲盛京(今遼寧瀋陽)；「欽命協鎮蘇州等處地方加三級紀録十次」是清朝的官銜用在明朝人身上；凡此等等，不一而足。

現據華東師範大學圖書館所藏江左書林本影印，原書板匡高一二八毫米，寬九五毫米。書中所缺序言第一頁及第十三回、十九回、二十一回末頁，用國家圖書館分館藏本輯補。(徐朔方)

海公小紅袍全傳

《海公小紅袍全傳》十二卷四十二回，不題撰人，是一部講史公案小説。全書可分爲兩部分，前三十一回，叙述海瑞扳倒權相張居正的經過，後十一回寫海瑞往南京赴任途中微服私訪，審理數起冤案，使四境肅清，萬民稱頌。朝廷加封他爲兵部尚書，海瑞以年老多病辭朝。十年後，海瑞百歲仙逝。後有人於月朗天清的海上看到官船上樹有「天下都城隍」大旗，中間坐着身穿紅袍的尊神，正是海瑞。從此，地方上開始興建天下都城隍廟，塑海公像，世世香火不絶。

《海公小紅袍全傳》是《海公大紅袍全傳》的續篇。講的是海瑞晚期的故事。如鐵崕外史在序中所言：「是篇中專述海忠介公晚節貞操，除奸剪佞，文近鄙俚，而其形容忠貞餘烈之處，亦自有足觀。」小説的主旨是宣揚忠君愛民的思想，如序言所説：「乃若楊忠愍、海忠介二公，鵠立朝端，迴狂瀾於既倒，不以官卑禄少與世浮沉，故天下後世歷指而稱道，雖死之日，猶生之年也。」

小説中的主要人物海瑞、張居正實有其人，《明史·海瑞傳》載：「萬曆初，張居正當國，亦不樂瑞……居正憚瑞峭直，中外交薦，卒不召。」兩人也確有矛盾。但小説中的故事多屬虛構。張居正作爲一代名相頗有政績，而海瑞是在張居正死後才受召南京右都御史。小説中對宋代楊家將的描述，更似神話。海瑞百歲無疾而終，雖屬演義之文，却反映出民間推崇忠烈俠義之士的心態。與其他一些公案小説相比，本書在講述單獨案例的同時，貫穿着周氏兄弟的受難經過，這在公案小説中還不多見。更值得一提的是，據楊啓光《中國武俠作品在印尼》一文所述：「第一部中國武俠小説的通俗馬來語譯本是《周觀德——周文玉之子，一個華人所寫的故事》。它譯自《海公小紅袍全傳》第三十二回至四十二回，發行於一八八二年（清光緒八年）。由此，在印尼掀起了一八八三至一八八六和二十世紀初的中國古典文學作品翻譯出版的兩次高潮。」（《文史知識》一九九二年第四期）可見這部小説在當時的影響。

《海公小紅袍全傳》現有道光十一年（辛卯，一八三一）厦門文德堂刻本。大塚秀高《中國通俗小説書目改訂稿·初稿》記載日本東京大學文學部存一部「同安徐管城藏板」咸豐七年（一八五七）刊本，缺第三十五回以後。此外有光緒二十七年、光緒三十三年及一九一四年上海錦章圖書局諸石印本。現即據國家圖書館分館藏道光壬辰厦門文德堂刊本影印。原書板匡高一三七毫米，寬八七毫米。（董馥榮）

戚南塘剿平倭寇志傳

《戚南塘剿平倭寇志傳》，明刻本，藏國家圖書館。鄭振鐸在該書第一册封面上寫有短記：「這是一部未見著録的明代小説，以剿平倭寇爲主題，有重大的政治意義。」據路工回憶，鄭振鐸曾稱此書爲「奇書」(見《訪書見聞録》)。可惜書已殘缺,不知全書卷數,亦不詳撰者姓名。今本僅存卷一至卷三,卷一首十一葉亦缺,其他亦間有缺頁。此本爲鄭振鐸一九五八年於開通書社發現,書已殘破不堪,重裝後始可翻閱。從現存内容可以看出,它描寫了明嘉靖年間以戚繼光爲代表的愛國軍民抗擊倭寇的事迹,是一部題材獨特、有一定思想性的歷史演義小説。

日本封建主糾合武士、商人和浪人到中國沿海地區進行搶劫燒殺的海盜活動,從明初就已開始,至明世宗嘉靖時期,倭患日趨嚴重。他們與中國海盜相勾結,深入内地,劫掠財貨,殺害無辜,對沿海人民的生命財産造成極大的威脅。當時與倭寇勾結的中國海盜,著名的有汪直、葉宗滿、徐海、許朝光等,特别是汪直,自稱「徽王」,嘉靖三十二年(一五五三),他「勾諸倭大舉入寇,連艦數百,蔽海而東。浙東、西,江南、北,濱海數千里,同時告警。」(《明史》卷三二二日本傳)可見其規模之大,爲患之深。《戚南塘剿平倭寇志傳》中的海盜首領汪五峯,就是史書中的汪直。其他人物也大多有史可徵。小説集中叙述的是浙江、福建兩省的抗倭史事,以戚繼光爲代表的愛國軍民與汪直、許朝光帶領的倭寇之間的鬥争。中間穿插了朝廷奏議、客兵作亂、官軍腐敗等内容,描繪出了特定歷史環境下抗倭戰争的真實情景。

今據國家圖書館藏本影印。原書板匡高二一〇八毫米,寬一一二〇毫米。(張麗娟)

掌故演義

《掌故演義》七回，不題撰人。板心題「小説・掌故演義」。本書據史籍所載清初順、康時期史實，用通俗易懂的小説語言改寫而成。正如做書人所云：「就是把極有用的正經書，改做極好看的小説書。」故書名曰《掌故演義》。

本書前六回説的是清初國内的軍政大事。自愛新覺羅部統一滿族，興兵滅明起，一直叙到鄭成功之孫鄭克塽獻出臺灣，歸順清朝止。第七回則講述明萬曆時意大利人利瑪竇來華傳教，入清後其弟子湯若望、南懷仁繼續在中國推行新曆。接着又講到中國與俄羅斯的邊界衝突及雙方和談之事，對清初中國與西方科技交流及對外關係作了一定的介紹，這是其他歷史演義較少見的。書至最後曰：「到了雍正二十二年却又鬧出一樁大事來，下回再細講罷。」全書到此落筆結束。然這結束之語有誤，雍正在位僅十三年。以此可見，作者生活年代必離清中葉較遠，原來的創作計劃也不止此七回，是否完成全帙抑完成後未付梓不得而知。

《掌故演義》存世有清刻本及光緒三十四年（一九〇八）上海點石齋排印本。今據國家圖書館分館所藏清刻本影印。原書板匡高一七二毫米，寬一一二二毫米。（吴元真）

剿闖小説

《剿闖小説》全稱「新編剿闖通俗小説」，十回。署西吴懶道人口授，興文館刊本。圖五葉共十幅，版心題《繡像剿闖小説》。

卷首有叙，署「西吴九十翁無競氏題於雲溪之半月泉」。按《名義考》：「湖州，西吴也。」湖州境内有霅溪，流經吴興、德清兩縣。「雲」字當爲「霅」字之誤。德清縣慈相寺石壁下有半月泉，晉代僧曇卓所鑿，見《西吴記》。晚明畫家王維烈字無競，朱謀垔《畫史會要》卷四徐沁《明畫録》謂爲「吴人」，康熙《常熟縣志》卷三十一則謂爲常熟人。《海虞畫苑略》謂王維烈「少遊周少谷(之冕)之門」，周爲嘉靖、隆慶間人，則王維烈明末時可能年過八旬，不知作叙者即其人否。叙中稱「懶道人從吴下來，口述此事甚詳」，西吴九十翁無競氏乃「命童子筆録之」。據正文中「嘗(即常，避光宗朱常洛之諱而改，參見《明史・地理志一》)郡昔號忠義城」以下，有「吾嘗」「吾鄉」云云，知懶道人爲常州人，但姓氏不詳。

小説詳於崇禎十七年(一六四四)三月李自成入京，崇禎皇帝自殺到當年五月南明弘光王朝建立之間的史實。書中提到吴三桂「新封薊國公」，按弘光王朝封吴三桂爲薊國公在崇禎十七年十一月，則小説完稿當不早於是時。本書綴輯有關傳聞、邸報及當時人的詩文而成，嚴格地説不能算是小説。因成書草率，各段内容往往不相銜接。第六回大録與正題無關的詠宫女詩賦，尤屬不倫不類。甲申之變前後，這類出版物甚多，此書即引到《國變録》《泣鼎傳》等數種，它們都介於小説與野史筆記之間。

據孫楷第《中國通俗小説書目》，此書有日本内閣文庫藏本，孫目定其刊於弘光元年（一六四五）。據江蘇省社科院明清小説研究中心《中國通俗小説總目提要》，是書還有明末刻本，題《新編剿闖孤忠小説》，十卷，藏國家圖書館；清初刻本，十回，版心題《忠孝傳》，藏吉林省社科院圖書館；清抄本，題《剿闖小史》，半葉七行，行十四字，藍格；清抄本，五卷，半葉九行，行十九字，無格，傅以禮跋。兩種俱藏國家圖書館。

現據日本内閣文庫本影印。（廖可斌）

臺灣外記

《臺灣外記》三十卷，清江日昇撰。日昇字東旭，福建珠浦人。生平不詳。據是書卷一中作者按語，其父美鼇曾先後事南明弘光、隆武兩朝。弘光時隸鄭氏家族永勝伯鄭彩翊部下，雖非顯官要職，而連年征戰，幾無役不從，故對鄭氏始末耳熟能詳。日昇寫作此書，主要取資於其父「口授耳傳」。後其父於康熙十六年丁巳（一六七七）歸誠清朝。又據卷五作者附記，作者曾於康熙十七年戊午會黄道周門人陳駿音，得以詳知黄道周事迹，其時作者當已成年，由上推測作者約卒於康熙後期或雍正、乾隆初期。

是書叙明末清初鄭氏佔據臺灣始末事，起自明天啓元年辛酉（一六二一）鄭芝龍等據有臺灣，迄於清康熙二十二年癸亥鄭克塽降附清朝，凡六十餘年間事，依年編次。書中於明清易代之際南明諸政權及清「三藩」之事亦多所涉及。其體裁採用章回小説，分卷標目。

是書求無不獲齋原刊。前有「康熙甲申（四十三年，一七〇四）冬岷源陳祈永」序，稱作者將此《臺灣外記》三十卷屬序於他，則其時此書當已完成。然是書自卷十一始叙康熙年間事，編年稱「聖祖仁皇帝康熙元年壬寅」，其後卷十四、十六，稱「聖祖仁皇帝」者各一處，而卷十六、二十五、二十八、三十單稱「聖祖」者共五處，則此書又當成於康熙身後。兩者牴牾，推其緣由，抑或此序不可靠，抑或此書成於康熙年間，而刊刻於康熙死後，故具康熙廟號、謚號。此書内封題「癸巳仲夏」。自康熙起癸巳有四，即康熙五十二年、乾隆三十八年（一七七三）、道光十三年（一八三三）和光緒十九年（一八九三）。而此書避乾隆諱，「弘」「泓」皆缺末筆，故又可推知此書爲乾隆三十八年（一七七三）刻本。

今據吴曉鈴藏求無不獲齋本影印，原書板匡高一八〇毫米，寬一〇五毫米。（周明初）

巧聯珠

《巧聯珠》，美國哈佛大學圖書館藏本，據著録扉葉右上題「續三才子書」，左下署「可語堂梓」。目録葉前題「新鐫繡像巧聯珠目次」，下署「五彩堂編次」，正文卷端題「新鐫批評繡像巧聯珠小説」，下署「煙霞逸士編次」。全書十五回，不分卷。有旁批、眉批、圈點，然無圖像。其中第九回（原書十至十四葉）略有殘損。又，日本寶曆甲戌（乾隆十九年，一七五四）《舶載書目》著録有得月樓刊本。

書前有題「癸卯槐夏西湖雲水道人」所作序，序云：「煙霞散人博涉史傳，偶於披覽之餘，擷逸蒐奇，敷以菁藻，命曰巧聯珠。」可知煙霞逸士亦稱作煙霞散人。又《鳳凰池》十六回，耕書屋刊本，封面題「續四才子書」，亦題「煙霞散人編」，似爲同一作者，此書日本享保十三年（雍正六年，一七二八）《舶載書目》著録。

或謂煙霞散人即《斬鬼傳》的作者劉璋，該書舊鈔本有「煙霞散人題於清溪草堂」的自序，刊本題「陽直樵雲山人編次」，或題「陽直介符劉先生手著」，前有康熙五十九年庚子（一七二〇）上元黄越序。劉璋，字于堂，號介符，别署樵雲山人、煙霞散人，山西太原人，康熙三十五年舉人，雍正元年（一七二三）任直隸深澤縣令，同治《深澤縣志·名宦傳》有傳。結合劉璋的生平，則西湖雲水道人爲《巧聯珠》作序之年的「癸卯」，當爲雍正元年。劉璋另撰有《飛花艷想》十八回，題作「樵雲山人編次」。

可疑的是,《巧聯珠》全書不避「玄」諱,則其成書及刊刻當在順治朝或康熙初期,而序中之「癸卯」當爲康熙二年。如推斷不誤,則劉璋爲此書作者說恐難以成立。

現據美國哈佛大學圖書館藏本影印。(邵海清)

駐春園小史

《駐春園小史》,題「吴航野客編次,水箬散人評閲」,六卷二十四回。乾隆三餘堂刊本。正文半葉八行,行十六字,版心作「駐春園」。前有序,末署「乾隆壬寅年(四十七年,一七八二)菊月上浣水箬散人書於椀香齋」。序中有云:「《駐春園》一書,傳世已久,因未剞劂,故人多罕見。兹吾友欲公同好,特爲梓行,囑余評點,細爲批閲。」文中有圈點,每回末均有評語。據書中所述,故事發生在「皇明」嘉靖年間,其卷首「開宗明義」一節,列舉《平山冷燕》《玉嬌梨》《桃花影》《燈月緣》《情夢柝》《繡屏緣》《五鳳吟》等順治、康熙、乾隆年間諸小説,可見所謂「傳世已久」云云,只是一種假記。又,第二十二回回末評云:「吾友親歷世故,變化無窮,想其胸中所蘊結,筆下所洋洋,莫非此心此尋,臨題盡洩。」參以序中所云,那位「欲公同好,特爲梓行」的「吾友」,實即小説的編撰者吴航野客。

此書乾隆戊申（五十三年，一七八八）刊本，易名《緑雲緣》，當以書中兩女主角吴緑筠與曾浣雪字雲娥者而得名；嘉慶辛未（十六年，一八一一）刊本，又名《第十才子雙美緣》；光緒丙子（二年，一八七六）刊本，復題《第十才子書駐春園小史》。以上皆爲六卷二十四回。此外，尚有古香閣石印本，改題《第十才子緑雲緣》；進步書局石印本，改題《繪圖一笑緣》，以上則作四卷二十四回。

現據乾隆三餘堂刊本影印。（邵海清）

生花夢

《生花夢》，四卷（又作元亨利貞四集）十二回。卷首書題《新説生花夢奇傳》，下署「古吴娥川主人編次」「青門逸史點評」。寫刻，無圖。存世有「本衙藏板」原刊本，藏美國哈佛大學，爲齊如山舊藏，見書末題記。

此書首有青門逸史序，落款署「時癸丑初冬古吴青門逸史石倉氏偶題」；聯繫内文第一回「待我如今先説件最切近的新聞，把來當個引喻。這節事不出前朝往代，却在康熙九年庚戌之歲」等語，知首序落款「癸丑」當是康熙十二年（一六七三），此書亦當作於康熙九年至十二年間。

書的内封左上角有「二集嗣出」字樣，作者另有小説《世無匹》《炎涼岸》傳世，《世無匹》書名下旁鎸「生花夢二集」，《炎涼岸》書名下旁題「生花夢三集」，可見三書爲系列小説。

據青門逸史序：「主人名家子，富詞翰，青年磊落。既乏江臯之遇，空懷贈珮之緣，未逢伯樂之知，徒抱鹽車之感。而以其幽悰播之新聲，紅牙碧管，固已傳爲勝事矣。迨浪迹四方，風塵顛蹶，益無所遇。惟無遇也，顧不得不有所托以自諷矣。」知娥川主人是一位出身世家、懷才不遇、浪迹江湖、寄情小説戲曲的人，惜其真實姓名無考。

今據哈佛大學「本衙藏板」本影印。（蕭欣橋）

合錦迴文傳

《合錦迴文傳》，據孫楷第《中國通俗小説書目》，原署「笠翁先生原本」，「鐵華山人重輯」。李漁（一六一一——一六八〇），原名仙侶，號笠翁，别署覺世稗官、湖上笠翁，清初著名文人，著述甚豐，尤以戲曲小説的創作著稱。有擬話本小説集《無聲戲》和《十二樓》。長篇小説《肉蒲團》或也是他所作。

《合錦迴文傳》第十三卷素軒評語云：「今觀此卷中所述，其亦《五色石》之遺意。」《五色石》的作者徐述夔，乾隆三年戊午（一七三八）舉人，時代晚於李漁。據此推測，《合錦迴文傳》當在《五色石》之後，約爲乾、嘉時作品（見《李漁全集》中有關論文）。但評論必晚於創作，因此光憑素軒的評語難以斷定作品成書年代。孫楷第則認爲素軒可能就是李漁，素軒的評語大體也和李漁的思想符合，但缺乏足够的材料證明這一猜測。此書在李漁生前未見刊印，此後也没有任何關於他創作此書的記載，距李漁死後一百多年出現的「笠翁先生原本」之説，真實性令人懷疑。

小説中的人物柳玭、楊復恭、楊守亮、李貞元等見於新、舊《唐書》，其他人物多爲虚構，小説的故事情節也大都與史實不符。卷首載武則天所作《璇璣圖叙》，收入《全唐文》，題爲《合錦迴文記》，文字與小説稍有出入。小説所載此文，和《鏡花緣》所載略同。

《合錦迴文傳》共十六卷，相當於十六回。有清嘉慶三年（一七九八）和道光六年（一八二六）的寶硯齋藏板本，道光六年新鐫大文堂藏板本。嘉慶本第三卷、第十二卷後無評語，其餘各卷後有素軒評語。前十五卷每卷卷末例有韻語四句和「畢竟後事如何，且看下回分解」的陳套，獨第三卷無；第三卷卷末叙欒雲被聶二爺等騙去一千五百兩銀子，而到第十卷則説欒雲被騙銀子是三千二百兩，前後矛盾。可見第三卷結束處有部分文字脱漏。

另據譚正璧、譚尋《古本稀見小説匯考》，此書還有舊刊巾箱本，惜扉頁已佚，不詳其刊刻年代及書坊名，正書中亦未署撰者姓名；另有清光緒甲午（一八九四）文林書局石印本，改名爲《四續今古奇觀》。今據嘉慶寶硯齋本影印，書中卷十四第二十一至二十二頁，卷十六第二十四頁下半葉和二十五頁上半葉爲原缺。（樓含松）

痴人福

《痴人福》四卷八回，不題撰人。雲秀軒刊本，牌記上行鎸「嘉慶乙丑春鎸」，中鎸書名，右上有「仁義忠信」四字，左行下鎸「雲秀軒梓」。首梅石山人序，中有「偶於殘卷中揀有一書，係是抄本，名曰《痴人福》」，「幸同志者廣爲傳佈」云云，末署「嘉慶十年春月」。嘉慶乙丑即爲嘉慶十年（一八〇五）。見得此本爲初刊，梅石山人或即作者之托名。

此書前五回基本因襲李漁《無聲戲小説》首篇《醜郎君怕嬌偏得艷》故事，除醜郎君改易姓名，其他如三美婦周氏、何氏、吴氏，一仍其舊。李漁《奈何天》傳奇亦演此故事。此書改變的是故事結尾：李漁作品是三美婦無奈，與醜郎君委曲相安終生，故其傳奇取名《奈何天》。此書後三回將小説重心移向醜夫，叙寫其聽從智僕之言，仗義疏財，籌錢糧助邊餉，又在平女盜中立功，受到朝廷的封賞。最後，玉帝遣變形使者使之變成了一名美男子。李漁原著旨在表明「美婦配醜夫，倒是理之常；才子配佳人，反是理之變。處常的要相安」，雖然思想境界並不甚高明，如此「相安」還是以女性要付出一定的犧牲爲代價，却仍不失爲一種人生體驗。而此書改寫後，則變爲勸人行善，盡忠必得善果的題旨了。牌記書題前冠以「仁義忠信」四字，即在於此，所以它較之李漁原著更爲平庸。

現據日本東京大學藏雲秀軒刊本影印。卷三第二十一頁上半葉與二十二頁下半葉爲原缺。

（袁世碩）

二度梅全傳

《二度梅全傳》，全稱《忠孝節義二度梅全傳》，六卷四十回。福文堂刊本題「惜陰堂主人編輯，繡虎堂主人訂閲」。無序跋，有圖十二幅。惜陰堂主人姓名、事迹不詳，另有《金蘭筏》《善惡圖》（據《清史稿藝文志及補編》子部小説類）二種。《金蘭筏》題「繡虎堂主人評閲」，大連圖書館藏本除第十三回外，回後均有顧天飛評語，或繡虎堂主人即爲顧天飛。

此書以唐肅宗忠奸鬭争故事爲背景，職官、科舉多用明清制。吏部都給事梅魁爲權相盧杞陷害被斬首，其子梅璧匿名逃亡，賴諸父執救護，終獲甲第入仕，剪除奸臣。中間穿插梅璧與吏部尚書陳東初女杏元之離合，最後奉旨完婚，亦未脱才子佳人之窠臼。第十五回叙梅魁周年忌日，陳東初欲借梅花祭奠亡友，前夕忽風雨冰雹大作，摧落園中梅花殆盡，杏元及化名之梅璧祈禱上天，梅開二度。小説之取名即緣此。

此書版本較多。福文堂刊本書扉刻「嘉慶五年（一八〇〇）春鐫」，爲記有刊行時間之最早刊本；未記刊行時間之刊本題前多冠以「新刻」「新注」字樣，當係後出。此本回目不全，第二十八、二十九、三十、三十二、三十五、三十六、三十八、三十九計八回，有目次無回目。依常理，回目不齊全者當早於回目齊全者。删簡本卷端題「新刻增删」字樣，亦爲晚出無疑。

現據英國博物館藏福文堂本影印。原書缺卷二第二十二頁，以復旦大學圖書館所藏之三讓

堂刊本補配。（袁世碩）

英雲夢傳

《英雲夢傳》八卷，清松雲氏撰，聚錦堂梓行。正文每卷前均有四項署名：「震澤九容樓主人松雲氏撰，掃花頭陀剩齋氏評，嵩山樵子梅村氏校，松雲弟良才友雲氏鐫。」震澤屬蘇州，則作者松雲氏及其弟友雲氏爲蘇州人外，其餘未詳。掃花頭陀剩齋氏、嵩山樵子梅村氏，真實姓名亦未詳。

《弁言》有「癸卯之秋，予自函谷東歸」之語，末署「歲在昭陽單閼良月同里掃花頭陀剩齋氏拜題」。「昭陽單閼」即癸卯，此癸卯爲清代之何年，孫楷第《中國通俗小説書目》在列了包括本書在内的十六種才子佳人小説後自注云：「皆不能定其先後次第。」林辰《明末清初小説述録》收有本書，從清道光以前有康熙二年（一六六三）、雍正元年（一七二三）、乾隆四十八年（一七八三）、道光二十三年（一八四三）凡四癸卯，又從小説的風格確定爲雍正元年的作品。但林氏又説：「這也只是一説；另一説可認爲《英雲夢》作於乾隆四十八年，因《小説字匯》未録：二説均有待於論證。」故其具體成書於何時，尚待深考。

此書主要叙唐德宗年間蘇州才子王雲與兵部侍郎之女吴夢雲的愛情故事；中間插入了王

雲與良家女楊英娘的患難相遇，形成一男二女迭經各種誤會和磨難，王雲終於功成名就，得與兩位佳人姻緣巧合。此後夢雲、英娘又生王棟、王樞兩子，亦皆姻事如意；結末此兩子各又生子四人，俱得官爵而又喜結良緣。故本書的又一名稱爲《英雲夢三生姻緣》。

在才子佳人小説中本書之與衆不同者是文筆頗爲高雅，且作者喜歡以詩詞曲調或四六韻文的形式來表述作意。故掃花頭陀剩齋氏稱讀了這書「不禁目眩心驚，拍案叫絶」。還説：「文生情，情生文，蓋惟能文者善言……是集者，即松雲之善言情也；可謂松雲之善爲文也。」今觀此書，描摩細膩，善於用多種角度演述故事。書中即詩詞韻語一項，多達一百八十首。這種情形，似當受了明邱瓊山《鍾情麗集》一類小説每以插入詩詞來發展故事情節的影響。

本書除聚錦堂板外，尚有嘉慶乙丑（一八〇五）書業堂刊本以及經元堂本和民國年間的錦章書局石印本，另有一部改題爲《繡像英雲夢三生姻緣》。今據北京大學圖書館所藏聚錦堂本影印，此本原書卷一、卷四的末尾有缺頁，現卷一所缺的葉子從首都圖書館藏本輯補於後。原書板匡高一九八毫米，寬一二二毫米。（曹中孚）

章臺柳

《章臺柳》四卷十六回，美國哈佛大學哈佛燕京圖書館藏醉月樓刊本，不署作者姓氏。

美籍華裔學者齊如山在跋語中指出，第二回、第四回柳氏和侯希逸的自述是代言體，在小説中很少有前例。現已查明它們原是梅鼎祚（一五四九——一六一五）傳奇《玉合記》第三齣、第八齣的上場白。

不僅如此，第一回引首詞《玉樓春》和「李王孫仙遊濁世」詩四句，見傳奇第一齣《標目》；第三回《誦子令》見傳奇第六齣，同齣下場詩四句也見於小説第三回；第八齣的下場詩五言四句，句首各加二字，見小説第四回；同一回「自在飛花輕似夢」二句見傳奇第九齣；第十四齣的下場詩見第六回；第十六齣的下場詩見第七回；第八回「紫煙衣上繡春雲」是第十八齣張果（老）的上場詩，同一回「得道從來相見難」是第十八齣的下場詩；第九回「人皆苦炎熱」詩見第二十二齣，同一回的「月殿真妃下綵煙」是第二十二齣的下場詩；第二十三齣《浣溪沙》詞和結尾的下場詩爲第十回所採用；第二十六齣、二十七齣的下場詩爲第十一回採用；第十四回「公子王孫逐後塵」詩見第三十五齣；第十五回「一別心知兩地秋」詩見第三十六齣；第十六回結尾的四句詩也是《章臺柳》全劇的下場詩。以上説明兩個作品的詩詞有不少相同，小説的正文也常常襲用戲曲的原文，齊如山的跋語已經指出這樣的例子：由此可見小説是梅鼎祚傳奇《玉合記》的改寫，正如同小説《蕉葉帕》是單本《蕉帕記》的改編一樣。

《玉合記》傳奇一名《章臺柳記》，就唐許堯佐傳奇《柳氏》敷衍而成，見《太平廣記》卷四八五，又見孟棨《本事詩・情感》。

《玉合記》傳奇刊於萬曆十四年（一五八六），時梅鼎祚三十八歲，詳見拙作《晚明曲家年譜》第三編《梅鼎祚年譜》。《湯顯祖詩文集》卷三十三有《玉合記題詞》，屠隆《棲真館集》卷十一也有《章臺柳玉合記序》。

小説《章臺柳》當作於同名傳奇之後，確切年代不詳。（徐朔方）

筆梨園

《筆梨園》六回，一册，清刻。目録前題「筆梨園第二本」，「蕭湘迷津渡者編輯」，「鏡湖惜春癡士閲評」。編者、評者生平均不詳，僅從題名可略知其籍貫。蕭湘迷津渡者除編有本書外，尚有《都是幻》《錦繡衣》等。

本書第一回卷端題「新小説筆梨園第二本」，以後每回均題「媚嬋娟」。有回評及眉批。以此知本書現存者爲《筆梨園》第二本。推測至少應有第一本，每本演一故事，《筆梨園》爲一書之總名。這種編輯形式在清初多見，亦爲迷津渡者所慣用，如他編的《都是幻》就包含了各六回的《寫真幻》和《梅魂幻》兩種。

書叙一個「落泊傭工的嫖客，遇着一個深情俠風的妓女，後來做了夫婦，共享榮華」的故事。書中第一回詩云：「濡毫和墨筆生蓮，譜出新奇勝管絃。多少風流説不盡，挑燈且説媚嬋娟。」

作者是以小説爲無聲之戲，用其筆墨導演一場男女相愛，悲歡離合，風流情醉的好戲，故書名曰《筆梨園》。

《筆梨園》現僅見國家圖書館分館所藏清刊殘本，今即據以影印。原書板匡高一九五毫米，寬一一〇毫米。有眉批圈點。（吴元真）

虞賓傳

《虞賓傳》抄本殘，存十一卷，題寓情翁著。書叙明朝景泰年間，蘇州吴江縣人虞賓的婚姻戀愛事。書前有題「古吴協君氏題評」作於「嘉慶辛酉（六年，一八〇一）菊月上浣書於環署之半榻清風軒」的序。序中説：「聞嘗讀明史而按其事，景泰中却無虞姓狀元，而少保諸公炳乎河嶽。也先内犯，英宗北狩，確乎有之矣。想其不過借此以實彼，不足深究。」這正表明了作者的看法。至於作者寓情翁，真實姓名及生卒年月均無考。序中稱：「其人少負不羈，長循規轍，弱冠補弟子員，再試再躓。末後得邀一命，奔走甘中。閫鞍馬驅馳之外，閑衙冷落之餘，未嘗不執卷咿唔，沾沾自喜。凡遇一山一水，流連吟咏，多得佳句」。由此看來，他應生活於清朝乾、嘉年間，作過甘肅地方小官，是一位科場失意之人。此書每卷後鈐有「寓情」印，或即作者自存稿本。

本書現僅存十一卷。全書共多少卷難以推定。第八卷中有云「誰知事不凑巧，及至明日瑶琴回家，虞生告辭已去。此話直至十七回内再叙明白」，以此得知，本書至少有十七卷以上。書原爲齊如山所藏，現歸國家圖書館分館。存世未見有刻本及其他抄本。現據國家圖書館分館藏本影印。（郭　琪）

風箏配

《風箏配》一名「錯定緣」，凡八回，不著撰者姓名。

本書所叙内容與李漁《笠翁十種曲·風箏誤傳奇》基本相同。只是傳奇中的蠻兵習戰、韓生夢駭等情節，小説中已删去；傳奇到釋疑就結束了，小説增添了詹烈侯晚年得子，友先夫婦改過從善的結局。小説與傳奇不僅在内容上相似，文字上亦頗相同，只是小説將傳奇中表示角色的〔生〕〔旦〕，换成人物的姓名；將傳奇中的唱詞或道白改成叙事。例如，兩者開篇引詞「蝶戀花」，以及韓生、淑娟二人的詩完全相同。又如《風箏誤》傳奇「賀歲」第一齣與《風箏配》第一回也頗相類似。

這樣的情况屢見不鮮。這種文字上大量重復的現象，説明小説與傳奇間存在着密切關係。一種可能是，二者均爲李漁所作。因爲李漁作品中確實存在着傳奇與小説同述一事的情况，如《奈何天》與《無聲戲》「美婦同遭花燭冤，村郎偏享温柔福」、《巧團圓》與《十二樓·生我樓》等。

但在李漁短篇小説集《無聲戲》《十二樓》中均未見《風箏配》。以李漁的聲望講，漏收的可能不大。另一種情況是後人取李漁傳奇改編爲小説。阿英説：《風箏配》「也可以説是『風箏誤』的話本」（《小説閑談》），頗有見地。

本書第八回末云：「韓琦仲志不邪淫，卒得美妻；戚友先性好嫖賭，終配醜婦；詹烈侯爲官忠正，高年得子；戚補臣尚義撫孤，蕩子歸心。」鮮明地表達了小説勸人向善，因果報應的觀點。從創作手法看，本書没有擺脱明末清初以來才子佳人小説的常套。

本書存世版本僅見一種，一部原爲鄭振鐸所藏，現歸國家圖書館；一部藏北京大學圖書館。今據國家圖書館分館藏本影印。原書板匡高一五八毫米，寬一〇五毫米。（董馥榮）

燈月緣

《燈月緣》十二回，存世有嘯花軒刊本，扉頁題「醒世奇觀」「燈月緣」，回前題「新鐫批評繡像燈月緣奇遇小説」，署「檇李煙水散人戲述，東海幻庵居士批評」。書無序跋，亦無圖及批評。

日本佐伯文庫藏有康熙間紫宙軒刊本《新鐫批評繡像春燈鬧奇遇小説》，作者及評者與《燈月緣》相同，經核對，兩者爲同一種書。《春燈鬧》牌記天頭横署「桃花影二編」，左邊有紫宙軒主人識語五行凡一百十字，中有云「《桃花影》一編，久已膾炙人口，兹復以《春燈鬧》續梓，識者鑑諸」。《桃花影》刊於康熙初年，亦爲煙水散人所著，從讖語看，《春燈鬧》刊於《桃花影》盛行後不久。是書前又有「東海友弟幻庵居士題」的序，序末有「東海居士」「幻庵居士」二印；每回後有總批，當亦出幻庵居士之手。

煙水散人，一般研究者都認爲是浙江秀水人徐震，字秋濤，明末清初人。署他編著的小説尚有《女才子書》《賽花鈴》等多種，均刊於清初。幻庵居士生平不詳，從《春燈鬧》序看，他與煙水散人爲好友，所居離秀水不遠。他除爲本書加批外，尚爲煙水散人的另一部小説《珍珠舶》加批。

將《燈月緣》與《春燈鬧》對勘，知《燈月緣》爲《春燈鬧》改名，全書僅作了個别改動。如第十回，寫鰲山燈火之盛，《春燈鬧》有句云「果是新朝第一」，「新朝」二字另行頂格，顯然刊於入清後不久。《燈月緣》此句作「果是繁華第一」，足證後出。但《燈月緣》全書不避雍正初頒行當避的孔子名「丘」諱，知亦刊於康熙年間。

是書叙書生真連城數次在上元夜放燈時與幾個女子的奇遇，所以書以「春燈鬧」「燈月緣」命名。煙水散人以創作才子佳人小説聞名，筆墨細膩。但就他所寫的才子佳人小説來看，明顯分爲二途，一是歌頌愛情的，如《女才子》《賽花鈴》等；一是描寫狹邪性愛的，如《桃花影》及本書。這其實是明末清初小説作者繼承《金瓶梅》及明中葉中篇文言小説所形成的兩個分枝，二者當同歸於才子佳人小説類並受到重視，可是研究者都没有注意到這一現象，只承認前者而忽略了後者。

大概自《燈月緣》刊行後，《春燈鬧》一名便不爲人知，更没有人知道二者實爲一書。歷朝禁燬淫穢小説，如汪棣香《勸燬淫書徵信録》、余治《得一録》所載及同治丁日昌查禁淫詞小説書目中均列《燈月緣》而無《春燈鬧》。不過書雖屢禁而不絶，如嘉慶九年（一八〇四）刊《蜃樓志》第三回載，素馨視《嬌紅傳》《燈月緣》《濃情快史》等書爲至寶：「在燈下看了一本《燈月緣》真連城到處奇逢故事。」

現據上海圖書館藏嘯花軒刊本影印。原書板匡高一八〇毫米，寬一〇〇毫米。原書第五第六回結末有缺頁。（李夢生）

皇明通俗演義七曜平妖全傳

《皇明通俗演義七曜平妖全傳》六卷七十二回，明末刻清修本。

卷端題「吴興會極清隱道士編次，洪都瀛海嬾仙居士參閲，彭城雙龍延平處士訂正」。首有文光斗天啓四年（一六二四）序，云：「吾友會極目睹其顛末而視奕者也，乃爲之傳以紀其治亂之由。……會極，吴興氏，爲淮南十洲沈太史公孫。」據此，則本書作者當爲沈會極，號清隱道士。據葉德均考證，沈十洲名坤，淮安人，嘉靖二十年（一五四一）進士，與吴承恩友善，會極即沈坤孫。本書演天啓二年徐鴻儒起兵事，文序作於天啓四年，則本書寫作時間當在天啓三、四年間，版刻亦當在此後不久，至清代加以挖改刷印。此本卷二、三、六尾有「平妖□傳卷某終」字樣，其中一字被挖去；目録標題中「平妖全傳」的「全」字字體大而黑，與他字不類，顯係挖改；而卷一題「新編皇明通俗演義七曜平妖後全卷之一」則更露馬脚，本欲挖「後」改爲「全」字，却挖去「傳」字，成爲「後全」字樣。由此也可看出此書原名爲「平妖後傳」。正文中也有許多挖字空白處，如卷一第十二回周臣斥責董一經道：「你又不是倭子□□蠻子苗子野人」，空二字；卷二第十四回徐鴻儒人馬一路行軍而來，「那些割麥的人看見，只説□□來了，盡行逃竄」，亦空二字。這些空白處當是胡、虜等清廷違礙之詞，盡行挖去，又不加填補所致。

明代萬曆天啓年間，朝廷腐敗，天災不絶，清兵入侵，催科日緊，民不聊生，正如書中起義者所説的：「淮徐水災，浙中火變，處處官司催科，加添遼餉愈急，民不撩（聊）生，山東尤甚……」（第八回）正是在這樣的背景下，山東白蓮教徒徐鴻儒等揭竿而起，於天啓二年五月起兵，攻下鄆城，一時「徐兖鄆鉅之間，自鄒及滕，界嶧臨費，縱横數千里」（文序），遂建立農民政權，稱「中興福烈皇帝」（《明熹宗實録》卷一七）。在明王朝的鎮壓下，到十月十五日，徐鴻儒被捕，起義失敗。《七曜平妖全傳》記叙了從徐鴻儒起兵到被鎮壓的全過程，所謂「秉史氏之筆而錯以時務」，「觀是書者不徒得白蓮爲祟之梗概」（文序），當屬歷史演義小説。而且，在起義發生後不久即出現這樣的長篇演義，也頗值得注意。

本書版本，孫楷第《中國通俗小説書目》著録有馬隅卿舊藏明本，殘存卷二至卷五。鄭振鐸藏有全本，現藏國家圖書館，今即據以影印。原書板匡高一九七毫米，寬一三〇毫米。

（張麗娟）

金臺全傳

《金臺全傳》十二卷六十回，不署撰人。最早刊本有光緒乙未（一八九五）春上海中西書局石印本。扉頁三欄，右上「北宋原本」，中「繪圖金臺全傳」，左上「平陽全集」。書叙北宋仁宗嘉祐朝事，金臺受封平陽大元帥，奉命平定謀反的紫陽王則。其稱「北宋原本」，係擡高身價之故弄狡獪，而其有所本則是事實。書第五十二回云：「若説貝州金臺周遊天下，原曾打過七十二個擂臺，唱書先生在書場上唱呢，多打一個擂臺多唱一日書，多趁幾個錢，自然没有盡期唱了去了。如今説本上邊若要打完七十二個擂臺，一只來説的費力，二只來看的人惹厭，三只來多費紙張，浩繁得緊，只好一言交代，不及細講了。」可見此「説本」之外另有唱本。這個唱本就是《新刻雅調唱口平陽傳金臺全傳》，係彈詞，有光緒丁丑（一八七七）靈蘭堂刊本，未署作者，基本内容全同説本。前有光緒丁丑蘭陵樹棠序。關德棟《曲藝論集》以爲此彈詞即「清汪樹棠撰」。

因彈詞與小説相通，所以汪序後來即移植於光緒乙未石印本小説中，其中對此書内容簡介與評價云：「今《金臺傳》壹集，在金臺不過一捕役耳，精於拳藝，孝義爲懷，遊遍江河，結交豪傑。雖初時誤聽妖言，幾至助紂爲虐，迨遇仙指示即能猛醒回頭，爲國家掃滅妖邪，做一番驚人事業。即素爲大盜之張奇、鄭千亦被他化莠爲良，全忠全孝。是書通篇到底並無一語述及淫邪，置之案頭翻閲，不無稍補。」頗有自售口吻。書中多插科打諢的噱逗，極富生活情趣，彈詞痕迹宛然。全書大量運用吴語，如「里朵」（他們）、「吾里」（我們）、「勿差」（不錯）、「妮子」（兒子）等，可推測作者當爲江蘇蘇州附近地區的吴人。蘭陵故治在今江蘇常州市，故汪樹棠爲彈詞也即小説的原作者是可信的。

石印本除汪序外，尚有「光緒乙未年孟春月中澣瘦秋山人撰並書」之另一序，有云：「惜乎原本敷成唱句，未免拘牽還（？）凑，抑且近坊鎸刻訛錯不乏，令閲者每致倦眼懶懷。余兹精細校正，更作説本，付諸石印，極爲爽目醒心，别生意趣。」可見瘦秋山人是校正唱句「原本」而「更作説本」的改編者，惜其人真名及身世皆已難考。

此書叙王則在貝州謀反事，最早見於明羅貫中所作小説《三遂平妖傳》，但事較《金臺全傳》爲簡，且平定王則者也非金臺，而另有其人。不過其間的淵源關係則十分明顯。

現據復旦大學圖書館藏光緒乙未上海中西書局石印本影印，原書板匡高一二五毫米，寬七五毫米。（曹光甫）

雲鍾雁三鬧太平莊全傳

《雲鍾雁三鬧太平莊全傳》五十四回，未題撰者。有「道光二十九年（一八四九）夏四月珠湖漁隱識於道南書屋」序一篇，稱「今此書向有抄録舊本，江以南流播尚少，坊友屬予閲定，惠付棗梨，庶幾廣爲傳觀」，知刻本肇始於此，而「抄録舊本」，今已不可復睹。既經珠湖漁隱「閲定」，想必亦經加工潤色，惜其人身世未詳。有圖八幅，半葉圖，半葉圖贊。圖贊有署名者六：江山主人、鐵笛道人、雲友、烟波叟、蕉下客、月舫。或可爲考定作者提供某些綫索，姑録之。

此書好幾回書口鎸「雲中雁」者，似是而非，係誤刻。明清小説有取書中主要人物姓名中一字爲書名的慣例，如《金瓶梅》《平山冷燕》等，《雲鍾雁》也屬此類。書叙太師雲定、刑部侍郎鍾珮、兵部副堂都統雁翎三家備受國舅太平侯刁發迫害事，經歷許多悲歡離合和艱難曲折，最終三家富貴團圓，刁發惡貫滿盈而被處斬。刁發所居爲太平莊，雁翎子雁羽三次闖入救人或除奸，故書名「三鬧太平莊」。書中五十四回回首有《西江月》詞，下闋云：「收拾殘編斷簡，搜羅古諺遺詞。編成一卷唤癡迷，試看未來過去。」道出此編「唤癡迷」的題旨，這與珠湖漁隱序中所揭示的「可見福善禍淫之理，尚扶翼於宇宙間也」宗旨相吻合。

此書以「道光己酉（二十九）年新鎸」的一笑軒藏板本與刊刻於同時的瑯環書屋藏板本爲最早。另有同治甲子（三年，一八六四）國英軒刻本、光緒乙未（二十一年，一八九五）上海書局石印本。後者將此書改題爲《大明奇俠傳》，分十四卷五十四回，序稱「江陵漁隱撰」，前有光緒甲未（二十年，一八九四）張佩芝序。

現據吴曉鈴藏一笑軒藏板本影印，原書板匡高一二五毫米，寬八八毫米。其中第三十二回第二、五、六頁原缺。（曹光甫）

牛郎織女傳

《牛郎織女傳》四卷，全名《新刻全像牛郎織女傳》。書藏國家圖書館，卷端下題「儒林太儀朱名世編，書林仙源余成章梓」。朱名世的生平不詳。余成章是著名刻書家兼小説家余象斗的堂姪，大概生活於萬曆至天啓年間。孫楷第《中國通俗小説書目》著録有日本文求堂藏本，版式與此同，孫楷第定爲萬曆刻本，大致可靠。

大約在清末民初，出現了一部石印本《牛郎織女》小説，是目前我們所能見到的記述牛郎織女故事最爲詳盡的小説。譚正璧以爲它與明刻本有聯繫，路工甚至説石印本即據明刻本修改加工而成，實際上，二書的内容是不相同的。如石印本小説説牛郎爲金童下凡投生牛家，又有兄嫂馬氏虐待，最后與織女在天河相會結成秦晉，和現代我們所知道的牛郎織女故事十分接近，這些情節都是《牛郎織女傳》裏没有的。

我國古代關於牛郎織女傳説的文獻記載很多，但可惜記録完整的極少。《牛郎織女傳》的情節主要還是依據前人的記載敷演而成。明馮應京《月令廣義》卷十四《七月令》引「小説」説：「天河之東有織女，天帝之子也，年年機杼勞役，織成雲錦天衣，容貌不暇整。帝憐其獨處，許嫁河西牽牛郎。嫁後遂廢織紝，天帝怒，責令歸河東，但使一年一度相會。」又清褚人穫《堅瓠二集》卷二引「述異記」也有類似的記載。《牛郎織女傳》的故事情節與他們的記述基本符合，可能就是據之擴演寫成的。不過，馮應京説引自「小説」，而殷芸《小説》或劉餗《小説》均無類似的記載；褚人穫説引自「述異記」，但不見於任昉《述異記》，也未見唐宋類書所引祖沖之《述異記》的佚文。因此，馮、褚所引資料的可靠性還有待考證。不管怎麼説，《牛郎織女傳》至少可以使我們對牛郎織女故事在明代的演變及傳播情況有一個大概的了解。

現據國家圖書館所藏明刻本影印。原書板匡高二一一毫米，寬一一八毫米。（程有慶）

潛龍馬再興七姑傳

《潛龍馬再興七姑傳》二卷三十九則，不題撰人，存世有舊刻本，藏國家圖書館分館，原書牌記已殘，不知刊刻年代及堂名。

書叙晉王娶黄墩女金蓮爲皇后，黄墩仗太師國戚之勢爲非作歹，詐取王位。金蓮被打入冷宮，生下一子，即是潛龍馬再興。再興長大後身具異禀，先後娶七位夫人（七姑），並親歷各種兇險災難，靠着七姑的救助，終復晉王天下。這就是書名標「潛龍馬再興七姑傳」之基本内容。書末再興悟出：「此皆天意，不可强求。」此可視爲本書的諷世宗旨。

本書上圖下文。每圖大體是説明本葉之内容。但技法簡單，綫條粗糙，出於一般刻工之手。同其他刻本類似，本書多使用「俗體」，但校對欠佳，訛脱亦多。這正是一般坊刻之特點。書開頭有一大段韻語，然後引入正文。這個類似楔子的部分，頗具民間説唱本特色。回目文字很不整齊，絶不似後來對仗工整排列有序的回目文字。少的僅四字，如十六則「兄弟拜節」、二十一則「陶府請贅」。多者九字，如三十三則「世丘解太子遇九王殺」（按：「殺」上似脱一「被」字）。一般是六七字一題。這種現象也反映了創作基礎是民間説唱。這一切，都與明萬曆年間福建書坊所刊的小説完全相同。

書中有些具體情節可作爲比較研究的資料。如：黄百萬在香山打獵，射中白兔左腿，被引去發現金蓮母子二人，這在舊小説中多見，與《西遊記》第三十七回悟空化白兔引太子至寶林寺極類似。又如再興與同伴放牛裝皇帝玩耍。餓了宰牛吃肉，怕回家挨打，將牛尾插入泥土中，拉牛尾時還聽見牛在地下的叫聲，結果牛尾巴也鑽進地裏去了。這同明王文禄《龍興慈記》中記朱元璋幼年之事如出一轍。可證這類傳説在民間流傳之廣，也顯示出在流傳過程中不斷改編的痕迹。

現即據國家圖書館分館藏本影印。原書板匡高一八七毫米，寬一〇三毫米。（薛　英）

唐三藏出身全傳

《唐三藏出身全傳》全稱《新鍥唐三藏出身全傳》，四十則，四卷，唯卷之一標題缺唐字。卷首所署當是：「齊雲陽至和編，天水趙毓真校，芝潭朱蒼嶺梓。」上圖下文，第一頁圖版左側有雙行木印「書林彭氏□圖像秋月刻」，爲余象斗編《四遊記》之一。

本書第十一則説：「（殷嬌）小姐再三哀告，將兒入匣抛江，流至金山寺，大石挖住。僧人聽見匣内有聲，收來開匣，抱入寺去，迁安和尚養成。自幼持齋把素，因此號爲江流兒，法名喚做陳玄奘。」這一段表明本書同世德堂百回本相似，它同《西遊真詮》以及朱鼎臣《鼎鍥全相唐三藏西遊傳》異趨。《真詮》本、朱本將迁安和尚改名法明和尚。

本書缺朱本第十九則至二十六則玄奘出身「托孤金山大有緣」的故事；朱本則缺本書第二十九、三十則的烏雞國故事，第三十二則的通天河故事。其他各則只有詳略不同，没有情節的差異。儘管詳略不同，文字却可以互相對照。特别是朱本五十到六十以及六十三到六十七，和本書相對應的第十八到第二十八以及第三十五、三十七到第四十，各則標題相同，起訖一樣。除了玄奘出身的江流故事和通天河故事，以及和尚一名迁安，一名法明外，兩書分明是一個系統。

朱本第四十九則以「話分兩頭，又聽下回分解」作結束，下文接叙烏巢禪師故事而遺漏故事的開頭。這個明顯的技術性失誤，本書第十七則完全相同，這是兩書同出一源的鐵證。

校勘表明，明清以來，表面上看《西遊記》有兩個版本系統，這是原第九回因人、事、時、地都錯得厲害，各本的或删或改或存由此而發生分歧，此外除和尚一名迂安，一名法明，各本差異極少，只是繁簡不同。世德堂本是它以前的原本《西遊記》的寫定。《真詮》本、《證道書》本因加入評註而對正文有所删削，朱本則以商業性的原因先詳後簡，而以本書作爲《四遊記》之一爲最簡。

現據英國牛津大學博德廉圖書館所藏芝潭朱蒼嶺刊本影印。原書卷二第五、七、八頁，及卷四自第三十八頁起缺失，今以上海圖書館所藏清刊明余象斗《四遊記》本輯補於後。（徐朔方）

西遊證道書

《西遊證道書》一百回，卷首題「新鐫出像古本西遊證道書」，目録題「鍾山黄太鴻笑蒼子、西陵汪象旭憺漪子同箋評」，正文題「西陵殘夢道人汪憺漪箋評，鍾山半非居士黄笑蒼印正」。書末笑蒼子跋云：「笑蒼子與憺漪子訂交有年，未嘗共事筆墨也。單閼維夏，始邀過蜩寄，出大略堂《西遊》古本屬其評正。」據《四庫全書總目提要》卷一九四總集類存目徐士俊、汪淇同編《尺牘新語》二十四卷，汪淇字瞻漪，錢塘人。又字象旭。自稱奉道之士，編有《吕祖全傳》。周星（一六一一——一六八〇）字九煙，一字太鴻，江寧上元（今南京市）人。原籍湖廣湘潭。崇禎十三年（一六四〇）進士，除户部主事。恢復本姓黄，以周星爲名。笑蒼、半非是他明亡後的别號。他的《楚州酒人歌》説：「誰知一朝乾坤忽反覆，酒人發狂大叫還痛哭。」明清易代對他創痛很深。有《芻狗齋集》《夏爲堂集》（不知以上爲一書或二書，今佚），輯有《唐詩快》。他在七十歲時投水自殺。以上見《國朝耆獻類徵》卷四七三汪、瞿、周所作三篇傳記。據黄炳垕《黄梨洲先生年譜》，康熙二年（一六六三）四月，黄宗羲「至語溪（嘉興），館於吕（留良）氏梅花閣」。《倀倀集》又有詩《寄黄九煙》：「聞道新修諧俗書，文章賣買價何如？」自註：「時在杭，爲坊人著稗官書。」此書之作必在吕、黄訂交之後，「單閼維夏」，當在康熙二年（癸卯，一六六三）。

卷首署名「天曆己巳翰林學士臨川邵庵虞集撰」的序出於僞造。據舊新《元史》本傳，此時虞集官翰林直學士兼國子監祭酒、經筵、奎章閣侍書學士；「時奉敕諸兼職不得過三，免國子祭酒」。翰林直學士從三品，翰林學士正二品，虞集本人不會將官名搞錯。

《西遊證道書》的特點：一是在明百回本中加入了明本《西遊釋厄傳》中一段唐僧出身的情節作爲本書第九回，將百回本的第九至第十二回四回文字合成三回，金山寺的和尚由遷安改名法明。二是對小説原文做了大量的修改。删掉了百回本正文中插入的許多詩，删改了百回本中一些叙述重複拖沓和過於粗俗的語句，文字更加簡潔曉暢，自然也減弱了原作的潑辣的諧謔情趣。

本書是《西遊記》小説評點本，每回有回前評和隨文而出的批語，旨在揭明小説情節藴含的三教同理，性命雙修之道，故書名「證道書」。部分地方依小説本事發表些憤世嫉俗之意，部分地方則用道家的五行生死之説，附會爲道教煉内丹的理法，開後來道士們牽强附會説《西遊》之先河。

現據日本内閣文庫藏清原刊本影印。第九回一、二頁，第三十四回三、四頁，第六十二回七、八頁，第七十三回八、九頁，第八十六回五、六頁，均原缺。現據國家圖書館藏清刻本輯補於後。

（徐朔方）

續西遊記

《續西遊記》亦稱《新編續西遊記》，牌記作《新編繡像續西遊記》，一百回，爲百回本《西遊記》的續書，不題撰人。清劉廷璣《在園雜志》卷三云：「如《西遊記》乃有《後西遊記》《續西遊記》。《後西遊》雖不能媲美於前，然嬉笑怒駡，皆成文章，若《續西遊》則誠狗尾矣。」《在園雜志》成書於康熙五十四年乙未（一七一五），則在此之前《續西遊記》已行於世。此外，空青室本《西遊補》所附《續西遊補雜記》亦云：「《續西遊》摹擬逼真，失於拘滯，添出比邱靈虚，尤爲蛇足。」

此書作者，清袁文典《滇南詩略》以爲明人蘭茂：「《續西遊記》所言，乃佛氏要旨，而取世所謂邱翁《西遊記》所經之事，續其東還所歷，與梅子和《後西遊記》別是一種，然皆以文詞通俗而傳。」可是，李澄中《蘭先生祠堂碑記》、李坤《滇詩拾遺補》所列蘭茂著作，並無此書（見《滇南碑傳集》卷十）。蘭茂字廷秀，號止庵，别號和光道人，雲南嵩明州人，洪武三十年（一三九七）丁丑生，成化十二年（一四七六）丙申卒，年八十。又，清毛奇齡（一六二三——一七一六）《西河文集》中有《季跪小品制文引》一文，略云：「季跪爲大文，久已行世，而間亦降爲小品，嘗見其座中譚義鋒發，齊諧多變，私嘆爲莊生、淳于骨稽之雄。及進而窺其所著，則一往譎譎，至今讀《西遊續記》，猶舌撟然不下也。……向使季跪所作，非四子書題，爲時所習，亦但若向之所爲《續西遊》者，則安知世無見《毛穎》而笑者矣。」從時代看，《續西遊記》的作者以季跪爲是。季跪生平待考（參見孫楷第《中國通俗小説書目》）。

此書版本，有嘉慶十年（一八〇五）刊本，金鑑堂藏板，題「貞復居士評點」，卷首有真復居士所作序，有圖二十九頁，回末有總批。此本未見著録，藏日本天理圖書館。另有同治戊辰（一八六八）漁古山房刊本，封面題「繡像批評續西遊真詮」，首真復居士序，有圖。現據日本天理圖書館藏本影印。（樓含松）

西遊補

在《西遊記》的幾種續書中，《西遊補》是較爲晚出而有成就的一部。據近人劉復考證，作者董說，字若雨，號西庵，又號鷓鴣生，明亡後改姓林，名蹇，字遠遊，號南村。亦稱林胡子、槁木林。幼時聞谷大師賜名智齡，後靈巖大師又名之爲元潛，字僧庵。爲僧後更名南潛，字月涵，一作月函，又字寶雲，號補樵、楓庵、楓巢等。明光宗泰昌元年庚申（一六二〇）生於浙江吴興南潯鎮，十歲能文，十三歲入泮，十四歲補弟子員，二十歲應舉落第，《西遊補》作於次年。明亡時二十五歲，從此無意功名。三十七歲削髮爲僧。卒於清康熙二十五年丙寅（一六八六），年六十七。（見劉復《〈西遊補〉作者董若雨傳》）近有研究者認爲《西遊補》乃董説之父董斯張所著；然此説目前學術界尚在争論之中。董説著述很多，涉獵頗廣，因無力刊布，保存下來的作品很少，有《董若雨詩文集》《七國考》等。

《西遊補》現存明崇禎間初刊本，卷首有「辛巳中秋嶷如居士書於虎丘千頃雲」序，辛巳當是明崇禎十四年（一六四一），小説完成的次年。書題「静嘯齋主人著」，卷首有作者自撰的《西遊補答問》一篇。附圖八葉十六幅。孫楷第《中國通俗小説書目》云：「明崇禎間刊本。半葉八行，行二十字。首癸丑孟冬天目山樵序，《西遊補答問》。」查崇禎間没有癸丑年，此序或是後來所增補，現存的崇禎本無天目山樵序。據《中國通俗小説書目》記載，另有空青室刊大字本，半葉十行，行二十字。封面題「三一道人評閲」，「空青室藏板」。

明崇禎本文學古籍刊行社曾於一九五五年影印，現即據該本影印。（樓含松）

關帝歷代顯聖誌傳

《關帝歷代顯聖誌傳》四卷，明刻本，又名《關帝英烈神武志傳》，版心題《關帝英烈神武傳》《關帝神武志傳》。

本書卷端題「穆氏編輯」，作者情況不詳，當爲明人所作。卷一「皇覺寺筊篳決天心」一則，有「話説元至正年上，我太祖高皇帝微時」字樣，「太祖高皇帝」前空一格，其他叙至明代「朝廷」「詔曰」等字樣時，前亦空格表示尊崇。本書所記最晚者爲崇禎三年（一六三〇）十一月事（卷四末則），可見此書寫作當在崇禎三年以後、明亡以前，版刻亦當在此期間。

據本書目録，正文之前應有「商狀元廟碑祠」「焦狀元廟碑銘」「扁聯」「正陽門帝像」「帝燕居巾幘像」「胡琦編帝像」「都城敕建廟圖」等，今本「商狀元廟碑祠」殘，「正陽門帝像」以下均缺。正文分四卷，每卷七、八、九則不等，共三十二則。一般每則後無詩，偶亦有七言結末詩。文中間有詩詞，有的是引用前人詩，有的可能是編者自作。

此書叙關羽死後感應事。除卷一第一則總叙關羽死後各處建廟崇祀盛況，卷四末則總叙兩朝敕賜封號外，其他每則各記一事，各爲起訖，以事件發生的大致時間爲序，各則之間没有情節上的聯繫。作者似乎有意模仿章回小説，卷二「緑鰲城斬旦解賊圍」一則，叙關羽顯聖誅滅盜賊事，末云：「未知後事如何，且聽下回分解」，但實際上這個故事已經結束，下一則是記載沈煉父子事，與前則故事毫無關係。

關羽是民間家喻户曉的人物，早在隋代就有了他顯聖的傳説。唐董侹《貞元重建廟記》就記述了天台智顗禪師「夜分忽與神遇，云願舍此地爲僧坊」。宋代有了關羽大破蚩尤神的傳説，元人所作雜劇《關雲長大破蚩尤》即演此事。由於統治者的大力宣揚，關羽的地位越來越高，祭祀關羽的廟宇遍及全國，關羽形象成爲人們頂禮膜拜的對象，有關他顯聖靈異的傳説和記載也越來越多。元代胡琦編《關王事迹》就設「靈異」一節，包含施山造寺、聽法受戒、解池斬妖、崇寧闢祟、金氏化狗、李氏受書等。《關帝歷代顯聖志傳》的「當陽靈建玉泉刹」「解州大破蚩尤神」「元城縣書上李侍郎」「刑州逆婦殿下化狗」幾則，就是在這些故事基礎上加工而成的。據目録，此本已佚去的附録篇目中有「胡琦編帝像」，可見本書編者穆氏是見到過胡琦所編《關王事迹》的，而且所據書不衹此一種。從卷端所題「穆氏編輯」看，穆氏所做的工作，應該是從各種記載中摘出關羽顯聖事迹，加以潤色編排。其個人加工的成分究竟有多少，已很難弄清楚了。

本書版本存世僅見一種，藏國家圖書館。今據以影印。原書板匡高二一〇毫米，寬一一一毫米。（張麗娟）

唐鍾馗平鬼傳

《唐鍾馗平鬼傳》，又名《鍾馗平鬼傳》。存世刊本僅見一種，據扉頁所署，作者爲東山雲中道人(「人」字闕)，乾隆乙巳年春新鋟，鳳城五□樓板。東山雲中道人，生平事迹不詳。乙巳爲乾隆五十年(一七八五)。五□樓疑即五雲樓，該書坊尚刻有《第九才子書斬鬼傳》《東西漢全傳》等小説，前者亦叙鍾馗故事。

全書八卷十六回。目次不分卷。正文中一至三回爲卷一，四至五回爲卷二，六至八回爲卷三，九至十一回爲卷四，十二至十三回爲卷五，十四回爲卷六，十五回爲卷七，十六回爲卷八。從卷五以後正文前不題書目，不署卷次。由此可見，本書的編撰體例及刊刻較爲粗疏。

書叙唐德宗年間，終南山人鍾馗考取進士，「只因像貌醜陋，未中頭名，一怒之間，在金階上頭磞殿柱而死」。其陰魂不散，來到幽冥地府，閻君憐他「才學未展，秉性正直」，封爲平鬼大元帥，帶領鬼卒，斬除陽間萬人縣里的各種惡鬼，爲民除害。鍾馗功成班師，玉帝封爲翊正除邪驅魔雷霆帝君。書中將横行鄉里、胡作非爲的流氓地痞、淫棍蕩婦等比諸羣鬼，第一回中藉閻君之口云：「今陽間有一種鬼，説他是鬼，他却是人；説他是人，他却又叫做鬼。各處俱有，種類不一，甚爲民害，惟萬人縣内更多。」這樣的鬼連閻君也奈何不得，故請鍾馗掛帥前去，斬盡殺絶。看書中人物的名字，如無耻、賈在行、下作鬼、色鬼、混帳鬼、滑鬼、溜搭鬼等，其諷刺意味是顯而易見的。作者正是藉鍾馗陽間平鬼譏刺當時的世風，表達自己的意願。由於作者運用滑稽筆墨，讀之往往令人發噱。

有關鍾馗平鬼的故事，民間流傳很廣。在本書之前，已有明刊本《唐鍾馗全傳》、清康熙年間抄本《斬鬼傳》行世。本書所叙故事與以上二書皆不同，但鍾馗奉閻君之命去陽間除鬼、功成班師受封，則與《斬鬼傳》相類似，或許東山雲中道人在創作時於《斬鬼傳》有所啓迪與借鑑。

現據北京大學圖書館藏乾隆乙巳年刊本影印。原書板匡高一八〇毫米，寬一〇三毫米。

（朱懷春）

五鼠鬧東京傳

《五鼠鬧東京傳》二卷一百二十七目，不署撰人。存世有書林刊本，藏英國倫敦博物館，牌記題「五鼠鬧東京包公收妖傳」，卷首題「新刻五鼠鬧東京傳」。正文不分回，但個別地方有「且聽下回分解」句，並有「鄭先生教施俊讀書」「五鼠精下凡作怪」一類則目，不列序次。書刊刻年代不詳。明代萬曆前後，閩中書坊多稱書林，如潭邑書林、書林聚奎堂、書林清白堂、書林萃慶堂等，曾刊刻《天妃娘媽傳》《二十四尊得道羅漢傳》《達摩出身傳燈傳》《飛劍記》《咒棗記》等一大批神魔小說。本書的內容、語言風格、分則體制等都與上述小說相仿，疑此「書林」也是明中葉後閩中書坊之一，書或作於明代。

本書叙五鼠精下凡作怪，迷書生施俊，變化多端，大鬧朝堂，後被包公請得如來佛的玉面貓收擒降伏。現知最早記載此事的是《輪迴醒世》卷十七《五鼠鬧東京》。已具有故事梗概。明代記録五鼠故事的小説有二種，一是安遇時所編《包龍圖判百家公案》第五十八回《決戮五鼠鬧東京》，一是羅懋登編的《三寶太監西洋記通俗演義》第九十五回「五鼠精光前迎接，五個字度化五精」。《百家公案》刊於萬曆二十二年（一五九四），多採戲曲小説與有關傳聞而成；《西洋記》明刊本有羅懋登萬曆二十五年序，書的内容除多採《瀛涯勝覽》等書外，又很注重收集融入里巷傳説。二書所寫情節與《五鼠鬧東京》基本相同，只是缺少細節的描繪，且不説是否有直接淵源，然至少可以説明五鼠鬧東京的故事在當時民間的流傳已十分廣泛。

本書所記故事，構思有與明代一些神魔小説相同之處。如寫鼠精變化爲五，以假亂真，旁人難辨，最終被玉面貓降伏事，頗類《西遊記》第五十七、五十八回「真假猴王」一段。言鼠精出身靈山，聽佛講經得道，也與《西遊記》中陷空山無底洞的白毛老鼠精出身相同。明吴还初《天妃娘媽傳》第十一回《黄毛公西番顯聖》中，寫猴精變化爲老農之子，人們分不出真假，情事亦與此仿佛。可能是同類傳説在不同書中的演化。清末石玉崑演述的《三俠五義》，卷首寫仁宗爲赤脚大仙下凡，出生後啼哭不止，玉帝請太白金星下凡，告有文曲、武曲二星輔佐，仁宗遂不再啼哭。這段情節則明顯自本書移植；而《三俠五義》中的五鼠及南俠展昭又顯是五鼠故事的變形。

現據英國倫敦博物館藏書林刊本影印。（李夢生）

婆羅岸全傳

《婆羅岸全傳》，二十回，不署撰人。存世僅見合興堂藏板本，牌記題「嘉慶九年（一八〇四）新鐫」，前有叙，署「嘉慶九年清和月穀旦圓覺道人題」。圓覺道人生平不詳。

書叙白花蛇修煉成精，荼毒生靈，被雷神擊死，先後投胎爲娼，償還宿債，最後被神僧點化，修成正果。書以「婆羅岸」爲名，顯然是因爲書寫輪迴報應，惡人修身而能重登覺岸。其主旨，正如圓覺道人叙所云，是因爲輪迴之事，「大抵惝恍無憑」，「世人之見淺，以爲今世報施偶不如量，輒謂天道無知」，故作此小説，「善者可以感發人之善心，惡者可以懲創人之逸志」。

明清兩代寫社會人情的小説，一般都以勸善懲惡爲主題，即使是專述淫穢的下品，也都以主人公大徹大悟、痛改前非、終成正果爲結局；或以好人榮華富貴，惡人遭報絶滅爲結局。這兩種結局，都是當時社會思潮的反映。《婆羅岸全傳》糅合了兩種不同的結局，雖多淫穢描寫，而其目的則爲警悟世人，所以高出一般津津於寫男女淫亂的小説許多。書中寫白花蛇數世經歷，作惡、爲善，歷歷報應，雖根基於佛家「孰爲往世因，今生受者是；孰爲來世因，今生作者是」之説，無疑也受了當時流行的小説《醒世姻緣傳》等的影響。

現據美國哈佛大學圖書館藏合興堂藏板本影印。（李夢生）

歸蓮夢

《歸蓮夢》十二回，回前署《新鐫繡像小説蘇庵二集歸蓮夢》。前有序。署名處有陽文「蘇庵貳集」及陰文「埜史名家」印章兩枚。卷末署「蘇庵主人新編，白香居士校正，慈庵□□全訂」。蘇庵真實姓名及生平事迹俱未詳。所云「貳集」，是其尚有《繡屏緣》小説一種，亦無署題，日本天明間秋水園主人《小説字彙》引該書。《歸蓮夢》的刊刻年代，孫楷第《中國通俗小説書目》據日本寶歷甲戌《舶載書目》曾作著録，故稱其爲「則亦雍乾間書」。

這是一部界乎靈怪與才子佳人之間，大體應屬才子佳人類的小説。書中主人公白蓮岸是個女子，她從小出家，得白猿仙翁大書一卷，遂創白蓮教，被擁戴爲領袖而稱雄於柳林寨。蓮岸因慕武則天之愛六郎，想擇一才貌雙全的公子做其男寵。便女扮男裝，得與書生王昌年相遇。然昌年與另一女子崔香雪已有婚約，蓮岸便讓他進京捐官，而自己則與香雪假鳳虛凰結成「夫妻」，昌年既得高官，却聞香雪已嫁；香雪便因蓮岸所累，身陷囹圄。昌年在審理香雪案時，因得蓮岸手諭而使冤情與誤會兩消，遂擬回開封成親。豈料途中香雪又被白蓮軍劫奪而與蓮岸重逢。此後白蓮軍小頭目犯事被捕，累及王昌年而王遭羈押。昌年托人上疏奏請將白蓮軍招降。

朝廷不赦首惡，白蓮岸臨刑時靠仙術留下假屍，真身得脱。小説最後以白蓮岸回到山上忽夢重整旗鼓，却又再度被擒作結，故稱《歸蓮夢》。

本書所述白蓮教起義的事，在第一回中指時間地點爲「明朝末年，山東泰安州」。白蓮教係利用符咒妖術聚衆起事的一個落後迷信組織，其肇源於佛教之白蓮社。元末紅巾軍劉福通、韓山童皆以白蓮教結聚羣衆。明永樂時唐賽兒、天啓時徐鴻儒等皆以教主身份爲起義領袖。其中唐賽兒亦爲女子，相傳她曾得有法書，通諸術，凡衣食財物，皆能以術運致，從之者至數萬人，朝廷集數軍擊而破之。被捕下獄後以法術使鐵紐自脱而遁。清呂熊曾據以創作了《女仙外史》小説。本書除以白蓮岸與王昌年的愛情瓜葛貫穿其中外，故事的首尾格局都與唐賽兒之事相仿佛。此書作者以惋惜的筆調詠歎白蓮岸的失敗以致感慨世事都是一場春夢。

現據上海圖書館藏本影印，原書有若干缺頁，今從相同板本補得三頁，作爲輯補。原書板匡高一八〇毫米，寬一〇五毫米。（曹中孚）

狐狸緣全傳

《狐狸緣全傳》，題「醉月山人著」，光緒戊子（十四年，一八八八）敦厚堂刊本。扉葉署「繡像狐狸緣全傳」，版心亦鎸「狐狸緣全傳」。前有繡像八幅，其中雲蘿仙子、鳳簫公主二幅有圖無贊，其餘六幅皆圖、贊各半葉。共五卷二十二回，各卷回目多寡不一，卷一，三回；卷二，四回；卷三，五回；卷四，四回；卷五，六回。

小説叙周信爲寧波青石山嵯岈古洞九尾元狐玉面仙姑（化名胡芸香）所祟及最終爲吕洞賓降伏事，書中各回多半雜有一、兩段唱詞，可能是由彈詞改編而來（據《西諦書目》卷五彈詞鼓詞類，另有清鈔本彈詞《青石山》），胡士瑩《彈詞寶卷書目》逕以之入彈詞目。據書末所云，此書尚有《續狐狸緣後傳》，叙玉面狐轉生李玉香與周信再續前緣等「熱鬧節目甚多」，然今未見。

本書版本，除敦厚堂本外，尚有光緒戊子文西堂刊本，善成堂刊本，光緒十四年漱石山房刊本，均爲六卷二十二回。其與敦厚堂本分卷不同處，在於將卷五之六回，分爲卷五四回，卷六二回。由於敦厚堂本卷五占回太多，頗疑其漏刻「卷六」字。

現據浙江大學圖書館文理分館藏敦厚堂本影印，原書板匡高一二〇毫米，寬九〇毫米。（邵海清）

續鏡花緣

《續鏡花緣》四卷四十回，作者華琴珊。書成於清宣統二年（一九一〇年），是繼《鏡花緣》問世九十餘年之後僅見的續本。華琴珊，別署醉花生。上海人，生卒年月不詳。根據書前序推斷，應是清末民初人。顧學鵬序文中説他：「槐黄十度，有志未償，閉户著書，不問世事。」他的好友胡宗堉也説他：「秉性豪邁，放懷詩酒，落拓不羈。」華氏一生「棘圍屢薦，終不獲售」，科場、官場均不得意，只好在酒後茶餘著文吟詩以消磨時光了。

對於《鏡花緣》，續作者認爲：「於稗官野史之中，别開生面，嬉笑怒駡，觸處皆成文章。雖曰無稽之談，亦寓勸懲之意，不可謂非錦心繡口之文也。惜全豹未窺，美猶有憾。周咨博訪，垂數十年，卒不可得。用是不揣固陋，妄自續貂，就李君書中未竟之緒，參以己意……欲其有始有卒也。」由此續作者作了以下的續寫：其一、交代了宋素、文菘及武氏兄弟等人的下落。其二、着重叙寫了陰若花回國後的情形。其三、使衆仙重返真境。然而由於續作者在文才和眼界上都與《鏡花緣》作者李汝珍有一定差距，因此續作比原作在許多方面有所遜色。

本書現藏國家圖書館分館，爲謄寫稿本。原書爲周越然所藏，周越然得到這部稿本後，在其所著的《書書書》中，稱這部書「立意既佳，文筆又美，待太平後，當印行之」。鄭逸梅在《南社叢談》中也談到周氏所藏這部《續鏡花緣》「外間知之者甚少」。現據國家圖書館分館所藏稿本影印。（郭　琪）

水滸志傳評林

《水滸志傳評林》爲《水滸傳》早期簡本之一種，全稱《京本增補校正全像忠義水滸志傳評林》。建陽余氏雙峰堂刊行。題「中原貫中羅道本名卿父編集」,「後學仰止余宗下雲登父評校」,「書林文台余象斗子高父補梓」。首「天海藏」題叙,末署「萬曆甲午歲臘月吉旦」。此甲午爲萬曆二十二年(一五九四)。按,福建建陽余氏,自宋以來世代以刻書爲業,至明後期尤盛,由於支脉繁衍,坊名遂多,兼署姓名也多不一致。余象斗經營之雙峰堂,亦題三台館,所刊行小説甚多,署名有「雙峰堂主人」「余文台」「三台館主人仰止余象斗」等。此書刊行時代,當在明萬曆年間,是没有問題的。

此書與以前已經行世的百回本之不同,主要有以下三點:

一、縮減文字,删略殊多,正如明人胡應麟所謂:「止録事實,游詞餘韻神情寄寓處,一概删之。」(《少室山房筆叢》卷四十一)所以斷爲删略,是因爲本書卷首題叙上格所刻《水滸辨》中,已明言:「今雙峰堂余子改正增評,有不便覽者芟之,有漏者删之。」細按其正文,其中多有語不完善,乃至不通者。

二、增入征田虎、王慶故事。這雖然不爲此本所獨有,另一本已經殘缺之《新刊京本全像插增田虎王慶忠義水滸全傳》亦然,但就版式看,兩書基本一樣,可能也是余氏書坊所刊,標出「增補」「插增」,明示與已傳世之百回本不同,至少可斷田虎、王慶故事是其時所增入的。

三、全書二十五卷,卷口分回,有雙句回目,但卷七首爲第三十回,此後便祇有回目,而無回數了。與百回本對照,此書各卷回數不一,有的五回,有的祇有三回。這也應當視爲由於删略情況不一,不能再保持百回本卷各五回的統一規則。

綜上所述,此書有妄自增補、删略,以及粗製濫造之弊。然而,此書增入田虎、王慶故事,導致嗣後不久出現一百二十回本之《水滸全傳》,並於研究《水滸傳》之源流變遷,有重要的史料價值。

本書原藏日本日光山輪王寺慈眼堂,一九五六年文學古籍刊行社曾影印出版,現即據以影印。文學古籍刊行社因照片遺失,原缺卷九第十一下半葉和第十二上半葉二面,現已補得,輯補在後。(袁世碩)

忠烈俠義傳

《忠烈俠義傳》,一名《三俠五義》,一百二十回。光緒五年己卯(一八七九)北京聚珍堂活字原刊,署「石玉崑述」。首有問竹主人、退思主人和入迷道人序,三序均寫於己卯夏秋間。

問竹主人、退思主人、入迷道人生平均不詳,但從他們的序中却多少看出本書的成書經過。「是書本名《龍圖公案》,又曰《包公案》……兹將此書翻舊出新,添長補短,删去邪説之事,改出正大之文,極贊忠烈之臣,俠義之事。且其中烈父烈女,義僕義鬟,以及吏役、平民、僧俗人等好俠尚義者,不可枚舉,故取傳名曰『忠烈俠義』四字,集成一百二十回。」(問竹主人序)顯然,作序的問竹主人即是本書的整理、加工、改寫者，他是據《龍圖公案》改寫的。至於改寫的時間和再度加工者，據入迷道人序：「辛未（一八七一）春，由友人問竹主人處得是書而卒讀之，愛不釋手……是以草録一部而珍藏之。乙亥（一八七五）司榷淮安，公餘時從新校閱，另録成編，訂爲四函，年餘始獲告成。去冬，有世好友人退思主人者，亦癖於斯……久假不歸……竟已付刻於珍版矣。」則在光緒元年（乙亥），經過入迷道人年餘的校閲加工，至光緒己卯刊印問世。

本書的原著者爲石玉崑。據宛平蔡省吾《北京藝人小志》（未刊稿）所云：石玉崑「博學善辯，西派之超絶者，自著《三俠五義》等書，談唱皆雅，出而聲價便高，當時有接待神仙之目。殁後有《贊崐》子弟書，名重一時。」（趙景深《三俠五義・前言》）近人李家瑞《從石玉崑的〈龍圖公案〉説到〈三俠五義〉》（刊《文學季刊》第二期）對之有詳説，大要爲「石玉崑字振之，天津人，因爲他久在北京賣唱，所以有人誤爲是北京人。咸豐、同治時候嘗以唱單弦轟動一時（以上據《非厂筆記》）。他嘗在一個關閉多年的雜耍館裏唱《包公案》，聽衆每過千人。」「他大約死在同治末年，到了光緒初年，假托他名字的書，就先後出版了。」「石玉崑的《龍圖公案》，全是文字笨拙的，所以後來聽他説書的人，依他説的事迹，另作爲一書，名爲《龍圖耳録》。」「拿《龍圖耳録》和石氏唱本一對，可知道《龍圖耳録》於石氏唱本所有事迹之外，毫無增添，不過把許多費話斟酌删除就是了。」「石氏唱本原是帶説帶唱的，《龍圖耳録》就改成章回小説了。」「問竹主人把《龍圖耳録》大加修改，更名爲《忠烈俠義傳》，又稱《三俠五義》，且割原書的起首十二行而爲《三俠五義》

的序，作爲他自己作。」「後來，俞曲園先生又把《三俠五義》改成《七俠五義》，除第一回而外，没有更動。」

魯迅先生在《中國小説史略》中曾經説到：該書「值世間方飽於妖異之説，脂粉之談，而此遂以粗豪脱略見長，於説部中露頭角也。」給予了它以應有的歷史地位。

本書有光緒五年上海廣百宋齋刊印本、光緒八年活字本、光緒九年文雅齋覆印本、亞東圖書館排印本等。吴曉鈴先生藏有一抄本，其序和目録均題「俠義傳」，序末署「道光二十八年春三月石玉崑序」。石玉崑序本僅此一種，以石序同前引問竹主人序相對照，知後者實爲石序經改削别署而成。現即據抄本影印。（魏同賢）

施案奇聞

《施案奇聞》，又名《百斷奇觀》，八卷九十七回，不題撰人。有厦門文德堂藏板小型本，題「繡像施公案傳」，首序，次目録，次繡像十二幅，次正文。序後署「嘉慶戊午（三年，一七九八）孟冬月新鐫」，但牌記上端題「道光庚寅（十年，一八三〇）夏鐫」。從序署年推知，本書初刊在嘉慶三年。序後有雙排小記云：「住福建泉州府塗門城外后坂社施唐培督刻。」施唐培不知何人，也許是施氏後人。施氏後人因其祖施琅本爲鄭成功部下，倒戈歸順，故對寫其家世的文章很敏感。

乾隆中，袁枚作福建總督姚希聖傳，中有寫其祖文字，云爲娼一孌忤鄭經，遂降姚希聖，施氏後代就曾馳書責駡，見袁枚《小倉山房尺牘》。此事離《施案奇聞》的創作不遠，作書者與刻書人請施氏後人督刻，不爲無因。

本書無名氏序云：「本朝江都令施公，其爲人也，峭直剛毅，不苟合，不苟取。……此誠我朝第一人也，故特採其實事數十條，表而出之，使天下後世知施公之爲人；且使爲官者，知以施公爲法也。」知作者、序者爲一人。

全書以施仕綸（世綸）爲樞軸。世綸，字文賢，福建晉江人。父琅，以軍功授靖海將軍，封靖海侯，隸漢軍鑲黄旗。世綸康熙二十四年（一六八五）以廕生授泰州知州，移知江寧，累官户部侍郎，漕運總督。爲官清廉公直，警敏如神，被頌爲青天。著有《南堂集》。《清史稿》有傳。施世綸事迹想必流傳於民間，復被作者採集敷演，仿流行廣泛的《包公案》而成新作。魯迅先生講：《施公案》「文意俱拙，略如明人之《包公案》，而稍加曲折，一案或亘數回；且斷案之外，又有遇險，已爲俠義小説先導。」可見其在通俗小説特别是公案小説同俠義小説結合上的歷史地位。故此書一出，續作不斷，自一續以至九續，更有《全續施公案》，足見其在讀者中受歡迎的程度。

本書版本較多，主要有道光年間刊本衙藏板本、金閶本衙刊本、學庫山房刊本、京都文義堂刊本等，序均署「嘉慶戊午年孟冬月新鐫」。同、光年間，刊本更多，有的序「嘉慶戊午」誤改爲

「嘉慶庚寅」。晚期刻本、石印本往往合續書爲一帙，如光緒二十九年（一九〇三）上海廣益書局石印本《繪圖施公案》達五百二十八回之多。

現據倫敦大英博物館藏廈門文德堂刊本影印。原書卷五第三十一頁缺，據華東師範大學圖書館藏嘉慶庚寅序本輯補於後。（魏同賢）

于公案奇聞

白話長篇公案小說《于公案奇聞》，八卷，二百九十二回，未署撰人。成書於清朝中葉，略晚於《施公案》。現存嘉慶五年（一八〇〇）序刻的集錦堂本，内封題《于公案傳》，各卷回目前均題《于公案奇聞》。其他刻本未見。另有儲仁遜六回、十回抄本《于公案》，内容與《于公案奇聞》不同。儲仁遜（一八七四——一九二八），天津人，終生未宦。抄録小說十五種，頗類天津評話。

于公，即于成龍，字北溟，山西永寧人。歷官合州知州、武昌知府，遷按察使，巡撫直隸，官至兩江總督，卒謚清端。于成龍爲官有政聲，康熙贊爲「清官第一」，《清史稿》有傳。

全書每卷回數另起，數目不等，共含廿七個公案故事。書中所述于公折獄斷案事，當屬附會之辭，其中不少情節，如壞人冒名頂替、昏官濫殺無辜，以至利用鬼神迷信判案等，當濫觴於明代公案小說。書中有關地方官吏貪污納賄、昏聵無能等内容，勝明公案小說良多。本書由衆多短篇故事穿插、聯綴而成，體現我國公案小説向章回化發展的趨勢。

現據北京大學圖書館藏集錦堂本影印，原書板匡高一七二毫米，寬九八毫米。（侯忠義）

清風閘

《清風閘》亦稱《繡像清風閘全傳》。四卷三十二回，未署作者名。此書以故事發生地鳳陽府定遠縣「清風閘」爲題，叙宋仁宗天聖間孫大理被妻强氏謀殺，其婿皮五由一市井無賴，後發迹變泰，遇大理顯靈，終使孫氏沉冤昭雪事。首有「嘉慶己卯（二十四年，一八一九）夏五月既望，梅溪主人書於奉孝軒」的叙，説「《清風閘》一書，既實有其事，復實有其人，爲宋民一大冤獄，借皮奉山以雪之」。又説「覽是書者，莫不嘖嘖而稱羨之。予因是書膾炙人口，可以振靡僞，挽頹風，惜向無刻本，非所以垂久遠。今不惜工價，付諸剞劂」。從這段話來看，《清風閘》似原有鈔本流傳，至嘉慶間始有刻本。

本書作者爲浦琳，李斗《揚州畫舫録》卷九云：「浦琳，字天玉。右手短而捩，稱𢫬子。少孤，乞食城中，夜宿火房。及長，鄰婦爲之媒妁，𢫬子惶恐。婦曰：『無恐。』問：『女家姓氏？』『自有美妻也。』約以某日至某處成婚，𢫬子以爲詐。及期，婦索𢫬子不得；甚急，百計得之。偕至一處，香奩甚盛，納𢫬子而强爲婚焉。自是𢫬子遂爲街市灑掃，不復爲乞兒。逾年，大東門釣橋南一茶爐老婦授挼子以呼盧術，挼子挾之以往，百無一失。由是積金賃屋，與婦爲鄰，在五畝臺。婦有姪以評話爲生，每日皆演習於婦家。挼子耳濡已久，以評話不難學，而各説部皆人熟聞，乃以己所歷之境，假名皮五，撰爲《清風閘》故事。養氣定辭，審音辨物，揣摩一時亡命、小家婦女口吻氣息。聞者驩咍嗢噱，進而毛髮盡悚，遂成絶技。挼子體肥多痰，善睡。兼工笑話口技，多諷刺規戒，有古俳諧之意。」金兆燕（棕亭）的《國子先生集》有《挼子傳》，大意謂「琳不讀書，一日過市肆，聞坐客説評話，悦之。遂日取小説家因果之書，令人誦而聽之；聽之一過，輒不忘。於是潤飾其詞，摹寫其狀，爲人復説。聽之者靡不動魄驚心，至有欷歔泣下者」。兩者所記，大致相同，其人風貌，於此可見一斑。

既然浦琳不通文墨，故胡士瑩《話本小説概論》説這書是作叙者梅溪主人「根據他自己所知道的故事寫出來的，没有保存説書人的口吻」。儘管如此，這書在叙事傳情方面，仍有許多詼諧生動之處，讀來往往引人發笑。如第二十四回記皮五發迹造花園廳房所題對聯，一般應圖吉利而講些好話；此書却全是反話，如：「雕梁畫柱，頃刻成灰」；「惡狠狠將人打死，哭啼啼挽進牢門」；「清早家裏坐，禍從外邊來」；「今日脱了鞋和襪，不知明日來不來」；「日無呼鷄之米，夜無鼠耗之糧」等。至於書中所述包公斷案，並不寫他的機智，而是全用酷刑。《揚州畫舫録》卷十一對浦琳所説《清風閘》評價極高，謂「郡中稱絶技者：吴天緒《三國志》、徐廣如《東漢》、王德山《水滸記》、高晉公《五美圖》、浦天玉《清風閘》、房山年《玉蜻蜓》……皆獨步一時。」清俞樾《茶香室叢鈔》則説：「此書余曾見之，亦無甚佳處；不謂當日傾動一時，殆由口吻之妙，有不在筆墨間耶！」所指浦氏在口頭評説上，遠勝於這書的文字表述。

現據吴曉鈴藏本影印，原書高一二二毫米，寬九八毫米。叙言原缺，據道光元年（一八二一）華軒齋刻本輯補。又，二十八回第五頁上半葉至「且聽下回」爲止，缺下半葉「分解」二字。（曹中孚）

儒林外史

《儒林外史》，清吴敬梓作。吴敬梓（一七〇一——一七五四）字敏軒，一字文木。安徽全椒人。曾、祖兩代「科第仕宦多顯者」，父輩漸趨式微。敬梓幼習舉業，弱冠進學。由於不善治生，情耽詩酒，好賙人之急，不數年家産揮霍殆盡。雍正十一年（一七三三）三十三歲，移家南京秦淮水亭。乾隆元年（一七三六），曾應博學鴻詞試，以病未赴廷試，自此亦不再應鄉試。家益貧，至「以書易米」餬口。生平所著，除《儒林外史》，尚有《文木山房集》《詩説》等。《文木山房集》今僅存四卷，並佚詩若干首。

《儒林外史》「全書無主幹，僅驅使各種人物，行列而來，事與其來俱起，亦與其去俱訖，雖云長篇，頗同短制」（魯迅《中國小説史略》第二十三篇）。書中人物多以作者交遊、聞見實有人物爲原型，杜少卿即作者自況。依據書中所寫杜少卿應薦去安慶考試、救助沈瓊枝諸情節，及程晉芳《勉行堂詩集・懷人詩》，可斷《儒林外史》是吴敬梓逝世前數年作成的。全書的主旨是就當時科舉制度下讀書人之文行出處，指擿時弊，大體是前半部着重顯示科舉中人和與之伴生之假名士之庸劣可鄙，或迂腐可悲；後半部則偏重表現作者理想之讀書人，及其無力改變世風之悲哀。魯迅評之曰：「其文感而能諧，婉而多諷：於是説部中乃始有足稱諷刺之書。」（同上書）

《儒林外史》多種版本，回數不一。吴敬梓逝世後，摯友程晉芳爲之作傳，謂《儒林外史》五十卷（《勉行堂文集》卷六）。以常理推測，五十卷即五十回。後金和謂乾隆間金兆燕官揚州府教授時（一七六八——一七七九）曾「梓以行世，自後揚州刻本不一」（《儒林外史跋》）。如確乎其然，當爲初刊本，可惜今已不可得見。現存最早之刊本爲嘉慶八年（一八〇三）卧閑草堂刻本，凡五十六回。首載金和跋文之刊本爲五十五回，跋云：「原本僅五十五卷，於述琴棋書畫四士既畢，即接《沁園春》一詞。何時何人妄增『幽榜』一卷，其詔表皆割先生文集中駢語襞積而成，更陋劣可哂，今宜芟之以還其舊。」可見所題跋之五十五回本，亦係就五十六回本删芟而成。後又有齊省堂《增訂儒林外史》六十回本，據卷首《例言》，也是就五十六回本另增入四回叙沈瓊枝嫁宋爲富故事。除此六十回本外，吴敬梓原著究竟是五十回，還是五十五回或五十六回，現今研究者意見分歧，尚待作進一步研討。

今據卧閑草堂原刊本影印，原書板匡高一二八毫米，寬九五毫米。（袁世碩）

回頭傳

《回頭傳》，五卷，不分回。不著撰人。今存清文聚齋刻本，内封横書「省世恒言」，豎刻「新刻原本回頭傳上部」，無序跋，書末有雲峰山人批語。

這是一部醒世小説，大約成書於清朝初年。其内容雖有「遊戲鑿空」（孫楷第語）之嫌，却不乏勸喻之意。雲峰山人云：「處處道破俗情」，「句句切中時欵」，可謂頗有見地。

書叙義亭崗人氏栢能，字生發，幼有道緣，十六七歲時，父母相繼而亡，於是帶了粧天鏟，投教鏗祖師學道，教鏗令往悟穎山南循洞修真。後被積財山出放洞神鰾祖師所逐，至窟籠山掙佈洞跟了洞主扁福子。十餘年後，栢能終於倒情山、出欲海、悟人生，得成大道，贈號「返本真人」。

本書情節，與《妝鈿鏟傳》（崑崙褦襶道人著）相近，唯叙事多不連貫，文氣不够自然流暢，疑此書爲《妝鈿鏟傳》的坊間删改之簡本。

今據北京大學圖書館藏清文聚齋本影印，原書板匡高一七三毫米，寬九六毫米。（侯忠義）

療妬緣

《療妬緣》，不題撰人，寫刻本，四卷八回，目録署「静恬主人戲題」，不分卷，但書口標有卷次，第二回末有「一卷終」、第八回末有「卷四終」字樣，可見其原來是分卷的。此書後曾改名爲《鴛鴦會》重新刊印。《鴛鴦會》一書日省軒刊本有庚戌（無年號）静恬主人序。按，《金石緣》八卷二十四回序亦署「静恬主人」，總評後題云「乾隆十四年歲次己巳省齋主人重録」。孫楷第以爲《金石緣》爲乾隆時書，因疑《療妬緣》亦爲乾隆時作品。但既云「重録」，則《金石緣》之作，必在乾隆十四年（一七四九）以前。經查乾隆十四年之前的「庚戌」爲雍正八年（一七三〇）及康熙九年（一六七〇），静恬主人序中之「庚戌」，似以雍正八年爲接近。據此，《療妬緣》當爲雍正時的作品。

《療妬緣》寫朱綸之妻秦淑貞奇妬，後在生死患難之中，受許巧珠感化，妬念全消，因共事一夫事，與彈詞《何必西厢》中所叙秦鍾和朱繡鶯、吴幻娘的故事極相似，且互易夫婦姓氏，顯然並非偶然的巧合，而是有意的模仿，爲彈詞影響小説之又一例證。

本書除延南堂刊本外，尚有道光蘭畹居刊本，題《鴛鴦會》。現據路工所藏延南堂本影印，所缺以日本内閣文庫本補足。原書版匡高一八〇毫米，寬九〇毫米。卷二第九頁下爲第十五頁，中缺五頁，然内容相連。（邵海清）

歧路燈

《歧路燈》，一百〇七回。作者李緑園（一七〇七——一七九〇），名海觀，字孔堂，别號緑園，晚年又别署碧圃老人。據道光《寶豐縣志·人物傳》，緑園祖居河南新安，後遷寶豐，乾隆丙辰恩科舉人，曾任貴州印江縣知縣，以老告歸。著有《緑園詩文集》《歧路燈》《拾捃録》《家訓諄言》等。

據書首作者《自序》所題「乾隆丁酉八月白露之節，碧圃老人題於東皋麓樹之陰」，知是書成於乾隆四十二年丁酉（一七七七）。又據《自序》「蓋閲三十歲以逮於今而成書。前半筆意綿密，中以舟車海内，輟筆者二十年。後半筆意不逮前茅……」云云，可知書的創作開始於乾隆十三年戊辰。在創作的前十年間，已完成全書大部。到五十歲前後，他宦游海内，歷時二十載，至晚年方才續成。

《歧路燈》叙青年書生譚紹聞早年喪父，受母溺愛，又遭浮浪子弟引誘，吃喝嫖賭，無所不爲，以至傾家蕩産。此後，他知耻生悔，改邪歸正。書的創作意圖，正如作者在《自序》中所説，是有感於《三國志》歪曲史實，《西遊記》幻而非實，《水滸傳》誨盜，《金瓶梅》誨淫，因此意在宣揚宗法倫理，綱常名教。在創作方法上，作者採用了嚴格的寫實手法，「寫描人情，千態畢露」，爲後人展示了乾隆時代廣闊的社會生活風貌和場景。同時，帶有河南地方色彩的語言，也使該書能與《金瓶梅》所用的山東方言同樣爲研究者所推重。

《歧路燈》完稿之後，在清代一直以各種抄本的形式流傳於豫西、豫中。直到一九二四年，才有洛陽青義堂石印本問世。一九二七年，馮友蘭、馮沅君兄妹對抄本進行校勘、標點，由北京樸社排印出版，可惜衹印了第一册二十六回，未竟全業。樸社本前冠有馮友蘭的長序和董作賓撰的《李緑園傳略》。一九二六年，又有上海明善書局本，與青義堂本爲同一底本。一九八〇年，中州書畫出版社出版了欒星整理的校注本。

本書傳世有多種抄本，均不完整，現據上海圖書館藏清鈔本影印。該本目録標爲一〇六回，第十回重出，實爲一〇七回。書前列有馮友蘭的「序」和董作賓的「傳略」，疑係後人補抄。原書《自序》已殘，亦由後抄補入。全書有多處殘損，如第十七回末，第八十九回首，第一〇六回末等。（楊文凱）

常言道

《常言道》四卷十六回，題「落魄道人編」，書前有序，署「嘉慶甲子（一八〇四）新正人日西土痴人題於虎阜之生公講堂」。生公即梁僧竺道生，傳説他在蘇州虎丘寺聚石講經，石皆點頭。序云：「别開生面，止將口頭言隨意攀談；迸去陳言，只舉眼前事出口亂道。言之無罪，不過巷議街談；聞者足戒，無不家喻户曉。雖屬不可爲訓，亦復聊以解嘲。所謂常言道俗情也云爾。」頗似作者語氣，疑「西土痴人」與「落魄道人」爲同一人。

書爲寓言體諷刺小説，以小人國與大人國相對照。這不是斯威夫特的大人國和小人國，以形體大小作對比，而是儒家所説的君子小人。第一回相當於「引言」，論金錢「無德而尊，無勢而熱，無翼而飛，無足而走，無遠不往，無幽不至。上可以通神，下可以使鬼。係斯人之性命，關一生之榮辱。危可使安，死可使活，貴可使賤，生可使殺……真是天地間第一件的至寶。」痛快淋漓又不乏機趣。書以叙小人國錢士命（錢是命）、施利仁（勢利人）等爲主，人名地名都用諧音，寓意顯露，描寫粗率，某些段落情節、語意似不連貫。此書與《鍾馗傳》《斬鬼傳》《何典》等小説屬同一類型。它和《鏡花緣》同時，兩書的藝術構思略有相近之處。

此書有嘉慶甲戌（一八一四）刊本，另有光緒乙亥（一八七五）得成堂新鐫袖珍本。現據浙江大學中文系藏嘉慶本影印。原書卷二第三十頁缺，現以板式相同的另一種本子補配於後。（樓含松）

繡鞋記警貴新書

《繡鞋記警貴新書》，又名《繡鞋記全傳》，四卷二十回。今存清蝴蝶樓刻本，扉頁署「葉户部全傳」「繡鞋記警貴新書」，回前目、序均稱《繡鞋記全傳》，書口題《警貴新書》，未署撰人，烏有先生訂。首有南陽子虚居士序，及滄浪隱士跋、羅浮山下烟霞客題詞等。每卷回數不等，均爲七字單句回目。

本書是清代一部諷喻小説，因版本稀少，故流傳不廣。小説叙莞邑進士户部主事葉蔭芝，在丁艱歸鄉守孝時，奸騙婦女、逼死人命、横行鄉里、爲非作歹，最終遭到報應的故事。作者之意，不僅爲做官者戒，也爲做人者戒。如南陽子虚居士之序云：「如《繡鞋記》一書，彼葉蔭芝者，身居科第，名列班曹」，「何乃潛踪桑梓，日與狐羣狗黨笑談風月，辱玷閨門，謀奪資財，武斷鄉非（曲），名疆頓失，慾海難填。如奸拐張鳳姐，威逼黄成通，此某事實屬恥於人類，豈非衣冠中之禽獸乎？……以爲貪夫色鬼所警戒之爾。」

今據北京大學圖書館藏蝴蝶樓刻本影印，原書板匡高一二五毫米，寬九〇毫米。（侯忠義）

春秋配

《春秋配》四卷十六回，吴曉鈴藏，寫刻本。原書既無牌記，又無序、目，亦未見前人著録，爲一部罕見的海内孤本。因書中無作者署名，故作者是誰，也無從考訂。《春秋配》又是一種戲劇，見《故宫藏昇平署劇目》。今京劇、川劇、徽劇、滇劇、漢劇、湘劇、豫劇、秦腔、同州梆子、晉劇、河北梆子均有此目。昇平署爲清代掌管宫廷演劇的機構，乾隆時稱南府，道光七年（一八二七）始改此名，直至清末。究竟戲劇據小説改編，抑小説據戲劇改寫，尚難判定。劇中張秋聯作張秋鸞。

本書叙青年書生李春發與兩個女子：姜秋蓮、張秋聯之間的婚姻瓜葛，最終一男配兩女，而名字中正好有「春秋」兩字，故書名《春秋配》。從這書起首的一首《西江月》詞「世上姻緣有定，人間知己難逢。□欣全如又□□，何妨受些驚恐。只因閨名一韻，錯訛正在其中。將功折罪荷皇封，孤鸞喜配雙鳳。」則完全是一部才子佳人類小説。然而綜觀全書，真正寫李春發與姜秋蓮、張秋聯相戀相愛的事極少，其所化大量筆墨却在叙説秋蓮因受後母所誣與奶娘出走，奶娘途中被人殺害而累及李春發。嗣後種種誤會漸釋，冤情才得大白，終於春秋相配，敕賜團圓。所以這實際是一部以才子佳人爲框架、以案獄貫穿始終的作品。

自清康熙以後，才子佳人小説開始演變爲才子佳人與公案或武勇相結合，不專述兒女之情；才子遭受磨難也往往依靠一夥草寇的搭救而脱難。這種模式，甚至爲大批彈詞所效仿。本書篇幅不多，着力於勾勒情節事件的錯綜變化，而忽視細節及心理的描繪，可視作這類小説的初級階段。

現據吴曉鈴藏本影印。原書板匡高一六三毫米，寬九五毫米。第二卷缺第十七頁上半葉，第四卷缺最後一頁。（曹中孚）

五金魚傳

《五金魚傳》，上下二卷，不知撰人。存世刊本僅見吴曉鈴藏殘本，殘存部分下卷。全書所述爲才子古初龍與佳人華玉、玉嬌、菊姐、桂姐、如燕的婚姻戀愛故事，以古初龍高掇巍科，與五女始離終合，共享榮華富貴作結。書中以五枚金魚作爲定情聘物，故以「五金魚」爲名。

書所記爲宋宣和間事，除主人公外，多確有其人。如養育古初龍的何執中，處州龍泉人，徽宗時官中書門下侍郎，累官尚書左丞、少師，封榮國公。故事末尾已寫到明代事，有「至我皇明世宗時一士遊黄鶴樓」的情節，「皇明」二字另行頂格，知書刊於明代。世宗名厚熜，建元嘉靖（一五二二——一五六六），本書作者必是嘉靖以後人。

《五金魚傳》除此單刻本外，尚見於題「明叟馮夢龍增編」「書林余公仁批補」的《燕居筆記》卷九「録類」卷下之八，扉頁題「禿庵子批點」「南窗主人訂」，卷前有小序，文中間有批語，卷後有署名「公仁子」的跋。將二者比勘，《燕居筆記》對正文已作了部分刪改，如古初龍辭官時，諸同僚作詩相送，原刊本録有楊龜山、劉定夫、許元父、程和叔詩各一首，《燕居筆記》僅録許元父詩一首。

本書係用文言寫作，中多夾雜詩詞，體制顯然繼承唐宋傳奇。明中葉，文人創作中篇傳奇故事增多，著名的如《艷異編》《繡谷春容》《國色天香》《燕居筆記》等總集中所收的《劉生覓蓮記》《懷春雅集》《鍾情麗集》《花神三妙傳》《天緣奇遇》等，《五金魚傳》亦爲其一。這些小説多描寫才子佳人的患難離合，以大團圓作結，不僅爲當時盛行的話本小説提供了素材，也直接影響與推動了明末清初以天花藏主人等爲代表的長篇白話才子佳人小説的繁榮，這是很值得重視的。

現即據吴曉鈴藏本影印。原書板匡高二一〇毫米，寬一二四毫米。（李夢生）

艷異編

文言筆記小説《艷異編》，王世貞編，原本未見。今存明刊本，正集四十卷，續集十九卷，題《新鐫玉茗堂批選王弇州先生艷異編》。書前有署「玉茗居士湯顯祖題」的「叙」，署「戊午天孫渡河後三日」。戊午爲萬曆四十六年（一六一八），其時湯顯祖已在兩年前去世，此序及所謂「玉茗堂批選」，顯係僞冒。此外，常見的僞冒本尚有「玉茗堂摘評」明刊十二卷本、十九卷本。又，明吴大震編《廣艷異編》《凡例》説：「説者謂是勝國（元朝）名儒，夙存副墨，弇山（王世貞）第以枕中之秘爲架上之書耳。」説《艷異編》不是王世貞創作，可信；説他以元朝名儒的原有輯本簡單地加以翻印，未必可從。

王世貞洋洋大觀的《弇州山人四部稿》一百七十四卷和《續稿》二百零七卷，有一處可供考查此書之用。《四部稿》卷一一八致徐子與（中行）信説：「僕所爲《三洞記》，足下試觀之……《艷異編》附覽。」王世貞遊覽宜興三洞在嘉靖四十五年（一五六六）九月，當時他四十一歲，徐中行因親喪回到浙江長興原籍。《艷異編》當成於此前不久。

嘉靖三十八年，他的父親薊遼總督王忬因抗擊韃靼入侵失利被逮（次年被處斬），王世貞自山東按察司副使休官回到太倉原籍。宜興之遊前一年，王世貞的《藝苑卮言》脱稿，刊於蘇州。明明是他自己托表侄梁辰魚順道帶給濟南李攀龍，此書評論當代詩文引起非議，連李攀龍也説他「英雄欺人」(《滄溟集》卷二十九《許殿卿》)，王世貞就諉過於人，説是「里中子不善秘，梓而行之」(見該書增訂本)。《艷異編》是小説家言，除了他給後七子中最相知的徐中行的這一封信外，絶口不再提及。按照當時禮制，居喪期間不宜有此類閒情之作(包括編印)。以後，他飛黄騰達，官做到侍郎、尚書，聲望日隆，公認爲文壇的領袖人物，更不會説到這部少作了。

晚明浙江諸暨駱問禮《藏弆集》卷五《與葉春元》説：「曾聞王鳳洲(世貞)先達，以《艷異編》饋人，而復分投(頭)贖歸，亦必有不得已者。」不知道這段話是否屬實。結合前文，看來不會完全失真。它正好説明本書王世貞原本爲甚麽會變得這樣絶無僅有。本書「玉茗堂摘評本」和吴大震《廣艷異編》的編印都是他身後很久的事。

現據日本藏明刊本影印。正集卷十一第九頁、續集卷十四首頁上半葉原闕。(徐朔方)

第四輯

大唐三藏取經詩話

《大唐三藏取經詩話》，上虞羅振玉曾用日本三浦將軍舊藏小字本影印。原缺第一節，第七節結尾、第八節開頭亦不全。日本東京成簣堂文庫另有大字本《新雕大唐三藏法師取經記》殘卷，不及全書一半。

卷末署「中瓦子張家印」。書末有王國維跋。據王國維考證，張家就是吳自牧《夢粱録》所提到的張官人經史子文籍鋪，它在杭州保佑坊。魯迅認爲可能是南宋的板片在元代重印。根據以上二説，此書的刊行當在宋元之際。它是現存最早的以唐僧取經爲題材的民間説唱藝人傳本。

本書分上中下三卷，各爲六、七、四節，共十七節。第十七節的標題「到陝西王長者妻殺兒處」，但是《衆會共成詩》已經爲它作了結束，以下玄奘回到長安，封爲三藏法師，一行七人「乘空上仙」。這些内容都不是第十七節所能概括，它們事關全書結局，很難想象它不是自成章節，另有標目。全書應爲十八節，只是由於印刷粗劣而造成遺漏，如同第十七節誤標爲「第十三」一樣。

《取經詩話》所載西遊經行之地：香山、蛇子國、獅子林、樹人國、火類坳、長坑、大蛇嶺、九龍池、深沙、鬼子母國、女人國、西王母池、沉香國、波羅國、優鉢羅國、竺國、盤律國，其中四處在《西遊記》中有詳細描寫。

《取經詩話》没有提到猪八戒和沙悟浄，沙悟浄的原型深沙神只是所經三十六國魔難中的一怪，並未收爲徒弟同往西天。一行七人，除玄奘和猴行者外，其他五人都没有名號。猴行者未曾大鬧天宫，既没有混號齊天大聖，也没有法名孫悟空。他化作白衣秀才，幫助唐僧取經。《西遊記》除通天河西岸，取經回來没有陸上行程，時間只有八天；《取經詩話》則有回程十個月，經盤律國，先到陝西河中府，然後到東京洛陽。它還没有擺脱玄奘真人真事的約束：貞觀十九年（六四五）正月，玄奘回到長安，二月趕往洛陽，朝見唐太宗。

本書編印草率，它是較爲拙劣的一個幸存版本。就地理而論，它將西天即天竺等同於雲南鷄足山，就時代而論，第六、十三、十五和最後一節都提到明皇即唐玄宗，衹有最後一節提到唐太宗。兩個不同的時代混淆爲一。宋元之際的通俗文學編寫者和書商不會都是這麽一個水平。

現據文學古籍刊行社一九五四年影印本影印。（徐朔方）

錢塘湖隱濟顛禪師語録

《錢塘湖隱濟顛禪師語録》，一卷，題「仁和沈孟柈叙述」。明隆慶己巳（一五六九）四香高齋平石監刻本：卷首有像，像有贊。藏日本内閣文庫。國内有明崇禎杭州寫刻本，半葉十行，行二十字；清初刊本，源於崇禎本。（據路工《訪書見聞録》）人民文學出版社《古本平話小説集》和上海古籍出版社《明清平話小説選》均收有該書點校本。

按濟公故事自南宋以降，即在民間廣爲流傳。明嘉靖年間晁瑮《寶文堂書目》已記載有《紅倩難濟顛》平話，田汝成《西湖遊覽志餘》也記載有嘉靖年間杭州説話人講説濟顛故事。此本《錢塘湖隱濟顛禪師語録》文字粗略簡樸，並雜有許多市俗俚語，且稱宋朝爲「大宋」，當是宋元流傳至明代説話人講説濟顛故事之話本。其後明末清初《濟顛大師醉菩提全傳》《麴頭陀新本濟公全傳》等等皆由此出，可見此本彌足珍貴。

據日本内閣文庫藏隆慶刊本影印。（蕭欣橋）

熊龍峯四種小説

日本内閣文庫藏明刊單行短篇小説四種：《張生彩鸞燈傳》《蘇長公章臺柳傳》《馮伯玉風月相思小説》《孔淑芳雙魚扇墜傳》。四種之紙張、版式、尺寸、行款一樣，當是同時同地鐫刻。《張生彩鸞燈傳》一種，首頁「入話」二字下，題「熊龍峯刊行」，其他三種亦應爲熊氏所刊，故總稱「熊龍峯刊四種小説」。

據諸家著録，熊氏所刊書尚有：《天妃濟世出身傳》，題「潭邑書林熊龍峯梓」，牌記爲「萬曆新春之歲忠正堂熊氏龍峯梓行」；《重刻元本題評音釋西廂記》，封面題「忠正堂熊龍峯鋟」，約刊於萬曆十八年（一五九〇）至二十年；《新鍥音釋評林合相三國史傳》，萬曆癸卯（三十一年，一六〇三）刊，題「忠正堂熊佛貴（東潤）」。可知熊龍峯爲建陽書坊主人，堂號「忠正」。熊佛貴字東潤，或即熊龍峯，或爲其後人。熊氏以上三書均刊於萬曆間，此四種小説當不例外。

此四種小説均爲明晁瑮父子《寶文堂書目》卷中「子雜門」著録，當是嘉靖以前之作品，然産生年代、體制不一。

《張生彩鸞燈傳》《蘇長公章臺柳傳》二種，爲話本。前者「入話」較長，故事宋時已流傳，羅燁《醉翁談録》壬集「紅綃密約張生負李四娘」條，即記其事。正傳來歷不詳。後馮夢龍《古今小説》卷二十三《張舜美元宵得麗女》，與此篇基本相同，文字有所潤飾，删掉了一些説話人的套語，如篇末「話本説徹，權做散場」八字。後者叙蘇軾在杭州醉中約娶章臺柳，醒而忘之故事，實是將唐孟棨《本事詩》中所記韓翃與柳氏事之前半部分，移之於蘇軾。就此二種語氣風格看，當是宋元話本。

《馮伯玉風月相思小説》《孔淑芳雙魚扇墜傳》二種，或全用文言，或用文言間以話本語氣。前者叙明初洪武間馮伯玉與雲瓊離合故事，與嘉靖間刊《清平山堂話本》中的《風月相思》、萬曆刊行《國色天香》中的《相思記》，文字情節相近似。《清平山堂話本》早出，不論此篇與之有無直接承傳關係，此故事最初便是一篇明人仿造話本的傳奇文。後者叙弘治間臨安徐景春遇鬼女故事，嘉靖間田汝成《西湖遊覽志餘》卷二十六「幽怪傳疑」末條，即記其事，人物姓名、地點均同，可見當時流傳甚廣。《寶文堂書目》著録有《孔淑芳記》，或即此篇之所本。《古今小説》卷首緑天館主人序中，謂《雙魚扇墜記》「鄙俚淺薄，齒牙弗馨」，視爲宋人舊篇，實誤。

現據日本内閣文庫藏本影印。（袁世碩）

飛英聲

《飛英聲》四卷，日本東京大學圖書館藏刊本。書前無序，目録前署名「古吴憨憨生」（「生」字殘存上半）。此書北京大學圖書館藏有可語堂刊本，殘存卷一第一篇《鬧青樓》，題「釣鰲逸客選定」。作者生平不詳，只從署名上知道是明末清初刊刻話本小説最活躍的地區蘇州一帶人。

書凡四卷，共收八篇話本，即《鬧青樓》《合玉環》《風月禪》《三古字》《破胡琴》《宋伯秀》《三義盧》《孝義刀》。《鬧青樓》有「話説先朝正德年間」句，《三義盧》正文記清順治年間事；書中不避乾隆「弘」諱，知編成於康熙年間，不會晚於雍正年間。所收話本，每篇先有三字題，後列雙句回目。這是清初話本小説總集、選集常見體例，如李漁的《十二樓》、無名氏所編《人中畫》、瀟湘迷津渡者所編《錦繡衣》均如此，稍後的還有《五色石》《八洞天》等。

明末清初的話本選集，所採話本有兩個來源，一是收集編選當時風行的單篇話本，一是精選通行話本中的名篇成集。這些選集保存了不少今天已經湮没無聞的話本，因而彌足可珍。《飛英聲》所選八篇話本，大致不見存世話本集，其資料來源以選單篇話本的可能性爲大。所述八個故事，除卷三《破胡琴》述唐代詩人陳子昂事外，餘者均爲民間傳聞。值得注意的是，卷四《三義廬》一篇，入話寫某蘇州逸士見一乞兒以殘羹剩酒孝奉母親，又唱歌要拳以娱母；正篇寫乞兒王二拾金不昧，照管病婦方氏並送其回家，替人還債而被人誣告等，與清初艾衲居士所編《豆棚閒話》第五則《小乞兒真心行孝》情節完全相同，二書或取材於當時流行的同一單篇話本或傳説。此外，《五更風》第三篇「還百金貧丐成家，捐十萬富商保命」亦有類似描寫。

現即據日本東京大學圖書館藏本影印。原書缺卷二《三古字》一篇，及卷二第一至第四頁，第二十三、二十四頁，卷四第五、六頁，第十一、十二頁。（李夢生）

古今小説

《古今小説》四十卷四十篇，馮夢龍纂輯，明天許齋刊本。封面題「全像古今小説」，首叙，署「緑天館主人題」，次總目，署「緑天館主人評次」，有圖，每卷首各二幅，正文有眉批。孫楷第《中國通俗小説書目》著録：「明昌啓間天許齋刊本，精圖四十葉，記刊工曰『素明刊』（即劉素明）。」

緑天館主人叙云：「茂苑野史氏家藏古今通俗小説甚富，因賈人之請，抽其可以嘉惠里耳者，凡四十種，畀爲一刻。」署名可一居士的《醒世恒言叙》云：「此《醒世恒言》四十種，所以繼《明言》(《古今小説》)、《通言》而刻也。……三刻殊名，其義一耳。」可見「三言」雖然署名不同，實則出於馮氏一人之手。此點在凌濛初的《拍案驚奇序》中講得較爲直率：「獨龍子猶氏所輯《喻世》等諸言，頗存雅道，時著良規，一破今時陋習，而宋元舊種，亦被搜括殆盡。」而笑花主人在《今古奇觀序》中則闡述得更爲清楚：「墨憨齋增補《平妖》，窮工極變，不失本末，其技在《水滸》《三國》之間。至所纂《喻世》《警世》《醒世》三言，極摹人情世態之歧，備寫悲歡離合之致，可謂欽異拔新，洞心駴目，而曲終奏雅，歸於厚俗。」所謂緑天館主人、茂苑野史氏、可一居士、墨浪主人、可一主人、無礙居士云云，均爲馮氏别號。

《全像古今小説》之名初見於明末天許齋刊本的封面，而目録則題「古今小説一刻總目」，全書中縫皆刻「古今小説」，而衍慶堂刊本在題「重刻增補古今小説」的同時，又題「喻世明言」。由此可推見馮氏原擬定書名爲「古今小説一刻」、二刻、三刻，後來方改續集爲「警世通言」「醒世恒言」，從而在「古今小説一刻」再刊時定名爲「喻世明言」以相一致。

本書版本今見者一爲天許齋本，日本内閣文庫和日本前田侯家尊經閣文庫各藏一部，前者爲原刻，後者爲複刻。現據前者影印。一爲衍慶堂本，二十四卷二十四篇，是一晚於天許齋本的拼凑本。此外，大連圖書館入藏據映雪齋本殘抄本，題「七才子書」，僅十四篇；另原馬隅卿藏

殘本三卷。（魏同賢）

警世通言

《警世通言》四十卷四十篇，馮夢龍編。明刻本，不題纂輯者。封面題「警世通言」，有「金陵兼善堂謹識」的刊行識語：「自昔博洽鴻儒，兼採稗官野史，而通俗演義一種，尤便於下里之耳目，奈射利者耑取淫詞，大傷雅道，本坊耻之。兹刻出自平平閣主人手授，非警世勸俗之語，不敢濫入，庶幾木鐸老人之遺意，或亦士君□□不棄也。」平平閣主人爲何人，不可考。内文首叙，署「天啓甲子（一六二四）臘月豫章無礙居士題」；次目次，題「可一主人評，無礙居士校」；正文各卷前有圖二幅，共八十幅。有「素明刊」字樣。

孫楷第《中國通俗小説書目》和譚正璧、譚尋《古本稀見小説匯考》、日本大塚秀高《增補中國通俗小説書目》均有著録。皆謂本書有三種版本。一爲金陵兼善堂刊本，爲原刻足本，現存二部，一部藏日本名古屋蓬左文庫，一部藏日本東京大學東洋文化研究所倉石文庫；一爲衍慶堂刊本，明刊，亦存二部，分藏大連圖書館和日本天理大學圖書館，都有殘缺，題「可一居士評」，「墨浪主人校」，封面有「二刻增補」字樣，摻入《古今小説》四卷；一爲三桂堂王振華刊本，覆明本，有日本東京都立中央圖書館藏四十卷本，首都圖書館藏三十八卷本，國家圖書館、北京大學圖書館、清華大學圖書館等藏三十六卷本。
現據兼善堂本影印。原書目次和正文以及個别葉子均有錯亂，影印時作了調整。（魏同賢）

醒世恒言

《醒世恒言》四十卷四十篇，明馮夢龍編，明葉敬池刻本，不題纂輯者。扉頁中大字題「醒世恒言」，右小字題「繪像古今小説」，左下小字題「金閶葉敬池梓」。内文首叙，尾署「天啓丁卯（一六二七）中秋隴西可一居士題於白下之棲霞山房」；次目次，題「可一居士評」「墨浪主人校」；正文每卷卷首各圖二幅，應爲八十幅，但卷三、二十一、三十三均無圖，故實爲七十四幅。有「郭卓然鐫」「郭卓然刻」字樣。藏日本内閣文庫，現即據以影印。

另有明葉敬溪刊本，按著録有二書，一原藏大連圖書館，現已不存；一爲日本吉川幸次郎收藏，該本封面題「醒世恒言」，右上題「繪像」，左下題「金閶葉敬溪□」，四十卷四十篇，篇各二圖，卷三、二十一、三十三圖亦缺，正文卷二十四至二十六原缺，以衍慶堂刊本配補。此本當爲葉敬池本的配補重印本。

衍慶堂刊本，又分四十卷足本和三十九卷本，三十九卷本係删掉原卷二十三《金海陵縱慾亡身》，析原卷二十《張廷秀逃生救父》爲上下篇，分入卷二十、二十一，又將原卷二十一《張淑兒巧智脱楊生》補作卷二十三。目次下題「可一居士評」「墨浪主人校」。

再有法國國家圖書館和英國博物院各藏一部四十卷殘本，版式行款與葉敬池本相同，但缺少序文、目録，刊刻者不能遽斷。原書缺卷十三第二十一、二十二兩葉，卷二十六第十八葉，均用英國博物院藏本配補。（魏同賢）

三國因

《三國因》一卷，不分回，題「醉月主人編次」「以文藏板」；另有光緒丙午（一九〇六）刊巾箱本，全稱《新刻三國因》，題「醉月山人編」。醉月山人爲清光緒間通俗小説家，另撰有長篇神怪小説《狐狸緣》。

此書實由《古今小説》第三十一卷《鬧陰司司馬貌斷獄》脱胎而出。二者所斷之獄，皆爲漢初懸案。唯《斷獄》所斷僅四宗：一宗屈殺忠臣事，爲韓信、彭越、英布告劉邦、吕氏屈殺忠良；一宗恩將仇報事，爲丁公告劉邦負恩殺命；一宗專權奪位事，爲戚氏告吕氏殺命奪位；一宗乘危逼命事，爲項羽告王翳等六將乘危逼命。而此書又多出四起：一起屈死無伸事，爲范增告陳平行反間計，使之被項羽、虞子期所屈殺；一起詭謀網殺事，爲龍苴告韓信水淹百萬楚軍；一起吞爵滅宗事，爲劉友、劉恢告吕氏家族誅滅劉宗、奪其王爵；一起投降莫殺事，爲田廣告韓信殺降誇能，欺君慕爵。《斷獄》與此書均斷韓信轉世爲曹操，英布爲孫堅，彭越爲劉備，三分漢家天下，各掌一國，最後玉帝又判司馬重湘爲司馬懿，併吞三國，立國爲晉。二書中其他人物轉世有同有不同，但本書又衍出許多人物。再，本書於漢初諸案判決後，又衍出秦相吕不韋告秦始皇子絶父倫事，因重湘又判吕不韋轉世爲吕布，始皇爲董卓。要之，本書與《斷獄》從立意到格局均大體相同，皆叙善惡果報、死生輪回之事，唯本書事件人物更覺繁複，文辭亦覺粗獷生動。

按司馬重湘斷獄故事，最早見於元刊《三國志平話》「仲湘斷陰司公事」，然事殊簡略，控告者僅韓信、彭越、英布三王；至《斷獄》則增至四案；本書又增至八案，如加吕不韋一案，則成九案。其用意無非爲三國故事中人物找全「前身」，此亦即書名「三國因」之寓意焉。

光緒丙午所刊巾箱本既稱「新刻」，當較「以文」本爲後，現即據「以文藏板」本影印。（蕭欣橋）

清夜鐘

《清夜鐘》，十六回，題「薇園主人述」。有插圖十六幅，記刻工曰黄子和、田啓先。正文半葉九行，行十九字。明末隆武杭州刻本。此書現僅存兩個殘本，一本路工藏，一本安徽省博物館藏。路工藏本殘存第一、第二、第六、第七、第八、第十三、第十四共七回。安徽省博物館藏本殘存第一至第八回。路工曾據以標點收入《古本平話小説集》和《明清平話小説選》。

關於作者薇園主人，孫楷第察其自序落款印章謂其爲楊氏(見《中國通俗小説書目》)。路工則以爲是明末杭州陸雲龍。路工謂陸「曾著《魏忠賢小説斥奸書》四十回，《遼海丹忠録》四十回，另有一種《唐貴梅演義》(未見傳本)。他曾參加《盛明雜劇》的評校工作，編有《翠娱閣評選竹笈必携》《翠娱閣明文選》等書，並著有詩文集，是一位具有愛國思想和多方面才能的作家。《清夜鐘》爲南明弘光年間刊本」(見《訪書見聞録》)。

作者在自序中説：「余偶有撰著，蓋借諧談説法，得以鳴忠孝之鐸，喚省奸回；振賢哲之鈴，驚回頑薄。」既説明了書名之寓意，也表達了小説之主旨。作者雖然站在維護或説是緬懷明王朝的立場上，但作品對明末社會的動亂，政治的腐敗，義軍的起事、攻城略地直至攻佔北京，以及科場舞弊，民不聊生、世情百態等等，都作了比較客觀的反映，不啻是一部形象的晚明史。

今據路工藏本和安徽省博物館藏本拼合影印，原書板匡高二〇四毫米，寬一二八毫米。(蕭欣橋)

八洞天

《八洞天》，全稱《筆鍊閣編述八洞天》。八卷。首有作者自序，末署「五色石主人題於筆鍊閣」。原刊本藏日本内閣文庫。國内北京大學圖書館藏有鈔本，大連圖書館藏有鈔本殘本（僅存第一卷），另有滿文譯本，藏故宫博物院。

作者另有小説《五色石》《快士傳》，前者全稱《筆錬閣編述五色石》，首序末題「筆錬閣主人題於白雲深處」；後者題《五色石主人新編》。五色石主人（亦即筆錬閣主人）究竟爲何許人？陳翔華認爲即是清乾隆年間一柱樓詩案之徐述夔，因沈德潛《徐述夔傳》所列徐氏著作及《禁書總目》「應毁徐述夔悖妄書目」中皆有《五色石傳奇》（詳陳翔華《五色石主人與〈八洞天〉》）；林辰、蕭欣橋等持不同意見，認爲徐述夔與《五色石》《八洞天》等書作者之時代、經歷不符，另外，作品所表現的政治傾向與徐述夔亦相去甚遠（詳林辰《五色石主人不是徐述夔》、蕭欣橋《五色石》校點後記），迄無定論。

本書目序開頭即説：「《八洞天》之作也，蓋亦補《五色石》之所未備也。」因爲「《五色石》以補天之闕，而闕不勝闕，則補不勝補也」。爲此作者在《八洞天》中按照「克如人願」而「快人心者」的構想，又「編述」了八篇小説，即所謂八個洞天，並就中寄托了自己的愛憎褒貶和社會理想。不過，看來作者是一位恪守封建倫理道德的人，因此本書在思想上並未能給讀者提供任何新鮮東西，除對當時社會作某些暴露和批判外，小説在編織故事方面的某些藝術技巧還是可以借鑑的。

今據日本内閣文庫藏本影印。（蕭欣橋）

一片情

《一片情》，全稱《新鐫繡像小説一片情》，圖像已佚，四卷十四回，無名氏撰。首序署「沛國搝仙題於西湖舟次」，下刻印記兩方，其中一方爲「好德堂印」。原藏日本千葉掬香，現歸日本東京大學東洋文化研究所雙紅堂文庫。又，嘯花軒選刻本，九回，殘存前三回，半葉九行，行二十字。藏中央美術學院圖書館。

據此書第十二回《小鬼頭苦死風流》開頭有云「這首詩單表弘光南都御極」，知此書作於順治二年（一六四五）之後，又全書不諱「玄」字，則知此書作於康熙之前、順治三年至十八年間。

此書爲短篇白話小説集，回演一故事。小説文辭尚生動流利，但内容淫穢猥褻，顯係明末浮浪淫亂世風之影響所致。

今據日本東京大學東洋文化研究所順治好德堂刊本影印。（蕭欣橋）

公冶長聽鳥語綱常

《公冶長聽鳥語綱常》一卷一則，僅兩個半中國葉，六百八十一字，藏復旦大學圖書館。此書未署作者名，刊刻年代不明，亦未見著録。

公治長，春秋齊人，字子長。《孔子家語》謂魯人，名長，字子芝。孔子弟子。《論語・公治長》有云：「子謂公治長可妻也，雖在縲絏之中，非其罪也。以其子妻之。」舊稱公治長能通鳥語。

關於公治長通鳥語的傳説，古時有過一些記載，但都簡約不詳；這篇《聽鳥語綱常》，却是故事完整，想象豐富。它盡管在一開頭介紹公治長其人時，説「孔聖人設教杏壇，帶領三千徒衆，週流天下」，與當年孔子在周遊列國時的淒惶情景，不免有些誇大；然接着在具體記述賓鴻與小燕的討論三綱五常，則繪聲繪色，非常精彩。作者根據這兩鳥的不同特徵和習性進行對答辯論，宣揚了儒家的三綱五常在鳥類世界中的不同表現和認識。文末借公治長的話説：「祇二個飛禽，能知綱常，又識禮儀，曾可謂於止知其所止，可以人而不如鳥乎？」最後又有詩云：「周朝時有公治長，曾聽燕雁論綱常。蜂有君臣犬顧主，鴛鴦禮別雁排行。羔羊跪乳鴉反哺，蛛蜘結網馬唧韁。禽獸尚然知禮義，何況人兒不思量。」反復道出了此文的主旨。

《文選》江淹《雜體詩・李都尉（陵）》李善注引桓譚《新論》曰：「若其小説家，合叢殘小語，近取譬論，以作短書，治身理家，有可觀之辭。」此《公治長聽鳥語綱常》，乃叙述了一則有趣的寓言故事，其作意當在宣揚桓譚所指的「近取譬論」，以達到「治身理家」之目的。

中國的話本小説經過了一個漫長的發展時期，由於明末大量話本總集的出現，文人的加工粉飾了原始的粗陋，因此早期的話本今天祇能從《醉翁談録》一類書中略知梗概。本書採取對話形式，夾雜叙述，有情節有詩贊，已具備了話本小説各項特徵，提供了研究話本小説發展的直接材料，其意義便不是其短小的篇幅所能涵蓋的了。

現據復旦大學圖書館藏本影印。原書板匡高一七五毫米，寬一〇五毫米。中縫頁碼先四後三，並非從一開始，爲原書如此。（曹中孚）

五更風

《五更風》，全稱《新鐫出像小説五更風》。存四卷，每卷爲一獨立的故事，分上下編叙出：即《鸚鵡媒》《雌雄環》《聖丐編》《劍引編》，書前已殘。正文署「五一居主人編，靁湖夢史校」。中縫所標爲篇名，不列書名。「五一居主人」和「靁湖夢史」真實姓名及生平均未詳。此書乃寫刻本，不避「玄」「弘」等字諱，爲清初刊本無疑。每半葉八行，行二十四字。呈狹長形，行間時有小圈，它與《十二笑》《定情人》《合浦珠》《鴛鴦鍼》《賽花鈴》《無聲戲》等一批清初小説爲同一類型的本子。

本書所存四篇作品，所述均係明代情事。《鸚鵡媒》記水朝宗與美貌女子炎氏的締婚始末，兩人的好事，全仗一隻既通靈性，又能説會唱的鸚鵡所「玉成」。《雌雄環》寫花波及族兄花嚴與殷文玄、蕭瓊玉間的愛情故事，以誤贈玉環和錯拾詩扇，生出種種瓜葛。《聖丐編》演乞丐范天生樂爲善事終得善報的經過。《劍引編》寫宋生得一神劍後的一生際遇。四篇作品情節曲折，文字亦相當練達優美。尤其是《劍引編》，故事極爲新奇怪異，謂宋生從一白髮童顔的石翁處得了一柄神劍，石翁對他説：「不論東西南北，惟劍光所向，無往不利。刻下去路，亦隨劍光。」後宋生在參與討平老回回之亂時，面對飛天狼和獨臂虎兩員大將，便「揮劍殺去，祇見劍光一放射，去數里人頭落地」，「飛天狼一聲響處，頭已墮地」，「獨臂虎未及交鋒，已被劍光分作兩段」。此類描寫，已開後來劍俠小説之先河。至於上述作品中所記當時「盜寇」蜂起的情形，反映了明末社會的現實，作者或是由明入清者，諒耳濡目染所致。

《雌雄環》上卷題下有「傳奇嗣出」字樣，似作者原有據此撰寫傳奇的計劃。但查有關著録，未發現與此同名之傳奇。《聖丐編》所寫的乞丐范天生事，當是清初流傳甚廣的事，與《豆棚閑話》第五則、《花當閣叢談》卷四及《西青散記》卷三中所叙的乞丐爲同一原型，祇是他的名字、情節有些不同而已。

書中行間還有不少小字批語，或剖析情節結構，或論説語言文字，雖大多僅聊聊數語，但却畫龍點睛，讀來耐人尋味。祇可惜字小而又有些漫漶，有些地方不易辨認。

孫楷第《中國通俗小説書目》在著録本書時謂「原書似五卷五事」，則應還有一卷，今已無從查訪。現據中國科學院文學研究所藏本影印。原書板匡高一九七毫米，寬一一一毫米。其中《劍引編》首尾均有缺失。（曹中孚）

九雲夢

《九雲夢》六卷，高麗坊刊本。不題撰人，亦無序跋例目。本書作者，胡士瑩《話本小説概論》謂「按近人潘公昭著《今日的韓國》頁二十二，知此書爲韓人金春澤所撰」。從書末所署「崇禎後三度癸亥」，可知其刊刻時間是在清嘉慶八年（一八〇三）癸亥，因它既爲高麗刊本，故所署年代不必奉清之正朔。又書中不避「玄」字諱，稱唐代爲「大唐國」等，均爲研究者提供了該刊本的重要特徵。

本書叙六觀大師弟子性真，在外出返回，經一石橋時被上天衛夫人的八名侍女所阻。性真將桃花一枝，擲於仙女之前。頃刻四雙綘萼，化爲八顆明珠。衆仙女拾後向他粲然一笑而去，性真因此動念。歸來後六觀大師以爲他犯了色戒，將其罰入地獄。後性真投胎至大唐國淮南道秀州縣楊處士家，取名少遊，字千里。少遊一表人材，長大後中了狀元，又出征平定吐蕃之亂，得丞相印綬，大將節鉞。一生中逢有種種艷遇，共得二妻六妾，並生六男二女。正榮華富貴已極，退居終南山時，六觀大師將其點化，重歸佛門；而二妻六妾，乃衛夫人座下的八名仙女，亦頓悟成道。以上故事，當純屬虚構，以其構思來看，顯然是受了沈既濟《枕中記》和李公佐《南柯太守傳》等傳奇故事的影響。但此書六卷，又分成十六回（第一卷、第五卷各二回，其餘各卷均爲三回。每回以上下兩句標目，不分回次），則無論在其規模、情節、結構諸方面，又比唐傳奇有了較大的發展。

某些古書在刊刻時總避免不了會有一些異體字和通假字，尤其是小説，這類情形更爲普遍。異體字、通假字一般都有習慣的寫法和字形，此本却與衆不同，異體字、簡化字特多，其中不少字的寫法非常奇特，讀時頗費斟酌。這雖是一大缺點，但它對研究高麗刊本，或許有所用處。

此書傳本很少，胡士瑩抄録入藏於浙江大學的是個殘本。今據中國科學院文學研究所之藏本影印，原書版匡高一九〇毫米，寬一五五毫米。卷六第十五至十六頁爲原缺。（曹中孚）

螢窗清玩

《螢窗清玩》四卷，爲山東大學圖書館藏未刊稿，卷一、卷四題《新訂螢窗清玩花柳佳談全集》，卷二題《新鎸古今奇遇花柳佳談全集》，卷三題《新訂螢窗清玩花柳佳談》，卷各一篇，依次爲《連理枝》《玉管筆》《遊春夢》《碧玉簫》。不題撰人，無序跋，有評，每篇之後有《總論》，自稱「烟花子」。正文與評語，字體、墨色一致，著者、評者，可能爲一人。

書中夾有著者後人致商務印書館謀求出版函稿一通，前半幅云：「謹文有先祖遺下《螢窗清玩花柳佳談》長篇言情小説一部，内分《連理枝》《玉管筆》《碧玉簫》《遊春夢》四種。全部（當爲每種）四萬餘言，約有廿餘萬字之富，詩詞歌賦，優秀佳麗，筆法新雅，實非世俗儒談小説可比。兹欲在貴書局出版，未悉適否採取？」可見確爲著者家藏稿本。

此書題名加「花柳佳談」四字，是因爲其四種小説全是才子佳人故事，不外男女主人公才色相慕，私訂終身，或因故他徙，或門户不相當，而生波折，其中亦有女扮男裝，婢女試探等事，最後又多以男主人公獲功名，或遇知交，而終成連理，還多是一夫雙美。凡此種種，均未脱清初以來才子佳人小説之窠臼，格調亦相近。

此書四種背景雖托之於「先朝」（或宋或明），而科舉、職官，均依清制。《連理枝》謂是宋太祖（書中稱宋藝祖）初定天下時事，而叙官、賊兩方戰於蘇州、松江一帶地方，似仿造太平天國與清軍之戰事，其中還講及「西番英圭黎」「佛蘭西」「大小西洋」等。據此可斷，此書作於清末。現據山東大學圖書館所藏原書影印。原本末尾有《勸戒色文》《香閨十勝》等文，今一仍其舊，附於書末。（袁世碩）

詳情公案

本書現存三個本子：一是日本東京大學東洋文化研究所藏本，五卷，扉頁刻「詳情公案」「眉公先生選」「存仁堂陳懷軒刊」，内題「新鐫國朝名公神斷李卓吾詳情公案」。正文分十一門，凡二十九則。一是日本蓬左文庫藏，七卷（卷之首又卷之一——六），内題「新鐫國朝名公神斷陳眉公詳情公案」，「臨川毛伯丘兆麟訂」，「建邑懷軒陳梓」。正文分十五門，凡四十七則。一是日本内閣文庫藏，殘存三卷（卷之二——四），内題「新鐫國朝名公神斷□□□詳情公案」。所存三卷二十二則，與蓬左文庫本卷之二——四之門類、目録基本一致，唯少「搶劫」「竊盜」二門六則。可見此本乃蓬左文庫本之覆印本，題名所空三格，是剜去了「陳眉公」三字。三本均爲上圖下文，版式、行款完全一致。

依據上述情況，可推知此書曾經數次改版印行。明萬曆至天啓間，托名李卓吾、陳眉公之書甚多，此書當亦如此。丘兆麟，臨川人，萬曆三十八年（一六一〇）進士，擢御史，崇禎初授河南巡撫，旋卒於官，世稱尤盡獄事。至於訂此書事，大概也是僞托。本書題名「李卓吾」之本當是先出，爾後經調整卷次、門類，增減則目，復題「陳眉公」之本，最後再覆印又剜去其名，均書坊爲之。蓬左文庫本卷之首「雪冤門」《判釋冤誣》、卷之五「妬殺門」《斷妬殺親夫》二則，審判官楊暄、彭士奇，見於《明史》，爲天啓、崇禎時人，是則此書初刊不早於天啓年，改版則在崇禎間了。

本書三本所收公案故事，去其重複，共四十七則，全都採自晚明其他公案書。採自題名相近的《詳刑公案》者最多，有三十一則，所屬門類名稱亦同。採自《皇明諸司公案》者，有「雪冤類」五則，「人命類」五則。採自《明鏡公案》者，有「人命類」五則，「索騙類」一則。在《詳刑》《諸司》《明鏡》諸公案書中，案件多爲已往年代事，而在此書中則往往不寫明朝代，有的改换審判官爲今人，如上舉《判釋冤誣》《斷妬殺親夫》兩則即是。

現據日本蓬左文庫本影印，原書版匡高二〇九毫米，寬一二一毫米。（袁世碩）

明鏡公案

本書扉頁中刻「明鏡公案」，右刻「精採百家諸名公」，左刻「三槐堂梓行」，内題「新刻名公神斷明鏡公案」，七卷，存第一至四卷，第五卷以下已佚。上圖下文，寫刻。題「葛天民吴沛泉彙編」，「三槐堂王崑源梓行」。各卷首題名如上，各卷末題名不一，前四卷分别爲：「新刻諸名公奇判公案一卷終」，「新刻續皇明公案傳二卷終」，「精新刻皇明諸司廉明公案卷三終」，「新刻諸名公廉明奇判公案傳」。卷三「盗賊類」《陳風憲判謀布客》有「閒閲《包龍圖公案》」之語。據以上情况，可知此書出在《龍圖公案》《皇明諸司公案》《廉明公案》諸書後。卷三「盗賊類」《鄒御史德化羣盗》叙鄒元標事，鄒元標天啓四年（一六二四）卒，是則此書刻於天啓、崇禎間。

此書原七卷，目録完全，計：第一卷「人命類」五則，「索騙類」二則；第二卷「姦情類」四則；第三卷「盗賊類」十則；第四卷「雪冤類」二則，「婚姻類」五則；第五卷「圖賴類」四則；第六卷「理冤類」四則，「附古類」二則；第七卷「古案類」二十則。前四卷凡二十八則，惟第三卷「盗賊類」《摸佛鐘驗出真賊》、第四卷「雪冤類」《江禄誣李彬逆謀》、「婚姻類」《徐守恂題詩調姦》三則，有目無文，實存二十五則。

此書多採自已有之公案書。此二十五則，其中「盗賊類」《董巡城捉盗御寶》《江太守捕剪鐐賊》《蔣兵馬捉盗騾賊》《金府尊批告强盗》《鄧侯審決强盗》五則，採自《廉明公案》；「人命類」

《朱太尊察非火死》、「姦情類」《陳大巡斷姦殺命》二則，分别採自《皇明諸司公案》《詳刑公案》，文字稍有不同。「索騙類」《崔按院搜僧積財》《李府尹遣覘姦婦》，係據《疑獄集》卷五《崔黯搜帑》、卷一《李傑覘姦婦》事寫成。「婚姻類」《王御史判姦成婚》，係據《醉翁談録》乙集《憲台王剛中花判》敷衍而成。此外，還有與《龍圖公案》事件相近似而人物、地點不同者。

此書既係掇拾舊書而成，故各則寫法多樣，然又有其特點，即此二十五則之半數以上以詩收束，總括題旨，在「婚姻類」則爲判決詩，如《醉翁談録》乙集所謂「花判公案」。

原書藏日本内閣文庫，版匡高二〇六毫米，寬一一五毫米。（袁世碩）

古今律條公案

《古今律條公案》，全稱《新刻海若湯先生彙集古今律條公案》，凡八卷，首卷爲刑律文書，第一——七卷爲正文，第二卷已佚。上圖下文，無序。第一卷首頁題「金陵陳玉秀選校」，「書林師儉堂梓行」。第七卷末頁「牌記」鐫「書林蕭少衢梓行」。題名湯顯祖「彙集」，疑爲僞托。

首卷收「六律總括」「五刑定律」「擬罪問答」「金科一誠賦」，及「執照類」「保狀類」文書七件。所述刑律，與《明律》全合。「執照類」「保狀類」文書七件，又分别見於《廉明公案》下卷「執照類」《余侯批娼妓從良照》、「脱罪類」《鄧察院批母脱子軍》等七篇公案故事中。在《廉明公案》裏，此七件執照、保狀，均有具體地名、人名、官員姓氏，而此書則衹是作爲範文，無具體地名、人名，寫作「厶」「厶氏」「厶地」。據此，可斷此書是採自《廉明公案》，其刊出當晚於《廉明公案》。

正文分爲「謀害」「强姦」「姦情」「强盜」「竊盜」「淫僧」「除精」「除害」「婚姻」「妬殺」「謀産」「混争」「拐帶」「節孝」十四類，凡四十六則。其中缺第二卷「强姦類」四則，目録爲：《趙代巡斷問姦殺貞婦》《陳代巡斷問强姦殺死》《楊縣尹斷問强姦返害》《劉太府斷問强姦寡婦》，實存四十二則。

此書幾乎完全採自已出之公案書。其四十餘則，有三十二則與《詳刑公案》重出，則目全同，正文稍有異文。二書重出之三十二則，有幾則已載於先出之《百家公案》，經比較，《詳刑公案》與《百家公案》異文較少，而此書異文稍多，其中有與《詳刑公案》同異於《百家公案》者。由之可見此書三十二則是採自《詳刑公案》。此外，還有經過改换人物姓名而事件基本一致者：取自《廉明公案》的，有第一卷「謀害類」《蘇侯斷問打死人命事》（《廉明公案》則目爲《夏侯判打死弟命》）等二則；取自《皇明諸司公案》的，有第一卷「謀害類」《武主政斷爲父殺繼母》（《諸司公案》則目爲《劉刑部判殺繼母》）等四則。

此書晚於《廉明公案》《詳刑公案》，而版式一致，其編刊當在萬曆後期。

書中俗寫字頗多，如「驛」作「馹」，「憐」作「憐」等，並且對一些編刊者認爲難讀的字，於字旁加以注音。這對研究此類書及明代通俗文字，是有裨益的。

現據日本内閣文庫藏明書林蕭少衢師儉堂刊本影印。原書版匡高二一〇毫米，寬一一四毫米。（袁世碩）

武則天四大奇案

《武則天四大奇案》，不題撰人。有光緒十六年（一八九〇）上海書局石印本，光緒二十八年耕石書局石印本。前有序，有圖像四幅。此書目録作六卷六十四回，第一卷至第五卷每卷十回，第六卷十四回，但正文卷次與目録葉分卷並不完全一致。書中叙狄仁傑藉私訪、夢兆、設陰曹地府場景以判案等情節，明顯地受到公案與俠義合流的小説如《三俠五義》等的影響，書當出於光緒初年。

此書異名頗多。警世覺者序云「今偶於案頭見《狄梁公四大奇案》一書，離奇光怪，可愕可驚」；書中第四十二回以後，回首又多有標《武則天全傳》者；第六十四回末，又有「《狄梁公家傳》終」字樣；民國二年（一九一三）文光書局石印本封面又題作《狄公案》。所謂四大奇案的前三個案件，係指狄仁傑任昌平縣令時，偵破六里墩湖州販絲客人被殺案，皇華鎮周氏害死其夫畢順案，縣城華國祥兒媳黎姑被蛇毒致死案，以上三個案件錯綜鈎連，均在前三十回内，與武則天全然無涉；第三十一回以後，狄仁傑升任河南巡撫（書中誤以唐朝的都城爲汴梁），始逐步參預朝政，介入對張昌宗、武三思、武承嗣等人的鬭争。至於第四個案件，參以序中所云「若周氏、王氏之流，本紅粉佳人，互見遺臭流芳於案牘。至若懷義、敖曹之輩，不足以掛人齒頰，而亦附以示貶」，當係指狄仁傑偵破穢亂宫闈的白馬寺僧懷義强搶王毓書兒媳李氏（即序中所説的王氏）案。因此，書名用《武則天四大奇案》《武則天全傳》並不符合實際，以用《狄梁公四大奇案》或《狄公案》爲宜。

現據復旦大學圖書館所藏光緒二十八年上海耕石書局石印本影印，原書版匡高一二一毫米，寬七三毫米。（邵海清）

補紅樓夢

《補紅樓夢》四十八回。清嘉慶二十五年庚辰（一八二〇）刊本。扉頁題「嘉慶庚辰夏鐫，補紅樓夢，本衙藏板」。首「嘉慶甲戌（一八一四）之秋七月既望識於夢花軒」的自序，次目録，次繡像二十幅，前圖後贊，次正文。

書署嫏嬛山樵撰，與《增補紅樓夢》爲同一撰者。題記云：「此書直接《石頭記》《紅樓夢》原本，並不外生枝節，亦無還魂轉世之謬，與前書大旨首尾關合。兹者先刻四十八回，請爲嘗鼎一臠，尚有增補三十二回，不日嗣出，讀者鑑之。」《增補紅樓夢》第一回自稱「著《參同契》之裔」，故知姓魏，餘不詳。二書屬一續再續之作。

作者自序謂：「妙哉雪芹先生之書，情也，夢也；文生於情，情生於文者也。不可無一，不可有二之妙文，乃忽復有『後』『續』『重』『復』之夢，則是乘車入鼠穴，搗齏啖鐵杵之文矣。無此情而竟有此夢，痴人之前尚未之信，矧稍知義理者乎？此心耿耿，何能釋然於懷，用敢援情生夢、夢生情之義，而效文生情、情生文之文，爲情中之情衍其緒，爲夢中之夢補其餘，至於類鶩類犬之處，則一任呼馬呼牛已耳。」在全書結尾復借薛寶釵、賈雨村、甄士隱之口，對《後紅樓夢》《續紅樓夢》《紅樓復夢》《綺樓重夢》等續書倍加譏貶，認爲它們同雪芹原書「大相背謬」，「紕謬百出，怪誕不經」，「荼毒前人」，特别惡其將原書人物死而復生，且自喜於「能以我們二人（賈雨村、甄士隱）起，復以我們二人結的書，則雖非雪芹之筆，亦可以權當如出雪芹之手者矣。既知道效法起結，則必與原書大旨相合，而不相背，又何必定欲起雪芹於九原乎！」但是，本書雖然上接《紅樓夢》的第一百二十回，又以石頭記作結，叙事却人仙無隔、陰陽混雜，主旨又不離賈府復興、大觀園隆盛，實同曹雪芹原著相去甚遠。

現即據北京師範大學圖書館藏清嘉慶二十五年本衙藏板本影印，原書板匡高一二七毫米，寬八八毫米。本書第二回第十四頁後，第三回第十四頁後，第二十三回第十五頁反面，第三十回第十二頁後，第三十三回第十三頁反面，第四十五回第十六頁反面，第四十六回第八頁原缺。（魏同賢）

林蘭香

《林蘭香》八卷六十四回，清道光十八年戊戌（一八三八）「本衙藏板」本。題「隨緣下士編輯，寄旅散人批點」。首有「𤏻嫂子」《序》。正文前除回目外，列有「林蘭香人物」「林蘭香叢語」二文，逐一簡敘書中的人物關係及録有寄旅散人的《引》。

隨緣下士、寄旅散人和𤏻嫂子的姓名、生平均不詳。在第二十回，寫任香兒向燕夢卿討教「結緣之説」，夢卿闡述了從結緣到隨緣的涵義，顯示出作者使用「隨緣下士」這一名號的想法。

《林蘭香》的成書時間，衆説紛紜，主要有三種説法：第一種認爲，《林蘭香》作於清初。因爲無論序、評、引，還是正文都多次提及《金瓶梅》《水滸傳》《西遊記》《三國演義》，而無一處提及深有影響的《紅樓夢》。第二種認爲，《林蘭香》作於明末。理由有二：一是第六十四回作品結束時作者提到明代的八朝云「總之，經洪熙、宣德、正統、景泰、成化、弘治、正德、嘉靖八朝一百餘年，特爲兒女子設一奇談」，而未提明末的崇禎。二是書中所反映的事物人情多有述及明代者。第三種認爲，《林蘭香》作於清嘉慶、道光年間，因爲迄今未發現道光以前的刊本及有關的任何記載。三種意見中，當以第一種意見較有根據，較爲穩妥。

《林蘭香》一書，演明初開國功臣泗國公耿再成之支孫耿朗與六個妻子的故事。書的名稱，仿效《金瓶梅》，採用了三位女主人公林雲屏、燕夢卿和任香兒的姓名中各一字。「林」「香」皆見字面，唯「燕」字是以「蘭」字作代，取《左傳》中鄭文公妾燕姞夢蘭之意。

《林蘭香》現存的版本，除道光十八年本衙藏板本外，尚有道光二十七年刊本、光緒三年丁丑（一八七七）上海申報館排印本、光緒四年新鎸維新堂藏板。現據浙江大學中文系所藏道光十八年本影印。浙大本原缺卷五（三九——四四回），今依大連圖書館相同版本補配。爲便於閱讀，直接插在文中，不作輯補處理。原書板匡高一三三毫米，寬八八毫米。（曹亦冰）

品花寶鑑

《品花寶鑑》六十回，初刊於清道光二十九年（一八四九），作者自序末署「石函氏」。「石函氏」爲陳森，字少逸，江蘇常州人。他自道光初年入北京，依同里某刑部官員爲幕賓，數應順天鄉試不中，一度隨人去廣西做幕。他先作有《梅花夢》傳奇，卷首《梅花夢事説》，自謂作於道光三年。劇中男主角張若水年未及冠，有詩才。《事説》中有「願執弟子禮以學詩，年差少余，抑抑自下」之語，據此可推測陳森當年不過二十五歲左右，其生約在嘉慶初年（一七九六）前後。（嚴敦易《〈梅花夢〉與〈品花寶鑑〉》，《通俗文學》第三十七期）

陳森自叙《品花寶鑑》始末：先是在北京作《梅花夢》之後不數年，寫了十五卷（回），游幕廣西，置之篋中八年，自廣西歸京舟中，又作成十五卷（回），是年秋試又未中，年逾四十，在嗜讀其書的某官員催促下，又續寫三十卷（回），統編爲六十卷（回），自謂「曠廢十年，而功成半載」。然未注明具體年代。楊懋建《夢華瑣薄》載，他曾在道光丁酉即十七年見到《品花寶鑑》之三十卷抄本，「及己酉（道光二十九年），少逸遊廣西歸京，迺足成六十卷」。與陳森自述不甚吻合。此書幻中了幻齋初刊本，内扉記戊申十月「開雕」，「己酉六月工竣」。如陳森係己酉年自廣西歸京，尚未完稿，何以能在前一年便已付梓，抵京前便已刻成？可見楊懋建是將《品花寶鑑》刊行年代，誤爲陳森自廣西歸京，不久完稿之年代。玩味陳森自序，他初成《品花寶鑑》前十五回，當在作《梅花夢》後三、四年間，八年後自廣西歸京，並足成六十卷之書，不會晚於道光十七年，才與其「年且四十餘矣」之語相符。

乾嘉以來，京都士大夫狎優之風頗盛，如畢沅之狎李桂官竟傳爲美談。陳森長期爲京官家清客，遊處其間，乃就耳濡目染，作成此書。書中叙京中士大夫及豪商狎優、狎妓事，固然有正邪、雅俗之分，對優伶之苦情、諸色狎客之庸俗，有所披露；用京都官話，文筆流暢，亦稱上乘。然叙士大夫狎優行爲，曲意解爲鍾情於美，並由此立意，其中叙田春航（以畢沅爲原型）狎蘇蕙芳尚有相濡以沫之内容，而寫主人公梅子玉狎杜琴言才色相慕，極盡其纏綿，類乎才子佳人，則矯揉造作，使人有滑稽之感。書中又時雜猥褻之事，宜乎魯迅《中國小説史略》中列入「清之狹邪小説」。

本書刊本較多，後出之石印有的改名爲《燕京評花録》，或《怡情佚史》。幻中了幻齋初刊本存世者多漫漶不清，故現據上海古籍出版社藏後刊本影印。板匡高一三八毫米，寬一〇〇毫米。此本款式同初刊，惟抽去臥雲軒老人題詞及石函氏序，今輯補於後。（袁世碩）

花月痕

《花月痕》十六卷五十二回，清光緒十四年（一八八八）福州吴玉田刊，題「眠鶴主人編次」，「棲霞居士評閲」。卷首有咸豐八年（一八五八）作者「前序」「後序」及評閲者題辭，後又有同治五年（一八六六）「弱水漁郎」及不署年月之謝章鋌等人題辭。疑「棲霞居士」「弱水漁郎」亦爲作者之托名。

作者爲魏秀仁（一八一八——一八七三），字子安，又字子敦，侯官（今福州市）人。道光二十五年（一八四五）進學，次年中舉，三應進士試不第，依同鄉高官王慶雲爲幕僚，隨之輾轉陝西、山西、四川十餘年，曾主講渭南象峰書院、成都芙蓉書院。咸豐七年，一度赴山西，館於太原知府保齡家。同治元年（一八六二），自四川歸里，曾主講南平道南書院。一生著述有《陔南石經考》《陔南山館文録》《陔南山館詩集》等三十餘種，除小説《花月痕》，均未刊行。（謝章鋌《賭棋山莊文集》卷五《魏子安墓志銘》）

作者「前序」「後序」均題咸豐戊午（八年）作，一在暮春，一在重陽前一日。謝章鋌《課餘續録》記魏子安此書作於太原知府保齡家，正相合。然書中第四十三回叙男主角韋癡珠病死，第四十四回叙劉秋痕「戊午七月」殉情自縊之後，第四十五回叙有是年冬太平天國李昭壽（《清史稿》作李兆受，此書中改作「吕肇受」）降清事；第四十九回叙另一對主角韓荷生、杜采秋於「甲子」年督軍破逆都金陵，係影寫清兵攻陷太平天國天京事，時在同治三年，正當甲子。是則，此書不全部是咸豐八年作於太原，第四十五回以下，當是魏秀仁返里後於同治五年（即托名「弱水漁郎」題辭之年）續成的。

《花月痕》是魏秀仁就所經歷作成。書中韋癡珠乃自爲寫照，通過韋癡珠於困頓羈旅中與妓女劉秋痕生死之戀，半是風流文采自賞，半是自傷懷才不遇，終生淪落。文筆哀艷凄婉，在當時小説中不可多見，然加進大量詩詞歌賦，亦如舊才子佳人小説，形成累贅。韓荷生亦有所本，然爲與韋癡珠相對照，極寫其功名顯達，則失於隨意捏合，乃至如魯迅所評：「結末叙韓荷生戰績，忽雜妖異之事，則如情話未央，突來鬼語，尤爲通篇蕪累矣。」（《中國小説史略》第二十六篇）

此書尚有閩雙笏廬光緒十四年刊本、上海書局光緒十九年石印本（改題《花月姻緣》），育文書局光緒三十一年石印本等。現據光緒福州吴玉田刊本影印。（袁世碩）

青樓夢

《青樓夢》又名《綺紅小史》，六十四回，署「釐峰慕真山人著，梁谿瀟湘館侍者評」。首光緒四年（一八七八）金湖花隱序，又鄒弢叙。

釐峰慕真山人即俞達，一名宗駿，字吟香，江蘇長洲人。鄒弢《三借廬筆談》卷四云：「余幼作客，歷館胥門，幾及十年，所交亦衆，惟趨炎逐熱，俱非同心，獨吟香一人，可共患難。君姓俞，名達，自號慕真山人，中年累於情，余以惜玉憐香，才人常事，未敢深懲其失也。比來揚州夢醒，志在山林，而塵紲羈牽，遽難擺脱。甲申（光緒十年，一八八四）初夏，遽以風疾亡，爲之嘆息不已。著有《醉紅軒筆話》《花間棒》《吴中考古録》《閒鷗集》等書。」

梁谿瀟湘館侍者即鄒弢，字翰飛，別署梁谿司香舊尉、瘦鶴詞人等，江蘇無錫人。長於輿地學，著有《萬國風俗考略》《地球方域考略》《塞爾維羅馬尼蒲加利三國合考》《地輿總説》《三借廬筆談》《澆愁集》及小説《海上塵天影》（又名《斷腸碑》）等。陳汝衡《説苑珍聞》言其晚歲任教於上海啓明女學，生平嗜酒，因自號鄒酒丐，壽至八十餘，及見民國十三年（一九二四）之江浙齊、盧戰争。

本書具有一定自傳性質，主人公金挹香即俞吟香自寓，挹香好友鄒拜林即指鄒弢。書中寫金挹香生性多情，先後與三十六名青樓美女及一位村姑交好，所娶一妻四妾，有四人出身妓院。

後爲報父母之恩，考中舉人，捐得同知銜，選授餘杭知縣，以勤政廉明陞任杭州知府，父母妻妾俱得封贈。繼而勘破紅塵，與官至兵部侍郎的鄒拜林先後棄官學道，重登仙界。參以《三借廬筆談》所述作者生平，前半部分顯係其親身經歷之寫照，後半部分則抒其未了之心願。書中其他人物情節，亦多有當時真人真事爲原型。如第四十回寫三十六美之一的武雅仙嫁給「新科狀元」「曾任學憲」的洪勻金，即影指蘇州妓女趙彩雲（賽金花）和洪鈞，他們在後出的小説《孽海花》中成爲主人公，並因在十九世紀末二十世紀初的一系列事變中扮演特殊角色而名噪一時，這也許是俞達始料所不及的。

《青樓夢》的作者和評者都是《紅樓夢》的崇拜者，因此該書處處存在着模擬《紅樓夢》的痕迹，屬於當時《紅樓夢》的衆多續、反、翻、仿作之一。幾乎所有比較重要的構思和情節都可以在《紅樓夢》中找到藍本，鄒弢的評語也不諱言這一點。

該書有清光緒戊子（一八八八）年文魁堂刊小本、上海申報館排印本等。現據鄭州大學圖書館藏活字本影印，原書板匡高一三六毫米，寬九九毫米。（廖可斌）

吴江雪

《吴江雪》四卷二十四回。卷首題《新鐫繡像小説吴江雪》，署吴中佩蘅子著，無圖像。首有乙巳（康熙四年，一六六五）八月顧石城題於蘅香草堂的序及吴門佩蘅子題於乙巳季秋日的自序。鄭振鐸及其他學者曾根據兩序判定作者即顧石城。每卷後有評注，書後有「全部合評」。版心題《吴江雪》及回數。

《吴江雪》爲古典烟粉小説。書名取之主要人物吴媛、江潮、雪婆名字之首字聯接而成。書叙明朝蘇州城内有一才子名江潮與名門之女吴媛在雪婆的幫助下，歷經坎坷，終結良緣的愛情故事。小説故事情節跌宕，引人入勝。人物形象鮮明，描繪細膩，語彙豐富。作者用大量筆墨塑造了一個有俠義心腸的媒婆——雪婆，爲古典文學人物畫廊增添了一個有鮮明特點的媒婆形像。本書對當時的政治生活，經濟生活及思想意識都有較廣泛、較細緻和較深刻的描繪與反映。

值得一提的是，本書第九回有一段論述小説的文字，它説：「原來小説有三等：其一，賢人懷着匡君濟世之才，其所作都是驚天動地，流傳天下，垂訓千古。其次英雄失志，狂歌當泣，嘻笑怒罵，不過借來抒寫自己這一腔塊磊不平之氣。這是中等的了。還有一等的，無非説牝説牡，動人春興的。這樣小説，世間極多，買者亦復不少。書賈借以覓利，觀者借以破愁，還有少年子弟，看了春心蕩漾，竟爾飲酒宿娼，偷香竊玉，無所不至，這是壞人心術所爲。」這段文字，頗爲後來研究我國古典小説者所重視。

現據國家圖書館分館藏本影印。國圖分館本之序和正文都有缺損，今以法國國家圖書館藏本直接配補描正，不另作輯補處理。原書板匡高一六〇毫米，寬八五毫米。（劉一平）

玉嬌梨

本書據日本内閣文庫藏四卷二十回康熙刊本影印。哈佛大學哈佛燕京圖書館藏《新鐫批評繡像玉嬌梨小傳》，或云該書玄字皆未缺筆，當刻於康熙之前。書署荑秋散人編次，或又作荻岸散人。《玉嬌梨》與《平山冷燕》又有「合刻叢書」本，有《天花藏合刻七才子書序》，以《玉嬌梨》爲三才子，《平山冷燕》爲四才子，按《玉嬌梨》叙二才女白紅玉即無嬌、盧夢梨與才子蘇友白，《平山冷燕》叙才子平如衡與燕白頷、才女山黛與冷絳雪，合爲三才子與四才女。天花藏主人序署順治戊戌（十五年，一六五八），康熙乙酉（四十四年，一七〇五）歲春日，梅園重鐫。

抽取書中女主角人名一字拼凑成小説書名，始於元代宋梅洞的才子佳人型小説《嬌紅記》，得名於女主角嬌娘和飛紅，到《金瓶梅》而名噪一時，但男女主角都是市井人物，清初《玉嬌梨》和《平山冷燕》纔回到典型的才子佳人型格局。此書以冒名頂替、女扮男裝等造成多次喜劇性誤會爲主要故事情節，這類小説戲曲在明清之際頗爲盛行。《玉嬌梨》可説得風氣之先，後來仿效者多，陳陳相因，每況愈下。

《合刻天花藏七才子書序》云：「予雖非其人，亦嘗竊執雕蟲之役矣。顧時命不倫，即間擲金聲，時裁五色，而過者若罔聞罔見，淹忽老矣。欲人致其身而既不能，欲自短其氣而又不忍，計無所之，不得已而借烏有先生以發洩其黄粱事業……刿此書白而不玄，上可佐鄒衍之談天，下可補東坡之説鬼，中亦不妨與玄皇之梨園雜奏，豈必俟諸後世。」天花藏主人可能即小説作者，但無確證。有研究者考證其人爲嘉興人張勻，參見本《集成》《平山冷燕·前言》。天花藏主人作序的小説，除本書和《平山冷燕》外，還有《金雲翹傳》《玉支璣》《畫圖緣》《兩交婚》《賽紅絲》《醉菩提全傳》《麟兒報》。

本書有阿貝爾·雷米札的法譯本，早在一八二六年出版於巴黎，改名《兩個表姐妹》。其後又有英、德文本。黑格爾的《歷史哲學》和愛克曼的《歌德談話録》都曾經提到它。（徐朔方）

飛花咏

《飛花咏》，全稱《新鐫批評繡像飛花咏小傳》，十六回。不題撰人。清初刊本有序，尾署「天花藏主人題於素政堂」，故有疑作者爲天花藏主人者。刊本無繡像，卷端下鐫「雙玉魚」，然此書亦稱《玉雙魚》。雙字句回目，但字數有八、十、十一、十二不等，是清初較早的才子佳人小説。除清初本衙藏板本外，其他刊本未見。

小説叙昌谷、容姑的愛情故事。並用對「飛花」的咏和，以喻二人生活的顛沛流離與婚姻的曲折坎坷。天花藏主人《序》云：「最苦者，流離也。而孰知流離者，正造物之婉轉其相逢也。……才子佳人不經一番磨折，何以知其才之愈出愈奇，而情之至死不變耶！故花不飛，安能有飛花之咏？不能有前題之飛花咏，又安能有後之和飛花咏耶？不有前後之題和飛花咏，又安能有相見聯吟之飛花咏耶？惟有此前後聯吟之飛花咏，而後才慕色如膠，色眷才似漆，雖至百折千磨而其才更勝、其情轉深，方成飛花咏之爲千秋佳話也。」其情節大致如此。

今據日本淺草文庫藏清初刊本影印。（侯忠義）

兩交婚小傳

《兩交婚小傳》，又名《續四才子》《雙飛鳳全傳》，清初本衙藏版本全稱《新編四才子二集兩交婚小傳》，牌記右署「續四才子書」，中「兩交婚傳」。十八回，不署撰人。

書前有天花藏主人題於素政堂的序，天花藏主人即爲此書的作者。《平山冷燕》天花藏主人序，作於順治戊戌十五年（一六五八），《兩交婚》既其續書，所作當在順治十五年以後。天花藏主人《麟兒報》，其自序作於康熙十一年（一六七二），故《兩交婚》亦應出康熙間。

關於本書的創作目的，作者自序與書中第一回都有所交待。第一回中說：「自古才難，從來有美。然相逢不易，作合多奇，必結一段良緣，定歷一番妙境，傳作美觀，流爲佳話。故《平山冷燕》前已播四才子之芳香矣，然芳香不盡，躍躍筆端，因又採擇其才子占佳人之美，佳人擅才子之名，甘如蜜、辛若桂姜者，續爲二集，請試覽之。」因書中講的是甘氏兄妹與辛氏姐弟四才子的愛情故事，作者視爲接續《平山冷燕》的第二部才子佳人小説，故稱作《續四才子書》。

《兩交婚》所言四川重慶府縉雲山下横黛村甘頤、甘夢兄妹，與揚州辛古釵、辛發姐弟兩姓雙雙交婚情節，最早見於《賽紅絲》。《賽紅絲》有宋采、宋羅兄妹與裴松、裴芝兄妹互以詠紅絲爲聘物的交婚内容，但那是在媒人賀知府的主持下，當着家長之面公開唱和的，男女間並無真情，與《兩交婚小傳》中突出男女主人公的智與識的自由擇婚，大不相同。但後者受到前者的明顯影響，却是不言而喻的。

《兩交婚小傳》除清初本衙藏版本外，尚有素位堂本、枕松堂本、富春堂本等。光緒戊子（一八八八）姑蘇紅葉山房刊本，改題《雙飛鳳全傳》；又一清刻本逕題《續四才子》，首亦有序，但與天花藏主人序迥異。序謂「今復續以茲編，與《平山冷燕》先後輝映」云云，故爲作著者自述口吻。

今據吴曉鈴所藏之本衙藏版本影印，此本原缺牌記和序言第一頁至第四頁上半葉，正文缺第十三回和第十四回之第一頁至第七頁，今以大連圖書館所藏相同本子補齊；爲便於閲讀，所補者直接插在書中，不作輯補處理。原書板匡高一九四毫米，寬一一三毫米。（侯忠義）

金雲翹傳

《金雲翹傳》，全稱《貫華堂評論金雲翹傳》，又名《雙奇夢》《雙合歡》，二十回。題青心才人編次。首有序，序署「天花藏主人偶題」。各回前均有短評，評論本回所演之事。順治間刊本衙藏板本，封面鐫「貫華堂批評聖嘆外書」。作者青心才人，生平不詳。亦有疑爲天花藏主人的化名。據序中言「余感其情而欣慕焉，聊書此以代執鞭云。倘世俗庸情，第見其遭逢，不察其本末，曰：『此辱人賤行也！』則予爲之痛哭千古矣。」似非天花藏主人所作。書蓋成於明末清初。嘯花軒刊本與本衙藏板本，款式相同。後出者尚有題《雙奇夢》的解頤堂刊本（《怡園五種》之一）、題《雙合歡》的談惜軒刊本及鈔本等，回目有改動，文字亦多有不同。

書名《金雲翹傳》，係從書中有愛情關係的三人金重、王翠雲、王翠翹名字中，各取一字組成。小說是據明嘉靖間海寇徐海與妓女王翠翹的有關筆記、傳聞、史料、話本、戲曲創作而成，如徐海、王翠翹等人，亦見於《明史》，但内容與小說均異。明末關於王翠翹的小說，已有多種，都是短篇，如《虞初志・王翠翹傳》、《續艷異編・王翠兒傳》、《幻影》第七回「生報華萼恩，死謝徐海義」、《西湖二集・胡少保平倭戰功》等，《金雲翹傳》可謂集大成的作品。

小說成功地塑造了王翠翹的藝術形象，是清初小說林中的珍品，在中國小說史上占有一定的地位，並對世界文學尤其是亞洲文壇，産生了巨大影響。清嘉慶時，越南詩人阮攸（一七六五——一八二〇）將其改寫成越南著名古典長篇叙事詩《金雲翹傳》；而日本古典小説《風俗金魚傳》，就是用日文改寫的《金雲翹傳》。

今據日本淺草文庫藏清康熙間刊本影印。本書卷一第二頁原缺。現將談惜軒本《雙奇夢》

中相關内容輯補於後，文字出入較大。（侯忠義）

玉樓春

《玉樓春》，題「龍邱白雲道人編輯」「潁水無緣居士點評」。白雲道人、無緣居士均不詳爲何人。龍邱在今湖北黄崗縣北，潁水在今河南登封縣西。

嘯花軒原刊本十二回，封面題「覺世姻緣玉樓春」，似分卷，如第一回正文前，即寫「《玉樓春》卷之一」。後刻之焕文堂本、醉月樓本，均爲四卷二十四回（每卷六回），二酉局本、恒謙堂本二十四回，不分卷。二十四回回目係將十二回本中的四句回目，析爲雙回目而成，文字基本相同。焕文堂本、恒謙堂本並題有「晚翠堂批評」。

《玉樓春》成書於康熙年間。小説記唐代宗時宰相盧杞迫害邵卞嘉、邵十洲父子，及邵十洲與玉娘、翠樓、春暉的「奇怪姻緣」。當邵十洲辭歸，與三妻團圓時，因題之曰「玉樓春」云云。清劉廷璣《在園雜志》卷二「若《玉樓春》《宮花報》稍近淫佚」，此言不謬。盧杞爲唐德宗時宰相，有關他殘害忠良之事，後世小説亦多有表現，著名者如《二度梅》等。

今據北京大學圖書館所藏嘯花齋重刻十二回本影印。原書板匡高一七〇毫米，寬一〇二毫米。全書第八頁反面、第四十頁反面、第五十四頁反面、第六十六頁原缺。（侯忠義）

最娱情

《最娱情》爲一殘本，路工《訪書見聞録》稱作《小説傳奇》合刊本。上下兩欄，上欄小説，下欄戲曲。本書所收的小説有《鄭元和》《女翰林》《王魁》《嚴武》《貴賤交情》《玉堂春》六篇，其中《鄭元和》起首有缺頁，《玉堂春》僅三個半頁，後面全缺。作者未詳。

是書書名之由來，得之於國家圖書館所藏《來鳳館合選古今傳奇》。該書現存第一集上下册。書中來鳳館主人的序云：「故予於諸刻中摘其久縣人之齒牙，以及辭佳而白趣、情節真、關目巧者，彙而成帙，列爲四集。首忠孝而次風懷。凡世之懷仁輔義，致君澤民者，視一集；名花當窗，娟月窺户，賦東門而詠同車時，閲二集；輕裘肥馬，醉花眠柳時，三集可觀；撥銅琵琶，執鐵綽板，唱『大江東去』者，四集可式。至如詩話、小説諸種，出自野史稗官，尤愧羅一遺萬。是皆最娱悦時人之耳目者，故名是刻曰《最娱情》云耳。」又從《來鳳館合選古今傳奇》之目録可知，全書除下欄爲戲曲外，上欄第一集爲古今詩話，第二集爲古今曲藻，第三集爲古今小説，第四集爲掛枝兒。第三集之古今小説又分上下册，上册收《虬髯客》等十六篇小説，下册即爲本書，收《鄭元和》等六篇。

《鄭元和》叙鄭元和與李亞仙事，《女翰林》記蘇小妹配秦少游事，《王魁》即王魁負桂英故事，《嚴武》即《太平廣記》中的《嚴武盗妾》，《貴賤交情》述俞伯牙、鍾子期事，《玉堂春》爲玉堂春落難逢夫事。這裏除《嚴武》一篇爲簡略節自《太平廣記》者外，其餘都是明代作品。這些作品，無論在情節與文字，以及某些細節的描繪上，都與相關的唐宋傳奇及「三言」中的有關篇目存在着不少差異。如《女翰林》中，蘇小妹與秦少游成婚之後，第二天少游便到東坡處去作謝。東坡寫了「我有一張琴，琴絃藏在腹。囑君馬上彈，彈盡天下曲」四句，要少游猜。少游明知是墨斗，却衹做猜不着，而另寫四句：「我有一間房，半間租與轉輪王。有時射出一綫光，天下邪魔不敢當。」東坡也衹做猜不着而不答。少游回房把這事對蘇小妹説了一遍，小妹也寫了四句道：「我有一隻船，一人摇櫓一人牽。去時牽縴去，來時摇櫓還。」少游稱猜不着，小妹便説：「我的就是你的，你的就是大兄的，大兄的就是我的。」於是少游不覺大笑。以上情節，爲《醒世恒言·蘇小妹三難新郎》所無。諸如此類，對小説研究者當有參考價值。現據路工藏本影印。（曹中孚）

鴛鴦配

《鴛鴦配》，題「檇李煙水（水，原誤作「火」）散人編次」，四卷十二回。半葉九行，行二十五字。另有刊本作《鴛鴦媒》，書面題「天花藏主人訂」，半葉十行，行二十四字。此書寫南宋理宗朝龍圖閣學士崔信二女玉英、玉瑞以紫玉鴛鴦二枚分贈申雲、荀文二生，歷經坎坷，終得締姻事，所以後來的坊刻本又改題爲《玉鴛鴦》。

此書的編撰者槜李煙水散人或謂即徐震，字秋濤，浙江嘉興人。其别署亦作鴛湖煙水散人、古吴煙水散人、南湖煙水散人，或逕作煙水散人。按，題作「鴛湖煙水散人著」的《女才子書》叙尾署「煙水散人漫題於泖上之蜃閣」，下有「徐震」「煙水散人」印兩方；鍾斐在《題女才子序》中亦稱書作者爲徐子秋濤。又，封面題「南湖煙水散人校閲」的《賽花鈴》題辭末署「時康熙壬寅歲仲秋前一日槜李煙水散人漫書於問奇堂中」，下亦有「煙水散人」「徐震」印兩方。作者在《女才子書》自叙中云：「五夜(度)藜窗，十年芸帙，而謂筆尖花與長安花争麗……豈今二毛種種，猶局促作轅下駒！」在《賽花鈴》題辭中又説：「夢中之筆已去，而嗜痂之癖猶存。」可見作者是一位科場失意、窮愁潦倒，而愛好寫作之積習不改的文人。從《女才子書》中所記和鍾斐序中談及徐秋濤向其索序的年代推算，書約成於順治十六年己亥(一六五九)。故煙水散人創作活動的年代，當在順治、康熙年間。觀《鴛鴦配》一書第十一回多處提到「陸佩玄」而直書「玄」字，則其編刊年代或與《女才子書》相後先。孫楷第《中國通俗小説書目》亦斷此書爲順治、康熙間的作品。惟從書中第一回竟然把林升那首有名的「山外青山樓外樓」(《題臨安邸》)當作蘇軾詩之常識性錯誤看，似又與其他可斷爲煙水散人所作小説的情況不類。

除上述三書外，與煙水散人有關的小説，尚有《後七國樂田演義》《珍珠舶》《合浦珠》《夢月樓情史》《燈月緣》《桃花影》等。

今據日本内閣文庫藏刊本影印。(邵海清)

好逑傳

《好逑傳》四卷十八回，署名教中人編次，遊方外客批評。今存好德堂本、凌雲閣本、獨處軒本。

本書第一回開篇云：「話説前朝北直隸大名府」，而第一回提到六科十三道，第二回提到内閣，第十四回提到九邊，以上都是明朝的官制和地名，可見此書作於清代。夏敬渠（一七〇五——一七八七）《野叟曝言》第三十一回提到小説《好逑傳》，可見它的成書不遲於康熙年間。

《好逑傳》得名於《詩·周南·關雎》：「關關雎鳩，在河之洲。窈窕淑女，君子好逑。」此詩歷來被曲解爲對禮教和封建婚姻制度的禮讚。小説命名如同作者署名「名教中人」一樣，它是男女授受不親和婚姻必須聽從父母之命的别開生面的形象化説教。後來《野叟曝言》的男主角可説是本書男主角鐵中玉的進一步發展。

另一方面，本書也對封建社會的某些不合理現象給以别出心裁的批評，並且在後世小説中留下積極影響。小説第一回借男主角之口批評諫官的某些過火言行説：「諫臣言事固其職，亦當料可言則言，以期於事之有濟。若不管事之濟否，只以捕風捉影，嘵嘵於君父之前以博名高，豈朝廷之言官之本意耶？」《紅樓夢》第三十六回賈寶玉貶斥一些「鬚眉濁物」「若朝廷少有瑕疵，他就胡彈亂諫，邀忠烈之名；倘有不合，濁氣一湧，即時拚死」，源出於此。

小説中的才子佳人都以詩才或文才見稱，本書男女主人公則以危急困窮之際，通權達變，始終賴以守身如玉，不失立身之正的才能爲特點。

本書卷末云：「鐵中玉與水冰心，自結親之後，風雅之事，不一而足，種種俱□傳世，已譜入二集，兹不復贅。」二集存亡，不詳。

早在十八世紀，本書已有英、法、德文譯本，至今西方譯本不亞十五種。

愛克曼《歌德談話録》記載大詩人在一八二七年一月三十一日對友人稱道《好逑傳》以倫理道德爲特色，實際上是表達了他對整個東方文明的向往。

現據獨處軒本影印。（徐朔方）

五鳳吟

《五鳳吟》，鳳吟樓刊本，題「雲間嗤嗤道人編著，古越蘇潭道人鑑定」。四卷二十回，每卷五回。目録葉卷端題「鳳吟樓新刻續六才子書」，版心亦作「鳳吟樓」。正文各卷卷端及版心則均作「五鳳吟」。此書目次回目均爲七字句，但文内第三至第六回回目爲十一字句，第十一至十二回回目爲十二字句。如第三回文内回目作「蠢奴做春夢一朝驚散鸞儔」，第十一回文内回目作「哥哥害妹子轉在權門遇嫂嫂」等，只是文字繁簡的不同。書叙明嘉靖年間浙江寧波府定海縣書生祝琪生與鄒雲娥及其婢女輕煙、素梅，平婉如及其婢女絳玉的戀情婚姻糾葛，他們迭遭變故，失散多年，又均先後在常州關帝廟壁間和韻題詩，後終得完聚，五美團圓，故名《五鳳吟》。

草閒堂刊本，題「雲陽嗤嗤道人編著，古越蘇潭道人評定」，前有「古越蘇潭道人題」的序，有圖像六幅，前圖後贊。正文卷端題「草閒堂新編繡像五鳳吟」。卷首有入話，叙蘇州府吴江縣舉子何錦與黄家婢女朝雲戀情事。稼史齋刊本，題署同鳳吟樓刊本，亦無序跋、圖像。唯内封别署「步月主人訂」。正文半葉十行，行二十六字。又，日本寶曆甲戌（一七五四）《舶載書目》載另有二十四回本。光緒戊申（一九〇八）上海書局石印本又改題爲《繡像素梅姐全傳》。

現據日本淺草文庫藏鳳吟樓刊本影印。（邵海清）

筆花鬧

此書之名，路工《明清平話小説選》（一）（上海古籍出版社一九八六年新一版）《前言》云：「《筆花鬧》，清初傳抄本，擬話本。每回演一故事。殘缺。」日本大塚秀高《增補中國通俗小説書目》載：「《筆生鬧》，？卷？回。清初傳抄本。殘本。」注路工藏。兩者書名不一，現依藏家之説，定名《筆花鬧》。此殘本凡四十一頁，半頁八行，行二十二字。卷末有「第五回終」字，除回首内容略有闕失外，故事相當完整。誠天壤間僅存之本，洵可珍視。作者未詳。據故事發生地點江蘇吴江縣，又書中有「張方人一時摸不着豆（頭）路」等吴語詞彙推測，作者當爲吴地人。

殘本《筆花鬧》所叙故事爲典型的才子佳人小説，是明清話本或擬話本所習見。稍有異者，小説男主角司馬實爲天府「瓊林俊偉才子」，女主角張麗貞係上界「蓬島謫仙」。書中又出現「梨花仙子」贈司馬實水晶珠一顆作爲才子佳人離合定情物而貫穿始終，頗帶宿世姻緣的仙氣。其所反映的時代，作品借張方人賞梨花飲酒吟詩時所説：「若不是國家安樂之時，雨順風調之歲，怎得此同歡，共賞芳菲爛熳之樂？」作品無兵荒馬亂衰颯末世景象，它的時代背景當爲明中前期或康熙朝，不會是明末清初動亂年代。

此書抄手文字功底不佳。或任意簡化，如「丫頭」「低着頭」「埠頭」「船頭」等的「頭」字，大抵簡化成「豆」。或錯別字迭出，如司馬實考中進士後，從南京去温州解救張小姐，而云「船至了薊（蘇）州」；又如「司馬成題喬（橋）之志」「有水晶簾（珠）一顆贈君」「黑越（黓）越引入小紅軒」等等，不一而足。或語句不通，如「雖不想做上之思」「惜惜尋思半晌道而又三想道」「一班從人就把戈二也跪稟道」等，不成句意。

現據路工藏本影印。（曹光甫）

引鳳簫

《引鳳簫》，四卷十六回。題「楓江半雲友輯」，「鶴皐芟俗生閲」。半雲友、芟俗生，均不詳爲何人。

此書版本稀見，故流傳不廣。現國内外所藏，不外清康熙、雍正間刊四卷十六回本、乾隆九年（一七四四）刊小本、咸豐七年（一八五七）厦門文德堂刊本等。

《引鳳簫》寫於清初。叙北宋神宗熙寧年間，山東青州府安樂縣白壤、白引父子，遭王安石朋黨陷害，四散逃難，白引途中得遇侍郎金革之女鳳娘、侍婢霞簫，並終成眷屬的故事。小説從男女三青年名字中各取一字以命書，故曰《引鳳簫》。書中用較多篇幅反映了王安石變法等政治内容，包括對政敵的迫害行爲，這種寫法已使此書不能算是純粹的才子佳人小説，而似人情世態小説向歷史小説轉變的作品。

現據日本淺草文庫藏本影印。（侯忠義）

雪月梅

《雪月梅》，全稱《孝義雪月梅傳》，十卷五十回，完成於清乾隆四十年（一七七五）作者陳朗六十歲之後。朗字蒼明，號曉山。本書自序署鏡湖逸叟。國内鏡湖不止一處。第十九回評云：「鏡湖原是老幕。」當是浙江紹興人。自云：「北歷燕齊，南涉閩粤。」自序所署古鈞陽，評釋者友人董寄綿跋所署古定陽，《讀法》所署古許昌，都是河南開封府的屬邑，可能作者當時就在這裏地方政府中爲幕客。全書文從字順，没有留下方言俚語的痕迹，可以説得力於他長期的文牘生涯。

書中男主角岑秀没有中舉，而奉特旨任命爲内閣中書，官至少保、武英殿大學士，擁有雪、月、梅三名妻子，可能正是作者自己畢生夢想在小説中的「實現」。

小説以嘉靖末年倭寇入擾東南各省爲背景，有的全屬虚構，如男主角岑秀加陞都察院左都御史，和歷史人物胡宗憲並提，真假相混；又如小説第二十三回追溯倭寇的根由説：「浙撫茹環……督兵進剿，屢立戰功，這諸貴家因不能獲利，反嗾言官論茹環玩寇殃民，逮問煅煉，暴卒獄中。」據《明史》卷二〇五，茹環的真實姓名是朱紈，他在被逮前服藥自殺；第二十四回説：「崇明知縣湯一澄，殺賊捐軀。」真實姓名是唐一岑，見《明史·世宗本紀》嘉靖三十三年。這是又一類改動。

從小説女主角姓名中各取一字合成書名，始於元代宋遠字梅洞的《嬌紅記》，到《金瓶梅》之後而大盛。

本書的評釋曾得到作者的贊許。自序説：「良友過讀，復爲校正。」指此。從《讀法》可見評釋者刻意模倣金聖歎評《水滸》。如第十八回夾評：「奇文湧出，自『只見』起三十六字當作一句讀，勿得讀斷。」連句法都很相似。金聖歎對《水滸》的熱情歌頌，除了有意歪曲的若干片段外，《水滸》可以説當之無愧，而董寄綿對《雪月梅》的高度評價大都言過其實。

現據上海古籍出版社藏德華堂刊本影印，原書板匡高一九一毫米，寬一三八毫米。

（徐朔方）

繡屏緣

《繡屏緣》，題「蘇庵主人編次」，鈔本，正文卷端題《新鐫移本評點小説繡屏緣》，二十回，不分卷。首序，末署「康熙庚戌（一六七〇）端月望弄香主人題於叢芳小圃之集艷堂」。以下依次有凡例七則，末署「蘇庵漫識」；蘇庵雜詩八首（實衹七律五首）；《九疑山》南吕曲五首。全書二十回，唯第十九回僅有繡於屏上的《駐雲飛》詞八首，圖七幅，而無文字。孫楷第《中國通俗小説書目》著録坊刻本爲四卷十九回。書中除第十九回外，各回末均有評語或附言、自記，第二十回末復有總評。第二回末「自記」中述及此書創作時的境况云：「憶書此回時，斜月侵几，篆香縈幙，蛩聲切切，顧影蕭然。瓶有殘醴，舉盃自睨，因飛餘墨，得六絶句，附筆於此，以誌餘情。」第十一回「附言」中有云「余困鷄窗有年，今且爲絳帳生涯，旦夕侒佛」，可見作者是一位困於場屋的寒士；從書中時或引蘇州山歌和俚詞小曲的情況看，作者當爲吴語區人。

蘇庵主人另撰有小説《歸蓮夢》十二回，坊刻本，題「蘇庵主人新編，白香居士校正」，正文卷端題《新鐫繡像小説蘇庵二集歸蓮夢》。據譚正璧、譚尋《古本稀見小説匯考》，此書法國國家圖書館亦藏有一部，扉頁題「傳奇二集」。蘇庵主人未聞有其他小説創作，則《繡屏緣》或即係「蘇庵一集」或「傳奇一集」。又，《繡屏緣》未署評者姓氏，據第十四回回末所記：「憶余往時，讀書城東小樓，與白香居士討論時義得失，雅相善也。白香一夕感古名媛事並手拈一題，並操新稿見示，讀之令人快心。」白香居士是作者的文友至交，曾爲他的《歸蓮夢》校正，或有可能爲《繡屏緣》作評，但無確據。

今據荷蘭漢學研究所藏鈔本影印，其中第十七回和第十八回的評語有殘缺。（邵海清）

炎涼岸

《炎涼岸》，題「娥川主人編次，青門逸史點評」。目録及正文卷端題《新編清平話史炎涼岸》，旁書「生花夢三集」，八回，不分卷。回目自七字至十五字不等，雙行對句，有圈點而無評語。第一回前有入話，接着叙「先朝弘治年間」事。日本天明間（一七八一——一七八八）秋水園主人《小説字彙》曾引此書。

娥川主人另有《生花夢》，題「古吴娥川主人編次，青門逸史點評」。目録及卷端題《新説生花夢奇傳》，四卷十二回。前有序，後署「時癸丑初冬古吴青門逸史石倉氏偶題」，有「青門逸史」「石倉」印兩方。序中有云：「予與主人居同里，長同游，又同有情癖，知主人者深」，他們是同鄉至交。此書第一回入話中説：「我如今先説件最切近的新聞，把來當個引喻。這節事不出前朝往代，却在康熙九年庚戌之歲。」據此，序中所署「癸丑」當爲康熙十二年（一六七三）。又，此書封面有「二集嗣出」字樣。二集當指《世無匹》，亦題「古吴娥川主人編次，青門逸史點評」，全稱《新編世無匹奇傳》，四卷十六回。第一、五、九、十三回書名下均旁書「生花夢二集」字樣。

由此可見，《生花夢》《世無匹》《炎涼岸》是娥川主人所編撰的總題爲《生花夢》的三部書，不過内容並不相連屬。這三部小説的共同點是前面都有一個獨立成篇的「入話」，正文部分寫的都是發生在明朝的故事。而《世無匹》和《炎涼岸》二書，更是寫盡了趨炎附勢，忘恩負義，人情冷暖，世態炎涼，作者諷世、勸世之意甚明。二書的編刊年代，當亦去《生花夢》不遠。

今據日本東京大學東洋文化研究所藏本印行。其中第二回末、第四回開頭和第九葉、第五回開頭兩葉下部有缺失。（邵海清）

載陽堂意外緣

《載陽堂意外緣》，四卷十八回。存世有光緒己亥（二十五年，一八九九）上海書局石印本，未署作者。

按書前有署名秋齋的《繡像載陽堂意外緣辯》，云其於庚辰年遊幕嶺南花山官舍，與同年金陵龔梓材談心，各述本鄉奇事，擇龔梓材所述其鄉邱樹業自鬻於張以私尤環環一事，因「其遇合之奇，報施之爽，情文之篤，頗有趣味，爰成一書，名曰《意外緣》」。書前另有署名「白下梓材龔晉」的序，稱本書爲毘陵周竹安先生所作。末署「道光辛巳季冬題於花山官舍」。道光辛巳爲道光元年（一八二一）。據此，知本書所記事爲南京人龔晉所叙，作者爲常州人周竹安，號秋齋，書作於嘉慶二十五年庚辰（一八二〇）。花山在廣東花縣，其人當爲花縣縣令幕僚。又，作者稱龔梓材爲同年，其人當爲秀才或舉人。

書叙邱樹業遊秦淮河，見一少婦，美艷異常，心中羨之。後打聽到該女名尤環環，係自己從表姑娘之子鄺史堂之妻。邱樹業遂自鬻爲奴，百計勾引，遂成雙好。這情節實從《警世通言》卷二十六《唐解元一笑姻緣》及清中葉以來盛行的彈詞《三笑姻緣》中套來。而書中又多淫穢描寫，行徑頗類《肉蒲團》中權老實賣身爲鐵扉道人之奴，勾引未央生之妻玉香事。書下部，寫邱樹業曾與鹽商妾南華女史相通，南華女史死後成仙，邱樹業夢中與其相會，又淫南華女史侍婢秋容，秋容被罰下界，至邱處以續前情，後助邱樹業退敵。捏合神鬼，尤無情理。作者在《意外緣辯》中説自己曾述怪異事十二款，龔梓材記之，頗類《虞初新志》，可見作者喜神怪事，故在作品中滲入神怪内容。

名《意外緣》的小説另有一種。存世有清初悦花樓刊本，寫蘇州才子梅清之與尚書之女賀瑞英愛情故事，與本書不是同一書。

現據復旦大學圖書館藏上海書局石印本影印。原書板匡高一〇九毫米，寬六八毫米。卷十第十七頁原缺。（李夢生）

白圭志

《白圭志》，題「博陵崔象川輯」，「何晴川評」。四卷十六回。繡文堂刊本。扉頁題「嘉慶乙丑（一八〇五）新鐫」「繡像第八才子書」。前有序，署「晴川居士題」。有凡例六則，圖像八幅，圖有贊。目録分元、亨、利、貞四集，每集四回。回前均有評語。嘉慶十年（一八〇五）補餘軒刊本題《第八才子書白圭志》。晴川居士序云：「戊午之夏，博陵崔子攜書一部，名曰《白圭志》，請余爲序。」戊午當爲嘉慶三年（一七九八），書或成於此前不久。序中又云：「今子之書，則無論其虛實，皆可以爲後世法者，是以詳加評論，列於才子書之八，付子刊之。」則書在刊行之時，即已有「第八才子書」之名。咸豐九年（一八五九）右文堂刊本作《第十才子書白圭志》，又題「紀曉嵐評第十才子書」。按，乾隆、嘉慶年間十才子書均列《白圭志》爲第八才子書，經國堂刊本、盛德堂刊本、同治元年（一八六二）文德堂刊本亦均作《何晴川評白圭志・繡像第八才子書》。第十才子書應爲《駐春園小史》（一名《緑雲緣》）。而所謂紀墝嵐（一七二四——一八〇五）評，當係僞托。光緒甲午（二十年，一八九四）崇文書局石印本，此書又改題爲《第一才女傳》。

據孫楷第《中國通俗小説書目》，崔象川另撰有小説《玉蟾記》六卷五十三回。

現據鄭州大學圖書館藏繡文堂刊本影印，原書版匡高一一五毫米，寬八七毫米。卷四第四頁原缺，據永安堂本輯補。（邵海清）

忠烈全傳

《忠烈全傳》六十回，不題撰人。封面及目録題「繡像忠烈全傳」，版心題「忠烈全傳」。首序，次像讚十葉，次目録。分六十卷，每卷一回。

首「正德元年戲筆主人題」序云：「若《三國》語句深摯質樸，無有倫比，至《西遊》《金瓶梅》專工虚妄，且妖艷靡曼之語聒人耳目，在賢者知探其用意用筆，不肖者只看其妖仙冶盪，是醒世之書反爲酣嬉之具矣。然亦何嘗無懲創之篇章，但霾没泥塗中者，安能一一在耳目間，故知之者鮮。不遇觀光，莫傳姓氏。今見六十首，淋漓透達，報應分明。意則草蛇灰綫，文則中矩中規，語則白日青天，聲則晨鐘莫鼓。吾不知出於仙佛之炎炎皇皇耶，出於兒女子之淒淒楚楚耶，抑出於觀光之諄諄借存提命耶？問之觀光，不知也，曰：吾只知甫搦管時若有所憑，不可遏者，奔注筆端，乃一決而成焉，吾固不知孰爲仙佛，孰爲兒女，而遂成《忠烈傳》之六十首也。」序文已提及《金瓶梅》，則「正德元年」當係僞托。據序文，知作者即觀光，其姓氏、生平待考。

書叙姚夢蘭、顧孝威事，集才子佳人、神佛方術於一體。作者意在勸懲，書末云：「可見人生在世，離不得忠孝仁義四字。你看顧門忠孝節義，合家安樂，福壽綿長，五代團圓，榮華富貴，真乃是千秋佳話，可供漁樵。」

此據法國國家圖書館藏清義林堂刊本影印。原書目録第七頁反面，正文第一回第一頁正面，第四回第六頁反面、第七頁正面，第五回第一頁反面、第二頁正面，第九回第三頁反面、第四頁正面，第十三回第五頁反面、第六頁正面，第二十一回第五頁反面，第二十二回第一頁反面、第二頁正面，第三十回第五頁反面、第六頁正面，第五十七回第一頁正面原缺。（樓含松）

醒風流奇傳

《醒風流奇傳》，不分卷二十回。大連圖書館藏本，扉頁鎸大字「醒風流」，下小字「二集嗣出」；右上端鎸「雀市主人新編」；左下鎸小字説明，不録。正文卷端題「醒風流奇傳初集」、「雀市道人編次」。首序，亦署「雀市道人題」。「雀市主人」「雀市道人」，無疑是一人。

據版式、行款，此書爲清初刻本。雀市道人序云：「余少時得忠孝節義文數篇，喜而讀之，凡三易書，秘之笥篋，愛如珠玉，因其文重其人。越二十載，而時移事變，其人行與文違，殆不可説。余乃出其文，盡行塗抹，唾而罵之，滅之丙火。」此等憤懣情緒，説明作者經歷過明清鼎革之劇變。按「雀」字，俗用作「鶴」，「雀市」即爲「鶴市」。王晫《文苑異稱》載，長洲褚人穫别號鶴市石農。褚人穫字學稼，生於明崇禎八年（一六三五），入清不仕，著有《堅瓠集》《隋唐演義》等。其《隋唐演義》即題「長洲後進没世農夫彙編」，「吴鶴市散人鶴樵子參訂」，是亦褚人穫一人而兩署名。由此可斷，此書作者「雀市道人」，或曰「雀市主人」，其實就是褚人穫。序中又云：「壬子夏，與二三同志，嘯傲北窗，追古論今，淑慝貞奸，宛在目前。……於是摘所詳憶一事，迅筆直書，以爲前鑑。」此壬子當爲康熙十一年（一六七二），此書即作成於此年或稍後幾年。

書叙男女主人公梅幹、馮閨英之姻緣，多與《好逑傳》中男女主人公事相似；叙其政事背景，又多因襲《玉嬌梨》情節。從故事情節看，與明清間才子佳人小説相類，而小説之旨趣則不同：褒忠正、斥奸邪的内容，擠去了才子佳人才色相慕的情致，名教觀念更爲濃重了。這大概是由於作者有慨於天下之人品、心術不正，要假小説以「旁喻曲説」。作者序中云：「蓋以天下臣不思忠，子不思孝，貪貨賂而忘仁，慕冶容而用計，種種越分妄求者，授以一服清涼散也。而惟於色爲甚。許允之之不嫌醜婦，盛德可師；郭元振之適牽紅綫，天緣非偶。醒斯理也，可以隨遇而安。」所以，他把書中的才子佳人納入君臣、夫婦的名教中。序末又云：「是編也，當作正心論讀。世之逞風流者，觀此必惕然警醒。」此書之命意、命名，即由此。

此書傳本，除大連圖書館藏本，法國國家圖書館亦藏一本，無序，有圖四葉，間有補鈔。現據大連圖書館藏本影印，原書板匡高一九八毫米，寬一二二毫米。（雷　雲）

山水情

《山水情》二十二回，日本東京大學文學部藏明末清初刊本。書前有序，殘，末署「倬庵主人漫題」。目録、卷首均題「新編繡像山水情傳」。作者不詳。正文有行間評，回後有總評。

書叙才子衛彩（旭霞）與才女鄔素瓊的婚姻戀愛故事。卷首以説話人口氣稱此書翻出舊套，「郎才女貌，兩下相當，娶的願娶，嫁的願嫁，中間又有人作合，又無不知情的父母從中阻隔，又無奸謀强圖興波作浪」。可見，作者雖創作的是傳統的才子佳人小説，但力求突破這類小説「千人一面，千部一腔」的俗套，儘管這在小説的具體創作中體現得不很明顯，但對這類小説的弊端的認識至少比《紅樓夢》作者在第一回中所説的要早了上百年。同時，從這段話可以看出，作者著書時，才子佳人小説已相當繁榮，因此本書不會作於明末清初以前。

本書作者，雖自稱力圖翻新，細考所演，實亦襲舊。書首另有一段話頗可作證：「姻緣一事……也有以所見爲緣的，也有以所聞爲緣的……緣之所在，使人可以合，使人可以離；使人可以生，使人可以死；使人可以離而合合而離，使人可以生而死死而生。」這段話很容易使人想到明末戲曲家湯顯祖《牡丹亭》的題辭中的一段話：「情不知所起，一往而深。生者可以死，死可以生。生而不可與死，死而不可復生者，皆非情之至也。夢中之情，何必非真？」而本書衆多情節，也都照搬《牡丹亭》傳奇。如寫普門大士欲成就素瓊與旭霞的姻緣，特命伽藍、土地將旭霞的魂魄攝來，讓他們在夢中歡會。接寫素瓊感夢，精神纏綿，閑步小園，見紅芳零落，穠緑陰陰，感春光凋零，佳期渺茫，乃手繪旭霞與自己相伴的像。這些，都與《牡丹亭》中「驚夢」「寫真」等齣相疊合。而書中圖畫失落、兵革興起、冥府審案等情節，也莫不與《牡丹亭》有相近之處。由此可見，作者創作時是刻意以《牡丹亭》爲故事藍本。本書僅存孤本，流傳不廣，故未被研究湯顯祖的學者所注意，實爲憾事。

現即據日本東京大學藏本影印。原書除序殘缺外，第三回第十八葉亦缺。（李夢生）

野叟曝言

《野叟曝言》，不題撰人，《江陰藝文志》謂爲夏二銘作，二銘，夏敬渠之號。光緒戊寅（四年，一八七八）《江陰縣志》卷十七《文苑傳》云：「敬渠，字懋修，諸生。英敏績學，通經史，旁及諸子百家禮樂兵刑天文算數之學，靡不淹貫。」「生平足迹幾徧海内，所交盡賢豪。著有《綱目舉正》《經史餘論》《全史約編》《學古編》，詩文集若干卷。」

夏敬渠生於康熙四十四年乙酉（一七〇五），卒於乾隆五十二年丁未（一七八七），享年八十有三（趙景深《〈野叟曝言〉作者夏二銘年譜》）。《野叟曝言》成書於乾隆年間，相傳書成時，適值乾隆帝南巡，因裝潢成册，欲呈御覽，諸親友慮其觸上怒，遭不測，後終爲其妻女所阻（《澄江舊話》卷二何聽松《〈野叟曝言〉補聞》)。但此書長期以來僅以鈔本形式流傳，至光緒辛巳(七年，一八八一)始有毗陵彙珍樓新刊活字本，二十卷，一百五十二回，前有知不足齋主人序及凡例六則，有繡像十六幅，版心題「第一奇書」。是書命名，當係「野老無事，曝日清談」之意(凡例一)。全書以「奮武揆文天下無雙正士鎔經鑄史人間第一奇書」二十字編卷，以此「渾括全書大旨」(凡例二)，每卷回數不等。文中有雙行夾批及回末總評。

翌年，復有光緒壬午(八年，一八八二)申報館排印本問世，二十卷，一百五十四回。前有光緒八年歲次壬午九月西岷山樵的序，謂康熙中其五世祖韜叟宦遊江浙間，獲交江陰夏先生，後得其所著《野叟曝言》二十卷，爲之評註，並乘便繕副本藏諸篋中，自是什襲者百有餘年。書既出，然缺失者十一，因使海内才人皆有抱殘守缺之憾，爰出全書，亟謀開雕，俾讀者快覩其全云。

另有光緒八年西岷山樵序石印本，凡例、繡像均同申報館排印本，每回各有插圖一幅。光緒七年本除比光緒八年本少二回外，其殘損的情況尚有：整回的缺失，第一百三十二回至一百三十五回，只有卷數回目，正文全缺；回首、回中、回末的殘缺，此種情況較多，約有十餘處；回末總評，有全缺的或部分缺失的。凡此種種，光緒八年本均完整無損。魯迅、孫楷第、趙景深等均疑爲他人所補足，然皆未作論證。近年有人曾對兩種版本細加比勘，指出光緒八年本並非增補本，而是夏敬渠原作的副本，西岷山樵序中所云，應屬可信。

光緒七年毗陵彙珍樓活字本雖有殘損，但係新刊初版本，且保留了正文中雙行小字夾批，爲光緒八年序本所無，彌足珍貴。今即據復旦大學圖書館藏本影印，原書版匡高二〇〇毫米，寬一三〇毫米。（邵海清）

群英傑

《群英傑》，全稱《繡像群英傑全傳》，不著撰人。六卷三十四回，天寶樓刊本。内封竪印楷體大字《繡像群英傑全傳》，右楷書小字「内附《范仲淹訪察》」，左下署「佛鎮福禄大街天寶樓板」，横署「後宋奇書」四字。本書係巾箱本。書前序文題「掀髯叟漫題於笑笑軒」。全書目録後，有人物繡像二十幅，每幅畫像上方均有像贊，但刊刻水平不高。

本書叙武昌府才子王文英遭權姦陷害被救，後功成名就事。中間穿插包公斷案、范仲淹私訪等情節。書將英雄俠義與公案小説糅合在一起，又特添造穆桂英破妖法一段，使得各派小説所慣用的俗套相夾纏，是清中葉後小説作者與書賈爲迎合讀者口味而隨意捏合、粗製濫編的産物。書名也是仿舊例，取書中高超群、王文英和高超傑三人名中最後一字聯綴而成。

本書的版本，除天寶樓刊本外，尚有會元樓刊本、翰文堂刊本、成文堂刊本和省港五桂書局排印本。現據國家圖書館分館存西諦舊藏天寶樓本影印。原書板匡高一二四毫米，寬九二毫米。（劉家平）

天豹圖

《天豹圖》十二卷四十回，牌記署「繡像天豹圖傳」，厦門豐勝書坊藏板。作者不詳。書前有序，末署「嘉慶閼逢閹茂暢月三影張氏題於鷺門城東醉墨軒書屋」，知序作於嘉慶十九年（一八一四），作序者居鷺門，即厦門。

本書是一部描寫英雄俠義除姦反暴的小説，其主旨與清中葉後大量問世的英雄俠義小説相同。小説問世後，頗受民間歡迎，很快便被改編爲彈詞。彈詞易名《天寶圖》，一名《繡像英雄奇緣傳》，五十七回，題隨安散人著，今見最早刊本有道光十年（一八三〇）刻本。丁日昌同治七年（一八六八）查禁淫詞小説，小説《天豹圖》及彈詞《天寶圖》均在查禁目内。後世搬演此故事的戲曲，有京劇《天寶圖》，閩劇、粤劇《天豹圖》，莆仙戲《蟠桃山》，閩西木偶戲《鬧華府》等。彈詞將小説發生的時代由明代成化年間上推至元朝，對書中人名、地名及部分情節作了改動；戲曲則或從小説，或依彈詞。

本書現存最早刊本即豐勝書坊本，後有道光六年英秀堂刊小本，前有該年張氏所作序。民國初萃英書局石印，改題「繡像劍俠飛仙天豹圖」，六卷四十回。現據日本東洋文庫所藏豐勝書坊本影印。（董馥棠）

三遂平妖傳

《三遂平妖傳》四卷二十回，明萬曆刻本。首「武勝童昌祚益開甫撰」《重刊平妖傳引》，正文卷一至卷三題「東原羅貫中編次」「錢塘王慎脩校梓」，卷四則題「東原羅貫中編次」「金陵世德堂校梓」。文中嵌有插圖三十幅，均左右兩個半葉合爲一圖。圖記刻工名：「金陵劉希賢刻」。

王慎脩、童昌祚的生平均不詳。編次者羅貫中名本，號湖海散人，籍貫有數説：廬陵、武林、太原、東原，約生活於元末明初。戲曲有《忠正孝子連環諫》《三平章死哭蜚虎子》《宋太祖龍虎風雲會》（見《續録鬼簿》），小説有《忠義水滸傳》《三國志通俗演義》《隋唐兩朝志傳》《殘唐五代史演義》和《三遂平妖傳》。

《三遂平妖傳》演宋時貝州王則起義事，起於胡員外産女永兒，中叙聖姑姑傳法及卜吉、張鸞、彈子和尚等情事，并叙王則變亂始末，止於文彦博平亂班師。王則事《宋史》有傳，以慶曆七年（一〇四七）僭號東平郡王，改元得聖，六十六日而平，是一次短暫的起義活動。此事在民間早有流傳，羅燁《醉翁談録》記南宋説話人的小説節目中有「貝州王則」的記載。羅貫中或即在民間傳説和説話人底本的基礎上再行加工創作而成，有類於《忠義水滸傳》的創作過程。

該書版本早有著録，明嘉靖晁瑮《寶文堂書目》即有「三遂平妖傳上下卷」、「南京刻」記録，此與卷四首題「金陵世德堂校梓」正相吻合。與現存明萬曆間金陵世德堂刻《新刻出像官板大字西遊記》相比較，其版刻風格、插圖形式均極近似。但童昌祚所撰「引」却冠以「重刊」二字，可見現存該書已非初刻或初印。

本書傳世有兩部，一部藏日本天理大學圖書館，已作爲「天理圖書館善本叢書之部」的第十二卷影印面世；一部爲馬廉舊藏，現歸北京大學圖書館。馬廉以其稀見，極爲重視，得此書後，曾名其書室爲「平妖堂」，自號「平妖堂主人」。兩部書爲同版印刷，現即據日本天理圖書館本影印。此書卷一第三十二頁、第五十七頁後半頁，卷四第四十四頁和四十七頁以下，爲原書所缺。（魏同賢）

新平妖傳

《新平妖傳》，全名《墨憨齋批點北宋三遂平妖傳》，四十回，明崇禎金閶嘉會堂陳氏刊本。封面題「墨憨齋手授新平妖傳」，題「宋東原羅貫中編」，「明東吴龍子猶補」。首張譽（無咎）重刻序，圖十葉。日本内閣文庫又藏《天許齋批點北宋三遂平妖傳》，引首葉題「宋東原羅貫中編」，「明隴西張無咎校」，首泰昌元年（一六二〇）張無咎序，故知天許齋爲初刻，墨憨齋本爲重刻。

墨憨齋本的「金閶嘉會堂梓行」識語稱：「舊刻羅貫中《三遂平妖傳》二十卷，原起不明，非全書也。墨憨齋主人曾於長安復購得數回，殘缺難讀，乃手自編纂，共四十卷，首尾成文，始稱完壁，題曰『新平妖傳』，以別於舊。本坊繡梓，爲世共珍。」藉知羅氏《三遂平妖傳》止二十回，現經重編，擴展爲四十回。至於重編者，天許齋本題爲「明隴西張無咎校」，墨憨齋本則徑題「明東吴龍子猶補」，前者顯然故意隱匿了重編者姓名，後者纔署出真實姓名，原因如何，尚待細考。然而，隴西張譽（無咎）云云，大抵亦係虚造，或徑可看作馮氏的又一别稱。

天許齋本雖刊行在前，但存在缺葉，文字多處模糊不清，故採用日本内閣文庫所藏墨憨齋本影印。（魏同賢）

西遊記（楊閩齋梓本）

卷首題《新鐫全像西遊記傳》，書林楊閩齋梓行。有「秣陵陳元之撰」的《全像西遊記序》。末云：「時癸卯夏念一日也。」世德堂本的同一序末云：「時壬辰夏端四日也。」孫楷第以爲壬辰是萬曆二十年（一五九二），癸卯爲萬曆三十一年，可從。

本書陳元之序有大段錯簡，前後文不相聯貫。它恰恰是世德堂本的一整葉（兩整面），可見本書是世德堂本的仿刻本。另有個别文字出入，也是仿刻時技術上的失誤。孫氏據序云：「唐光禄既購是」，以爲序應世德堂主人唐氏之請作。

包括本書在内的世德堂本系統，都題「華陽洞天主人校」，都有「秣陵陳元之序」，華陽洞天茅山在南京屬縣句容，陳元之可能就是華陽洞天主人。

世德堂本系統的特徵是删去原本第九回《陳光蕊赴任逢災，江流僧復仇報本》，將第十、十一、十二回分編爲四回，填還第九回的空缺。但第十一回叙述唐僧出身的韻語中却又留下删改前的痕迹：「出身命犯落紅（江）星，順水隨波逐浪泱。海島金山有大緣，遷安和尚將他養。」遷安，世德堂本系統都作法明。第九十九回總結取經八十一難，仍將「滿月抛江」列爲第三難。本書也正是如此。

作爲世德堂本的覆刻本，它也有少量的删節，主要是韻文，正文的削減很少。同清代覆刻本相比，可説基本上對原本是忠實的。

本書一百回二十卷，以「月到天心處，風來水面時，一般清意味，料得少人知」爲序次。這一點也和世德堂本相同。各卷卷首所署「華陽洞天主人校」，皆同；而出版商署名則雜亂不齊：或作「閩書林楊閩齋梓」（第一、十三卷），或「清白堂楊閩齋梓」（第二、三、七、八卷），或「建書林楊閩齋梓」（第四、十卷，第二十卷「楊」誤作「陽」），或「書林楊閩齋梓行」（第五卷），或「閩建書林楊氏梓」（第六、十一卷），或「書林清白堂繡梓」（第九、十七卷），或「閩建邑清白堂梓」（第十四卷），或「閩書林清白堂梓」（第十六卷），或「書林清白堂梓行」（第十五卷），或漏刻（第十二卷），第十八卷署「閩建清白堂重梓」，第十九卷署「書林清白堂重梓」，透露了本書是覆刻本的真實情況。很可能本書由兩個或兩個以上的刻本拼凑而成。

各卷卷首所標書名也雜亂不齊，或「鼎鐫」或「新刻」或「新鍥」，或《西遊記》或《唐僧西遊記》或《唐僧取經西遊記》，這也是拼凑而成的痕迹。

現據日本内閣文庫藏書林楊閩齋刊本影印，原書板匡高二〇三毫米，寬一三〇毫米。（徐朔方）

西遊記（世德堂本）

《新刻出像官板大字西遊記》二十卷一百回，題「華陽洞天主人校，金陵世德堂梓行」。卷九、十、十九、二十則題「金陵榮壽堂梓行」，卷十六題「書林熊雲濱重鍥」，可能是三種刻本的拼凑。

卷首有秣陵陳元之序，末署「壬辰夏端四日」。比癸卯本似早十一年。序有云：「或曰：此東野之語，非君子所志」，「東野之語」當作「齊東野語」，可見此本世德堂梓行的十六卷，當是覆刻本。陳序第四葉（即第七面）自首至尾，閩齋本都錯在另一處，以至前後文不相聯貫（孫氏《日本東京所見小説書目》附陳序也一樣。他在「子之子」三字下註云：「三字疑衍文」，没有發覺整段都是錯簡，前後倒置）。華陽洞天在南京屬縣句容，秣陵即南京，華陽洞天主人很可能就是陳元之。有年代可考的百回本，以此書爲最早。

世德堂本删去原本第九回「陳光蕊赴任逢災，江流僧復仇報本」，將第十、十一、十二回分編爲四回，填還第九回的空缺。但第十一回唐僧出身的韻語中却又留下删改前的痕迹：「出身命犯落紅(江)星，順水隨波逐浪泱。海島金山有大緣，遷安和尚將他養。」遷安，本書作法明。第九十九回總結取經八十一難，仍將「滿月抛江」列爲第三難。這是無法彌縫的矛盾。

由此可以想見在世德堂本之前必有另一原本。陳元之序説：「或曰出今天潢何侯王之國，或曰出八公之徒，或曰出王自製。」黄永年據周弘祖《古今書刻》推定此書所記的魯王府刻《西遊記》是它的原本(見《論〈西遊記〉的成書經過和版本源流》，陝西師範大學古籍整理研究所《古代文獻研究集林》第二集)。據《實録》，周弘祖萬曆十三年(一五八五)以南京光禄寺卿被劾罷官。所署壬辰可能是嘉靖十一年(一五三二)，也可能是萬曆二十年。

本書第八回卷首《蘇武慢》詞(「試問禪關，參求無數，往往到頭虚老」)源出《鳴鶴餘音》卷二，作者馮尊師；第三十六回七絶「前弦之後後弦前」，見宋張伯端《悟真篇》；第五十回引首詞《南柯子》(「心地頻頻掃」)，見《道藏》七八六《漸悟集》卷下，作者馬丹陽；第九十一回引首詞《瑞鷓鴣》(「修禪何處用工夫」)，見《道藏》七八六《漸悟集》卷下，作者馬丹陽；第七十八回「修仙者，骨之堅秀……三教之中無上品，古來唯道獨稱尊」，源出《鳴鶴餘音》卷九《尊道賦》，舊題宋仁宗撰。以上見柳存仁《全真教和小説〈西遊記〉》。柳氏據此推測有一個全真教本的《西遊記》，今佚。對此，本文作者另有專文作商榷。

現據金陵世德堂本影印。卷三第五十五頁、五十六頁、第六十四頁下半葉，卷九第四十一頁下半葉、第四十二頁上半葉，卷十三第六十頁，卷十五第五十一頁，卷十八第二十五頁原缺。(徐朔方)

後西遊記

《後西遊記》四十回，不知撰人，題「天花才子評點」。「天花才子」或謂即天花藏主人，浙江嘉興人徐震（見戴不凡《小説見聞録》），但也有不同的觀點（參見林辰《明末清初小説述録》）。此書現存最早刊本爲乾隆癸丑（五十八年，一七九三）金閶書業堂刊本，但刊於康熙五十四年（一七一五）的劉廷璣《在園雜志》中已提及此書，可知其成書當在此之前。

此書續百回本《西遊記》，謂唐僧雖取得真經，而未有真解。書叙唐半偈、孫小行者、猪一戒、沙彌等前往西天求取真解。唐半偈大顛和尚實有其人，爲中唐名僧，俗姓陳，居潮州，曾與韓愈交往，但生平無西遊之事。歷來對此書評價頗不一致。劉廷璣謂「《後西遊》雖不能比美於前，然嬉笑怒駡，皆成文章」；佚名《續西遊補雜記》云：「《後西遊》瀟灑飄逸，不老婆婆一段，借外丹點化，生動異常，然小行者、小八戒未免窠臼。」冥飛《古今小説評林》則謂「《後西遊記》大有作意，其布局較《西遊記》爲謹嚴」。陸紹明《月月小説發刊詞》則斥其爲：「畫虎類狗，刻鵠成鶩，不足觀也。」魯迅《中國小説史略》論此書曰：「其謂儒釋本一，亦同《西遊》，而行文造事並遜。」

此書除金閶書業堂刊本外，尚有道光元年（一八二一）貴文堂重刊大字本，光緒甲午（二十年，一八九四）東萃書室刊石印本，及上海申報館排印本。

現據上海古籍出版社藏金閶書業堂刊本影印，板匡原高二一〇毫米，寬一四五毫米。

（樓含松）

封神演義

《封神演義》全稱《新刻鍾伯敬先生批評封神演義》，二十卷一百回。封面識語云金閶書坊舒沖甫刻。第二卷卷首署金閶載陽舒文淵梓行。萬曆四十八年（庚申，一六二〇）武林藏珠館刊本《唐傳演義》亦署舒載陽梓，由此推知本書爲明末刊本。

卷首邗江李雲翔爲霖序云：「余友舒沖甫自楚中重資購有鍾伯敬先生批閲《封神》一册，尚未竟其業，乃托余終其事。余不愧續貂，删其荒謬，去其鄙俚，而於每回之後，或正詞，或反説，或以嘲謔之語以寫其忠貞俠烈之品，奸邪頑頓（鈍）之態，於世道人心不無唤醒耳。……書成，其可信不可信，又在閲者作如何觀，余何言哉。」「尚未竟其業」，似指鍾惺没有批閲完畢，而從「删其荒謬，去其鄙俚」來看，那又不可能指托名鍾惺的批語，而是指小説本文，可見李雲翔以小説寫定者的口氣行文。而本書卷二又題「鍾山逸叟許仲琳編輯」。署「康熙乙亥（三十四年，一六九五）午月望後十日長洲褚人穫學稼題於四雪草堂」的序文則又對作者隻字未提。看來對作者主名似乎參差不一或有異説，實際上恰恰説明此書是民間藝人世代累積的集體創作，没有單一的作者。

李雲翔序云：「俗有姜子牙斬將封神之説，從未有繕本，不過傳聞於説詞者之口，可謂之信史哉。」這表明本書由説話或詞話經人寫定。本書卷二的題名許仲琳可能是早期寫定者之一，後來李雲翔加以重訂，卷二的署名可能是删削未盡的殘留。

本書據《新刊全相平話武王伐紂書》推演擴大改編而成。平話分三卷，卷上止於太子殷交（郊）逃往華山修道，相當小説第八回；卷中止於姜子牙隱於磻溪，相當於小説第二十三回；卷下相當於小説的後七十七回，占全書四分之三以上。紂王對西周的三十六路征伐和姜子牙過五關斬將可説都出於小説的推演擴大。平話有李雲翔序所説的「斬將」，而没有「封神」，這就是説，平話屬於歷史演義，到本書纔演變成爲神魔小説。

平話所寫伐紂的路綫，由岐州而潼關、澠池、洛陽，而汜水關，渡黄河到朝歌，同地理情況符合，小説則將東征的路綫有幾處搞得方向相反：由岐州而汜水關、潼關、而臨潼；同時又把黄河以北的首陽山、燕山移到黄河以南，這可以作爲寫定者文化水平低下的一條旁證。

或有據《傳奇彙考》卷七《順天時》解題，以爲此書作者是道士陸西星（一五二〇——約一六〇一），字長庚。從以上所引序文的分析以及書中地理方位的失誤，很難説是文人個人創作。《傳奇彙考》將陸西星的時代由明誤爲元，所記未必有真實的依據。

現據日本内閣文庫本影印，原書高二二〇毫米，寬一三五毫米。書中原缺卷一第二十八頁，

卷七第十九頁下半頁和二十頁上半頁，卷十二第五十七頁至五十八頁，今以學庫山房本的相關之頁輯補於後。（徐朔方）

蟫史

《蟫史》二十卷，文言長篇小説。卷首小停道人序，署上章涒灘（庚申），時爲嘉慶五年（一八〇〇），小説作者去世前一年。

署名杜陵男子的序説：「《蟫史》一書，磊砢山房主人所撰也。」又説：「（作者）生來結習，長躭鄴架之書；詭道前身，本是羽陵之蠹。」作者以寄生於綫裝書中的蠹魚自喻。磊砢山房主人屠紳（一七四四——一八〇一），字賢書，號笏巖，江陰（今屬江蘇省）人。乾隆二十八年（一七六三）進士，授雲南省師宗縣知縣，乾隆五十二年陞尋甸州知州。嘉慶元年任廣州通判。《蟫史》卷一説：「在昔吴儂，官於粤嶺，行年大衍有奇。海隅之行，若有所得。輒就見聞傳聞之異辭，彙爲一編云。循州之隩……自癸及丙凡四年。」據此，乾隆五十八年癸丑至嘉慶元年丙辰，他很可能曾在惠州（循州）任佐貳官，可能爲《惠州府志》所遺漏。小説所提到的神泉、甲子也都在惠州。除《蟫史》外，屠紳另有文言小説集《六合内外瑣言》，原名《瑣結雜記》，二十卷，一百六十六篇。另有《笏巖詩鈔》及所編《鶚亭詩話》。

作者自述的寫作素材「見聞」和「傳聞」以清朝平定苗亂爲主，他醜化少數民族的上祖爲「草木蛇獸」；對那時來華的西方人士則竭力加以神化，如卷六描寫大西洋人瑪知古的「龍鏡」：「雖邊州千萬里，心有所向，則鏡見之……若臨陣而照戈甲，兕三十字皆爲枯朽不任用矣。」

作者長於詩詞和八股文，但對小說寫作的叙事和描寫技巧却很不高明，幾乎令人難以卒讀。一些色情片段也說不上有甚麼描寫。

前人已指出書中所寫甘鼎以清朝平苗將軍傅鼐爲模特兒。英和《恩福堂筆記》卷下說：「湖南傅廉訪鼐，夙精奇門術。嘉慶庚午（當作戊午）鄉試，小子出闈後，傅將往查苗疆。」《清史稿》卷三六一有傳。

其實本書最有關係的歷史人物是當時兩廣總督孫士毅。乾隆五十五年，他率軍進入安南，封一等謀勇公。次年正月兵敗革職。據《清史稿》卷三三〇本傳，他卒於乾隆六十年。小說卷三十引用詔書說：「今交趾不靖，暗結殘苗。（石）珏、（甘）鼎速率粵兵及所練新卒援黔營，爲故閩國公貴等一雪煩冤。」書中閩國公斛斯貴出征臺灣也和孫士毅同。史實出征安南却改爲平苗。清朝公爵没有封國，這是作者有意加以改動。

《蟫史》一名《新野叟曝言》，宣統三年（一九一一）小說進步社曾重刊。現據上海古籍出版社庭梅竹氏藏板磊砢山房原本影印，板匡高一三七毫米，寬一〇五毫米。（徐朔方）

瑶華傳

《瑶華傳》十一卷四十二回，清丁秉仁編著。卷首署：「吴下香城丁秉仁編著，茂苑尤夙真閬仙評。」前有嘉慶乙丑（十年，一八〇五）馮瀚序，嘉慶甲子（九年，一八〇四）張兆鵬序，嘉慶八年（一八〇三）丁秉仁自序，以及嘉慶己未（四年，一七九九）尤夙真弁言和嘉慶十年周永保跋。與衆不同者，此書在二十幅繡像之前有「自像」一幀，作者以調侃的語意寫下了五十餘字的《香城自讃》。

作者丁秉仁，字香城，蘇州人，生平未詳。但從以上的序跋中，略可知其大概。自序稱：「余幕遊而歷覽者將及四十年，天下所不到者，不過六七省。」若以十八歲開始幕遊，而作序爲嘉慶八年，時已「蒼顔白髮」（張序）推算，則其當生於乾隆十年（一七〇五）前後。「香城者，姑蘇之名彦也，恂恂儒雅，靄然可親，萬象包羅於胸次，古今融貫於毫端」（馮序）；「先生吴門人也，幼而生於佳山秀水之區，長而遊於燕北海東之地。山川鬱積，江漢洊（淓）瀁，天下之奇觀，宇内之勝迹，畢載於胸臆間」（張序）；結合自序所説：「所止之處，常閲録囚秋讞，爲女色事，十居其七，財則十居其二，至酒、氣二事，僅及一分，可見色之一字，犯者尤衆。」他能如此廣泛的見到許多案情，當爲刑名幕僚。自序在叙著書經過時説：「由於客館，公餘之暇，酒闌人静之時，自剔青燈，酌爲編録，如是者自己未（一七九九）夏至癸亥（一八〇三）冬，寒暑無間，積四載而始告成……同窗閬仙，互相考訂，復加評語。繼承社友孫星躔兩審校閱，又得邱仰齋代爲謄清並綴後序。」尤夙真字閬仙，亦蘇州人，原係作者之同窗。弁言說他是在閩之漳郡（今福建漳州）與丁秉仁重逢的。除爲本書加了評語外，還說：「知其素多著作，當詢增得新構幾許，即檢示四五種，皆余所未覩者。內有《紅樓夢外史》在焉，惜未告成，然大局已定。」可惜丁秉仁的這些著作，今已湮沒無聞。尤夙真之生平亦未詳，惟第二十七回的評語「余乍釋褐時，曾沉湎於書本」之語來看，似非布衣之士，但究竟何時得官，有待進一步深考。

此書叙明福王常洵之女瑶華成仙的故事。謂瑶華原是一頭雄狐，欲媚一百名童女，取其元陰以期幻形成仙。當它淫及八十九名童女時，劍仙無礙子將它斬了。在狐魂的哀求下，劍仙讓其以女身投胎於福王之家，遂取名瑶華。瑶華從小向無礙子學得一身本領，崇禎帝賜封她爲十四長公主。其後曾有領兵征討，立功受封；並與周君佐成婚，以及福王荒淫無度，瑶華離家到處雲遊等種種故事。最終仙師將其絶了淫根，於是得道成仙。全書故事，純屬虛構。評語與正文相輔相成，有如「導讀」「賞析」，值得重視。

本書現存最早刊本爲濤音書屋本，後有道光十八年（一八三八）刊本、道光二十五年慎修堂刊本等。今據鄭州大學圖書館所藏濤音書屋本影印，原書板匡高一三六毫米，寬九八毫米。（曹中孚）

雷峰塔奇傳

《新編雷峰塔奇傳》又名《繡像白蛇全傳》，五卷十三回。每回題目都是七言對偶，但第三卷末回和第四卷頭回是七言單句。

卷首芝山吴炳文序云：「余友玉山主人，博學嗜古之士也。過鎮江，訪故迹，咨詢野老傳述，網羅放失舊聞，考其行事始終之紀，稽其成敗廢興之故，著爲《雷峰野史》一編。」署「嘉慶十有一年歲在丙寅仲秋之月作此於西湖官署之夢梅精舍」，卷首署校訂者爲玉花堂主人。

白蛇故事，明代吴從先《小窗自紀》、田汝成《西湖遊覽志餘》已有記載。

馮夢龍編《警世通言》卷二十八爲《白娘子永鎮雷峰塔》。案，《三言》一百二十篇白話短篇小説，其中六分之一可以確定爲宋元舊篇，四十四篇帶有明顯的明代印記，半數作品難以精確地考訂它們的産生年代。

《白娘子永鎮雷峰塔》不帶有明代印記，它以「南宋高宗南渡，紹興年間，杭州臨安府」云云引入正文，官名如太尉、將仕(郎)、三班殿直都是宋制，所記杭州坊巷地理專名，大多都有根據，可能是宋元之際的話本，因後世流傳而有個别訛誤如西泠作西寧等。話本以「永鎮雷峰塔」作結，没有團圓結尾。

署有清乾隆三年(一七三八)作者黄圖珌自序的《雷峰塔》傳奇三十二齣也以塔成，男主角隨法海和尚出家而終結。乾隆三十六年又有方成培的改本，加上《祭塔》等團圓結局。這可以說是小說的先聲。

現據嘉慶十一年（一八〇六）刊本影印。其中卷一第十六、十七頁，卷三末，卷五第十三頁反面原缺。（徐朔方）

粧鈿鏟傳

《粧鈿鏟傳》，四卷二十四回，未刊稿，題「崑崙褦襶道人著」，「松月道士批點」。卷首有著者自序，末署「乾隆歲次丙子（二十一年，一七五六）秋月褦襶道人書於銅山之迎門宫」，並有「東皋野史」、批點者序，及批點者「圈點辨異」。正傳開頭有小引，書後有贊及跋。「圈點辨異」謂：「凡傳中用紅連點、紅連圈者，或因意加之，或因法加之，或因詞加之，皆非漫然。凡傳中旁邊用紅點者，則係一句；中間用紅點者，或係一頓，或係一讀，皆非漫然。凡傳中用黑圈圈者，皆係地名；用黑尖圈者，皆係人名，皆非漫然。凡傳中『粧鈿鏟』三字，用紅圈套黑圈者，以其爲題也，皆非漫然。」如此細心，並毫無揣度之口吻，示意書中人名、地名，皆有寓意，是則批點者即爲著者，此未刊稿也正是著者稿本。

這是一部寓意小說。著者自序云：「以『粧鈿鏟』爲名，蓋爲田産起見也。」整部小說也就是叙述「弓」「享」兩家争集「粧鈿鏇」——莊田產的故事，編造出兩家子弟「弓長兩」和「享邑兩」歸道門法種種荒誕情節，最後是「弓長兩」返本，復得粧鈿鏇——守住家業。就「弓長兩」最初不守本分，入苦海，丢失粧鈿鏇，最後返本，復得粧鈿鏇，教子讀書，「登高科光耀門閭」來看，其中的寓意是富有莊田產業者，應當「不惜費教子讀書」，有了功名，方能保住世業。整部小說，叙述粗糙，荒誕情節佔了主要篇幅，過於依靠諧音字以寓意，如「弓長兩」之父號「夾榆頭」，意即吝嗇鬼；他入苦海後得到的寶物是「光赤盔」「不故甲」，意爲光吃虧、不顧家；「享邑兩」之浪蕩子的門客名「季惠恬」「善鳳城」，意爲極會舔、善奉承，等等，而其中又有不可了然者，如「弓」「享」兩家人物姓名，似乎是用了别種隱喻法。所以，全書顯得淺薄、怪誕，缺乏文學的情趣與魅力。

後有小說《回頭傳》五卷，内容與此相仿，或據此改編而成。現據山東圖書館藏原稿影印。

（袁世碩）

飛跎全傳

《飛跎全傳》四卷三十二回，不署撰人。書前有署「嘉慶丁丑孟夏上澣一笑翁漫識」之序，序稱書爲「趣齋主人」作。嘉慶丁丑爲嘉慶二十二年（一八一七）。

按清乾隆、嘉慶間李斗《揚州畫舫録》卷十一《虹橋録》記當時評話稱絶技者，有鄒必顯之《飛跎傳》。卷九《小秦淮録》云必顯爲江蘇興化人，「性温暾，寡言笑，偶一雅謔，舉坐絶倒。時爲打油詩《黄鶯兒》，人多傳之。後患噎食，鬻棺自書一詩，以題其和」。「以揚州土語編輯成書，名之曰《揚州話》，又稱《飛跎子書》」。乾隆時，揚州人董偉業《揚州竹枝詞》云：「空心筋斗會騰那，吃飯穿衣此輩多。倒樹尋根鄒必顯，當場何苦説《飛跎》。」可見，本書原由乾隆間揚州著名説書藝人鄒必顯演説，後整理成書。有人疑「一笑翁」「趣齋主人」均爲鄒必顯的筆名，然鄒必顯乾隆間已享有盛名，又據《揚州畫舫録》，則至少乾、嘉之交已撰成此書，似不會遲至嘉慶二十二年方作序；且必顯如有别號，《畫舫録》不致失載。因此「趣齋主人」以書商杜撰可能性爲大，而現行的《飛跎全傳》當屬後人改定本。且一笑翁《序》所云「趣齋主人，負性英奇，寄情詩酒，往往乘醉放舟，與諸同人襲曼倩之詼諧，學莊周之隱語，一時聞者，無不啞然失笑，此《飛跎全傳》之所以作也」。所謂「寄情詩酒」云云，亦與鄒必顯藝人身份不符。

本書書名「飛跎」爲揚州土語。焦循《易餘籥録》卷十八云：「凡人以虚語欺人者，謂之跳跎子。其巧甚虚甚者，則爲飛跎。」由書名可知本書爲游戲筆墨，詼諧滑稽。這從卷首云「祇一部敷衍的故事，出在法朝末甲年間，天地元遠之中，離京内出了一位王子，名唤臈君」云云，即可知全鼎。故胡士瑩《話本小説概論》第十五章《清代的説書和話本》云：「書中叙一石姓子，背隆起而足跛，人稱跳跎子。忽如異人，備諸幻變，以臈君封駝子爲跎王，威震中原，名揚四海。所叙確是飛跎之至。但荒唐玄虚，毫無意義，僅博一笑而已。不知當時何以稱絶技動人如此。」

本書刊本，有嘉慶二十二年一笑軒刊本、維揚文盛堂本、咸豐義林堂本、同治揚州醉經堂本等。書名一題「揚州語繡像三教三蠻維揚佳話傳奇」。現據一笑軒刊本影印。（李夢生）

七真祖師列仙傳

《七真祖師列仙傳》，二卷，别名《七真傳》。光緒刊本，書前有光緒十九年（一八九三）濮炳熷、楊明法序，及署光緒二十九年「回道人序於鎮邑南屏新院」的序。作者不詳。

書叙鍾離權、吕洞賓度化王重陽，上帝令王重陽度七朵金蓮花，即丘處機、劉處玄、譚處端、馬玉、郝太古、王處一、孫不二七人，及王重陽與七子出處行事。按王重陽創立全真教事，見《全真孝祖碑》，《元史·丘處機傳》亦録七子，惟馬玉作「馬鈺」，郝太古作「赫大通」。七子事迹，詳見《七真年譜》《金蓮正宗記》《金蓮正宗仙源緣傳》等，《甘水仙源録》中亦收有多通有關碑記。但全書並非依照這些歷史文獻紀載敷演，而是大量采集里巷傳聞附會想象而成；主旨不在於宣揚道家學説，而以獵奇爲主，可視作神怪小説在清末的代表。

晚清的神怪小説有每況愈下的趨勢，且内容走向荒誕，不合讀者口味。本書取材於膾炙人口的全真七子的傳説，而丘處機的名字由於與《西遊記》拉扯在一起而家喻户曉，故此書問世後馬上受到小説界的關注。與此相關的小説有光緒三十二年廣東文在慈善書坊刊行的《七真因果傳》二卷二十九回，題煇庵黄永亮編著。書的内容與《七真祖師列仙傳》大致相同，主要情節照抄《七真祖師列仙傳》，删去了個别情節，補入七真度世諸事，疏通了部分「文不足以達其辭，趣不足以輔其理」（黄永亮序）之處。光緒十四年，台南青陽道人潘昶見舊本《七真傳》於諸仙出典事迹一無所考，因又廣採史傳及《列仙傳》《吕祖全傳》等書中有關内容，盡删里巷俗説，作《金蓮仙史》二十四回，由上海翼化堂刊行。

本書版本，據孫楷第《中國通俗小説書目》載，有光緒十八年刊本。然今見傳世僅光緒二十九年序刻本，今即據上海古籍出版社藏本影印，原書板匡高一七五毫米，寬一一五毫米。

（李夢生）

昇仙傳

《昇仙傳》，卷首全稱《新刊繡像昇仙傳演義》，八卷五十六回。存世最早刊本爲道光丁未（二十七年，一八四七）孟夏文錦堂梓行本，扉頁於刊刻年代後有「重鎸」二字，知非原刊；署「倚雲氏手著」，前有「倚雲氏主人書於寶月堂」的序及繡像十幅。倚雲氏生平不詳。

本書叙濟小塘功名不遂，雲遊四海，得吕洞賓等仙人傳授法術，乃結交天下英雄，濟困扶危，降妖伏怪，懲治嚴嵩等奸臣事。作者著書動機，正如其自序所説，是因「稗官野史所載濟仙諸人，雖事皆奇異，疑信參半，而其扶善良、除奸邪，其足以興起人好善惡惡之心者，與古今史册無異」。這種賦予英雄人物以超凡的神力、法寶除奸行善，正是清嘉慶、道光以來英雄傳奇小説與神魔小説相結合的反映。同時或稍後問世的一些小説，如道光二十八年所刊《大漢三合明珠寶劍傳》《善惡圖全傳》、同治刊《蓮子瓶演義傳》等，均是如此。後來的俠義小説，如《七劍十三俠》等，脱離傳統的武藝功夫而走向神化，無疑也是受到了此類小説的影響。

本書以明代嚴嵩當朝時爲時代背景，是許多清代小説共用的手法，其描寫朝廷、奸臣也未超出歷來小説範圍，所採情節亦間有見於前人著述者。如寫濟小塘以幻術濟世除奸，事見明姚旅《露書》卷十二。寫嚴嵩迫害莫懷古事，則爲婦孺皆知的傳聞。尤爲明顯者，書中一主要人物神偷苗慶，能通十三省鄉言，生平專偷贓官土豪，接濟孤寡貧民，每偷畢必畫一枝梅爲記識，直接剿襲於《二刻拍案驚奇》卷三十九「神偷寄興一枝梅，俠盗慣行三昧戲」。至於書中寫韓慶雲落第，濟小塘贈以葫蘆，韓在大槐樹下入夢，在烏衣國做駙馬，享盡榮華，又歷盡磨難，夢醒後原來在蟻窩邊，遂從濟小塘雲遊，此實在是唐人傳奇《南柯太守傳》《邯鄲記》的翻板。

本書除文錦堂本外，尚有光緒七年（一八八一）東泰山房刊本、光緒十八年成文信刊本、光緒二十五年文成堂刊本等。現據中國人民大學圖書館藏文錦堂本影印。（李夢生）

宣和遺事

《宣和遺事》，亦稱《大宋宣和遺事》，作者佚名。明嘉靖間之《寶文堂書目》《百川書志》《古今書刻》，均著録。清黄丕烈《士禮居叢書》本跋云：「以卷中『惇』字避諱作『㥫』證之，當出宋刊。」然而，書中直書趙洪恩、趙匡胤、皇子構（即宋高宗）之名，不避廟諱；叙述陳摶預言宋之運祚，曰「卜都之地：一汴，二杭，三閩，四廣」，衹有在宋亡後方才能説得出；書中有「省元」「南儒」之元人語，等等，則此書是成於元代。全書結尾一段謂「高宗失恢復中原之機會者有二」，接云：「失此二機，而中原之境土未復，君父之大仇未報，國家之大耻不能雪。此忠臣義士之所以扼腕，恨不食賊臣之肉而寢其皮也歟！」作者大概是一位由宋入元的文人。

此書是按年叙述北宋末年朝政，及靖康之難，徽、欽二帝被擄北去受辱，高宗定都臨安諸事，體裁類乎講史。由於作者是鈔撮宋人稗史、雜著、話本，據考所節録之書，有《續宋編年資治通鑑》《建炎中興記》《竊憤録》等十餘種，未能融會貫通，所以，全書體例不一致，年號不統一，間用金曆而有訛誤，叙事詳略不均，文字風格有文白之差異。魯迅於《中國小説史略》中論「宋元之擬話本」，謂其：「雖亦有詞有説，而非全出於説話人，乃由作者掇拾故書，益以小説，補綴聯屬，勉成一書，故形式僅存，而精彩遂遜。」

不過，其前後兩集，又當别論。前集與後集之鈔撮稗史傳聞不同，它主要是節録話本，聯綴爲一體，具有講史之性質。卷首略叙歷代帝王之荒淫失國，猶如講史之「引子」；一些地方保持了説話的口吻和習用語態，而且中間有示意暫且中斷以待後文的語句，可説是分回的痕迹；叙事比較具體細緻，尤其是梁山泊英雄聚義、宋徽宗私狎李師師、寵用道士林靈素三節，有小説之情節和場景描寫，並且基本用白話，雜以市井俗語。尤其值得珍視的是，《水滸》故事已由分散聯綴、聚合爲一體，雖然尚粗略，却初具規模，三十六天罡名、號，智取生辰綱，宋江私放晁蓋、殺閻婆惜，受天書，梁山聚義、受招安等，都在其中。這對研究《水滸》故事之流變和《水滸傳》之成書，是一份珍貴的文獻。

此書現存原黄丕烈藏元刊本、璜川吴氏舊藏明刊本、《士禮居叢書》本（以上爲二卷本）、金陵王氏洛川校刊本、吴郡修綆山房刊本（以上爲四卷（集）本）。現據復旦大學所藏《士禮居叢書》本影印。原書板匡高一六二毫米，寬一〇五毫米。（袁世碩）

插增田虎王慶忠義水滸全傳

《插增田虎王慶忠義水滸全傳》爲《水滸傳》簡本，全題《新刻京本全像插增田虎王慶忠義水滸全傳》。全書約當二十四卷一百二十回左右，具體卷數、回數，難於推定。丹麥皇家圖書館藏有殘本，存卷十五（内缺一至四、七、九至十一、二十二、二十三葉）、卷十六（内缺十七及二十五以下之葉)、卷十七、卷十八(内缺八及二十四以下之葉)、卷十九(内缺一至二十六、二十八至三十二及三十三後半葉以下)。上圖下文，版式與明萬曆余氏雙峰堂所刊《三國志傳》相同，當亦爲萬曆間建陽書坊所刊。余氏雙峰堂刊有《京本增補校正全像忠義水滸志傳評林》，首頁上欄《水滸辨》云：「《水滸》一書，坊間梓者紛紛，偏像者十餘幅，全像者止一家，前像版字中差訛，其版蒙舊，惟三槐堂一幅，省詩去詞，不便觀誦。」此書以「插增」「全像」爲號召，雙峰堂《水滸志傳評林》題曰「增補校正」，當以此書爲早。又，三槐堂爲王氏書坊，刊有《新刻名公神斷明鏡公案》《新鐫玉茗堂批評按鑑參補出像南北宋志傳》，前者亦是上圖下文。依《水滸志傳評林》首頁《水滸辨》所云，此書極有可能是王氏三槐堂所刊，其刊行年代當萬曆甲午(二十二年，一五九四)《水滸志傳評林》刊行之先。

此書雖然殘缺極甚，並且編刊粗率，致有回數之前後重複，但却很可寶貴。它與同地、同時而稍後之《水滸志傳評林》，同爲今存最早的《水滸傳》之文簡事繁的本子。此書題名特別標出「插增」二字，便明白表示已出之《水滸傳》是没有田虎、王慶兩部分的。萬曆十七年新安天都外臣序刻百回本《忠義水滸傳》，没有田虎、王慶兩部分，此「插增」本殘存者即爲王慶部分之多半，宋江部下多有傷亡，却無一原梁山泊英雄，可見所謂「插增」，殆非虚語。如此則可斷定，《水滸傳》中田虎、王慶兩部分確係萬曆二十年前後建陽書坊開始添入的。

「插增」本與《水滸志傳評林》並不一致，此書另有一殘本在法國國家圖書館，據鄭振鐸稱，僅存第二十卷及第二十一卷之半。第二十卷自九十九回起，次爲一百回，下面復有九十九、一百兩回，止於一百回。殘存之第二十卷所叙王慶故事《評林》中爲第二十一卷，亦無《評林》各頁上欄之評語。這些情況，對研討《水滸傳》之演變及簡、繁兩種版本系統之關係，也是有裨益的。

本《集成》據丹麥皇家圖書館藏原書影印。（袁世碩）

第五才子書水滸傳

本書全稱《第五才子書施耐庵水滸傳》，凡七十五卷，評點者自序一卷，《宋史綱》一卷，《讀法》一卷，托名施耐庵序一卷，楔子一卷，正傳七十卷，卷各一回。版心下端鎸「貫華堂」三字，又稱「貫華堂水滸傳」。金聖歎評點。卷一序三末署「皇帝崇禎十四年（一六四一）二月十五日」，此書刻印當在是年。

金聖歎（一六〇八——一六六一），原名采，字若采，著述題「聖歎外書」。蘇州吴縣人。明末秀才。入清改名人瑞，以聖歎爲字。爲人倜儻不羣，高自議論，好評書，以次序定《離騷》、《莊子》、《史記》、杜詩、《水滸傳》、《西厢記》爲六才子書。順治十八年，以蘇州「哭廟案」被殺。有《唱經堂才子書彙稿》《沉吟樓詩選》《第六才子書西厢記》等。

《水滸傳》初刻於明嘉靖初年，爲一百回本。嗣後刊本歧出，萬曆間增入征田虎、王慶二傳，成一百二十回本。金聖歎自稱得施耐庵原本，僅七十回，認爲七十回以後爲羅貫中「横添狗尾」。實際上，此書是截取萬曆間容與堂刊本之前七十一回，文字上有意識地做了些改動，較明顯的是扭轉原作中宋江孝義的品行，最後以自撰之「梁山泊英雄驚惡夢」結束全書。故後世有「腰斬《水滸》」之譏。

百回本《水滸傳》各部分文筆上原有些差異，以前就有人如徐復祚疑「征遼、征臘，後人增入」（《三家村老委談》），金聖歎之説亦有一定道理。他是利用此情況，有意改造原已流傳之《水滸傳》，如其所云，旨在「削忠義而仍水滸」。「削忠義」是取消梁山好漢忠義之名，改變原本「無惡不歸朝廷，無美不歸緑林」的效果，以免讀之者效之。「仍水滸」是保持原七十回的「官逼民反」「亂由上作」的内容，以爲鑑戒。由於前七十回有真實的生活内容，文筆最生動，金聖歎的改動不大，添加「驚惡夢」的尾巴，也改變不了原來的題旨和抗惡精神，所以此書一出便壓倒了其他的刊本，獨自流傳了三百餘年。

此書的另一重要價值，是金聖歎的評點超過了其先行者李卓吾等人，大大提高了對小説的特徵和叙事藝術的體認，發展了小説的批評理論，影響是大的。清人馮鎮巒在《讀聊齋雜説》中説：「金人瑞批《水滸》《西厢》，靈心妙舌，開後人無限眼界，無限文心。」（喻焜刻四家評點《聊齋志異》卷首）

此書後有清初金閶葉瑶池覆刻本、芥子園句曲外史序巾箱本等。現據中華書局一九七五年影印金閶葉瑶池梓行「貫華堂古本」影印。（袁世碩）

《水滸後傳》，八卷四十回，題「古宋遺民著」，「雁宕山樵評」。首序，末署「萬曆戊申秋杪雁宕山樵撰」；又有《水滸後傳論略》，題「樵餘偶識」。英國博物館藏本，書扉題「元人遺本」，有一段説明，稱「宋遺民不知何許人，大約與施、羅同時，特姓名弗傳，故其書亦湮没不彰耳……」末題「康熙甲辰（三年，一六六四）仲秋鎸」。當是初刊。雁宕山樵爲由明入清之陳忱，實即作者，乃托「宋遺民」刊行，序署「萬曆戊申（三十六年，一六〇八）」，亦係假托。

陳忱字遐心，號雁宕山樵，浙江烏程（今湖州市）人。生於明萬曆四十三年（一六一五）。自幼喜博覽，經史外，稗説野乘，無不涉獵，又好吟咏。自云：年及冠，潛居野寺，「篝燈夜讀，情與境會，輒動吟機，眠餐不廢者三年」，復出遊八閩、兩粤、三湘，「凡四易星霜」。中年逢明清易代，絶意仕進，與吳中諸遺民，優遊文酒，至於垂老。（《東池初集序》）順治間，曾參加葉桓奏、吴炎、顧炎武、歸莊、顧樵等名士組成的驚隱詩社（又名「逃之盟」）。康熙二年（一六六三）莊廷鑨「明史案」發，吴炎等株連受戮，其社始散。（楊鳳苞《秋室集》卷一《書南山草堂遺集後》）生平所著有《雁宕詩集》《雁宕雜著》《續二十一史彈詞》《癡世界》（曲本）等，均佚；今存者惟此《水滸後傳》及《潯溪詩徵》卷五所收遺詩一百六首。

《水滸後傳》是接《水滸全傳》而敷演成書，叙梁山泊英雄幸存者李俊、李應、燕青等三十餘人，受奸臣之迫害，並有憤於貪官、土豪之害民，再度聚嘯山林，處死蔡京、高俅等。逢金兵南侵，陷汴京，擄徽、欽二帝，於是以報國勤王爲己任，最後勢不得已，乃聚集海島，於「暹羅國」建立王業，支持宋高宗建都臨安。全部情節是依傍《水滸全傳》而憑空結撰，其中顯然寄寓着作者的亡國之痛和憧憬恢復之心迹。書中寫李俊開拓海島，爲暹羅國王，亦係由鄭成功擁兵海上抗清事而生發，不獨見避地之意。順治十六年（一六五九），鄭成功、張煌言由海上入長江，破瓜州、宣城，會師金陵，聲勢大振。事敗後，清廷大興「通海案」之獄，陳忱友人魏耕被指控爲主謀者，於康熙元年春被斬。（全祖望《鮚埼亭集》卷八《雪竇山人墳版文》）此書之托名「宋遺民」刊行，其原因正在於此。

此書有蔡奡（元放）評改本，題「古宋遺民雁宕山樵編輯」，「金陵憨客野云主人評定」，首有乾隆三十五年（一七七〇）蔡元放序及《讀法》。經改訂，析爲十卷，卷各四回，回目及文字，均與原本有別。

現據華東師範大學藏紹裕堂刊本影印，原書版匡高一八〇毫米，寬一三〇毫米。（袁世碩）

結水滸全傳

《結水滸全傳》，一名《蕩寇志》，七十回附「結子」一回。初刊於咸豐三年（一八五三），牌記中題「結水滸傳」，右「山陰俞仲華先生蕩寇志」，左下「本衙藏板」。書前有咸豐元年古月老人序、咸豐二年陳奐、徐佩珂序，插圖後有作者自撰《蕩寇志緣起》，目録後有俞萬春子俞龍光所作識語。卷前署「山陰忽來道人俞萬春仲華甫手著」「錢塘范辛來金門甫、仁和邵祖恩循伯甫同參評」「仁和徐佩珂午橋甫、古歙項盛增旭東甫同參閲」「男龍光治園氏校訂」「男佛恩蓉庵氏繪像」。

作者俞萬春（一七九四——一八四九），字仲華，號忽來道人，山陰（今浙江紹興）人，諸生。據俞龍光識語及同治刊本萬春弟俞灥序，俞萬春通經史，精騎射。青年時隨父仕宦廣東。道光十一年（一八三一）至十二年，湘西、廣東瑶民趙金龍起義，俞萬春參與鎮壓，屢出奇計，以功獲議敘。已而歸里，以岐黄術遊於杭州，晚歸玄門，兼修净業。著有《騎射論》《火器考》《戚南塘紀效新書釋》《醫學辨症》等，均未刊行。他的生平習尚及其著作主要内容，在《結水滸傳》中都得到了不同程度的展現。

《結水滸傳》開始寫於道光六年，成於道光二十七年，曾「三易其稿」。成書後寄摯友徐佩珂是正。當時正值太平天國起義聲勢浩大之際，咸豐三年，徐佩珂急急刊成此書，以維「世道人心」，此年，太平軍攻克南京。接着，廣東又刊袖珍本，「以資勸懲」。咸豐十年，太平軍攻克蘇州，曾下令將書毁板。

《水滸傳》成書後，人們對梁山英雄的結局採取不同看法。陳忱《水滸後傳》爲梁山英雄鳴不平，寫梁山殘餘及其後代復興。金聖歎則認爲梁山起義談不上忠義，是叛亂，不贊成招安，故腰斬《水滸》，另撰盧俊義一夢作結。俞萬春同意金聖歎的觀點，「深嫉邪説之足以惑人，忠義、盜賊之不容不辨，故繼耐庵之傳，結成七十卷光明正大之書，名之曰《蕩寇志》。蓋以尊王滅寇爲主，而使天下後世，曉然於盜賊之終無不敗，忠義之不容假借混濛，庶幾尊君親上之心，油然而生矣」（徐佩珂序）。故本書序次接金批本自第七十一回始，寫梁山好漢被一一誅滅的過程。從藝術角度來看，此書有其特色。魯迅《中國小説史略》以爲「書中造事行文，有時幾欲摩前傳之壘，採録景象，亦頗有施羅所未試者」。

本書除咸豐三年刊本外，尚有咸豐七年重刊本、同治十年（一八七一）玉屏山館刊本及多種石印本。現據上海辭書出版社藏咸豐三年刊本影印。原書板匡高二一〇毫米，寬一三〇毫米。

（李夢生）

七俠五義

《七俠五義》一百二十回，是《三俠五義》的俞樾修訂本。清道光咸豐間，評書藝人石玉崑説唱「包公案」，名重北京曲壇，經人記録，去其韻語，題曰《龍圖耳録》，今存抄本。同治光緒間，問竹主人（真實姓名不詳）、入迷道人（有人考證爲文琳）先後略加修訂，於光緒五年（一八七九）印行，題《忠烈俠義傳》，扉頁鎸《三俠五義》。俞樾喜其「事迹新奇，筆意酣恣」，遂於光緒十五年加以修訂，重寫了他認爲「貍貓换太子事殊涉不經」的第一回。又以書中南俠（展昭）、北俠（歐陽春）、雙俠（丁氏兄弟）所謂「三俠」，實爲四人，而艾虎、智化、沈仲元亦足稱俠，遂改題《七俠五義》。嗣後，這兩種本子並行於世上。

包公斷案故事，始見於宋鄭克編《折獄龜鑑》，經民間傳説，繁衍日多，元代就編有近二十種雜劇。明代先有許多種説唱詞話，總稱《包龍圖公案詞話》，萬曆以後又有人博采民間傳説、稗史小説、讞獄書中的公案故事，有的是加以改製，集於包公一身，編成一部包羅百件訟案的《包孝肅公百家公案》，又有一本題《包龍圖判百家公案》。入清後，題名《龍圖公案》而繁簡不同的刊本，更是紛紛而出，然從書的整體看，基本上還都是短篇的公案故事的彙集。據傳抄的《龍圖耳録》看，石玉崑的貢獻就在於把原來零散的公案故事，有選擇地串連起來，融會貫通，形成爲情節連貫、叙述風格一致並更富有文學性的整體，紀録者棄其唱詞，便成爲一部長篇公案小説，經問竹主人、入迷道人和學者俞樾修訂，叙述保留了評話的特點，文字上更加規範、潔净了。還值得重視的是，這部由石玉崑開創的小説，内容也發生了變化，不再是祇有清官斷獄，而加進了俠士鋤奸，從而形成了一種新的模式，就是清官上輔朝廷，下安庶民，在其感召、帶領下，理直刑獄，鋤暴安良，剿滅叛逆。與之同時和後出的《施公案》《彭公案》等小説，都是以此模式敷演成書。近世研究者稱之爲「公案」「俠義」兩類小説的合流。

這部小説由於是評書藝人開創，故如魯迅所説：「繪聲狀物，甚有平話習氣。」雖然不無隨意捏合的情節，但人物性格鮮明，「寫草野豪傑，輒奕奕有神，間或襯以世態，雜以詼諧，亦每令莽夫分外生色。」（《中國小説史略》第二十七篇）在當時的同類小説中，堪稱上乘。

現據復旦大學圖書館藏光緒十六年上海廣百宋齋石印本影印。原書板匡高一五二毫米，寬一〇四毫米。（袁世碩）

小五義

《小五義》全稱《忠烈小五義傳》，一百二十四回，不題撰人。首光緒庚寅（十六年，一八九〇）文光樓主人序，稱自石玉崑門徒借得石氏《忠烈俠義傳》原稿，全稿三百餘回，分上中下三部，「上部《三俠五義》，爲創始之人，故謂之『大五義』，中、下二部五義，即其後人出世，故謂之『小五義』。」又云：「本擬全刻，奈貲財不足，一時難以並成。因有前刻《三俠五義》，不便再爲重刻，茲特將中部急付之剞劂，以公世之同好云。」

此《小五義》並非從《三俠五義》末尾接續的。卷首《小五義辨》云：《小五義》不緊接前傳安定君山一回，而自顔按院查辦荆襄起，因所得石玉崑原稿詳略不同，人名稍異，知非出於一人之手。向使從前套收伏鍾雄，後接續《小五義》，挨次刊刻，下文破銅網陣各處節目，必是突如其來，破銅網陣各色人才，亦是陡然而至。所以此書前四十一回情節，基本與《三俠五義》重合。然兩者多有不同處，文筆亦有差異，如此書一些回前有類似話本「入話」的小故事，正文中夾有若干詩讚性的韻語及説書人之插話，敘述語言亦較《三俠五義》更加通俗，人物語言夾有方言土語、行話、黑話。可見文光樓主人序中所説，殆非虚語，他所得到的本子，雖然未必是石玉崑之原本，迺其門徒之傳講本，則無可懷疑，並且未經多人修訂、潤色，所以保留下説評書的特點。由於是石玉崑門徒傳講底本，情節有些許改變，與《三俠五義》結尾所預告者不盡相同，亦是情理中的事情。

《小五義》是以平叛爲主綫，敘述七俠五義及其後輩白芸生等小五義，協助欽差大臣顔查散，探明情況，剪鋤襄陽王的爪牙，爲破銅網陣創造了條件。在這中間，包公進一步隱退到幕後，顔查散實則是個無能的大臣，着重敘寫的是一羣俠義，鋤暴安良，戮力平叛。這樣也就改變了《三俠五義》的那種既有清官斷獄，又有俠義鋤奸的模式，只有「俠義」，而無「公案」的性質了。

此書有光緒十六年北京文光樓刊本、上海申報館排印本、光緒三十二年上海書局石印本等。現據復旦大學圖書館藏上海廣百宋齋石印本影印。原書板匡高一五九毫米，寬一一〇毫米。其中卷二十第九頁原缺，據上海古籍出版社藏相同版本輯補。（袁世碩）

續小五義

《續小五義》一百二十四回，不署撰人。清光緒十六年（一八九〇），北京文光樓刊行《小五義》後，旋即刊行此書。卷首有是年伯寅氏序，又有鄭鶴齡序。伯寅氏序云：「坊友文光樓主人，購有《小五義》野史，欲刻無貲，因分俸餘三十金，屬其急付剞劂。」與《小五義》文光樓主人自序所說得石玉崑原稿「共三百餘回」，「奈貲財不足，一時難於併成」，「茲特將中部（指《小五義》）急付剞劂」，情況吻合，是則此《續小五義》是得伯寅氏資助金後方付梓的。伯寅氏，孫楷第《中國通俗小說書目》疑爲潘祖蔭。潘祖蔭字伯寅，官至工部尚書，兼管順天府尹事，史稱「嗜學，通經史」（《清史稿》卷四百四十一）。前曾向俞樾推薦《三俠五義》，稱「雖近時所出，而頗可觀」（俞樾《重編〈七俠五義〉傳序》）。故柳存仁認爲潘氏雖然歿於是年，但「仍有可能」，「這篇序文，文光樓主人大概也是不敢扯謊的」（《倫敦所見中國小說書目提要》）。

《小五義》與《續小五義》雖然同爲北京文光樓初刊，文光樓主人謂底本係得自石玉崑門徒，後出之印本題「石玉崑述」，是合適的。然《小五義》與《三俠五義》、《續小五義》與《小五義》，中間均有些不一致處。其一是《三俠五義》没有保留説書人的插話及韻語，《小五義》則有所保留，《續小五義》復無所保留，文字較整潔。其二是亦如《小五義》之於《三俠五義》，《續小五義》所叙與《小五義》結末一段所預告之情節，大體相符，然也有些不一致處。這種情況的發生，誠如魯迅所論斷：「序雖云二書（指正、續《小五義》）皆石玉崑舊本，而較之上部（指《三俠五義》），則中部荒率殊甚，入下又稍細，因疑草創或出一人，潤色則由衆手，其伎倆有工拙，故正續遂差異也。」（《中國小説史略》第二十七篇）

《續小五義》亦如《小五義》，以平定襄陽王之謀反爲主綫，但衹是以此爲開端、結尾，中間大部分篇幅是叙寫三俠和大、小五義的俠義活動，其中以蔣平、徐良老少兩位性格富有詼諧幽默特點的俠士爲主，保持了正書的風趣，然由於情節多係節外生枝，隨意生發，離奇曲折，却失於龐雜和缺乏現實生活内蘊了。

此書初刊後，又有善成堂刊本、上海書局石印本等。現據復旦大學圖書館藏上海廣百宋齋石印本影印。原書板匡高一五八毫米，寬一一四毫米。其中卷五第三十一頁原缺，現將上海圖書館藏上海大成書局印行大字足本第九十二回輯補於後。（袁世碩）

百煉真海烈婦傳

《百煉真海烈婦傳》，又題《海烈婦百煉真傳》，十二回，題「三吴浪墨仙主人編輯」，又題「三吴墨浪仙主人編輯」「三吴墨浪主人編次」。内封右署「三吴浪墨仙主人編輯」，中題「百煉真」，左題「本衙藏板」。首「叙言」，後署「亦卧廬主人漫題」，末有二印，一爲「俠□」，一爲「墨憨」；次凡例；次目録，題「新鐫海烈婦百煉真傳」「三吴墨浪仙主人編輯」；次正文，卷端題「新鐫繡像百煉真海烈婦傳」「三吴墨浪主人編次」，正文有圈點及評語；後附《匯梓名公吊挽題贈言律》《穹窿塘村陳烈婦紀事詩文傳志》。

作者和作序者真實姓名不詳。「序後有章曰『墨憨』，似即馮夢龍作，然其時代實不相及。」（孫楷第語）書演清康熙年間徐州女子海無瑕事。海氏同丈夫陳有量受騙外游，經歷坎坷，不爲利誘，對抗强暴，堅貞不屈，潔身自縊，從而被士民尊爲海烈婦，建廟塑像，紛紛祭吊，題詩贊詠。蓋海烈婦事迹，當時必廣爲傳播，故屢有記載，不僅已載入《清史稿》，現在看到的即有：陸次雲《海烈婦傳》（見《虞初續志》卷五引）、方孝標《海烈婦傳》（見錢儀吉《碑傳集》卷一五三）、任源祥《陳有量妻海氏傳》（見《國朝賢媛類徵初稿》卷八）、猶龍子《海烈婦》（見《古今烈女傳演義》卷五）、雲陽嗤嗤道人《海烈婦米槨流芳》（見《警悟鐘》卷四）、佚名《海烈婦》傳奇等等。

今據法國國家圖書館所藏清刻本影印。本書第五回第十九頁，第七回第十五頁，第八回第二頁原缺。（魏同賢）

笏山記

《笏山記》十九卷六十九回，鈔本，正文首葉下端雙行題「東莞冷道人守白氏」「寶安吾廬居士戲編」。書有眉批。鈔録在印有「小吾廬」的紙上，或爲作者自藏謄清本。

冷道人爲蔡召華，字守白，號吾廬居士、冷道人，廣東東莞（寶安爲東莞舊名）鳴珂巷人，清末附貢生。長詩文，著有《愛吾廬詩鈔》《細字吟》《草草草堂草》等，及小説《笏山記》《駐雲亭》。

全書記顔少青入笏山爲王的經歷。笏山爲一與外界隔絶的區域，「蓋秦桃花源之類也」（第一回）。王葆心《虞初支志》引顧廷培《雲庵遺文》，云涿州有三盤坡，地處西山深處。傳元末順帝北竄，徐達破京師，蒙古人等挈家逃至此，至明中葉，始與人交通，隸涿州。三盤爲坡三層，「每坡擇殷實知事者一人，稱爲『老人』，其實皆壯年人也。給與竹板，有賭博、鬭毆等事，令老人管理」。「錢糧無催科之煩，亦令老人代收。至臘月，三老人携之州，一併交納」。末引青坨語云：「近世有小説一種，曰《笏山記》，玩其所衍，似是從此事脱胎。」

按，將幻想中的孤立區域作爲國家的縮影，以諷世或寄托自己的理想，是清代後期小説的一種時尚。如《希夷夢》寫吕仲卿入海國，《海遊記》寫一無雷國，均是如此，體現了晚清文人對社會改革與發展的不同看法。此書又叙述了不少擅長武藝的女子，則明顯與《兒女英雄傳》一類新人情俠義小説合拍。

本書刊本據著録還有光緒三十四年（一九〇八）上海廣智書局刊本，三卷六十九回，無序跋，題「東莞冷道人守白氏戲編」。現據上海古籍出版社藏原東莞博物圖書館藏鈔本影印。原書板匡高一六二毫米，寬九七毫米。（李夢生）

五代史平話

《五代史平話》，全書十卷，包括《梁史平話》《唐史平話》《晉史平話》《漢史平話》《周史平話》各二卷。今傳本《唐史平話》目録及下卷、《漢史平話》下卷，已缺失。

此書宋明以來公私家書目均未著録。清光緒二十七年（一九〇一），有曹元忠得之常熟人張敦伯家，跋謂「宋本」。後十年，董康借以影刻，稱《景宋殘本五代平話》。原書現藏臺灣臺北市原「中央圖書館」。

此書可斷爲宋人舊編。宋人説話講史家，「説三分」和「五代史」最流行。《東京夢華録·京瓦伎藝》條記有「尹常賣『五代史』」。此平話叙五代興替，特惡石敬瑭尊契丹爲父，割燕、雲十六州，而稱揚自以胡人做中國主爲歉的後唐明宗李亶。《唐史平話》下卷有「祝天早生聖人」一節，叙李亶每夜焚香密禱曰：「臣本胡人，不能做中國主，致令甲兵未息，生靈愁苦。願得上天早生聖人，爲中國萬民之主。」《晉史平話》下卷亦有胡人不得爲漢主之語。這是預示趙宋王朝代周而興乃順應天意，所以《周史平話》開場詩即有「誰知天意歸真主，夾馬營中王氣新」之句。叙五代興替明顯地歸結到頌揚趙宋王朝上面，并且强調了中國與胡人的界限，傾向性較突出，顯然是宋人的意識。書中叙及趙匡胤，多稱趙太祖或宋太祖，偶爾書及其名，也都避諱，「匡」字缺末筆，「胤」字添一首劃。如董康影刻一如原本，則基本可斷爲宋本。唯「平話」一詞不見於宋人書中，或其題名和刊行，是在元代。此事尚待進一步考訂。

此書叙述較《三國志平話》稍細，尤其是叙朱温、黄巢、石敬瑭、劉知遠諸人出身，依據傳説，頗多增飾，説話人宣講的口吻較濃，文筆亦流暢、生動；而叙史事，則較少發揮，人物姓名、職官名稱、地名，亦較少訛誤、俗寫。

明刊《南宋志傳》十卷，叙五代故事。起自石敬瑭出身、征蜀，止於趙宋立國、曹彬定江南，前九卷與此書《晉史平話》《漢史平話》《周史平話》，事與文均非常相近，可以認爲《南宋志傳》是依據此書作成，而於《周史平話》「趙太祖受恭帝禪」「趙太祖改國號爲宋」後，又增入了「征青州」「征荆南」「定西蜀」「定江南」等統一天下事，才不是平話所有的。

現據毗陵董氏誦芬室新刊《景宋殘本五代平話》影印，原書版匡高一七三毫米，寬一〇二毫米。（袁世碩）

開闢衍繹通俗志傳

《新刻按鑑編纂開闢衍繹通俗志傳》六卷八十回。各卷卷首題署「五岳山人周游仰止集，靖竹居士王黌子承釋」。王黌序署「崇禎歲在旃蒙大淵獻春王正月人日靖竹居士王黌子承父書於柳浪軒」。旃蒙大淵獻爲乙亥，即崇禎八年（一六三五）。

有的本子鎸有「鍾伯敬先生原評」字樣，顯係僞托，當時書林習氣如此。

此書與《□（新）刻按鑑通俗演義列國前編十二朝（傳）》文字大同小異，顯然一書以另一書爲底本，略加少量增删而成。第一回回前小序有「余仰止云」，《列國前編》則云「仰止子曰」可證。

此書叙事自盤古開天闢地至周武王吊民伐罪止，而司馬光《資治通鑑》叙事始於周威烈王二十三年（公元前四〇三年），兩書各不相涉，而居然題爲「按鑑編纂」，可見「按鑑」云云是當時歷史題材小説的俗套，全不足信。

現據明崇禎間麟瑞堂刊本影印。其中卷四第二十三頁原缺。（徐朔方）

春秋五霸七雄列國志傳

《春秋五霸七雄列國志傳》八卷，三台館萬曆三十四年丙午（一六〇六）重刊本，藏日本蓬左文庫。上海圖書館藏有萬曆四十六年的又一重刊本。萬曆三十四年刊本，國内僅國家圖書館、大連圖書館藏有殘本數卷。

封面署「按鑑演義全像列國評林」，有題記云：「《列國》一書迺先族叔翁余邵魚按鑑演義纂集，惟板一付，重刊數次，其板蒙舊。象斗校正重刻，全像批斷，以便海内君子一覽。買者須認雙峰堂爲記。」下署「余文台識」。

卷首署「大明萬曆歲次丙午孟春重刊後學畏齋余邵魚謹序」，序文作者並不以本書作者自居，也不明言不是作者。據封面題詞「謹依古板校正批點無訛」，如卷三《宋楚泓水大戰》正文插有余邵魚的署名七言絶句一首，余邵魚當是根據舊本加以改編。

其次，又有同一年「後學仰止余象斗再拜序」。序云：「不穀深以爲惴，於是旁搜列國之事實，載閲諸家之筆記，條之以理，演之以文，編之以序」，可見他是余邵魚之後的又一改編校訂者。他所留下的修改痕迹比他的「先族叔」略多，如卷一《子牙收服崇侯虎》《子牙收服洛陽城》及卷三《魯村婦秉義全社稷》都有他的署名詩作。

本書前三卷各卷首書名標目爲《新刊京本春秋五霸七雄全像列國志傳》，下署「後學畏齋余邵魚編集，書林文台余象斗評梓」。第四至八卷書名標目同前，第四至第六卷的署名爲「後學畏齋余邵魚編集，書林文台余象斗評林」。第七卷的署名爲「書林余象斗校評」，第八卷爲「後學思齋余邵魚編集，書林文台余象斗評梓」。後兩卷爲下卷，前六卷爲上卷。第七卷卷首《叙列國傳》云：「六卷以上演《左氏春秋》傳記之義，其事則説五霸；七卷以下因吕氏（祖謙）《史記詳節》之規，其事則説七雄。」從種種迹像看來，後二卷出自余象斗的改筆明顯地較前六卷爲多。

根據目録，本書八卷共二百二十六節，但並不是内容完全符合。有的正文有回目和相應的内容，而不見於目録，如卷八《子噲傳位子之》《湣王逃奔齊即墨》；有的目録載有回目，正文有描述而没有標題，如卷二《鄭莊公祖宮大演武》、卷三《管仲召陵服强楚》；有的回目甚至在目録中出現兩次，如卷四《秦穆公大霸西方》；又如卷八《秦王代周一統天下》與《秦始皇一統天下》回目雷同，可見編刻相當草率。至於一些明顯的錯誤，如以明初詩人高啓爲唐人，以白居易《放言》之二「周公恐懼流言日」爲王安石作，所謂李卓吾評十卷本、陳繼儒批評十二卷本大都以訛傳訛，未加改正。

《列國志傳》八卷本、十卷本、十二卷本，其實大體相同，後出的雖有個別修改，分卷不同，並未産生實質性的大差異。今據日本蓬左文庫藏本影印。卷四第八十八頁，卷六第七頁，卷七第六十、七十三頁，卷八第十一頁原缺。（徐朔方）

片璧列國志

《片璧列國志》一名《袖珍列國志》，封題李卓吾先生評閲，金閶五雅堂梓行。日本京都大學圖書館藏。卷首《列國志叙》云：「兹編更有功於學者。浸假兩漢以下以次成編，與《三國志》彙成一家言，稱歷代之全書，爲雅俗之巨覽，即與二十一史並列鄴架，亦復何媿。余且日夜從臾其成，拭目俟之矣。」署「三台山人仰止子撰」。三台山人即余象斗。此序没有表明余邵魚同此書的關係。

全書十卷，單句標目二百十八則，合爲一百零四回。如第一〇三回包括五則。有的標目没有正文，如最後一則《秦始皇一統稱帝》。有的則有正文而不見於目録，如第九十二回《市被降齊破燕》；也有標目、目次和正文文字略有差異。目次各卷所附數字，如「一卷十九回」當改爲「一卷十九則」，這樣可以避免誤會。

此書和《新鐫陳眉公先生批評列國志傳》及其「姑蘇龔紹山」的仿刻本（各爲十二卷），雖然卷數不同，可説是同一版本系統。

此書第三回結尾「邵魚余先生有詩云：先王制律爲民憂（以下七句，略）」，十二卷本此詩，作者只説是「後人」，第六回「皇明余邵魚又有一絶獨題磻溪曰：夜入磻溪如入峽（下略）」，十二卷本無「皇明余邵魚」字樣。朱篁《列國傳題詞》説「《列傳》者，吾不知誰氏子之手筆」，有可能余氏以舊本爲依據進行重編時，加上了他自己的姓氏，而陳批本也以舊本爲基礎，因此没有余氏姓氏，也可能這是陳批本删改余邵魚本留下的痕迹。單憑這一條孤證，難以推論本書和陳批本孰早孰遲。

此書和陳批本及其「姑蘇龔紹山」仿刻本雖然卷數不同，大多數章節（則）故事起訖相同，文字很少有差異，另一些章節起訖雖然不同，衹是分則時有的段落此書歸於上一則，另一書屬於下一則，實際上文字也很少差異，可説是同一版本系統。

陳批本卷九《吴王西子游八景》（本書第七十二回），《勾踐三戰滅東吴》（本書第七十六回），《范蠡扁舟歸五湖》（本書第七十七回）的「唐人高啓」，本書分别加以校正或删改，很少可能是陳批本錯改爲「唐人高啓」。准此而論，或者陳批本早於本書，或者陳批本所依據的原本早於此書，很少有第三種可能。

本書改正了如「唐人高啓」之類的笑料，但第十二回將白居易詩「周公恐懼流言日」誤爲王安石作品，第九十二回樂毅説話提到後代的霍去病，它同陳批本的水平最多不過是五十步與百步之差。

本書分十卷，有頭無尾，第三卷起分卷祗見於目録，正文中不加區分，這也是編印草率的標誌之一。現據日本京都大學圖書館藏本影印。原書五十三回第六頁反面，第七頁正面及六十八回第一頁正面缺。（徐朔方）

孫龐鬬志演義

《孫龐鬬志演義》又名《前七國孫龐演義》，二十卷，題「吴門嘯客述」，首望古主人序，次崇禎丙子（一六三六）戴民主人書於挹珠山房序，次錦城居士跋。

此書雖僅存明末刊本，但其來源甚古。《醉翁談録·小説開辟》已提到「論機謀有孫龐鬥智」；今存元刊《全相平話五種》中有《樂毅圖齊七國春秋後集》，其書當有「前集」。據孫楷第、趙景深、胡士瑩等學者考證，此書當是「前集」的翻版。《七國春秋後集》開篇即言：「夫《後七國春秋》者，説着魏國遣龐涓爲帥，將兵伐韓、趙二國，韓、趙二國不能當敵，即遣使請救於齊。齊遣孫子、田忌爲帥，領兵救韓、趙二國，遂合韓、趙兵戰魏，敗其將龐涓於馬陵山下。有胡曾咏史詩爲證。詩曰：墜葉瀟瀟（當作蕭蕭）九月天，驅羸獨過馬陵前；路傍古木蟲書處，記得將軍破敵年。其夜，孫子用計，捉了龐涓，就魏國會六國君王，斬了龐涓，報了刖足之仇。」接下去是正文。上述「引子」内容正和此書的主要情節相合。比較平話和演義，人物和情節多有關聯，風格亦較接近。此外，元無名氏《馬陵道射龐涓》雜劇中許多情節和此書大致相同；錢塘丁氏善本書室藏明鈔殘本《燕孫臏用智捉袁達》雜劇，和此書第十一回《袁達一番遭陷阱》和第十二回《九曜山野龍納款》題材相同。這些都證明此書是出於古本，對小説史研究具有一定的意義。

書名「志」當作「智」，或是刊誤。此書除崇禎刊本外，尚有岐山園藏板本，題「孫龐演義」；嘯花軒《前後七國志》合刊本，題「前七國孫龐演義」，不題撰人，首康熙丙午（一六六六）梅士鼎公燮序。合刊本另有文和堂本和致和堂本。今據明末刊本影印。（樓含松）

走馬春秋

《走馬春秋》四卷十六回，不題撰人。存世較早刊本有丹寶堂刊本，扉頁中題「繡像走馬春秋全傳」，右題「妖仙擺設胭脂陣」，左題「借火遁孫臏歸山」「省城上陳塘丹寶堂」。卷一題「新刻繡像走馬春秋」，卷二至卷四題「新刻繡像走馬春秋演義」。據卷一末頁所署「粵東省上陳塘丹寶堂板」，知書刻於廣州。廣州刻書業的興起在清中葉後，此書的刊刻年代或亦在清中葉後。

書叙戰國時孫臏助齊伐魏，後又佐樂毅破齊事。二事均見歷史記載，如孫臏敗龐涓事見《史記·孫子吴起列傳》等，樂毅敗齊事見《史記·樂毅列傳》等。唯書中所記事實與歷史相去甚遠；言孫臏佐樂毅伐齊，事雖本《後七國樂毅圖齊》雜劇及《七國春秋後集》平話，然不僅於史無徵，且孫臏敗龐涓事在齊威王時，樂毅伐齊在齊湣王末，二者相距數十年之久，於理不合。此書又凭空結撰大量神魔描寫，復添入鄒妃父女事，使本書完全打破了《三國演義》開創的「七實三虛」的寫史小説規範。

中國的白話小説，往往借托某歷史朝代或某歷史人物爲話柄，如該歷史人物本身有其神秘性或具有豐富的傳説，便成爲小説家撰述的熱點。本書的主人公孫臏即是富有傳奇意味的人物，故歷來寫孫臏的小説極多：元人平話有《七國春秋後集》，明清二代小説有《孫龐鬭志演義》二十卷二十回、《鬼谷四友志》（一名《孫龐演義七國志全傳》）三卷六回、《鋒劍春秋》十卷六十回等。這些小説的内容同中有異，最明顯的區别在於神魔成分的多少，而神魔部分尤以本書爲多，故孫楷第《中國通俗小説書目》評價本書云「甚荒誕，與元人平話小異」。

本書除丹寶堂本以外，尚有民國年間上海廣益書局鉛排本、上海海左書局石印本。宣統年間上海茂記書局刊有《走馬春秋》鼓詞六卷五十四回，内容復加增飾，更爲荒誕。現據日本東京

大學東洋文化研究所藏丹寶堂本影印。（李夢生）

兩漢開國中興傳誌

《兩漢開國中興傳誌》，六卷四十二則。前四卷二十八則叙西漢事，後二卷十四則叙東漢事。漢代故事在南宋時已成爲説話題材。《醉翁談録》有「説征戰有劉項争雄」的記載，《夷堅志》支丁卷三「班固入夢」條記茶肆中有幅紙用緋條貼尾云：「今晚講説漢書。」今存元代《全相平話前漢書續集》、明代熊大木編《全漢志傳》和本書内容基本相同，文字亦多雷同，三書有着密切的關係。孫楷第《中國通俗小説書目》引日本長澤規矩也語，謂此書較《全漢志傳》爲詳。大塚秀高《增補中國通俗小説書目》謂此書實由《全漢志傳》中提取並適當增寫而成。《全漢志傳》刊於萬曆十六年（一五八八），此書刊於萬曆三十三年。此書前四卷相當於《西漢志傳》之前三卷和卷四之前四則，後二卷相當於《東漢志傳》之前二卷，分則及則目俱不同。此書較《全漢志傳》文字更爲通暢，詩咏有所增加，部分内容有所增删和調整，書中人名稍有差異。本書有兩行小字注，兼及音釋與内容。如卷一叙劉邦斬白蛇後注云：「按舊本説此蛇衆人看時其大如山，漢祖視之小如一帶，未知的否。但此亦不必論。」《全漢志傳》叙吴公捉王莽曰：「原來莽字乃是蛇稱，吴公又是蟲類，故王莽被吴公所捉矣。」此書則注云：「按吴公捉王莽此一段係是小説，蓋以莽爲蟒蛇，必須蜈蚣能制之。而蜈蚣又畏蝘蜓，故以偃太尉打倒吴公也。本欲删去，奈人聞習已久，姑留之，恐駭世。」可知此書原有所本，但未必就是《全漢志傳》。此書卷四與《全相平話前漢書續集》同，而《全漢志傳》相應部分則增加了不少内容，如韓信訪異人、高祖斬丁公、封諸將、敦禮樂、招田横等事，平話及此書無之。《全漢志傳》叙韓信手下差人謝公著向蕭何告發韓信謀反，平話及此書則爲婦人青遠向蕭何首事，其情節亦略有差異。比勘三書，可知《兩漢開國中興傳誌》之祖本當爲《前漢書續集》。有《續集》必有《正集》，惜已佚，而從此書可推知《正集》之内容。

本書爲萬曆乙巳（一六〇五）冬月詹秀閩刊本。首題「按鑑增補全像兩漢志傳」，署「西清堂詹秀閩藏板」。卷一題「京板全像按鑑音釋兩漢開國中興傳誌」，署「撫宜黄化宇校正，書林詹秀閩繡梓」。今據日本蓬左文庫藏本影印。（樓含松）

全漢志傳（熊鍾谷編次）

《全漢志傳》由《西漢志傳》與《東漢志傳》組成，西漢六卷六十一則，東漢六卷五十七則，合計十二卷一百十八則。二傳各有序，均題「萬曆十六年（一五八八）秋月書林余氏克勤齋梓」。《西漢志傳》卷一題「京本通俗演義按鑑全漢志傳」，署「鰲峰後人熊鍾谷編次，書林文台余世騰梓行」。熊鍾谷即熊大木，福建建陽人，是嘉靖、萬曆年間活躍的通俗小説編刊者，有《唐書志傳通俗演義》《南北兩宋志傳》《大宋中興通俗演義》等行世。克勤齋乃福建建陽書坊，其刊刻者署名尚有余碧泉、余明台等。《東漢志傳》卷，署「愛日堂繼葵劉世忠梓行」，尾葉圖中有木記云：「清白堂楊氏梓行」。清白堂亦爲福建建陽書坊，《大宋中興通俗演義》即爲其所刊。

元明兩代以兩漢故事爲題材之小説甚多，今存元代平話《前漢書續集》，明萬曆三十三年刊本《兩漢開國中興傳誌》，甄偉《西漢通俗演義》，謝詔《東漢十二帝通俗演義》等，而以《全漢志傳》叙兩漢史事最爲詳備。《西漢志傳》卷三至卷四之「文帝駕幸細柳營」，和平話《前漢書續集》内容相當，蓋爲襲取平話而有所增寫。如韓信訪異人、高祖咬牙封雍齒、滴淚斬丁公、敦禮樂、招田横、高祖還鄉、議立如意等事，均爲平話所無。某些人名和情節亦與平話有異。如告發韓信謀反之人，平話爲婦人青遠，《西漢志傳》則爲謝公著（按《史記索隱》引《楚漢春秋》，稱告發者爲舍人謝公之弟，或爲小説所本）；韓信被殺後，奉旨召蒯通之人，平話作隋何，《西漢志傳》則作陸賈。《西漢志傳》卷四之「袁盎反間害晁錯」至卷六末，所叙史事爲他本所無。《東漢志傳》叙事止於桓帝崩，「竇太后臨朝，大將軍竇武定策禁中，迎取河間孝王曾孫劉宏立之，是爲孝靈皇帝。且看後士（事）如何，看（下）回便見」，意似未完，《東漢十二帝演義》與此書情節略同，其叙事止於靈帝崩，太子協即位，是爲獻帝，末云：「按東漢及此，是爲一十二帝。靈帝即位之初，《三國傳》於是編起，二帝之事，俱備其傳，今但略集其名，餘悉不載。」

此書今存明萬曆十六年克勤齋余世騰刊本，卷首爲《叙西漢志傳首》及《題東漢志傳序》，次目録，正文上圖下文。今據日本蓬左文庫藏本影印。《東漢志傳》卷一第十二葉、卷四第二十三葉原缺。（樓含松）

三國志通俗演義（萬卷樓本）

萬曆萬卷樓本《三國志通俗演義》十二卷，分二百四十節，各節標題爲單句，全名爲《新刊校正古本出像大字音釋三國志傳通俗演義》，唯卷一無「出像」「傳」字樣，卷八、卷十一「出像」作「全像」，卷四則「出像」二字移置在「音釋」之後。卷首庸愚子叙，嘉靖本有「金華蔣氏」「大器」二印；修髯子引，嘉靖本有「尚德」「小書莊」「關西張子詞翰之記」三印，此書皆缺。修髯子引，嘉靖本署壬午（元年，一五二二），此書署壬子（三十一年，一五五二）。本書修髯子引除修髯子自署外，又有「萬曆辛卯季冬吉望刊於萬卷樓」字樣，説明它是古本即嘉靖本在萬曆十九年辛卯（一五九一）的「新刊校正」本。現在所存的嘉靖本實際上也可能是它在後代的翻刻本，不過没有像本書那樣明白標明而已。

本書卷一末云：「起漢靈帝中平元年甲子歲至漢獻帝初平三年壬申歲，共首尾九年事實。」其他各卷的結末，亦都有起止時間之記載。庸愚子叙説「自漢靈帝中平元年，終於晉太康元年之事……事紀其實」，可見這是古本即嘉靖本的原貌。本書註釋也比嘉靖本多而且詳。看來是出自今存嘉靖本的删改。

本書所附插圖都是兩面合成一幅，每則各有十一字（前四後七）的聯句，對仗比較工整，同回目文字的古拙形成對照。

從本書同今傳嘉靖本的上述比較，可以想見當時各書坊競出新意翻刻古本即嘉靖本《三國志通俗演義》，有的在這些方面改動或創新較多，在另一些方面則原書面貌保存較多，很難籠統地或簡單地判明各本的遲早；刊刻年代的遲早並不一定表明越早越接近原本。本書《玉泉山關公顯聖》「吴兵在城下，將關公父子首級招安」，顯然比今存嘉靖本「吴兵在城下，將君侯父子刀馬前來招安」，更接近原貌。同樣例子不勝枚舉。

本《集成》已出的《三國志通俗演義》（嘉靖本）前言所舉明顯失誤，如《孔明秋風五丈原》夾入尹直作於一五〇四年的諸葛亮贊詞，詞晚於庸愚子序十年；《曹操大宴銅雀臺》誤以白居易《放言》詩（「周公恐懼流言日」）爲尹氏作；《諸葛亮舌戰羣儒》所謂「漢揚雄以文章爲狀元」等等，本書皆同，可見二者同出一源，都没有經過文化水平較高的文士的認真修訂。

現據日本内閣文庫藏本影印。原書節目缺結末半頁；正文缺卷三第七十六頁下半頁和七十七頁上半頁，卷六至第九十三頁爲止，第九十四頁起亦缺。（徐朔方）

後三國石珠演義

《後三國石珠演義》三十回，一題《三國後傳》，署梅溪遇安氏著。作者姓名不詳，梅溪在今福建崇安，知作者爲崇安人。書首有序，末署「庚申孟夏澹園主人題於菉竹亭」。書前有插圖八幅，存世殘本耕書屋刊本（藏日本宫内廳書陵部）圖記有刻工黄順吉、黄君達。黄順吉爲明末清初人，順治中曾刻《續金瓶梅》，因此，澹園主人序所署「庚申」，當爲康熙十九年（一六八〇）。

本書序稱「是集專從《通鑑》中三國時受魏稱帝之際，演成一帙」，標榜是依史成書，實際並非如此。書所記雖爲西晉羣雄紛争、戰亂頻仍，起於晉武帝司馬炎太康年間，迄於晉愍帝司馬鄴建興末年三十多年間史事，然以虚構人物石珠、劉弘祖貫徹終始，故稱「石珠演義」。在鋪寫時雜以野誌傳聞、奇術左道，雖增志趣，却荒誕不經。孫楷第《戲曲小説書録解題》謂：「此編則甚淺陋，蓋襲萬曆本（《續三國志》）而益以浮詞。書中以劉淵爲劉弘祖，又謂石季龍、段琨、慕容廆爲結義弟兄，後各得佳偶，團圓封拜；又無端添出一女子，其名爲石珠，云係織女下降，稱兵爲女王，劉弘祖、石季龍以下皆臣之，後爲仙人吴禮接引，遁迹仙去，而讓位於劉爲漢王，尤不知其用意所在。」所論甚確。

本書取名「後三國」「三國後傳」，顯然是以《三國演義》的續書自居。續《三國演義》的小説，除此以外，尚有《後三國志演義》《續編三國志後傳》；而寫晉代歷史的小説，明代就有《東西兩晉志傳》《東西晉演義》。這些小說，側重不同，取材各異，由此可見歷史演義創作的繁榮狀況。

本書版本，有刊刻堂名的，早期有耕書屋刊本及「武林大成齋發兑」本，都標舉「聖歎外書」「李卓吾先生批評」，顯是僞托。無刊刻堂名的，早期有大字本一種。後又有三與堂本及上海書局石印本。現據舊刊大字本影印。（魏同賢）

説唐演義全傳

乾隆癸卯年（四十八年，一七八三）重鐫觀文書屋梓行《説唐演義全傳》十卷六十八回。署鴛湖漁叟校訂。鴛湖即嘉興南湖。卷首有如蓮居士乾隆元年序。英國博物院藏聖德堂刊本有署名鴛湖漁叟序，而無如蓮居士序，未見。

書叙秦叔寶父彝臨終托孤，止於唐太宗李世民登極。此書和褚人穫《隋唐演義》前六十多回都以《隋史遺文》爲依據加以改編。《隋史遺文》第四回和褚氏《隋唐演義》第五回都叫《秦叔寶途次救唐公》，被俘的隋兵都説：「小人不是强盜，是東宫護衛奉宇文爺將令」云云，而本書則是晉王楊廣親自前來，企圖謀害唐公。似乎本書和《隋史遺文》不屬同一系統。但《隋史遺文》第三回總評説：「舊本有太子（指晉王楊廣）自扮盜魁，阻劫唐公，爲唐公所識。小説亦無不可。予以爲如此釁隙，歇後十三年君臣何以爲面目，故更之。」可見這一情節，本書和《隋史遺文》舊本實同。褚氏《隋唐演義》和《隋史遺文》都説唐公到永福寺，本書作承福寺，當因字形相似而致誤。

本書第四十六回《小秦王夜探白壁關》李世民衹帶程咬金一人，《隋史遺文》第五十四回則云「秦王帶了(秦)叔寶二十騎人馬前到一座小孤山去」，地名作柏堡；《隋唐兩朝志傳》第五十一回則云「秦王猛然暗思，恐有埋伏，乃就半路留下向善志、丘師利二人，領着一萬精兵」，地名作柏壁關。正如同緊接着的秦瓊和尉遲恭的「三鞭換兩鐧」一樣，各書都自出手法，並不一樣。《隋史遺文》則連「三鞭換兩鐧」的説法也没有。

世代累積型的無名氏的長篇小説，同一作品有舊本和新本之分，如《隋史遺文》；題材相近的小説如《隋唐兩朝史傳》、各本《隋唐演義》、《隋史遺文》和本書，既有無意的僅僅由刻板等技術原因所造成的文字出入；又有有意的增删和潤色；成書遲的可能依據舊本，而成書早的倒可能經人增删：凡此種種，要一一考訂它們的前後和異同有時非常困難而又繁瑣。如果充分認識到這一類小説成書過程的複雜性，也許問題也就差不多近於解決了。

現據上海古籍出版社藏觀文書屋刊本影印，原書板匡高二一三毫米，寬一四〇毫米。原書第五十九回第六頁原缺，現據國家圖書館分館藏本輯補於後。(徐朔方)

混唐後傳

《混唐後傳》，封面鎸「薛家將平西演傳」，書内又題「混唐平西傳」，首序則題作「混唐後傳序」。全書三十七回，内卷之首五回，卷之一至卷之八凡三十二回。題「竟陵鍾惺伯敬編次」，「温陵李贄卓吾參訂」。晚明以來，托名李贄、鍾惺編訂之小説頗多，此書亦如是。

此書序亦署鍾惺題，然全文與褚人穫《隋唐演義序》相同，僅數字有異。序中云：「《隋唐志傳》，創自羅氏，纂輯於林氏，可謂善矣。然始於隋宫剪綵，則前多闕略。……昔有友人（褚序作「昔籜庵袁先生」）曾示予所藏《逸史》，載隋煬帝朱貴兒爲唐明皇楊玉環再世姻緣事，殊新異可喜，因與商酌，編入本傳，以爲一部之始終關目，合之《遺文》《艷史》而始廣其事，極之窮幽仙證而已竟其局。」此段所説，與《隋唐演義》於叙「隋宫剪綵」前增入二十七回叙隋煬帝艷史相合，而與此書開頭即自唐太宗放宫女事叙起則明顯不符。又，「籜庵袁先生」即作《隋史遺文》之袁于令，褚人穫與之同里而差少，當相識而得見其《隋史遺文》，即序中所説《遺文》，而《隋史遺文》刊行時，鍾惺早已辭世，何以得見其書，並採入此書中？可見此書托名鍾惺的序是抄褚人穫的序，此書之刊行當在清康熙三十四年（一六九五）《隋唐演義》刊行之後。日本天明間秋水園主人《小説字彙》已引此書，是則其刊行又不晚於乾隆四十七年（一七八二）。

此書與乾隆間恂莊主人編《異説征西演義全傳》内容相同，前數回（此書爲卷之首五回和卷之一第一、二回)主要演薛家將征西遼事,其餘三十回演唐武后、韋后及唐明皇宮闈事,衹是此書前部分較《異説》稍簡,故孫楷第《中國通俗小説書目》認爲二者實即一書。《異説》鴻寶堂刊本首有悔莊主人乾隆十八年序,無僞托現象,或其刊行先於此書。此書前、後部分,叙法和文字風格明顯不一致,當是由於來源不一。孫楷第斷前部分薛家將征西事,係悔莊主人「憑空捏出」,後部分是「自褚人穫書(《隋唐演義》)六十八回抄起,省略馬賓王蕭后事」。確否,有待考證。

此書今存清芥子園刻本、文德堂刻本兩種。現據大連圖書館藏芥子園刻本影印,原書板匡高一八〇毫米,寬一一五毫米。原有圖八葉十六幅,缺第三葉兩幅。(朱玲球)

異説反唐全傳

《異説反唐全傳》除初刻瑞文堂本十四卷一百四十回外,尚有十卷一百回節本多種。此書歷來頗多異名,瑞文堂本牌記上端爲《武則天改唐演義》,中爲《異説反唐演傳》,右則《評點薛剛三祭鉄坵墳全集》;目録作《新刻異説武則天反唐全傳》;正文《新刻異説反唐全傳》。孫楷第《中國通俗小説書目》著録本書爲《異説反唐演義傳》,注云:「嘉慶丙子本改題《異説南唐演義》,後來坊本又有《大唐中興演義傳》者。」孫氏在著録版本時又説:魯迅故居藏十卷百回本,像十二葉，正文半葉十一行，行二十八字。序署「如蓮居士題於似菊別墅」，無年月。有魯迅先生夾籤題識云：「三和堂版本，首葉作《反唐女媧鏡全傳》，兩旁夾寫：『内附鳳嬌投水』；『徐孝德下山』。序末作『時乾隆癸酉仲冬之月如蓮居士録於似山居中』。每卷第一行皆作《新刻異説反唐演義傳》。」

關於本書的作者，瑞文堂本未署名，序署「如蓮居士題於似山居中」；十卷百回本有題爲「姑蘇如蓮居士編輯」（見孫氏著録）；亦有作「姑蘇如蓮居士編次」（復旦大學圖書館藏同治丁卯（六年，一八六七）刻本）。如蓮居士真實姓名未詳，他除爲本書作序外，還爲《説唐演義全傳》《征西説唐三傳》兩書作序；《别本説唐後傳》亦題「姑蘇如蓮居士編次」。《説唐演義全傳》之序作於乾隆元年（一七三六），本書三和堂本序作於乾隆癸酉（十八年，一七五三），則其生活年代約可推見。

本書取武則天臨朝爲背景，叙「薛剛大鬧花燈，打死皇子，驚崩聖駕，三祭鐵坵墳，保駕廬陵王中興大唐天下」事，其主要情節雖屬虚構，但作者據當時的某些異聞逸事，虚虚實實，把這段故事寫得頗有聲色，爲人們所喜聞樂道。戲曲《九錫宫》《鬧花燈》《陽和摘印》《法場换子》《鐵丘墳》《舉鼎觀畫》《九焰山》《徐策跑城》，均取材於此。

瑞文堂本爲最早刻本，極爲珍貴，今藏遼寧省圖書館，現即據以影印。惟該書今存十三卷一百三十回，所缺最後十卷計十回，以復旦大學圖書館所藏十卷一百回本的相關章節輯補於後。

瑞文堂本板匡高一九二毫米，寬一二三毫米。（曹中孚）

粉粧樓全傳

《粉粧樓全傳》，牌記作《繡像粉粧樓全傳》，正文作《新刻粉粧樓傳記》，十卷八十回。嘉慶二年（一七九七）寶華樓梓。此書未署作者名，前有竹溪山人序。序云：「羅貫中所編《隋唐演義》一書，書於世久矣。……前過廣陵，聞世俗有《粉粧樓》舊集，取而閲之，始知亦羅氏纂輯，而世襲藏之，未以示諸人者也。……余故譜而叙之，抄録成帙；又恐流傳既久，難免魯亥之訛，爰重加釐正，芟繁薙蕪，付之剞劂，以爲勸善一徵云。」按《隋唐演義》爲褚人穫所作，此云羅貫中編，或是指羅氏的《隋唐兩朝志傳》。序中所説《粉粧樓》早有「舊集」，他是得之於金陵（今江蘇南京），取而閲之，始知亦羅貫中纂輯，當是有意假托。作者得到這個「舊集」後，「譜而叙之，抄録成帙」「重加釐正，芟繁薙蕪」云云，便可得出這樣的結論：即《粉粧樓》原有一個舊本，竹溪山人是在這舊本基礎上整理成書的，故刊印時冠以「新刻」兩字。

竹溪山人真實姓名未詳，有清一代署名爲竹溪山人的爲宋廷魁。廷魁字竹溪，山西介休人。乾隆間在世。著作有《竹溪詩集》三卷、《文集》二卷和《介山記》二卷。孫殿起《販書偶記》「南北曲之屬」著録有「竹溪山人《介山記》二卷（演介子推事），山右宋廷魁填詞，乾隆間刊」。然在有關宋的著作中，未見有與《粉粧樓》相涉的文字，故這位竹溪山人是否就是《粉粧樓》改編者，目前尚無確鑿證據。

演述唐代歷史的小説，自《隋唐演義》《説唐》問世以來，頗爲人們所喜聞樂道。於是乾隆間便有《説唐後傳》《説唐征西三傳》《反唐演義全傳》等續書流行，《粉粧樓》亦屬這類續書，爲講史性質而寓傳奇故事者。是書寫唐代開國功臣羅成後裔羅增的兩個兒子羅燦、羅焜，義結胡奎，在遊滿春園時，因救難女祁巧雲，與奸相沈謙之子沈廷芳結怨；沈謙讒害羅增，羅氏兩子逃亡後與胡奎聚義鷄爪山，聯合忠義之士，興兵伐罪，除奸雪冤。書中貫穿着有關羅燦、羅焜的婚姻愛情瓜葛，如羅焜未婚妻柏玉霜，因繼母侯氏欲將其改嫁給内侄侯登，女扮男裝潛逃中誤入沈廷芳府第，在粉粧樓拒暴，以玉如意將廷芳打死等等。至其基本情節，均爲虚構。如第一回所稱故事出在唐朝乾德年間，便連年號亦可任意移用；開卷有詩謂「爲是史書收不盡，故將彩筆譜奇文」，則已道出了滿紙奇文，不載於史書，乃作者彩筆譜寫而成。

本書除最早刊本寶華樓本外，尚有咸豐十一年（一八六一）維經堂本、光緒三十二年（一九〇六）泉城郁文堂本等。現據日本京都大學圖書館桑原文庫所藏寶華樓本影印。原書有些葉子或因板子斷裂、或因殘缺一角而影響閱讀者，今以北京大學圖書館藏本輯補於後，以供對照參考。

（曹中孚）

北宋金鎗全傳

《北宋金鎗全傳》十卷五十回，題「江寧研石山樵訂正，鴛湖廢閑主人校閲」；前有《北宋金鎗全傳序》，署「道光壬午歲（二年，一八二二）鴛湖廢閑主人題」。按此書即《北宋志傳》，係析《南北兩宋志傳》北宋部分而成。《南北兩宋志傳》有明建陽余氏三台館本、明唐氏世德堂本、明葉崐池刊玉茗堂批點本等多種版本，均南北宋分別叙出，自成起迄。通行的爲玉茗堂批點本，題「研石山樵訂正，織里畸人校閲」。此《北宋金鎗全傳》與以上諸本之《北宋志傳》對照，除改編者在回前或正文中新增了一些詩句外，正文内容改動極少。鴛湖廢閑主人的《序》，實際就是玉茗堂批點本序，鴛湖廢閑主人只對署名和個别文字作了若干修改。於此可知，研石山樵爲原書之訂正者，係明代人；鴛湖廢閑主人爲改編者，乃清道光間人。研石山樵、鴛湖廢閑主人真實姓名未詳。鴛湖廢閑主人還在書末留下一行識語：「道光三年（應是二年）壬午歲次書於紅雨山莊玩月軒中。」

本書所叙爲北宋之初前後六十多年的歷史故事，包括太祖征遼至真宗征西，以楊業父子及其家人爲中心人物。書中虚虚實實，並非全按史事演述。書名之稱「金鎗」者，當早有來歷。清乾隆間清凉道人《聽雨軒筆記》卷三《餘記》，在論述「小説所以敷衍正史，而評話又敷衍小説」時，就已提到了書名「金鎗」。鴛湖廢閑主人是根據這一傳統名稱將《北宋志傳》改編成書的。改編者除忠於原著，對原書内容不加輕易改動外；曾按其觀點對書中的部分故事情節提出了自己的看法，於是就在好幾回書的末尾，留下了一些評語。如第三十二回的書中有吕洞賓命椿樹精下界輔助遼邦蕭太后的事，回末就有評語曰：「吕洞賓乃上八洞神仙，豈不知宋朝國運興廢而蕭邦豈能成其一統之君？而今反助蕭邦，令兵擺陣，有違天意耶！此段關節，一派寓言，實無此事。今照原板而作，其實不通。」這就使原書中荒誕不經之處，有所指正。

現據日本内閣文庫藏道光壬午博古堂刊本影印。原書正文第三十一回回目漏列；第二十八回有錯簡和缺頁。今將二十八回之錯簡和缺頁，以清刻本《北宋志傳》輯補於後。（曹中孚）

飛龍全傳

《飛龍全傳》，舊名《飛龍傳》，六十回，東隅逸士編。清崇德書院本卷首有乾隆戊子（三十三年，一七六八）自序，並有繡像二十四幅，每回末有總評。同年所刊世德堂本亦有圖和自序。東隅逸士，即吴璿，字衡章，似爲蘇南人。生卒年不詳，約生於清雍正年間，是個不得志的舉子。他自稱是據舊本《飛龍傳》改寫的，並在《自序》中説「己巳歲（乾隆十四年，一七四九），余肄業村居」，「方攻舉子業」，但「屢困場屋，終不得志」，「不得已，棄名就利，時或與賈豎輩逐錙銖之利，屈指計之，蓋已一十有九年矣」！可見他還曾棄學經商，以爲生存之計。

至於他對舊本《飛龍傳》的改寫修訂工作，一方面「删其繁文，汰其俚句」，做些删繁就簡及文字工作外，另一方面，又「間以清雋之辭，傳神寫吻，盡態極妍，庶足令閲者驚奇拍案，目不暇給矣」！在人物與情節的描寫上，下了很大的功夫。

《飛龍全傳》是寫宋太祖趙匡胤發迹和立國的故事。從後漢隱帝劉承祐乾祐元年（九四八）寫起，到陳橋驛兵變、黄袍加身、北宋立國止，前後十二年的時間。書中除某些主要人物、重大史迹，有史實依據外，其他多爲鋪張敷衍之文，不脱一般歷史演義的窠臼。其中不乏神怪色彩，宿命論思想尤爲强烈。

宋太祖趙匡胤的傳奇故事，很早就成爲宋、金、元、明小説戲曲中的素材。如佚名的雜劇《趙匡胤打董達》，羅貫中的雜劇《趙太祖龍虎風雲會》，李玉的傳奇《風雲會》；宋時話本《飛龍記》（見《醉翁談録》，已佚），明擬話本《趙太祖千里送京娘》（《警世通言》）等，都是以趙匡胤爲主要人物和題材的。據乾隆間清凉道人《聽雨軒筆記》記載，當時已有《飛龍傳》評話。《飛龍全傳》就是在以前的民間文學和文人創作的基礎上産生出來的一部集大成的作品。它並影響了以後同類題材小説的寫作，如《趙太祖三下南唐被困壽州城》等。

本書除崇德書院本、世德堂本外，此後尚有東皋書屋、芥子園、裕德堂等的翻刻本，及清同治間翠隱山房、經綸堂刊本、光緒間石印本。

今據芥子園本影印。第九回第七十五頁、第三十五回第六十六至六十七頁爲原書所缺。

（侯忠義）

大宋中興通俗演義

《大宋中興通俗演義》，八卷七十四則，明代熊大木編。大木號鍾谷，福建建陽人，是嘉靖、萬曆年間活躍的通俗小説編刊者，有《全漢志傳》《唐書志傳通俗演義》《南北兩宋誌傳》等行世。本書首載「序武穆王演義」，署「嘉靖三十一年（一五五二）歲在壬子冬十一月望日建邑書林熊大木鍾谷識」。序稱：「《武穆王精忠録》，原有小説，未及於全文。今得浙之刊本，著述王之事實，甚得其悉。然而意寓文墨，綱由大紀，士大夫以下遽爾未明乎理者，或有之矣。近因眷連楊子，素號湧泉者，挾是書謁於愚曰：敢勞代吾演出辭話，庶使愚夫愚婦亦識其意思之一二。余自以才不及班、馬之萬一，顧奚能用廣發揮哉？既而懇致再三，義弗獲辭，於是不吝臆見，以王本傳行狀之實迹，按《通鑑綱目》而取義。至於小説與本傳互有同異者，兩存之，以備參考。」「凡例」云：「是書演義，惟以岳飛爲大意，事關他人者，不免録出，是號爲中興也。」

中興故事南宋時已在民間廣爲流傳，並成爲説話人的重要題材。羅燁《醉翁談録》之「小説開闢」有「新話説張、韓、劉、岳」的記載；《夢粱録》卷二十「小説講經史」也載：「又有王六大夫，原係御前供話，爲幕士請給，講諸史俱通。於咸淳年間，敷演《復華篇》及中興名將傳，聽者紛紛，蓋講得字真不俗，記問淵源甚廣耳。」元人雜劇以此爲題材者今存孔文卿《東窗事犯》，其内容和本書部分情節相近，文字也有雷同之處，筆涉怪異，有濃厚的民間傳説色彩。但本書大部分内容則是根據史書，對民間傳説有所修訂，有時還特爲注明。如卷六叙「却説酈瓊既殺了吕祉，恐宋兵追襲，連夜投奔僞齊去了」，其下注云：「此一節與史書不同，止依小説載之。」又卷八叙「秦檜既死，次日事聞於朝，高宗隨即下詔黜其子秦熺罷職閑住，其親黨曹泳等三十二人皆革去官職，全家遷發嶺南去訖」，其下注云：「此小説如此載之，非史書之正節也。」本書所依據的史料，可能是明成化年間商輅等奉敕所撰的《續資治通鑑綱目》，並仿綱目体，有雙行小字注，有按語，有評語，評語冠以「論曰」「評曰」「斷云」「綱目斷云」「宋鑑斷云」「史評曰」「史臣曰」「瓊山丘氏（濬）曰」等。引劉後村、姚子章、聞益明、姚震、張琳、洪兆、宋元章等人詩及徐徿文。正文中輯入大量表、疏、奏、詔之文，有杜撰，也有原文。

此書爲嘉靖三十一年（一五五二）楊氏清江堂刊本。卷一題「新刊大宋演義中興英烈傳」，署「鰲峯熊大木編輯，書林清白堂刊行」。卷二至卷八題「新刊大宋中興通俗演義」。書末有木記云「嘉靖壬子孟冬楊氏清江堂刊」。今藏日本内閣文庫，現即據以影印。其中卷二第九頁，卷三第四十七至四十八頁、第五十三頁，卷五第五十頁起，卷七第十七頁、第二十三至二十四頁，卷八第三十頁下半頁和第三十一頁下半頁，爲原書所缺。附録《會纂宋岳鄂武穆王精忠録後集》二卷，署「賜進士巡按浙江監察御史海陽李春芳編輯，書林楊氏清白堂梓行」。内容爲後世有關褒揚岳飛的文字，已予删去。（樓含松）

説岳全傳

《説岳全傳》，全稱《精忠演義説本岳王全傳》，凡二十卷八十回。題「仁和錢彩錦文氏編次」，「永福金豐大有氏增訂」。錢彩、金豐二人，除此題名所表明的里籍、姓字外，餘皆不詳，據本書刊行年代（見後文），當爲清乾隆間人。

叙寫岳飛抗金及其冤獄事的小説，最早的刊本是熊大木編《大宋中興通俗演義》，初刊於明嘉靖年間。嗣後，屢經翻刻易名，有數種版本。又有删節本或重訂本，前者如托名鄒元標編訂之《岳武穆王精忠傳》；後者如崇禎末于華玉編訂之《岳武穆王精忠報國傳》。而這種删節、重訂，是删芟熊大木本中的傳説成分，特别是于華玉本，要「與正史相符」，結果是流於史傳的複述，缺乏小説的趣味，所以後世流傳不廣。

錢彩、金豐鑑於明代諸本説岳傳的得失，認爲：「從來創説者，不宜盡出於虚，而亦不必盡由於實。苟事事皆虚，則過於誕妄，而無以服考古之心；事事皆實，則失於平庸，而無以動一時之聽。」（金豐序）於是，博采衆書，進行聯貫、潤飾，增入了諸如赤鬚龍變化而爲金兀朮，女士蝠變化而爲秦檜妻，大鵬鳥臨凡而爲岳飛的「神話」，成爲一部集史傳、傳説、志神怪於一體的《説岳全傳》。全書情節繁富而有波瀾，叙述詳細而時有感動人處，人物性格亦不乏鮮明生動者，可讀性、趣味性大大增强，所以在民間廣爲流傳。後來的《精忠傳彈詞》，及諸多戲曲，大都由之改編而成。

本書金豐序，末署「甲子孟春上浣識於餘慶堂」。余氏餘慶堂刊本，當是初刊，他如錦春堂、嘉慶辛酉（六年，一八〇一）福文堂、大文堂諸刊本，無疑均爲後出之翻刻本。查乾隆五十三年（一七八八）《應燬各種書目》，列入此書，是則其初刊當在此前。據此，可斷金豐序署之「甲子」，爲乾隆九年（一七四四）。

現據大連圖書館藏錦春堂刊本影印，原書板匡高一八五毫米，寬一二九毫米。（朱玲球）

楊家府世代忠勇演義志傳

明萬曆刊《楊家府演義》，全稱《楊家府世代忠勇演義志傳》，八卷五十八則。卷一題「秦淮墨客校閱」，卷二起題「秦淮墨客校正」、「烟波釣叟参訂」。有圖，在文中。首序，末署「萬曆丙午（三十四年，一六〇六）長至日秦淮墨客書」。據名下鈐章，知秦淮墨客爲紀振倫，字春華。明刊《續英烈傳》，首序亦署「秦淮墨客」，又明金陵唐氏書坊刊《七勝記》《三桂記》《西湖記》三種傳奇，均題「秦淮墨客校」，疑紀振倫爲唐氏書坊之編書先生。

此書叙北宋楊業（一作繼業）世代抗遼保國事，本事載《宋史》本傳，及《續資治通鑑長編》等書。南宋時即衍爲故事，流傳民間。謝維新《合璧事類》後集載採自傳聞之「楊家將」故事。羅煒《醉翁談録》載話本名目，有《楊令公》《七郎爲僧》二種。元人編爲雜劇，今存《昊天塔孟良盜骨》《謝金吾詐折清風府》，明人亦有數種演楊家府故事之雜劇。據明嘉靖間熊大木《南北宋誌傳》後編（即《北宋志傳》）第一回按語，有「收集《楊家府》等傳」一句，可推知前此已有演楊家將故事之評話。此書題「秦淮墨客校閲」或「校正」，而不題「編次」，正表明了這一事實。

熊大木所編之《北宋志傳》亦叙楊家府故事，此書與之内容大致相同，然亦頗多差異。擇要而言：一、此書分則，有單句字數不等的則目；《北宋志傳》分回，回目爲整齊的對偶句。二、此書開端簡單交代宋太祖開國，征北漢，便專叙楊繼業降宋抗遼；《北宋志傳》開頭部分叙呼延贊故事，隨後方叙楊業歸宋事。三、此書於楊家將破遼後，有楊文廣征儂智高故事；《北宋志傳》没有這部分情節，且無楊文廣其人。四、《北宋志傳》止於「楊宗保平定西夏，十二婦得勝回朝」；此書於「十二寡婦征西（新羅國）」後，復以「懷玉舉家上太行」，楊家隱退結束全書。五、兩書都夾有神怪鬭法的荒誕情節，而此書尤多，民間傳説的怪異性更濃重。或許此書是因襲了原有《楊家府傳》的情節内容，《北宋志傳》爲與其前編（即《南宋志傳》）格調一致，而有所删改。

此書有明萬曆三十四年卧松閣刊本、清乾隆間寶興堂刊本、天德堂刊本等。現據卧松閣本影印。（袁世碩）

平閩全傳

《平閩全傳》八卷五十二回，不署撰人。

今見最早版本爲清道光元年（一八二一）鷺江崇雅堂刊本，内封題「道光元年新鎸」，「鷺江崇雅（堂）藏板」字樣。鷺江在今福建，故此書蓋首刊於閩地，與書中内容亦相應。此本書前繡像三十二幅，並序一篇，但無署名與年代。據序中謂「近於友人處，得閲《平閩全傳》，列叙曩時平閩事，實委曲周詳，瞭於指掌」云云，當是小説家言。事隔幾百年，作者焉能知之甚詳？不過是作家的自創而已！故疑此序乃作者自序。

此後尚有廉溪書齋藏板本、清光緒十一年（一八八五）刊本等。一九四四年重慶説文社刊《楊家將及其考證》一書中，所收《平閩全傳》改稱《楊文廣征蠻十八洞》。另有《楊文廣平南全傳》一種，四卷二十二回，情節與《平閩全傳》相似之處頗多，有同治四年（一八六五）刊本。

小説叙北宋仁宗時，楊文廣掛帥，率母木（穆）桂英、姐楊宣娘、子楊懷玉、楊懷恩等人，征伐南閩王藍鳳高及十八洞主故事。書中内容幾爲仙魔鬭法所累，已不復爲歷史演義而成神怪小説矣。

今據北京大學圖書館所藏鷺江崇雅堂本影印，原書板匡高一四六毫米，寬九四毫米。（侯忠義）

皇明開運英武傳

以明朝開國史實爲題材的歷史小說，現存《皇明英武傳》《皇明英烈傳》《雲合奇蹤》三種。《雲合奇蹤》第四十三則批語云：「此一則事節段落詳悉，勝《英烈傳》多矣。」由此可大致斷定它是由文人據《皇明英烈傳》或《皇明英武傳》剪裁改寫而成。《皇明英武傳》與《皇明英烈傳》節目文字基本相同，成書孰先孰後，難以遽定。前者於所增内容標明「附增」字樣，其内容後者均有，而不復標「附增」字樣；前者每籠統云「按史臣論曰」，後者則一一注明出處，如「按《皇明通紀》」「按《西樵野記》」等；兩書歧異部分，凡前者有而後者無者，多屬累贅多餘段落，如卷一「濠州滁陽王起義，太祖禮賓館招賢」節中「後遂配與太祖」數字，「吴禎單保興隆會，大海獨誅孫德崖」節末尾「有詩曰」以下一段；凡前者無而後者有者，則往往是引證或引申評論性文字，且每使上下文不連貫，顯係後來添補，如卷一「張天祐獻城款附，胡大海率衆投降」節「因以次滁州」一段，「吴禎單保興隆會，大海獨誅孫德崖」節「常遇春世爲農家」及「按《皇明通紀》，初諸將破和陽」兩段等。這些大約就是後者卷首無名氏序所説的「博採昭代之事迹，因舊本而修飭之，補其所疑，文其所陋，正其所訛」之處。據此，則《皇明英武傳》先出，《皇明英烈傳》係據之改寫而成的可能性較大，然仍不能完全排除相反情況的可能性。

《皇明英武傳》現存日本内閣文庫藏本，不署撰人。沈德符《萬曆野獲編》卷五謂郭勛作，説他「謀進爵上公，乃出奇計，自撰開國通俗紀傳名《英烈傳》者，内稱其始祖郭英戰功幾埒開平、中山」。此指本書匏集第六節寫郭英鄱陽湖之戰射殺陳友諒。按郭勛晉爲公爵，其祖郭英得配享太廟，皆因他在「議大禮」中逢迎世宗受到寵幸之故。郎瑛《七修類稿》卷二十四「郭四箭」條已力持郭英射殺陳友諒之説，併謂《忠烈傳》等已「明載」此事。郎書刊於嘉靖中葉，則此説由來已久，作《皇明英武傳》者自可採入書中，不必待郭勛始發之也。沈德符或以郭勛曾刊印過《三國志通俗演義》《水滸傳》等通俗小説，又編過《三家（徐達、沐英、郭英）世典》，故以《皇明英武傳》歸於他的名下，其言未足深信。

該書卷下署「原板南京齊府刊行，書林明峰楊氏重梓」。書末有木記云：「皇明萬曆辛卯年歲次孟夏月吉旦重刻。」按明諸王以齊名者，唯太祖庶七子榑，洪武三年（一三七〇）封，十五年就藩青州。建文元年（一三九九）廢爲庶人，成祖即位，令王齊如故。永樂四年（一四〇六）復以罪與子共廢爲庶人，宣德三年（一四二八）與三子皆暴卒，幼子賢赫安置廬州。所謂「南京齊府刊行」云云，或以舊稱稱之，以作招徠，不一定出於假托。辛卯即萬曆十九年（一五九一）。書中屢次提到「舊本」，或即指「南京齊府刊行」之「原板」。

現據日本内閣文庫藏本影印。此書除原序僅存一葉外，卷三第九、第十葉，卷八第十九葉，亦爲原書所缺。（廖可斌）

前明正德白牡丹傳

《前明正德白牡丹傳》八卷四十六回，封面題《圖像白牡丹全傳》，卷首題《新編前明正德白牡丹傳》。寫明武宗遊江南事，前此已有道光年間何夢梅撰《大明正德皇遊江南傳》，此書與之題材相同，情節則異。

首有「武榮翁山柱石氏」自序，《中國通俗小說書目》（孫楷第）、《中國古代小說百科全書》等皆據此定爲「翁山撰」；《古今室名別號索引》亦以「柱石氏」爲「翁山」之號。案「武榮」即晉江縣（今福建泉州市），唐武德中曾在晉江縣地置武榮州，故名。據乾隆《晉江縣志》卷之一《山川》「清源（山）之西」條下，「自佛迹（山）□□□山分，内爲斗南、古圳、翁山、巖山，四山俱三十三都，在城西南數十里。紫帽山西分脉，自常春而來相連接，諸皆拱輔於郡城之西者也。」則「翁山」乃地名而非人名。該書封面實署「武榮翁山柱石氏琮編」；卷目下署「武榮翁山洪柱石琮編次」；各卷下均署「武榮翁山柱石琮編」。則此書作者應姓洪名琮，「柱石」是他的字或號，其生平待考。

封面署「上洋博古齋存版」，封内署「光緒辛卯除夕博古之齋主人監印」，作者自序署「光緒辛卯季冬之月下浣柱石氏書於上洋博古之齋」，則該書首刊於光緒辛卯（十七年，一八九一）年末。上洋，諸家小說書目皆誤作「上海」。案福建建甌縣西一百六十里有市鎮名上洋，與著名的刻書之地建陽接壤。民國二十九年（一九四〇）重修《建甌縣志》卷六《城市》云：「上洋口，麻溪里。……明成化間劃分街道，清初始成墟市，乾隆三十六年（一七七一）以王台通判移駐，改爲分縣，民國初設縣佐。」卷二十四《交通》云：「上洋爲南（平）、（北）順、（建）甌三縣交界處，商業繁盛。」卷二十五《物産》又云：「洋口出紙，曰海紙。」本書所説的「上洋」，當即該處。

作者自序中稱：「余長夏無事，信筆揮成，然言詞舛謬，未免見笑於儒林，仍收而置諸篋。適坊友來遊，有所謂《白牡丹》者，世人多有求售而不得者，既有此編，何不付梓以公同好。余曰不可。嗣因復請，爰書數語以弁諸首云爾。」據此，則作者和刊印者不是同一人，「博古齋」乃是刻書者的坊名。

現據日本東京大學文學部所藏上洋博古齋版影印。（廖可斌）

征播奏捷傳通俗演義

《征播奏捷傳通俗演義》六集，六卷，一百回。封面題《刻全像音詮征播奏捷傳通俗演義》，卷端題《新刻全像音詮征播奏捷傳通俗演義》，版心題《征播奏捷傳》。

演征討播州宣慰使楊應龍事，事在明萬曆二十八年（一六〇〇）。封面欄外横署「巫峽望僊巖藏板」，中間小字署「萬曆癸卯秋，佳麗書林謹按原本重鐫」。癸卯即萬曆三十一年。各卷目下亦有「遵依原板刊行」字樣，似前此尚有舊板。然卷首九一居主人撰《刻征播奏捷傳引》署「時龍飛萬曆昭陽閼單（按應爲「單閼」）重光作噩哉生明」，昭陽單閼即癸卯；書末木記亦署「癸卯冬名衢逸狂白」，則此實爲原本。

卷端署「清虚居吉瞻僊客考正，巫峽巖道聽野史紀略，棲真齋名衢逸狂演義，凌雲閣鎮宇儒生音詮」。據九一居主人《引》及第九十九回《玄真子自叙》等，知作者又號玄真子，其真實姓名不詳。第一百回收録李胤昌《川貴用兵議》，李爲南直隸崑山縣人，萬曆二十九年二甲第十一名進士。

書末木記云：「西蜀省院刊有《平播事略》，備載敕奏文表，風示天下；道聽子紀其耳聆目矚事之顛末，積成一帙，梓行坊中。不佞因合二書之所述事迹，敷演其義，而以通俗命名。」按《平播事略》即指署名李化龍撰之《平播全書》，李是平播之役的統帥，時任總督湖廣、川、貴軍務兼巡撫四川。該書由李化龍托四川右參政王嘉謨等編纂，共十五卷，萬曆二十九年初刊行，後收入《畿輔叢書》，《叢書集成初編》據以排印。

《四庫全書總目》五十四《雜史類》存目三《平播始末》條云：「萬曆間，播州宣慰使楊應龍叛，（郭）子章方巡撫貴州，被命與李化龍同討平之。化龍有《平播全書》，備録前後進剿機宜。子章亦嘗有《黔記》，頗載其事。晚年退休家居，聞一二武弁造作平話，左袒化龍，飾張功績，多乖事實，乃仿紀事本末之例，以諸奏疏稍加詮次，復爲此書，以辯其誣。」諸家小説書目多引是説，以爲其中所云「平話」即指《征播奏捷傳》。案此書作者詳於戰陣而略於帷幄，以武將陳璘爲平播之役的統帥，於李、郭二人都很少提及，就中贊頌郭氏之語還稍多一些，不存在「左袒化龍」的問題，可知它并非郭子章「辯誣」之對象。平播之役在當時爲人們所樂道，寫此題材的小説當另有在。戲曲中亦曾有《平播記》，乃參戰的大將之一李應祥以厚禮托張鳳翼所作，見《傳奇彙考標目》。

是書國内久佚，日本京都大學和尊經閣各藏一部。現據京都大學文學部藏本影印。（廖可斌）

剪燈新話

《剪燈新話》今存明正德六年（一五一一）楊氏清江書堂刻本，題名《重增附録剪燈新話》，四卷。本書據日本内閣文庫藏明嘉靖刻本《剪燈新話句解》上下兩卷本影印。兩書皆爲文言小説二十篇，另附《秋香亭記》一篇。

本書具有文人創作文言小説的一些常見情況：一、摹倣古代名篇而有所創新，如《天台訪隱録》之於晉陶潛的《桃花源記》；《永州野廟記》之於唐陸龜蒙的《野廟碑》；《申陽洞記》之於唐無名氏的《補江總白猿傳》。二、虚擬的記實性，如《天台訪隱録》説：「太歲在閼逢攝提格（甲寅），改元洪武之七載也。」三、穿插詩詞較多，顯而易見，不一一舉例。

附録《秋香亭記》帶有明顯的自傳色彩。男主角商生，因孔門子弟商瞿用以暗示作者姓氏；商生因張士誠之亂而流寓寧波、蘇州，同作者經歷相似；秋香亭則是作者家中傳桂堂的影射。此說始於陳霆《渚山堂詞話》卷三，但没有説明具體理由。

由於作品比較成功，明嘉靖萬曆年間《燕居筆記》《繡谷春容》《萬錦情林》《情史類略》《包龍圖判百家公案》都曾經轉載或改編它的部分内容。沈璟的《一種情》傳奇取材於《金鳳釵記》，周夷玉的《紅梅記》傳奇則取材於《緑衣人傳》。後來的《剪燈餘話》《剪燈因話》都由它引發。日本的漢文小説《奇異雜談集》《御伽婢子》，朝鮮的《金鰲新話》，越南的《傳奇漫録》，都曾受到它的影響。

瞿佑字宗吉（一三四七——一四三三），杭州人。十歲光景，因張士誠、方國珍戰亂，流寓寧波、蘇州。二十歲以香奩詩受知於詩人楊維楨。三十一歲，寄居岳父富子明家。次年作《剪燈新話》。在此之前，已有《剪燈録》四十卷，「編輯古今怪奇之事」，今不傳。同時任仁和縣（今杭州市内）訓導。洪武二十六年（一三九三）由臨安訓導調任河南宜陽教諭。建文二年（一四〇〇）陞國子監助教。永樂元年（一四〇三）陞周府右長史。永樂六年，爲周府奉表至南京，因輔導失職，拘留在錦衣衛監獄，旋謫保安州（今河北省涿鹿縣）。七十九歲喪妻。作《歸田詩話》。冬，由於太師英國公張輔從中設法，由關外召還，在張府任教。此後以樂全叟爲號。宣德三年（一四二八）返回杭州。

瞿氏著述甚富，有數十種之多。今存《樂全稿》《樂府遺音》《歸田詩話》《剪燈新話》。（徐朔方）

萬錦情林

《萬錦情林》六卷。扉頁題「鍥三台山人芸窗彙爽萬錦情林」，「雙峯堂余文台梓行」。卷首題「新刻芸窗彙爽萬錦情林」，署「三台館山人仰止余象斗纂」，「書林雙峯堂文台余氏梓」。書末有牌記，云「萬曆戊戌冬余文台繡梓」。萬曆戊戌爲萬曆二十六年（一五九八）。

余象斗，字仰止，一字文台，號三台山人，福建建陽人。生卒年不詳，約生活於明隆慶、萬曆年間。余象斗是萬曆年間最活躍的通俗小説編輯、評點、刊刻者之一，所編撰、評點、刊行的小説有《皇明諸司公案》《三國志傳評林》《水滸志傳評林》等近三十種。

明中葉以來，彙刻傳奇及元明人所創作的中篇文言才子佳人小説蔚成風氣，僅萬曆年間，就有《繡谷春容》《國色天香》《風流十傳》《燕居筆記》等多種問世。這些作品，一般均分兩欄，上欄收唐宋以來傳奇、話本及詩詞曲賦和雜説；下欄收元明人的中篇文言小説，插圖嵌文中。各書所收内容大致相同。

本書下欄收中篇文言小説《鍾情麗集》、《三妙傳錦》（一名《花神三妙傳》）、《覓蓮記傳》（全名《劉生覓蓮記》)、《浙湖三奇傳》、《情義奇姻》、《天緣奇遇》、《傳奇雅集》(即《懷春雅集》)七篇,這些小説,在萬曆前大致以單刻流行。上欄卷一收唐宋傳奇、話本《華陽奇遇記》、《張于湖宿女真觀記》等八篇,卷二收《裴航遇雲英記》《裴秀娘夜遊西湖記》等六篇,卷三上半收《東坡三過記》《羞墓亭記》等七篇,總計二十八篇。所收除《裴秀娘夜遊西湖記》外,均能找到出處。上欄自卷三下半起,依次收辨本、疏、書、聯、判、詩、吟、行、詞、歌、賦、曲、題圖、文、贊、箴、銘、狀十八類,末附雜類。其中不少反映明代風俗軼事,足資參考。

現據日本東京大學圖書館所藏萬曆原刊本影印。卷三第十六頁下半頁、第十七頁上半頁,卷五第九頁以及第十九頁下半頁和二十頁上半頁,爲原書所缺。(李夢生)

夢斬涇河龍

《永樂大典》(一四〇八)第一三一三九卷送字韻夢字類收有《夢斬涇河龍》,開頭註明《西遊記》。

比玄奘真人真事略遲,《遊仙窟》的作者張鷟是唐高宗調露(六七九——六八一)年間進士,他最早在《朝野僉載》卷六提到唐太宗入冥的故事。唐太宗入冥列入《西遊記》的前提是唐太宗承諾爲涇河龍王救命而未遂,因此龍王在地府控告他,地府才勾取其陰魂赴審。而《朝野僉載》

唐太宗之所以入冥是地府要追究「六月四日事」。唐高祖武德九年（六二六）六月四日是秦王李世民殺害皇太子建成和弟弟元吉的日子，同龍王被斬無關。它同敦煌變文《唐太宗入冥記》一樣，是單獨的故事，還沒有同《西遊記》發生關聯。

寧夏發現的元代鈔本《消釋真空寶卷》、朝鮮《朴通事諺解》引述的《唐三藏西遊記》平話都足以證明《西遊記》在元代已經成型。

《永樂大典》的編成，上距元亡只有四十年。它所收録的《夢斬涇河龍》是當時《西遊記》的祖本已經進入流傳和提高發展過程的又一證明。它全文一千四百字，在世德堂百回本的對應段落爲九千四百字。世德堂百回本全書八十六萬字，如果按照同樣的比例，《永樂大典》本所出的《西遊記》原書應有十三萬字。

現據《永樂大典》影印。（徐朔方）

剪燈餘話

《剪燈餘話》四卷，續集《賈雲華還魂記》一卷，共五卷。卷一開篇題「新刊剪燈餘話卷之一」，卷末却作「新刊剪燈餘話卷之五」，其下爲卷六、卷七、卷八。卷八及續集即卷九尾云：「新刊剪燈新餘話還魂記卷之終。」可見此書原名當作《剪燈新餘話》，實爲瞿佑《剪燈新話》與李昌祺《剪燈餘話》的合刊本而又僅存後半。

是書樣式，上圖下文，半葉十六行，每行二十四字。書中有三葉據别本抄補。

本書别本子欽劉敬序云：「宣德癸丑夏，知建寧府建寧縣事盱江張公光啓，鋭意欲廣其傳，書來，謂子所録得真，請壽諸梓。遂序其始末，以此本並《元白遺音》附之，以同其刊云。是歲七月朔旦也。」癸丑爲宣德八年（一四三三）。此書各卷卷首標明「上杭縣知縣盱江張光啓校刊」，時在調任之後。張光啓爲作者同年進士。

《餘話》之作仿瞿佑（一三四七——一四三三）《剪燈新話》，兩者都是文言短篇小説二十篇，文筆相似。《元白遺音》指敘事詩《至正妓人行》，作爲卷八的附録。

據李昌祺《剪燈餘話》自序，桂衡有文言小説《柔柔傳》，李昌祺讀後仿作《賈雲華還魂記》。《柔柔傳》未見，《賈雲華還魂記》是元代宋梅洞文言小説《嬌紅記》的仿作。可能《柔柔傳》摹擬《嬌紅記》，《賈雲華還魂記》又摹擬《柔柔傳》。桂衡是瞿佑的友人，曾爲《剪燈新話》撰寫序言。

李昌祺（一三七六——一四五二），江西廬陵（今江西吉安）人。永樂二年（一四〇四）進士，選庶吉士，參與編選《永樂大典》，陞禮部主客司郎中。永樂十年被貶斥，發往南京報恩寺工地從事勞動。作《賈雲華還魂記》。二年後復職，先後任廣西、河南左布政使。永樂十七年又獲罪，發往京郊房山勞動。作《至正妓人行》和《剪燈餘話》。正統四年（一四三九）退休。除文言小説外，有《運甓漫稿》，今存。

本書印製頗爲粗劣，當是後來的翻刻本。卷次混亂，誤奪甚多。如卷九第十三葉前半第八行直接本葉後半第一行；同葉，後半第八行接同葉前半第九行；同葉前半末尾接同葉後半第九行。現據日本天理大學藏本影印。卷七第九、第十兩頁爲原書所缺。（徐朔方）

姜胡外傳

《姜胡外傳》一篇，附《九嶷十賚記》一篇，舊刊本，藏日本佐伯文庫。

《姜胡外傳》叙才子姜億與胡鶴純真友情事，以二人各登高第，因不滿世風，棄官入武夷山學道結束。《九嶷十賚記》寫元至正間道士劉掃花入武夷山，遇被封爲九嶷天十二峰左史北靈觀宗伯的姜億及封紫桂宫蕊書郎清華仙卿的胡鶴事。後者實際上是前者的續編。

原書作者不詳。《姜胡外傳》前有林雯緗序，篇前有署名侯官高兆的識語。識語云「殘冬多病，雨雪閉門，繙撿架上藏書，得此傳」，「喜其文其事，稍加點次，俾得覽觀焉」。《九嶷十賚記》前亦有高兆識語，謂《姜胡外傳》傳出，一時學士家咸心嚮往焉，時陳子天閩公車過吴市，又以《九嶷十賚記》相付，因附刻書後。末署「戊戌夏六月高兆雲客識」。據此知二文原均爲單刻，經高兆點次後先後傳世。全書不避康熙帝「玄」諱，知書刻成於作後文識語的順治十五年戊戌（一六五八）後不久，時高兆在江蘇蘇州。

高兆字雲客，號固齋，福建侯官人。生活於明末清初。王晫《今世説》卷二、卷三云其「淑身修行，抗志懷古，淮南陶季深稱其蕭然窮巷，俗士曾不得至其門；五父之衢，亦無能尋其履綦之迹」。又云其「少遭喪亂，自江左還舊鄉，補衣蔬食，塊處蓬室中，采搜隱逸，輯爲《高士續傳》，鑑別精嚴，論者謂其才識不讓士安」。他刊刻姜億、胡鶴傳文，顯然爲推崇二人才高趣真，不與濁世共沉浮的精神。又據《續高士傳》陶澂序，高兆作書在返福建後，起自順治十八年，蒇事於康熙元年（一六六二）。以此知《姜胡外傳》及《九嶷十賚記》必刻於順治十五年至十七年間。

元明間文言小説，起初有不少單篇流傳，至明中葉後，文人彙刻總集蔚然成風，單篇小説遂漸絶迹。本書所收二文，當即其時單篇者，賴高兆重刻，得以保存，彌足珍貴。

現即據佐伯文庫藏本影印。（李夢生）

情史

《情史》，一名《情史類略》，又名《情天寶鑑》，二十四卷。首《情史叙》，署「吴人龍子猶叙」；次《叙》，署「江南詹詹外史述」；次總目，題「江南詹詹外史評輯」；次正文。有明刻本、清芥子園刻本等。

詹詹外史當爲馮夢龍別號，取義於《莊子·齊物論》：「大言炎炎，小言詹詹。」詹詹而又外史，頗含謙遜意。是書從歷代百家雜著中輯録、潤飾有關「情」的故事，以類相從，析爲二十四卷，如情貞類、情緣類等等。卷各有「補遺」若干，似爲大體編就，鋟刻之時，又有發現，隨時補充而成。

該書有眉批、行間批並文後評，又有卷末評，連同叙文，表達了馮氏編纂該書的用意和圍繞「情」的一系列觀點。馮氏以爲衹要能夠「無情化有，私情化公，庶鄉國天下，藹然以情相與，於澆俗冀有更焉」（《情史叙》）。他把情看成足以改變澆俗、有益鄉國的大事，故提出「我欲立情教，教誨諸衆生」的主張。此書實即馮氏情教論的教材，他是希冀着借用這些歷代出現的「事事男女，未盡雅馴」的故事，來達到救治社會的目的，所以要呼吁：「願得有情人，一齊來演法。」

現藏上海圖書館、浙江圖書館的明刊，爲最早之刊本，然兩書均有殘缺；今據以相互配補後，仍缺第二十四卷末葉，遂用清芥子園本補齊。（魏同賢）

聊齋誌異（鑄雪齋抄本）

《聊齋志異》鑄雪齋抄本，十二卷，抄主爲張希傑。

張希傑（一六八九——約一七六二），字漢張，號練塘，室名鑄雪齋。祖籍浙江蕭山，生於山東濟南。早年進學，曾受教於趙國麟，受知於黄叔琳。然困於鄉試，未得中舉，長期設帳授徒，數度爲人做幕賓，晚年自云「空戴儒冠六十年」。有《鑄雪齋集》十五卷又附八卷，稿本現藏山東省圖書館。

此抄本卷末附録有殿春亭主人雍正元年（一七二三）識語，及高鳳翰跋文。殿春亭爲濟南朱緗家園亭。其時朱緗早已逝世，此殿春亭主人可能是其長子朱崇勛，或爲後來擬刻行《聊齋志異》的三子朱賓理、四子朱翊典之合署。識語自謂假手其家西賓張元之子張作哲，自淄川借來蒲氏原稿，覓抄手過録，並自爲「讐校、編次」，八閲月始告竣，即後人屢言及然現已不存之朱氏抄本。張希傑晚年與朱氏兄弟過從較密，其抄本當自朱氏抄本直接過録。張希傑自爲識語，末署「乾隆辛未秋」，其抄成當在同年，即乾隆十六年（一七五一）。

此抄本篇目較齊全，卷首總目凡四百八十八篇，接近現經考訂《聊齋志異》全稿四百九十餘篇之總數，如果不計作者原稿已勾乙之《海大魚》、殘失後半篇之《牛同人》兩篇，則所缺僅《人妖》《丐仙》兩篇。然其中十四篇有目無文，即：卷一之《鷹虎神》，卷八之《放蝶》《男生子》《黄將軍》《醫術》《藏虱》《夜明》《夏雪》《周克昌》《某乙》《錢卜巫》《姚安》《采薇翁》，卷十二之《公孫夏》。另有卷十一之《齊天大聖》一篇殘缺。對照卷首總目，可見幾卷正文篇次有提前或移後的情況。經檢查，原書有抄補、黏貼痕迹，見得此書抄成後曾罹火災，未大燬，補抄未及全部，已補抄的篇章亦没有按總目的篇次排列。可見此抄本十四篇有目無文並非原貌。

牛氏抄本抄主自謂據蒲氏原稿本抄録，曾進行「讐校、編次」。此抄本係直接據朱氏抄本過録，其卷首總目、分卷、編次，當一如朱氏抄本，據之可以想見現已不存的朱氏抄本的基本面貌。這對於考察《聊齋志異》早期抄本之流變，是極有益的。惜乎與現存半部蒲松齡原稿相校，此抄本異文較多，有明顯删簡原文處。

原書藏北京大學圖書館。現據上海人民出版社一九七五年影印本重新影印，爲存原書面貌，抽去了其中所有鉛排内容。（袁世碩）

第五輯

京本通俗小説

《京本通俗小説》，收小説話本七篇，繆荃孫（江東老蟫）一九一五年編刻於《煙畫東堂小品》中。繆氏跋語稱：原本發現於上海「的是影元人寫本」，存宋人小説九種，其中《定州（山）三怪》「破碎太甚」，《金主亮荒淫》「過於穢褻」，「未敢傳摹」。嗣後，葉德輝單刊了《金主亮荒淫》，題曰「金虜海陵王荒淫，京本通俗小説第二十一種」。

最初，學者相信繆氏所説，後來中外研究者發現了許多疑點：一、繆氏所摹刻之七篇，未刻之兩篇，均見於馮夢龍所編「三言」，計《警世通言》七篇，《醒世恒言》二篇，且文字上基本一致。這與《清平山堂話本》《熊龍峰刊四種小説》和「三言」共有的篇章文字上差異較多的情況不一樣。二、《清平山堂話本》和《熊龍峰刊四種小説》，都是各篇自爲起訖，且雜有傳奇類小説。從小説叢刻的進化史迹看，元代不可能有這樣一部内容純粹而又編次井然的多達十餘卷的《京本通俗小説》。三、此《京本通俗小説》並非全爲「宋人小説」，亦不能是「影元人寫本」。《金主亮荒淫》，是依據《金史·后妃傳·海陵諸嬖》編成，至早也衹能是元末《金史》刊行後所作，而其中那樣極盡形態的穢褻描寫，又非晚明人莫辦。《馮玉梅團圓》篇首的「簾捲水西樓」詞，是元末明初人瞿佑所作，宋人哪得引用？且此篇與《警世通言》中的《范鰍兒雙鏡重圓》，故事情節全同，而女主人公姓名則異，而宋人《摭青雜説》所記本事，女主人姓名，與《范鰍兒雙鏡重圓》一致，作呂順哥，不作馮玉梅，是則此《馮玉梅團圓》是否就是《寶文堂書目》著録之《馮玉梅團圓》，便頗可懷疑。《拗相公》叙王安石罷相後赴江寧途中受到鄉老的譏罵，與明人趙弼《效顰集·鍾離叟嫗傳》所叙相近。《寶文堂書目》未著録《拗相公》，明人著述中提及《鍾離叟嫗傳》，未言及《拗相公》。《拗相公》極可能是依照《鍾離叟嫗傳》作成的。據諸多方面推斷《京本通俗小説》是繆氏從《警世通言》《醒世恒言》中選出了他斷爲宋人小説的這幾篇，假托「影元人寫本」以出之，並造出「京本通俗小説」之書名。

《京本通俗小説》雖爲贋品，所收小説却多爲宋人話本小説。在話本小説研究發軔之始，此書之出現曾使人信以爲真，却也發生了良好的影響，引起研究者注目宋人小説話本，並據之開始了宋人話本小説的體式成就之研究。後來，上海亞東書局合繆氏所刊七篇、葉氏所刊一篇，排印爲《宋人話本八種》。

本《集成》據繆氏《煙畫東堂小品》本影印。（袁世碩）

東坡居士佛印禪師語録問答

《東坡居士佛印禪師語録問答》一卷，計目録一頁，正文三十七頁。前後無序跋，亦未見署名，據全書標目，共爲二十七條。

東坡與佛印的關係相當密切，歷來流傳着他們間的不少禪機妙語。本書除東坡、佛印兩人之嘲戲、行令、譏謔、題詩、贊語、聯詩、問答、商謎等内容外，還涉及子由（蘇轍）、秦少游、東坡之妹、官妓月素、王介甫、歐陽永叔等人的故事。哲人的智慧之光，不僅給人以頗多啓迪，也給後來的小説、戲劇創作提供了豐富的資料。

書中所述情節，未必完全真實，如秦觀並未與蘇軾之妹結爲伉儷，本書「的對」條則説「東坡之妹，少游之妻也」；此外在「坡妹與夫來往歌詩」「秦少游叠字詩」「坡妹採蓮叠字詩」諸條中又以較多的篇幅記述了少游與東坡之妹間的種種趣聞。馮夢龍《醒世恒言》卷十一《蘇小妹三難新郎》就把這些趣聞集中融合在小説之中，從而得到了廣泛的傳播。

本書「東坡與佛印商謎」條記録了「佛印與東坡墨斗説」云：「佛印持匠人墨斗謂東坡曰：『吾有兩間房，一間賃與轉輪王。有時放出一綫路，天下邪魔不敢當。』東坡答：『我有一張琴，七條絲弦藏在腹。有時將來馬上彈，彈盡天下無聲曲。』」在明人小説《最娱情》所收的《女翰林》中，却把這墨斗的商謎移到蘇小妹與秦少游成婚後少游和東坡間互相逗趣的話題，祇是將佛印説的話换作是少游所説，當然它在文字上也稍有出入。《女翰林》中的蘇小妹也就墨斗寫了四句道：「我有一隻船，一人摇櫓一人牽。去時牽縴去，來時摇櫓還。」小妹最後揭示謎底道：「我的就是你的，你的就是大兄的，大兄的就是我的。」由此可見，本書所述的内容，後來漸漸有了變化和發展，這對我們今天尋根究源，當有參考價值。

現據江户初寫本影印。（曹中孚）

覓燈因話

《覓燈因話》，凡二卷八篇，邵景詹纂録。邵景詹，號自好子，生平里居不詳。

《覓燈因話》作於明萬曆二十年（一五九二），有萬曆二十一年《剪燈叢話》合刻本；清刊本，卷首有「覓燈因話小引」，署「自好子景詹邵氏識」。卷端題「遥青閣纂録」。篇後有評，分署「子墨客卿氏」「夢覺生」「思玄子」及「自好子」。後者當爲作者自評。

自瞿佑《剪燈新話》問世以後，人多喜傳而樂道之，仿效者紛起，《覓燈因話》爲較後出之一種。小引謂有客閲《剪燈新話》，至夜分始罷，因爲道古今奇秘，自好子深有動於其衷，呼童舉火，與客擇而録之。凡二卷，各以己意附贊於末。客曰是編可續《新話》矣，命之曰覓燈因話，蓋燈已滅而復舉，閲《新話》而因及，故命之曰《覓燈因話》云。

是書所言，「非幽冥果報之事，則至道名理之談」，然其「怪而不欺，正而不腐，妍足以感，醜可以思」的故事情節，頗爲其時擬話本作者所採，卷一《桂遷夢感録》被改編爲《桂員外途窮懺悔》，列入《警世通言》第二十五卷；《姚公子傳》被改編爲《癡公子狠使臊脾錢，賢丈人巧賺回頭婿》，列入《二刻拍案驚奇》第二十二卷；卷二《唐義士傳》被改編爲《會稽道中義士》，列入《西湖二集》第二十六卷；《卧法師入定録》被改編爲《喬兑换胡子宣淫，顯報施卧師入定》，列入《初刻拍案驚奇》第三十二卷，則是書於中國小説史固當據一席之地矣。

現據清刊本影印。（歐陽健）

神明公案

《神明公案》全稱《鼎雕國朝憲臺折獄蘇冤神明公案》。殘本，原書卷數不詳。今存兩個殘卷爲：卷一應有四十一頁，現存第二十六頁至四十一頁；卷二則自第一頁起至二十六頁止。明萬曆年間金陵刊本，不見著録。有圖四幅，插在正文之中。因本書首尾已佚，故作者姓名已無從考查。

路工《訪書見聞録》稱此書「僅存卷一兩篇，卷二七篇」，然實際卷一爲三篇，卷二爲七篇，其篇目爲：《高侯斷打死弟命》、《鄢侯斷打死妻命》、《黄侯斷伸姊冤》（以上卷一）、《鄧太府判累死兄弟》、《部理刑斷謀姪命》、《紀三府斷人命偷屍》、《施太尹斷火燒故夫》、《晋御史斷謀命没屍》、《羿代巡辨脱尼姑死刑》、《沙兵憲斷問兩兇》（以上卷二）。但在《晋御史斷謀命没屍》一篇的末尾原書却有缺頁，故此篇未完；接下去爲另一案件，所述内容爲汲太尹斷案，然所存僅二個半頁又五行，前面一大段也已佚失。

本書所收均爲命案，一般是先述案情大概，接着録告狀及訴狀，然後是官員的審理經過，後面是判詞，結末往往有按語。這種直接從案件中節録原始資料，稍加編排整理而成的作品，乃是公案小説的早期樣式。卷一《高侯斷打死弟命》一篇，在明陳玉秀選校的《古今律條公案》中已被改頭换面收入「謀害類」，並變换題目爲《蘇侯斷打死人命事》，案情、狀詞内容全同，祇是人名作了一些改動。

路工稱此書「與富春堂刊本傳奇的格式構圖相似」。今據中國社會科學院文學研究所藏本影印。

原書高二〇五毫米，寬一二〇毫米。（曹中孚）

拍案驚奇

《拍案驚奇》四十卷，凌濛初編。首即空觀主人序，次「凡例」五則，次目録，次插圖，次正文。

正文有眉批和行間評。

凌濛初（一五八〇——一六四四），字玄房，號初成，一名凌波、波厈，别號即空觀主人，浙江烏程（今屬浙江湖州市）人，曾官上海縣丞、徐州通判，頗有政績。逢農民起義軍圍攻徐州，凌氏率衆抵抗，嘔血而死。著述除短篇小説集《拍案驚奇》《二刻拍案驚奇》外，雜劇有《北紅拂》《虬髯翁》《蕎忽姻緣》《顛倒姻緣》《宋公明鬧元宵》《穴地報仇》《禰正平》《劉伯倫》《桃花莊》，傳奇有《喬合衫襟記》《雪荷記》《合劍記》，曲論有《譚曲雜劄》，曲選有《南音三籟》，《詩經》研究有《聖門傳詩嫡冢》《言詩翼》《詩逆》《詩經人物考》等多種，惜多已不傳。

本書尚友堂初刊，藏日本日光山輪王寺慈眼堂法庫，四十卷，有圖八十幅。内封右署「即空觀評閲出像小説」，左爲署「金閶安少雲梓行」的識語：「即空觀主人胸中磊塊，故須斗酒之澆；腹底芳腴，時露一臠之味。見舉世盛行小説，遂寸管獨發新裁，摭拾奇袞，演敷快暢，原欲作規箴之善物，矢不爲風雅之罪人。本坊購求，不啻拱璧；覽者賞鑑，何異藏珠。」又有覆尚友堂本，三十九卷，圖六十幅，缺原第二十三卷《大姊魂游完宿願，小妹病起續前緣》，而以原第四十卷《華陰道獨逢異客，江陵郡三拆仙書》填補。此外尚有消閑居本、聚錦堂本、松鶴齋本、萬元樓本、同文堂本、鱣飛堂本、同人堂本等。現以覆尚友堂本影印。（魏同賢）

二刻拍案驚奇

《二刻拍案驚奇》四十卷，凌濛初撰。首睡鄉居士序，次凌氏「小引」，次目録，次圖七十八幅，次正文。正文有眉批和行間評。

凌濛初之創作《拍案驚奇》，是受到馮夢龍創作「三言」的啓發，他在《拍案驚奇序》中講到「獨龍子猶氏所輯《喻世》等諸言，頗存雅道，時著良規，一破今時陋習」，因而「取古今來雜碎事可新聽覩、佐談諧者，演而暢之，得若干卷」。而《二刻拍案驚奇》的創作，則是「先是所羅而未及付之於墨，其爲柏梁餘材，武昌剩竹，頗亦不少。意不能恝，聊復綴爲四十則」。時間是崇禎五年(一六三二)冬，距前書的刊行已經四年。

作序的睡鄉居士生平不詳，或即凌濛初托名。

現存最早版本爲日本内閣文庫藏尚友堂本，共四十卷，第四十卷爲雜劇《宋公明鬧元宵》。另第二十三卷《大姊魂游完宿願，小妹病起續前緣》由《拍案驚奇》第二十三卷移入，故《二刻》實收小説三十八篇。章培恒教授推斷：「内閣文庫所藏《二刻拍案驚奇》雖爲天下孤本，而非尚友堂原刊足本；原刊的第二十三卷與四十卷業已亡佚，故將《拍案驚奇》的第二十三卷與《宋公明鬧元宵》雜劇分别補入，以凑足四十卷之數。」(《影印〈二刻拍案驚奇〉序》)這是很有道理。現即據尚友堂刊四十卷本影印。(魏同賢)

型世言

《型世言》，國内無傳本，諸家書目亦不見著録。近年於韓國漢城大學奎章閣所藏漢籍中發現，凡十卷，卷各四回，每回爲一篇獨立的小説，共四十篇。按通例，卷首應有序、總目，或如「三言」「二拍」，並有插圖，而此書均無，當已佚。各卷首回首頁首行，題「峥霄館評定通俗演義型世言」；次行署名文字，除一律冠以里籍「錢塘」，各卷略有變化，或曰「陸人龍君翼甫演」「陸君翼人龍輯」，或曰「陸人龍撰」「陸君翼編」。全書作者殆即陸氏名人龍字君翼者。此書各回回前有翠娱閣主人題詞，或曰叙、小引，署名後鈐章有「陸雲龍」「雨侯」等。第十回《烈婦忍死殉夫，賢媪割愛成女》叙云：「一篇四六呈，一箇烈婦匾，又不如君翼數語，能播烈婦於遐荒，垂烈婦於不朽矣」。第十六回《内江縣三節婦守貞，成都郡兩孤兒連捷》題詞云：「卓哉三夫人，知不辱吾弟之筆。」是則陸人龍與陸雲龍爲昆仲。

陸雲龍字雨侯，室名翠娱閣，浙江錢塘人。自幼好學，困於場屋，曾爲塾師。明天啓後，絶棄功名，肆力著述，經營刻書，刊行自著、自選、自評圖書二十餘種，有《魏忠賢小説斥奸書》等小説多種。陸人龍字君翼，生平與其兄略同，協助其兄編刻書籍，《翠娱閣評選行笈必攜》中「格言」類即由其作序。他更着力作小説，有《遼海丹忠録》，成書於崇禎三年（一六三〇）。此《型世言》第二十五回《凶徒失妻失財，善士得婦得貨》，叙及崇禎元年七月浙江沿海遭颱風海嘯之災；第十七回《逃陰山運智南還，破石城抒忠靖賊》入話寫到天啓末遼東戰事，云：「即如近年五路喪師，人都説是努而哈赤人馬驍勁，喪我的將帥，屠我士卒。後來遼（陽）廣（寧）陷没，人都説是孫得功奸謀詭計，陷我城池。」此書當作成於崇禎年間，繼《遼海丹忠録》之後刊印。不久即明清易代，上引語句不容於新朝，國内無傳本，殆由於此。

本書題名「型世言」，取「以爲世型」，「樹型今世」之意。書中全寫明朝故事，少數取材於稗史傳説，多數就作者見聞經驗作成，一方面褒「忠孝義烈」，刺「貪淫奸宄」的勸諭意識較重，時雜以議論；另一方面也寫出了當時的許多世態人情，顯示出時代的弊端，記録了社會的諸多情况。

此書入清後不得傳世，然其中的部分篇章被改頭换面以出，先後有《幻影》（選本書三十四回，今亦殘）、《三刻拍案驚奇》（選目同《幻影》）、《二刻拍案驚奇别本》（選本書二十四回，選《二刻拍案驚奇》十回）。

本《集成》據陳慶浩影印本影印。凡陳氏影印本書中所存在的缺損、缺字，則以朝鮮京城帝國大學圖書館之複印本補配。（袁世碩）

石點頭

《石點頭》十四卷，卷各演一故事。金閶葉敬池刊。署「天然癡叟著」，「墨憨主人評」。首龍子猶叙，全文就此書命名取「生公説法，頑石點頭」之意而發揮之，末云：「浪仙氏撰小説十四種，以此名編，若曰生公不可作，吾代爲説法。」是則天然癡叟本字或號曰浪仙。胡士瑩《話本小説概論》第十三章據《飲虹簃所刻曲》所收張瘦郎《步雪初聲》，附席浪仙曲三套，及馮夢龍序《步雪初聲》有「浪仙氏從而和之，斯道其不孤矣」之語，謂「知浪仙氏即席浪仙也」。馮夢龍既序、評其書，又於序他人書文中言及之，可見兩人同時且爲友好，他撰著小説無疑是受馮夢龍影響。金閶葉敬池刊馮夢龍《醒世恒言》，題「墨浪主人校」，或亦爲其人。此《石點頭》當繼「三言」之後，刊於明崇禎初年。

此書十四篇演古今事，題材多有所本，且多得自馮夢龍所編《情史》，如卷二《盧夢仙江上尋妻》，事本《情史》卷二《李妙惠》條；卷六《乞丐婦重配鸞儔》，事載《夷堅志》丁集卷七《鹽城周氏女》條，亦見《情史》卷二，等等。然作者就原有故事間架，縱筆點染，實以生活之血肉，間亦有所生發、烘托，文筆亦暢達，故不乏生動可觀者。雖然如全書標題所示，命意在勸懲，亦涉筆因果報應。有些篇，如卷十一《江都市孝婦屠身》、卷十四《潘文子契合鴛鴦塚》，意思庸腐；但也有些篇，如卷三《王本立天涯求父》、卷八《貪婪漢六院賣風流》、卷十三《唐明皇恩賜纊衣緣》等，反映出現實社會的一些真實情況，以及作者對一些社會人生問題的體察、意見，有一定的啓迪意義。

此書尚有帶月樓刊本、同人堂刊本、敬書堂刊本。晚清上海書局石印本改題《醒世第二奇書》，又稱《五續今古奇觀》。今據國家圖書館所藏金閶葉敬池刊本影印。原書缺目次第二頁，圖第二頁上半頁，正文卷二第一頁上半頁，卷八第四十一頁，卷九第三十二頁至第三十三頁，卷十一第三十五頁；此外卷四第十一頁下半頁、第十三頁上半頁缺下半截。現除所缺之插圖外，其餘以清刻本補配，附於書末。國圖本原書顛倒錯頁者，今已調整。（袁世碩）

閃電窗

《閃電窗》六回，清初寫刻本，封頁右行鎸「諧道人批評第一種□書」，左行上鎸「傳奇嗣出」，下鎸「酌玄亭梓行」。目次頁首行、第一回首行，均題「諧道人批評第一種快書」，「酌玄亭主人編輯」。首序，末題「吴山道人諧野書於半塘之釣魚舫中」，後鈐「諧野道人」「秀才惜華史」兩印章。有圖六幅。另有《照世盃》小説，題「諧道人批評第二種快書」，版式、題署與此書全同，當係後出。關於作者酌玄亭主人，詳見本《集成》之《照世盃》前言。

此書用長篇叙事結構，叙漳州林鵾化與鄔雲漢、錢鶴舉、胡有容，及蘇州沈天孫等舉人，分别晉京應會試，中間生出許多事端。第一回開頭有一段議論：「酒色才氣四個字，偏重不得，中間最壞人品行、壞人心術的，是個色字。」由此立意，小説寫林鵾化品行端正，潔身自好，不沾女色，又好救人於危難；漳州另三名舉人則行爲齷齪，尋花問柳，惹出是非。作者文筆靈活，叙述幾起人事，有分有合，追叙、插叙，運用自如。叙寫人事，貼近實際生活，唯中間雜有少量荒誕情節和穢褻描寫，亦爲當時通俗小説之通病。

此書僅六回。第六回最末一句爲「且聽下回分解」，見得全書未完。第一回寫林鶚化過蘇州，陸家失火，陸萓姐赤身躲進林鶚化船中，林鶚化爲避嫌在船頭凍了半宿。第三回寫原與陸家有婚約的沈家，以此有失名節而退婚，陸萓姐受辱自縊，狐精向吊死鬼嚷道：「他是受誥命的夫人，你怎麽尋他來替死。」回後評亦云：「其（狐精）與吊死鬼厮打，却爲封誥夫人起見。」這預示陸萓姐後來必因夫婿受封，其夫婿無疑是林鶚化，而此六回中却未叙寫出來。然而，此書卷首目次便僅衹六回，且第六回衹有回數，没有回目，似此書原本便衹刊印了六回，後來也没有續刻以後的部分，於是成爲一部有頭無尾之書。

本《集成》據中國社會科學院文學研究所藏本影印，原書版心高一九九毫米，寬一一二毫米。

（袁世碩）

集咏樓

《集咏樓》十二回，不題撰人。首有《序》，署「康熙壬午歲八月既望湖上憨翁題」，目録後爲畫像及琅耶王蘭谷所題詩一首。康熙壬午爲公元一七〇二年康熙四十一年。「湖上憨翁」真實姓名與生平均不詳。

是書叙喬小青事，小青爲明代著名的文學故事人物。其所作「冷雨幽窗不可聽，挑燈閑看《牡丹亭》。人間亦有癡於吾，豈獨傷心是小青」詩，曾廣爲流傳。有關小青生平，詹詹外史《情史》卷十四有《小青》篇，張潮《虞初新志》卷一有《小青傳》，兩者内容完全相同。張潮按語曰：「紅顏薄命，千古傷心。讀至送鴆焚詩，恨不粉妬婦之骨以飼狗也。」又曰：「小青事，或謂原無其人，合小青二字，乃情字耳。及讀吴□□「紫雲歌」，其小序云：馮紫雲，爲維揚小青女弟，歸會稽馬髦伯，則又似實有其人矣。即此傳亦不知誰氏手筆，吾友殷日戒髣髴憶爲支小白作。未知是否？姑闕疑焉。」明人咏小青之詩歌且不論，就雜劇、傳奇而言，亦至少有四種，其中除陳季方的《情生文》今已失傳外，尚有徐士俊之《春波影》、吴炳之《療妬羹》，以及朱京藩之《風流院》。《集咏樓》小説之成書時間乃在以上作品之後，它除汲取小青的傳記爲故事主體外，其結局却與衆不同：小青因人盗墓復活後被丈夫褚良貴的姑母楊夫人救出，改名小紅。妬婦得狂疾身亡。褚郎後來中了進士，並與小青夫妻重圓。這樣的結局，自然是憐憫小青，又爲了照顧人們的心願而故意編造出來的。

値得注意的是書中搜集到了小青所作的大量詩詞。《序》稱小青「詩辭（詞）傳者僅十數首，騷雅士視爲徑寸珊瑚，不可多得」；是由「蜀人馬天閑文學，搜集得若干首」。而正文第十回又説「其姻婭馬天閑，乃成都名士，於小青平時著作所坐的緑漪堂紙簏中搜得廢紙一團，乃小青手迹」，於是第十回便把它一一録出。計七言絶句十九首，七言律詩三首，五言律詩十六首；以及小青身邊之老媪所保存的小青臨終時絶命詞四首。此馬天閑究屬何人，詳情已不可考，但他與本書作者的關係，又爲研究工作者提供了一絲綫索。

現據中國社會科學院文學研究所藏本影印。原書高一二二毫米，寬八八毫米。目録缺後半頁，第四回及第九回末尾亦爲原書所缺。（曹中孚）

醒世姻緣傳

《醒世姻緣傳》一百回，題「西周生輯著」，「然藜子校定」。首「弁語」，署「環碧主人題，辛丑清和望後午夜醉中書」。次「凡例」八則，後有東嶺學道人識語，謂「此書傳自武林，取正白下」，又云：「原書本名《惡姻緣》，蓋謂人前世既已造業，後世必有果報」，「余願世人從此開悟」，「乃名之曰《醒世姻緣傳》」。

曲阜《顔氏家藏尺牘》卷三載周在浚致顔光敏一札，中云：「聞台駕有真州及句曲之行，故未敢走候，此時想已歸矣……《惡姻緣》小説，前呈五册，想已閲畢，幸付來价，因吴門近已梓完，來借一對，欲寄往耳。」按：周在浚字雪客，周亮工次子，清康熙間流寓南京，交遊頗廣，亦爲名士。顔光敏字修來，曲阜人，康熙六年（一六六七）進士，官吏部主事。康熙十年居父喪，除服，居家養病。康熙二十一年起補原官之前一年，曾南遊吴越，後四年病卒。據札中所云，可知此札作於康熙二十年顔光敏南遊滯留南京或揚州期間。依此，此書初刊於蘇州書坊，時在康熙二十年，并改《惡姻緣》爲《醒世姻緣傳》，東嶺學道人識語所説「傳自武林，取正白下」，殆非虚語。前句謂底本得自杭州，後句即指曾借周在浚所藏抄本校正。參照書中寫及之實人實事，人有明末女將秦良玉、濟南守備道李粹然，事有崇禎十六年癸丑（一六四三）除夕「大雷霹靂」等，是則此書作成於清順治年間，「弁語」末所署「辛丑」爲順治十八年（一六六一）。

「西周生」爲誰何人氏？近世論者有蒲松齡、丁耀亢、賈鳧西諸説，均無真憑實據。此書作者對所寫繡江（今山東章丘）、濟南、兖州一帶風土民俗，極爲熟悉，所用方言爲魯中南方言。第二十六回中云，「這明水鎮的地方，若依了數十年先，或者不敢比得唐虞，斷亦不亞西周的光景。」明水爲章丘之大鎮，作者自署「西周生」，大概就是隱示其爲章丘明水鎮人。

《醒世姻緣傳》是繼《金瓶梅》後問世的又一部以寫家庭生活爲中心的長篇小説，更加是獨立的個人創作。全書由兩大段組成，前二十二回寫山東武城縣晁源寵妾淩辱妻子，後七十八回寫繡江縣明水鎮狄希陳受妻子的虐待，做爲兩世惡姻緣，以果報觀念將兩段勾聯起來。然而，在這因果報應的邏輯中也藴含有現實的内容，就是男性對女性的壓迫是女性對男性施虐的根源，並且，作者在依據生活經驗而複製生活圖畫時，也展現出了當時的家庭、社會和官場的許多真實情況，反映出政治、經濟等方面的一些問題。

此書有清初無堂號之坊刻本，另有同德堂、懷德堂等刊本，題《重訂醒世姻緣傳》，又有同治九年（一八七〇）新鎸本。本《集成》據同德堂刊本影印。（袁世碩）

西遊原旨

本書據嘉慶二十五年庚辰（一八二〇）湖南常德府護國菴重刊本影印。* 編者自序署「乾隆戊寅（二十三年，一七五八）孟秋三日榆中棲雲山素樸散人悟元子劉一明」，此時當已成書。棲雲山即今甘肅省榆中興隆山。

清刻《西遊記》以康熙初（二年或十二年，即一六六三或一六七三）汪淇、黄周星的《證道書》爲最早，它加入原第九回《陳光蕊赴任逢災，江流僧復仇報本》，並將百回本的第九至第十二回重新合成三回，金山寺的和尚由遷安改名法明；爲了加進評論，又將小説原文壓縮將近一半。世德堂本第六十七回開頭小雷音誤作小西天，第九十一回妖僧初認得、後認不得唐僧，前後不一致，《證道書》《真詮》以及本書都以訛傳訛，未加改正。

* 或以本書爲嘉慶二十四年刊本者，不可從。「楚南門人夏復恒」《重刊西遊原旨跋》云「復恒因於庚辰年省師甘省棲雲山，請師所解《西遊》一書來楚南常郡護國菴」，庚辰爲嘉慶二十五年，這是刊刻年代的上限，實際上可能略遲。

本書自序認爲《證道書》「註腳每多戲謔之語，狂妄之詞……不特埋没作者之苦心，亦且大誤後世之志士」。至「《真詮》一出，諸僞顯然。數十年埋没之《西遊》，至此始得釋然矣。但其解雖精，其理雖明，而於次第之間仍未貫通，使當年原旨不能盡彰，未免盡美而未盡善耳」。這是寫作《原旨》的緣由。目的在於宣揚「三教一家之理，性命雙修之道」，而無意於小説正文的校訂。《原旨》襲用《真詮》的小説原文，只有極個别的文字差異，改好和失真的情況都有。

據編者《再序》，原刻本名《指南針》，中有「結詩一百首」。今存以甘肅省圖書館藏嘉慶十三年刊本爲最早，卷首有《山居歌》，但缺「結詩一百首」。

是書原缺卷首第二十六頁下半頁至二十七頁上半頁、卷十二第四十七回第十四頁、卷十九第七十五回第十三頁下半頁至十四頁、又第七十八回第十二頁下半頁至十三頁、卷二十二第九十三回第十九頁下半頁至二十頁，今以上海辭書出版社藏本輯補於後。（徐朔方）

三寶太監西洋記通俗演義

《三寶太監西洋記通俗演義》二十卷一百回，簡稱《西洋記》，叙明初鄭和下西洋通使三十餘國事，并穿插了許多神魔故事和奇事異聞。

該書題「二南里人編次，三山道人繡梓」。首有叙，署「萬曆丁酉歲（二十五年，一五九七）菊秋之吉二南里人羅懋登敘」，則該書即羅懋登所作。羅字登之（孫楷第《中國通俗小説書目》），曾創作《香山記》傳奇（《古本戲曲叢刊二集》），註釋過邱濬的《投筆記》（《世界文庫》第二、三册），並爲《西厢記》《拜月亭》《琵琶記》等作過音釋（黄文暘《曲海總目提要》）。黄文暘推測羅爲陝西人，但《西洋記》中多吴語，作者似乎對南京、杭州特别是這一帶的衛所很熟悉，即使他確係陝西人，也應曾流寓吴越。

據羅氏自序，他是有感於當時中國與日本在朝鮮交戰、倭患日亟的情形而作此書的。書中關於鄭和出使經歷，多引用馬歡《瀛涯勝覽》和費信《星槎勝覽》中的記載，至於神魔故事，則多模仿《西遊記》和《封神榜》。又，該書雖以鄭和命名，但真正的主人公是金碧峯，相當於《西遊記》中的孫悟空；而鄭和，則相當於唐僧。按金碧峯歷史上實有其人，據宋濂《宋學士文集·鑾坡後集》卷五《寂照圓明大禪師壁峯金公設利塔碑》，他本姓石，名寶金，號壁峯，乾州永壽縣（今屬陝西省）人。六歲出家，元順帝時曾奉詔至大都，賜號寂照圓明大禪師。明洪武三年（一三七〇）奉詔至南京，五年六月四日示寂，世壽六十五歲。郎瑛《七修類稿》引《客座新聞》云：「太祖建都南京，和尚金碧峯啓之。」天啓七年（一六二七）葛寅亮撰《金陵梵刹誌》卷三十九則謂洪武五年敕改建元鐵索寺爲碧峯寺以居之，禪師「棄髮存鬚」，曾「出使西洋，所經諸國，奇功甚多，授爵固辭」，并載有他與張真人乞雨鬬法、自稱西域人，一日内自南京抵潼關等事。另如明萬曆五年（一五七七）《寧國府志》、萬曆四十三年《平陽府志》、清代《江南通志》、嘉慶十二年（一八〇七）《寧國府志》、民國十五年（一九二六）胡祥翰《金陵勝迹志》等，都有關於他的記載。《西洋記》還寫到金碧峯有一徒弟名非幻，號無涯永禪師，亦實有其人。葛寅亮《金陵梵剎誌》卷三十九謂金碧峯有四大弟子，其中之一名道永。該書還收有明衛王府長史三衢金實撰《非幻大禪師誌略》，謂非幻字無涯，信安（今浙江衢縣境）浮石鄉人。十二歲出家，精於地理學。永樂五年（一四〇七）曾奉詔相地天壽山，授欽天監五官靈臺郎，擢僧録司右闡教，住碧峯寺，十八年閏正月廿八日示寂。《圖書集成・職方典・江寧府》則云：「碧峯寺非幻庵有沉香羅漢一堂，乃非幻禪師下西洋取來者。」羅懋登可能寓居南京時接觸到碧峯寺中關於金碧峯和非幻的種種資料及有關傳説，從而採入《西洋記》的寫作之中。

該書還有清以後刻本及石印本、排印本多種，現據明萬曆二十五年刊本影印。原書缺頁及殘破者，今以後刻本輯補於末。（廖可斌）

金石緣

《金石緣》二十四回，不題撰人，前有《序》和《總評》。《序》署「静恬主人戲題」；《總評》署「乾隆十四年歲次己巳仲春穀旦日省齋主人重録」。静恬主人、省齋主人的真實姓名及生平事迹均未詳。乾隆十四年己巳，爲公元一七四九年，既稱「重録」，《總評》和原書的成書時間當略早於此。又《序》中謂：「《情夢柝》《玉樓春》《玉嬌梨》《平山冷燕》諸小説，膾炙人口，由來已久。」則知《金石緣》乃是繼清初諸多社會言情小説大量風行情況下問世的。莊一拂《古典戲曲存目彙考》載嘉慶間朱鳳森有同名雜劇一種，未詳是否與此爲同一内容。

是書所叙爲金玉與石無瑕的愛情故事，故名《金石緣》。書中涉及的主要人物是：蘇州府解元金桂一子一女，子名金玉，女曰元姑；閶門外富户林旺兩個女兒，長名愛珠，次曰素珠；胥門外名醫石道全有子女各一人，子有光，女無瑕；杭州府同知利圖之子利瑸；西安知府鐵廷貴之子鐵純鋼。起初，金玉與愛珠訂有婚約；其後金桂會試中了進士，選陝西浦城知縣，金玉在隨父赴任途中遭難；石道全被利圖之妾刁氏誣陷下獄，無瑕因賣身救父成了林愛珠的婢女，有相士李鐵嘴稱愛珠命薄而無瑕富貴，無瑕遂爲愛珠妒恨：故事就此曲折展開。其結局是金玉與石無瑕歷經患難，得偕伉儷，夫榮妻貴；利瑸與林愛珠先奸後婚，到頭來愛珠淪爲娼妓，自撞身死；鐵純鋼與金元姑、石有光與林素珠亦皆成了夫妻。小説末尾稱頌無瑕賢德，痛駡愛珠淫賤，説：「好的流芳百世，壞的遺臭萬年。今之賴婚改嫁，欺貧重富者，看此能不觸目驚心，汗流浹背乎。」故《序》一開頭便説：「小説何爲而作也？曰以勸善也，以懲惡也。」道明了作者的著書宗旨。

静恬主人和省齋主人在《序》和《總評》中提出的一些有關小説創作的觀點和方法，對研究者倒也不無參考價值。先以《序》來説，其間雖有自我標榜之處，所説：「作者先須立定主見，有起有收，迴環照應，一點清眼目，做得錦簇花團，方使閲者稱奇，聽者忘倦。切忌叙事直捷，意味索然。又忌人多混雜，眉目不楚。甚者説鬼談神，怪奇悖理。又或情詞贈答，淫褻不堪」，這無疑是可取的。當然話是這樣説，做起來却並不簡單，本書第八回叙「風流姐野戰情郎」，不免也雜有「淫褻不堪」之筆；而書中雖無鬼怪，但却出現了神仙。

至於《總評》，它是給閲讀本書者所作的一篇導讀文字，共六大段。第一段説：「此書作者，全爲欺貧重富、賴婚者而作。一個相字，爲一部之綱領；姻緣二字，爲一部之主見；絶處逢生，爲一部之樞紐。蓋言富貴不足恃，才貌不足恃，貧賤不可欺，患難不足慮；但能安分自守，節孝自持，便是成家立業之本，一生受用之機。」這是《總評》的關鍵，其後五段，便按書中情節加以論證。據省齋主人的觀點，世上之事，全都是由命運安排的。然而撇開這些觀點，從剖析全書的謀篇布局和前後穿插關合來看，還是有一定啓發的。

現據中國社會科學院文學研究所所藏文光堂本影印。原書版匡高一四八毫米，寬九七毫米。自道光十八年（一八三八）以來，此書長期被列爲禁毁書目，但實際並未禁絶。除文光堂本外，尚有嘉慶五年（一八〇〇）鼎翰樓本、嘉慶十九年崇雅堂本、嘉慶二十年石渠山房本、嘉慶二十一年同盛堂本、咸豐元年（一八五一）文粹堂本和咸豐癸丑（三年，一八五三）刊本。

（曹中孚）

意中緣

《意中緣》十二回，署「南陵居士戲蝶逸人編次，松竹草廬愛月主人評閱」。本書未標卷數，從中縫每兩回合併編碼各成起迄來看，它實際共分爲六卷。「戲蝶逸人」「愛月主人」，真實姓名未詳。牌記「悦花樓藏板」；同署「悦花樓藏板」者尚有《意外緣》小説，計六回，不題著者姓名。

是書所叙爲明代故事：楊雲友、林天素爲兩位長於翰墨的才女，因慕董其昌（思白）、陳繼儒（眉公）之書畫，曾暗自冒名仿作；而董、陳兩人，則因名震遐邇，求作字畫者絡繹不絶，擬各尋一名代筆者，以便應酬。於是楊雲友與董其昌、林天素與陳繼儒，幾經波折，終成眷屬，故書名爲《意中緣》。

李漁《笠翁十種曲》有《意中緣》傳奇，戲蝶逸人的「編次」，即是據李漁原著改編而成。本書行間有密圈、密點，當是愛月主人的「評閲」。莊一拂《古典戲曲存目彙考》在著録《意中緣》傳奇時説：「演楊雲友、林天素事。據嘉興女子黄皆令序，兩人雖與董其昌、陳繼儒相識，初未嘗爲其妾媵。作者以兩女善畫，自應配天下名流善書畫者，一時才人，無過董、陳，以楊歸董，林歸陳，而標目《意中緣》。劇情變幻，皆係紐合。」於此可知，書中絶大部分情節純屬虚構，而楊雲友、林天素却是實有其人。

李漁爲清初戲劇大家，所著十種曲流傳頗廣。《意中緣》原著爲雙綫結構，一篇同時有二則故事，它以董、楊愛情爲主綫，而以陳、林愛情爲陪襯。尤其在敘述董、楊故事時，插入了是空和尚騙婚一大關節，顯示了李漁戲劇滑稽、輕佻之特色。小説改編者在完全忠實於原著的前提下，大量編採原著中的現存語言，加以剪裁組合。故書中不少詩詞，以及人物的對白等等，往往一字不易地予以照録。這樣的「編次」，不但簡捷省力，而原著的精彩之處，也得以保存。

現據中國社會科學院文學研究所所藏悦花樓板影印。原書高一五七毫米，寬九七毫米。

（曹中孚）

錦繡衣

《錦繡衣》，現僅存《换嫁衣》一種，四回，藏中國社會科學院文學研究所。書刊刻年代不詳。目録頁題「新小説錦繡衣第三戲」，署「蕭（瀟）湘迷津渡者編次，西陵□花驛使、吳山熱腸樵叟細評」；回前題「紙上春臺第三戲錦繡衣第一戲」。上述二箇題名説明，《錦繡衣》是《紙上春臺》的一種，《换嫁衣》又是《錦繡衣》的一種。前後二題都有省略，完整的題名，前者應爲「新小説錦繡衣第三戲换嫁衣」，後者應爲「紙上春臺第三戲錦繡衣第三戲换嫁衣第一戲」。「戲」在這裏通指「集」「種」「回」。前二種意思，上述題名即可證明；作「回」，從本書第二回、第三回都題「第二戲」「第三戲」可證。

書的作者及評者真實姓名均無考。蕭（瀟）湘迷津渡者還編有《都是幻》及《筆梨園》。《都是幻》收《寫真幻》及《梅魂幻》二種話本，各六回；《筆梨園》僅存第二種《媚嬋娟》，題「新小説筆梨園」，亦六回。這二書體制與《錦繡衣》完全一樣。

《紙上春臺》，據胡士瑩《話本小説概論》，日本元禄間（一六八八——一七〇三）《舶載書目》已著録，知編於康熙中葉以前。胡士瑩説，《舶載書目》載《换錦衣》《倒鸞鳳》《移繡譜》《錯鴛鴦》《十二峰》《錦香亭》六書，注云「新小説紙上春臺第三戲目録」。《錦繡衣》一書，據日本工籐篁調查，書亦題「新小説錦繡衣全拾」，收小説《换嫁衣》《移繡譜》二種，各六回。但現存的《换嫁衣》只有四回，與工籐篁所説不同。至於《移繡譜》，胡士瑩《話本小説概論》亦著録，共四回，演四個故事，也與工籐篁所記不符。根據以上情況，有人推論，《錦繡衣》可能從《紙上春臺》選出，書名是《錦香亭》《移繡譜》《换嫁衣》三種各取篇名一字而合成。

《錦香亭》一書現存，有岐園刊本，但不是話本小説；至於是否另有名《錦香亭》的話本小説，不得而知。《移繡譜》今亦不可見，然據胡士瑩所列四篇話本回目，這四篇都見於清初刊的話本集《飛英聲》中，分别爲卷一《鬧青樓》、卷二《三古字》、卷三《宋伯秀》、卷四《三義廬》。《飛英聲》存二種板本，一爲可語堂本，僅存《鬧青樓》一篇；一爲清初刊本，缺《三古字》一篇。所幸《三古字》一篇，又見於《石點頭》卷七。如果以上的推論無誤，《錦繡衣》所收的三種書的内容，我們今天仍然能夠一一看到。

現即據中國社會科學院文學研究所藏本影印，原書高一八六毫米，寬一一五毫米。（李夢生）

换夫妻

《换夫妻》十二回，存世有冰雪軒藏板本。扉頁題「諧佳麗」「雲遊道人編」，目録題「新編顛倒姻緣」，卷前題「新編换夫妻」。雲遊道人真實姓名無考。

書前短序云：「余觀小説多矣，類皆妝飾淫詞爲佳，陳説風月爲尚，使少年子弟易入邪思夢想耳。惟兹演説十二回，名曰《諧佳麗》。其中善惡相報，絲毫不紊，足令人晨鐘驚醒，暮鼓唤迴，亦好善之一端云。」這篇序本是坊間俗手所作的官樣文章，但值得注意的是，北京大學圖書館藏有《風流和尚》，抄本，十二回，書前也有與本書相同的序；日本東京大學藏坊刊本《歡喜浪史》十二回，書前的序也完全一樣。這三部書體制規模都相同，又同用一序，由此似乎可以推斷，「諧佳麗」是當時坊刊的一套書的總名，書前的序是這套書的公用文字。

書叙王春與陳小二换妻淫亂事。書開首云「上部書説的是王春同小二搬在一處居住」，突如其來，知本書爲某部書的下部。康乾年間，坊間常將一部書斬割成二至三部，各取書名，如無名書與《艷芳配》《羣佳樂》，《巧緣浪史》與《艷婚野史》，《戲中戲》與《比目魚》等均是如此，本書也是那個時代的産物。故事的情節係改編《歡喜冤家》續第一回「兩房妻暗中雙錯認」。《歡喜冤家》中的話本小説，在當時被大量改編成中篇小説或連本小説，上面提到過的《風流和尚》《巧緣浪史》《艷婚野史》就出之於《歡喜冤家》，此外，尚有《兩肉緣》《芍藥榻》《百花艷史》等。

易妻而淫是中國小説中常見的情節，尤多被寫色情淫穢小説之作者當作話柄，如《十二笑》第二笑「昧心友賺昧心朋」，也寫巫杏與墨干交换妻子；《株林野史》中寫到欒書與巫臣交换妻子；在《艷婚野史》中也有相類似的情况。

現據中國社會科學院文學研究所藏冰雪軒藏板本影印。原書板匡高一四二毫米，寬九五毫米。（李夢生）

雅觀樓全傳

《雅觀樓全傳》，四卷十六回。舊題檀園主人編。作者生平不詳，當係揚州人。或云作者爲「竹西逸史」。今人阿英考證説：「道光本，首有寫刻自題七絶詩二首，有『閑借兔園爲説法』，及『挑盡殘燈寫俗詞，境非親睹不能知』句，末題『竹西逸史題於五架三間新學堂』。是所謂『竹西逸史』者，當是此書之真作者，檀園主人當是僞托。」（《小説二談》）可爲一説。

《雅觀樓全傳》有清道光元年（一八二一）維揚同文堂刻本，芥軒翻刻本，及抄本。抄本不見各家書目著録，今藏北京大學圖書館。抄本封面署「丁卯孟冬楊（陽）春月抄訂」。每卷四回，共十六回，卷端亦題「雅觀樓全傳」。抄本題署與行款同於刻本，當屬一個版本系統。

《雅觀樓全傳》屬勸戒小説，叙善惡有報事。故事源於揚州的實事。蔡愚道人《寄蝸殘贅》卷五「揚州雅觀樓事」條中，載其本事，並云：「揚州人著有《雅觀樓》小説，演述其事。」作者乃更改真實姓名，變易部分情節，而敷衍成篇。

小説叙高利貸主吴文禮，刻薄成家，人送外號「錢是命」，昧着良心，賴得西商在他家存放的十萬巨資，建「雅觀樓」，自以爲足夠一生安享。豈知其子錢觀保，喫喝嫖賭，無所不爲，不數年間，數十萬財産被拐騙、揮霍净盡，流落街頭行乞。書中言其子係西商托生，乃爲宿孽云。作者寫作主旨，明示勸懲，其開篇詩云：「錢財無義莫貪財，巧裏謀來拙裏丢。不信但看新説部，開場聽講《雅觀樓》。」

今據北京大學圖書館藏抄本影印，原書匡高一四三毫米，寬九一毫米。（侯忠義）

九尾龜

《九尾龜》十二集一百九十二回，著者原題「漱六山房」；牌記、目録、正文都標「醒世小説」字樣。蔣瑞藻《小説考證》續編卷一云：「《九尾龜》小説之出現，又後於《繁華夢》，所記亦皆上海近三十年青樓之事，用筆以秀麗勝，叙事中或間以駢語一二聯，頗得輕圖流利之致，蓋仿《花月痕》體裁也。書爲常州張春帆君所撰。張君寓滬久，時爲各報館撰短篇小説，閱者頗歡迎之。後至粤東，任隨宦學堂監督。民國光復後，任江北都督府要職，頗著勞勩。自江北都督裁撤，久不得其消息矣。」接着又云：「書中以章秋谷爲全部重要人物，描寫其性情之豪俠，舉動之闊綽，氣概之高邁。文章則咳吐珠玉，勇力則叱咤風雲；至於獵艷尋芳，陶情適性，則又風流跌宕，旖旎纏綿。有杜牧之閒情，擅冬郎之綺語，是蓋宇宙間獨一無二之全才，亦即張君以之自況也。」除本書外，作者尚有《黑獄》《新果報録》《宦海》《反倭袍》等小説。

本書以十六回爲一集，光緒三十二年（一九〇六）由點石齋刊第一至第二集，三十三年刊第三至第五集，三十四年刊第六集，宣統元年（一九〇九）刊第七至八集，二年刊第九至十二集。此十二集，上海交通圖書館又改訂爲八卷一函，石印問世。

關於本書，一般都以爲到十二集爲止，蔣瑞藻也祇知有十二集，故前引《小説考證》續編謂：張春帆「自江北都督裁撤，久不得其消息矣」。現從民國七年（一九一八）至十四年國學書店所刊出的《九尾龜》第十三集至二十四集來看，張春帆「自江北都督裁撤」以後，便又重操舊業，編成了後十二集，每集亦十六回。第十三集第一回「一席話清談追往事，《九尾龜》警世續前書」説道：「《九尾龜》一書，已經編到第十二集，章秋谷到了廣東，暫時作一個全書的結束。通計這部小説的時代，自前清光緒二十六年起，至光緒三十二年止，整整的首尾六年，雖不到一百萬言，却也在六十萬言之外，處處抱着醒世覺迷的宗旨，形容嫖界中的無窮醜態，警告政海中的一輩官迷，萬語千言，盈篇累牘，不敢説有功世道，祇好算是我盡心。」又説：「前集收場，直到如今，整整又是九年。這數年之間的情形，却比以前大不相同，革命告成，清廷遜位。」在談到作書宗旨時説：「無非勸告青年，共登覺岸，早早的回頭猛省，不要誤入迷途，悔之無及。」這些言詞，對於研究本書及張春帆其人，不無有一定的用處。

現據上海圖書館所藏上海交通圖書館本影印，原書板匡高一七五毫米，寬一一八毫米。續書十二集，因出版時間較晚，不屬本叢書範圍，故未收入。（曹中孚）

海公大紅袍全傳

《海公大紅袍全傳》，六十卷六十回，清代無名氏撰。

據柳存仁《倫敦所見中國小説書目提要》著録，英國博物院圖書館藏有本書的嘉慶十八年（一八一三）二經堂刊本，蓋爲此書最早刻本。此後有道光二年（一八二二）書業堂本、道光十三年乾元堂本、道光二十年聚星堂本、經國堂本，同治六年（一八六七）聚盛堂本。各本每回末有評語和單行夾評，形式均爲小型本，且題署相同，疑各本均屬同一版本系統。

是書目録前題爲「晉人羲齋李春芳編次」「金陵萬卷樓虚舟生鐫」。此蓋因明刊「海剛峯先生居官公案傳」係萬卷樓刊，署李春芳編次的緣故，本書亦僞托襲名，實則爲清代無名氏所撰。

明代寫嘉靖時清官海瑞審案折獄小説的，有《海剛峯先生居官公案傳》（四卷七十一回），是一部純公案小説，七十一則故事，都採取狀、訴、判的程式，明顯受到宋以來公案書的影響，而且祇能看做是短篇故事集，而非嚴格意義上的長篇小説。《海公大紅袍全傳》，與《海剛峯先生居官公案傳》並無直接淵源，大約是根據民間説唱文學和歷史事實敷衍而成。

小説寫了海瑞的出身、活動，以及與嚴嵩的鬬争。斷案僅是海瑞整個政迹、經歷的一小部分。書中集中刻畫了一個忠於職守、無私無畏、敢於鋤强誅暴、關心百姓疾苦、清廉耿介的清官形象。海瑞臨終前對其夫人説：「吾不幸，今與你中道而别。吾自出仕以來，歷任封疆，却未曾受民間一絲一綫。今有紅袍一件，貯於箱中，倘我死後，當以此袍爲殮，亦表我生平之耿介也。」（第六十回）由此可見作者題寫書名「大紅袍」的含義。

小説情節完整、連貫，結構統一、流暢，是真正意義上的長篇小説。由此亦可以證明，清中葉以後，我國公案小説正由短篇向長篇轉變。

今據北京大學圖書館所藏道光十三年乾元堂本影印，原書板匡高一一八毫米，寬八九毫米。第五十一回今存九頁，末尾有缺。（侯忠義）

緑牡丹全傳

《緑牡丹全傳》，又名《宏碧緣》《龍潭鮑駱奇書》《續反唐傳》《反唐後傳》《四望亭全傳》，有八卷本和六卷本，均爲六十四回。此書刊本很多，有道光十一年（一八三一）芥子園本和京都文善堂本、道光十八年崇文堂本、道光二十七年經綸堂本，以及光緒年間的刊本多種。孫楷第《中國通俗小説書目》在著録本書時列了道光十八年崇文堂本和光緒七年（一八八一）坊刊本兩種，謂「清無名氏撰，似就鼓子詞改作」。然道光十一年本的自叙署云：「道光辛卯重陽月上浣重陵二如亭主人謹書。」則作者乃二如亭主人，蓋孫楷第似未見道光十一年本，故稱此書爲「清無名氏撰」。二如亭主人真實姓名未詳。道光十八年，此書曾被江蘇按察使裕謙列爲「焚毁淫詞小説」而遭查禁，其後又曾多次被入禁書之列。

本書故事發生在唐代武則天臨朝時期，其主綫爲駱宏勳與花碧蓮的愛情故事。先是將門之子駱宏勳結識了賣藝女子花碧蓮，花對駱是一見鍾情，而駱却因自己已經定親而婉言謝絶。後因惡霸王倫及賀世賴的圖謀不軌，對駱多次加害，復得花碧蓮之父花振芳和鮑自安等人的相助，宏勳纔得除了王倫，於死裏逃生，然後與碧蓮得偕伉儷。最後他們又有平亂立功及受封等情節。對於本書，錢静方《小説叢考》曾有專題考證，謂「此書以駱宏勳爲主，以花鮑兩家爲輔，所紀爲廬陵復辟事，按之正史，全屬子虚」。

整部小説情節跌宕起伏，懸念迭生，故事性極强，頗爲人們所喜愛。根據本書改編的戲曲、曲藝很多，尤其是京劇《宏碧緣》，有長達十六本之多，而且還有不少摺子戲，如《大鬧桃花塢》《大賣藝》《四望亭》《龍潭鎮》《揚州擂》《嘉興府》《刺巴傑》《四傑村》《巴駱和》《翠鳳樓》等；其中有些劇目被移植爲徽劇、秦腔、川劇、河北梆子；評彈《宏碧緣》在吴語地區，幾乎是家喻户曉。

現據上海圖書館所藏經綸堂本影印，原書高一三八毫米，寬九五毫米。《叙》僅一頁，雖文意已盡，却署名已佚；正文第十回到五十三頁爲止，其後亦有缺失。書中偶有破洞缺損及墨色較淡者，未作修配補描，一仍其舊。（曹中孚）

三國志傳（湯學士校本）

《新刻湯學士校正古本按鑑演義全像通俗三國志傳》，一題《□□（新刻）湯先生校正三國志傳》，内署「平陽陳壽史傳，東原羅貫中編次，江夏湯賓尹校正」。

此書二十卷，每卷十二節，凡二百四十節。首尾殘缺。卷首序文衹剩五個字，第三節缺兩頁，第二百一十七節缺兩頁，止於第二百三十八節《司馬炎復奪受禪臺》，亦缺兩頁，此後第二百三十九節及二百四十節全缺。刊刻年月、書坊及其所在地皆不見記載，可能有的是由於書有殘缺。

校勘證明，此書與日本内閣文庫藏明萬曆三十三年（一六〇五）聯輝堂鄭少垣刊本十分接近，差異之處，僅以下數端：一、兩書目録僅個別文字出入，如本書《司馬炎復受魏禪》，鄭本同，但正文本書作復奪，鄭本作復篡；其他如一本作孔明，一本作諸葛；或一本有誤奪，一本不誤，並無實質性差異。二、插圖有相當多的篇幅雷同，可能一是原刻，一是倣刻。三、鄭本同《三國志通俗演義》嘉靖本的相異處，本書都和鄭本相同，如關索故事的增插；禰衡罵曹不在八月而在正月初一日；龐德和伍伯，關公走麥城和玉泉山顯聖的曲筆等等。

本書和鄭本亦有若干差異：如一、本書也有靜軒詩，但不像鄭本那樣有時還附有「希明尉子次韵」詩。二、本書卷九《子龍翼德各得郡（城郡）》：「二人對趙範曰：劉備是反漢之臣，更兼惡了曹丞相……」，鄭本落去「對趙範曰劉備」六字，變得和原意相反。又如卷十三《玉泉山關公顯聖》，本書有一小段以「按傳燈録云」開始，鄭本則在此段後加「此一節出傳燈録」。三、本書凡介紹、補叙性文字，都不入正文，標以「參考」二字，如第一節對幽州太守劉焉的介紹；鄭本則入正文。四、本書卷首有《全漢總歌》七言三十二句，鄭本缺。

鄭本卷末標明係萬曆乙巳歲，即三十三年的刊本，本書殘缺，不知原書有否署名，但書名冠以「湯學士校正」字樣。湯賓尹，字嘉賓，宣城人。萬曆二十三年第二名進士，例授翰林院編修，三十八年九月自右春坊右庶子兼翰林院侍讀陞南京國子監祭酒。次年罷官。此書所謂「湯學士校正」云云似是書坊僞托。它的刊行和鄭本或早或遲都不會超出十年。可以想見當時《三國演義》各地競相版刻的盛況。

現據國家圖書館所藏明刊本影印，原書板匡高二〇七毫米，寬一二五毫米。（徐朔方）

列國志輯要

《列國志輯要》凡八卷，一百九十節，它是馮夢龍《新列國志》的縮編。《新列國志》一百零八回，相當於二百十六節，本書即據以删節或合併而成。

本書與萬曆丙午（三十四年，一六〇六）《新刊京本春秋五霸七雄全像列國志傳》三台館余象斗的重刊八卷本，及萬曆四十三年的《新鐫陳眉公先生批評春秋列國志傳》和《片壁列國志》，是一個系統，都有民間傳説色彩較濃而遠離史實的臨潼鬭寶、卞莊打虎等情節，馮夢龍有感於「舊志事多疏漏，全不貫串，兼以率意杜撰，不顧是非，如臨潼鬭寶等事，尤可噴飯」（見其《凡例》），遂以《左傳》《國語》《史記》爲本，旁參《公羊》《穀梁》等經傳，及《管子》《晏子》等子書，《越絶書》《吴越春秋》等別史，删除蕪穢不稽之事，次第敷演，聯絡成章。爲與前志區別，特在書名前冠以「新」字。

和本書同時而略早的蔡元放批評本《東周列國志》，是對《新列國志》的校訂和潤色；本書則是它的縮編。除章節略有删削、合併外，每節文字大爲壓縮，祇留下一個梗概。作爲小説，很難引起讀者興趣，作爲歷史普及讀物，也許它在當時曾贏得一席之地。

編者楊庯，字邦懷，號慎園，江西豐城人。本書全名《東周列國志輯要》，四知堂刻本。四知，即天知，神知，我知，子知，是東漢東萊太守楊震拒賄的名言，見《後漢書》卷八十四，雍、乾間名臣豐城人楊錫紱取爲堂名，楊庯當爲其晚輩，四知堂本當是楊庯家刻本。本書即據日本京都大學文學部圖書館鈴木文庫所藏乾隆五十年(一七八五)四知堂本影印,卷二第九頁下半頁和第十頁上半頁爲原書所缺。另有載有自序和乾隆三十九年雲楣彭元瑞序本,署「金閶函三堂梓行」字樣者,當是重刻本。(徐朔方)

鎮海春秋

《鎮海春秋》殘本,存第十至第二十回。藏中國社會科學院文學研究所。

此書與錢塘陸人龍即孤憤生所作小説《遼海丹忠録》都爲明鎮江(今遼寧丹東)總兵毛文龍(一五七八——一六二九,上據《杭州府志》卷一二八;據《丹忠録》,則生卒爲一五七七——一六二九)紀功伸冤之作。毛文龍在清太祖努爾哈赤及其子太宗皇太極初起時,以朝鮮皮島(椵島)爲根據地牽制後金(即後來的清朝)入侵,反而被薊遼督師袁崇煥擅自殺害。

《鎮海春秋》和《丹忠録》的叙事都止於崇禎三年(一六三〇)。後者最後一回即第四十回題爲《督師頓喪前功,島衆克承遺烈》。督師指袁崇煥,遺烈指毛文龍的抗清功績。本書今存最後一回即第二十回題爲《錦衣衛校尉拏犯官,長安街百姓頌明主》,也寫到袁崇煥因兵敗被殺,後金軍退回關外止。可見第二十回是本書的最後一回,全書共二十回。

《丹忠録》每回都以詩詞開頭,本書則大都是詞開頭;《丹忠録》在回前詩詞之後,接以一段簡短的論説，然後轉入正文；本書每回開頭没有簡短的論説。後金派王宇吉假降毛文龍。王宇吉，《丹忠録》作王時傑。朝鮮國王李倧，《丹忠録》誤作李綜。後來的清太宗皇太極是努爾哈赤的第八子，號爲四貝勒。二書都誤作第四子。

本書着重描寫的毛文龍以反間計害死後金大將哈都的情節，《丹忠録》缺。毛文龍被害的情節，本書也比《丹忠録》曲折生動。

如上所述，兩書主題相同，創作年代都在崇禎三年至十七年間，但不會出於同一作家之手，也不可能一書是另一書的改編。《丹忠録》作者爲杭州人，同情杭州將領毛文龍；本書作者是否爲杭州人不詳，但必爲毛文龍的同情者，即袁崇焕的反對者無疑。毛文龍被害、袁崇焕被殺，明朝朝野的輿論出現分歧，二書反映了其中一派的觀點。

現據中國社會科學院文學研究所藏本影印，原書高二〇〇毫米，寬一二九毫米。（徐朔方）

安南一統誌

《安南一統誌》亦稱《黎季外史》，十七回，署「山南青威縣左青威簽書吳時倩撰」；「龍飛己亥年夏六月十五日，翰林院侍讀充北圻統使府寔授第五項録事阮有常奉録」。寫刻本。本書除第一回回末有一則評語外，其餘均無評語。行間略有一些密點圓圈。每回還按内容作了較粗的分段。作者吴時倩和刊刻者阮有常除在署名前已列官階外，生平事迹均未詳。

關於此書的刊刻年份，書末有「龍飛己亥」之記載，按「龍飛」除係十六國後涼吕光的年號外，一般是指新君即位尚未頒布新的年號這一階段。據書中所演史實，此「己亥」必在越南後黎朝結束，阮朝阮福映即位稱嘉隆帝（一八〇二）之後，似爲阮福晈明命帝明命二十年（相當於清道光十九年，一八三九）；但阮福晈卒於明命二十一年庚子，較明命二十年己亥遲了一年，從而使阮福曔的改元繼位便不能啣接。故此「己亥」或有訛誤。如再往後推移六十年，爲成泰帝之成泰十一年（相當於光緒二十五年，一八九九），既無帝王易代繼位之事，又距書中所發生的事件年代已遠，寫作時未必會有像是書所表述的貼近之感，故後者可以排除。

本書内容主要是寫越南後黎朝的敗亡和阮朝的興立。書中前半部分在寫後黎朝時，雖上溯到黎莊宗的中興，但接下來却重點放在自顯宗開始的後黎朝末年，突出反映了當時宫廷中争權奪利，政治腐敗的情形。於是就爆發了由阮岳、阮侣、阮惠三兄弟率領的西山軍起義。這是長期以來越南社會矛盾不斷激化的結果。西山阮氏兄弟利用廣大民衆對封建政權的强烈不滿，首先粉碎了盤踞在南方的阮氏封建勢力，接着又率軍北上，於景興四十七年（清乾隆五十一年，一七八六）攻占龍城（今河内市），控制了後黎氏政權。其後便發生了清政府應後黎氏政權之請，出兵幫助後黎朝攻打西山軍，最後慘遭失敗，而阮氏終於統一了越南，故書名爲《安南一統誌》。

這部越南的講史小説，不但對於了解和研究越南歷史，提供了重要資料；對於清朝政府與越南的關係，也有較詳盡的記載：如後黎朝政權遣使向清廷告急，以及清軍出兵經過，都寫得很詳細，這對於研究中越關係，也有重要參考價值。

現據法國遠東學術院藏本影印。（曹中孚）

諧鐸

文言筆記小説《諧鐸》，十二卷一百二十二篇。所謂筆記小説，指兼有筆記和文言短篇小説的雙重性質。在本書之前，蒲松齡（一六四〇——一七一五）的《聊齋誌異》，其文言短篇小説的成分就壓倒筆記的成分。《諧鐸》則同它相反，筆記成分壓倒小説的成分。卷二的《隔牖談詩》、卷十的《祥鴉》、卷十二的《卜將軍廟靈籤》，以及另外一些篇章，都帶有真實的自傳色彩，很少虛構。即使有關鬼神的記叙，作者也作爲事實加以接受。書名《諧鐸》，諧，接近小説；鐸，指教化。作者熱衷於勸世，往往顧不上賦予作品以藝術虛構。

作者沈起鳳（一七四一——？）字桐威，號蕢漁，江蘇吴縣人。二十八歲秋試中式，接連五次春試，至四十一歲，都落第而歸。沈起鳳以戲曲創作爲人所稱。一七七六年曾應兩淮巡鹽御史伊齡阿全德之聘，作爲幕客，爲迎接乾隆南巡譜寫、審訂、改編御前供奉戲曲。據本書卷前清瑞所記，他編撰的戲曲不下五十餘種。今存《紅心詞客》四種，即《報恩緣》《才人福》《文星榜》《伏虎韜》。

根據他的弟子在本書卷二《隔牖談詩》的跋文，他在本書付刻前不久還祇有五十餘條，可見大半完成於乾隆五十六年(一七九一)。

沈起鳳在兩淮巡鹽御史幕府歸後，又先後出任祁門、全椒(今屬安徽)的縣學訓導。最後以等候任命死於北京。卒年不詳。

現據乾隆五十七年刊本影印。(徐朔方)

虞初新志

《虞初新志》二十卷，明末清初張潮輯。張潮，字山來，號心齋，新安人。其父嘗爲明朝地方大吏，他自己曾以歲貢任職翰林孔目，與孔尚任、冒辟疆、陳維崧都有交往。康熙三十八年(一六九九)曾被人構陷而入獄，旋即釋放。著有《心齋詩集》《幽夢影》《花鳥春秋》《花影詞》等；編有《昭代叢書》《檀几叢書》，其中以《虞初新志》影響較大。

虞初，本是漢武帝時的方士，曾以《周書》爲本，著《虞初周説》九百四十三篇。東漢張衡《西京賦》云「小説九百，本自《虞初》」，後世遂以其名作爲筆記小説的代稱。

張潮有感於署名湯顯祖的《虞初志》「盡摭唐人軼事，唐以後無聞焉」，「簡帙無多，蒐采未廣」（《自叙》），着手編撰《虞初新志》。他采擷了明清兩代筆記雜著集和抄本凡六十餘種，集志怪、傳記、神話、寓言、遊記、隨筆、雜録於一編：「任誕矜奇，率皆實事；搜神拈異，絶不雷同。……其事荒誕不經，無庸分夫門類」，「序爵序齒，從來選政所無；或後或先，總以郵筒爲次……隨到隨評，即付剞劂之手」（《凡例》）。評論析理居多，推敲技巧較少。《虞初新志》是一部以當代人選當代文，以當代事爲主的文言筆記小説集，既有傳記文學作品，也提供了一些難得的社會歷史資料。

據張潮《自叙》，本書成於康熙二十二年癸亥（一六八三），但所輯的作品又有康熙四十年（一七〇一）之後問世的鈕琇的《觚賸》，則此書在其生前曾有過增益。

本書刊行後，對後世文壇、説苑産生了廣泛影響，效顰者有鄭澍若成於嘉慶七年（一八〇二）的《虞初續志》，黄承增成於嘉慶八年的《廣虞初新志》，姜泣羣成於民國四年（一九一五）的《虞初廣志》，王葆心民國二十一年的《虞初支志》，及胡寄塵的《虞初近志》等。

現據上海圖書館藏康熙刻本影印。原書板匡高一八五毫米，寬一二八毫米。（佘德餘）

花陣綺言

《花陣綺言》十二卷，共收文言小説七種：一，《三奇合傳》；二，《花神三妙》（上下）；三，

《天緣奇遇》（上下）；四，《鍾情麗集》（上下）；五，《嬌紅雙美》；六，《金谷懷春》（上下）；七，《覓蓮記》（上下）。這些作品大多又見於晚明刊印的另外一些小説選集和文學讀物，只是篇名、人物姓名及字句或稍有改換。如它們全部又見於萬曆刊本《萬錦情林》和余公仁批補本《燕居筆記》；除（六）以外的其餘六種又見於《繡谷春容》；除（七）以外的其餘六種又見於萬曆四十八年（一六二〇）刻本《閒情野史風流十傳》和林近陽增編本《燕居筆記》；除（五）（六）以外的其餘五種又見於有萬曆十五年謝友可（廷諒）序的《國色天香》；除（一）（七）以外的其餘五種又見於何大掄序本《燕居筆記》。謝廷諒《國色天香》序云：「今夫辭寫幽思，寄離情，毋論江湖散逸需之笑談，即縉紳家輒藉爲悦耳目具。劂氏揭其本懸諸五都之市，日不給應，用是作者鮮臻雲集，雕本可屈指計哉。」這段話説明了上述文言小説被輾轉選編及上述小説選集和文學讀物大量出版的原因。

孫楷第《日本東京所見中國小説書目》卷六附録明弘治十六年（一五〇三）刊《新刻鍾情麗集》四卷本簡菴居士序云：「余友玉峯生……暇日所作《鍾情麗集》以示余……噫，髦俊之中，弱冠之士，有如是之才華，有如是之筆力，其可量乎！」該序署成化二十三年（一四八七），則《鍾情麗集》此時已經寫成。歷來有謂玉峯生即邱濬者，但他的年齡身份均與簡菴居士序不合。據丘汝乘《嬌紅記雜劇序》，小説《嬌紅記》爲元初宋遠（梅洞）撰。明嘉靖間高儒《百川書志》誤題爲「元儒邵庵虞伯生（集）編輯」，又題「閩南三山明人趙元暉集覽」。按高《志》中係於趙元暉名下的尚有小説《李嬌玉香羅記》，他可能對《嬌紅記》作過加工。高《志》還著録了《懷春雅集》，題「明盧文表著」，則該小説也創作或寫定於嘉靖以前。《天緣奇遇》《花神三妙》《三奇合傳》作者均不詳。《覓蓮記》中提到《鍾情麗集》《懷春雅集》和《天緣奇遇》，則它問世於這幾種小説之後，但最遲不晚於萬曆十五年《國色天香》成書時。這些文言小説一方面繼承並發展了《剪燈新話》等明初文人傳奇小説的某些特徵，仍用文言，多穿插詩詞；另一方面又比《剪燈新話》等叙事更趨詳贍，立意更爲恣肆，而漸近於晚明擬話本小説。它們可以被看作是明代文人小説由明前期的傳奇向晚明擬話本發展的過渡。

本書首有袁宏道題詞，當屬假托。卷一署「楚江仙叟石公纂輯」「吴門翰史茂生評選」（自卷二起「仙叟」作「仙隱」）。題詞既稱袁宏道者，它應刊於萬曆中期以後。現據明刊本影印。卷九第三十八頁爲原書所缺。（廖可斌）

附録

書名索引（按筆畫排序）

書名	頁碼	輯號與册號
幻緣奇遇小説	一六一	二—一四
五畫		
玉支璣小傳	三二二	三—三八
玉樓春	四七一	四—四一
玉嬌梨	四六六	四—三七
玉蟾記	二八一	二—一六〇
巧聯珠	三七二	三—九八
世無匹	二七六	二—一五六
古今小説	四三六	四—三
古今列女傳演義	一六五	二—一七
古今律條公案	四五三	四—二一
石點頭	五八六	五—一四
平山冷燕	二一七	二—八五
平閩全傳	五六〇	四—一四七
北方真武祖師玄天上帝出身志傳	一一二	一—一二一
北史演義	一七九	二—三五
北宋金鎗全傳	五五二	四—一三四

書名	頁碼	輯號與册號
十三畫		
載陽堂意外緣	四八三	四—四九
鼓掌絶塵	四三	一—四二
夢中緣	三二九	三—四四
夢斬涇河龍	五六九	四—一五三
楊家府世代忠勇演義志傳	五五八	四—一四五
雷峰塔奇傳	五〇七	四—八四
虞初新志	六一六	五—五〇
虞賓傳	三八三	三—一〇七
照世盃	二九四	三—一二
跨天虹	一五八	二—一三
詳情公案	四五〇	四—二〇
痴人福	三七七	三—一〇三
廉明奇判公案傳	六四	一—六五
新世鴻勳	三〇	一—二八
新平妖傳	四九五	四—六五
新列國志	一六九	二—一九
新説西遊記	九九	一—一一

書名	頁碼	輯號與册號
緑牡丹全傳	六〇七	五—四二
緑野仙踪	一一八	一—一二六
十五畫		
駐春園小史	三七三	三—九九
增補紅樓夢	三一七	三—三三
蕉葉帕	二三五	二—一〇二
醋葫蘆	一二九	一—一四一
醉醒石	四一	一—四一
遼海丹忠録	二九	一—二六
蝴蝶媒	二二六	二—九二
樂毅圖齊七國春秋後集	一四四	二—一
盤古至唐虞傳	七	一—三
鋒劍春秋	一七〇	二—二四
潛龍馬再興七姑傳	三九三	三—一一五
十六畫		
燕子箋	二七八	二—一五九

書名	頁碼	輯號與册號
繡雲閣	二五四	二—一二三
繡鞋記警貴新書	四二五	三—一五五
廿畫		
覺世雅言	三七	一—三三
廿一畫		
歡喜冤家	六二	一—六二
躋春臺	一三九	一—一五九
躋雲樓	三六一	三—九〇
鐵花仙史	二三三	二—九九
鐵冠圖	三一	一—二九
鐵樹記	一〇二	一—一一八
續小五義	五二六	四—一〇四
續西遊記	三九八	三—一二一
續英烈傳	一九三	二—五四
續金瓶梅	六八	一—七一
續紅樓夢	二〇六	二—七三

人名索引（按筆畫排序）

作者	書名	頁碼	輯號與册號
石成金(清)	雨花香	五二	一—五二
石成金(清)	通天樂	五四	一—五三
白雲道人(明)	玉樓春	四七一	四—四一
白雲道人(清)	賽花鈴	八三	一—九三
印月軒主人	廣艷異編	一三二	一—一四五
司香舊尉(清)	海上塵天影	二一四	二—八一
六畫			
西大午辰走人	南海觀世音菩薩出身修行傳	一一九	一—一三一
西周生	醒世姻緣傳	五九一	五—一八
西湖浪子	三刻拍案驚奇	三九	一—三九
西湖逸史	天湊巧	一四七	二—四
西湖散人(清)	紅樓夢影	二一一	二—七九
西湖義士	皇明中興聖烈傳	三六二	三—九一
吕熊(清)	女仙外史	一九一	二—四九
吕撫(清)	廿一史通俗衍義	一九八	二—六二
朱星祚(明)	二十四尊得道羅漢傳	一〇一	一—一一七
朱鼎臣(明)	唐三藏西遊釋厄傳	二四八	二—一一四

作者	書名	頁碼	輯號與册號
朱開泰	達摩出身傳燈傳	一二〇	一—一三一
伏雌教主（明）	醋葫蘆	一二九	一—一四一
名教中人（清）	好逑傳	四七五	四—四三
名衢逸狂（明）	征播奏捷傳通俗演義	五六四	四—一五〇
江日昇（清）	臺灣外記	三七〇	三—九六
江左樵子（清）	樵史通俗演義	一九七	二—六〇
守樸翁（清）	醒夢駢言	五八	一—五六
安陽酒民	情夢柝	八〇	一—九一
安遇時（明）	包龍圖判百家公案	一六三	二—一六
如蓮居士（清）	異説後唐傳三集薛丁山征西樊梨花全傳	三四九	三—八〇
好古主人（清）	趙太祖三下南唐被困壽州城	三五一	三—八一
七畫			
花也憐儂（清）	海上花列傳	二一五	二—八三
花月痴人（清）	紅樓幻夢	七四	一—八五
花溪逸士（清）	嶺南逸史	二四二	二—一〇五
杜綱（清）	北史演義	一七九	二—三五
杜綱（清）	南史演義	一七八	二—三三

作者	書名	頁碼	輯號與册號
李子乾(清)	夢中緣	三二九	三—四四
李百川(清)	緑野仙踪	一一八	一—一二六
李汝珍(清)	鏡花緣	二五二	二—一一九
李雨堂(清)	萬花樓演義	三五六	三—八六
李昌祺(明)	剪燈餘話	五七〇	四—一五三
李春芳(明)	海剛峰先生居官公案	三〇五	三—一八
李春芳(清)	海公大紅袍全傳	六〇六	五—四〇
李春榮(清)	水石緣	二二七	二—九三
李海觀(清)	歧路燈	四二二	三—一四九
李漁(清)	連城璧	四九	一—四八
李漁(清)	無聲戲	四八	一—四六
吾廬居士(清)	笏山記	五二八	四—一〇七
酉陽野史(明)	三國誌後傳	三三七	三—五六
吴元泰(明)	八仙出處東遊記	一一〇	一—一二〇
吴还初(明)	天妃娘媽傳	一一六	一—一二五
吴沛泉	明鏡公案	四五二	四—二〇
吴門嘯客(明)	孫龐鬬志演義	五三六	四—一一六
吴時倩	安南一統誌	六一三	五—四八

作者	書名	頁碼	輯號與册號
沈起鳳(清)	諧鐸	六一五	五—四九
張士登(清)	三分夢全傳	九一	一—九九
邵景詹(明)	覓燈因話	五八〇	五—二
八畫			
玩花主人(清)	燕子箋	二七八	二—一五九
青心才人(明)	金雲翹傳	四六九	四—四一
長安道人國清	警世陰陽夢	二八	一—二四
抱甕老人	今古奇觀	二八九	三—四
林近陽(明)	燕居筆記	一三四	一—一四八
松排山人(清)	鐵冠圖	三一	一—二九
松雲氏(清)	英雲夢傳	三七九	三—一〇五
東隅逸士(清)	飛龍全傳	五五三	四—一三六
東魯古狂生(明)	醉醒石	四一	一—四一
佩蘅子(清)	吴江雪	四六四	四—三六
金木散人(明)	鼓掌絶塵	四三	一—四二
周清原(明)	西湖二集	五九	一—五七
周游(明)	開闢衍繹通俗志傳	五三一	四—一一〇
孤憤生(明)	遼海丹忠録	二九	一—二六

作者	書名	頁碼	輯號與册號
烟霞逸士	巧聯珠	三七二	三—九八
海上劍痴(清)	仙俠五花劍	二六七	二—一四八
浪墨仙人(清)	百煉真海烈婦傳	五二七	四—一〇六
雀市道人	醒風流奇傳	四八七	四—五三
陸人龍(明)	型世言	五八五	五—一一
陳士斌(清)	西遊真詮	二四七	二—一一〇
陳玉秀(明)	古今律條公案	四五三	四—二一
陳忱(明)	水滸後傳	五一九	四—九四
陳梅溪	西湖拾遺	三八	一—三四
陳繼儒(明)	春秋列國志傳	三三一	三—四六
陳繼儒(明)	南北宋誌傳	一八六	二—四三
孫高亮(明)	于少保萃忠傳	一九四	二—五五
娥川主人(清)	世無匹	二七六	二—一五六
娥川主人(清)	生花夢	三七四	三—一〇〇
娥川主人(清)	炎涼岸	四八二	四—四九
通元子(清)	玉蟾記	二八一	二—一六〇
十一畫			
黃化宇(明)	兩漢開國中興傳誌	五三九	四—一一八

作者	書名	頁碼	輯號與册號
黄瀚（清）	白魚亭	二三二	二—九七
梅庵道人	四巧説	一五六	二—一二
梅溪遇安氏（清）	後三國石珠演義	五四四	四—一二五
曹梧岡（清）	梅蘭佳話	二三〇	二—九六
曹雪芹（清）	脂硯齋重評石頭記（甲戌本）	二〇二	二—六六
曹雪芹（清）	脂硯齋重評石頭記（庚辰本）	二〇三	二—六七
崑崙褦襶道人（清）	粧鈿鏟傳	五〇八	四—八四
崔象川	白圭志	四八五	四—五〇
貪夢道人（清）	大清全傳	一二七	一—一三五
貪夢道人（清）	永慶昇平後傳	二六六	二—一四七
訥音居士（清）	三續金瓶梅	七一	一—七七
清遠道人（清）	東漢演義評	一七四	二—二九
清溪道人（明）	東度記	二五〇	二—一一五
清溪道人（明）	禪真後史	二六一	二—一三九
清溪道人（明）	禪真逸史	二六〇	二—一三六
清隱道士（明）	皇明通俗演義七曜平妖全傳	三八七	三—一一〇
惜花主人（清）	宛如約	二三四	二—一〇一
惜陰堂主人（清）	二度梅全傳	三七八	三—一〇四

作者	書名	頁碼	輯號與册號
鄒必顯（清）	飛跎全傳	五〇九	四—八五
馮夢龍（明）	三教偶拈	二三	一—二一
馮夢龍（明）	古今小説	四三六	四—三
馮夢龍（明）	古今列女傳演義	一六五	二—一七
馮夢龍（明）	情史	五七三	四—一五四
馮夢龍（明）	燕居筆記	一三四	一—一五〇
馮夢龍（明）	醒世恒言	四三九	四—九
馮夢龍（明）	警世通言	四三八	四—六
寓情翁（清）	虞賓傳	三八三	三—一〇七
十三畫			
夢閒子（清）	今古傳奇	一六七	二—一八
夢覺道人	三刻拍案驚奇	三九	一—三九
蒲松齡（清）	聊齋誌異（鑄雪齋抄本）	五七四	四—一五八
楊庸（清）	列國志輯要	六一一	五—四五
楊景淐（清）	鬼谷四友志	一一	一—五
楓江半雲友（清）	引鳳簫	四七八	四—四五
嗤嗤道人（清）	五鳳吟	四七六	四—四四

作者	書名	頁碼	輯號與册號
十八畫			
瞿佑（明）	剪燈新話	五六六	四—一五一
歸鋤子（清）	紅樓夢補	三一五	三—二九
十九畫			
蘇庵主人（清）	歸蓮夢	四〇七	三—一二九
蘇庵主人（清）	繡屏緣	四八一	四—四八
羅本（明）	三國志通俗演義（萬卷樓本）	五四二	四—一二一
羅浮散客	貪欣誤	一六〇	二—一四
羅貫中（明）	三國志通俗演義	三三五	三—五〇
羅貫中（明）	三國志傳（湯學士校本）	六〇九	五—四三
羅貫中（明）	李卓吾批評忠義水滸傳	二五七	二—一二七
羅貫中（明）	殘唐五代史演義傳	一八二	二—四一
羅貫中（明）	鍾伯敬批評忠義水滸傳	二五九	二—一三二
羅貫中	二刻英雄譜	一三	一—八
羅貫中	三遂平妖傳	四九四	四—六四
羅貫中	新平妖傳	四九五	四—六五
鏡湖逸叟（清）	雪月梅	四七九	四—四六

圖書在版編目(CIP)數據

古本小説集成提要 /《古本小説集成》編輯委員會編. —上海：上海古籍出版社，2018.11(2019.11 重印)
ISBN 978-7-5325-8653-0

Ⅰ.①古… Ⅱ.①古… Ⅲ.①古典小説—提要—中國—彙編 Ⅳ.①I242

中國版本圖書館 CIP 數據核字(2017)第 267259 號

ISBN 978-7-5325-8653-0

古本小説集成提要

《古本小説集成》編輯委員會　編

上海古籍出版社出版、發行

（上海瑞金二路 272 號　郵政編碼 200020）

(1) 網址：www.guji.com.cn

(2) E-mail：guji1@guji.com.cn

(3) 易文網網址：www.ewen.co

江陰金馬印刷有限公司印刷

開本 890×1240　1/32　印張 21.25　插頁 5　字數 435,000

2018 年 11 月第 1 版　2019 年 11 月第 2 次印刷

印數：1,301—2,350

ISBN 978-7-5325-8653-0

I·3227　定價：118.00 元